Barbara Delinsky war Fotografin und Reporterin, bis sie sich dem Schreiben zuwandte. Seit 1980 hat sie mehr als fünfzig Romane veröffentlicht, die in zwölf Sprachen übersetzt wurden. Sie hat mehrere Preise bekommen und ist in vielen Fernsehtalkshows aufgetreten.
Sie lebt mit ihrem Mann und ihren drei Söhnen in Needham/USA.

Von Barbara Delinsky sind außerdem erschienen:

Freunde und Liebhaber (Band 60297)
Der Tag, an dem alles anders wurde (Band 60298)
Virginias Töchter (Band 60305)
Facetten der Liebe (Band 60306)
Das Herz einer betrogenen Frau (Band 60334)

Deutsche Erstausgabe Juli 1997

Titel der Originalausgabe »The Passions of Chelsea Kane«

Originalverlag HarperCollins, New York
Umschlaggestaltung Angela Dobrick, Hamburg
Umschlagfotos Elke Hesser, Paris; Doris Künster, Hamburg
Satz MPM, Wasserburg
Druck und Bindung Elsnerdruck, Berlin
Printed in Germany
ISBN 3-426-60333-0

2 4 5 3 1

Barbara Delinsky

Schatten vergangener Tage

Roman

Aus dem Amerikanischen
von Georgia Sommerfeld

Knaur

Danksagungen

Im Zuge meiner Nachforschungen über den Granitabbau und das Kleinstadtleben Neuenglands hatte ich das große Glück, mit vielen faszinierenden Leuten aus New Hampshire sprechen zu können. Unter denen, die mir in großzügigster Weise Zeit und Informationen zur Verfügung stellten und denen ich hier meinen herzlichen Dank aussprechen möchte, waren Jane Boisvert vom Office of State Planning in Concord, Vic Mangini vom Greenfield Inn, SueAnne Yglesias vom Fitzwilliam Inn und Howard Holman, der unglaubliche sechzig Jahre lang die Post in Fitzwilliam austrug. Mein tiefempfundener Dank gilt außerdem Margot Chamberlin von ThreePoint Design in Cambridge, Massachusetts, für ihre Zeit und fachkundige Beratung. Ich möchte auch meiner Redakteurin, Karen Solem, für ihr unverbrüchliches Vertrauen in meine Arbeit und ihre Entschlossenheit danken, sie mehr Lesern zugänglich zu machen, und ebenso meiner Agentin, Amy Berkower, für ihre Geduld und die fundierten Ratschläge, mit denen sie mir in den letzten Jahren zur Seite gestanden hat.

Zu guter Letzt danke ich wie immer meiner Familie – meinem Mann, der bereitwillig seine Arbeit als Rechtsanwalt unterbricht, sobald ich mich mit Fragen an ihn wende, meinem ältesten Sohn, Eric, der mir in mehr als einem Fall bei der Entwicklung dieser Geschichte geholfen hat, und den Zwillingen, Andrew und Jeremy, die in einer Weise an meinem Beruf Anteil nehmen, die man von Kindern ihres Alters normalerweise nicht erwartet.

Prolog

Sie kämpfte gegen den schier übermächtigen Drang zu pressen an. Sie wollte nicht, daß das Baby schon geboren würde. Sie war noch nicht bereit, sich davon zu trennen, wollte es noch länger behalten, doch ihr Körper spielte nicht mit. Er hatte die Regie übernommen und strebte unaufhaltsam seinem Ziel entgegen. Vom Beginn der Wehen am vorangegangenen Abend an waren die Kontraktionen stark gewesen, eine weitere Art der Strafe zu all den anderen, die sie bereits erfahren hatte. Aber jetzt setzten sie ihr noch grausamer zu, schienen ihren Leib zusammenzuschnüren und raubten ihr den Atem, zwangen das Kind in ihrem Bauch erbarmungslos nach unten, bis sie nicht mehr anders konnte, als ihre Schenkel zu öffnen, und nicht mehr die Kraft hatte, das Mädchen wegzustoßen, das mit der Hand dazwischengriff.

Es war fast dunkel im Zimmer, das einzige Licht spendeten der Holzofen und der zarte Schimmer der heraufsteigenden Morgendämmerung. In halluzinatorischen Augenblicken zwischen den Schmerzschüben bildete sie sich ein, daß er bestimmt hatte, daß das Baby jetzt geboren würde, zu einem Zeitpunkt, da niemand wach wäre, um es mitbekommen zu können, daß der Fleck auf der weißen Weste von Norwich Notch, den das Baby bedeutete, im Schutz der Dunkelheit ausgewaschen würde, das Kind fortgeschafft. Bei Sonnenaufgang würde die Stadt wieder im reinen Glanz erstrahlen.

Eine weitere Wehe baute sich auf, diesmal so heftig, daß sie unwillkürlich aufschrie. Der Schrei gellte durch die Stille, gefolgt von einem zweiten und dann, als die Eisenklammer um ihren Leib sich lockerte, von dem krampfhaften Ringen nach Luft.

Auch diese Laute ließen die Stille erzittern, und als sie wieder klar denken konnte, wurde ihr die Ironie dieser Stille bewußt. Eigentlich hätte zur Geburt des Kindes, das einen solchen Aufruhr verursacht hatte, ein Schneesturm um die Hütte toben müssen – oder wenn schon kein Schneesturm, dachte sie mit einem Anflug von Hysterie, dann zumindest einer der sintflutartigen Regenfälle, die New Hampshire Ende März häufig heimsuchten. Dann hätte Schlamm die Straßen unpassierbar gemacht, niemand hätte zu ihr gelangen und sie ihr Baby vielleicht ein wenig länger behalten können. Aber es heulte kein Wind, keine Schneeflocken wirbelten durch die Luft, kein Regen trommelte auf das Dach, kein Schlamm wälzte sich über die Straßen. Lautlos zog die Dämmerung herauf, verhöhnte sie mit ihrer schrecklichen Ruhe.

Ihr Leib verkrampfte sich, wurde steinhart, unglaubliche Schmerzen wanden sich wie Seile um ihre Mitte, die bei jedem Mal fester angezogen wurden. Sie sehnte sich danach, daß jemand ihre Hand hielte, ihr das tröstliche Gefühl vermittelte, ihr beizustehen, doch es war keine Hand da, niemand, der ihr beistand. Also krallte sie ihre Finger in das zerknitterte Laken und biß die Zähne zusammen, um den in ihrer Kehle aufsteigenden Schrei zurückzuhalten.

»Pressen Sie«, sagte die leise Stimme zwischen ihren Beinen. Sie gehörte der sechzehnjährigen Tochter der Hebamme, die mit der Aufgabe betraut worden war, das unerwünschteste Kind des Ortes ans Licht der Welt zu holen. Die Stimme des auf diesem Gebiet unerfahrenen Mädchens war sanft und verriet gleichzeitig, mit welcher Aufregung sie das für sie neue Erlebnis erfüllte, als sie drängte: »Pressen Sie ... Da! Ich sehe den Kopf!«

Sie versuchte dagegen anzukämpfen. Das Baby auszustoßen hieß, das einzige Leben auszustoßen, das sie jemals erschaffen hatte, und sobald es ihren Körper verlassen hätte, wäre das Baby für sie verloren. Sie fragte sich, ob es das wohl wußte. Und sie fragte sich, ob es das wohl wollte – es schien so entschlossen, geboren zu werden. Verübeln konnte sie es ihm nicht, sie hätte ihm nichts zu geben außer ihrer Liebe, und damit könnte sie es weder kleiden noch ernähren. Und so würde sie das Kind um des Kindes willen fortgeben. Sie hatte dieser Entscheidung zugestimmt, doch es bekümmerte sie zutiefst. Zutiefst.

Die nächste Wehe war so schmerzhaft, daß sie alle Gedanken aus ihrem Kopf verdrängte außer dem, daß sie diese Geburt mit Sicherheit nicht überleben würde. Ihre Finger umklammerten das fadenscheinige Laken so fest, daß die Knöchel weiß wurden, und ihr ganzer Körper war ein einziger Schmerz. Als dieser abebbte, bedauerte sie es einen Moment lang, noch am Leben zu sein, und als sie schweißgebadet und zitternd die nächste Attacke kommen fühlte, war die Enttäuschung immer noch stark. Instinktiv preßte sie.

»So ist's gut«, lobte das Mädchen mit bebender Stimme. »Noch ein bißchen ... Oooo ja! Da ist es!«

Das Baby verließ ihren erschöpften Körper, doch der Schmerz blieb. Er stieg nach oben, umschloß ihr Herz und überschwemmte ihren Verstand und wurde nicht von dem dünnen Schrei gemildert, der über ihren stoßweisen Atem hinweg schrill von einem neuen Leben kündete. Sie versuchte das Kind zu sehen, doch selbst wenn es heller gewesen wäre, hätte ihr noch immer aufgetriebener Bauch es vereitelt. Als sie versuchte sich aufzurichten, knickten ihre zitternden Arme ein.

»Ist es ein Mädchen?« rief sie im Zurückfallen. »Ich wollte ein Mädchen.«

»Pressen Sie noch mal.«

Sie spürte ein Ziehen, eine weitere Kontraktion, einen weiteren, heftigen Krampf, und dann, mit seinem Verebben, ein qualvolles Gefühl des Verlusts. »Mein Baby«, flüsterte sie verzweifelt. »Ich will mein Baby.« Als antworte er ihr, begann der Säugling am Fußende des Bettes zu weinen.

Der Klang seines Stimmchens drang bis in die tiefsten Tiefen ihrer Seele. Wäre es eine Totgeburt gewesen, hätte sie getrauert und es irgendwann überwunden, aber ein gesundes Kind zu

gebären und dann weggeben zu müssen, war doppelt herzzerreißend. »Ich will mein Baby sehen.«
Sie bekam keine Antwort. Aus den Geräuschen am Ende des Bettes konnte sie schließen, daß das Baby gewaschen wurde.
»Bitte!«
»Ich darf nicht.«
»Es ist mein Baby!«
»Sie haben zugestimmt.«
»Wenn ich es jetzt nicht sehe, werde ich es nie sehen.«
Die Arbeit am Ende des Bettes wurde nicht unterbrochen.
»Bitte!«
»Er hat es mir verboten.«
»Er erfährt es doch nicht. Nur für eine Minute!«
Wieder versuchte sie sich aufzurichten, aber das Baby lag bereits in einem Körbchen am warmen Ofen, und ihre Kräfte verließen sie, ehe sie mehr tun konnte, als sich auf die Ellbogen zu stützen. Als sie diesmal auf die dünne Matratze zurückfiel, geschah es mit einem Gefühl der Niederlage. Sie war völlig erschöpft, jede Faser ihres Körpers schmerzte, und eine bleierne Müdigkeit ergriff Besitz von ihr. Sie hatte die ganzen neun Monate gekämpft, die schließlich in den letzten Kampf – die Wehen – mündeten. Sie sei zu alt, um ein Kind zu bekommen, hatten sie gesagt, und zum ersten Mal glaubte sie ihnen. Sie konnte nicht mehr kämpfen.
Sie schloß die Augen und ließ sich waschen – zuerst den Geburtsbereich und dann ihren übrigen, schweißbedeckten Körper. Selbst die Tränen, die über ihre Wangen rannen, liefen vor Erschöpfung langsam, doch ihre Gedanken eilten voraus. Sie kannte den Plan. Es war alles arrangiert. Der Rechtsanwalt würde bald kommen.
Das Mädchen zog ihr ein sauberes Nachthemd über den Kopf und deckte sie dann warm zu, doch der Versuch der behutsamen Hände, sie auf diese Weise ein wenig zu trösten, steigerte ihr Gefühl der Verzweiflung noch. Ihre Zukunft lag wie ein unfruchtbares Land vor ihr – so unfruchtbar, wie sie sich all die Jahre gewähnt hatte. Sie war nicht sicher, daß sie sie bewältigen könnte.

Plötzlich spürte sie eine neue Bewegung auf dem Bett und dann das Gewicht eines kleinen Bündels, das ihr mit einem geflüsterten: »Aber nicht verraten!« in den Arm gedrückt wurde.
Sie öffnete die Augen, zog eine Ecke der Windel beiseite, in die das Baby gewickelt war – und es verschlug ihr den Atem. Der Anblick, der sich ihr im fahlen Morgenlicht bot, ließ keine Wünsche offen. Große, weit auseinanderliegende Augen, eine winzige Knopfnase und ein Rosenknospenmündchen – ein Mädchen, das von beiden Elternteilen das Beste geerbt hatte, das lieb und stark wirkte, und in diesem Augenblick wußte ihre Mutter, daß sie die richtige Entscheidung getroffen hatte. Es würde keine baufälligen Hütten für ihre Tochter geben, keine schäbigen Kleider oder kärgliche Mahlzeiten, keine Verachtung seitens der Bewohner dieser Stadt, keine Demütigungen, keine Mißhandlungen, sondern ein Leben in gesellschaftlicher Anerkennung, Achtung und Liebe.
Sie drehte sich auf die Seite und drückte das Kind an ihre Brust, küßte die warme Stirn, atmete den unverfälschten Babyduft ein, strich mit den Händen über die winzige Gestalt und drückte sie fester an sich, als die Tränen erneut zu fließen begannen. Diesmal liefen sie schneller und wurden von so heftigen Schluchzern begleitet, daß sie das Klopfen an der Tür kaum hörte.
Das Mädchen neben ihr griff hastig nach dem Kind. »Er ist da.«
»Nein! O nein!« Sie preßte das Baby an sich, verbarg sein Köpfchen unter ihrem Kopf, jedoch weniger, um das Kind zu schützen, als vielmehr um ihrer selbst willen. Ohne dieses kleine Wesen war sie nichts.
Ein ängstlich geflüstertes »Bitte!«, und dann zogen Hände an ihrem Arm. »Wir müssen weg.«
Wir. Schon gehörte ihr Kind jemand anderem – in diesem Moment der Tochter der Hebamme, dann dem Rechtsanwalt der Adoptiveltern und schließlich den Adoptiveltern selbst. Das Schicksal nahm seinen Lauf, und es gab keine Möglichkeit, es aufzuhalten, ohne seinen Zorn zu wecken, und niemand kannte

die Folgen seines Zorns besser als sie. Es war ein stiller Zorn und gefährlich bei einem Mann, der ebenso starrsinnig war wie mächtig. Aber er war ein Mann, der zu seinem Wort stand. Ebenso, wie er sie gewarnt hatte, daß sie leiden werde, wenn sie darauf bestünde, das Kind auszutragen, was sich bewahrheitet hatte, hatte er versprochen, daß das Kind unbeschadet übergeben werde, und er würde sich daran halten.

Sie hob das Kind an ihre Wange. »Mach was aus dir, Baby.«

»Geben Sie sie mir.«

»Tu's für mich, Baby – tu's für mich.«

»Bitte!« flehte das Mädchen. »Jetzt!«

»Ich liebe dich.« Mit einem gequälten Stöhnen drückte sie das Baby ein letztes Mal an sich. »Ich liebe dich«, schluchzte sie leise.

Das zweite, energischere Klopfen ließ sie zusammenzucken. Sie stieß einen Protestlaut aus, doch es war ein zweckloser Ausdruck des Kummers, der ihr das Herz zerriß. Ihr Schicksal war besiegelt. In der Hoffnung, daß es mit ihrer Tochter freundlicher umgehen würde, legte sie sie in die wartenden Hände. Unfähig, mit anzusehen, wie das leise jammernde Kind aus ihrem Leben entführt wurde, kehrte sie der Wärme des Raumes den Rücken und schloß die Augen.

Die Tür öffnete sich, leises Gemurmel folgte, Kleidung raschelte, der Weidenkorb knarzte, die Tür fiel ins Schloß – und dann folgte Stille, öde und marternde Stille. Sie war wieder allein, wie sie es den größten Teil ihres elenden Lebens gewesen war – nur gab es jetzt keine Hoffnung mehr. Der letzte Schimmer davon war ihr mit ihrer wunderschönen kleinen Tochter genommen worden. Sie stieß einen knurrenden Laut aus, der an ein verzweifeltes Tier erinnerte, und krallte dann ihre Finger in den Schmerz, der ihren Leib wie ein Messer durchschnitt. Ihre Verwirrung hatte noch kaum nachgelassen, als die zweite Attacke kam. Als sie die dritte kommen spürte, hatte sie bereits zu begreifen begonnen, und bei der vierten war sie bereit.

Erstes Kapitel

Von dem plüschig-bequemen, samtbezogenen Zweiersofa aus, das für diesen Anlaß in die Bibliothek gebracht worden war, studierte Chelsea die blonden, blauäugigen, hakennasigen Mitglieder der Familie ihrer Mutter und kam zu dem Schluß, daß sie, von wem immer sie auch abstammen mochte, mit besseren Voraussetzungen gesegnet war. Sie verabscheute die Arroganz und die Habgier, der sie sich hier gegenübersah. Abby war noch nicht einmal richtig kalt, und diese Hyänen hatten bereits begonnen, sich um das Erbe zu raufen.

Was Chelsea anging so wünschte sie sich nur Abby zurück – aber Abby war für immer fort.

Mit gesenktem Kopf lauschte sie dem Flüstern des Januarwindes, der gezischten Unterhaltung der Mahlers, dem Schnappen des Klappdeckels der Taschenuhr ihres Vaters und dem Rascheln der Papiere auf dem Schreibtisch. Nach einer Weile richtete sie den Blick auf den Teppich, einen Aubusson in elegant gedeckten Blau- und Brauntönen. »Dieser Teppich ist wie dein Vater«, hatte Abby mit ihrem unvergleichlichen britischen Humor erklärt, und Kevin war tatsächlich vornehm zurückhaltend. Ob er den Teppich ebenso liebte, wie Abby es getan hatte, blieb dahingestellt. Solche Dinge waren bei ihm schwer zu beurteilen. Er neigte nicht zu Gefühlsäußerungen. Selbst jetzt, als Chelsea aufschaute und in seinem Gesicht nach Trost suchte, fand sie keinen. Sein Ausdruck war ebenso herzzerreißend düster wie der dunkle Anzug, den er trug. Obwohl er sich das Zweiersofa mit ihr teilte und entsprechend nah neben ihr saß, war er in seinem Gram unerreichbar – und so war das schon seit Abbys Tod vor fünf Tagen.

Chelsea wäre gerne noch näher an ihn herangerückt und hätte seine Hand genommen, aber sie wagte es nicht. Sie würde damit das Land seiner Trauer unbefugt betreten und wußte nicht, ob er sie willkommenheißen würde oder nicht. So leer, wie sie sich fühlte, wollte sie keine Zurückweisung riskieren.

Endlich bereit, nahm Graham Fritts, Abbys Anwalt und Testamentsvollstrecker, das erste der vor ihm liegenden Papiere zur Hand. »Ich beginne mit der Verlesung des letzten Willens von Abigail Mahler Kane ...«

Chelsea ließ die Worte an sich vorbeirauschen. Sie erinnerten sie zu schmerzlich an den noch frischen Kummer, kamen zu schnell nach dem edlen, geschnitzten Sarg, dem wohlmeinenden Nachruf des Geistlichen und den Dutzenden gelber Rosen, die eigentlich strahlend schön wirken sollten, jedoch ein glanzloses Bild der Trostlosigkeit boten. Chelsea hatte nicht gewollt, daß das Testament so schnell eröffnet wurde, doch Graham hatte sich dem Drängen der Mahlers gebeugt, die zur Beerdigung von weither nach Baltimore angereist waren und nicht noch einmal gezwungen sein wollten, sich dieser Strapaze auszusetzen. Kevin hatte nicht widersprochen – er ließ sich kaum je auf Auseinandersetzungen mit dem Clan ein. Nicht, daß er ein Schwächling gewesen wäre, er war ein ungeheuer tüchtiger Mann, aber er verbrauchte seinen Kampfgeist in seinem Beruf bei den schwierigen Fällen, derer er sich annahm, und darum war er im Privatleben ein ausgesprochen friedfertiger Mensch.

Abby hatte das verstanden. Sie war ein äußerst mitfühlender Mensch gewesen, wurde Chelsea bewußt, als sie jetzt ihre Gedanken treiben ließ. Sie erinnerte sich, wie Abby sie in Epsom-Salz-Lauge badete, als sie die Windpocken hatte, und kiloweise Chelseas Lieblingseis – Schwarzkirsche – aus dem Supermarkt kommen ließ, als ihr eine Zahnspange verpaßt wurde, voller Begeisterung Farbkopien an all ihre Freunde schickte, als eine Zeichnung von Chelsea den ersten Preis bei einer örtlichen Kunstausstellung bekam, und sie tadelte, als sie sich die Ohren zweifach durchstechen ließ.

In der letzten Zeit, als Abbys körperlicher Zustand sich zusehends verschlechterte, wie es für langjährige Polio-Opfer typisch war, hatte das Blatt sich gewendet: Nun übernahm Chelsea das Baden, Verwöhnen, Loben und Tadeln, und sie war dankbar gewesen, dafür die Gelegenheit zu bekommen. Abby hatte ihr so viel gegeben – ihr etwas davon zurückgeben zu können war ein Geschenk, und das um so mehr, als sie beide immer deutlicher erkannten, daß Abby nicht mehr viel Zeit bliebe.

»... vererbe ich dieses Haus und das in Newport meinem Mann, Kevin Kane, desgleichen ...«

Häuser, Autos, Aktien und andere Wertpapiere – Kevin brauchte das alles nicht. Er war ein erfolgreicher Neurochirurg, der das Spitzengehalt, das er vom Krankenhaus bezog, noch durch eine gutgehende Privatpraxis aufstockte. Er war es auch gewesen, der für Chelseas alltägliche Bedürfnisse aufkam, und er hatte auf dieser Regelung bestanden. Abby hatte die Sonderausgaben finanziert.

Chelsea hatte sich im Laufe der Jahre oft gewünscht, sie hätte das nicht getan, denn es schürte nur die ablehnende Haltung seitens des Clans gegenüber dem »Kuckucksei«. Abbys Brüder und Schwestern hatten nicht gebilligt, daß ein Treuhandfonds für Chelsea eingerichtet werden sollte, in deren Adern kein Tropfen Mahler-Blut floß, aber Abby hatte darauf bestanden, daß Chelsea als ihrer Tochter die gleichen Voraussetzungen geschaffen würden wie jedem anderen Mahler-Enkel. Und so war sie ihnen gleichgestellt worden. Zumindest finanziell. Es bestand ein Treuhandfonds auf ihren Namen, der es ihr ermöglichte, von den Zinsen sorgenfrei leben zu können, selbst wenn sie sich entschließen sollte, niemals zu arbeiten.

»... meiner Tochter, Chelsea Kane, hinterlasse ich ...«

Chelsea war Architektin, mit inzwischen siebenunddreißig Jahren, eine von drei Partnern in einer Firma, die entlang der Ostküste lukrative Aufträge ausführten. Darüber hinaus hatte sie in einige dieser Projekte nach sorgfältiger Prüfung privat investiert, was bedeutete, daß ihr Einkommen sich sehen lassen konnte, und allein dieses ermöglichte ihr bereits ein sorgenfreies Leben.

Vielleicht war sie aus diesem Grund nie sonderlich auf die Anhäufung von Vermögenswerten aus gewesen, und darum hörte sie kaum zu, was Graham vorlas. Sie wollte nichts von ihrer Mutter erben, denn das hieße, ihren Tod anzuerkennen. Ihre Tanten und Onkel hatten damit offenbar kein Problem. In dem Bemühen, gleichgültig zu wirken, saßen sie mit künstlich-lässig im Schoß gefalteten Händen da, doch die verkrampften Muskeln um die spitzen Nasen und der gierige Ausdruck ihrer Augen verrieten sie.

»... meinem Bruder, Malcolm Mahler, vermache ich ...«

Malcolm bekam die Jacht, Michael den Packard, Elizabeth die beiden englischen Vollblüter, Anne die Eigentumswohnung in Aspen – aber sie fixierten Graham noch immer, als er weiterlas.

»Was die Rubine betrifft ...«

Die Rubine. Erst jetzt wurde Chelsea klar, daß sie es waren, worauf ihre Onkel und Tanten gelauert hatten. Nicht, daß es einem von ihnen an Schmuck gemangelt hätte oder an Jachten oder Autos oder Pferden, doch die Rubine waren etwas Besonderes. Sogar Chelsea, die niemals auch nur im Traum erwogen hätte, so auffällige Stück zu tragen, konnte ihren Wert einschätzen. Sie befanden sich seit sechs Generationen im Familienbesitz der Mahlers und gingen traditionsgemäß von der ältesten Tochter auf deren älteste Tochter über.

Abby war die älteste Tochter gewesen und Chelsea ihr einziges Kind. Aber Chelsea war adoptiert.

»Ich habe diesem Punkt meines Testaments ausführlichere Überlegungen gewidmet als dem Rest meines Nachlasses und beschlossen«, las Graham vor, »die Rubine wie folgt aufzuteilen: Meine Schwester Elizabeth soll die Ohrringe bekommen, meine Schwester Anne das Armband und meine Tochter Chelsea den Ring.«

Elizabeth sprang auf. »Nein das kommt nicht in Frage! Wenn die älteste Tochter keine Tochter hat, dann erbt die Zweitälteste das ganze Set, und die bin ich!«
Anne, die bis dahin mit übereinandergeschlagenen Beinen dagesessen hatte, stellte abrupt beide Füße auf den Boden und beugte sich gleichermaßen empört vor. »Die Stücke dürfen nicht auseinandergerissen werden, sie sollten immer komplett bleiben. Was hat Abby sich nur dabei gedacht?«
»Sie muß verwirrt gewesen sein«, lautete Malcolms höfliche Umschreibung für Unzurechnungsfähigkeit.
»Oder von jemandem beeinflußt«, lautete Michaels vage, aber doch eindeutig zielgerichtete Anschuldigung.
»Eine Mahler würde das Set nie aufteilen«, insistierte Elizabeth. »Es steht mir zu – im ganzen.«
Jetzt rührte Kevin sich auf seinem Platz – kaum merklich, aber angesichts seiner bisherigen Bewegungslosigkeit genügte es, um die allgemeine Aufmerksamkeit zu erregen. Mit vor Kummer heiserer, aber erstaunlich fester Stimme erklärte er: »Eigentlich hätte das ganze Set in den Besitz von Chelsea übergehen müssen, sie ist die älteste Tochter der ältesten Tochter.«
»Sie ist nicht Abbys Tochter«, protestierte Elizabeth.
»Nicht wirklich, zumindest. Sie hat nicht unsere Gene, kann sie also auch nicht weitergeben. Außerdem – sieh sie dir doch an: Sie ist eine Karrierefrau, sie wird kein Kind bekommen. Selbst wenn sie unser Fleisch und Blut wäre ...«
Chelsea stand still auf und stahl sich aus dem Zimmer. Elizabeths Worte gingen über ihre Kräfte. Sie litt mehr als alle da drin darunter, daß kein Mahler-Blut in ihren Adern floß. Jahrelang hatte sie versucht herauszufinden, wessen Blut es war, aber Kevin hatte sich beharrlich geweigert, sich dazu zu äußern, und Abby war gesundheitlich zu angeschlagen gewesen, als daß Chelsea es über sich gebracht hätte, sie damit zu belästigen, und so war diese Frage unbeantwortet geblieben. Abby war in jeder Hinsicht ihre Mutter gewesen, und ihr Tod hatte nicht nur ein

schmerzliches Verlustgefühl in Chelsea ausgelöst, sondern auch Unsicherheit und die Empfindung, den Halt verloren zu haben. Abby hatte sie geliebt. Ungeachtet ihrer körperlichen Einschränkungen, hatte sie sie bis zum Ersticken vergöttert. Chelsea hätte ihr oft gerne gesagt, sie solle sie in Ruhe lassen, doch Abby war viel zu lieb für eine solche Zurückweisung, und Chelsea hätte ihr um nichts in der Welt weh getan. Sie hatte das große Los gezogen, als sie adoptiert wurde. Das Haus der Kanes war ein Hafen, und die Liebe machte es zu einem sicheren, glücklichen Heim.

Nichtsdestoweniger war sie neugierig gewesen, hatte wissen wollen, warum sie adoptiert worden war, warum Abby selbst keine Kinder bekommen konnte, warum sie gerade sie ausgesucht hatten. Sie wollte wissen, wo sie geboren worden war, wer ihre leiblichen Eltern waren und warum sie sie weggegeben hatten.

Abby hatte ihr erklärt – mit so sanfter Behutsamkeit, daß Chelsea sich selbst nach so vielen Jahren noch genau daran erinnerte –, daß sie wegen ihrer Lähmung keine Kinder bekommen konnte, sie und Kevin sich genau dann dazu entschlossen hatten, eines zu sich zu nehmen, als ein kleines Mädchen dringend ein Zuhause suchte. Die Adoption sei inoffiziell vonstatten gegangen. Abby behauptete, nichts zu wissen, und Kevin schloß sich dem an. »Du bist eine Kane«, erklärte er beharrlich, selbst dann, wenn Chelsea sich gänzlich Kane-untypisch präsentierte. »Es spielt keine Rolle, woher zu stammst, solange du weißt, wer du jetzt bist.«

Chelsea trat vor den goldgerahmten Spiegel, der in der Halle über der Konsole hing. Sie war ebenso hochgewachsen und schlank wie die Mahlers und ebenso elegant gekleidet, aber da endeten die Ähnlichkeiten. Sie hatte im Gegensatz zu blauen Augen grüne, und ihre langen Haare waren kastanienbraun mit einer Naturwelle, um die die Mahler-Frauen sie dann beneideten, wenn Wellen in Mode waren. Aufgrund eines Motorradunfalls, den sie mit siebzehn gehabt und der eine gebrochene

Nase und eine anschließende Operation zur Folge hatte, war Chelseas ehemalige Stupsnase jetzt schmal und gerade. Und dank einer Zahnspange, die sie vor dem Eintritt ins Teenageralter getragen hatte, war ihr vorher leicht fliehendes Kinn in perfekten Einklang mit ihren übrigen Zügen gebracht worden. Sie war eine attraktive Frau. Es zu leugnen hätte falsche Bescheidenheit bedeutet, und dazu war Chelsea zu ehrlich. Sie hatte einen langen Weg zurückgelegt seit der Teenagerphase der taillenlangen, verwegenen Mähne, kajalumrandeten Augen und Blumenkindaufmachung. Abby war stolz auf die Frau gewesen, zu der sie sich entwickelt hatte.

Jetzt war Abby nicht mehr da, und ihre Familie stritt sich in der Bibliothek erbittert um ein Schmuckset. Chelsea war regelrecht übel vor Abscheu. Wäre Kevin nicht gewesen, hätte sie auf der Stelle das Haus verlassen, aber sie wollte ihn nicht allein lassen. Er war todunglücklich. Nachdem sich Abbys Tod so viele Jahre angekündigt hatte, fiel es ihm unendlich schwer, ihn jetzt als gegeben hinzunehmen. Chelsea konnte ihm seine starrsinnige Schweigsamkeit bezüglich ihrer Adoption verübeln, aber nicht seine hingebungsvolle, allumfassende Liebe zu Abby.

Die Bibliothekstür öffnete sich, und Elizabeth und Anne erschienen. »Wir werden Einspruch einlegen, daß du es nur weißt«, kündigte Elizabeth Chelsea im Vorbeigehen an.

Anne zerrte ihre Pelzmäntel aus dem Garderobenschrank. »Der Ring muß im Familienbesitz bleiben.«

Ohne ein weiteres Wort, ohne jede Geste des Trostes oder der Ermutigung verließen die beiden Schwestern hocherhobenen Hauptes das Haus.

Die Eingangstür war kaum hinter ihnen ins Schloß gefallen, als Malcolm und Michael aus der Bibliothek traten.

Chelsea reichte ihnen ihre Mäntel.

Sie zogen sie schweigend an, und Malcolm rückte gerade seinen Hut auf dem Kopf zurecht, als er sagte: »Du hast ziemlich gut abgeschnitten, Chelsea.«

Sie trat mit hängenden Armen einen Schritt zurück. »Ich habe nicht auf die Details geachtet.« Und sie interessierten sie jetzt ebensowenig wie zuvor bei der Verlesung.
»Das hättest du aber tun sollen. Abigail hat dich zu einer wohlhabenden Frau gemacht.«
»Ich war schon vor ihrem Tod eine wohlhabende Frau.«
»Dank der Mahlers!« Das kam von Michael, der mit geschürzten Lippen auf seine Handschuhe hinunterschaute, während er sie sorgfältig über seine Finger streifte. »Elizabeth und Anne sind außer sich, und ich kann es ihnen offengestanden nicht verdenken. Ihr Argument ist stichhaltig. Der Ring ist viel Geld wert. Du brauchst das Geld nicht, und du brauchst den Ring nicht. Er kann nicht einmal annähernd den emotionalen Wert für dich haben, den er für uns hat.« Er hob seinen blauen Mahler-Blick und bohrte ihn in ihre grünen Augen. »Wenn du auch nur halb so anständig bist, wie Abby es immer von dir behauptet hat, dann wirst du uns den Ring geben. Du hast kein Recht darauf.«
Chelseas Gedanken wanderten zu den Partys ihrer Mutter zurück, zu denen die Mahlers erschienen waren. Chelseas Freunde waren beeindruckt gewesen. Sie hielten die Mahlers für Jetsetter, die in den glitzernden Hauptstädten der Welt mit Prinzen und Fürsten Umgang pflegten und Oxford-Englisch sprachen, als hätten sie es mit der Muttermilch eingesogen. Aber Chelsea hatte schon damals keine Bewunderung dafür aufbringen können, wenn in gewählten Worten häßliche Dinge ausgedrückt wurden.
Sie hätte gerne Abneigung oder Trotz empfunden, doch sie hatte nicht die Kraft dazu. Ebenso wie ihr Erbe ging es ihr auch gegen den Strich, so kurz nach Abbys Tod ein Streitgespräch zu führen. »Ich kann mich im Moment nicht mit dieser Angelegenheit befassen«, sagte sie. »Wirklich, ich kann es nicht.«
»Falls es dir darum gehen sollte, den Ring schätzen zu lassen«, vermutete Malcolm, »dann kann ich dir mitteilen, daß das

bereits geschehen ist. Graham hat die Bescheinigung bei seinen Unterlagen.«

»Es geht darum, daß ich trauere. Ich brauche Zeit.«

»Aber nimm dir nicht zu viel. Die Mädchen werden bestimmt vor Gericht gehen, wenn du den Ring nicht freiwillig herausgibst.«

Chelsea hob abwehrend die Hand. »Nicht jetzt!« murmelte sie und floh in die Küche, wo sie unter einer Krone aus Kupferpfannen an den Arbeitsblock in der Mitte des Raumes gelehnt stand, als Graham hereinstürmte.

»Ahhh, Chelsea!« rief er erleichtert. »Ich hatte schon gefürchtet, Sie seien weggegangen.«

Chelsea mochte Graham. Er war im Alter ihrer Eltern, als Abbys Anwalt nachgerückt, als sein Vater starb, und seitdem eine stille Konstante in ihrem Leben.

Sie steckte die Hände unter ihre Achseln und warf ihm einen flehenden Blick zu. »Jetzt bedrängen Sie mich bitte nicht auch noch, Graham! Es war schlimm genug, daß das Testament verlesen wurde, ehe Mutter richtig kalt ist, aber das Schachern darum ist widerlich. Die Familie hat darauf bestanden, daß es so schnell eröffnet wurde, aber ich habe nicht die Absicht, es mir anzusehen, darüber nachzudenken oder darauf zu reagieren, bevor ich genug Zeit gehabt habe, um sie zu trauern.« Sie deutete vage in Richtung der Haustür. »Sie fliegen nach Hause und gehen zur Tagesordnung über, als habe sich nichts verändert, und vielleicht trifft das für sie ja zu, aber für mich hat sich viel verändert, und das hat nichts mit dem zu tun, was immer ich geerbt habe, oder mit der daraus folgenden ›Wertsteigerung‹ meiner Person. Ich weigere mich, das Leben meiner Mutter in Dollars und Cents auszudrücken, und wenn Sie gekommen sind, um das zu tun, dann vergessen Sie's.«

»Nein, darum bin ich nicht hier.« Graham zog einen Umschlag aus der Innentasche seines Sakkos. »Das ist für Sie.«

Mißtrauisch musterte sie das Kuvert. Es war alt und abgegriffen.

»Wenn das irgendeine Aktie ist, dann will ich sie nicht«, sagte sie, obwohl der Umschlag keinen geschäftlichen Eindruck machte. Er war klein und unscheinbar, und Chelsea konnte sogar von weitem erkennen, daß er keinen Absender trug.

Graham legte ihn auf den Arbeitsblock. »Nehmen Sie ihn«, drängte er sie sanft. »Abby wollte, daß ich ihn Ihnen gebe.«

»Ist er im Testament aufgeführt?«

»Nein. Es war eine Privatangelegenheit zwischen ihr und mir, und jetzt werden Sie einbezogen.«

Neugierig nahm Chelsea das Kuvert. Das Gewicht überraschte sie. Was war da drin? Sie wog den Umschlag in der Hand und richtete ihre Aufmerksamkeit dann auf die Adresse. Die Schrift war ungelenk, die Tinte verschmiert, doch sie konnte den Namen ihrer Mutter erkennen. Den Namen darunter zu entziffern, bereitete ihr größere Schwierigkeiten.

Graham sprang ihr bei. »Das Kuvert wurde zu Händen meines Vaters geschickt – an seine Büroadresse. Er war der Anwalt, der Ihre Eltern bei der Adoption vertrat.«

Das war Chelsea nicht neu, doch es Graham so unvermutet erwähnen zu hören, erschreckte sie. Ihr Herz setzte einmal aus und machte das Versäumnis dann mit übertriebener Geschwindigkeit wett. Ihr Blick flog zu der Briefmarke. Auch sie war altersbedingt blasser geworden, aber der Stempel war noch leserlicher als das Gekrakel darunter: Er wies den Absendetag als den achten November neunzehnhundertneunundfünfzig aus und den Absendeort als Norwich Notch, New Hampshire. Chelsea las den Ortsnamen laut vor und schaute Graham fragend an.

»Sie sind dort geboren«, erklärte er.

Sie starrte ihn entgeistert an. Die Frage nach ihrem Geburtsort hatte all die Jahre ebenso zu ihrem Leben gehört wie ihre Geburtstagsfeier in jedem März. Daß sie plötzlich eine Antwort darauf bekommen hatte, war überwältigend. Norwich Notch. Sie hielt den Umschlag so vorsichtig in der Hand, als sei er zerbrechlich, wagte nicht, ihn zu öffnen.

»Was ist das, Graham?« ertönte Kevins düstere Stimme von der Tür her.
Grahams Blick löste sich von Chelseas Gesicht und richtete sich auffordernd auf den Umschlag. Sie schluckte, drehte ihn um, hob die Klappe an und zog ein Papiertaschentuch heraus, das ebenso abgegriffen war wie das Kuvert. Es sah aus, als sei es viele Male auseinander und wieder zusammengefaltet worden. Sie legte es behutsam auf den Arbeitsblock und faltete es ein weiteres Mal auseinander. Darin lag, mit einem ehemals roten Band versehen, das schon vor langer Zeit seine Leuchtkraft verloren hatte, ein schwarz angelaufener, silberner Schlüssel. Zumindest hielt sie es für einen Schlüssel. Der Kopf war ein Miniaturwaldhorn, das man mit Verzierungen leichter greifbar gemacht hatte, doch der Bart war glatt, nur eine dünne Röhre, halb so lang wie ihr Daumen.
Das Bild des Metronoms, das im Wohnzimmer ihrer Eltern auf dem Konzertflügel stand, erschien vor ihrem geistigen Auge. Dieses Metronom war in Jahren mühevollen Klavierunterrichts eine Heimsuchung für sie gewesen – und es wurde mit einem Schlüssel aufgezogen, dessen Bart ebenso glatt war wie dieser hier.
Verwirrt schaute sie zu Graham auf. »Wer hat ihn geschickt?«
Er zuckte die Schultern und schüttelte den Kopf.
»Es ist doch ein Schlüssel, oder?«
»Abby glaubte es, doch sie war sich nicht ganz sicher. Er kam, als Sie fünf Jahre alt waren.« In entschuldigendem Ton setzte er für Kevin hinzu: »Da er an Abby adressiert war, hatte mein Vater keine andere Möglichkeit, als ihn ihr auszuhändigen.«
Auch Chelsea wandte sich ihrem Vater zu. »Es gab ja auch keinen Grund, es nicht zu tun«, sagte sie zu ihm. Seine stattliche Gestalt füllte den Türrahmen aus, und er hielt sich trotz der schweren Last, die auf seinen Schultern ruhte, sehr gerade.
»O doch, den gab es«, widersprach er. Seine Einstellung zu diesem Thema hatte sich über die Jahre hinweg nicht geändert,

nicht, als Chelsea volljährig wurde, und auch jetzt, nach Abbys Tod nicht. »Du warst von deiner achten Lebensstunde an unser Kind. Wir haben dich aufgezogen und geliebt. Deine Mutter wollte gar nicht wissen, woher du kamst. Sie brauchte es nicht zu wissen. Diese Information war bedeutungslos – und sie ist es noch. Wir haben dich zu dem Menschen gemacht, der du heute bist.«

Chelsea war sehr bewußt, daß das nicht stimmte. Sie hatte weder die edlen Züge der Mahlers noch Kevins Grübchenkinn, schmale Lippen und rosigen Teint, und während die Mahlers und die Kanes musikalisch begabt waren, mangelte es ihr völlig an Musikgehör.

Aber sie hatte nicht vor, sich darüber mit Kevin zu streiten. Er wurde selbst in seinen besten Zeiten von dem Gedanken gepeinigt, daß sie sich irgendwann auf die Suche nach ihren leiblichen Eltern machen würde, und im Augenblick war er himmelweit von seinen besten Zeiten entfernt. Er war in Trauer. Sie war es ebenfalls, und seine zurückhaltende Art machte es ihr nicht leichter. Sie würde auf keinen Fall riskieren, den Abstand zwischen ihnen noch zu vergrößern.

Aber sie konnte den Schlüssel nicht einfach ignorieren. Sie legte ihn auf ihre Handfläche und strich mit dem Daumen über die Vorder- und Rückseite. »Wer hat ihn geschickt?« fragte sie noch einmal.

»Abby hatte keine Ahnung – sie bekam ihn so, wie ich ihn Ihnen übergeben habe. Ohne Begleittext.«

Chelsea legte den Schlüssel auf den Arbeitsblock, strich das Papiertaschentuch glatt und betrachtete zuerst die eine und dann die andere Seite, verfuhr danach in gleicher Weise mit dem Kuvert. Es stand nichts darauf außer der Adresse, nirgends war eine Nachricht zu entdecken. »Es muß doch etwas dabeigewesen sein.«

»Sie sagte, nein.«

»Sie sagte auch, sie wisse nicht, wo ich geboren wurde«, platzte

Chelsea heraus, denn die Erkenntnis, daß Abby sie angelogen hatte, schmerzte. Noch schlimmer war der Gedanke, daß Kevin Kenntnisse besaß, die darüber hinausgingen. Ihr Blick suchte den seinen. »Wußtest du, daß sie den Schlüssel bekommen hatte?«

Er schüttelte langsam den Kopf, und die gemäßigte Bewegung drückte seinen Zorn aus. »Ich hätte es verhindert, wenn ich gekonnt hätte. Sie hatte weiß Gott schon genügend Sorgen, ohne sich den Kopf über einen Schlüssel zu zermartern.«

Eine überwältigende Traurigkeit ergriff von Chelsea Besitz. »Sie hätte sich nicht damit herumquälen müssen, wenn sie ihn mir einfach gegeben hätte.«

»Wenn sie das getan hätte, hättest du uns verlassen.«

»Wegen eines Schlüssels? Ich habe nicht einmal eine Ahnung, wozu er gehört.«

»Du hättest es herausgefunden«, erwiderte er barsch. »Das ist deine Art: Wenn du auf irgend etwas neugierig bist, dann läßt du nicht locker.« Sein Ton wurde sanfter. »Das war eine der Eigenschaften, die deine Mutter besonders an dir bewunderte: Du hattest den Mut, der ihr fehlte.«

Chelsea schaute ihn verblüfft an. »Sie hatte mehr Mut als wir alle.«

Die Erinnerung ließ Kevin sanft bleiben. »Sie sah es nicht so. Sie war durch ihre Familie fast ebenso in ihrer Beweglichkeit eingeschränkt wie durch ihre Beinschienen, und du schwammst dich frei. Du tatest die Dinge, die sie vielleicht gerne getan hätte. Du suchtest nach Herausforderungen und bewältigtest sie. Sie liebte das Blumenkind, das du warst, ebensosehr wie den Champion des Schwimmvereins.« Sein Mund wurde noch schmaler, sein Ton wieder hart. »Jedenfalls hat sie sich darum zweifellos mit dem Schlüssel herumgequält. Sie wußte, daß du mit diesem Anhaltspunkt und der dir eigenen Neugier sofort losgestürzt wärest, um Eltern zu finden, die dich von vornherein nicht haben wollten.«

»Das ist nicht fair«, flüsterte Chelsea mühsam, denn ein dicker Kloß blockierte ihre Kehle. Sie bedauerte Kevin, der fürchtete, daß zwei andere Menschen seinen und Abbys Platz in ihrem Herzen erobern würden. Aber sie bedauerte auch sich selbst, denn das letzte, was sie glauben wollte, war die Version, daß sie nur am Leben war, weil zur Zeit ihrer Zeugung Abtreibungen illegal waren.

Sie drehte den Schlüssel in der Hand und sagte leise: »Ich wäre überhaupt nicht ›losgestürzt‹. Ich hätte dich und Mom ganz sicher nicht gekränkt. Ihr seid meine Eltern, und daran wird sich nie etwas ändern.« Sie wünschte verzweifelt, sich ihm verständlich machen zu können. »Ich habe nur immer wissen wollen, wer die anderen sind.« Das war ihr ein ungeheuer wichtiges Anliegen. Sie bezweifelte, daß jemand, der nicht adoptiert war, das Gefühl der Zurückweisung begreifen konnte, das die Tatsache, gleich nach der Geburt weggegeben worden zu sein, in einem Menschen weckte, die Empfindung, ausgeschlossen zu sein, die sie bei Familienzusammenkünften quälte, die nagende Gewißheit, daß etwas fehlte.

Aber jetzt war nicht der geeignete Zeitpunkt, ein emotionsgeladenes Thema nach dem anderen zu besprechen. Behutsam legte sie den Schlüssel in die Mitte des Papiertuchs und faltete es zusammen, wie Abby es offenbar so viele Male getan hatte. Dann schob sie das kleine Päckchen in den Umschlag zurück und steckte ihn in die Tasche ihres Seidenkleides.

Den Kopf hebend, sagte sie zu Kevin: »Du hast recht – es ist im Moment nicht wichtig.« Als wolle sie ihm zeigen, daß Abby in ihr weiterlebe, wandte sie sich mit der gleichen Souveränität Graham zu, die ihre Mutter in ähnlich kritischen Augenblicken an den Tag legte, und sagte: »Die Köchin macht ein unglaubliches Schmorhähnchen. Sie bleiben doch zum Dinner, nicht wahr?«

Kevin kannte Chelsea gut. Sie war wirklich eine Macherin. Als ihr der nötige Notendurchschnitt fürs College fehlte, hatte sie

ihre Zulassung in Princeton erreicht, indem sie sich mit einer eindrucksvollen Arbeitsmappe buchstäblich in den Räumen der Architekturfakultät einnistete. Als sie beschloß, daß ihre erste Wohnung loftähnlich sein sollte, und das in einer Art und Weise, wie es Baltimore bis dahin noch nicht gesehen hatte, präsentierte sie einem der größten Bauunternehmer der Stadt eine Skizze und das Versprechen, unentgeldlich Bauzeichnungen zu liefern, wenn er das Gebäude kaufe, das sie im Sinn hatte, und sich des Projekts annähme. Als sie mit zwei Partnern ein Architekturbüro eröffnete, entwarf sie ein ins Auge fallendes Logo und schickte jedem potentiellen Kunden, den sie in ihrem privaten Adreßbuch finden konnte, einen handgeschriebenen Brief. Angesichts dessen, daß sie mit dem privaten Bekanntenkreis ihrer Mutter und dem beruflichen ihres Vaters aufgewachsen war, enthielt dieses Adreßbuch eine Unmenge von Namen.
Jetzt bildete der Schlüssel eine Herausforderung für sie. Zuerst versuchte sie das schwarz angelaufene Silberding zu ignorieren – es trieb einen Keil zwischen Kevin und sie, und das zu einem denkbar unglücklichen Zeitpunkt –, doch es ließ sich nicht ignorieren, machte seine Existenz von jeder Stelle aus, die sie als Versteck wählte, still, aber aufdringlich deutlich.
Gleichzeitig begann der Name Norwich Notch einen vertrauten Klang zu gewinnen. Sie fragte sich, ob irgendeine geheimnisvolle Macht in ihr Verbindung mit ihrem Geburtsort aufnahm oder ob sie den Namen einfach so oft vor sich hingesagt hatte, daß er ihr bekannt vorkam. Ein Atlas in der Bücherei verriet ihr, daß das Städtchen in der südwestlichen Ecke von New Hampshire lag und elfhundert Einwohner hatte – aber so viele Bücher sie auch wälzte, es fand in keinem davon Erwähnung. Schließlich wurde sie im Telefonbuch für den Keene-Peterborough-Distrikt fündig. Unter anderem war der Norwich Notch Town Clerk verzeichnet, die Norwich Notch Congregational Church und das Norwich Notch Community Hospital. Jede dieser Stellen käme als Informationsquelle in Frage. Das wußte sie, denn sie

hatte in den letzten Jahren alle Artikel zum Thema Adoption gelesen, deren sie habhaft wurde, und kannte den Verlauf der Nachforschungen, die in den aufgeklärten Neunzigern an der Tagesordnung waren. Der Trend der Behörden ging eindeutig in Richtung eines Informationsaustauschs zwischen leiblichen Eltern und Adoptierten. Offene Adoptionen waren in Mode.

Sie hätte den Hörer abnehmen und ein Telefonat führen können. Sie hätte nach Boston fliegen und von dort nach Norden fahren oder nach Manchester fliegen und von dort nach Westen fahren können. Sie hätte auch den ganzen Weg nach Baltimore fahren können – aber sie tat nichts von alledem. Sie war noch nicht bereit dazu. Nicht so kurz nach Abbys Tod. Nicht, so lange Kevin so übersensibel war. Nicht so bald, nachdem sie zum ersten Mal etwas von Norwich Notch gehört hatte. Sie brauchte Zeit, um sich auf seine Existenz einzustellen.

Doch der Schlüssel wurde ihr schnell ein alter Freund. Nachdem sie ihn eine Woche lang Abend für Abend in der Hand gehalten und gedreht und studiert hatte, holte sie Silberputzmittel aus dem Schrank unter dem Spülbecken und behandelte, sorgsam darauf bedacht, das ausgefranste Band nicht vollzuschmieren, den Schlüssel bis in jede winzige Ecke mit der Creme, wonach sie ihn ebenso sorgsam abspülte und -trocknete.

Von der Patina befreit, war der Schlüssel ein reizvolles Ding, dessen bis ins Detail ausgearbeitete Schnörkel Chelsea für originalgetreu hielt. Der dünne, glatte Bart, der aus dem Mundstück ragte, war zwar hier und da eingedellt, doch das Horn selbst war in tadellosem Zustand. Als sie mit der Daumenkuppe über die Konturen fuhr, malte sie sich aus, daß begleitet von einer Rauchwolke, ein Geist erschiene, der ihr alles erzählte, was sie wissen wollte. Doch die Nacht war still, und sie blieb allein.

Sie hatte so viele Fragen, so viele Fragen, und die drängendste war, wer den Schlüssel geschickt hatte und warum. Zweiunddreißig Jahre waren eine lange Zeit, in der Menschen starben und Situationen sich änderten. Dann wieder fragte sie sich, ob der Poststempel nicht viel wichtiger für ihre Suche wäre. Norwich Notch. So vertraut. Es klang ländlich und voller Charme – aber natürlich konnte es auch ein deprimierendes Elendskaff sein. Sie war nicht sicher, ob sie herausfinden wollte, welches von beidem zutraf. Sie war nicht sicher, ob sie widerstehen könnte, es herauszufinden.

Inzwischen wuchs der Reiz des Schlüssels. Je öfter sie ihn betrachtete, um so mehr faszinierte sie nicht die Perfektion der Ausarbeitung, sondern die Kerben am Bart. Sie zeugten davon, daß er benutzt worden war – von Menschen, die in einer Beziehung zu ihr standen.

Sie malte sich viele verschiedene Szenarien aus, allesamt Variationen derer, die sie sich als Kind zusammengeträumt hatte. Ihre biologischen Eltern waren darin immer arm, aber voller Liebe zueinander. In einer Version waren sie Teenager, zu jung und zu unsicher, um sie zu behalten. In einer anderen war ihr Vater verheiratet, aber bis zum Wahnsinn in ihre Mutter verliebt. In einer dritten waren ihre Eltern zwar miteinander verheiratet, hatten jedoch bereits sieben Kinder und konnten sich kein achtes leisten.

Bei dieser letzten Möglichkeit verharrte Chelsea am längsten, denn der Gedanke, Geschwister zu haben, erfüllte sie mit freudiger Erregung. Sie hatte sich immer einen Bruder oder eine Schwester gewünscht, Abby regelrecht darum gebettelt. Irgendwann hatte sie eingesehen, daß eine Frau mit zwei unbrauchbaren Beinen und einer zarten Gesundheit nicht mehr als ein Kind bewältigen könnte, aber der Wunsch nach einem Geschwister war geblieben. Ihrer Meinung nach waren Geschwister in einer Weise miteinander verbunden, wie Freunde es nie sein konnten. Sie war mit Scharen von Freunden aufgewachsen, doch sie hatte immer diese andere, besondere Beziehung vermißt. Es gab Zeiten, da fühlte sie sich schrecklich einsam.

In diesen Zeiten suchte sie meistens Trost bei Carl.

Zweites Kapitel

»Ich möchte eine große Peperoni-Pizza mit doppeltem Käse, grünem Paprika, Pilzen und Zwiebeln«, sagte Carl ins Telefon und bedachte Chelsea dabei mit seinem Laß-den-guten-alten-Carl-nur-machen-Grinsen, die als Antwort darauf die Augen verdrehte.

Sie war erschöpft. Sie waren nach einer abendlichen Präsentation für ein Ärztehaus, mit dessen Entwurf sie betraut worden war, ins Büro zurückgekommen. Normalerweise hätte sie es allein gemacht, doch so kurz nach Abbys Tod konnte sie sich noch nicht wieder richtig konzentrieren, und so hatte Carl sie begleitet, um notfalls einzuspringen. Sie hatte zwar keine Schwierigkeiten, war jedoch froh, ihn dabei zu haben.

Er war Chelseas ältester und liebster Freund. Sein Vater und Kevin hatten in den Fünfzigern gemeinsam als Assistenzärzte angefangen, und seitdem waren die Familien eng verbunden. So lange Chelsea sich erinnern konnte, hatten die Harpers den Sommer in Newport in einem Haus verbracht, das nur zwei Blocks von den Kanes entfernt lag. Als zwei Einzelkinder hatten Chelsea und Carl sich zusammengeschlossen, und sie ergänzten sich wunderbar. Sie war impulsiv, er bedächtig. Sie war waghalsig, er vernünftig. Er brachte sie zum Nachdenken, sie ihn zum Fühlen.

Chelsea erinnerte sich, daß sie im Alter zwischen fünf und zehn Jahren ganz selbstverständlich davon ausgegangen war, Carl eines Tages zu heiraten. Als Teenager war das Thema Heirat dann zugunsten solcher Dinge wie Pubertät, Beatles-Musik und vegetarische Ernährung in den Hintergrund gerückt. Letzteres hatte sie von ihrem dreizehnten Lebensjahr an praktiziert, bis sie mit fünfzehn einen schweren Big-Mac-Anfall erlitt. Carl hatte all ihre Marotten mit Nachsicht ertragen, ja, sie sogar als eine Bereicherung seines Lebens gesehen und sich dafür erkenntlich gezeigt, indem er immer für sie da war, wenn sie einen Freund brauchte.

Partner in der eigenen Firma zu sein war eine logische Weiterentwicklung der Tage, in denen sie gemeinsam Sandburgen gebaut hatten. Carl war der Techniker, der Geschäftsmann. In puncto Risikobereitschaft stand er ihr in nichts nach, wenn es um Investitionen oder architektonische Herausforderungen ging. Innerhalb der Firma war er es, der die Aufträge an Land zog, bei Ausschreibungen für öffentliche Gebäude Entwürfe einreichte, dafür sorgte, daß sie im »Architectual Record« oder in der »Progressive Architecture« Erwähnung fanden. Chelsea war diejenige mit der zündenden Kreativität. Sie war die Künstlerin.

Im Augenblick war sie allerdings weder von zündender Kreativität noch voller Elan. Sie war den ganzen Tag von Termin zu Termin gehetzt, um die Woche aufzuholen, die sie sich als Trauerzeit zugestanden hatte. Sie fühlte sich ausgelaugt. Die Rückkehr zur Arbeit war ihr sehr schwergefallen.

»Es dauert zwanzig Minuten«, sagte Carl, als er den Hörer auflegte. »Hältst du so lange durch?«

»Natürlich. Kannst du mir noch einen zweiten Gefallen tun?«

Als er fragend die Brauen hochzog, erläuterte sie ihren Wunsch. »Ruf Dad an. Erkundige dich, ob es ihm gutgeht. Heute bin ich den ersten Abend seit Abbys Tod nicht bei ihm.«

Carl rief an, und das Gespräch, das er mit ihm führte, war kurz und unverkrampft, getragen von der Selbstverständlichkeit, die aus einer alten Freundschaft erwuchs. Nachdem er es beendet hatte, berichtete er Chelsea: »Er fährt zu meinen Eltern rüber, sagte, im Krankenhaus sei alles gut gelaufen. Er freut sich, daß du mit mir zusammen bist.«

Sie lächelte. »Ich glaube, er hatte meine Gesellschaft satt. Aber es war eine schöne Zeit – in gewisser Weise. Nach einer Weile fing er an zu reden, in Erinnerungen zu kramen, erzählte mir Geschichten aus seiner Zeit mit Mom, ehe sie krank geworden war. Es überraschte mich, denn er ist normalerweise so zurückhaltend.«

Carl ging zu ihr hinüber. »Das bist du in letzter Zeit ebenfalls.« Er trat hinter ihren Stuhl und begann ihre verspannten Schultern zu massieren. »Es ist schwer für dich, nicht wahr?«

»Ja. Ich vermisse sie.«

»Es wird besser werden.«

»Ich weiß. Für Dad es ist noch schlimmer als für mich. Ich zermartere mir ständig den Kopf nach einer Möglichkeit, ihn ein bißchen aufzuheitern.«

»Du bist bei ihm gewesen, das hat ihm gutgetan.«

»Meinst du?« fragte sie nachdenklich, was sie neuerdings häufig war. Kevins Beziehung zu ihr war stets von sanftem Lächeln und anlaßbedingten Geschenken charakterisiert gewesen. Er war ein vielbeschäftigter Mann, und wenn er nach seinen langen Arbeitstagen aus dem Krankenhaus kam, galt sein Interesse vor allem anderen Abby. Das war der Grund dafür, daß Chelsea es trotz der tragischen Umstände genossen hatte, zu erleben, daß er Zeit mit ihr verbrachte und sich ihr ein wenig öffnete.

»Wir haben in der letzten Woche wahrscheinlich mehr Stunden miteinander verbracht als im ganzen letzten Jahr. Aber ich kann sie ihm nicht ersetzen.«

Sie schloß die Augen und ließ den Kopf langsam kreisen, um die Lockerungsarbeit von Carls Händen zu unterstützen. »Hm – du weißt genau, wo du hingreifen mußt.« Sie atmete ein, befahl ihren Muskeln, sich zu entspannen, atmete aus. »Carl?«

»Hm?«

»Glaubst du, das Hunt-Omni wird in Eigentumswohnungen umgewandelt?« Es gab Gerüchte, daß das Hotel verkauft würde. Nach New Yorker Maßstäben war es nicht besonders groß, aber wenn es zu Apartments umgestaltet werden sollte, böte das eine echte architektonische Herausforderung.

»Sieht so aus. Ich habe mit John Baker darüber gesprochen – er steht mit der Käufergruppe in Kontakt, und jetzt weiß er, daß wir interessiert sind.«

Chelsea hatte noch nie zuvor ein Hotel umgebaut. Es wäre eine schöne Aufgabe, genau das richtige, um sie von ihrem Kummer über Abbys Tod abzulenken und ihn unmerklich schwächer werden zu lassen.

Und da war auch noch die andere Sache, die sie fast ebenso intensiv beschäftigte wie der schmerzliche Verlust. Sie umfaßte Carls Hände und drückte sie kurz, stand auf, ging zu ihrem Aktenkoffer und nahm das kleine Taschentuchpäckchen heraus.

Er war ihr gefolgt. »Was hast du da?« fragte er neugierig.

Sie faltete das Tuch auseinander und legte den Schlüssel auf ihre Handfläche.

»Wow!« Er nahm ihn und drehte ihn hin und her. »Wofür ist der?«

»Man kann irgendwas damit aufziehen. Mein Juwelier« – den sie heute zwischen zwei Terminen aufgesucht hatte – »sagt, daß er zu einer Spieldose gehöre.«

Carl betrachtete ihn immer noch aufmerksam von allen Seiten. »Wo hast du ihn her?«

»Mutter hat ihn Graham gegeben, damit er ihn mir nach ihrem Tod gäbe. Er wurde aus einem kleinen Ort in New Hampshire geschickt. Norwich Notch. Ich bin dort geboren worden.«

Sein Blick hob sich jäh zu ihrem Gesicht. »Wie hast du denn das erfahren?« Er wußte von der Adoption und um die Frustration, mit der es Chelsea erfüllte, nichts über ihre Herkunft zu wissen, und wenn sie auch manchmal das Gefühl hatte, daß er Kevin darin zustimmte, daß diese Information unerheblich wäre, hörte er ihr geduldig zu, wenn sie darüber sprach.

»Durch den Poststempel – und Graham hat es bestätigt. Sein Vater hat die Adoption damals abgewickelt.«

»Wow. Norwich Notch?«
Sie nickte.
»Warum klingt das vertraut?«
Ihre Augen leuchteten auf. »Für dich auch? Ich habe den Namen inzwischen schon so oft vor mich hingesagt, daß ich meine Objektivität verloren habe.«
»Norwich Notch.« Sein Blick wurde konzentriert. Chelsea konnte beinahe sehen, wie er die Erinnerungen in seinem Kopf durchblätterte. Nach einer Weile schüttelte er stirnrunzelnd den Kopf. »Es fällt mit nicht ein. Wo in New Hampshire liegt es denn?«
»In der südwestlichen Ecke.«
»Ahhh – das erklärt es. Wir sind auf dem Weg zum Skilaufen entweder durch- oder vorbeigefahren. Wahrscheinlich haben wir den Namen auf Wegweisern gelesen.«
Sie erinnerte sich zwar nicht daran, hatte aber das Gefühl, daß seine Vermutung richtig war. Er besaß ein gutes Gedächtnis, und außerdem leuchtete ihr die Erklärung ein: Der Ortsname hatte sich ihnen zweifellos unbewußt eingeprägt.
»Und wer hat den Schlüssel geschickt?« fragte Carl.
Sie zuckte die Schultern.
»Kein Absender? Kein Begleitbrief?«
»Nichts. Nur ein Poststempel auf einem Kuvert, das Mom so oft auf und zu gemacht hat, daß es schon fast auseinanderfällt.« Die Vorstellung davon verfolgte Chelsea. »Ich frage mich, was sie die ganze Zeit über gedacht hat.« Sicherlich nicht, daß sie Chelsea verlieren würde – sie war sich ihrer Liebe sicher gewesen. Nein, Chelsea vermutete, daß sie sich mit der Frage herumgequält hatte, wie Kevin wohl darauf reagieren würde.
Carl legte den Schüssel wieder in ihre Hand. »Was willst du damit machen?«
»Weiß ich noch nicht, aber irgend etwas ganz bestimmt. Er ist mein einziger Hinweis auf meine Herkunft – ich kann ihn nicht einfach ignorieren.«

»Was sagt denn Kevin dazu?«
Chelsea drehte den Daumen nach unten und sah Carl nachdenklich werden. Er ging zum Fenster, unter dem, sechs Stockwerke tiefer, die Lichter des Inner Harbor funkelten.
»Nun, das kann man verstehen. Versetz dich doch mal in seine Lage. Er hat gerade erst Abby verloren, und jetzt fürchtet er, dich auch noch zu verlieren.«
Sie machte eine ungeduldige Handbewegung. »Das ist genau so albern wie der Spruch, daß ein Vater seine Tochter verliere, wenn sie heirate. Nein, schüttel nicht den Kopf, Carl, es ist das gleiche. Er ist mein Vater, und das wird er bleiben, was auch immer ich herausfinde. Tatsache ist, daß sie mich weggegeben haben und er mich aufgenommen hat. Dafür werde ich ihn ewig lieben.« Sie meinte es ernst, aber das bedeutete nicht zwangsläufig blinden Gehorsam. Sie war nie in ihrem Leben blind gehorsam gewesen.
»Was ist verwerflich daran, daß ich die Bedingungen, unter denen ich geboren wurde, erkunden will? Das ist bei allen Kindern ein beliebtes Thema. Du weißt doch auch Bescheid.«
»Ja. Ich war ein Versehen.«
»Kein Versehen, eine ›wundervolle Überraschung‹, wie deine Eltern es formulieren, und sie betonen immer wieder, wie glücklich sie sind, dich bekommen zu haben, auch wenn sie damals in Panik gerieten. Es ist eine schöne Geschichte, und du kennst sie. Ich möchte meine auch kennen.« An dem Platz, den dieses Wissen hätte einnehmen sollen, gähnte eine große Leere, eine Leere, die sie sich einsam fühlen ließ.
»Vielleicht würde sie dir nicht gefallen«, warnte er.
Diese Möglichkeit hatte sie auch schon in Betracht gezogen – sie hatte sich nicht nur schöne Variationen zu diesem Thema zusammengeträumt. In einer Alptraumversion waren ihr Vater ein Mörder, ihre Mutter eine Hure und ihre Geschwister geistig behindert. In einer anderen – noch schlimmeren – wollten sie nichts von ihr wissen, was ihr Gefühl bestätigen würde, sofort nach der Geburt abgelehnt worden zu sein.

»Du hast recht«, nickte sie. »Vielleicht würde sie das nicht – aber ich wüßte wenigstens, woran ich bin. Es ist die Ungewißheit, die mich manchmal so quält. Ich kann die Wahrheit akzeptieren, ich kann sie begreifen und verarbeiten, aber wie die Dinge jetzt liegen, fühle ich mich wie in einem Zwischenstadium, als sei ich gar nicht wirklich die nächste Generation, so lange ich nicht weiß, wer die davor war.«
»Du sprichst von Heirat und Kindern«, sagte Carl nach einer kaum merklichen Pause.
Sie hielt seinem Blick stand, lächelte und seufzte dann. Er traf den Nagel wieder einmal auf den Kopf. »Vielleicht.«
»Nein, eindeutig. Es ist doch ganz klar. Du warst nie verheiratet und hast keine Kinder, obwohl du beides genießen würdest, das weißt du.«
»Ich hatte keine Zeit dafür.«
»Das ist richtig«, gestand er ihr zu, »aber jetzt hättest du sie. Die Firma ist etabliert, die Geschäfte gehen von Jahr zu Jahr besser, unsere Investitionen zahlen sich aus, es läuft alles fast von selbst. Du könntest ein wenig kürzertreten, dir Zeit für einen Ehemann nehmen oder zu Hause arbeiten, während das Baby schläft. Du bist siebenunddreißig – und du wirst nicht jünger.«
»Du auch nicht, aber ich sehe dich nicht mit Volldampf in den Ehehafen steuern. Was tut sich denn mit Hailey?«
Hailey Smart war Anwältin in einer Kanzlei zwei Stockwerke tiefer, ein koboldhaftes, unternehmungslustiges Geschöpf und ein As in ihrem Beruf. Chelsea mochte sie.
Er rümpfte die Nase. »Hailey ist mir zu verrückt.«
»Ist sie nicht, sie ist super.«
»Ich bin ständig außer Atem, wenn ich mit ihr zusammen bin.«
Chelsea grinste. »Das kommt von der Leidenschaft, mein Freund.«
»Nein, das kommt vom Alter. Und außerdem ist Hailey nicht du.«
Der Türsummer kündigte die Ankunft der Pizza an. Da außer

ihnen niemand mehr im Büro war, öffnete sie selbst. Unterwegs legte Carl den Arm um ihre Taille.
»Ich habe mich in dich verliebt, als ich zwei Jahre alt war, und es hat sich nichts daran geändert«, sagte er. »Du bist mein bester Freund, wie könnte ich Hailey heiraten, so lange es dich in meinem Leben gibt?«
»Habt ihr über Heirat gesprochen, du und Hailey?« fragte sie überrascht. Sie hatte nicht geglaubt, daß seine Gefühle für sie so weit gingen.
»Sie hat darüber gesprochen«, präzisierte Carl.
Das überraschte Chelsea noch mehr. Sie hatte Hailey als eine Frau eingeschätzt, die das Heiraten bis zur letzten Minute aufschob – und mit ihren neunundzwanzig Jahren hatte sie ja noch reichlich Zeit. Ihre Karriere war kaum den Kinderschuhen entwachsen.
»Hailey meint, daß sie alles schaffen kann, was sie sich in den Kopf setzt«, erklärte er mit einem Anflug von Spott in der Stimme. »Das bedeutet, gleichzeitig Anwältin, Ehefrau und Mutter zu sein. Wenn das Mädchen seinen Willen bekommt, wird sie eines Tages ihr Baby im Richterzimmer stillen.«
Chelsea lachte. »Das hat sie mir erzählt. Sie hat alles geplant. Sie wird elegante Kleider tragen und ihre Rolle als erfolgreiche Anwältin mit Bravour spielen, aber das Gericht wissen lassen, daß sie Stillpausen benötigt. Sie sagt, die Gegensätzlichkeit dieser beiden Bilder werde unwiderstehlich sein, die Geschworenen würden ihr aus der Hand fressen.«
Sie kamen in den Empfangsbereich, der mittels schicker Elemente von dem größeren Zeichensaal getrennt war. Das Ganze, nach Chelseas Entwürfen gebaut, war hoch und offen, mit vielen Fenstern und Oberlichtern, die einen Ausgleich für das dunkle Rostbraun der unverputzten Ziegelwände bildeten. Bei der Einrichtung lag der Schwerpunkt auf Glas und Chrom, und obwohl praktisch, war sie von moderner Eleganz. Gedimmte Punktstrahlerleisten verströmten sanftes Licht.

Carl bezahlte die Pizza, und dann gingen sie ihren Weg zurück, vorbei an den Arbeitsplätzen der drei Zeichner und des Projektleiters, dem sie unterstanden, in den Bereich, in dem die Chefbüros lagen, und ließen sich in Chelseas Büro nieder, wo sie die Unterhaltung sofort wieder dort aufnahmen, wo sie sie unterbrochen hatten, da ihr seine Worte noch immer in den Ohren klangen. Sie war ernsthaft beunruhigt. Carl hatte, wenn auch in aller Unschuld, bisher ausschließlich ihr gehört. »Liebst du Hailey?«

Er räumte ein paar Entwürfe vom Zeichentisch und stellte die Pizza darauf. »Ich liebe dich.«

»Ich meine es ernst, Carl.«

»Ich auch.« Er verschwand in sein Büro und kam Sekunden später mit einer Handvoll Servietten zurück. »Ich bin an dich gewöhnt, Chels. Wenn ich mit anderen Frauen zusammen bin, habe ich immer das Gefühl, dich zu betrügen.«

»Das solltest du aber nicht, wir sind doch nicht in dieser Weise aneinander gebunden.«

»Vielleicht sollten wir das sein«, überraschte er sie ein drittes Mal – diesmal durch seine Ernsthaftigkeit. Dann biß er von einem Pizzastück ab und machte damit die Wirkung zunichte. Die Hälfte des Belages rutschte herunter und klatschte in die Schachtel zurück. Er schob ihn vorsichtig wieder darauf, klappte das Pizzastück zusammen und versuchte es noch einmal.

Chelsea hatte diese Schwierigkeiten nicht. Während sie kaute, überlegte sie, worauf er wohl hinauswollte, als er sagte: »Ich habe seit Abbys Tod viel darüber nachgedacht. Ich denke, das ist ganz natürlich. Wenn man einen Menschen verliert, der einem nahesteht, wird man sich der Sterblichkeit bewußt, und man denkt an all die Dinge, die man sich wünscht, aber vielleicht versäumt, wenn man nichts unternimmt, um sie zu bekommen. Wir sind beide siebenunddreißig, und wir haben beide nie geheiratet – hauptsächlich, weil wir einander hatten. Warum machen wir nicht Nägel mit Köpfen?«

Chelsea war völlig fassungslos über diesen Vorschlag, um so mehr, als seine Miene keinen Zweifel daran ließ, daß er ihn ernst meinte. Sie legte ihr Pizzastück ab und fragte mit schwacher Stimme: »Ist das ein Antrag?«

»Ich denke, ja.«

»Du solltest es eigentlich wissen!« rief sie, ärgerlich auf ihn, weil er sie so überfahren hatte, und ärgerlich auf sich, weil sie nicht wußte, wie sie reagieren sollte. Dann kam ihr ein Gedanke. »Haben deine Eltern dir wieder zugesetzt?«

»Sie vergöttern dich.«

»Ich vergöttere sie auch, aber das ist keine Basis für eine Ehe.«

Er lächelte unsicher. »Mich vergötterst du nicht?«

Er tat ihr in der Seele leid. »Doch, aber das hat nichts mit Liebe zu tun. Davon war nie wirklich die Rede zwischen uns.« Carl war einfach immer da. Sie konnte ihn sich nicht als Verehrer und erst recht nicht als Sexualpartner vorstellen, was die Möglichkeit natürlich nicht ausschloß, es war einfach ungewohnt für sie.

»Wir könnten den Drachen doch steigen lassen«, meinte er. »Vielleicht fliegt er ja.«

Sie legte die Hand um seinen Nacken. »O Carl, ich kann im Moment gar nicht an Heirat denken. Meine Gedanken kreisen noch immer um Mom – und dann ist da noch der Schlüssel ... Du hast recht: Meine Vorbehalte gegen eine Ehe und Kinder gründen sich wirklich auf die Tatsache, daß ich nichts über meine Herkunft weiß, denn ich ahne ja nicht, welche schadhaften Gene ich mit mir herumtrage.«

»Ich schere mich nicht um schadhafte Gene.«

»Ich möchte wissen, wer ich bin.«

»Aber können wir es nicht wenigstens in Betracht ziehen? Wir stehen einander so nahe, und ich finde, daß wir es uns schuldig sind, den Versuch zu machen, einander noch näherzukommen.«

»He, Leute!« kam es in tadelndem Ton von der Tür, als Melissa Koo erschien. »Ich dachte, wir seien übereingekommen, daß es in der Firma keine Techtelmechtel gibt.«

Dankbar für die Störung, lachte Chelsea leise, ließ sich jedoch Zeit damit, ihre Hand von Carls Nacken zu nehmen. Sie hungerte nach Berührung und Nähe und schöpfte Trost aus Carls Vertrautheit. Mit ihm verband sie eine Vergangenheit wie nicht mit vielen anderen Menschen – sogar mit Melissa, die sie wegen ihrer ungewöhnlichen künstlerischen Ideen auf den ersten Blick geliebt hatte, kannte sie erst knapp zehn Jahre. So nahe sie sich auch standen, es war nicht dasselbe. Carl war wie ein Bruder. Er stand für Familie, Freunde und Erinnerungen.

Vielleicht hatte er recht. Daß sie bisher nie eine Liebesbeziehung erwogen hatten, bedeutete nicht, daß sie unmöglich wäre. Vielleicht war die Zeit erst jetzt reif dazu. Vielleicht erschiene ihr der Gedanke, ihn zu heiraten, völlig natürlich, wenn sie sich erst einmal daran gewöhnt hätte.

Im Moment beschränkte sie sich allerdings darauf, ihm schwesterlich die Wange zu tätscheln, und dann wandte sie sich an Melissa: »Was machst du denn so spät im Büro?«

Melissas schlanke Figur bewegte sich an der Grenze zur Hagerkeit. Wenn sie lächelte, wurden ihre scharfen Züge jedoch erstaunlich weich – und jetzt lächelte sie. Strahlend. »Ich habe ein paar Drinks mit Peter Shorr genommen. Wir haben den DataMile-Auftrag!«

Chelsea strahlte zurück. DataMile, eine private Datenbank, die gerade an die Börse gegangen war, würde in Baltimore, Atlanta und Denver je ein Center bauen. Melissas Entwurf war sehr viel kühner als für diese Branche üblich. Die Gebäude würden mit Sicherheit Aufsehen erregen. »Das ist toll!«

»Preisverdächtig«, prophezeite Carl.

»Ich hoffe es«, sagte Melissa und setzte zögernd hinzu: »Besonders, weil uns Acron Arena durch die Lappen gegangen ist.«

Chelseas Lächeln erstarb. »Tatsächlich?«

»Es ist noch nicht offiziell, aber ich hörte, daß Baker, Wills and Crock schon den Champagner kalt gestellt haben, was bedeutet, daß sie mehr wissen als wir. Ich nehme an, daß wir den Anruf morgen bekommen.« Melissa entdeckte den silbernen Schlüssel in seinem Taschentuchnest auf dem Couchtisch. »Wow! Was ist das?« Sie nahm ihn in die Hand und drehte ihn hin und her.

Chelsea erstattete Bericht. Als sie zu Norwich Notch kam, wandte Melissa sich stirnrunzelnd an Carl: »Warum klingt das vertraut?«

Chelsea schaute von einem zum anderen. »Als es für mich vertraut klang, schob ich es auf meine Einbildungskraft. Als es für dich vertraut klang, Carl, kamst du mit einer einigermaßen plausiblen Erklärung, aber wenn es für dich auch vertraut klingt, Melissa, dann komme ich doch ins Grübeln. Woher kennen wir den Namen?«

»Vom Skifahren«, beharrte Carl auf seiner Theorie.

Chelsea schüttelte den Kopf. »Melissa fährt nicht Ski. Versuchen wir's mit dem Stichwort New Hampshire. Was haben wir in New Hampshire gebaut?«

»Eine Wohnanlage in Portsmouth, ein Sportcenter in Sunapee und Eisskulpturen auf dem Winterfestival von Dartsmouth«, zählte Melissa auf. »Aber das erklärt es nicht.« Sie trat zu ihnen an den Zeichentisch. »Norwich Notch. Norwich Notch.« Sie stach mit dem Fingernagel auf den Rand der Pizza ein. »Kennen wir jemanden aus Norwich Notch?«

»Mich«, erwiderte Chelsea trocken. »Wenn ich mir überlege, daß vielleicht all meine Blutsverwandten dort leben, wird mir unheimlich. Mutter, Vater, Schwestern, Brüder, Tanten, Onkel, Cousinen – die Liste könnte endlos sein.«

»Norwich Notch«, murmelte Melissa und hob den Kopf. »Gebt mir Zeit, es fällt mir schon noch ein.«

Aufgrund der Tatsache, daß das einzige, was Carl, Chelsea und Melissa gemeinsam hatten, die Architektur war, mußte der vertraute Klang, den Norwich Notch für sie alle drei hatte, seine

Begründung in ihrer Arbeit haben, schlußfolgerte Chelsea. Aus diesem Grund durchforstete sie am nächsten Morgen ihre Unterlagen nach einer Erwähnung des Ortsnamens. Als sie keine fand, rief sie einen Freund an, mit dem sie in der Zeit vor Harper, Kane und Koo zusammengearbeitet hatte, und nachdem auch das sie nicht weiterbrachte, anschließend einen Professor in Princeton, mit dem sie über die Jahre hinweg in Verbindung geblieben war, doch auch hier erfuhr sie nichts.

Aber sie war fest entschlossen, das Rätsel zu lösen. Sie und ihre Partner hatten allesamt schon von Norwich Notch gehört, und sie wollte wissen, in welchem Zusammenhang, und so holte sie ihren Terminkalender aus der Handtasche, blätterte zu der Seite, auf der sie die Telefonnummern aus Norwich Notch notiert hatte, und rief, ohne sich Zeit zum Überlegen zu lassen, im Rathaus an.

Minuten später hatte sie die Antwort und legte gerade den Hörer auf, als Melissa, einen Ordner schwenkend, hereinstürmte.

»Es war das Wentworth Art Center! Nicht in New Hampshire – in Maine.«

Sie drehte sich um, als Carl durch die Tür trat. »Ich erinnere mich jetzt«, erklärte er. »Harper, Kane und Koo existierte knapp sechs Monate, und wir bewarben uns um das Kunstcenter an der Küste von Maine ...«

»In Wentworth«, half Melissa ihm auf die Sprünge.

»Genau!« nickte er mit Befriedigung und schaute Chelsea an. »Wir brauchten den Auftrag, und so reichten wir ein extrem kostengünstiges Angebot ein, aber wir hatten uns damit ganz schön was aufgehalst, denn sie wollten Stein haben.«

»Granit«, präzisierte Chelsea und lehnte sich mit heftig klopfendem Herzen auf ihrem Stuhl zurück. »Sechsmal härter als Marmor und tragfähig wie Eisen. Sie wollten ihn wegen seiner Unempfindlichkeit gegen die Salzluft, und wir gaben ihnen recht, aber es schwebte uns ein graugrüner vor, der sich farblich in die Küste einfügen würde. Wir kontaktierten Dutzende von

Steinbrüchen wegen Kostenvoranschlägen. Importierter Granit wäre zu teuer gewesen, und außerdem meinten wir, einheimischer wäre passender.« Ihr Herz schlug Purzelbäume. »Einer der Steinbrüche, bei denen wir uns erkundigten, dessen Preis jedoch zu hoch lag, gehörte zu Norwich Notch, New Hampshire.«

Drittes Kapitel

Anfang Februar bekam Chelsea einen Anruf von Michael Mahler. Der härtere der beiden Brüder, wenn auch stets höflich, wollte wissen, ob sie sich wegen des Rubinrings schon Gedanken gemacht habe.

Das hatte sie, und ihre Entscheidung stand fest. Abby hatte an dem Ring gehangen, ihn viel öfter getragen als die anderen Teile des Sets, und er stellte für Chelsea eine kostbare Erinnerung an Abby dar. »Er gehörte meiner Mutter, und sie hat ausdrücklich verfügt, daß er nach ihrem Tod mir gehören soll.«

»Dann gibst du ihn nicht heraus?«

»Ich kann nicht.«

»Ich bitte dich, Chelsea«, erwiderte Michael in seiner typisch überheblichen Art, »sie war gegen Ende ihres Lebens schwer krank. Glaubst du allen Ernstes, daß sie bei klarem Verstand war, als sie beschloß, das Set auseinanderzureißen, das in dieser Form seit Generationen in unserer Familie weitervererbt wurde?«

Daran hatte Chelsea nicht den geringsten Zweifel. »Sie war durchaus bei klarem Verstand, und das bis zu ihrem letzten Augenblick. Ich weiß das besser als du, Michael, denn du kamst ja gerade mal zur Beerdigung. Die schwierigen Wochen davor haben Dad und ich mit ihr durchgestanden.«

»Und du hast diese Zeit zweifellos dazu genutzt, ihre Entscheidungen in die von dir gewünschte Richtung zu lenken.«

»Ich habe sie gepflegt, versucht, ihr die letzten Tage so erträglich wie möglich zu machen. Sie war keine Sekunde lang geistig verwirrt, das können ein Dutzend Leute bestätigen.«

»Aber es ist doch völlig unverständlich«, verlegte er sich aufs Jammern. »Denk nach. Denk doch nach. Die drei Stücke gehören zusammen – sie sind ein Set.«

Chelsea war innerlich genauso ruhig, wie sie klang. Es wurde ihr bewußt, daß sie die Mahlers seit Abbys Tod nicht mehr als Bedrohung empfand. Ihre emotionale Bindung an sie – die sich ohnehin in Grenzen gehalten hatte – war erloschen. Früher einmal hätte sie das erschreckt, denn es war ihr ungeheuer wichtig gewesen, eine Familie zu haben. Das war es noch immer, nur hatte ihre Betrachtungsweise sich verändert. Wie sie es heutzutage sah, bestand ihre Familie aus Abby und Kevin und wem immer, den es in der Vergangenheit in Norwich Notch gegeben hatte oder in der Gegenwart geben würde. Die Mahlers spielten keine Rolle mehr.

Sie war freigelassen worden wie ein Luftballon, den man dem Wind überließ.

»Mutter hat die Rubine nie als Set getragen«, wandte sie ungerührt ein. »Dazu besaß sie zu viel Geschmack. Wie Elizabeth oder Anne daran denken können, das zu tun, ist mir schleierhaft.«

Michaels Stimme wurde eisig. »Was sie mit dem Schmuck machen, sobald sie ihn in ihrem Besitz haben, ist ausschließlich ihre Sache, aber wir wollen alle, daß das Set in der Familie bleibt.«

»Das will ich auch, und darum behalte ich den Ring: Ich möchte ihn eines Tages an meine Tochter weitergeben.«

»Aber deine Tochter wird ebensowenig eine Mahler sein, wie du es bist.«

»Vor dem Gesetz schon, genau wie ich«, erwiderte Chelsea gelassen. »Ich habe die Adoptionsurkunde, Michael. Kein Richter wird die jemals für ungültig erklären. Wenn ihr wollt, könnt ihr es gern versuchen. Graham wird mich mit Freuden vor Gericht vertreten, aber du kannst mir ruhig glauben – ihr hättet keine Chance.«

Graham bestätigte das. Er nahm an, daß die Mahlers als nächstes Chelsea Geld für den Ring anbieten würden.
»Natürlich keine Summe, die auch nur annähernd seinem Wert entspricht«, schränkte er ein. »Es geht ihnen nur ums Prinzip.«
Darum ging es Chelsea ebenso. »Ich würde ihn nicht einmal hergeben, wenn sie mir das Zehnfache seines Wertes bieten würden«, schwor sie. »Und so stur wie die Mahlers bin ich schon lange.«
Graham verschränkte die Hände über seiner Mitte. »Da haben wir den Beweis aus erster Hand, daß manche Eigenschaften nicht unbedingt vererbt, sondern auch erlernt werden.«
»Es kann aber doch auch sein, daß mir meine Dickköpfigkeit von einem leiblichen Elternteil oder beiden mitgegeben wurde.«
»Das weiß ich nicht.«
»Ich auch nicht – und das ist der zweite Grund für mein Hiersein.« Wäre es ihr nur um die Rechtmäßigkeit der testamentarischen Verfügung gegangen, hätte sie sich auch mit einem Anruf begnügen können. »Was wissen Sie über meine Adoption? Mein Vater ist nicht bereit, mit mir darüber zu sprechen, aber ich bin erwachsen, ich habe das Recht, alles darüber zu erfahren.«
»Warum ist das plötzlich so wichtig für Sie?«
»Weil meine Mutter tot ist. Weil sie mir einen Hinweis auf meine Vergangenheit zukommen ließ. Weil ihre Familie mir unentwegt erklärt, daß ich nicht dazugehöre, und weil ich wissen möchte, zu welcher ich gehöre.«
Graham dachte eine Weile darüber nach und sagte schließlich: »Es gibt nicht viel dazu zu sagen. Es war eine private Adoption, und die Akte wurde geschlossen und versiegelt.«
Eines der Dinge, die Chelsea im Laufe ihres Lebens gelernt hatte, war, daß geschlossene Akten geöffnet und Siegel erbrochen werden konnten. Sie könnte Graham bitten, die Unterlagen für sie einzusehen, doch das brächte ihn Kevin gegenüber in eine unangenehme Lage – und Kevin wüßte dann, was sie

vorhatte, und das würde ihn so kurz nach Abbys Tod unnötig in Aufregung versetzen. Sie konnte warten. Es gab auch die Möglichkeit, aus weniger brisanten Quellen etwas zu erfahren.

»Warum haben meine Eltern nicht über eine Agentur ein Kind zu bekommen versucht?«

Er schaute stirnrunzelnd auf seine Hände hinunter. »Ich nehme an – ich weiß es nicht, wohlgemerkt –, daß der Gesundheitszustand Ihrer Mutter einer regulären Adoption im Wege stand. Es ist möglich, daß Ihre Eltern sich an eine Agentur wandten und abgelehnt wurden.«

Ja, das war möglich, sah Chelsea ein. Kurzsichtig, wenn man bedachte, was für eine wundervolle Mutter Abby ihr gewesen war, aber möglich. Es war auch möglich, daß sie den privaten Weg aus einem anderen Grund eingeschlagen hatten. Kevin war ein verschlossener Mensch, er unterschied streng zwischen Freunden und Bekannten und Kollegen. Chelsea hatte ihn oft in Aktion erlebt, wußte, daß manche Gäste, die er zum Dinner in den Club einlud, erst erfuhren, daß Abby gehbehindert war, wenn sie sie dort kennenlernten. Ebenso hängte er es nie an die große Glocke, daß Chelsea adoptiert war. Wenn Abby darüber sprach, hielt er sich raus. Auch auf der Geburtsanzeige, die sie verschickt hatten, war es mit keinem Wort erwähnt. Chelsea nahm an, daß er die Prozedur so schnell und unauffällig wie möglich über die Bühne hatte bringen wollen, und diese Möglichkeit bot eben der private Weg.

»Also gingen sie zu Ihrem Vater«, sagte sie. »Wie ist er an die Sache herangegangen? Hat er sich auf die Suche gemacht, oder stieß er zufällig auf mich?«

»Ein wenig von beidem offenbar. Er stellte ein paar diskrete Nachforschungen an, von denen ihn eine zu einem Anwalt führte, an den kurz zuvor ein Anwalt aus Norwich Notch herangetreten war.«

»Wissen Sie den Namen?«

»Nein.«

»Wissen Sie, ob er noch in Norwich Notch lebt?«
»Nein. Ich weiß nicht einmal, ob er überhaupt noch lebt.«
»Existieren die alten Akten Ihres Vaters noch?«
»Einige, ja, aber die, um die es Ihnen geht, nicht. Ich habe nach seinem Tod alle vorhandenen Unterlagen gesichtet. Dieser Vorgang war nicht dabei.«
»Vielleicht hatte er ihn unter einer falschen Bezeichnung abgelegt.«
Graham schüttelte den Kopf. »Ich habe nicht nur die Aktendeckelbeschriftungen gelesen, sondern auch den Inhalt. Es ist keine Akte über Sie da, Chelsea.«
Aber irgendwann mußte sie dagewesen sein – alle Anwälte legten Akten über ihre Mandanten an. Wahrscheinlich hatte Kevin darauf bestanden, daß sie vernichtet wurde, aber Chelsea war nicht bereit, sich entmutigen zu lassen. Es gab andere Möglichkeiten, die gewünschte Information zu bekommen.
»Dann wissen Sie also nichts über meine leiblichen Eltern. Wie steht es mit Norwich Notch? Wußten Sie, daß es eine Granitstadt ist?« Als er den Kopf schüttelte, erklärte sie: »Wir haben vor ein paar Jahren ein Angebot von dort – die Firma heißt Plum Granite – für eines unserer Projekte eingeholt. Die Qualität des Granits war zwar überdurchschnittlich, aber der Preis überstieg unsere Vorstellungen, und außerdem konnte er nicht vor Ort bearbeitet werden. Alles hätte anderswo geschnitten und geschliffen werden müssen, und das hätte die Kosten noch zusätzlich erhöht.«
»Das klingt nicht sehr geschäftstüchtig. Es würde mich überraschen, wenn sie noch im Geschäft wären.«
»O doch, das sind sie«, eröffnete Chelsea ihm. »Plum Granite ist der Hauptarbeitgeber der Stadt.« Und sie war eine Architektin mit einem immer wiederkehrenden Bedarf an Granit. Es war die perfekte Begründung: Sie konnte nach Norwich Notch reisen, um das Material zu begutachten, das taten Architekten ständig, um im Zweifelsfall zu wissen, wohin sie sich wenden konnten.

Graham musterte sie mit einem wissenden Blick.
»Ich werde nicht hinfliegen«, sagte sie.
»Warum nicht?«
Sie stand auf und hängte sich ihre Schultertasche um. »Aus dem gleichen Grund, aus dem ich keinen Privatdetektiv engagiert habe.«
»Darüber hatte ich mir schon den Kopf zerbrochen, Sie könnten es sich doch leisten.«
»Finanziell gesehen, ja, emotional gesehen, nicht. Noch nicht.«
Grahams Blick erinnerte sie daran, was Kevin einmal über ihre »terrierähnliche Hartnäckigkeit« gesagt hatte. »Irgendwann werden Sie hinfliegen.«
»Vielleicht.« Sie runzelte die Stirn und zuckte dann die Schultern. »Wahrscheinlich. Aber nicht im Moment.« Sie ging zur Tür. »Ich bin völlig durcheinander. Es gibt Zeiten, da erlebe ich Dinge – wie Michaels Anruf, zum Beispiel –, die den Wunsch, alles über meine Herkunft zu erfahren, fast übermächtig werden lassen. Dann giere ich so nach Informationen, daß die Angst in den Hintergrund tritt, und ich zeige einem Juwelier den Schlüssel oder rufe im Rathaus von Norwich Notch an oder bombardiere Sie mit Fragen. Das befriedigt mich dann für eine Weile, und ich lasse es erst einmal wieder gut sein.« Sie empfand nicht mehr annähernd das Gefühl der Dringlichkeit wie bei ihrer Ankunft in Grahams Büro. »Ich hatte mich gefragt, was Sie wohl wissen. Nun weiß ich es.«

Kevin verspätete sich, was ihm ganz und gar nicht ähnlich sah. Für gewöhnlich war er ebenso pünktlich, wie er ordentlich war. Wenn um sieben Uhr früh eine Operation in seinem Terminkalender stand, dann war er genau zu diesem Zeitpunkt zur Stelle. Wenn er sagte, er komme um acht nach Hause, dann trat er genau dann durch die Tür.
Chelsea war die Tochter ihres Vaters: Wenn sie um zehn einen Termin bei einem Bauträger hatte, dann war sie genau zu diesem

Zeitpunkt zur Stelle. Wenn sie für sechs Uhr zu einer Cocktailparty eingeladen war, dann trat sie genau dann durch die Tür. Ihre Freunde neckten sie deswegen, warnten sie, daß sie sich nicht lange in der High Society halten würde, wenn sie sich nicht angewöhnte, zu spät zu kommen. Doch Chelsea machte sich keine Sorgen um ihre Stellung in der Gesellschaft – das Maß, in dem sie dazugehörte, genügte ihr völlig. Sozialer Aufstieg war kein Muß in ihren Augen.

Kevin Kanes Anerkennung zu erringen dagegen schon. Sie hatte seit dem Abschluß ihres Architekturstudiums vor acht Jahren nicht mehr mit ihm in der großen Vorortvilla gewohnt, und es war dank des Mahler-Treuhandfonds noch länger her, daß sie finanziell abhängig von ihm gewesen war, doch sie hungerte trotzdem nach seiner Anerkennung. Diese Sehnsucht war mit der nach Liebe, Akzeptanz und Familienbindungen verknüpft.

In den Wochen seit Abbys Tod hatte sie diese Anerkennung nur sporadisch erfahren, nicht, weil Chelsea etwas falsch gemacht hatte, sondern weil Kevin so niedergeschlagen gewesen war. Er arbeitete den ganzen Tag – mehr, als ein Achtundsechzigjähriger es Chelseas Meinung nach sollte –, und wenn er nach Hause kam, verschanzte er sich hinter seinen Fachzeitschriften. Wenn sie ihn anrief, hatte sie das Gefühl, ihn aus einer noch größeren Entfernung heranzuholen als früher. Darum hatte sie begonnen, sich mit ihm zum Essen zu verabreden: Von Angesicht zu Angesicht war ihre Chance größer, zu ihm durchzudringen.

Sie schaute auf ihre Uhr: zehn Minuten über die Zeit. Sie war sicher, daß sie sich nicht irrte. Er hatte zugestimmt, sie am Donnerstag abend um sieben im Aufenthaltsraum des Country Clubs zu treffen. Sie war sogar zu früh gekommen.

»Möchten Sie vielleicht etwas trinken, während Sie auf Dr. Kane warten?«

Ihre Augen flogen zu dem uniformierten Kellner, der neben sie getreten war. »Äh ... ja, das ist eine gute Idee. Ich nehme das Übliche, Norman. Und bringen Sie den Drink für meinen Vater ruhig auch schon – er muß jeden Moment kommen.«

Sich das laut zu versichern war besser für ihre Gemütsverfassung als der Blick aus dem Fenster: Der Februarabend war regnerisch und undurchdringlich dunkel. Schreckensbilder, die den Wagen von Kevin zeigten, wie er auf einem Schlammfleck auf der Straße ins Rutschen kam oder bei einem Ausweichmanöver ins Schleudern geriet und gegen eine Baum knallte oder aus einer falsch eingeschätzten Kurve getragen wurde, blitzten vor ihrem geistigen Auge auf.

Er war nicht mehr jung, und er war alles, was ihr geblieben war. Der Gedanke, daß ihm etwas geschehen könnte, versetzte sie in Angst und Schrecken.

In Augenblicken wie diesem, wenn sie um Kevins Wohlergehen fürchtete, dachte sie an Norwich Notch und daran, wen sie wohl noch haben mochte.

Dann erschien er in der Tür, und sie sprang mit einem strahlenden Lächeln erleichtert vom Sofa auf. »Ich habe mir schon Sorgen gemacht.« Sie schlang den Arm um seinen Hals und küßte ihn auf die Wange.

»Tut mir leid, Schatz.« Er erwiderte den Kuß. »Ich habe versucht, dich im Büro zu erreichen, um dich vorzuwarnen, daß ich mich verspäten würde, aber du warst bereits weg.«

»Ist alles okay?«

»Ja, ja, ich wurde noch spät zu einer Konsultation gerufen.« Er forderte sie auf, sich wieder zu setzen, und ließ sich neben ihr nieder. »Ist Carl auf der Toilette?«

»Nein, er spielt Squash.«

Kevins Mundwinkel sanken herab. »Ich dachte, er käme mit.«

»Er spielt Donnerstag abends immer Squash«, erklärte sie, doch sie bedauerte es. Seit Abbys Tod gab es nicht mehr vieles, woran Kevin sich freuen konnte, und es tat ihr in der Seele weh, ihm diese Enttäuschung bereiten zu müssen. Offenbar lag ihm mehr an Carl, als sie gedacht hatte. »Er gehört zu einer Mannschaft – die zählen darauf, daß er da ist.«

»Und ich hatte darauf gezählt, daß er hier wäre.«

»Du hattest es nicht erwähnt.«

»Ich dachte nicht, daß das nötig wäre, ich dachte, ihr wärt unzertrennlich.« Er schaute auf, als Norman erschien, nahm seinen Scotch mit Wasser entgegen, trank einen großen Schluck und lehnte sich zurück.

Chelsea hielt ihr Weinglas mit beiden Händen umschlossen und versuchte dahinterzukommen, ob es Zorn oder Müdigkeit war, was ihn so gereizt machte. Nach einer Weile sagte sie: »Stört dich das?«

»Daß du so viel Zeit mit Carl verbringst? Natürlich nicht! Carl ist wie ein Sohn für mich. Ich wäre glücklich, wenn du ihn heiraten würdest. Das gleiche gilt für Tom und Sissy. Tom hat mich erst vorgestern darauf angesprochen. Er wollte erfahren, ob ich vielleicht mehr wüßte als er. Ich sagte ihm, du seist ein großes Mädchen, und es gehe mich nichts an.« Zögernd setzte er hinzu: »Vielleicht war das falsch, immerhin bin ich dein Vater.« Er wirkte plötzlich verlegen. »Du bist kein kleines Mädchen mehr, aber ich sorge mich trotzdem um dich. Was ist mit Carl und dir?«

Früher hatten Kevins Fragen an sie sich auf ihre Arbeit beschränkt, hatte er die Klärung von Herzensangelegenheiten Abby überlassen, und obwohl sein jetziges Unbehagen etwas ungeheuer Liebenswertes hatte, war es auch sehr traurig. Chelsea wünschte, Abby wäre da.

»Wir ...«, sie suchte nach den richtigen Worten, um zu erklären, was sich tat, ohne falsche Hoffnungen zu wecken, »... wir starten einen Versuch.«

»Ich hätte gedacht, der sei längst abgeschlossen«, bemerkte Kevin. »Ihr seid alte Freunde und seit fünf Jahren auch noch Geschäftspartner.«

»Aber wir sind nie im traditionellen Sinn miteinander gegangen.«

»Und – wie läßt es sich an?«

Sie grinste schief. »Was für eine unverblümte Frage!«
»Ich habe keine Zeit, um den heißen Brei herumzureden, und du hast sie auch nicht, Schatz. Wenn du Kinder willst, solltest du dich lieber beeilen.«
»Ich habe noch Zeit.«
»Nicht mehr viel, wenn du gesunde Kinder willst, es wird mit jedem Jahr riskanter.«
Aus einem Impuls heraus und weil es ihr schon so lange auf der Seele lag, sagte sie: »Dem Altersrisiko kann man mit pränatalen Maßnahmen begegnen, anderen Risiken nicht. Ich habe keine Ahnung von meinen Erbanlagen. Meine Vergangenheit ist auch medizinisch gesehen ein unbeschriebenes Blatt für mich.«
Seine Miene verfinsterte sich. »In dieser Hinsicht brauchst du dir keinerlei Sorgen zu machen, das habe ich überprüft.«
»Überprüft? Wie?«
»Ich habe gefragt.«
Sie preßte die Lippen aufeinander. Unterschriebene Papiere waren verbindlich, mündliche Zusicherungen waren es nicht. »Glaubst du, daß jemand, der unbedingt sein Kind loswerden will, in einem solchen Punkt die Wahrheit sagt?«
»Ich habe die Wahrheit erfahren. Er wußte, daß die Hölle los wäre, wenn er mich belügen würde.«
»Wer ›er‹?«
Kevin zögerte eine Sekunde zu lange. »Walter Fritts.«
Laß es gut sein, sagte ein Teil von ihr, doch der andere brachte es nicht fertig. Sie dachte an die Akte, die Graham nie gesehen hatte, und war sicher, daß Kevin mehr wußte, als er sagte.
Sie schaute auf die blasse Flüssigkeit in ihrem Weinglas, bis sie zum Spiegel erstarrte. »Du hast recht, wenn ich Kinder will, sollte ich sie bald bekommen, aber ich habe Angst: Wie kann ich eine gute Mutter sein, wenn ich nicht weiß, wer ich bin?«
»Du weißt doch, wer du bist. Du bist ein anständiger Mensch, und was das Vorbild einer Mutter betrifft, so hättest du kein besseres haben können.«

Chelsea versuchte es noch einmal. »Es ist ein emotionales Problem: Ich fühle mich unvollständig.«
»Das würdest du nicht, wenn du einen wunderbaren Mann und ein paar wunderbare Kinder hättest«, sagte er leise, aber entschieden. »Sie würden dich vergessen lassen, daß es einiges gibt, was du nicht weißt, weil du erkennen würdest, daß es keine Rolle spielt. Du wärst ein ausgefüllter Mensch, und Carl wäre es ebenso. Tom und Sissy und ich wären glücklich, und deine Mutter wäre es auch gewesen, das weiß ich. Sie hat sich immer gewünscht, daß du Carl heiratest.«
Ein schmerzlicher Laut entrang sich Chelseas Kehle. »Aha, jetzt appellierst du an mein Gewissen.«
»Nein, nicht an dein Gewissen, an deinen gesunden Menschenverstand. Du und Carl, ihr seid das ideale Paar. Ich weiß nicht, worauf du wartest.«
Bei ihm klang das so einfach, gab es nur Schwarz und Weiß, und so sah er auch die Welt. Grautöne waren ihm zu vage – und vielleicht brauchte er diese Einstellung für seine Position an der Klinik. Er mußte Entscheidungen treffen, Tests anordnen, Operationen anberaumen ...
Chelsea war nicht mit solcher Eindeutigkeit gesegnet, was ihre Herkunft betraf. Sie sah Grautöne. Sie sah große Klüfte, Ozeane voller Menschen, die durch Blutsbande mit ihr verbunden waren – nur die Namen und Gesichter waren nicht zu erkennen. Aber Kevin konnte das nicht verstehen, seine Miene war noch immer finster.
In einem Versuch, sie aufzuhellen, sagte sie: »Vielleicht hast du recht. Vielleicht werden Carl und ich zu dem Schluß kommen, daß wir zusammenpassen. Vielleicht werden wir eine ganz große Hochzeit feiern mit einem langen, weißen Kleid und einer dreistöckigen Torte und genug Champagner, um den Club zu überschwemmen.«
Kevins Stirnfalten glätteten sich. Er hob sein Glas in einem stillen Toast auf dieses Bild.

»Aber wenn ich das alles ernsthaft in Betracht ziehe«, brach ihre hartnäckige Seite wieder durch, »von dem ich weiß, daß es dich glücklich machen wird, dann mußt du auch etwas für mich tun. Du mußt ehrlich sein. Du mußt dich in meine Lage versetzen. Ob das nun richtig oder falsch ist, es ist wichtig für mich. Wenn du mehr über meine Herkunft weißt, als du mir gesagt hast, möchte ich es wissen.«
Kevin trank einen Schluck, und als nur noch Eiswürfel im Glas waren, stellte er es auf die Armlehne des Sofas. Durch den Alkohol ermutigt, schaute er ihr in die Augen und sagte: »Ich weiß gar nichts, und genau so soll es bleiben. Du warst von Anfang an unser Kind. Du kamst von dem Bett, in dem du geboren wurdest, zu uns, und von dem Tag an warst du unsere Tochter. Ich wollte nicht riskieren, dich irgendwann an fremde Leute zu verlieren, und so sorgte ich dafür, daß alle Unterlagen vernichtet wurden.«
Chelsea schluckte. »Alle Unterlagen?« Sie hatte sich damit abgefunden, daß Walter Fritts' Akte verschwunden war, doch sie baute darauf, daß irgendwo noch irgend etwas zu finden sein müßte.
Kevin nickte, und zu ihrem Entsetzen glaubte sie ihm. Wenn er etwas anordnete, dann wurde es auch durchgeführt.
»Die Gerichtsunterlagen?«
»Vernichtet.«
»Wie hast du das geschafft?«
»Mit Bestechung.«
»O Dad!«
»Es war mir wichtig«, gab er ihr ihre eigenen Worte zurück. »Ob es nun richtig oder falsch war, du bist meine Tochter, ich liebe dich, und ich werde nicht zulassen, daß du Hirngespinsten nachjagst und verletzt wirst.«
»Das sind keine Hirngespinste«, protestierte sie. »Es sind Schattengestalten, und sie werden mir so lange keine Ruhe lassen, bis ich sie deutlicher sehen kann.« Sie bemühte sich verzweifelt,

seine Worte Lügen zu strafen. »Es muß irgend etwas in Norwich Notch geben – zumindest im Krankenhaus.«
»Es war eine Hausgeburt.«
»Dann muß ein Arzt dabeigewesen sein.«
»Du wurdest von einer Hebamme entbunden, die für ihr Schweigen gut bezahlt wurde.«
Ich werde ihr mehr bezahlen, war Chelseas erster Gedanke, und ehe sie es sich versah, hatte sie ihn ausgesprochen.
Kevin rückte von ihr ab, straffte seine Schultern, reckte sein Kinn vor, und ein Schleier legte sich über seine Augen. »Ich wünschte, du würdest es nicht tun«, sagte er gepreßt.
»Ich will endlich Bescheid wissen«, flüsterte sie. Sie wußte nicht genau, was sie mehr erschreckte: seine Distanzierung oder die Erkenntnis, daß er ihre Suche sabotiert hatte. »Was du getan hast, war nicht fair. Es geht um mein Blut, meine Gene. Ich bin ein erwachsener Mensch, ich habe das Recht zu erfahren, wer ich bin.«
»Wenn du das jetzt noch nicht weißt, dann stimmt etwas nicht. Wozu, um Himmels willen, war all die Rebellion in deiner Teenagerzeit gut, wenn nicht dazu, herauszufinden, wer du warst?«
»Ich war auf der Suche. Ich war immer auf der Suche.«
Er atmete tief ein und schüttelte traurig den Kopf. »Weißt du, Chelsea, ich sehe jeden Tag Menschen sterben, und das ist schlimm. Ich sehe Menschen, die alles dafür geben würden, Gesundheit und dein Vermögen zu besitzen, aber du bist nicht zufrieden.« Er schaute sie an wie eine Fremde. »Was willst du?«
Sie antwortete nicht – sie konnte es nicht. Ihre Kehle war wie zugeschnürt, blockiert durch zu viele Emotionen. Außerdem hatte sie bereits alles gesagt.
Als werde ihm das plötzlich klar, stemmte Kevin sich vom Sofa hoch. »Nach allem, was deine Mutter und ich für dich getan, nach alldem, was wir mit dir geteilt haben, ist diese fixe Idee von dir, unbedingt die Leute finden zu wollen, die sich keinen Deut

um dich gekümmert haben, ein Schlag ins Gesicht. Das hat Abby nicht verdient, und ich verdiene es auch nicht.«

Sie schaute flehentlich zu ihm auf und rief leise: »Es ist keine fixe Idee!«

Er ließ den Deckel seiner Taschenuhr auf- und wieder zuschnappen, ohne nach der Zeit gesehen zu haben. »Ich denke, ich werde das Abendessen ausfallen lassen, ich habe nicht viel Hunger.«

Sie öffnete den Mund, um sich zu entschuldigen, doch er hatte sich bereits abgewendet und steuerte mit hocherhobenem Kopf auf den Ausgang zu.

Sie war verzweifelt. Nachdem er sie im Club einfach hatte sitzen lassen, wurde sie tagelang von einem flauen Gefühl begleitet. Sie wußte, daß Kevin sie bestrafte, und wußte, daß es unrecht war. Sie wußte auch, daß sie ihm das sagen sollte, und einem anderen Menschen hätte sie es gesagt, aber er war ihr Vater. Sie wollte ihn auf keinen Fall noch mehr gegen sich aufbringen, als sie es schon getan hatte.

Wieder einmal erwies Carl sich als Gottesgeschenk, denn er hielt nicht nur Kontakt mit Kevin, sondern tröstete auch Chelsea. Sie verbrachten beinahe jede freie Minute miteinander und standen sich näher denn je, aber sie sprachen nie über mögliche Heirat, und sie hatten noch nicht miteinander geschlafen.

»Sex ist wichtig«, schnitt Chelsea dieses Thema Cydra Saperstein gegenüber an.

Cydra war eine Psychotherapeutin, die Chelsea im Fitneßclub kennengelernt hatte. Sie joggten seit nunmehr fünf Jahren zusammen und waren im Laufe dieser Zeit gute Freundinnen geworden. Da ihr Leben ansonsten keine Berührungspunkte hatte – keine gemeinsamen Freunde, Liebhaber oder berufliche Aspekte –, konnten sie einander ihre Gefühle ohne Vorbehalte offenbaren.

Gleich gekleidet in hautenge Gymnastikhosen und Tanktops und mit hoch angesetzten, wippenden Pferdeschwänzen, unter-

hielten sie sich in knappen Sätzen, während sie durch die frühmorgendlichen Straßen liefen.
»Ich bin keine Jungfrau mehr«, fuhr Chelsea fort. »Und er ist es auch nicht. Manchmal klappt es mit dem Sex und manchmal nicht. Wenn es nicht klappt, ist es schlimm, das wissen wir beide.«
»Aber wie sich das bei euch verhält, werdet ihr erst wissen, wenn ihr es ausprobiert. Also warum tut ihr es nicht?«
Diese Frage hatte Chelsea sich schon ein dutzendmal gestellt. »Carl ist wie ein Bruder für mich, es erschiene mir nicht angebracht.«
»Törnt er dich an?«
»Das weiß ich nicht, ich sehe ihn noch immer nicht als Mann.«
»Wie empfindest du es, wenn er dich küßt?«
»Als angenehm.«
»Nur angenehm?«
»Von großer Leidenschaft ist bei uns nicht die Rede, und er läßt mir Zeit.« Chelsea dachte darüber nach, während sie weiterlief. »Er ist genauso unsicher wie ich. Er möchte, daß es funktioniert, und hat Angst, daß es das nicht tun wird.«
»Das läßt tief blicken, meinst du nicht?«
Schlußfolgerungen dieser Art waren Cydras Spezialität.
»Aber du solltest es lieber ausprobieren, Chels. Du hast verdammt recht – Sex ist wichtig. Wenn ihr da nicht zusammenpaßt, sieht es schlecht aus. Das ist auch der Grund, warum Jeff und ich uns scheiden lassen.« Sie hatten Cydras Ehe an vielen Morgen diskutiert, als Cydra ein Ventil für ihren Zorn brauchte. Sie behauptete, von den vielen Gründen für ihr Scheitern sei Sex der entscheidende. »Er wollte, und ich nicht. Ich dachte, ich würde ihn schon irgendwann reizvoll finden. Das war ein Irrtum. Die Chemie stimmt entweder, oder sie stimmt nicht.«
»Und wenn sie nicht stimmt?«
»Dann verschwendest du deine Zeit. Es gibt doch noch andere Männer. Wenn du willst, führe ich dich in die Single-Szene ein.«

»Die Single-Szene ist mit Sicherheit nichts für mich, und außerdem möchte ich, daß es mit Carl klappt.«
Cydra grinste. »Dann probier's. Vielleicht ist es toll, dann kannst du dich in den Hintern treten, weil du so lange gewartet hast.«
Aber Chelsea hatte nicht die Absicht, es zu überstürzen, und wie das Schicksal so spielte, kam ihr die Arbeit dabei zu Hilfe. Harper, Kane, und Koo hatten mehr zu tun denn je. Chelsea hatte den Entwurf für die Stadtbibliothek in Delaware fertiggestellt und war jetzt dabei, einen Fitneßclub, ein Eisstadion und ein Versicherungsgebäude zu entwerfen, und gleichzeitig überwachte sie die Rohentwürfe zweier anderer Projekte.
Leidenschaft bedurfte der Konzentration, und sie erklärte den Mangel an der einen durch den Mangel an der anderen. Bei all dem Streß blieb ihr keine Zeit für diese Art der Konzentration, und Carl verstand das.
Was er nicht verstand, war, weshalb sie sich inmitten all der Arbeit dazu entschloß, nach Norden zu fliegen, um sich Granit anzusehen. »Ich spiele mit dem Gedanken, in den Entwurf für die Versicherung weißen Granit einzubeziehen«, versuchte sie es zu erklären. »Und du weißt, wie schwer der zu finden ist.«
»Ich weiß auch«, erwiderte Carl, der auf der Schreibtischkante hockte, »daß es hier in der Stadt Vertreter jeder großen Granit-Firma gibt, die dir mit Freuden Muster vorlegen würden.«
»Ich will aber kein Muster sehen, ich will mir ein richtiges Bild davon machen.«
»Was du dir in Wahrheit ansehen willst«, Carl drehte ein Geometriedreieck von einer Kante auf die nächste und weiter auf die dritte, »ist Norwich Notch. Du hast den Namen da auf deinen Zettel geschrieben, neben ›Plum Granite‹, und eine Telefonnummer. Was hast du vor? Willst du dich auf den Marktplatz stellen und sagen: ›Hier bin ich – schließt mich in die Arme‹?«
»Natürlich nicht.«
»Was dann?«
Sie hob den Kopf und schaute ihm trotzig in die Augen. Wenn

er glaubte, die Vertiefung ihrer Beziehung gebe ihm das Recht, ihr vorzuschreiben, was sie zu tun und zu lassen hatte, dann irrte er sich. Sie war ein freier Mensch, und sie war ein gleichberechtigter Partner in der Firma. Sie konnte reisen, wann und wohin sie es für angebracht erachtete, ohne eine Rechtfertigung dafür vorbringen zu müssen.

Doch in Anbetracht dessen, wieviel er ihr bedeutete, leugnete sie nicht, mehr als einen Grund für ihre Reise nach Norwich Notch zu haben. »Ja, ich will mir auch die Stadt ansehen. Nur ansehen. Und für den weißen Granit, der dort abgebaut wird, gibt es hier bei uns keinen Vertreter, der mir Muster vorlegen könnte, und ich möchte ihn mir anschauen. Ich werde nichts über meine Herkunft erfahren, denn ich werde keine Fragen darüber stellen, es wäre völlig unangebracht.«

»Die Pläne der Versicherungsgesellschaft sind noch sehr vage, sie haben nicht gesagt, daß sie weißen Granit haben wollen. Bist du nicht ein wenig voreilig?«

Sie ließ hörbar den Atem entweichen und sagte leise: »Ich glaube, wir brauchen ein bißchen Abstand.«

Er spielte noch immer mit dem Dreieck.

Als sie sein Schweigen nicht länger ertrug, drehte sie sich weg und rief in einem Anfall von Ehrlichkeit: »Wir müssen etwas tun, Carl! Unsere Beziehung geht immer nur bis zu einem bestimmten Punkt. Was ist da los?«

Er schwieg. Sie nahm an, daß er ebenso verblüfft war wie sie selbst, und war ungerechtfertigterweise ärgerlich auf ihn. Sie wollte, daß er stark war, daß er alle Antworten wußte, daß er sie zum Bleiben bewegte, indem er ihr sagte, daß er sie bis zum Wahnsinn liebe und es nicht ertragen könne, wenn sie ihn auch nur für drei oder vier Tage allein ließe. Sie wollte, daß er sich vor Verlangen nach ihr verzehrte. Das war es, was sie brauchte, und das mußte er wissen, wenn er sie wirklich kannte.

Endlich kam das Dreieck mit der Schmalseite auf seinem Schenkel zur Ruhe. »Vielleicht brauchen wir mehr Zeit.«

Sie seufzte entmutigt, obwohl sie wußte, daß es unfair war, von ihm zu erwarten, all das zu sein, was sie selbst nicht war. »Vielleicht.«

»Es ist schwer, plötzlich so völlig umzudenken.«

Chelsea kam der Gedanke, daß etwas Richtiges nicht so viel Mühe kosten dürfte, daß sie es zu erzwingen versuchten, daß sie sich vielleicht – nur vielleicht – mehr nach Liebe und Leidenschaft und Kindern sehnten als nach einander und daß es in diesem Fall gut war, daß sie verreisen würde. Sie brauchte Zeit zum Nachdenken, Zeit, um herauszufinden, ob der Abstand ihre Zuneigung steigerte. Falls nicht, hätte sie eine schwere Entscheidung zu treffen.

Viertes Kapitel

Die letzte Märzwoche war eine nasse Zeit in Norwich Notch. Die Pfützen in den Fahrrinnen verwandelten die ungepflasterten Straßen in Schlammstrecken, während in den sonnenabgewandten Ecken altersgraue, körnige Eisinseln widerwillig dahinschmolzen, als der Boden aufzutauen begann. Auf den Teerstraßen zischten die Reifen über den feuchten Belag, und in den Pausen dazwischen hörte man das Rauschen, mit dem das Wasser sich vom Gipfel des Acatuk Mountain durch die Schlucht und in den Notch ergoß.

Doch bis Chelsea ihren Wagen am längsten Schenkel des dreieckigen Stadtplatzes parkte, waren die einzigen Geräusche, die sie hörte, das Prasseln des Regens auf dem Wagendach, das rhythmische Klapp-Klapp der Scheibenwischer und das dumpfe Hämmern, mit dem ihr aufgeregtes Herz gegen ihre Rippen schlug.

Das war die ganze letzte Stunde so gewesen. Sie war bei Tagesanbruch von Baltimore nach Boston geflogen, hatte sich einen Wagen gemietet und den Weg nach Norden angetreten, und obwohl ihr eine präzise Beschreibung mitgegeben worden war, hatte sie ständig damit gerechnet, hinter der nächsten Biegung Norwich Notch vor sich zu sehen. Ungeduldig war sie durch eine winzige Ortschaft nach der anderen gefahren, bis die Kirchen mit den weißen Spitztürmen, die beschlagenen Imbißstubenfenster und niedrigen Steinmauern zu einer undefinierbaren Masse ineinandergelaufen waren. Seit sie das am Notch gelegene Stotterville hinter sich gelassen hatte, war die Straße stetig angestiegen und mit ihr Chelseas Erregung, und nun erreichte sie trotz Regen und Kälte den Höhepunkt.

Hier war sie geboren worden, in einer der schmalen Straßen, die vom Stadtplatz abzweigten, stand ihr Geburtshaus – falls beides noch existierte –, und obwohl sie keine Vorstellung davon hatte, was sie vorfinden würde, war allein der Gedanke ungeheuer aufregend, ebenso wie der, daß ihre Mutter in ihrer Schwangerschaft durch diese Straßen gegangen sein mußte, an dem Stadtplatz entlang, an dem Chelsea jetzt stand, auf den alten Bänken in der Mitte gesessen und die Auslagen im Schaufenster von Farr's General Store bewundert hatte.
Doch am aufregendsten war die Möglichkeit, daß einer ihrer leiblichen Eltern an ihr vorbeiging, während sie hier stand und sich umsah. Zugegeben – im Moment lief niemand im Regen herum –, aber wenn sie lange genug wartete, könnte es passieren. Sie hatte allerdings nicht die Absicht, darauf zu warten. Falls einer ihrer Eltern noch am Leben wäre – und dieses »falls« war mit entschiedenen Zweifeln behaftet –, dann hatte er sie längst vergessen. Seit Abby den Schlüssel geschickt bekommen hatte, war keine Kontaktaufnahme mehr erfolgt. Chelsea war jetzt eine vermögende, berufstätige Frau, die eine Geschäftsreise in diese Stadt geführt hatte, doch es wäre poetische Gerechtigkeit, dachte sie, wenn jemand sie anschaute und einen Geist aus der Vergangenheit sähe.
Entschlossen durchatmend, stieg sie aus dem Auto, zog sich den Regenmantel über den Kopf und lief, so schnell es ihre flachen Schuhe auf dem matschigen Pflaster erlaubten, auf den General Store zu. Als sie ihre Reise geplant hatte, hatte sie ein solches Wetter nicht einkalkuliert. Sie brauchte einen Schirm.
Als sie die Tür öffnete, klingelte ein Glöckchen. Sie nahm den Mantel vom Kopf, hängte ihn über ihren Arm, fuhr sich mit den Fingern durch die Haarflut, die sich, hinter dem Ohr von einer Schildplattspange gehalten, über ihre Schultern ergoß. Sie hatte sich für ihren Ausflug aufs Land für diese weniger strenge Frisur entschieden, denn hier waren die Leute einfacher, und sie wollte nicht zu elegant wirken. Aus dem gleichen Grund hatte sie einen

Minirock, einen Pullover und einen langen Blazer angezogen, womit sie zwar seriös wirkte, aber nicht einschüchternd, sondern lässig, was ihrer Gemütsverfassung allerdings in keiner Weise entsprach. In ihrem Innern herrschte ein Wirbelsturm der Gefühle. Sie wußte nicht, was sie hier erwartete, und sie wußte nicht, was sie sich zu finden wünschte.
Unsicher schaute sie sich um. Eine junge Frau mit einem Kind auf der Hüfte suchte sich einen Salatkopf aus einer Steige heraus. Zwei andere Frauen – Mutter und Tochter, schloß Chelsea aus ihrer Ähnlichkeit miteinander – inspizierten nacheinander die Trockenblumensträuße in einem Weidenkorb. Ein älterer Mann mit randloser Brille und glänzender Glatze blätterte in einem Revolverblatt, das er aus dem Zeitungsständer genommen hatte, über dem ein auffälliges Plakat für einen Tanzabend warb, den die Kirche am ersten April veranstalten würde.
Chelsea atmete tief durch, um sich zu beruhigen. Die Leute, die sie sah, trugen ausnahmslos Mäntel, was bedeutete, daß sie Kunden waren, was wiederum bedeutete, daß sie sich umschauen konnte, ohne von einem Angehörigen des Verkaufspersonals beobachtet zu werden. Sie brauchte Zeit, um sich daran zu gewöhnen, hier zu sein, und sie wollte etwas über den Ort erfahren. Zu diesem Zweck begann sie die Gänge entlangzuwandern.
Das erste, was sie dadurch erfuhr, war, daß die Einwohner von Norwich Notch die Möglichkeit hatten, gut zu essen. Zusätzlich zur Obst- und Gemüseabteilung gab es eine Frischfleischtheke, in der man von Milchlammkoteletts über Hühnerbrustfilets bis zu Sirloinsteaks alles fand, was das Herz begehrte. Das Käseangebot schloß Brie, Camembert und Havarti mit Dill ein, es gab Büchsenwaren, Trockenwaren und Mineralwasser, und entgegen Chelseas Erwartung nicht nur Instantkaffee, sondern ein Dutzend verschiedene Bohnensorten, die man sich selbst aus den Behältern in Tüten füllen konnte.
Außerdem hatten die Einwohner von Norwich Notch offenbar

Freude an hübschen Dingen. Sie sah Stoffsets in verschiedenen Farben, leuchtend emaillierte Kochgeschirre, geschnitzte Käsebretter und eine große Auswahl an Kaffeebechern und kam auf ihrem Weg auch wieder an den beiden Frauen vorbei, die noch immer unschlüssig bei den Trockenblumen und ausgefallenen Korbmodellen standen. Sie warfen einen kurzen Blick zu ihr herüber – neugierig, dachte Chelsea, aber nicht mißtrauisch. Sie erwiderte den Blick so unbefangen, wie es ihr möglich war, und ging weiter, kam zu Wollmützen, Handschuhen und Halstüchern, Baumwollhosen, Sweatshirts und Socken. Die Einwohner von Norwich Notch hatten eine klar erkennbare Vorliebe für Naturfasern, die Chelsea teilte, und obwohl es sich um Markenartikel handelte, waren die Preise auf den Etiketten nicht unverschämt.

Als Chelsea wieder nach vorn kam, stellte sie zwischen einem Regal mit Kochbüchern der Norwich Notch Library Friends und einer kurzen Trittleiter, auf deren Sprossen handschriftlich etikettiert und künstlerisch angeordnet Dosen mit einheimischem Ahornsirup standen, fest, wie erleichtert sie war. Sie war auf Schäbigkeit vorbereitet gewesen, hatte erwartet, einen altmodischen Kramladen vorzufinden, in dem die Waren in den Regalen unter einer immer dicker werdenden Staubschicht vor sich hin dämmerten. Farr's war eine angenehme Überraschung.

Eine Frau kam auf sie zu. Sie war ein paar Zentimeter kleiner als Chelsea und sah ein, zwei Jahre älter aus, wobei diese Schätzung sich nur auf die Glätte der Haut gründete. Hätte Chelsea sich an den fahlblonden, auf dem Kopf zu einem strengen Knoten zusammengezwirbelten Haaren oder dem Rock und der Bluse orientiert, die beide jeglichen Schick vermissen ließen, hätte sie das Alter der Frau viel höher angesetzt.

Sie arbeitete in dem Laden. Ihre Augen – haselnußbraun im Gegensatz zu Chelseas grünen – blickten hilfsbereit, freundlich, entgegenkommend, bei allem jedoch auch ein wenig ängstlich drein.

»Ich bin auf der Suche nach einem Regenschirm«, erklärte Chelsea und schaute sich forschend um. »Ich bin sicher, ich bin irgendwo an einem vorbeigekommen.«
Die Frau bedeutete ihr mit einer sanften Handbewegung, ihr zu folgen, und ging voran zu einer Stelle zwei Gänge weiter, wo eine Schirmsammlung aus einer Bodenvase sproß. Als Stadtgewächs hatte sich Chelsea einen Knirps vorgestellt, der in ihren Aktenkoffer paßte, doch als sie die Modelle nach einem Muster durchforstete, das ihr zusagte, erkannte sie das Absurde dieser Überlegung. In dieser Gegend würde ein Minischirm lächerlich wirken und wäre außerdem nicht zweckmäßig. Hier brauchte man einen stabilen, denn er mußte weit mehr aushalten als den kurzen Sprint von einer Haustür zu einem wartenden Taxi. Zudem waren die Einwohner von Norwich Notch robust. Trotz Sirloinsteaks, exquisiter Kaffeesorten und Subenhara-Käse befand sie sich hier auf dem Land.
Dieser Gedanke löste einen Anflug von Befriedigung in Chelsea aus. Das war alles, nur ein Anflug, der ebenso schnell verging, wie er gekommen war, und den sie vielleicht gar nicht registriert hätte, wenn sie diese Empfindung in letzter Zeit nicht so selten verspürt hätte. So jedoch genoß sie sie, so kurz sie auch war, und sie wußte, daß sie sich nun, da sie sich einmal eingestellt hatte, immer wieder einstellen würde. Das beinhaltete eine gewisse Hoffnung, wie auch der glänzende, silberne Schlüssel eine gewisse Hoffnung beinhaltete. Sie hatte ihn allerdings nicht mitgebracht, denn diese Reise war nicht zum Fragenstellen gedacht – sie hatte sie aus geschäftlichen Gründen unternommen, um sich umzuschauen, und vielleicht auch dazu, sich über ihr weiteres Vorgehen klarzuwerden.
Sie entschied sich für einen Schirm mit Blumenmuster. Er entsprach zwar nicht ihrem gewohnten Stil – die Blüten waren inselförmig angeordnet und ein wenig zu lieblich –, aber der Griff war aus glattem, hellem Holz und fühlte sich gut an. Sie gab ihn der Frau und zog ihr Portemonnaie aus der Tasche.

Auf dem Weg zur Kasse kam sie am Zeitungsstand vorbei. Der ältere Mann stand noch immer dort, las noch immer in demselben Revolverblatt. Sie nahm an, daß er es, wenn er alles gelesen hätte, was ihn interessierte, einfach zurücklegen und den Laden verlassen würde. Zu Hause wäre so etwas undenkbar gewesen. Hier erschien es ihr ganz in Ordnung – geradezu charmant, als sie länger darüber nachdachte.

Lässig griff sie nach einem Exemplar der Lokalzeitung und legte es neben den Schirm auf den Ladentisch, ging dann, einem Impuls folgend, zu der Leiter mit dem Ahornsirup und nahm sich eine Dose und eines der Kochbücher.

»Kochen Sie gerne?«

Ihr Blick traf sich mit den blassen Augen eines Mannes, der keinen Mantel trug, woraus sie schloß, daß auch er hier arbeitete. Er war von durchschnittlicher Größe und durchschnittlichem Gewicht, hatte ein offenes Gesicht, weißblonde Haare und lächelte in einer Weise, die er wohl als charmant erachtete. Wäre sie auf blonde Männer geflogen, hätte sie ihn als gutaussehend eingestuft, aber sie bevorzugte dunkelhaarige Männer, hochgewachsen und unaufdringlich dynamisch. So jedenfalls sah ihr Idealtyp aus.

»Ich kann es nicht besonders gut«, gestand sie, »aber ich bin sehr experimentierfreudig.« Sie kaufte Kochbücher, wo immer sie darauf stieß. Ob sie die Rezepte nun ausprobierte oder nicht – jedenfalls machte es ihr Spaß, sie zu lesen.

»Dies hier kann ich Ihnen wärmstens empfehlen. Es wurde von den hiesigen Frauen zusammengestellt. Einige der Rezepte gibt es schon seit vielen Jahren in dieser Gegend. Wie meine Familie. Wir sind die Farrs, wie es draußen auf dem Schild steht. Das Buch enthält Farr-Rezepte, Jamieson-Rezepte und Plum-Rezepte. Die vom Gasthaus sind die raffinierten.« Er musterte sie, während er sprach, und seine Worte wirkten geistesabwesend wie Hintergrundgemurmel. Dann wurde seine Stimme wacher. »Sind Sie auf der Durchreise?«

»Nein, ich bin geschäftlich hier.«
»Dann sind Sie entweder Architektin oder Innenausstatterin.« Auf ihren fragenden Blick hin erklärte er: »Plum Granite ist die einzige Firma, die jemanden wie Sie veranlassen kann, hierherzukommen, und Sie sind ganz sicher nicht auf dem Bau beschäftigt.« Er unterzog sie einer umfassenden Betrachtung, als er ihr den Ahornsirup abnahm. »Dazu sind Sie zu zart. Woher kommen Sie?«
Chelsea hatte nicht vorgehabt, sich aushorchen zu lassen. Sie machte sich wieder auf den Weg zur Kasse. »Aus Baltimore.«
»Architektin oder Innenausstatterin?« Er folgte ihr auf dem Fuße.
»Architektin.« Sie legte das Kochbuch neben den Schirm.
Als der Ahornsirup sich dazugesellt hatte, lächelte sie die Frau an, die geduldig darauf gewartet hatte, die Einkäufe eintippen zu können.
»Der Sirup wird Ihnen schmecken«, versprach der Mann. Er lehnte sich nur Zentimeter von ihr entfernt an die Ladentheke und verschränkte die Arme über der Brust. »Er ist hier hergestellt worden.«
Sie tippte auf das Etikett. »Das habe ich gelesen.«
»Genaugenommen stimmt das nicht, er wird in Stotterville hergestellt, aber das hat technische Gründe. Der Grundstoff stammt von dem Zuckerahorn, der zwischen den beiden Städten wächst. Die Zuckersiederei befindet sich in Stotterville, also wird die Herstellung dort vorgenommen. Haben Sie schon mal beim Zuckersieden zugeschaut?«
Chelsea starrte unverwandt auf die Registrierkasse. »Nein.«
»Dann sollten Sie das nachholen. Es ist wirklich interessant. Sie könnten es sich ansehen, während Sie hier sind. Wie lange, sagten Sie, werden Sie bleiben?«
»Nicht lange«, antwortete sie höflich.
»Der Saft läuft jetzt. Sie könnten gleich rüberfahren.« Er streckte die Hand aus und schlug der Frau so unvermittelt und laut

klatschend auf den Arm, daß Chelsea zusammenfuhr. Und ebenso unvermittelt wechselte sein Tonfall von Hilfsbereitschaft zum Befehlston. »Geh das Buch über die Zuckersiederei holen, Donna, vielleicht will sie's ja kaufen.«

»Nein, nein«, protestierte Chelsea, als die Frau sich von der Kasse abwandte. »Das ist nicht nötig. Ich habe so wenig Zeit zum Lesen.« Sie hätte sich ihren Einwand sparen können – Donna war bereits davongeeilt. Als sie ihr nachschaute, begegnete ihr Blick dem von Mutter und Tochter, die in der Nähe standen und die Vorgänge gespannt verfolgten. Der Mann am Zeitungsständer hatte sogar seine Lektüre unterbrochen und schaute interessiert herüber.

Der Ladenbesitzer schickte einen finsteren Blick hinter Donna her. »Sie müssen meine Frau entschuldigen. Sie arbeitet zwar seit dem Tag unserer Hochzeit in diesem Geschäft, und der liegt inzwischen vierzehn Jahre zurück, aber wenn es darum geht, Wünsche der Kunden vorauszusehen, hapert es bei ihr noch immer.« Er tippte sich an die Stirn. »Sie ist ein bißchen langsam von Begriff.«

Seine Frau. Chelsea war befremdet über die Verachtung, die aus seinen Worten sprach, und sie konnte der Frau jetzt ihre Wortkargheit nachfühlen. Es war eine Schande. Chelsea nahm sich vor, irgendwann einmal mit Donna über ihren Mann zu sprechen.

»Entschuldigen Sie mich«, sagte sie und machte sich auf die Suche nach ihr. Sie fand Donna in einer Ecke des Ladens, die sie bei ihrem Rundgang übersehen hatte, wo sie in einem Bücherregal nach dem Buch suchte, das ihr Mann meinte. Chelsea legte ihr die Hand auf den Arm und sagte sanft: »Machen Sie sich keine Mühe, es ist wirklich nicht nötig. Bei mir zu Hause stapelt sich der Lesestoff, weil ich nicht dazukomme.« Sie ließ die Augen über die Dinge wandern, die dieser Winkel noch zu bieten hatte. Zusätzlich zu den Büchern, die allesamt lokale Themen behandelten, gab es handgearbeitete

Stoffpuppen, geschnitzte Kerzen und Notizblöcke mit Siebdruckdeckblättern.

»Sind das alles hiesige Produkte?« fragte sie. Als Donna nickte, nahm sie einen stoffbezogenen Haarreif aus einem Körbchen – auch er hatte ein winziges Blumenmuster, aber es gefiel ihr recht gut – und hielt ihn sich an die Frisur. »Zu Hause trage ich immer solche Dinger. Wie sieht er aus?«

Donnas Augen leuchteten bewundernd auf, und plötzlich wirkte ihr Gesicht viel jünger. Chelsea hielt ihr den Reifen an die Haare. »Sie sollten ihn tragen.« Eine der Farben hatte fast genau den gleichen Sandton, und die anderen kontrastierten in reizvoller Weise dazu. »Er würde Ihnen großartig stehen – und wäre gleichzeitig eine gute Werbung. Wie lang sind Ihre Haare?«

Donna deutete mit einer Geste Schulterlänge an.

»Sind sie lockig?« Die paar Strähnen, die sich aus dem Knoten gelöst hatten, ließen darauf schließen. Donna bestätigte es mit einem bedauernden Nicken, was Chelsea veranlaßte, sich ihr als Leidensgenossin zu präsentieren. »Ich habe jahrelang dagegen angekämpft, sie vom Friseur glätten lassen, sie auf Orangensaftbüchsen gewickelt, über eine Riesenrundbürste gefönt, sie gebügelt . . . Vor ein paar Jahren habe ich resigniert.« Sie griff in das Körbchen, nahm zwei verschiedene Reifen heraus und drückte sie Donna zu dem anderen in die Hand.

Als sie zur Kasse zurückkamen, klingelte gerade die Türglocke zum Abschied für Mutter und Tochter, und Donnas Mann schob die Geldschublade mit einem wütenden Ruck zu. »Ich dachte schon, du machst Mittagspause.«

»Sie hat mir nur gezeigt, was ich übersehen hatte«, verteidigte Chelsea Donna. »Sie haben hübschen Haarschmuck hier.« Damit richtete sie ihre Aufmerksamkeit auf ihr Portemonnaie. Nachdem sie ihre Einkäufe bezahlt hatte, sagte sie: »Da wir gerade von Mittagspause reden – gibt es ein Lokal im Ort, wo ich schnell einen Happen zu essen bekommen kann?«

»Wir haben eine Imbißstube«, erklärte der ältere Mann mit

zittriger Stimme. Er war zu ihr getreten, hatte die Hände vor sich gefaltet und seiner Zeitung zugunsten Chelseas nun eine endgültige Absage erteilt. Wie bei Mutter und Tochter las sie auch in seinen Augen kein Erkennen, sondern nur Neugier.

Eine Imbißstube war eine verlockende Vorstellung. »Ach ja?«

»Ja, aber sie hat mittags nicht geöffnet.«

»Oh.«

»Aber dafür abends, und freitags gibt es da ausgezeichneten Fisch.«

»Aha«, nickte sie.

»Versuchen Sie's im Gasthaus«, riet Donnas Mann ihr. »Wenn Sie nach Shelby fragen und ihr sagen, daß Sie von mir kommen und es eilig haben, dann zaubert sie Ihnen in Null Komma nichts eine Mahlzeit.« Er zwinkerte ihr zu. »Sie ist eine Freundin von mir.« Er streckte Chelsea die Hand hin. »Ich heiße übrigens Matthew Farr. Und Sie sind ...«

Chelsea zögerte einen Sekundenbruchteil. Sie stellte sich vor, daß sie ihren Namen sagte und alle erstarrten. Sie stellte sich vor, plötzlich wehrlos ausgeliefert zu sein. Sie stellte sich vor, daß Donner grollen und Blitze über den Himmel zucken würden, wenn die Stadt erkannte, daß ihre lang verschollene Tochter zurückgekehrt war.

Aber wenn ihr Gesicht das nicht bewirkt hatte, dachte sie vernünftig, warum sollte es dann ihr Name tun?

Verlegen wegen ihrer kindischen Befürchtungen, schüttelte sie ihm die Hand und sagte: »Chelsea Kane.« Dann wandte sie sich Donna zu und lächelte. »Danke für Ihre Hilfe, Sie waren sehr freundlich.«

Sie klemmte sich die Tüte mit ihren Einkäufen unter den Arm und trat mit gezücktem Schirm auf die Straße hinaus.

Das Norwich Notch Inn lag gegenüber von Farr's auf der anderen Seite des Marktplatzes. Durch den Schirm vor dem Nieselregen geschützt, brachte Chelsea ihre Einkäufe zum Wagen und wählte den langen Weg um den Platz herum, ging wieder an dem Laden vorbei und dann nacheinander an der Norwich Notch Historical Society, der Post, der Quilters Guild und der Bücherei, die in einem Sammelsurium aus Ziegel und Fachwerkhäusern untergebracht waren. Die Typvarianten reichten vom Cape- über den Kolonialstil bis zu der Bauart nach dem Bürgerkrieg, und der Zweck jeden Gebäudes war auf einem entsprechenden Schild vermerkt. Und alles andere überragend, stand am Scheitelpunkt des dreieckigen Platzes, von Tannen umgeben, die Congregational Church, die ein Schild an der Fassade gleichzeitig als Gemeindetreffpunkt auswies.

Am Kopf der breiten Granittreppe öffnete sie die hohe Flügeltür und trat ein. Die Eingangshalle hatte eine hohe Decke und roch nach altem Holz und Moschus, und die Wände waren buchstäblich mit Bekanntmachungen tapeziert. Einige betrafen kirchliche Belange wie Chorproben, Konferenzen der Kirchenverwaltung und die Tanzveranstaltung am ersten April, die auch bei Farr's angekündigt wurde. Andere betrafen weltliche Angelegenheiten: Die Pfadfinder verkauften Zeitschriftenabonnements, um eine Reise nach Washington zu finanzieren, die interstädtische Basketballmannschaft gab die Termine ihrer Ausscheidungsspiele bekannt und das Kreiskrankenhaus die für die Blutspende. Zum größten Teil jedoch ging es um die Gemeindeversammlung, die, beginnend mit dem kommenden Montag, jeden Abend der Woche abgehalten würde, »bis jedes Problem vom Diskussionsleiter, Mr. Emery Farr, zur Sprache gebracht, behandelt und einer Lösung zugeführt worden ist«, las Chelsea und studierte dann voller Staunen den fraglichen Problemkatalog. Da gab es Anträge für die Anschaffung eines neuen Trinkwasserbehälters für den Schulhof, eines dickeren Schlauches für die Feuerwehr und eines Rasentraktors für die Highway-Abteilung der Stadtgärtnerei. Es gab Meldungen über gemeinschaftliche Vorhaben mit Nachbarorten und dem Staat, Meldungen zum Thema Recycling, über die neuen Öffnungszeiten des städtischen Müllplatzes, eine Verlautbarung über das

Verbot, während Spielen der Little League als Zuschauer Tabak zu kauen ...

Norwich Notch nahm sich sehr ernst, erkannte Chelsea. Für eine Stadt mit nur elfhundert Einwohnern war hier eine Menge geboten.

Sie trat wieder auf die Treppe hinaus und ließ den Blick über die Stadt wandern. Das Potential für Schönheit war vorhanden – das sah sie. Mit Sonnenschein, grünem Gras und Blumen wäre der Ort durchaus reizvoll. Bei Regen wirkte alles grau und trostlos, aber bei Farr's hatte eine heitere Atmosphäre geherrscht. Sie fragte sich, welche Überraschungen sich wohl noch hinter den verschlossenen Türen der Stadt verbargen.

Auf der anderen Seite des Marktplatzes kam sie an einer Bank vorbei, einer Anwaltskanzlei mit einem Friseur im ersten Stock, einer Bäckerei und dem Gasthaus. Sie erwog kurz, schnell etwas zu essen, entschied sich jedoch dagegen. Sie hatte wirklich keine Zeit dazu, und außerdem war ihr Hunger vergangen. Er war dem Drang gewichen, ihren Geburtsort zu erforschen.

Sie wollte gerade zu ihrem Wagen zurückgehen, als ein Motorrad aus einer Seitenstraße schoß und ihr den Weg abschnitt. Sie geriet ins Stolpern, fing sich und trat dann einen Schritt vom Straßenrand zurück. Der Motorradfahrer, in einem langen schwarzen Staubmantel und mit einem geschlossenen Helm auf dem Kopf, bremste ab, schaute sich nach ihr um und fuhr dann langsam weiter, umrundete den Scheitelpunkt des Platzes und fuhr auf der gegenüberliegenden Seite entlang, wobei er sie nicht aus den Augen ließ. Chelsea, die sich in der Großstadt nicht vor Bikern fürchtete, war nicht bereit, sich nun hier plötzlich von einem einschüchtern zu lassen, und blieb stur stehen, bis er eine Runde um den Platz gedreht hatte und ein paar Meter von ihr entfernt anhielt.

Er klappte sein Visier hoch. »Chelsea Kane?«

Sie fühlte sich empfindlich im Nachteil und wünschte, sie könnte mehr von seinem Gesicht sehen als nur Augen und Nase. »So ist es.«

Die Tatsache, daß sein Mund nicht sichtbar war, minderte den unfreundlichen Ton nicht, in dem die etwas undeutliche Erwiderung erfolgte. »Sie sind zu früh dran.«
»Mit wem habe ich das Vergnügen?« Sie nahm an, daß er bei der Granit-Firma beschäftigt war, da er von ihrem Besuch wußte, aber in welcher Funktion? Ein einfacher Arbeiter würde nicht wissen, wer sie war, und jemand aus der Geschäftsleitung würde nicht auf einer Kawasaki durch die Stadt toben. Oder doch? Sie war an großstädtische Firmen gewöhnt – über kleine, hinterwäldlerische wußte sie herzlich wenig.
»Der Name ist Hunter Love«, erklärte er. »Ich arbeite für den Alten. Haben Sie sich verirrt?«
»Nein. Ich habe mich nur umgesehen.«
»Gibt nicht viel zu sehen hier, außer Stein.«
»O doch, es gibt einiges. Ich hatte vor, ein bißchen herumzufahren. Mein Termin ist erst um eins.«
»Sie werden nicht weit kommen, es ist Schlammzeit.« Er machte eine Kopfbewegung in Richtung ihres Wagens. »Die Reifen haben nicht genug Profil.«
»Kein Problem, ich werde auf gepflasterten Straßen bleiben.«
»Haben wir bei uns nicht viele, da werden Sie schon lange vor eins keine mehr finden.« Der Ausdruck seiner Augen war herausfordernd bis zum Trotz. »Wenn Sie eine Rundfahrt machen wollen, dann steigen Sie auf.«
Chelsea schüttelte den Kopf. »Danke, aber ich passe. Ich bin nicht richtig angezogen für eine Motorradtour.«
»Angst?«
Da kam er bei ihr an die Richtige. »Das können Sie vergessen. Ich bin schon früher auf Motorrädern mitgefahren. Ich bin sogar schon selbst Motorrad gefahren – und mit größeren Maschinen als Ihrer. Aber ich bin geschäftlich hier.«
Unbeeindruckt durch ihre Maßregelung sagte er: »Da wird sich nicht viel tun.«
»Warum nicht?«

»Die Firma ist in Schwierigkeiten.«
»In was für Schwierigkeiten?«
»Geldschwierigkeiten.«
Angesichts der Wirtschaftslage war das nichts Ungewöhnliches, es überraschte sie nur, daß er es so unverblümt zugab. »Tatsächlich?«
»Tatsächlich. Es wird jeden Monat schwerer, die Löhne zu zahlen, Jamieson gibt uns keinen weiteren Kredit mehr, und der Alte besteht darauf, die Dinge weiterhin so zu handhaben, wie er sie die letzten hundert Jahre gehandhabt hat – und damit war er noch nie erfolgreich.«
Die Gelassenheit seiner Stimme verlieh dieser Analyse noch zusätzlich Gewicht. Als Kundenwerber für Plum Granite war Hunter Love jedenfalls nicht zu gebrauchen.
»Warum erzählen Sie mir das?«
Er zuckte gleichgültig die Schultern. »Dachte, Sie sollten es wissen.«
»Was würde er sagen, wenn er wüßte, was Sie gerade gesagt haben?«
Sie sah, wie sich in seinen Augenwinkeln Fältchen bildeten, konnte jedoch nicht beurteilen, ob der Grund dafür Erheiterung oder Kummer war. »Er würde das gleiche sagen, was er die letzten dreißig Jahre gesagt hat. ›Sie taugen nichts, Hunter Love. Sie haben keinen Grips. Ich weiß nicht, warum ich Sie überhaupt behalte.‹ Aber er tut es, und er wird es immer tun. Seine Schuldgefühle zwingen ihn dazu, und ich nehme, was ich kriegen kann. Er schuldet es mir.« Er klappte sein Visier herunter, ließ den Motor aufheulen und startete durch. Chelsea hatte Glück – hätte sie näher bei ihm gestanden, hätte der aufspritzende Schlamm sie getroffen.

Um Punkt ein Uhr bog Chelsea in eine kleine Seitenstraße im östlichen Teil der Stadt ein und hielt vor Hausnummer siebenundneunzig an. Wäre das kleine Schild mit der Aufschrift »Plum

Granite Company« nicht gewesen, hätte sie geglaubt, sich die falsche Adresse notiert zu haben. Aufgrund der Tatsache, daß Plum Granite die einzig größere Firma am Ort war, hatte sie etwas Imposanteres erwartet.

Das Büro lag in einem kleinen, einstöckigen Gebäude mit einem Schieferdach und weißer Holzverkleidung, das im Regen beides klebrig wirkte. Über der Eingangstür befand sich ein Ziergiebel, rechts und links davon je ein Fenster, und auf einer Seite war eine lange Garage angebaut.

In der Einfahrt standen ein Ford Escort, ein ziemlich neuer Chevy Blazer und ein verdreckter Lastwagen mit schmutzverschmiertem Firmenaufdruck – und jenseits des Lasters, nur an dem dahinter hervorstehenden Auspuff zu erkennen, Hunter Loves Motorrad.

Chelsea parkte den Wagen am Straßenrand unter dem Skelett einer Scheinakazie, die sich in der Gesellschaft anderer Skelette von Ahornbäumen, Birken, Fliedersträuchern und Forsythien und einigen Nadelhölzern befand, die wintermüde die nassen Äste hängen ließen.

Chelsea hängte sich ihre Schultertasche um, stieg aus dem Auto, spannte den Schirm auf und ging den kurzen Weg zum Haus hinauf. Da es keine Klingel gab, klopfte sie, ehe sie die Tür öffnete.

Das Empfangsbüro war ein kleiner Raum, der durch drei Aktenschränke, zwei Klappstühle, einen Kühlschrank, einen windschiefen Garderobenständer und einen großen Metallschreibtisch noch kleiner wirkte. Jede sichtbare Stelle an den Wänden war mit Kalendern und Listen zugehängt. Hinter dem Schreibtisch saß eine zierliche, kleine Frau mit blondgesträhnten, kurzen grauen Haaren, blassem Teint und wachen Augen, in denen Chelsea die gleiche Neugier las wie bei den Leuten bei Farr's. Chelsea nahm an, daß die Neugier in diesem Fall durch etwas gesteigert worden war, das Hunter Love erzählt hatte.

Sie stellte sich in betont dienstlichem Ton vor. »Ich habe eine Verabredung mit Mr. Plum. Ist er da?«

Die Frau nickte, hob den Telefonhörer ans Ohr, drückte auf einen Knopf und sagte mit lauter Stimme: »Miss Kane ist hier, Mr. Plum.«
Aus dem Nebenzimmer klang durch die offene Tür links neben dem Schreibtisch der Sekretärin ein brummiges: »Schicken Sie sie rein.«
Chelsea, die den Verdacht hatte, daß die Gegensprechanlage entweder nicht funktionierte oder nicht existierte, was beides die von Hunter Love geschilderte Finanzlage der Firma bestätigte, steuerte auf die Stimme zu.
Als sie die Schwelle überschritt, begannen ihre Schritte zu hallen. Im Gegensatz zum Vorzimmer war dieser Raum verblüffend leer. Die Einrichtung erschöpfte sich in zwei gradlehnigen Stühlen, einem strengen Holzschreibtisch mit einem Telefon darauf und einem Bücherschrank, in dem verloren ein paar eselsohrige Aktenordner vor sich hin dämmerten. Die Wände zierten einige vergilbte Fotografien in billigen schwarzen Rahmen, die Chelsea sich, wäre sie allein im Raum gewesen, gerne näher angesehen hätte. Aber sie war nicht allein. Es erwarteten sie drei Männer, und nur einer von ihnen war alt genug, um Oliver Plum sein zu können.
»Mr. Plum?« richtete sie das Wort an ihn.
Schlank, mit schütteren, grauen, glatt zurückgekämmten Haaren und einem Mund wie ein Bleistiftstrich, war Oliver Plum der am strengsten aussehende Mann, den Chelsea je kennengelernt hatte.
Die Beine seines Stuhles schabten über den Boden, als er sich aufrichtete, die Hände unter seine Hosenträger schob und die Besucherin einer eingehenden Musterung unterzog.
Sie erwog, ihm die Hand zu geben, entschied sich jedoch dagegen. »Mein Name ist Chelsea Kane. Ich bin gekommen, um mir den weißen Granit anzusehen, den Ihre Firma abbaut.«
»Wofür wollen Sie ihn haben?« fragte er mit einer Stimme, die erstaunlich kräftig für einen Mann seines Alters war – und

erstaunlich abweisend für einen Mann, der dringend Aufträge brauchte.
»Ich entwerfe ein Gebäude für eine Versicherungsgesellschaft.«
»Sie allein?«
»Der Entwurf stammt von mir, ja, aber wir sind drei Partner in der Firma.«
»Einer Firma, die einen gewissen Anspruch vertritt.«
»Anspruch? Nun, ja, gewissermaßen schon. Jedenfalls sind wir gut.«
»Wie gut?«
»So gut, daß die Projekte, die man uns anvertraut, immer größer und kostspieliger werden.«
»Und Ihre Profite?«
»Steigen dementsprechend. Aber ich bin nicht gekommen, um Ihnen die wirtschaftliche Situation unseres Architekturbüros darzulegen«, sagte sie. »Tatsache ist, daß meine Partner und ich bei unseren Entwürfen viel mit Granit arbeiten, und wir sind ständig auf der Suche nach neuen Lieferanten.«
»Plum Granite ist nicht neu«, wandte Oliver ein. »Es gibt uns seit achtzehnhundertzehn, sieben Generationen von Männern haben den Betrieb seither geführt. Es gab eine Zeit, da holten wir gleichzeitig in drei verschiedenen Countys Granit aus sechs Steinbrüchen. Nein, wir sind nicht neu, und Sie wissen das. Sie wollten schon früher mal bei uns kaufen, haben es sich dann anders überlegt.«
Das mußte sie ihm lassen – sein Gedächtnis war ausgezeichnet. Aber sie war nicht bereit, sich in die Defensive drängen zu lassen.
»Das ist nicht ganz richtig, Mr. Plum. Wir haben es uns nicht anders überlegt. Sie kamen gar nicht ernsthaft in Frage, weil Ihr Preis zu hoch war.«
»Und Sie glauben, er sei inzwischen gesunken? Vergessen Sie's, Missy.«
Von dem Fenster, das auf die Straße hinausging, ertönte ein verächtlicher Laut.

Oliver Plum wandte sich dem Mann zu, der ihn ausgestoßen hatte. »Haben Sie etwas dazu zu bemerken?«

»Ja. Wir haben den besten weißen Granit weit und breit, und wir brauchen Aufträge. Vergraulen Sie sie nicht damit, daß Sie ihr was von hohen Preisen erzählen. Wenn ihr der Stein gefällt, können wir handeln.«

Der Mann war Hunter Love – Chelsea erkannte ihn an der Stimme. Sie hatte ihn jünger geschätzt und stellte nun erstaunt fest, daß er etwa in ihrem Alter war, wobei die Härte seiner Züge ihn älter wirken ließ. Seine Augen waren braun wie seine schulterlangen Haare, die ihm etwas Rebellisches gaben, das durch einen goldenen Ohrring noch verstärkt wurde. Er trug Jeans und ein schwarzes Hemd, beides abgetragen, aber sauber. Sie schätzte ihn auf knapp unter einsachtzig, aber wenn er Oliver damit auch an Größe nachstand – was die Direktheit betraf, war er ihm ebenbürtig.

»Wir können es uns nicht leisten zu handeln«, knurrte Oliver.

»Wir können es uns nicht leisten, nicht zu handeln«, knurrte Hunter zurück.

»Wenn wir mit dem Preis runtergehen, verlieren wir Geld.«

»Wenn wir auf dem Preis bestehen, verlieren wir den Auftrag.«

»Wir können nicht für nichts arbeiten.«

»Das verlangt ja auch keiner von uns.«

»Das Problem mit dem Preis liegt darin«, mischte Chelsea sich in die Diskussion, »daß der Granit anderswo zugeschnitten und geschliffen werden muß. Warum machen Sie das nicht vor Ort wie die meisten anderen Firmen?«

»Uns darauf einzurichten, würde zu viel kosten«, erklärte Oliver, verlagerte sein Gewicht auf die Fersen und musterte sie erneut.

»Manchmal muß man etwas investieren, um etwas zu verdienen«, sagte sie.

»Wenn man nichts hat, kann man nichts investieren.«

»Sie können doch einen Kredit aufnehmen.«

Oliver schüttelte den Kopf. »George gibt uns keinen, die Regierung sitzt ihm im Genick, weil er zu viele solcher Kredite vergeben hat.«

»George?« fragte Chelsea.

»Jamieson«, vervollständigte Hunter. »Er hat die Bank am Marktplatz.«

»Ist es die einzige in der Stadt?«

»Sie haben's erfaßt.«

»Warum können Sie nicht in einer anderen Stadt zu einer Bank gehen?«

»Gute Frage. Allerdings nicht neu.« Hunter warf Oliver einen beredten Blick zu.

»Plum Granite arbeitet mit Jamieson zusammen«, konstatierte Oliver. »Das war immer so, und das wird immer so sein.«

»So werden wir alle gemeinsam untergehen«, warnte Hunter.

»Niemand wird untergehen. Norwich Notch ist unverwüstlich.«

»Oo jaaa«, dehnte Hunter.

»Weil wir zusammenhalten.« Oliver wandte sich ihm zu und dozierte: »Es gibt drei Firmen in der Stadt, mit denen jeder Einwohner zu tun hat: Farr's, Jamiesons Bank und Plum Granite. In jeder Familie arbeitet irgendeiner für Plum, macht irgendeiner Bankgeschäfte mit Jamieson und steht irgendeiner in Handelsbeziehungen mit Farr's. Das beinhaltet Tradition und Stabilität und Vertrauen und noch eine ganze Reihe anderer Werte, die Sie in Ihrer guten Schule hätten lernen können, wenn Sie nicht zu sehr damit beschäftigt gewesen wären, Ihre Ohren mit Schmuck zu verunzieren, anstatt sie zum Zuhören zu benutzen. Sie taugen nichts, Hunter Love. Sie haben keinen Grips. Ich weiß nicht, warum ich Sie überhaupt behalte.«

Chelsea erkannte die Worte wieder und wartete darauf, daß Hunter reagierte, doch statt dessen lehnte er sich mit verschränkten Armen an den Fensterrahmen, und ein kleines Lächeln umspielte seine Lippen. In Erinnerung daran, daß er von Schuldgefühlen gesprochen hatte, vermutete sie, daß es ihm Befriedigung bereitete, Oliver zu reizen. Ob sie damit richtig lag, würde sie allerdings erst sagen können, wenn sie mehr wüßte. Dann wurde ihr bewußt, daß sie bereits mehr wußte, als sie anging. Rückblickend konnte sie die Unterhaltung gar nicht fassen. Sie war hier, um sich Granit anzusehen, und nicht, um dem Besitzer der Firma vorzuschreiben, wie er sein Geschäft zu führen hatte.

Sie spielte mit ihrer Uhr. »Ich möchte ja nicht drängen, meine Herren, aber wenn ich mir den Granit nicht bald anschauen kann, dann schaffe ich es nicht rechtzeitig zu meinen anderen Terminen.«

»Und bei wem haben Sie die?« fragte Oliver, wobei er seinen grollenden Blick von Hunter löste und auf sie richtete.

Chelsea sah keinen Grund, ein Geheimnis daraus zu machen. »Tocci in Amherst und Petersen in Concord.«

»Tocci hat keinen Granit im Sortiment.«

»Nein, er ist auf Feldspat spezialisiert, aber davon brauche ich auch eine Menge. Wegen nur eines Termins hätte ich die weite Reise nicht gemacht.« Sicher, sie interessierte sich für Norwich Notch, aber es war nicht das Wichtigste in ihrem Leben. Sie hatte vor, abends in Wiscasset an der Küste von Maine ihre Zimmergenossin aus dem College zu besuchen.

»Nehmen Sie die vielbeschäftigte Lady mit, Judd«, brummte Oliver mit einer Handbewegung, und für einen Sekundenbruchteil fühlte Chelsea sich – von Oliver behandelt, als betrachte er sie als eine Zumutung – seltsam mit Hunter verbunden, aber dann wandte sie sich dem dritten Mann im Raum zu und vergaß die beiden ersteren. »Judd Streeter«, stellte Oliver ihn vor. »Mein Vorarbeiter. Er wird Sie zum Steinbruch bringen und Ihnen zeigen, was Sie sehen wollen.«

Judd Streeter hatte bis zu diesem Augenblick schweigend am Bücherschrank gelehnt. Jetzt richtete er sich auf. Er war größer als Oliver und ein dunklerer Typ als Hunter, und obwohl Chelsea bezweifelte, daß er auch nur ein Gramm Fett am Körper hatte, besaß er eine Kompaktheit, die den zwei anderen Männern fehlte. Seine dicken Haare waren so geschnitten, daß sie auch zerzaust gut aussahen. Mit den bis zu den Knien herauf feuchten Jeans, dem blauen Arbeitshemd und den schmutzigen Stiefeln legte sein Erscheinungsbild die Vermutung nahe, daß er gerade aus dem Steinbruch gekommen war, aber er wirkte nicht im mindesten müde. Er kam mit geschmeidigen Schritten auf sie zu und gab ihr eine kräftige, schwielige Hand, und als ob das alles nicht schon eindrucksvoll genug wäre, blickten seine dunklen, unergründlichen Augen sie auch noch so direkt an, daß Chelsea bis ins Innerste erbebte.

Sie hatte damit gerechnet, daß Norwich Notch eine gewisse Erregung in ihr auslösen würde, doch daß es in dieser Weise geschah, traf sie völlig unerwartet. Judd Streeter war der attraktivste Mann, dem sie je begegnet war. Nicht unbedingt der bestaussehende, gepflegteste oder kultivierteste – aber geradezu überwältigend männlich.

Fünftes Kapitel

Chelsea hatte nicht vorgehabt, Carl von unterwegs anzurufen, denn einer der Zwecke ihrer Reise war, ein wenig Abstand von ihm zu bekommen – zumindest vorübergehend –, doch dann begann sie sich Gedanken zu machen, weil Carl sie nicht erreichen könnte, falls Kevin irgend etwas zustieße. Und außerdem hatte sie das Bedürfnis, seine Stimme zu hören. Sie war beruhigend vertraut und in liebenswerter Weise berechenbar. Sie irritierte sie nicht, wie Judd Streeter es getan hatte.

Sie ließ es zehnmal läuten, ehe sie auflegte und es im Büro versuchte, doch wenn Carl abends lange arbeitete, schaltete er den Anrufbeantworter ein. Das war um neun Uhr. Um halb zehn versuchte sie es erneut, und dann wieder um zehn. Um Viertel nach zehn ging er endlich an den Apparat.

»Carl!« stöhnte sie erleichtert auf. »Bist du okay?«

»Hey, Chels, wie geht's dir?«

»Ich habe mir Sorgen gemacht. Ich rufe schon seit neun Uhr an.«

»Ich war beim Squash, und du sagtest, du würdest nicht anrufen.«

»Ich weiß. Ich wollte dir auch nur sagen, daß ich noch in Norwich Notch bin. Ich fahre erst morgen zu Glynnis.«

Nach einer kurzen Pause kam es betont gleichgültig: »Was hält dich denn dort?«

»Um genau zu sein: Ich war weg und bin zurückgekommen. Ich habe mich mit Tocci und Petersen getroffen, aber es regnet hier, und ich konnte den Granit nicht so genau prüfen, wie ich wollte. Aber Morgen früh soll es aufklaren, und ich dachte, ich sehe ihn mir dann noch mal an, bevor ich mich auf den Weg zur Küste mache. Es ist erstaunlich, daß die Arbeiter bei diesem Wetter im Steinbruch sind. Es war eine Zumutung – alles naß und rutschig. Sie pausieren offenbar nur bei Frost, und das auch nur, weil der Stein sich dann nicht gut hauen läßt.«

»Du hast etwas empfunden, nicht wahr?« sagte Carl, ohne auf ihre Schilderung einzugehen, nach einer kaum merklichen Pause.

Sie dachte an Judd Streeter, an die Schmetterlinge in ihrem Magen, als sie neben ihm im Führerhaus des Lastwagens saß, ihm in den Geräteschuppen am Steinbruch folgte und dann mit ihm von einer Felsbank zur nächsten wechselte, um riesige Granitblöcke zu inspizieren. Es war absurd – reine Einbildung. Natürlich bezog Carls Frage sich auf Norwich Notch. »Ich weiß nicht«, bemühte sie sich um einen unbefangenen Ton. Sie empfand etwas für die Stadt, doch sie wußte nicht genau, was. »Es ist schwierig, etwas für eine Stadt zu empfinden, die im Regen ersäuft.«

»Was ist sie denn noch, außer naß?«

»Klein. Ruhig. Es gibt ein tolles Minikaufhaus hier. Ich bin jetzt im Gasthaus. Es liegt in der Ortsmitte, am Marktplatz, und ist schon seit zweihundert Jahren eine Zwischenstation für Durchreisende. Es würde dir gefallen – viel dunkles Holz und antike Möbel.« Sie ließ den Blick wandern, während sie sprach. Das Gasthaus war eine ebensolche Überraschung für sie gewesen wie Farr's. »Die Zimmer sind vor ein paar Jahren renoviert worden. Meines ist ganz in Blau und Weiß gehalten. Die Vorhänge und die Tapete haben ein Streublümchenmuster. Nach dem, was ich bisher gesehen habe, herrscht in der ganzen Stadt eine Vorliebe für kleine Blümchen. Das Pfostenbett stammt wie das übrige Mobiliar – eine Deckentruhe und ein Rollpult – aus der Kolonialzeit. Und es ist sogar ein Drehspiegel da.«

»Klingt hübsch.«

»Hm.«

»Was ist mit den Leuten? Hast du ein Gesicht gesehen, das dir bekannt vorkam?«

»Nein.«

»Bist du angestarrt worden?«

»Nur, weil ich eine Fremde bin. Ich habe unten im Restaurant gegessen, und obwohl ich mir statt des Minirocks eine Hose angezogen hatte, kam ich mir immer noch overdressed vor.«

Er lachte glucksend, schien sich zu entspannen. »Wie war der Granit?«

»Recht schön, so viel ich sehen konnte. Morgen werde ich mehr sehen. Ich werde auch bei der Firma vorbeischauen, die das Material schleift. Die Farbe sah schon recht brauchbar aus für meinen Zweck, aber ich will ganz sicher sein. Weiß mit einem Hauch Grau ist okay – Weiß mit einem Hauch Rosa könnte ich nicht brauchen.«

»Wie steht's mit dem Preis?«

»Kann ich vielleicht runterhandeln, sie brauchen dringend Aufträge.«

»Können sie Mengen liefern und auf Termin?«

Sie zögerte. »Weiß ich nicht. Sie haben Geldprobleme. Die Firma hat von der Technik und dem Ertrag her nicht mit der Entwicklung Schritt gehalten.«

»Meinst du, sie werden zumachen müssen?«

Falls ja, wären sie nicht die ersten. Das war eines der Dinge, die Chelsea beim Abendessen von ihrer Bedienung erfahren hatte. Es war nicht Shelby gewesen, an die Matthew Farr sie verwiesen hatte, sondern ein Mädchen namens Jenny, die nicht älter als neunzehn aussah und die Angewohnheit hatte, beim Erzählen die Augen aufzureißen, um ihren Aussagen ein zusätzliches Gewicht zu verleihen. Und sie erzählte wie ein Wasserfall. Chelsea, die ein Morgenmuffel und erst nach der zweiten Tasse Kaffee kommunikationsbereit war, hoffte inständig, daß das Mädchen ihr beim Frühstück erspart bliebe.

Doch beim Abendessen hatte sie alle Informationen mit großem

Interesse aufgenommen. »Zwei andere Granitbrüche im Staat haben innerhalb der letzten fünf Jahre pleite gemacht, und somit gibt es genügend Arbeit für Plum, wenn sie die Verträge übernehmen können. Unglücklicherweise ist der Besitzer ein schwieriger alter Mann, der die meisten Leute vergrault.«

»Aber bei dir hat er es nicht geschafft.«

»Ich betrachte ihn als Herausforderung.«

»Wie den Versuch, deine leiblichen Eltern zu finden.«

Chelsea hätte schwören können, Sarkasmus in seiner Stimme wahrzunehmen, überlegte jedoch, ob sie es sich nicht nur einbildete, weil sie ein schlechtes Gewissen hatte. Aber sie weigerte sich zu lügen. »Ja, genau so.«

»Hast du schon herumgefragt?«

Sie war am Kreiskrankenhaus vorbeigefahren. Auch wenn es, wie Kevin sagte, eine Hausgeburt gewesen war, bestand die Chance, daß ihre Mutter davor oder danach einen Arzt aufgesucht hatte.

Die Klinik war in einem großen, alten Gebäude im viktorianischen Stil untergebracht, das im Westen der Stadt jenseits einer überdachten Brücke stand. Chelsea hatte kurz angehalten und hinübergeschaut, fuhr dann aber weiter. Ebenso hatte sie sich die Namen der fünf hier ansässigen Anwälte notiert, aber keinen von ihnen angerufen.

»Ich hab's dir doch gesagt, Carl, deshalb bin ich nicht her gekommen.«

»Komm schon, Chels, ich bin's.«

»Ich bin nicht darum hergekommen.«

»Aber ich wette, der Granit wird dir gefallen«, neckte er sie.

»Von Rechts wegen dürfte er mir gar nicht gefallen«, grollte sie. »Irgend jemand in dieser Stadt mochte mich nicht genug, um mich zu behalten, und es wäre nur gerecht, wenn ich jetzt den Granit der Stadt verschmähte.« Seltsamerweise erstarb ihr Zorn an dieser Stelle und machte wieder Platz für ihre Neugier auf Norwich Notch. Wenn sie hiesigen Granit verwendete, gäbe ihr

das die Möglichkeit, so oft hierherzukommen, bis ihre Neugier gestillt wäre. »Wenn die Farbe stimmt, dann käme er in Frage.«
»Auch wenn die Firma wackelt?«
»Nein, natürlich nicht, aber das weiß ich nicht sicher. Deshalb möchte ich dich bitten, Bob Mahoney anzurufen.« Bob war ein Anwalt, der in der Vergangenheit für Harper, Kane und Koo tätig gewesen war. »Er wird Informationen über die finanzielle Lage hier beibringen können.« Er war außerdem Spezialist für Firmenaufkäufe – das wußte Carl nur zu gut.
»Du denkst doch wohl nicht ernsthaft daran«, sagte er leise.
»Nicht, ehe ich mehr über den Laden weiß.«
»Auch dann geht es nicht!« erklärte er fassungslos. »Wir können unmöglich einen Steinbruch kaufen!«
Mit dieser Aussage kam er bei Chelsea, die ihr ganzes Leben damit zugebracht hatte, das Unwahrscheinliche zu tun, an die falsche Adresse. »Warum nicht?« fragte sie.
»Weil wir keine Ahnung von dieser Materie haben.«
»Wir hatten auch keine Ahnung von Fußball, bis wir ein Stadion entwarfen, und daran verdienen wir noch immer, Carl.«
»Aber Granit?«
»Paßt doch zu uns. Wir verwenden ihn häufig – und denk nur daran, was für günstige Preise wir unseren Kunden machen könnten.«
»Womit wir einen Verlust einfahren würden, wenn die Firma uns gehörte, aber darum geht es mir jetzt gar nicht. Du sagtest, Plum Granite sei technisch nicht auf der Höhe. Hast du eine Vorstellung davon, was für Summen eine diesbezügliche Modernisierung verschlingen würde?«
»Nein. Das ist der zweite Punkt, über den Bob sich schlau machen soll.«
»Meinst du nicht, er sollte sich als erstes informieren, ob Mr. Plum überhaupt an einen Verkauf denkt?«
»Hm – das auch.«
Carl seufzte. »Du bist unglaublich.«

Sie grinste. »Ich liebe dich auch, Schatz.«
»Nicht unglaublich im positiven Sinn. Im negativen Sinn. Wir kaufen uns auf keinen Fall in eine Firma in der Prärie von New Hampshire ein.«
»Wir haben uns schon an schlimmeren Orten in Firmen eingekauft«, erinnerte sie ihn unbekümmert. »Wir müssen ja nicht hierherziehen, um den Laden am Laufen zu halten.«
»Wir kaufen uns in keinen Steinbruch ein!«
»Warum nicht?« Sie wurde ernst. »Weil er in Norwich Notch liegt? Betrachtest du diese Stadt ebenso als Bedrohung wie mein Vater?«
»Nein«, erwiderte er ruhig. »Ich halte es nur für keinen klugen Schachzug.«
»Wie kannst du das beurteilen, bevor du die Fakten kennst?«
»Es wird uns Geld kosten, diese Fakten zu bekommen.«
»Ich werde es bezahlen. Allein.«
»Aber warum?« fragte er aufgebracht.
Das konnte Chelsea ihm nicht beantworten. Sie wußte nicht, was sie mit einem Steinbruch anfangen würde. Sie wußte nicht, was sie mit Norwich Notch anfangen würde. Sie wußte nur, daß sie sich zu der Stadt hingezogen fühlte und die Vorstellung, eine materielle Verbindung dazu herzustellen, ihr Trost spendete. Die Leute hier waren teils angenehm und teils nicht so sehr – aber völlig anders als die Leute zu Hause. Ein geschäftliches Standbein hier würde die Möglichkeit schaffen, sie besser kennenzulernen, und irgendwann würde sie vielleicht sogar den silbernen Schlüssel an seinem ausgefransten Band herumzeigen. Vielleicht erkannte ihn jemand, meldete sogar Besitzansprüche an.
Doch es steckte noch mehr dahinter, ein Gedanke, der sie noch lange beschäftigte, nachdem sie Carl mit ein paar beruhigenden Worten besänftigt, einen Gutenachtkuß durch den Draht geschickt und den Hörer aufgelegt hatte. Wenn ihr der Steinbruch gehörte, wäre sie der größte Arbeitgeber am Ort und gewänne

damit eine Machtposition. Wenn sie die Firma modernisierte und der Stadt somit neuen Aufschwung brächte, wäre sie die Heldin von Norwich Notch.

Das wäre eine beachtliche Verbesserung gegenüber dem Kind, das nach der Geburt weggegeben worden war. Sie würde in die Lage versetzt, alles erfahren zu können, was sie wissen wollte, und aus dem Erfahrenen jede gewünschte Konsequenz zu ziehen. Im Augenblick konnte sie sich vorstellen, daß sie die Firma mit Gewinn verkaufen, der Stadt den Rücken kehren und ohne einen Blick zurück ihr altes Leben wieder aufnehmen würde.

Mitte April hatte Bob Mahoney genügend Informationen gesammelt, um Chelsea mitteilen zu können, daß Plum Granite zwar nicht unmittelbar vor der Pleite stand, jedoch seit fast einem Jahrzehnt keinen Geschäftszuwachs zu verzeichnen hatte. Laut seiner Quellen wäre die Lage der Firma vielleicht mißlicher, wenn der Granit nicht von so hoher Qualität wäre und mit großer Sorgfalt abgebaut und jede Bestellung fristgerecht geliefert würde.

»Demnach steckt Plum Granite nicht in Schulden?« fragte sie, während sie gemächlich durch den Inner Harbor schlenderten.

Carl war nicht mitgekommen. Seit ihrer Rückkehr war ihre Beziehung unruhiger geworden. Es gab jetzt Hochs und Tiefs, wobei die Tiefs mit Chelseas Einstellung zu sich selbst und zu Norwich Notch zusammenhingen. Beides waren kritische Themen, und es war keine Behebung dieses Zustandes in Sicht. Carl konnte ihren Drang, sich in irgendeiner Form für Plum Granite zu engagieren, nicht begreifen, und sie konnte ihn nicht erklären – aber er war da, und darum hörte sie Bob sehr genau zu.

»Doch, sie haben Schulden, aber nur bei der örtlichen Bank«, sagte er. »Oliver Plum ist erzkonservativ und weigert sich standhaft, sich zusätzlich an eine andere Bank zu wenden – und vielleicht ist das gut so, denn auf diese Weise halten sich die Schulden in einer zu bewältigenden Grenze. Aber Jamieson, der

Banker, ist ebenfalls konservativ und weigert sich, noch mehr vorzuschießen. Plum wird es immer schwerer haben, seinen Ausgaben gerecht zu werden, wenn er sich nicht zu irgendeiner Veränderung entschließt.«

»Glaubt Ihre Quelle, daß er das tun wird?«

Bob zuckte die Schultern. »Er hat keine Phantasie, er wird mit Entlassungen anfangen.«

Chelsea dachte an die Eltern, die es sich nicht leisten konnten, sie zu behalten, weil einer von ihnen oder beide arbeitslos gewesen waren. »Es muß doch eine andere Möglichkeit geben.«

»Nicht ohne Geld, und was das betrifft, hat der Bursche sich selbst in eine Ecke manövriert. Er muß modernisieren. Er braucht neue Werkzeuge und neue Maschinen. Er muß sich um Aufträge bemühen, anstatt darauf zu warten, daß sie ihm ins Haus schneien. Soviel ich gehört habe, sind seine Männer durchaus brauchbar. Er ist das Problem. Er lehnt Veränderungen ab, und das schließt auch die Möglichkeit ein, sich außerhalb von Norwich Notch um das Geld zu bemühen, das er braucht.«

»Wieviel?« Chelsea schaute mit zusammengekniffenen Augen zu ihm auf. Die Sonne strahlte vom wolkenlosen Himmel, verbreitete Zuversicht. Es war ein perfekter Tag für eine Herausforderung. »Wieviel würde es kosten, die Technik auf den neuesten Stand zu bringen, die Voraussetzungen für die Bearbeitung vor Ort zu schaffen und ein Auslieferungssystem auf die Beine zu stellen?«

Bob zog einen Zettel aus seinem Blazer, faltete ihn auseinander und reichte ihn ihr. »Die Liste ist nur ein Rohentwurf.«

Sie schaute sich die Summe am Ende der Postenreihe an. Sie war hoch, aber nicht unerschwinglich. »Was meinte Ihre Quelle zu dem Potential einer Firma wie dieser?«

»Er glaubte nicht, daß sie Verlust machen würden. Klug angestellt, könnte sie Profit abwerfen, und mit etwas Glück sogar einen recht hübschen.«

Das war Musik in Chelseas Ohren, doch es gab noch eine grundlegende Frage zu klären. »Was ist mit Oliver Plum? Wird er verkaufen?«

Bob kratzte sich am Kopf. »Sehr schwer zu sagen. Die Firma ist schon lange im Besitz seiner Familie, und darauf ist er stolz. Die ganze Stadt ist es. Plum Granite ist eine Institution dort. Aber er hat vier Töchter, allesamt verheiratet mit Männern, die keinerlei Interesse an dem Geschäft haben, womit er letztendlich keinen Erben hat.«

»Warum kann nicht eine der Töchter den Betrieb übernehmen?«

»In Orten wie Norwich Notch tun Frauen so etwas nicht.«

»Und wieso nicht?«

»Weil die Gesellschaftsordnung patriarchalisch ist. Die Frauen sind den Männern untertan.«

Chelsea stieß einen Laut aus, der ihre Meinung dazu ausdrückte. »Angenommen, ich würde die Firma kaufen wollen«, sagte sie im Weitergehen, »wie könnte ich das am besten anstellen? Da sie keine AG ist, gibt es keine Aktionäre, die ich herauskaufen könnte. Es geht allein über Oliver Plum. Was würde ihn zum Verkauf bewegen?«

»Zuerst würde ich vorschlagen, ihn direkt anzusprechen – vielleicht klappt es ja. Er weiß, daß die Firma in Schwierigkeiten steckt, er ist nicht dumm.«

»Und wenn er nein sagt?«

»Dann überlegen wir, ob es der Mühe wert wäre, den Versuch zu machen, ihn umzustimmen.«

»Es wäre der Mühe wert«, sagte Chelsea. Je länger sie darüber nachdachte, um so überzeugter war sie. »Ich kann etwas mit dieser Firma anfangen, Bob, ich weiß es. Ich habe Geld und Know-how.«

»Was für Know-how? Sie sind Architektin, keine Unternehmerin.«

»Ich habe Kontakte. Ich kann Kunden heranschaffen, was Oliver Plum nicht kann, das kostet mich nur Telefongespräche. Wissen Sie, wie viele Architekten ich kenne, die ebenso scharf auf hochwertigen Stein sind, wie ich es bin? Das gleiche gilt für Zulieferer auf dem Bau. Und wenn wir auf Nationaldenkmäler und Kriegsmahnmale und Regierungsgebäude zu sprechen kommen – wissen Sie, wie viele Kongreßabgeordnete ich kenne?« Das verdankte sie ihren Eltern. Natürlich würde Kevin außer sich sein, wenn sie diese Kontakte nutzte, um eine Firma in Norwich Notch hochzubringen, aber Abby war verantwortlich dafür, daß sie überhaupt von Norwich Notch erfahren hatte, und wenn sie aus einem schlechtgehenden Betrieb einen florierenden machte – wer könnte ihr das verübeln?

»Und was ist mit Ihrer eigenen Arbeit?« fragte Bob.

»Ich kann beides schaffen.« Hatte Carl das nicht gesagt, als er sie dazu bewegen wollte, sich für die Ehe und Mutterschaft zu erwärmen? »Also, was machen wir, wenn Oliver Plum sich weigert zu verkaufen?«

Bob warf ihr einen tadelnden Blick zu, entgegnete jedoch: »Dann erhöhen wir das Angebot.«

»Und wenn das nichts nützt?«

»Dann danken wir ihm, daß er sich Zeit für uns genommen hat, und gehen.«

Aber das wollte Chelsea nicht. »Was, wenn ich unbedingt einen Teil dieser Firma haben will?« Es kümmerte sie nicht, daß Carl es für eine fixe Idee hielt – sie wollte da rein. »Kommen Sie, Bob«, drängte sie. »Das ist doch Ihr Spezialgebiet. Was machen wir, wenn Oliver Plum sich stur stellt?«

Er zog die Luft durch die Nase ein. »Dann lassen wir uns etwas einfallen. Ein Lockmittel, das ihn für unseren Plan einnimmt.«

»Zum Beispiel?«

»Zum Beispiel die Zusage, seinen Firmennamen beizubehalten. Zum Beispiel den Vorschlag, ihn zwar rauszukaufen, aber für eine unbestimmte Anzahl von Jahren als nominellen Chef mit einem beträchtlichen Gehalt zu behalten. Oder ihn auszuzahlen

und zusätzlich an den Gewinnen zu beteiligen. Die Möglichkeiten sind schier unbegrenzt.«
»Und wenn er sich dann immer noch weigert?«
Bob blieb stehen und wandte sich ihr zu. »Dann geben wir auf – und das ist mein Ernst, Chelsea. Ich weiß, daß Sie einen besonderen Grund für Ihr Interesse an dieser Firma haben. Ich weiß nicht, welchen, es geht mich auch nichts an, und es ist Ihr Geld, das Sie für Plum Granite und für mich ausgeben, aber ich bin kein Don Quichotte. Wenn wir alle Register gezogen haben und Oliver Plum sich noch immer weigert, dann lassen wir's. Ich bin nicht bereit, gegen Windmühlenflügel zu kämpfen. Dann müssen Sie eben ein anderes Ventil für Ihre Leidenschaft finden.«
Chelsea hörte, was er sagte, doch sie war nicht bereit, an Aufgeben auch nur zu denken. Sie steckte die Aufstellung, die er zusammengestellt hatte, in die Tasche, drückte seinen Arm und grinste. »Oliver Plum wird verkaufen – das spüre ich in den Knochen. Er wird Ihnen aus der Hand fressen, ehe Sie sich's versehen.« Sie atmete tief ein. »Also.« Sie legte in ungeduldiger Vorfreude die Fingerspitzen aneinander. »Wann führen Sie das erste Telefonat?«

»Er ist ein harter Brocken«, erzählte Chelsea Cydra, als sie zwei Wochen später frühmorgens miteinander joggten. »Das erste Mal hat er wortlos den Hörer aufgeknallt. Beim zweiten Mal sagte er nein, ehe er den Hörer aufknallte. Das dritte Mal sagte er nein, hörte sich dann Bobs Argumente an und legte danach auf.«
»Reizend.«
»Aber wir machen Fortschritte. Bob und ich sind nächste Woche bei ihm oben.«
»Er ist bereit zu reden?«
»Ob zu reden, weiß ich nicht, aber zuzuhören. Das ist ein Anfang.«
»Was ist mit Carl? Wird er weich?«
Chelsea wischte sich mit der Handgelenksmanschette den

Schweiß von der Stirn. »Noch nicht, aber ich dränge ihn auch nicht. Die Sache ist noch zu unausgegoren.«
»Aber er weiß von eurer Reise nach Norwich Notch.«
»Ja. Und er weiß in etwa den Grund dafür. Über Einzelheiten reden wir nicht, da ist er unzugänglich.«
»Wo liegt sein Problem?«
Das hatte Chelsea sich seit einiger Zeit auch schon oft gefragt. Carl war launisch, etwas, das sie bei ihm nicht kannte. Sie konnte sich nicht vorstellen, daß es allein mit Norwich Notch zusammenhing, doch als sie ihn fragte, ob es noch etwas anderes gebe, das ihn verstimme, verneinte er. Sie fühlte sich schrecklich. Sie wollte ihn nicht wütend machen, genausowenig, wie sie ihn verletzen wollte. Sie begriff nicht, warum er so reagierte, verstand nicht, wieso ihr Interesse an Norwich Notch ihm überhaupt gegen den Strich ging, denn schließlich würde alles, was dieses Interesse zu Tage förderte, sie menschlich bereichern.
»Vielleicht ist die Loyalität zu meinem Vater der Grund«, meinte sie, denn eine andere Erklärung fiel ihr nicht ein. »Er verhält sich meinem Dad gegenüber genauso wie seinem eigenen gegenüber, hat bei beiden ständig das Bestreben, einen positiven Eindruck zu machen.«
»Und deinem Dad gefällt die derzeitige Entwicklung nicht?«
»Nicht besonders.« Sie bogen um eine Ecke und trennten sich kurz, um eine Reihe von Mülltonnen zu passieren. Als sie wieder nebeneinander herliefen, sagte Chelsea: »Das ist eine starke Untertreibung. Tatsächlich ist Norwich Notch ein Stachel in seinem Fleisch. Ein sehr spitzer Stachel.«
»Das ist ein Zeichen.«
»Möglich«, gestand Chelsea ihr zu.
»Warum erzählst du ihm dann davon?«
»Tue ich nicht, Carl tut es.«
»Und warum tut es Carl, verdammt noch mal?«
»Er behauptet, er versuche mich zu retten.«
»Indem er deinen Dad gegen dich aufbringt?«

»Ihn mir entfremdet, ist das zutreffendere Wort, aber als ich Carl das sagte, wischte er es mit einer Handbewegung vom Tisch. Er sagt, Dad liebe mich. So wie er mich liebe. Sie wollten mich beide glücklich sehen, und Norwich Notch bringe nur Kummer und Verdruß.«

»Klingt, als mieden sie das echte Thema.«

»Welches wäre?«

»Eifersucht. Sie wollen deine Zeit und Zuneigung für sich haben, sie wollen dich nicht mit der Vergangenheit teilen.«

Chelsea wußte, daß etwas Wahres an Cydras Worten war, und sie fühlte sich hin und her gerissen. Sie wollte Kevin Freude machen, sie wollte Carl Freude machen, aber sie kam immer wieder zu dem Wunsch zurück, auch sich selbst Freude zu machen, und so egoistisch dies auch war, sie konnte es nicht abschütteln. Norwich Notch repräsentierte alles, was sie über sich wissen wollte, aber aufgeschoben hatte, und nun wurde sie allmählich ungeduldig.

Aus diesem Grund traf sie sich, so wenig Aufhebens wie möglich davon machend – am liebsten hätte sie sich im Dunkeln aus dem Haus geschlichen –, mit Bob, um gemeinsam mit ihm zu Oliver Plum zu fahren. Es war der erste Mai. Der Frühling hielt in New Hampshire später Einzug als in den südlicher gelegenen Staaten, die Knospen an den Bäumen begannen gerade erst, sich zu öffnen. Aber die Tulpen auf der Wiese in der Mitte des Marktplatzes blühten bereits, ebenso wie lavendelfarbene Rhododendren, rosa Hartriegel und weißer Rosmarin, und auf den Bänken saßen Leute und genossen den Sonnenschein.

Da Bob am Steuer des Mietwagens saß, konnte Chelsea sich auf die Umgebung konzentrieren, und das tat sie, versuchte, sich alles einzuprägen. Sie fuhren an Häusern mit Blumenkästen vor den Fenstern vorbei, an Gärten mit Schaukelstühlen und immer wieder an patriotischen und auch dekorativen Fahnen, die auf vielen Dächern im Wind flatterten.

Auch die Straße, in der Plum Granite seinen Firmensitz hatte, sah verändert aus. Das Gras war grüner, die Scheinakazien präsentierten sich in einem hübschen, zarten Limonenton, die Forsythien in leuchtendem Gelb und die Nadelhölzer wirkten erholt. In der Zufahrt standen der Escort und der Blazer.

Das Motorrad fehlte, was bedeutete, daß Hunter Love nicht da war. Das gleiche galt für Judd Streeter und den Lastwagen.

Chelsea verspürte einen Anflug von Enttäuschung. Natürlich hatte sie nicht damit gerechnet, daß sie Judd antreffen würde, denn was sie mit Oliver besprechen wollten, war zunächst einmal reine Chefsache, und doch hatte sich ein Fünkchen Hoffnung in ihr geregt, ihn einen kurzen Moment zu sehen. Nur einen kurzen Moment. Der würde genügen, um ihre Phantasie anzukurbeln. Judd Streeter war hochentzündlicher Brennstoff.

Sie schob den Gedanken beiseite und konzentrierte sich auf die bevorstehende Diskussion mit Oliver. Wie sich herausstellte, hatte auch er einen Anwalt dazugebeten, einen Mann namens Jeremiah Whip, der, wie Chelsea sofort erkannte, zu jung war, um mit ihrer Adoption befaßt gewesen zu sein.

Sobald sie alle saßen – Chelsea und Bob auf gradlehnigen Stühlen und Jeremiah auf einem Klappstuhl, der aus dem Vorzimmer hereingebracht worden war –, kam Oliver ohne Umschweife zur Sache: »Ich werde nicht verkaufen! Sie können mir bieten, was Sie wollen, wenn das der einzige Zweck Ihrer Reise war, dann haben Sie Ihre Zeit vergeudet. Ich werde nicht verkaufen, das ist alles, was ich dazu zu sagen habe.« Seine aufgebrachte Miene nahm wieder den finsteren Ausdruck an, den Chelsea inzwischen für angeboren hielt.

Bob blieb gelassen. »Ja, Mr. Plum, das haben Sie mir bereits erklärt, und es überrascht mich offengestanden, daß Sie uns zu sich eingeladen haben.«

»Ich habe Sie nicht eingeladen, Sie haben sich selbst eingeladen.«

»Aber Sie sagten nicht nein.«

»Es ist Ihre Zeit und Ihr Geld, wenn Sie beides verschwenden wollen, ist das Ihre Sache.«
»Wir betrachten es nicht als Verschwendung. Verschwendung wäre es, wenn Ihre Firma den Bach runterginge. Darauf steuert sie zu, und das wissen Sie. Darum hören Sie sich auch an, was wir Ihnen zu sagen haben.«
»Bis jetzt habe ich noch nicht viel gehört«, beschwerte Oliver sich in einem nörgelnden Ton, der beinahe erheiternd wirkte. Überhaupt – je länger Chelsea darüber nachdachte, um so mehr sah sie ihn als Karikatur. Mit seiner Bohnenstangengestalt und den straff nach hinten gekämmten, schütteren Haaren, der knochigen Nase und dem schmalen Mund war er die Verkörperung des eingefleischten Yankees, der jede Veränderung ablehnte.
Während Bob die bereits gemachten Angebote und die Argumente wiederholte, wanderte Chelseas Blick zu den Fotografien an der Wand. Sie waren ausnahmslos schwarzweiß und hatten zumeist mit dem Geschäft zu tun. Die dicke, dunkle Kleidung der darauf abgebildeten Personen, die von grimmig bis Grabesmiene reichenden Gesichter und die Qualität der Aufnahmen legten die Vermutung nahe, daß sie um die Jahrhundertwende entstanden waren. Auf einer starrte ein halbes Dutzend Männer zu einem Felsbrocken hinauf, den sie in Angriff nehmen wollten. Auf einer anderen stand – stramm wie Soldaten – eine Reihe Arbeiter vor einem vorsintflutlichen Bulldozer. Eine dritte Fotografie hatte den Steinbruch zum Gegenstand, der hier wie eine große, geriffelte Leinwand aussah, auf der die Männer kaum größer als Ameisen wirkten.
»Langweilen wir Sie, Missy?« fragte Oliver in ihre Betrachtungen hinein.
Chelseas Blick flog zu seinem Gesicht, und einen Augenblick lang war sie regelrecht zerknirscht, doch dann fing sie sich und sagte ohne eine Entschuldigung: »Ich bewundere Ihre Bilder. Sie machen sehr deutlich, daß es diese Firma schon eine ganze Weile gibt. Wer hat sie vorher geleitet?«

»Mein älterer Bruder. Drei Jahre lang, bis er von einem Lastwagen überfahren wurde. Sagen Sie jetzt nicht, daß Ihnen das leid tut. Es ist fünfzig Jahre her, und ich weiß gar nicht mehr, wie er aussah.«

Chelsea dachte, daß Oliver Plum entweder eine Schande für die menschliche Spezies war oder log. Sie konnte sich nicht vorstellen, daß jemand tatsächlich so gefühlskalt war. »Und wer hat sie vor ihm geführt?«

»Mein Vater. Und vor ihm sein Vater. Und vor dem sein Onkel. Sonst noch Fragen?«

»Ja«, nickte sie. »Wer wird Sie nach Ihnen leiten?«

Sein Mund verzog sich zu einem verzerrten Lächeln. »Darüber hatten wir gerade gesprochen. Wenn Sie nicht so mit den Fotos beschäftigt gewesen wären, wüßten Sie das.«

Sie faltete die Hände im Schoß. »Jetzt haben Sie meine volle Aufmerksamkeit, Mr. Plum. Sprechen Sie weiter.« Als er sie schweigend anstarrte, wandte sie sich mit erwartungsvoll hoch gezogenen Brauen an Bob: »Was habe ich verpaßt?«

»Ich will wissen, was Sie sich versprechen«, forderte Oliver barsch.

Chelsea deutete auf sich. »Ich?«

Oliver hielt ihrem Blick unnachgiebig stand.

Wenn er wüßte, wer sie war und worum es ihr ging, hätte er schon längst etwas gesagt, beruhigte sie sich, und antwortete: »Einen Profit. Was sollte ich mir sonst versprechen?«

»Das weiß ich nicht, darum frage ich ja. Wenn es Ihnen wirklich um einen Profit geht, dann könnten Sie meiner Meinung nach irgendwo anders mehr erzielen und auf einfachere Weise.«

»Aber ich mag Granit.«

Er schnaubte verächtlich. »Was wissen Sie denn über Granit? Sie sind Künstlerin.«

»Architektin.«

»Kommt auf's selbe raus. Sie haben keine Ahnung vom Geschäftsleben.«

»Ich denke, ich weiß ebensoviel darüber wie Sie.«
»Und über die Arbeit im Steinbruch – wissen Sie da auch soviel wie ich? Können Sie einen Kran fahren? Oder mit einem Steinbohrer umgehen? Oder sich dreißig Meter an der Felswand abwärts arbeiten, ohne abzustürzen? Wissen Sie, was ein Klammerhaken ist? Haben Sie jemals die Hitze eines Schneidbrenners mit einer drei Meter langen Flamme im Gesicht gespürt?«
Chelsea ließ sich nicht einschüchtern. »Ich sage ja nicht, daß ich selbst im Steinbruch arbeiten möchte ...«
»Ich tue das!« polterte er.
Sie überging seinen Einwurf. »Ein guter Chef hat gute Leute dafür. Sie haben gute Leute. Was Ihnen fehlt, sind Geld und Geschäftssinn, und ich verfüge über beides.«
»Sie stellen sich das so einfach vor. Was den Profit betrifft, den Sie sich erwarten, selbst wenn ich verkaufen würde, was ich nicht tun werde, müßten Sie eine ganze Weile darauf warten.«
»Ein Jahr«, sagte sie. »Ich kann das Blatt in einem Jahr wenden.«
»Blödsinn.«
»Und im Zuge dessen«, fuhr sie fort, »kann ich eine Menge mehr Männer einstellen, als Sie jetzt beschäftigen. Wenn Ihnen etwas an Norwich Notch liegt, sollten Sie mir zuhören. Machen Sie so weiter, dann haben Sie Plum Granite in einem Jahr ein weiteres Stück in Richtung Abgrund gewirtschaftet. Das bedeutet weniger Arbeit für weniger Männer und weniger Geld für die Stadt. Verkaufen Sie mir die Firma, gewinnen alle. Sie haben eine anständige Summe in der Tasche, die Bewohner von Norwich Notch haben eine anständige Summe in der Tasche und auf der Bank, was Ihren Banker bestimmt freuen wird. Und Plum Granite kommt wieder auf die Füße.«
»Dazu würde ein Jahr nicht reichen.«
»O doch«, widersprach sie.
Er machte eine Handbewegung, als wolle er eine Fliege verscheuchen. »Fahren Sie nach Hause. Sie haben hier nichts zu suchen. Sie gehören nicht zu uns.«

Chelsea fühlte sich gekränkt, empfand diesen Hinauswurf als eine Wiederholung der Abschiebung unmittelbar nach ihrer Geburt. Aber sie war nicht bereit, klein beizugeben. Entschlossen richtete sie sich auf ihrem Stuhl auf.
Es war still im Zimmer. Chelsea starrte Oliver an, der ihren Blick herausfordernd erwiderte, aber sie wollte verdammt sein, wenn sie als erste wegschaute. Oliver Plum hatte nicht das Monopol auf Sturheit. Sie besaß selbst reichlich davon, und sie scherte sich nicht um seine Gegenargumente – sie wollte Plum Granite haben.
Jeremiah Whip räusperte sich und schaute unbehaglich von Oliver zu Bob. »Vielleicht kommen wir doch irgendwie ins Geschäft mit Ihnen«, sagte er mit schüchterner Stimme. »Wir können nicht leugnen, daß Plum Granite Geld braucht.«
»Papperlapapp«, protestierte Oliver.
Jeremiah warf ihm einen nervösen Blick zu und hob die Hände in einer versuchsweise beschwichtigenden Geste. Dann wandte er sich wieder Bob zu. »Mein Klient ist im Augenblick nicht bereit, die Firma zu verkaufen. Sie befindet sich schon sehr lange im Familienbesitz, und sie ist sein Leben.«
Es gefiel Chelsea nicht, daß er sie überging, denn schließlich würde das Geld von ihr kommen, und so sagte sie: »Er könnte mit dem Verkaufserlös in aller Ruhe in Pension gehen.«
»Ich gehe nicht in Pension«, schwor er.
»Wie alt sind Sie?« fragte sie.
»Wenn Sie Ihre Hausaufgaben gemacht hätten, wüßten Sie das.«
»Ich weiß, wie alt der Betrieb ist, und den will ich kaufen – nicht Sie.«
»Nun – ich habe meine Hausaufgaben gemacht. Ich weiß, wie alt Sie sind und wer Ihre Eltern sind und woher Sie Ihr Geld haben. Es liegt auf einem Treuhandkonto rum und läßt Sie nicht ruhen, und so haben Sie beschlossen, mit uns zu spielen. Aber ich lasse nicht mit mir spielen.«
»Niemand spielt«, erwiderte sie ernst. Nichts, was mit Norwich

Notch zu tun hatte, beflügelte sie zum Spielen, und wenn Oliver bei der Erledigung seiner Hausaufgaben gründlicher vorgegangen wäre, hätte er das herausgefunden. Nein, wie hätte er etwas herausfinden können, das nirgendwo dokumentiert und einer der Hauptgründe für Chelseas Aufenthalt in Norwich Notch war? »Wenn ich mein Geld einsetze, will ich auch etwas dafür haben, und Plum Granit wäre nicht die erste Firma, für die ich das täte. Wenn ich die Angewohnheit hätte, in Verlierer zu investierten, hätte ich den Treuhandfonds schon vor Jahren durchgebracht.«

»Wenn Sie glauben, mit Granit ließen sich Gewinne erwirtschaften, dann bellen Sie unter dem falschen Baum. Seit Glas und Stahl den Durchbruch erzielt haben, ist der Markt so gut wie tot.«

Hätte Chelsea in einer anderen Branche gearbeitet, hätte sie ihm vielleicht geglaubt, doch sie war ein Insider. Sie kannte die Baupläne für Gebäude, die die Öffentlichkeit erst in zwei Jahren zu sehen bekäme, sie arbeitete selbst in der Planung. »Da irren Sie sich – der Trend geht eindeutig in Richtung Traditionalismus. Granit ist wieder groß im Kommen, und nicht nur als äußeres Baumaterial. Die Leute wollen auch in Küchen und Bädern Granit haben.«

»Pah!« machte er wegwerfend. »Das sind doch Kinkerlitzchen. Damit kann man keinen Profit erzielen.«

»Diese Äußerung zeigt mir, wie wenig Ahnung Sie haben«, griff sie ihn an. Der Mann begann sie ernsthaft aufzuregen. »Haben Sie eine Vorstellung, wie viele Leute bereit sind, eine Stange Geld für eine Arbeitsplatte in ihrer Designerküche hinzulegen? Oder vom Ausmaß des Profits, den man damit erzielen kann, Luxushotels qualitativ hochwertigen Granit für ihre Badezimmer zu verkaufen? Die Mengen mögen gering sein, aber sie können einen Spitzenpreis dafür verlangen. Natürlich werden Sie keinen Cent davon sehen, wenn Sie so weitermachen wie bisher. Sie hauen große Granitbrocken und liefern sie aus,

überlassen es anderen, sie zuzuschneiden, zu schleifen und den Gewinn einzustreichen. Sie mögen ein guter Steinhauer sein, Mr. Plum, aber als Geschäftsmann sind Sie eine Katastrophe.«
Er legte die Unterarme flach auf den Schreibtisch. »Sie haben eine scharfe Zunge.«
Sie beugte sich vor. »Ich habe auch einen scharfen Verstand, und mit beidem zusammen kann ich diese Firma wieder auf die Beine bringen.«
»Niemals!« plusterte er sich auf. »Ich brauche Ihr Geld – nicht Sie.«
Sie starrte ihn wütend an. »Sie können das eine nicht ohne das andere haben. Ich bin der Schlüssel zum Aufschwung.«
»Und ich bin der Schlüssel zum Steinbruch. Ohne einen Plum an der Spitze passiert hier gar nichts.«
»Es sieht so aus, als passiere hier nichts mit einem Plum an der Spitze«, gab sie zurück, denn Oliver Plum war zwar älter als sie, aber zu starrsinnig, um Taktgefühl zu verdienen. »Tatsache ist, daß Sie die Aufträge niemals bewältigen könnten, die ich Ihnen brächte.«
»Irrtum, Missy. Tatsache ist, daß Sie mir nicht genügend Aufträge bringen könnten, um meine Männer auf Trab zu halten.«
»Ein Jahr.« Sie lehnte sich zurück. »Ein Jahr, und die Firma schreibt wieder schwarze Zahlen.«
Auch er lehnte sich zurück, ließ sie jedoch keine Sekunde aus den Augen. »Sie sind ziemlich überzeugt von sich, nicht wahr?«
»Allerdings.«
»Rührt das daher, daß Sie mit einem silbernen Löffel im Mund aufgewachsen sind?«
»Möglich.«
Er schnitt eine Grimasse. »Was ist Chelsea überhaupt für ein Name?«
Sie zuckte nicht mit der Wimper. »Es ist der Name, den meine Eltern für mich ausgesucht haben.«
»Paßt nicht in diese Gegend, dieser Name.«

»Muß mich das kümmern?«
»Wenn Sie hier zurechtkommen wollen, dann sollte es das.«
»Ich habe nicht gesagt, daß ich mit den Leuten zurechtkommen will, ich habe gesagt, daß ich diese Firma zu einem gewinnbringenden Unternehmen machen will.«
Überzeugt, daß Oliver Plum einer der unangenehmsten Männer war, die sie je kennengelernt hatte, und entsprechend verärgert, schaute sie auf ihre Uhr. »Mein Anwalt und ich haben eine lange Heimreise vor uns.« Sie richtete ihren Blick auf Jeremiah Whip. »Plum Granite braucht Geld, ich habe Geld. Kommen wir ins Geschäft oder nicht?«

Sechstes Kapitel

Eine Partnerschaft?« wiederholte Carl entgeistert, als Chelsea ihm spät an diesem Abend von Jeremiahs Vorschlag berichtete.

»Ich würde das Geld für die Modernisierung aufbringen und die geschäftliche Seite übernehmen, während er sich um die Produktion kümmerte«, erklärte sie. »Die Partnerschaft wäre auf ein Jahr begrenzt und nach Ablauf dieser Frist müßte derjenige, der seinen Teil des Vertrages nicht erfüllen konnte, an den anderen verkaufen.«

Carl trug noch das T-Shirt und die Shorts, die er im SquashClub angehabt hatte. Sogar unmittelbar nach einem schweißtreibenden Spiel sah er gepflegt aus. Das war typisch für ihn, dachte Chelsea, und schrieb es seinem Verstand zu: Seine Gedanken waren stets geordnet.

»Was meinst du mit der Nichterfüllung eines Vertragsteils«, hakte er in seiner üblichen Vorliebe für Details nach.

»Ich sage, ich kann mehr Aufträge beibringen, als seine Männer bewältigen können. Er sagt, ich kann es nicht.«

Carl schaute sie entsetzt an. »Eine Wette? Wer immer gewinnt, bekommt die Firma?«

»Kauft die Firma«, präzisierte sie. Sie war kein Dummkopf. So lässig sie ihr Erbe auch manchmal sah, so peinlich genau achtete sie auf ihren Besitz. Sie hatte nicht vor, Geld aus dem Fenster zu werfen, nicht einmal für Norwich Notch. »Oliver weigert sich steif und fest, zu verkaufen, aber er braucht das Geld, um zu überleben. Wenn ich es nicht schaffe, das Blatt zu wenden, kann er seinen Betrieb behalten.«

»Aber wenn er pleite ist, wie soll er dich dann auszahlen können?«
»In dem Fall holt er sich in einem anderen Staat einen Kredit oder nimmt einen dritten Partner rein, um mich rauszukaufen.« Wie sie es sah, könnte sie in einem Jahr viel über Norwich Notch und die Umstände ihrer Geburt in Erfahrung bringen. Vielleicht wäre sie am Ende dieser Frist froh, dem Ort den Rücken kehren zu dürfen. »Ich kann bei diesem Handel nicht verlieren. Die Firma war früher einmal ein äußerst profitables Unternehmen. Du und ich wissen beide, daß der Markt wieder aufgelebt ist. Plum Granite muß lediglich wettbewerbsfähig werden, und dabei kann ich helfen.«
»Wann? Du bist Architektin! Was wird mit Harper, Kane und Koo?«
»Harper, Kane und Koo laufen weiter wie bisher. Das gilt auch für meine Arbeit. Was macht es schon, wenn ich jede Woche ein paar Stunden auf etwas anderes verwende?«
»Ein paar Stunden?« Ein besorgter Ausdruck trat in seine Augen. »Was du da vorhast, wird mehr beanspruchen als ein paar Stunden. Du willst die geschäftliche Seite eines aufstrebenden Unternehmens leiten. Anderswo hat man dafür eine ganze Abteilung.«
Sie sah kein Problem. Plum Granite war ein kleiner Betrieb, und was ihr vorschwebte, ließ sich überwiegend telefonisch erledigen. »Du hast gesagt, daß hier alles so gut liefe, daß ich mir Zeit für einen Ehemann und ein Baby nehmen könnte. Wo ist der Unterschied?«
»Wo der Unterschied ist? Der Unterschied ist, daß ein Ehemann und Kinder Privatleben bedeuten. Von ihnen bekommst du Geschenke zum Geburtstag und zu Weihnachten und zum Muttertag, sie sind stolz auf deine Arbeit und machen dich stolz auf ihre. Sie lieben dich, um Himmels willen, wie kannst du eine Granitfirma damit vergleichen?«
Eine Welle der Hilflosigkeit überschwemmte Chelsea. Alles, was

er sagte, war vernünftig – Carl war immer vernünftig –, und doch war da der Teil von ihr, der nicht auf ihn hören, der unbedingt auf Oliver Plums Angebot eingehen wollte.
»O Carl«, seufzte sie. »Natürlich kann man das nicht vergleichen, aber Norwich Notch ist eine Herausforderung für mich. Diese Geschichte bedeutet mir viel, aber sie hat nicht diesen Ewigkeitscharakter wie das, wovon du sprichst.«
Er drehte ihr den Rücken zu und ging durch den Raum. Mit einem Fuß auf der obersten Stufe zum Foyer und einer Hand an der Säule sagte er: »Vielleicht ist dieser Ewigkeitscharakter eine Illusion.«
»Warum sagst du das?«
»Weil es nicht so läuft, wie es sollte. Man verbringt das halbe Leben mit einem Menschen und geht davon aus, daß man auch den Rest miteinander verbringen wird, aber das muß nicht unbedingt so sein. Das Leben ist nicht einfach, und es ist nicht immer ehrlich. Vielleicht sind die Visionen von Umarmungen und Küssen und Geburtstagsgeschenken nur Mittel zum Zweck – damit wir uns nicht so allein fühlen, bis etwas daherkommt, das uns ausfüllt.«
»O Carl«, seufzte sie wieder, diesmal allerdings, weil ihr nichts Besseres einfiel. Sie fühlte sich hin und her gerissen. Carl war ihr lieb und teuer – aber lieb und teuer genug? In ihrer Vorstellung existierte eine Dreierbeziehung zwischen Carl, ihr selbst und Norwich Notch. Manchmal war er herrisch, manchmal beleidigt eifersüchtig. Das letzte, was sie wollte, war, ihn zu verletzen. Er war der beste Freund, den sie auf der Welt hatte.
Sie trat von hinten an ihn heran und sagte leise: »Ich muß es einfach tun. Wenn es erledigt ist, kann ich meinen Lebensweg fortsetzen.«
»Aber in welcher Richtung? Wer wirst du sein, wenn du erfahren hast, was du wissen willst?«
»Ich werde weiterhin ich sein.« Sie rieb seinen Rücken, wie er es gerne hatte. »Nur klüger.«

»Und während du klüger wirst – was tue ich inzwischen?«
»Dich in Geduld üben.« Als er einen unwilligen Laut ausstieß, stellte sie sich vor ihn hin, schlang die Arme um ihn und küßte ihn leicht auf den Mund. »Ich liebe dich, Carl.«
In seinen Augen stand Zweifel.
»Wirklich!« beteuerte sie. »Meine Mission in Norwich Notch betrifft nur mich – nicht uns.« Als er noch immer nicht überzeugt aussah, verschränkte sie die Arme in seinem Nacken und küßte ihn nachdrücklicher, intensivierte den Kuß, bis sie den Beginn einer Reaktion spürte.
Er seufzte an ihrem Mund. »Du solltest mich nicht allein lassen.«
»Ich war doch nur einen Tag weg.«
»Von sechs Uhr morgens bis zehn Uhr abends ist zu lang, es geht mir nur gut, wenn du da bist.«
Nach dem Hinauswurf durch Oliver Plum waren ihr diese Worte besonders willkommen. Er war ein guter Mensch – zu gut in mancher Hinsicht. Sie war nicht sicher, daß sie jemals einen Mann finden würde, der so nachsichtig mit ihr umginge wie er.
Von dem Wunsch getrieben, ihm zu vermitteln, was sie für ihn empfand, suchte sie erneut seine Lippen, doch sie hatte sie kaum berührt, als er die Regie übernahm. Er umfaßte ihren Kopf und küßte sie, und dann ließ er seine Hände über ihren Körper gleiten. Er war ihm vertraut, und ihr war seine Berührung vertraut. Es war richtig, sagte sie sich. Es war gut.
Sie hatte keine Bedenken, als er sie in ihr Schlafzimmer führte und auszog. Intimität war etwas völlig Normales bei zwei Menschen, die einander liebten, und diese Art der Intimität zwischen ihnen war längst überfällig. Vielleicht lag darin das Problem.
Das sagte sie sich immer wieder, während er sie liebkoste und küßte, und sie erwiderte seine Küsse und Zärtlichkeiten, und sagte sich, daß es richtig und gut und normal sei. Als er in sie eindrang, dachte sie daran, wie lange sie ihn schon kannte, wie miteinander verwoben ihrer beider Leben waren, wie sehr ihre

Eltern sich diese Verbindung wünschten, was für ein besonderer Mensch er war. Er schien sich schwerzutun. Sie streichelte ihn an allen Stellen, von denen sie annahm, daß eine Berührung dort seine Erregung steigern würde, und als er schließlich zum Höhepunkt kam, war er befriedigend intensiv.
Darin erschöpfte sich ihre Befriedigung. Als er ihr anbot, sie zum Orgasmus zu bringen, lächelte sie an seiner Schulter und schüttelte den Kopf. Sie war müde. Es war ein langer, emotionsgeladener Tag gewesen. »Beim nächsten Mal«, sagte sie und schloß die Augen, doch der Schlaf ließ lange auf sich warten.

Es gab kein nächstes Mal, und das erste verfolgte Chelsea in den Wochen danach. Sie hatte kein schlechtes Gewissen, glaubte nicht, daß sie etwas Unmoralisches getan hätten, und auch rein körperlich war nichts gegen das einzuwenden, was sie getan hatten. Es war okay gewesen.
Und da lag das Problem. Sex, der »okay« war, war nicht aufregend, kein Erlebnis, bei dem man in Erinnerung daran errötete oder von einer Hitzewelle durchflutet wurde, über das man beim Frühstück liebevoll-anzügliche Bemerkungen machte oder durch das eine am seidenen Faden hängende Beziehung gefestigt wurde – und keines, das man unbedingt wiederholen wollte.
Sie wußte nicht, was sie tun sollte. Eine winzige Stimme in ihr sagte: »Heirate Carl!« Kevin wünschte es sich, Tom und Sissy Harper wünschten es sich, und Carl wünschte es sich ebenfalls.
Aber sie scheute davor zurück. Sie liebte ihn nicht auf die dafür nötige Weise. Sie bekam keine weichen Knie, wenn sie ihn sah, und obwohl die Vorstellung, eine Familie mit ihm zu gründen, so »okay« für sie war, wie es der Sex mit ihm gewesen war, schreckte die Vorstellung, ihr restliches Leben mit ihm zu verbringen, sie ab. Sie liebte ihn, aber er versetzte sie nicht in Erregung, und so, wie es war, genügte es ihr nicht für eine Ehe.

Während sie sich mit dieser Problematik herumschlug, arbeiteten Bob Mahoney und Jeremiah Whip gemeinsam den Vertrag für die Partnerschaft mit Oliver Plum aus. Soviel Chelsea auch daran lag, sie würde sich nicht blindlings auf irgendeinen Handel einlassen. In Anbetracht des Geldes und der Zeit, die sie einzubringen bereit war, wollte sie sicherstellen, daß ihre Interessen gewahrt würden, und bis es soweit wäre, würde sie nichts unterschreiben.

Es waren noch ein paar Wochen hin bis zur Unterschriftsreife der Vereinbarung, als Kevin sie zum Abendessen einlud. Erfreut über die Gelegenheit, ihre Beziehung aufzufrischen, sagte sie bereitwillig zu. Er begrüßte sie mit einem Kuß und erkundigte sich nach ihrer Arbeit, und es war alles fast so wie vor Abbys Tod, daß Chelsea innerlich erleichtert aufatmete. Dann eröffnete er ihr, daß er das Haus verkauft hatte, und sie war fassungslos.

»Es hätte keinen Sinn gehabt, es zu behalten«, argumentierte er. »Ich bin jetzt allein, wozu brauche ich soviel Platz?«

Chelsea konnte nicht glauben, daß er diesen Schritt getan hatte. Sie liebte das Haus, und Abby hatte es ebenfalls geliebt. »Aber es ist ein schönes Haus, ruhig gelegen und vornehm. Es ist ein Heim.«

Mit der gleichen Logik, die auch Carl angewandt hätte, entgegnete Kevin: »Es war ein Heim, als du und deine Mutter noch darin lebten, aber ihr seid beide nicht mehr da. Jetzt ist es nur noch eine leere Hülle, die einen Haufen Unterhaltskosten verschlingt. Ich bin selbst nur noch selten dort.«

Das hatte sie gewußt. Er schien ununterbrochen auf Reisen zu sein, und daß sie dort gewohnt hatte, war Jahre her. Aber sie war in diesem Haus aufgewachsen, sie konnte sich nicht vorstellen, daß irgendwelche Fremden es bewohnen würden.

»Der Käufer ist ein Unternehmer, der von Chicago hierherzieht. Er hat sechs Kinder und jede Menge Geld. Er wird das Haus bestimmt nicht verkommen lassen.«

Dieses Wissen minderte Chelseas Verlustgefühl nicht wesentlich, und zusätzlich war sie auch noch tief verletzt. Er hätte sie vorwarnen können. Er hätte seine Pläne mit ihr besprechen können. Er war ihr Vater, und das Haus war ihr gemeinsames Zuhause gewesen.

»Ich hatte mich schon eine ganze Weile mit dem Gedanken getragen, es zu verkaufen, und das Angebot kam gerade, bevor ich es in die Zeitung setzen wollte. Es wäre gut möglich, daß wir drei Jahre warten müßten, bis wir wieder einen solchen Preis geboten bekämen. Ach, übrigens – das Geld gehört dir.«

Chelsea fuhr erschrocken zurück. »Ich will es nicht.«

»Ich bestehe darauf«, erwiderte er. »Das Haus hat deiner Mutter gehört.«

»Und sie hat es dir hinterlassen.« Sie war nicht bereit, ihm die Möglichkeit zu geben, sich von seinen Schuldgefühlen freizukaufen. »Und darum gehört das Geld dir. Ich will es nicht.«

»Warum bist du so böse?«

»Ich bin nicht böse, ich bin traurig. Ich liebe dieses Haus.«

»Nicht genug, um darin zu wohnen.«

»Ich bin ein großes Mädchen, ich kann nicht ewig bei meinen Eltern wohnen.«

»Richtig. Und ein Elternteil ist tot, wer also soll die fünfzehn Zimmer bewohnen? Und von Newport haben wir noch gar nicht gesprochen. Wirklich, Chelsea ...«

Sie schaute auf ihren Schoß hinunter und strich die Leinenserviette glatt, die darauf lag. Es war nur ein Haus – sie wußte nicht, warum sie so betroffen war. Schließlich war sie nur noch sehr selten dort.

»Ich habe beschlossen, Ende des Jahres in Pension zu gehen«, sagte Kevin und raubte ihr zum zweiten Mal in zwei Minuten die Fassung.

Er lachte leise. »Du hättest nicht einmal erwartet, daß ich irgendwann kürzer treten würde, nicht wahr? Aber ich bin achtundsechzig, Chelsea, und meine Hände sind nicht mehr so ruhig wie früher. Seit einer ganzen Weile machen die Hauptarbeit schon meine Teamkollegen. Ich denke, es ist an der Zeit, die Konsequenz daraus zu ziehen und von der Bühne abzugehen – in den Kulissen des Krankenhauses warten fähige Leute auf ihren Auftritt.«

Nach einer Minute, in der sie versuchte, den Schock zu überwinden, sagte sie: »Ich kann mir nicht vorstellen, daß du nicht praktizierst – genausowenig, wie ich mir vorstellen kann, daß du woanders wohnst.«

Er ließ die Eiswürfel in seinem Glas kreisen, trank den letzten Schluck Scotch und stellte das Glas auf den Tisch. »Die Dinge verändern sich, das Leben geht weiter. Ich werde Vorträge in Krankenhäusern halten, schöne Reisen machen, nette Menschen kennenlernen, mich erholen. Vielleicht vermisse ich deine Mutter dann nicht mehr so sehr.«

Was ist mit mir? hätte Chelsea gerne gefragt. Wirst du mich nicht vermissen? Aber sie hatte diese Frage kurz zuvor selbst beantwortet: Sie war ein großes Mädchen. Sie führte ihr Leben und Kevin seines – und wie es aussah, gefiel es ihm. Er war sonnengebräunt, seine Züge waren nicht mehr so vergrämt wie in den Tagen, als Abbys Zustand sich unaufhaltsam verschlechterte.

»Ich werde dich vermissen, wenn du soviel unterwegs bist«, sagte sie leise.

»Du hast doch deine Arbeit – und du hast Carl.«

Wieder schaute sie auf ihren Schoß hinunter. Sie hatte von sich aus nichts zu diesem Thema sagen wollen, aber da er es anschnitt, konnte sie nicht widerstehen, das Stichwort aufzugreifen. »Ich glaube nicht, daß es mit uns klappt.«

»Warum nicht?« Zum ersten Mal klang Kevins Stimme gereizt. Sie sah ihn plötzlich im Operationssaal stehen, wo er seine Zukunft zusammennähte und feststellen mußte, daß ein Stückchen Naht nicht halten wollte.

»Ich weiß es nicht, es ist nur so ein Gefühl. Es ist noch nicht das letzte Wort gesprochen.«

»Ich dachte, ihr lebt praktisch zusammen.«
»Nein.« Sie sahen sich jeden Tag und gingen oft miteinander zum Essen, aber seit ihrem ersten intimen Erlebnis hatten sie keine Nacht das Bett geteilt.
Kevin brummte. »Was ist denn los, zum Teufel?«
Nach seinen Eröffnungen, das Haus verkauft zu haben und in Pension gehen zu wollen, brachte sein unwirscher Ton das Faß zum Überlaufen, und sie sprudelte heraus: »Ich liebe Carl nicht. Nicht auf die Weise, wie ich einen zukünftigen Ehemann lieben sollte, und seine Gefühle für mich gehen auch nicht in diese Richtung. Wir haben es versucht, haben uns bemüht, etwas in unsere Beziehung hineinzulegen, aber es ist einfach nichts da, und daran kann nichts, was du oder Tom oder Sissy sagen oder wollen, etwas ändern.«
Sein Gesicht rötete sich. »Willst du behaupten, es sei unsere Schuld?«
»Nein – doch ich weiß, wie gerne ihr uns als Paar gesehen hättet, und vielleicht haben wir darum so lange an dieser Idee festgehalten.« Sie seufzte resigniert. »Aber es hat keinen Sinn. Es hat einfach keinen Sinn.« Und dann setzte sie mit leiserer und leicht sarkastischer Stimme hinzu: »Jetzt müssen wir es einander nur noch eingestehen.«
Kevin wandte zornig den Blick ab.
»Möchtest du, daß ich nur um des Heiratens willen heirate?« fragte Chelsea aufgebracht. »Wir wären nach kurzer Zeit beide todunglücklich.«
»Nein, das wärt ihr nicht, ihr paßt gut zusammen.«
»Nicht so gut, wie du und Mom es getan haben. Ich wünsche mir die Art Liebe, die euch beide verband. Ist das so schlimm?«
Sein Profil wirkte wie aus Stein gemeißelt. Sie hatte ihm gerade ein großes Kompliment gemacht, doch er schien es gar nicht gehört zu haben. Seine Gedanken waren in einer Richtung festgefahren. »Es wäre nicht so schlimm, wenn du zweiundzwanzig wärst«, gab er zurück. »Aber das bist du nicht. Du bist

achtunddreißig und hast nicht mehr so viel Auswahl. Carl ist einer der wenigen guten Männer, die noch keine Frau und Kinder haben.« Sein Blick kehrte anklagend zu ihr zurück. »Wenn du Kinder hättest, hättest du das Haus haben können. Ich glaube, ich habe es verkauft, weil ich tief im Innern wußte, daß du nie Gebrauch davon machen würdest. Du bist zu selbstbezogen – das warst du schon immer. Und jetzt diese fixe Idee mit New Hampshire ... Wenn du unbedingt ein Haus haben willst, warum kaufst du dir dann nicht dort eines?«

Chelseas Kehle wurde so eng, daß ihre Worte kaum mehr waren als ein ersticktes, flehendes Flüstern. »Ich will kein Haus dort. Laß uns nicht darüber streiten, Dad.«

»Nun, immerhin liegt da das Problem. Darum klappt es nicht mit dir und Carl: Du bist besessen von dieser Stadt.«

Sie schüttelte den Kopf. »Das ist nicht wahr.«

»Du kaufst eine Firma dort.«

»Ich investiere.«

»Nach dem, was ich von Carl höre, muß man wohl eher sagen, daß du das Geld zum Fenster rauswirfst – und er erzählt, daß du von nichts anderem mehr sprichst.«

»Das stimmt überhaupt nicht!« protestierte sie. »Ich spreche absichtlich nicht mit ihm darüber. Ich weiß nicht, warum er das behauptet.« Sie legte die Hand auf Kevins Arm. »Es ist wirklich eine Investition. Carl wollte nicht mitmachen, also mache ich es allein. Der Vertrag ist auf ein Jahr befristet. Die Sache ist neu und aufregend für mich, genauso wie es neu und aufregend für dich ist, in den Ruhestand zu treten. Habe ich nicht auch ein Recht darauf, mein Leben nach meinen Vorstellungen zu gestalten?«

»Du hast einen Beruf.«

»Ich brauche mehr.«

»So warst du schon immer – das ist ja der Ärger.«

»Mag sein, aber ich bin nun einmal wie ich bin, und wenn Carl nach all der Zeit plötzlich feststellt, daß ihm das nicht gefällt, dann ist das sein Problem.«

»Es ist auch dein Problem, du wirst scheitern.«
Sie schüttelte den Kopf. »Ich schaffe das schon. Ich schaffe es.«
Kevin musterte sie – traurig, dachte sie, und wäre fast in Tränen ausgebrochen –, und dann seufzte er. »Ich wünschte, ich könnte das glauben, aber ich sorge mich um dich, Chelsea.«
»Tu das nicht. Bitte. Ich komme schon klar.«
»Wenn deine Mutter noch lebte, könnte sie dich zur Vernunft bringen.«
»Du brauchst dich wirklich nicht zu beunruhigen. Was ich tue, ist genau das richtige für mich – ich wünschte, ich könnte dir das klarmachen.«
Aber sie konnte es nicht. Seit Abbys Tod hatte sich die Beziehung zwischen ihrem Vater und ihr verändert. Vielleicht war sie auch nie so gewesen, wie sie sie gesehen hatte. Wie bei den Mahlers war Abby das Bindeglied, der Puffer, der Dolmetscher für Gefühle und Beweggründe gewesen. Jetzt, ohne Abby, hatte Kevin keine Geduld mit Chelsea. Manchmal hatte sie den Eindruck, als distanziere er sich von allem, was ihn an seine Frau erinnerte – einschließlich ihrer Person. Und in diesen Augenblicken fühlte sie sich einsam und verlassen.
Am nächsten Morgen versuchte sie, es Cydra zu erklären. Sie joggten im Regen, und Chelseas Gemütsverfassung war entsprechend düster. »Es ist, als sehe er den Erlös für das Haus als Möglichkeit, sich seine Freiheit zu erkaufen – als wolle er mir das Geld geben, um kein schlechtes Gewissen mehr zu haben, weil er so viel unterwegs ist. Ich sagte ihm, daß ich es nicht haben will, daß ich es nicht annehmen werde. Daraufhin meinte er, dann gebe er es eben den Mahlers. Er wußte genau, daß ich das nicht ertragen würde.«
Cydra lachte glucksend und zog im Weiterlaufen ihre durchweichte Baseballkappe in die Stirn.
»Habe ich dir erzählt, daß sie mir ein Angebot für den Ring gemacht haben?« fragte Chelsea. »Es war völlig überhöht.« Sie hatten sie sich schlicht und einfach vom Hals schaffen wollen.

»Und – verkaufst du?«
»Auf keinen Fall, der Ring hat meiner Mutter gehört.« Ein paar Meter später sagte sie: »Wenn ich pervers wäre, würde ich das Geld nehmen und davon die Granit-Firma kaufen und ihnen meinen Geburtsort um die Ohren schlagen.«
Cydra grinste. »Das wäre poetische Gerechtigkeit.«
»Nur will ich den Ring wirklich behalten, er hat einen unschätzbaren ideellen Wert.«
»Werden sie das akzeptieren?«
»Ich hoffe es ...« Sie brach ab, als ein Auto durch eine Pfütze fuhr und sie von oben bis unten durchnäßte. Sie hielten an. Cydra schickte dem Wagen einen saftigen Fluch hinterher, und Chelsea schaute bestürzt an ihrer verdreckten Gestalt hinunter.
»Was für ein Arsch!« Cydra fluchte weiter, bis Chelsea ihr beschwichtigend die Hand auf den nassen Arm legte. »Er ist weg, spar deinen Atem.«
»Warum konnte er nicht anhalten und sich entschuldigen?«
Chelsea wrang ihren Pferdeschwanz aus, der aus dem Loch ihrer Baseballkappe hing. »Vielleicht hat er gar nicht gemerkt, was er getan hat.«
Cydra wrang den Saum ihres T-Shirts aus. »Du bist zu langmütig.«
Chelsea versuchte mit den Händen, ihre Shorts zu säubern. »Nein, ich suche mir nur sorgfältig aus, worüber ich mich aufrege. Mein Leben ist so turbulent – da ist ein Unbekannter in einem Auto es nicht wert, daß ich Nerven verschwende. Mein ganzer Organismus ist durcheinander. Siehst du das?« Sie deutete auf ihr Kinn. »Ich könnte dir nicht sagen, wann ich das letzte Mal einen Pickel hatte.«
Cydra ging näher heran. »Ich sehe keinen Pickel.«
»Er ist da, glaube mir.«
»Das bildest du dir ein!«
»Bilde ich mir ein, daß ich jede Nacht fünfmal aufwache? Oder daß meine Periode sich verspätet? Mein Körper ist total aus dem Takt.« Sie machte einen Kopfbewegung in Richtung Straße.

Cydra setzte sich neben ihr in Trab. Als die Sohlen ihrer nassen Laufschuhe wieder synchron über den Asphalt patschten, sagte sie: »Ich wache nachts auch auf. Dann liege ich im Bett und sehne mich nach einem großen, warmen, männlichen Körper und zerfließe vor Selbstmitleid, weil ich allein bin. Es ist die Hölle.«
Chelsea dachte an Judd Streeter und hätte Cydra beinahe von ihm erzählt, doch dann rief sie sich zur Ordnung. Judd war ein Mythos – ein peinlicher, je mehr sie darüber nachdachte.
»Und womit beschäftigen sich deine Gedanken, wenn du nachts aufwachst?« erkundigte sich Cydra.
»Mit Carl. Mit der Bücherei, die ich entworfen habe. Mit Norwich Notch. Mit meinem Dad, meiner Mom, dem Haus. Mit Plum Granite. Und mit dem Schlüssel. An den denke ich sehr oft. Habe ich dir erzählt, daß ich damit bei einer Expertin war?«
Cydra warf ihr einen überraschten Blick zu. »Hat sie dir was Neues erzählen können?«
»Nur, daß er wahrscheinlich ein Unikat ist. Sie nahm an, daß er ein italienisches Fabrikat sei, war jedoch nicht sicher.«
Nach einer Minute schweigenden Joggens meinte Cydra: »Annonciere doch.«
»Hmm?«
»In Publikationen, die auch in Norwich Notch gelesen werden. Du könntest ein Foto reinsetzen. Vielleicht meldet sich jemand.«
Chelsea hatte diese Möglichkeit bereits erwogen. In der Lokalzeitung würde es im Zuge der eiligen Lektüre vielleicht übersehen, aber es gab auch Monatshefte, Magazine, die sich als Forum für Leute präsentierten, die Familienmitglieder verloren hatten oder antike Fundstücke begutachten lassen wollten oder Kuriositäten zu verkaufen hatten. Der Schlüssel war zweifellos eine Kuriosität.
»Äh – Chels?«

»Hmm?«
»Was den anderen Punkt angeht ...«
»Welchen anderen Punkt?«
»Deine Periode. Wie lange ist sie schon überfällig?«
Chelsea konzentrierte sich auf das gleichmäßige Platschen der Sohlen ihrer Laufschuhe auf der Straße. »Ein paar Tage.«
»Ach so«, sagte Cydra. »Dann ist es nicht bedenklich.«
Allerdings verspätete sie sich sonst nie, und es waren auch nicht nur ein, zwei Tage, sondern fünf. Chelsea hatte den Kalender zu Rate gezogen und mehrfach nachgezählt, um sicherzugehen, daß sie sich nicht verrechnet hatte. Sie war tatsächlich fünf Tage in Verzug. Als sie aufhörte, darüber nachzudenken, woran das liegen könnte, fing sie an zu zittern.
»Du machst dir doch keine Sorgen deswegen, oder?« fragte Cydra.
»Natürlich nicht. Ich bin nur im Streß, habe den Kopf voll.« Sie spürte Cydras Blick auf ihrem Gesicht und ein paar Laufschritte später wieder.
»Du machst dir Sorgen.« Diesmal war es eine Feststellung. »Glaubst du, du bist schwanger?«
Chelsea dachte an ihr wenig aufregendes Erlebnis mit Carl. Sie konnte sich nicht vorstellen, daß das zu einer Schwangerschaft geführt haben konnte. Sie hatte nichts Besonderes dabei empfunden. Es hatte zwar innerhalb ihrer Empfängnisbereitschaft stattgefunden, aber sie konnte es sich trotzdem nicht vorstellen. Es war doch nur ein Mal gewesen – nur ein einziges Mal. Andererseits, war es nur Zufall, daß sich ihre Periode ausgerechnet nach dem ersten sexuellen Kontakt seit drei Jahren plötzlich verspätete?
»Ich weiß es nicht«, sagte sie schließlich, womit sie eingestand, daß sie und Carl bis zum Äußersten gegangen waren.
»Ihr habt es also endlich getan!« keuchte Cydra aufgeregt. »Warum hast du es mir nicht erzählt, verdammt noch mal?«
»Weil es dich nichts anging, verdammt noch mal.«

Cydra wurde still.
Chelsea berührte ihren Arm. »Hey, es tut mir leid. Ich bin nur ein bißchen allergisch auf das Thema.«
Sie liefen eine Weile schweigend weiter, bevor Cydra mitfühlend sagte: »Demnach war es nicht so toll.«
»Nein.«
»Das wußte ich vorher, und du wußtest es auch vorher. Darum hast du so lange gewartet. Wenn die Chemie gestimmt hätte, hättest du es schon vor einer Ewigkeit getan. Ich sage dir, daß du es so lange aufgeschoben hast, war ein Zeichen.«
Chelsea gab ihr recht.
»Du wirst ihn nicht heiraten.«
»Nein.«
»Nicht einmal, wenn du schwanger bist?«
»Nein. Wegen eines Kindes zu heiraten wäre fast ein ebenso großer Fehler, wie zu heiraten, um den Eltern einen Gefallen zu tun.«
»Chels?«
»Hmm?«
»Wie ... äh ...«
Ohne anzuhalten schüttelte Chelsea Regenwasser von ihren Händen.
»Ihr habt nicht verhütet?«
Chelsea schüttelte mit finsterer Miene den Kopf.
»Aber du bist doch sonst so gewissenhaft.«
Cydra kam ihr vor wie die leise Stimme in ihr, die sie die ganze Woche gescholten hatte. »Wir hatten es nicht geplant«, verteidigte sie sich ärgerlich. »Wir waren nicht darauf vorbereitet.«
»Aber ihr seid verantwortungsbewußte Erwachsene!«
»Auch verantwortungsbewußte Erwachsene bauen manchmal Mist.«
Cydra stieß einen zustimmenden Laut aus. »Hast du schon darüber nachgedacht, was zu tun willst?«

»Ich glaube nicht, daß ich schwanger bin.«
»Warum machst du keinen Test?«
Sie bogen in den Rückweg ein, näherten sich dem Fitneßclub.
»Weil ich nicht glaube, daß ich schwanger bin.«
»Wie lange willst du noch warten, um es herauszufinden?«
»Vielleicht kommt meine Periode ja morgen.«
»Und wenn nicht?«
»Dann habe ich immer noch Zeit, mir Gedanken zu machen.«

Am ersten Juni lagen die Papiere für die Partnerschaft mit Plum Granite auf Bob Mahoneys Schreibtisch. Oliver Plum, der dringend auf das versprochene Geld wartete, hatte sie bereits unterschrieben. Mit Chelseas Unterschrift wäre der Handel perfekt.

Was sie zurückhielt, war weder die ablehnende Haltung von Carl noch die von Kevin, sondern der Tumult in ihrem Innern.

Sie war tatsächlich schwanger – ihr Arzt hatte es bestätigt. Sie fühlte sich nicht anders als vorher und sah auch nicht anders aus, doch wenn sie an das Kind dachte, das sich in ihr zu entwickeln begann, wurde ihr schwindlig.

Sie wußte nicht, wie sie mit Carl verfahren sollte. Sie wußte nicht, wie sie mit Kevin verfahren sollte. Sie wußte nicht, wie sie mit Norwich Notch verfahren sollte. Schwanger zu werden hatte sie bei ihren Plänen nicht einkalkuliert.

Eine Abtreibung kam nicht in Frage – als Adoptierte und mit dem Wissen, daß sie auch gut hätte abgetrieben werden können, weigerte sie sich, diese Möglichkeit auch nur zu erwägen. Und auch eine Adoption verwarf sie bald, denn nach einigen Stunden qualvollen Grübelns kristallisierte sich eines deutlich heraus: Sie wollte das Baby. Sie hatte es nicht geplant, konnte sich in Anbetracht der flauen Beziehung zu Carl kaum eine ungünstigere Voraussetzung dafür vorstellen, aber sie wollte das Baby. Es war ihr Fleisch und Blut. Sie wollte es.

»Wenn du es haben willst«, rief Cydra und blieb abrupt stehen, »warum, zum Teufel, joggst du dann noch?«
Auch Chelsea hielt an.
»Der Arzt sagte, das sei okay. Wirklich. Ich habe extra gefragt.«
Cydra war skeptisch. »Bist du sicher?«
»Ich will dieses Baby, ich würde nie etwas tun, das es gefährden könnte. Aber ich muß laufen, es hilft mir, klar zu denken.«
Einen Block später keuchte Cydra ehrfürchtig: »Wow! Ein Baby!«
Chelsea wußte, was sie meinte. Jahrelang hatten ihre Freundinnen Kinder bekommen, während sie vom Ehrgeiz getrieben an ihrer Karriere arbeitete, die »Tante« war, die Geschenke brachte, Fotos schoß, Bäuchlein kitzelte und wieder verschwand. Sie hatte sich nie mit einem Windelpaket unter dem Arm gesehen.
»Merkwürdig, was?«
»Sehr.«
»Aber ich kann es schaffen. Ich kann es aufziehen. Geld ist schließlich kein Thema, und ich muß auch nicht um meinen Job fürchten.«
»Aber angesichts deiner Pläne in Norwich Notch ist das Timing lausig.«
»Ich komme schon klar«, versicherte Chelsea.
»Was werden die Leute denken, wenn man anfängt, es dir anzusehen?«
»Daß ich schwanger bin.«
»Du weißt genau, was ich meine, Chels, deiner Schilderung nach ist das ein recht konservativer Ort.«
»Dann werde ich sie wohl schockieren.« Ebenso wie ihre Mutter sie wahrscheinlich mit ihrer Schwangerschaft schockiert hatte. Die Geschichte würde sich eben wiederholen.
»Deinen Dad wirst du auch schockieren.«
»Nein. Ja.« Chelsea hatte Stunden damit zugebracht sich Kevins Reaktion auszumalen. »Er wird von mir enttäuscht sein. Er weiß aus Erfahrung, daß man bei mir immer mit etwas Unerwartetem

rechnen muß, also wird er nicht schockiert sein, und wenn er erfährt, daß es Carls Baby ist, dann wird er auch nicht zornig sein. Wenn ich ihm allerdings eröffne, daß keine Heirat in Sicht ist ...« Ihre Stimme verlor sich. Kevin würde tief bekümmert sein, doch so leid ihr das auch tat, sie konnte es nicht ändern. Sie empfand die Vorstellung einer Ehe mit Carl wie eine Fessel. Eigentlich hätte sie ein Baby ebenso empfinden müssen, doch das tat sie nicht. Das Baby würde ihr gehören, sie würde alles mit ihm teilen.

»Und was wirst du Carl sagen?« fragte Cydra.

»Daß ich ihn nicht heiraten werde.«

»Und wenn er Anspruch auf das Kind erhebt?«

»Er kann es besuchen.«

»Und wenn er auf dem gemeinsamen Sorgerecht besteht?«

»Er kann das Kind sehen, sooft er will.«

»Das ist nicht das gleiche wie gemeinsames Sorgerecht.«

»Gemeinsames Sorgerecht lehne ich ab«, erklärte Chelsea. »Ich will das Baby ganz für mich allein haben.«

»Als den Blutsverwandten, den du nie hattest?«

»Hmm.«

»Deine Schwangerschaft kommt nicht von ungefähr, weißt du?« sagte Cydra.

»Ach ja?«

»Meine Kollegen würden sagen, daß du sie dir unbewußt gewünscht hast.«

Eine interessante Theorie. Chelsea glaubte zwar nicht daran, doch sie konnte es nicht gänzlich ausschließen. Nachdem sie den anfänglichen Schock überwunden hatte, störte es sie nicht im mindesten, schwanger zu sein.

»Und was sagst du?« fragte sie.

»Ich sage, daß du das Gespräch mit Carl schleunigst hinter dich bringen solltest, um dich dann auf deine Vorfreude konzentrieren zu können.«

Chelsea suchte Carl gleich am nächsten Morgen auf, um zu erfahren, ob sie nach der Arbeit miteinander irgendwo hingehen könnten.

»Sieht schlecht aus«, meinte Carl. »Ich muß mit J. D. Henderson essen, und das kann dauern, denn ich will auf keinen Fall den Eindruck vermitteln, daß ich es eilig habe. Er ist einer der wenigen Bauträger, die nichts von der Wirtschaftskrise merken.«

Er hatte ihr von dem Termin erzählt, aber sie hatte es vergessen. Wäre sie kein Morgenmuffel gewesen, hätte sie ihm ein gemeinsames Frühstück vorgeschlagen, doch sie war schon in ihren besten Zeiten zu Tagesbeginn nicht in Form, und in letzter Zeit noch weniger. »Dann morgen abend?«

»Okay.«

Auch gut, dachte Chelsea, aber sie fühlte sich den ganzen Tag unbehaglich, wünschte sich, mit Carl sprechen zu können, es hinter sich zu bringen. Sie wußte, daß er nach dem Essen mit Henderson ins Büro zurückkommen würde. Er kam immer nach Besprechungen ins Büro zurück, um sich Notizen zu machen oder Skizzen, damit er auch nicht das kleinste Detail des Gesagten vergessen würde. In der Hoffnung, ihn bereits bei der Arbeit anzutreffen, fuhr sie um neun Uhr hin. Wenn er noch nicht da war, würde sie auf ihn warten, es gab genügend für sie zu tun, um keine Langeweile aufkommen zu lassen.

Als sie in den Flur trat, sah sie Licht in seinem Zimmer. Mit ängstlich klopfendem Herzen ging sie leise auf seine halb offene Tür zu – und blieb wie angewurzelt auf der Schwelle stehen. Carl war mit Hailey da, und beide waren nur mangelhaft bekleidet.

Erschrocken wich sie zurück, aber er hatte sie bereits gesehen.

»Jesus!« hörte sie ihn sagen, als sie ihre Arme verschränkte und sich schwer an die Wand lehnte. Es folgten mehrere unterdrückte Flüche und hastige Bewegungen, und dann stürmte Carl aus dem Zimmer und kam schlitternd zum Stehen, als er sie sah. Er hatte sein Hemd in aller Eile zugeknöpft, sich jedoch keine Zeit

genommen, es in die Hose zu stopfen, und sein hochrotes Gesicht machte sein schlechtes Gewissen deutlich.
In all den Jahren, die sie ihn kannte, hatte Chelsea ihn noch nie so gesehen. Er war plötzlich ein Fremder für sie, und das verstärkte ihren Schock noch.
Er hob die Hände, um ihren Zorn abzuwehren. Als kein Ausbruch erfolgte, ließ er sie wieder sinken und zuckte hilflos die Schultern. Seine Augen drückten die Entschuldigung aus, die seine Lippen nicht zu formulieren fähig waren.
»Du Ratte«, flüsterte Chelsea. Sie fühlte sich verraten. »Du Ratte!«
Er warf einen unbehaglichen Blick in die Richtung seines Zimmers. Als er sich ihr wieder zuwandte, schob er die Hände in die Hosentaschen.
Übelkeit stieg in ihr auf. »Wie lange ...« begann sie mit zitternder Stimme, räusperte sich und versuchte es noch einmal. »Wie lange geht das schon?«
»Eine Weile. Das wußtest du doch.«
»Ich dachte, es sei zu Ende.«
»War es auch. Gewissermaßen.«
Gewissermaßen. Sie dachte an den Abend, als sie mit ihm geschlafen hatte, und ihre Übelkeit wurde stärker.
»Was heißt das?«
»Ich dachte, sie sei nicht die Richtige für mich. Ich dachte, du wärst es. Aber es hat immer etwas zwischen uns beiden gefehlt – und bei ihr ist es da.«
Chelsea fühlte sich, als hätte er ihr einen Magenschwinger versetzt. Auch wenn sie wußte, daß etwas fehlte, und gekommen war, um ihm genau das zu sagen, auch wenn sie ihn nicht heiraten wollte – wobei diese Eröffnung sich angesichts der aktuellen Situation erübrigte –, liebte sie Carl noch immer als einen Freund. Und sie erwartete ein Kind von ihm. Die Erkenntnis, daß er zeitgleich mit der zu ihr eine Beziehung zu einer anderen Frau unterhalten hatte, gab ihr das Gefühl, beschmutzt

worden zu sein. Sie drehte sich auf dem Absatz um und lief den Flur hinauf, aber als sie in den Empfangsbereich kam, wurde ihr die Unsinnigkeit ihrer Flucht bewußt. Sie war im Recht.
Sie war Carl in der ganzen Zeit, die sie sich um ein Funktionieren ihrer Beziehung bemühten, treu gewesen. Da das auf ihn nicht zutraf, befand er sich nicht in der Position, Forderungen zu stellen, wenn sie ihm von dem Baby erzählte.
Er war ihr gefolgt. »Es tut mir leid, Chels. Ich habe nicht gewollt, daß du es auf diese Weise erfährst, ich hatte nicht die Absicht, dich zu verletzen.«
Sie drehte sich mit einem vorwurfsvollen Ausdruck in den Augen zu ihm um.
»Wirklich nicht!« beteuerte er. »Es war mir ernst damit, als ich nach dem Tod deiner Mutter zu dir sagte, ich wolle eine Familie mit dir gründen, und ich meinte auch alles ehrlich, was ich in den Monaten seitdem zu dir sagte. Ich liebe dich wirklich, Chelsea, aber du hattest recht, als du damals, als ich es zum ersten Mal zur Sprache brachte, Zweifel anmeldetest, ob wir verliebt ineinander seien, und mir den Unterschied vor Augen hieltest. Ich wollte ihn damals nicht wahrhaben, weil so viele Gründe für eine Heirat sprachen, und die bestehen immer noch, aber es sind nicht die richtigen.«
Chelsea kannte all diese Gründe, aber sie schwieg. Er wand sich. Angesichts der üblen Art, auf die sie die Wahrheit erfahren hatte, bereitete ihr das eine perverse Befriedigung.
Die Befriedigung schwand jedoch, als sein Gesichtsausdruck schmerzlich wurde. Sie versuchte, Unehrlichkeit darin zu entdecken, doch es gelang ihr nicht. Er sah aus, als sage er die Wahrheit. »Lange Zeit habe ich Hailey überhaupt nicht gesehen. Dann wurde unsere Beziehung mühsam, sie entwickelte sich nicht in der von uns angestrebten Weise. Und dann fuhrst du nach Norwich Notch. Nicht, daß ich dir deswegen einen Vorwurf mache«, fügte er hastig hinzu, denn er wußte offenbar, daß er sich auf dünnem Eis bewegte. »Du fuhrst dorthin, weil dir

klar war, daß hier etwas nicht stimmte. Aus dem gleichen Grund – weil mir auch klar war, daß hier etwas nicht stimmte – fühlte ich mich wieder zu Hailey hingezogen.«

»Damals sagtest du, sie sei dir zu verrückt.«

»Das ist sie auch.« Sie sah den Schatten eines einfältigen Lächelns über sein Gesicht huschen und hätte am liebsten geschrien. »Aber das ist aufregend.«

Er hatte auch gesagt, er sei ständig außer Atem, wenn er mit Hailey zusammen sei, woraufhin Chelsea etwas über Leidenschaft gewitzelt hatte, doch sie sparte es sich, ihn daran zu erinnern: Sie hatte den Beweis gerade allzu deutlich vorgeführt bekommen.

In der Beziehung zu ihr hatte die Leidenschaft gefehlt – bei Hailey hatte er sie gefunden. Von Rechts wegen konnte sie ihm deshalb nicht böse sein.

»Ich wollte es dir schon längst sagen, Chels, aber irgendwie ergab sich nie der richtige Moment. Ich fühlte mich von meinen Eltern dazu gedrängt, dich zu heiraten, von Kevin – und sogar ich selbst drängte mich dazu. Ich hatte mir fest vorgenommen, dir von Hailey zu erzählen, als du letzten Monat aus Norwich Notch zurückkamst, aber dann fingst du an, mich zu küssen, und ich dachte, vielleicht würde es ja doch funktionieren und alles käme in Ordnung.«

Sie hatte sich ihm also in einem Augenblick genähert, da er mit seinen Gedanken bei Hailey gewesen war. »Warum hast du mich nicht weggeschoben?« rief Chelsea, die sich genarrt fühlte.

»Weil ich es auch wollte!« entgegnete er ebenso laut und heftig. »Ich finde dich nicht unattraktiv, Chelsea, und ich mußte mich nicht überwinden, mit dir zu schlafen. Aber du hast es nicht genossen, und für mich war die Befriedigung rein körperlich. Es lag kein Zauber darin oder eine tiefgehende emotionale Erfüllung oder Erregung. Oder hast du es anders erlebt?« fragte er in einem Ton, der besagte, daß er die Antwort schon kannte, sie aber von ihr hören wollte.

»Nein«, gestand sie leise.
»Nun, wenn ich mit Hailey zusammen bin, dann ist das alles da, und falls es dir weh tut, wenn ich das sage, dann tut es mir leid, aber es ist an der Zeit, daß wir ehrlich zueinander sind. Wir passen nicht zusammen. Dein Wunsch nach einer Ehe und Kindern ist nicht so stark wie meiner, und wenn du dich eines Tages zu beidem entschließen solltest, dann wirst du dafür einen besseren Partner finden als mich. Die Männer schauen dir nach, wo du gehst und stehst, du brauchst nur verlauten zu lassen, daß du zu einer Heirat bereit bist, und man wird dich mit Anträgen überschwemmen. Inzwischen kannst du nach deinen Wurzeln forschen, was dir ja so wichtig ist, und ich werde Hailey heiraten.«
Die letzten Worte gingen fast in dem davor Gesagten unter, doch sie hörte sie klar und deutlich. Sie hätte schockiert, verletzt oder zornig sein müssen. Seltsamerweise war sie erleichtert.
»Ich habe es meinen Eltern noch nicht gesagt«, fuhr er fort, »aber jetzt, da du es weißt, werde ich es tun. Sie werden nicht begeistert sein, denn sie haben sich dich als Schwiegertochter in den Kopf gesetzt, aber sie bekommt ein Kind von mir, und so werden sie sich damit abfinden müssen.«
Chelseas Herz schlug einen Purzelbaum. Sie preßte eine Hand darauf und atmete tief durch, um ihre Fassung wiederzugewinnen. »Sie ist schwanger?«
»Erst seit kurzem«, antwortete er mit unverkennbarem Stolz. »Für eine ärztliche Untersuchung ist es noch zu früh, aber sie hat einen Heimtest gemacht. Wenn wir dieses Wochenende heiraten, wird es später niemandem auffallen.«
Chelsea atmete noch einmal tief durch, da das erste Mal nicht den gewünschten Erfolg gebracht hatte. »Und wenn sie gar nicht wirklich schwanger ist? Wenn sie dich in eine Falle locken will?«
Sein Stolz schlug in Verärgerung um. »Das will sie nicht! Sie liebt mich. Außerdem würde sie so etwas niemals tun. Wie kommst du zu dieser Vermutung?«

Zorn flammte in ihr auf. »Angesichts der Umstände halte ich alles für möglich. Kannst du dir vorstellen, wie ich mich fühle? Du bist von meinem Bett in ihres gewechselt, oder kamst du von ihr zu mir und bist wieder zu ihr zurückgegangen?« Der Gedanke verursachte ihr Übelkeit. Sie hoffte inständig, daß es nicht so war, denn das könnte sie nicht auch noch verkraften.

Er straffte seine Schultern. »Ich war kein einziges Mal mit Hailey im Bett, solange wir zusammen waren, erst als mir klar war, daß es mit uns beiden nicht klappen würde.«

Dankbar, daß ihr wenigstens das erspart geblieben war, ließ Chelsea langsam die Luft aus ihren Lungen entweichen. Sie hatte das Gefühl, daß auch der größte Teil ihrer Kraft damit ihren Körper verließ. Mit weichen Knien lehnte sie sich neben der Tür an die Wand.

»Bist du okay?« fragte Carl mit der gewohnten, liebevollen Besorgnis, doch sie war nur eine halbe Sache und nicht das, was Chelsea brauchte. Es kam ihr vor, als hätte sie den Halt verloren, ähnlich wie nach Abbys Tod – nur gab es jetzt niemanden mehr, der sie auffing. Kevin hatte das Haus verkauft und würde seine letzten Jahre weiß Gott wo verbringen, und Carl heiratete Hailey. »Chelsea?«

Sie nickte.

»Ich mache mir Sorgen um dich.«

Sie brachte ein schwaches Lächeln zustande.

»Wir bleiben doch aber Freunde, oder?« fragte er.

Sie nickte wieder.

»Und Geschäftspartner«, setzte er hinzu. »Ich werde immer für dich da sein, Chels, und was die Eltern betrifft, so werde ich die Schuld daran auf mich nehmen, daß aus uns kein Paar wird. Meine Eltern lieben dich, und das wird sich nicht ändern.«

Plötzlich gähnte eine große Leere in Chelsea.

»Ich ... äh ... ich fahre nach Hause«, sagte sie, stieß sich von der Wand ab, öffnete die Tür und steuerte auf den Lift zu.

»Sehe ich dich morgen früh?« rief er ihr unsicher nach.

Sie nickte und hob die Hand, aber sie schaute sich nicht um. In ihrem Innern ging es drunter und drüber. Sie war todmüde und erschöpft und wollte nur noch nach Hause und ins Bett.

Sie schlief durch bis zum nächsten Morgen um zehn. Nachdem sie ihre gewohnten zwei Tassen Kaffee getrunken hatte, die sie kurz darauf wieder von sich gab, duschte sie, zog sich an und machte sich auf den Weg zu Bob Mahoneys Kanzlei. Um zwölf hatte sie die Papiere unterzeichnet, die sie zur Miteigentümerin von Plum Granite machten. Um eins saß sie bei Harper, Kane und Koo, erledigte Telefonate und ordnete Unterlagen und ihre Gedanken. Um fünf war sie mit zwei vollgestopften Aktenkoffern, drei überquellenden Zeichenmappen und einer Handvoll Bankschecks wieder zu Hause, und am nächsten Morgen saß sie um sechs Uhr in ihrem Wagen und fuhr nach Norden, in Richtung Norwich Notch.

Siebtes Kapitel

Donna Farr stand im Eingangsbereich des kleinen Kaufhauses, doch ihre Aufmerksamkeit war nicht auf die Strohhüte gerichtet, die sie in der Auslage dekoriert hatte. Da Matthew im Moment nicht da war, konnte sie es sich erlauben, durch das Fenster zum unteren Ende des Marktplatzes zu schauen, wo Chelsea Kane gerade einem schimmernden, grünen Jaguar entstiegen war.

Sie war nicht zu verwechseln. Es war zwar beinahe drei Monate her, daß Donna sie zuletzt gesehen hatte, und der Tag war düster und regnerisch gewesen, doch das Gesicht hatte sich ihr eingeprägt wie ein heller Fleck, und der war inzwischen nicht verblaßt. Sie hatte schon damals gespürt, daß diese Frau etwas Besonderes war, und jetzt spürte sie es trotz der Entfernung erneut. Diesmal trug Chelsea ein gelbes Sommerkleid in der derzeit aktuellen kurzen A-Form, die ihr mit ihrer hochgewachsenen, schlanken Gestalt hervorragend stand. Die Farbe paßte ausgezeichnet zu ihren Haaren, die in der Sonne mehr rot als braun wirkten und ihre Schultern in weichen Wellen umflossen. Ja, sie war schön, aber es waren schon einige schöne Menschen durch Norwich Notch gekommen, und außerdem gab es durchaus auch schöne Einheimische. Doch Chelsea hatte mehr. Sie besaß eine Welterfahrenheit, die den anderen fehlte. Sie hatte Selbstvertrauen. Und sie hatte Klasse.

Und sie hatte Geld. Das hatte Donna bereits im März aus dem Schnitt ihrer Kleidung geschlossen, aber als sie im Mai mit ihrem Anwalt und dem Angebot wiedergekommen war, Plum Granite zu kaufen, war der Umfang ihres Vermögens offenbar geworden. Olivers Aussage nach hatte sie ihm eine absurd hohe Summe geboten, aber er war nicht bereit, sich von seiner Firma zu trennen. Sie war sein Leben, bedeutete alles für ihn. Das konnte Donna, die dritte seiner vier Töchter und dem Nest am nächsten geblieben, bestätigen. Zu ihren lebhaften Kindheitserinnerungen gehörten sonntägliche Familienausflüge in den Steinbruch, wo ihr Vater, von keinem Steinhauer gestört, die Gesimse entlangklettern konnte. Sie erinnerte sich daran, wie er ihnen schilderte, was in der vergangenen Woche getan worden war, wie er sie in dem Gebrauch der Gerätschaften unterwies und wie er tobte, wenn sie oder eine ihrer Schwestern ungeduldig wurden und nach Hause wollten. Er brachte dem Steinbruch eine Ehrerbietung entgegen, wie die meisten Menschen sie für die Kirche reservierten, und forderte wie ein fanatischer Priester Gehorsam.

Für gewöhnlich wurde seiner Forderung entsprochen. Von seinen Mädchen war nur die jüngste, Jeannie, der väterlichen Fuchtel entflohen, indem sie Ende der sechziger Jahre mit einem Folk-Gitarristen namens Rich durchbrannte. Die beiden heirateten, kauften in Tenafly, New Jersey, ein Haus und bekamen zwei Kinder. Für Oliver spielte es keine Rolle, daß Rich ein erfolgreicher Zahnarzt geworden war – er würde seiner Tochter nie verzeihen, daß sie weggelaufen war.

Donnas fünf Jahre ältere Schwester Janet war mit Hickory Pullman verheiratet, der, wie sein Vater vor ihm, als Anwalt für die gesetzgebende Körperschaft des Staates arbeitete. Susan, drei Jahre jünger als Janet, war mit Trevor Ball verheiratet, dessen Familienmitglieder seit Jahren als Bankangestellte bei Jamieson arbeiteten. Donna ihrerseits war mit Matthew Farr verheiratet.

Mit ihrer Wahl war Oliver am zufriedensten gewesen. Sie vereine zwei bedeutende Familien der Stadt, sagte er, und für die Verhältnisse von Norwich Notch waren die Farrs tatsächlich bedeutend. Seit jeher war der Postmeister ein Farr, unweigerlich leitete der älteste Farr die Gemeindeversammlung, die Farr-

Frauen veranstalteten die Kirchenbasare, und dann war da noch der General Store, den die Farrs seit seiner Gründung im Jahr achtzehnhundertacht besaßen und führten. Niemand, der in Norwich Notch etwas darstellte oder darauf hoffte, es irgendwann so weit zu bringen, käme auch nur im Traum auf die Idee, woanders einzukaufen.

Die Farrs waren ein eindrucksvoller Clan. Als eine Plum war Donna ihnen gleichgestellt – aber nur in der Theorie. Sie war in einer Weise unvollkommen, wie es weder ein Farr noch ein Plum je gewesen war. Sie bezweifelte, daß Matthew Farr, wenn er nicht schon weit über das übliche Heiratsalter hinaus gewesen wäre, einen Blick an sie verschwendet hätte. Er war ein aufsehenerregend gutaussehender Mann, der begehrteste Junggeselle von Norwich Notch. Aber er war damals fünfunddreißig, und seine Eltern wollten ihn verheiratet sehen. Donna, die mit ihren achtundzwanzig auf den Status einer alten Jungfer zusteuerte, war reif zum Pflücken gewesen.

Donna war stolz darauf, eine Farr zu sein – das sagte sie sich jeden Tag mehrere Male. Mit dem Plum-Blut in ihren Adern und ihrer Verknüpfung mit den Farrs war sie ein Teil der Struktur von Norwich Notch, und darin lag Sicherheit, hielt sie sich – immer öfter, wie ihr schien – vor Augen. Tradition war ein wichtiger Faktor im Leben. Ebenso wie Ordnung. Ohne diese beiden Dinge wäre die Stadt nicht dieselbe.

Das war, abgesehen von seiner Liebe zu ihr, der Grund, daß Oliver seine Firma nie verkauft hätte. Sie war eine Institution in Norwich Notch, aber ohne die Plums war sie nichts. Es wäre undenkbar, sie irgendwelchen Fremden zu überantworten.

Wie sich zeigte, versetzte es die Bewohner der Stadt schon in Aufruhr, daß fremdes Geld in die Firma gepumpt wurde. Oliver hatte so wenig Leute wie möglich ins Vertrauen gezogen, doch die Neuigkeit hatte sich – wie jede in Norwich Notch – wie ein Lauffeuer verbreitet, und die Reaktion war nicht freundlich.

Chelsea Kane war eine Außenseiterin. Sie war eine unbekannte Größe. Sie war eine Frau. Man dürfte ihr nicht trauen.
Als Donna sie jetzt in königlicher Haltung am Ende der Grünfläche stehen sah, bezweifelte sie, daß diese Frau sich jemals hier eingliedern würde. Sie war zu ungewöhnlich, eine Persönlichkeit, die sich von der Menge abhob, worauf die Frauen von Norwich Notch keinerlei Wert legten. Sie wollten ihren Eltern Freude machen, als Ergänzung für ihre Ehemänner fungieren und ihre Kinder stillen. Sie wollten die gesellschaftliche Struktur erhalten, wie sie seit zweihundert Jahren bestand, unauffällig, freundlich und funktionell damit verschmelzen.
Donna schrak zusammen, als sich eine Hand in ihre schob. Sie fuhr herum, und ihre Augen leuchteten auf, als ihr Blick sich mit Nolan McCoys traf, doch sie gestattete sich nur einen kurzen Moment der Freude, ehe sie sich vergewisserte, daß niemand sonst im Laden war. Als ihr Blick zu ihm zurückkehrte, stand eine Frage darin.
»Ich wollte nur mal nach dem Rechten sehen«, sagte er und bewegte seine Lippen dabei so langsam und übertrieben, daß sie leicht zu lesen waren.
Nolan war der Polizeichef, einer der zwei Gesetzeshüter der Stadt. Er war vor acht Jahren nach Norwich Notch geholt worden, nachdem sein Vorgänger mit seinem Wagen betrunken zehn Meter tief in die Schlucht gestürzt war. Nolan kannte jeden im Ort. Die Leute respektierten und mochten ihn, aber trotzdem war er noch immer ein Außenseiter. So war das nun mal in Norwich Notch – acht Jahre waren nichts, wenn es um Akzeptanz ging. Donna kannte Leute, die schon doppelt so lange hier wohnten und noch immer auf Armeslänge ferngehalten wurden. Man mußte sich den Platz in der Hierarchie der Stadt verdienen.
Das hatte Donna nie gestört – bis Nolan kam, denn etwas an ihm hatte sie sofort für ihn eingenommen. Sie nahm an, daß es seine Einsamkeit war. Er hatte Eltern in New Mexico, einen Bruder in

Montana und eine Exfrau und zwei Töchter in Kansas. Zwar behauptete er, er vermisse nur seine Töchter, aber Donna glaubte das nicht. Sie wußte genug über Einsamkeit, um sie bei anderen zu erkennen, und so lud sie ihn sooft wie möglich nach Hause ein, was nicht einfach war. Matthew war ebenso der Tradition verhaftet wie sein Vater, und Tradition beinhaltete unter anderem eine Jahr für Jahr gleichbleibende Gästeliste für Thanksgiving, Weihnachten oder das Neujahrsessen. Nolan war auf dieser Liste nicht aufgeführt und würde es wohl auch nie sein. In Matthews Augen war er kaum mehr als ein städtischer Angestellter.

Aber Nolan war ein engagierter Angestellter, und das war ein weiterer Grund für Donna, ihn zu mögen. Er nahm seine Arbeit ernst, war entschlossen, den Frieden in Norwich Notch zu bewahren.

Und er hatte die warmherzigsten Augen, die Donna je gesehen hatte. Er war nicht im landläufigen Sinn gutaussehend – seine Haare waren frühzeitig ergraut, er hatte einen Stiernacken und grobschlächtige Züge, aber wenn er sie anschaute, dann sah er sie und nicht Oliver Plums Tochter oder Matthew Farrs Frau oder Joshie Farrs Mutter. Wenn er sie anschaute, fühlte sie sich hübsch.

Matthew hatte ihr dieses Gefühl in vierzehn Jahren Ehe nicht ein einziges Mal gegeben.

»Alles okay?« fragte Nolan und legte seine Hand auf ihre.

Sie lächelte, denn sie wußte, daß er sie festhielt, um sie an der Zeichensprache zu hindern – er zog es vor, wenn sie sprach. Sie wiederum sprach höchst ungern, doch es gefiel ihr, seine Hand zu fühlen. Schweigend hob sie den Arm, der an seinem lag, zu einem halben Schulterzucken, warf einen Blick zur Grünfläche und heftete ihre Augen dann wieder auf seinen Mund.

»Chelsea Kane«, bestätigte er. »Sie kam letzte Nacht spät an und stieg im Gasthaus ab. Mr. Plum meinte, sie werde gleich wieder abreisen, aber das hat sie wohl nicht vor. Er sagt, sie könne bleiben, so lange ihre Schecks reichen.«

Donna zog die Augenbrauen hoch.
Nolan nickte. »Natürlich kann er sie nicht zwingen, die Stadt zu verlassen, aber versuchen Sie nicht, ihm das zu erklären – er ist heute morgen besonders unwirsch.«
Donna konnte sich denken, weshalb: Das letzte, was er sich auf der Welt wünschte, war ein Geschäftspartner.
»Shelby hat ihr Frühstück gebracht«, erzählte Nolan weiter. »Sagte, sie hätte nicht viel gegessen und daß sie ein bißchen blaß und erschöpft wirke.«
»Lange Reise«, formte sie mit ihren Lippen lautlos die Antwort.
»Ich will es hören!« drängte er gutmütig und drückte sanft ihre Hand, doch sie schüttelte den Kopf, und er ließ es gut sein. »Sie bleibt offenbar eine Weile. Hat ihr Zimmer für eine Woche gemietet und sich die Möglichkeit einer Verlängerung ausbedungen.«
»Warum?«
»Weiß ich nicht, aber Ihr Dad wird außer sich sein.«
Donna schaute wieder zu der Grünfläche hinaus und empfand plötzlich eine Seelenverwandtschaft mit Chelsea Kane. Es war traurig, wenn man nur akzeptiert wurde, weil man Geld hatte oder einen Namen oder eine gewisse Stellung innerhalb der Gemeinde. Matthew hatte sie wegen ihres Namens und ihrer gesellschaftlichen Stellung geheiratet, und es war eine Ehe ohne Liebe. Sie fragte sich, ob ihm das wohl ebensoviel ausmachte wie ihr.
Und sie fragte sich, ob Chelsea Kane wohl je verheiratet gewesen war. Oliver behauptete, nein, aber Oliver behauptete auch, sie sei eine unmögliche Person, und das deckte sich ganz und gar nicht mit Donnas Eindruck: Chelsea war damals im März ausgesprochen freundlich zu ihr gewesen. Donna legte großen Wert auf Freundlichkeit.
Während sie noch hinausschaute, kam Judd Streeters Retriever hinter der Anwaltskanzlei hervor, sah Chelsea, lief auf sie zu und blieb schwanzwedelnd vor ihr stehen. Sie tätschelte ihn, kraulte

ihn zwischen den Ohren, woraufhin er genießerisch die Schnauze hochstreckte, streichelte ihn unter dem Kinn. Unter ihrer sanften Berührung wirkte der Hund auf einmal vornehm, was genau dem Eindruck entsprach, den Chelsea selbst vermittelte, sinnierte Donna. Mit den kastanienbraunen Haaren, der hellen Haut und der biegsamen Figur war sie eine aufsehenerregende Erscheinung.

Wieder empfand Donna Mitleid mit ihr. Sie fragte sich, was Chelsea tatsächlich über Norwich Notch wußte. Wenn sie glaubte, sich mit dem Einkauf in die Granitfirma hier eine Machtposition erworben zu haben, dann würde sie umdenken müssen. Niemand konnte sich in Norwich Notch einkaufen, niemand konnte es in dieser Stadt zu etwas bringen, wenn die Stadtväter es nicht guthießen – und Oliver war einer der Stadtväter. Er gehörte noch immer dem Gemeinderat an und war ein maßgebliches Mitglied des Stadtplanungsausschusses und der Budget-Verwaltung. Chelsea Kane stünde ein harter Kampf bevor, falls sie versuchen sollte, sich gegen ihn zu stellen. Einen kurzen, kühnen Augenblick lang wünschte Donna, sie würde es tun. Dann ging der Moment vorüber, und sie verbannte den gotteslästerlichen Gedanken aus ihrem Kopf. Zur gleichen Zeit spürte sie Nolans Brust von Gelächter vibrieren.

Er deutete mit dem Kinn in Richtung der Grünfläche. »Sehen Sie sich nur an, wie Buck mit dem Schwanz wedelt und sich von seiner besten Seite zeigt. Das Tier ist viel kontaktfreudiger als Judd.«

Donna hatte Judd immer gemocht. Sie waren etwa im gleichen Alter, und er war immer nett zu ihr gewesen. Dann war er aufs College gegangen und danach zum Arbeiten in der Großstadt geblieben. Als er schließlich zurückkam, wirkte er ernst und in sich gekehrt. Er mochte der beste Vorarbeiter sein, den Oliver je gehabt hatte, aber Nolan hatte recht: Er war nicht so zugänglich wie sein Hund.

Nolan berührte zart ihre Wange. Sie schaute auf und sah ihn

sagen: »Ich muß los. Wir sehen uns später.« Er berührte ihre Lippen, und einen Moment lang konnte sie kaum atmen. Dann, nachdem er ihre Hand zum Abschied gedrückt und mit dem Daumen zärtlich darüber gestrichen hatte, ließ er sie los und verschwand zwischen den Regalen in Richtung Hintertür. Sie spürte, wie sie zufiel, und obwohl sie das Anspringen des Streifenwagenmotors nicht hören konnte, hatte sie schon oft genug beobachtet, wie Nolan die Fahrertür öffnete, seine hochgewachsene Gestalt hinter das Steuer zwängte, die Tür hinter sich zuzog und aufs Gaspedal trat, um sich den Ablauf vorstellen zu können. Als sie vor ihrem geistigen Auge sah, wie er den Streifenwagen von dem rückwärtigen Parkplatz auf die Straße hinauslenkte, stieg ein plötzliches Gefühl des Verlassenseins in ihr auf.

Sie tröstete sich mit dem Gedanken, daß er ja wiederkommen würde. Er schaute im Laden vorbei, sooft er konnte. Allerdings gefiel es ihr am besten, wenn sie allein mit ihm war, doch das war ihr nicht oft vergönnt. Sie genoß es, seine Nähe zu spüren. Wenn sie, wie heute, Schulter an Schulter dastanden, fühlte sie sich beschützt – was, wie sie wußte, eine absolut lächerliche Denkweise war, denn Norwich Notch war eine ausgesprochen beschützende Stadt. Sie kümmerte sich um die Ihren, und Donna war eine der Ihren. Wenn jemand gegen die Schlechtigkeit der Welt geschützt wurde, dann sie.

Gegen die Schlechtigkeit der Welt. O ja.

Mit einem Seufzer richtete sie ihre Aufmerksamkeit wieder auf Chelsea.

An einem Fenster über der Anwaltskanzlei, das auf den Marktplatz hinausging, standen zwei Männer unter einem Bogen aus Buchstaben, die in Spiegelschrift die Worte »Zee's Friseursalon« bildeten. Beide Männer waren beleibt, einer weiß-, der andere grauhaarig. Beide trugen bis oben zugeknöpfte, kurzärmelige Hemden, dunkle, von Hosenträgern gehaltene Hosen, Schnürschuhe, und auf beiden Gesichtern lag ein stoischer Ausdruck.

Ein Außenseiter hätte ihn vielleicht als Zeichen von Teilnahmslosigkeit gedeutet, aber Judd Streeter wußte es besser. Die Männer waren nicht glücklich über die Wende, die die Situation genommen hatte – das erkannte er an ihrer steifen Körperhaltung, den geschürzten Lippen und den tonlosen Stimmen. Die beiden waren empört, weil sie nicht zu der Entwicklung gehört worden waren. Oliver Plum hatte eine Partnerin in die Firma genommen, ohne sich vorher mit ihnen zu beraten, und diese Vorgehensweise widersprach den hier üblichen Gepflogenheiten. Auch wenn Plum Granite Oliver gehörte – das Schicksal des Steinbruchs war eng mit dem der Stadt verknüpft, und alle Entscheidungen, die die Stadt direkt betrafen, wurden für gewöhnlich von den drei Männern gefällt, die das Entschließungsgremium bildeten. Farr tat nichts, ohne vorher mit Jamieson und Plum darüber zu sprechen, Plum tat nichts, ohne vorher mit Jamieson und Farr darüber zu sprechen, und so weiter. Zumindest hatten sie das bis jetzt immer so gehandhabt. Aber diesmal nicht.

»Schickes Mädel«, meinte Emery Farr. Er war der Weißhaarige. Mit seinen rosigen Wangen und der Brille auf der Nase vermittelte er den Eindruck eines freundlichen Santa Claus – doch er war knallhart.

George Jamieson trug seine grauen Haare zu einem kurzen Bürstenschnitt gestutzt – und er war noch härter. »Durch und durch eine Großstadtpflanze.«

»Sie hätte dort bleiben sollen.«

»Aber dort hätte sie ihre Angeberei doch nicht genießen können, dazu mußte sie schon herkommen. Schaut euch den Wagen an. Sie muß ganz schön arrogant sein, wenn sie ein solches Auto fährt.«

Judd fragte sich gerade, was es für ein Fabrikat war, als Emery sagte: »Ich weiß nicht, wie sie damit zurechtkommen will, falls sie im nächsten Winter hier sein sollte. Der Wagen hat auf glatter Fahrbahn doch keine Bodenhaftung.«

»Gut«, meinte George.
»Gar nicht gut, wenn sie dann nach mehr Streukisten schreit.«
»Sie kann schreien, so lange sie will, wir brauchen doch nicht darauf zu hören.«
»Wir können uns unmöglich taub stellen, George, schließlich gehört ihr die halbe Firma.«
»Und wessen Schuld ist das?«
Beide Männer richteten ihre Blicke durchbohrend auf Oliver Plum, der mit einer heißen Kompresse auf der unteren Gesichtshälfte im rückwärtigen Teil des Salons in dem Friseurstuhl saß. Die tägliche Rasur bei Zee's war ein Ritual für das Triumvirat. Jeden Morgen um neun trafen sie sich hier, um die Zeitung zu lesen, Kaffee zu trinken, die letzten Neuigkeiten in der Stadt zu diskutieren und nacheinander auf dem mit an vielen Stellen gebrochenem Leder bezogenen Stuhl Platz zu nehmen. Obwohl ein »Geöffnet«-Schild im Fenster hing, machte der Rest der Einwohner bis elf Uhr einen Bogen um Zee's.
Judd, der auf Olivers Bitte hier war, verstand es, sich im Hintergrund zu halten. Nicht, daß es ihm etwas ausgemacht hätte – das Dreigestirn amüsierte ihn mit ihrem Genörgel. Außerdem hätte er sich viel unangenehmere Orte vorstellen können, um auf seinen Boß zu warten. Bei Zee's roch es nach der Sommersonne, die von dem kleinen Ventilator im Fenster herumgewirbelt wurde, nach Rasiercreme und Kaffee, und der Laden weckte Erinnerungen an seine Kinderzeit in ihm, als er an der kräftigen Hand seines Vaters die lange Treppe hinaufgestiegen und auf diesen hohen Stuhl gesetzt worden war, um die Haare geschnitten zu bekommen. Heute, mit den Augen eines Erwachsenen gesehen, war der Stuhl nicht mehr annähernd so hoch und die Treppe nicht mehr annähernd so lang, und die Hand seines Vaters war durch mangelnden Gebrauch geschrumpft – doch die Erinnerungen lösten eine wohlige Wärme in ihm aus.
Zee hieß eigentlich Antonio Pozzo. Olivers Vater, dessen Erfah-

rungen mit Italienern sich in Grenzen hielten, hatte den Spitznamen eingeführt, um den Friseur zu amerikanisieren, und nach der Dauer zu urteilen, die er sein Geschäft hier nun schon betrieb, war die Taktik erfolgreich gewesen. Zee schnitt seit fünfundvierzig Jahren Haare in Norwich Notch. Die Tatsache, daß er immer noch nur gebrochen Englisch sprach, schienen weder Oliver noch George oder Emery zu stören. Sie wollten gar nicht, daß er gut sprach. Er war wenig mehr als ein schmückendes Beiwerk zu ihren Treffen, nicht viel anders als die Uhr an der Wand, deren Cymbelspieler jede halbe Stunde in Aktion traten.
»Die Wirtschaftslage ist katastrophal«, entgegnete Oliver undeutlich, denn er bewegte kaum die Lippen, um Zee nicht bei der Rasur zu stören.
»Die Wirtschaftslage ist katastrophal«, spöttelte George leise, und dann sagte er in normaler Lautstärke: »Die Wirtschaftslage kann uns nichts anhaben. Norwich Notch steht wie ein Fels in der Brandung. Das war immer so, und das wird immer so sein. Du hättest warten sollen, Ollie. Du hättest mit uns reden sollen, anstatt auf eigene Faust eine solche Dummheit zu machen.« Seine Augen, die immer noch auf den Marktplatz gerichtet waren, verengten sich. »Aber du mußtest dich ja auf den ersten Dollar stürzen, mit dem dir jemand vor der Nase herumwedelte – und jetzt müssen wir uns mit dieser verdammten Frau herumschlagen. Es ist gut möglich, daß es eine Meuterei im Steinbruch gibt. Habe ich nicht recht, Judd?«
Judd, der an der Wand lehnte, richtete sich auf. »Die Männer hören auf mich, ich kann sie schon ruhig halten.«
»Schauen Sie sie sich lieber erst mal an, bevor Sie eine solche Zusage machen«, riet Emery ihm.
Aber Judd hatte sie sich bereit angeschaut: Als sie das erste Mal nach Norwich Notch gekommen war, hatte er sie aus nächster Nähe gesehen – und seitdem ging sie ihm nicht mehr aus dem Kopf.

»Allein das Kleid«, entrüstete sich George. »Keine hiesige Frau trägt solche Kleider. Was denkt sie sich dabei?«
Emery schnaubte. »Wahrscheinlich gar nichts. Sie weiß nicht, daß ihre großstädtische Aufmachung bei uns völlig unangebracht ist. Sie kennen die Großstadt, Judd, sie sollten ihr den Unterschied klarmachen. Nein, Ollie soll ihn ihr klarmachen. Immerhin verdanken wir es ihm, daß wir sie am Hals haben.«
»Ich mache ihr überhaupt nichts klar!« kam die grollende Erwiderung aus dem Stuhl. »Ich bediene mich lediglich ihres Geldes, um mein Geschäft anzukurbeln.«
George schob die Hände unter seine Hosenträger und legte sie auf seinen Bauchansatz. »Wenn sie weiterhin so rumläuft, wird sie mehr ankurbeln als dein Geschäft.«
»Das kannst du laut sagen«, bekräftigte Emery. »Hattest du nicht gesagt, sie würde ihren Teil der Arbeit von Baltimore aus erledigen? Was macht sie dann hier?«
Oliver grunzte. »Woher soll ich das wissen?«
»Schließlich bist du derjenige, der sich mit ihr auseinandersetzt«, sagte Emery.
»Mein Anwalt setzt sich mit ihr auseinander.«
Emery ließ nicht locker. »Also, wie lange bleibt sie?«
»Geh sie doch fragen.«
»Ich frage sie überhaupt nichts, sie ist deine Geschäftspartnerin.«
»Das macht mich nicht zu ihrem Hüter.«
»Doch, das tut es«, widersprach George entschieden. »Sie ist dein Kompagnon, du bist verantwortlich dafür, daß sie hier ist, und es ist deine Pflicht, ihr zu sagen, daß sie verschwinden soll.«
»Das sag du ihr!« kam die Anweisung aus dem Stuhl.
»Judd wird es ihr sagen«, beschloß Emery mit einem Blick in Judds Richtung.
Judd schwieg. Er war seit neun Jahren Olivers Vorarbeiter und hatte in dieser Zeit – abgesehen von der Geschäftskasse, die Oliver mit eiserner Hand umklammerte – in wachsendem Umfang die Leitung der Firma übernommen. Er stellte ein und

entließ, teilte Lob und Tadel aus, teilte die Arbeiter ein, erteilte technischen Unterricht, reparierte Arbeitsgeräte, betreute Käufer und behielt Hunter im Auge.

Er hatte schon viele unangenehme Dinge tun müssen. Chelsea Kane zu sagen, sie solle die Stadt verlassen, wäre ihm nicht unangenehm, denn er hatte keine Verwendung für geschniegelte Großstadtpflanzen, aber es wäre dumm. Plum Granite brauchte ihr Geld – und ihre Beziehungen. So sehr es ihm auch gegen den Strich ging, es zuzugeben, sie besaß das, was der Firma fehlte. Eines mußte er Oliver lassen: Sie als Partnerin hereinzunehmen war ein kluger Schachzug gewesen. Er, Judd, mußte lediglich dafür sorgen, daß die Männer schneller arbeiteten, als sie Aufträge heranschaffen konnte – dann wären sie sie in einem Jahr wieder los.

»Werden Sie es ihr sagen, Judd?« fragte George.

»Noch nicht«, erwiderte Judd. Er ließ sich weder von George noch von Emery einschüchtern – nicht einmal von Oliver. Was Plum Granite betraf, war er unersetzlich, und das wußten sie. »Erst wenn wir genutzt haben, was sie uns bietet.«

Emery, der ein großes Stofftaschentuch ausgeschüttelt hatte, nahm seine Brille ab und begann die Gläser zu polieren. »Sie wird Probleme machen, das spüre ich in den Knochen. Du hast wirklich ganze Arbeit geleistet, Ollie.«

»Ich habe doch gar nichts getan.«

»Du hast ihr die halbe Firma verkauft«, jammerte George.

»Ich habe nicht verkauft«, korrigierte Oliver in scharfem Ton. »Sie hat investiert. Weil du mir kein Geld mehr geben wolltest.«

»Ist es meine Schuld, daß die Federal Deposit Insurance Corporation die Banken mit Argusaugen überwacht?«

»Ist es meine Schuld, daß du ein paar faule Kredite ausgegeben hast?«

»Ist es meine Schuld, daß du keine Aufträge reinholen kannst? Ist es meine Schuld, daß du deinen Kreditrahmen bereits bis zum Äußersten ausgeschöpft hast?«

»Der Rahmen ist zu klein.«
»Und du wirfst mir faule Kredite vor?«
»He, einen Moment. Ich bezahle meine Raten!«
»Was mich interessiert«, Emery stopfte sein Taschentuch wieder in die Tasche, »ist ihre Motivation. Warum gibt sich eine solche Frau ausgerechnet mit uns ab?«
»Sie ist reich und gelangweilt«, brummte Oliver. »Weiß nichts Besseres mit ihrem Geld und mit sich anzufangen.«
»Und was fangen wir mit ihr an?«
George schaute mit geschürzten Lippen auf den Marktplatz hinaus. »Da fällt mir nur eines ein – und das wird jedem Mann in dieser Stadt bei ihrem Anblick einfallen, wenn sie sich nicht dazu entschließt, einen anständigen Rock zu tragen.«
Angestachelt von dieser Andeutung, begann Judds Phantasie sich selbständig zu machen. Das hatte sie schon oft getan, hauptsächlich im Dunkel der Nacht, wenn er sich ruhelos in seinem Bett herumwälzte. Dann stellte er sich Chelsea Kane ohne Kleider vor. Im Augenblick allerdings ließ er mehr Beherrschung walten und stellte sie sich angezogen vor.
»Lade sie zum Essen ein«, murmelte Oliver aus seinem Stuhl.
»Du lädst sie zum Essen ein«, schoß George zurück.
»Ich habe sie nicht hergebeten, also muß ich mich auch nicht um sie kümmern.« Und aus dem Mundwinkel setzte er an Emerys Adresse hinzu: »Warte, bis Margaret sie sieht!«
»Laß gefälligst Margaret aus dem Spiel!« polterte Oliver.
»Weiß sie über euren Handel Bescheid?« fragte Emery.
»Natürlich weiß sie Bescheid – sie ist meine Frau. Wie könnte ich einen solchen Vertrag abschließen, ohne sie darüber zu informieren?«
Ganz einfach, dachte Judd. Oliver Plum hatte drei weiche Stellen in seinem ansonsten steinharten Herzen. Die erste betraf sein Geschäft. Die zweite betraf Margaret. Nach fast fünfzig Ehejahren behandelte er sie wie ein hauchzartes Porzellanfigürchen, das bei der geringsten Erschütterung zerbersten könnte.

Wenn er der Meinung gewesen wäre, daß Chelsea Kanes Beteiligung an der Firma seine Frau beunruhigen würde, wäre es gut möglich, daß er versucht hätte, sie vor ihr geheimzuhalten.
Die dritte weiche Stelle in Oliver Plums steinhartem Herzen war für Hunter Love reserviert. Einem Gerücht nach war Hunter Olivers Sohn, das Ergebnis einer Affäre, die Oliver mit der Frau eines Steinhauers hatte, aber niemand hatte das Gerücht je bestätigt, und es stand auch nicht zu erwarten, daß es je geschehen würde. Der Junge war im Alter von fünf Jahren allein im Wald aufgegriffen und von einer Familie in Cutters Corner aufgezogen worden. Offiziell half Oliver Hunter aus einem Pflichtgefühl einem Kind eines seiner ehemaligen Arbeiter gegenüber, aber in Anbetracht von Hunters Charakter hätte dieses Pflichtgefühl schon längst erloschen sein müssen. Hunter Love hatte etwas von einem Rebellen. Er stellte die Geduld seiner Umwelt auf eine harte Probe.
»Und was hat Margaret dazu gesagt?« wollte Emery wissen.
»Sie fand es okay«, bellte Oliver. »Völlig in Ordnung.«
»Aber nur, weil sie Chelsea Kane noch nicht gesehen hat«, warf George ein und zischte dann: »Der verdammte Köter gehört erschossen!«
Emery schob seine Brille mit einem Zucken seiner Nase höher hinauf. »Er ist zu ihr hingelaufen, Judd, ein königliches Begrüßungskomitee. Er muß die Großstadt wittern. Sie haben Buck doch in der Stadt gekauft, nicht wahr?«
»Allerdings«, nickte Judd. Doch damals war Buck ein Welpe gewesen. Er bezweifelte, daß der Hund eine ausgeprägte Erinnerung an Großstadtfrauen besaß. Jedenfalls hoffte er inständig, daß es nicht so wäre.
»Der Idiot ist geradezu überschwenglich freundlich«, brummte George. »So ein blödes Vieh.« Nach einer kleinen Pause fügte er jedoch eine lobende Bemerkung hinzu. »Aber er hat einen guten Geschmack. Sie ist wirklich eine Augenweide.«
»Um Himmels willen, George!« mahnte Emery. »Dafür bist du wirklich zu alt!«

»Dafür ist ein Mann nie zu alt«, widersprach George.
»Judd auf jeden Fall nicht.« Emery warf ihm wieder einen Blick zu, diesmal einen nachdenklichen. »Werden Sie sie für uns im Auge behalten, Judd?«
Judd zuckte nicht mit der Wimper, er hielt Emerys Vorschlag dieser Mühe nicht für wert.
Aber George griff die Anregung auf. »Die Idee ist nicht schlecht. Sie sind im richtigen Alter und können Sie besser kennenlernen als wir. Finden Sie heraus, was in ihrem Kopf vorgeht, und sorgen Sie dafür, daß sie keinen Ärger macht.«
»Judd hat den Frauen abgeschworen«, rief Oliver unter dem Handtuch hervor, mit dem Zee sein Gesicht abwischte.
»Du hast ja keine Ahnung«, erwiderte Emery. »Er hat drüben in Adams Falls die süße Sara, die ihn kratzt, wenn's juckt. Stimmt's, Judd?«
»Großstadtfrauen«, präzisierte Oliver, setzte sich auf, riß Zee das Tuch aus der Hand und wischte sich seinen Hals selber ab. »Großstadtfrauen. Er hat den Großstadtfrauen abgeschworen.«
»Nun«, meinte George, »der Firma zuliebe kann er diesen Schwur doch zurücknehmen, oder, Judd?«
Es gab viele Dinge, die Judd der Firma zuliebe tun würde – nicht so sehr aus Loyalität Oliver gegenüber als vielmehr aus Loyalität gegenüber seinen Männern und der Stadt, aber Chelsea Kane zu hofieren gehörte nicht dazu. Er hatte schon vor langer Zeit begriffen, daß gewisse Frauen Sirenen waren, die einen Mann mit ihren Liedern ins Verderben lockten, und Chelsea Kane sang ein Lied. Es pulsierte durch seine Adern, seit er sie zum ersten Mal gesehen hatte, aber er wollte verdammt sein, wenn er sich davon verlocken ließe. Er bevorzugte unkomplizierte, liebe Frauen und verzichtete dafür gerne auf den Nervenkitzel. Welche erotischen Phantasien Chelsea Kane auch in ihm auslöste, er würde nicht mit dem Feuer spielen.
»Ich bitte Sie, Judd«, insistierte George, doch seinem Tonfall nach war es eher ein Befehl.

»Kommt nicht in Frage«, erklärte Judd kategorisch. »Ich will nichts mit ihr zu tun haben.«
George schaute wieder aus dem Fenster. »Sie wissen nicht, was Ihnen entgeht.«
Judd wußte sehr genau, was ihm entging, er hatte in den Jahren in der Großstadt genügend Chelsea Kanes kennengelernt. Er war sogar mit einer verheiratet gewesen, verdammt noch mal. Das hatte ihn gelehrt, die Finger von diesem Frauentyp zu lassen.
George wippte auf die Fersen zurück. »Walker Chaney wird sie gefallen, er ist aus New York.«
»Walker kann nicht mit Frauen reden«, wandte Emery ein. »Der redet nur mit seinen Computern.«
»Wie wär's dann mit Doc Summers? Er hat seine Assistentenzeit in einer Klinik in Washington absolviert.«
»Sie ist zu groß für den Doc.«
»Dann eben Stokey French, der hat die Courage dazu.«
Emery dachte darüber nach und meinte schließlich: »Vielleicht ist Stokey French der Richtige.«
Judd hätte lachen können, so absurd war dieser Vorschlag. Stokey French wohnte auf der anderen Seite der Brücke ein Stück hinter dem Krankenhaus, in Cutters Corner. Wie die meisten von dort war er Steinhauer, und obwohl er schielte, ein pockennarbiges Gesicht und ständig einen Klumpen Kautabak in der Backentasche hatte, hielt er sich für Gottes Geschenk an die Frauen. Es war ihm durchaus zuzutrauen, daß er sein Glück bei Chelsea Kane versuchen würde, aber wenn Judd sie richtig einschätzte, dann käme er nicht weit: Sie würde ihn mit einem Blick niedermähen.
Es war wirklich zum Lachen, doch Judd blieb ernst. Es war lange her, daß er das letzte Mal gelacht hatte, und er wußte nicht, ob er es noch konnte.

Chelsea stand mit vor dem Schoß gefalteten Händen am Rand der Grünfläche und hob ihr Gesicht der Sonne entgegen. Die

Wärme vertrieb die Kälte, die bei dem Gedanken an Baltimore in ihr hochgekrochen war. Ihr ganzes Leben lang hatte sie sich nach Bindungen gesehnt, hatte Bindungen gebraucht, und sie hatten auch bestanden – an Abby und Kevin, an Carl, an Harper, Kane und Koo und ihre Arbeit, an eine Vielzahl von Freunden. Jetzt war Abby tot, Kevin auf Reisen, und Carl würde Hailey heiraten. Und was ihren Freundeskreis betraf, so hatte er sich mit der Zeit aufgelöst, ohne daß sie registriert hatte, weshalb oder wann. Mit den meisten stand sie noch in Kontakt, doch selbst die engsten Freunden hatten sich inzwischen ein eigenes Leben aufgebaut – erst jetzt, als sie zum ersten Mal seit Monaten still stand, wurde ihr das richtig bewußt.

In dem Bemühen, ihre Fassung wiederzugewinnen, atmete sie tief durch, und es half tatsächlich. Die Luft war frisch, mit einem herrlichen Duft nach saftigem Grün und Pflanzenwachstum geschwängert. Die Wiese in der Mitte des Marktplatzes leuchtete mit den weißen Blüten des Berglorbeers um die Wette. Knorrige Ahornbäume und Eichen säumten die Straße, ihre dichtbelaubten Kronen verliehen der Stadt eine Atmosphäre der Fruchtbarkeit. Auf den Rasenflächen vor den Häusern luden Fliederbüsche zum Binden von Sträußen ein, und die Kästen an den Veranden präsentierten sich in verschwenderischer Blumenpracht.

Der Sommer stand unmittelbar bevor. Sein Vorbote, der schwelgerische Duft des Frühlings, berauschte ihre Sinne, und seine Wirkung wurde durch die Schläfrigkeit der Stadt noch verstärkt. Nichts rührte sich, die feuchte Luft atmete Zufriedenheit, verlangsamte das Tempo des Lebens auf Zeitlupengeschwindigkeit. Vogelgezwitscher mischte sich mit Bienengesumm, das sich wiederum mit dem leisen Plätschern des Wassers mischte, das sich von einer Etage des Vogelbades auf der Grünfläche in die nächste ergoß. Irgendwo lachte ein Kind, und sanfte Laute drangen von irgendwoher zu ihr herüber, doch darüber hinaus war sie nur von stiller, sonnenwarmer Luft umgeben. Nirgends war ein Maschinengeräusch zu hören – keine Klimaanlage summte, kein Rasenmäher ratterte, kein Pick-up-Motor brummte –, und obwohl sie wußte, daß all das irgendwann einsetzen würde, genoß sie im Augenblick die Illusion ländlicher Unberührtheit. Alles war still und ruhig, einfach und heiter.

Genau das brauchte sie – und das mußte sie unbewußt gespürt haben, als sie am Tag zuvor so überstürzt gepackt und Baltimore verlassen hatte. Im vergangenen Jahr hatte ihr schwerer Seegang zu schaffen gemacht, und sie sehnte sich nach einem Hafen. Das Schicksal hatte sie hierhergeführt.

Sie atmete tief ein und ganz langsam wieder aus und drehte sich dann – ebenfalls langsam – herum, um das Zentrum der Stadt einmal im Ganzen in Augenschein zu nehmen. Hinter ihr, am unteren Ende der Grünfläche, standen drei Häuser aus der Zeit nach dem Bürgerkrieg. Die waren von hübschen, weißen Lattenzäunen umgeben und sahen aus, als würden sie noch immer als Wohnhäuser genutzt. Links und rechts zogen sich Häuserzeilen bis zum Scheitelpunkt des Dreiecks hinauf, die sie schon gesehen hatte. Jetzt, in Ruhe betrachtet und im Sonnenschein, besaßen die Gebäude einen Reiz, den Chelsea im März nur hatte ahnen können. Die Bücherei, in einem kleinen, gelben, viktorianischen Haus untergebracht, hatte Charme. Die Bäckerei, deren Schaufenster mit Broten, Kuchen und Gebäck dekoriert war, hatte Pfiff. Das Postamt strahlte Würde aus, das Kaufhaus Nostalgie, die Bank Vornehmheit. Und dann war da noch die Kirche, der Mittelpunkt der Stadt, zu der ihr Blick immer wieder hinaufwanderte. Die Holzverkleidung war zwar weiß gestrichen, doch das Kiefernholz schimmerte durch und verlieh der Fassade einen blaßblauen Ton. Daneben und dahinter standen hinter einem niedrigen, weißen Zaun die hohen, schmalen Grabsteine, unter denen die Toten der Stadt ruhten.

Sie fragte sich, wer von ihrem Fleisch und Blut wohl dort beerdigt war, und sie fragte sich auch, wer von ihrem Fleisch und

Blut dort wohl nicht beerdigt war, sondern noch in der Stadt lebte.
Und sie fragte sich, ob einer von ihnen wohl wußte, wer sie war.
Ein Hund kam hinter der Anwaltskanzlei hervor und, als er Chelsea bemerkte, gemächlich auf sie zugelaufen. Es war ein Golden Retriever, der ebenso gepflegt aussah wie die Stadt. Mit der langen Rute wedelnd, stupste er mit der Schnauze gegen ihre ausgestreckte Hand.
»Du bist aber ein hübscher Kerl«, schmeichelte sie und streichelte zuerst seinen Kopf und dann, als er zu ihr heraufächelte, seine Kehle. Ein ausgesprochen freundliches Tier, dachte Chelsea. Cydra würde das als ein Zeichen sehen.
Sie war zwar nicht in der Absicht nach Norwich Notch gekommen, Freundschaften zu schließen, doch angesichts der jüngsten Entwicklung in Baltimore fühlte sie sich schmerzlich allein. Sie konnte einen Freund brauchen.
Mit diesem Gedanken machte sie sich auf den Weg zu Farr's.

Achtes Kapitel

Die Glocke über der Tür klingelte, als Chelsea den Laden – diesmal durch eine Fliegentür, die leise hinter ihr zufiel – betrat. Ein Blick in die Runde zeigte ihr, daß auch hier der Sommer Einzug gehalten hatte. Jetzt priesen die Auslagen Picknickkörbe statt Ahornsirup an, die Farben waren fröhlicher, die Düfte frischer. Über dem Zeitungsstand kündigten Plakate ein Gemeindefest an, zu dem jeder aufgefordert war, etwas zu Essen beizusteuern, ein Juniors-gegen-Seniors-Softball-Turnier zugunsten der Norwich Notch Historical Society und das Fest zum Vierten Juli. Der Laden wirkte leer, worauf Chelsea gehofft hatte. Als sie vorhin vor dem Gasthaus angekommen war, hatte sie Matthew Farr mit einem Lieferwagen wegfahren sehen, und das kam Chelsea sehr entgegen, denn sie wollte Donna besuchen.

Sie registrierte eine Bewegung hinter der Kasse und ging mit einem Lächeln hinüber. Abgesehen davon, daß Donnas im Rock steckende Bluse diesmal kurze Ärmel hatte und die Strähnen, die sich aus dem Knoten auf ihrem Kopf gelöst hatten, lockiger waren, sah sie genauso aus, wie sie im März ausgesehen hatte. Sie starrte stirnrunzelnd auf den Computerschirm, war völlig versunken in ihre Arbeit.

»Hallo«, begrüßte Chelsea sie fröhlich, und als keine Reaktion erfolgte, versuchte sie es noch einmal, doch Donna hob erst den Kopf, als sie näher herantrat.

Ihre Augen leuchteten auf, und ein Lächeln, das freudige Erregung vermittelte, erhellte ihre Züge. Jedenfalls bildete sich Chelsea das ein, weil sie es sich wünschte.

»Wie geht es Ihnen?« fragte sie ihrerseits voller Freude.

Donna nickte in einer Weise, die ausdrückte, daß es ihr gutgehe, und erwiderte die Frage dann mittels eines Hebens der Augenbrauen.

»Mir geht es großartig«, erklärte Chelsea lachend. »Ich bin wieder da.« In gespieltem Ernst senkte sie ihre Stimme eine Oktave und sagte: »Geschäftlich.« Dann lächelte sie erneut und warf einen Blick hinter sich. »Sie haben wieder so hübsche Sachen. Die Strohhüte gefallen mir besonders.« Sie hingen unweit von den Picknickkörben an einem Hutständer und beschworen die Vorstellung von langen, luftigen Kleidern herauf, von Brie und Brot und Wein und Nachmittagen am Ufer eines Baches. »Werden sie hier hergestellt?«

Donna machte eine Handbewegung, die ein Ja-und-Nein ausdrückte. Chelsea wartete auf eine Erklärung und wunderte sich über Donnas unentschlossene Miene, die schließlich in eine resignierte Grimasse mündete. Als Donna dann auf ihr Ohr deutete und den Kopf schüttelte, war alles klar.

Chelsea machte sich Vorwürfe, weil sie nicht darauf gekommen war, und dann wurde sie von einer tiefen Bestürzung ergriffen. Sie öffnete den Mund, um etwas zu sagen, doch sie wußte nicht, was, und so schloß sie ihn wieder.

Donna rettete sie, indem sie ihr mit einer Geste bedeutete, hinter den Ladentisch zu kommen. Sie schaltete die Inventurliste weg, an der sie gearbeitet hatte, und tippte mit Übung verratender Schnelligkeit: »Es tut mir leid, hier in der Stadt wissen alle Bescheid. Für Fremde, die nicht damit rechnen, ist es ein Schock.«

Chelsea streckte die Hand aus und tippte: »Ich muß mich entschuldigen – ich hätte es mir denken können.« Rückblickend erinnerte sie sich an viele Hinweise, die ihr entgangen waren.

Donnas Fingerspitzen huschten über die Tasten. »Ich kann Lippen lesen, Sie brauchen nicht zu tippen.«

»Ich tippe aber gern. Was ist nun mit den Hüten?«

»Sie kommen aus Vermont. Das liegt zwar nicht direkt in unserer Gegend, aber auch nicht weit weg.«

»Sie sind super. Sehr romantisch.« Als Donna sie anschaute, verdrehte sie schwärmerisch die Augen. »Aber ich bin wirklich geschäftlich hier.«

»Ich weiß«, formten Donnas Lippen lautlos.

»Damit habe ich gerechnet. Ich habe damit gerechnet, daß alle es wissen. In einer Stadt wie dieser kann es nicht viele Geheimnisse geben.«

»Sie wären überrascht«, tippte Donna.

Chelseas Blick wanderte von ihrem ernsten Profil zum Bildschirm und wieder zurück. Dann schob sie Donnas Hände sanft zur Seite und tippte: »Klingt interessant. Irgendwas, das Sie mir erzählen können?«.

»Nicht, wenn ich nicht auf dem Marktplatz gesteinigt werden will.«

Chelsea lächelte. Die Zeiten öffentlicher Steinigungen waren zwar vorbei, doch Donnas Worte enthielten eine Botschaft. Städte wie Norwich Notch wuschen ihre schmutzige Wäsche nicht in Gegenwart von Fremden. Chelsea betrachtete sich zwar nicht als Fremde, da sie immerhin hier geboren worden war, aber das wußte Donna ja nicht. Es würde schon noch die Zeit dafür kommen, Geheimnisse auszutauschen.

»Ich verstehe«, tippte sie, und dann: »Können Sie mir vielleicht behilflich sein?« Als Donna ihr auf den Mund schaute, sagte sie: »Ich werde ein Jahr lang häufig hier sein, und es wäre unsinnig, dann jedesmal im Gasthaus zu wohnen. Ich habe mir überlegt, ein Haus zu kaufen.« Tatsächlich hatte sie eines mieten wollen, doch sie korrigierte sich nicht, als ihr das andere Wort herausrutschte. »Können Sie mir einen guten Makler empfehlen? Am schwarzen Brett im Gasthaus hingen die Visitenkarten von dreien.« Sie nahm ihr Notizbuch aus der Handtasche und las vor: »Mack Hewitt, Brian Dolly und Eli Whip.«

Donnas Finger eilten über die Tasten. »Mack Hewitt wird Ihnen ein Loch in den Bauch reden, Brian Dolly wird gar nicht reden, und Eli Whip wird Ihnen nur sagen, was Sie seiner Meinung nach hören wollen. Der beste Makler in der Stadt ist eine Frau: Rosie Hacker. Sie hat ihr Büro in der West Street.«

Donnas Denkweise gefiel Chelsea. »Danke«, tippte sie. »Wie steht es mit einem Fitneßcenter?«

»Haben wir hier nicht, aber einen Aerobic-Kurs jeden Morgen um halb sieben im Keller der Kirche. Er ist öffentlich, Sie können hinkommen, wenn Sie mögen.«

»Ich habe noch nie Aerobic gemacht.«

»Es ist lustig.«

»Aber ich bin völlig unmusikalisch«, gestand sie.

»Ich auch«, tippte Donna in dem Augenblick, als Chelsea ihr Faux pas bewußt wurde, doch Donna schien nicht gekränkt zu sein. »Die Lehrerin arbeitet mit einer Musik, deren Rhythmus sogar ich mitkriege. Also müßten Sie es auch schaffen.«

Die Versuchung war groß. Sie hatte schon ungezählte Male Aerobic-Gruppen beobachtet. Es waren immer ein, zwei Leute dabei, die sich total am Rhythmus vorbei bewegten, und mit denen hatte sie sich identifiziert. Nicht, daß es ihr an Körperbeherrschung oder Sportlichkeit gemangelt hätte, aber sich zu Musik zu bewegen, war nicht ihr Fall. Ansonsten eine Frau mit ausgeprägtem Selbstbewußtsein, scheute sie zurück, wenn es ans Tanzen ging. Sie wollte sich nicht lächerlich machen, und so joggte sie statt dessen.

Donna musterte sie erwartungsvoll.

»Wie groß ist die Gruppe?« fragte Chelsea.

Donna hielt alle zehn Finger hoch, doch dann drehte sie sich um und tippte: »Alle Frauen. Ich könnte Sie mit ihnen bekannt machen.«

Das allein war Grund genug für Chelsea, sich anzuschließen. Wenn sie Norwich Notch kennenlernen wollte, dann wäre es gut, möglichst viele der Bewohner kennenzulernen. Donna war

eine reizende Person, der Gedanke, etwas mit ihr gemeinsam zu unternehmen, gefiel ihr.
»Okay«, nickte sie. »Ich werde es versuchen. Aber wenn ich mich zum Idioten mache, sind Sie schuld.«
Donna grinste, doch das Grinsen erlosch abrupt, als sie alarmiert in die Richtung des rückwärtigen Teiles des Ladens schaute. Chelsea konnte nichts dort entdecken, und Donna offenbar auch nicht, denn sie machte keine Anstalten, sich in Bewegung zu setzen – aber sie entspannte sich auch nicht völlig. Sie starrte eine Minute lang ernst auf den Computerbildschirm und tippte dann: »Wissen Sie, wer ich bin?«
»Donna Farr«, tippte Chelsea.
»Donna Plum-Farr. Oliver ist mein Vater.«
Darauf wäre Chelsea niemals gekommen. Es bestand keine nennenswerte körperliche Ähnlichkeit zwischen ihnen, und in Anbetracht der Tatsache, daß Oliver mit Vorliebe grimmig war und Donna mit Vorliebe lächelte, war auch in der Wesensart keine Übereinstimmung festzustellen. Chelsea fragte sich, wie ein so übellauniger Mensch eine so sanftmütige Tochter hatte zeugen können. Ohne Zweifel hatten sich da die Gene von Donnas Mutter durchgesetzt. Die Frau mußte eine Heilige sein, wenn sie mit Oliver zusammenlebte.
»Die Leute hier sind aufgebracht über die Vereinbarung, die er mit Ihnen getroffen hat«, tippte Donna. »Plum Granite ist ein Familienbetrieb, und Sie sind eine Fremde.« Nach kurzem Zögern tippte sie noch schnell hinzu: »Manche betrachten Sie als Feind.«
»Glauben Sie, daß ich das bin?«
Donnas Blick suchte den ihren. Nach einer Minute schüttelte sie den Kopf.
»Ich habe eine Investition getätigt«, erklärte Chelsea in sanftem Ton, den Donna zwar nicht hören konnte, aber er schlug sich ja auch in ihrer Miene nieder. »Natürlich möchte ich, daß diese Investition sich auszahlt, was bedeutet, daß die Firma wieder

zum Erfolg gebracht wird. Ist das denn nicht im Sinne der Leute hier?«

Donna nickte und wandte sich dann wieder der Tastatur zu. »Aber Plum Granite ist Plum Granite.« Sie hielt die Hände in der Schwebe, als wolle sie noch etwas hinzufügen, ließ sie dann jedoch sinken und schaute Chelsea an.

»Ich verstehe«, sagte Chelsea, und intellektuell tat sie das auch. Emotional gesehen konnte sie sich nicht so recht in diese Einstellung hineinversetzen. Sich so stark mit einem Familiennamen zu identifizieren war ihr fremd. Ebenso wie das Gefühl, ein Zweig eines Stammbaums zu sein. Was Zugehörigkeit betraf, beneidete sie Donna. »Nun«, sagte sie seufzend, »wenn Ihr Vater und seine Männer ihren Teil des Vertrages erfüllen, bin ich in einem Jahr wieder draußen.« Ein Jahr. Mehr brauchte sie nicht. Wenn alles nach Wunsch liefe, hätte sie dann ihr Baby, die Information, wer ihre Eltern waren, und mehr Geld denn je. Dann könnte sie bei Harper, Kane und Koo weiterarbeiten, als wäre nichts geschehen. Oder sie könnte ganz woanders hingehen. Für eine Frau ohne Wurzeln waren die Möglichkeiten unbegrenzt.

»Sie ist auf dem Weg hierher«, informierte Oliver Judd, legte den Hörer auf die Gabel und die Unterarme auf den Schreibtisch. »Hat gerade zwei Konten auf der Bank eröffnet – ein Geschäfts- und ein Privatkonto. George ist überzeugt, daß sie vorhat, eine Weile zu bleiben.« Er drückte seine Faust auf den Mund und starrte finster zu Boden. »Ich kann mir nicht vorstellen, aus welchem Grund.«

Auch Judd konnte das nicht. Seiner Erfahrung nach zogen Frauen mit der Großstadt im Blut nicht in Provinznester wie Norwich Notch. Sie verließen sie. Chelsea Kane mußte ihren Orientierungssinn verloren haben oder von Dollarzeichen geblendet sein, was ihm um so rätselhafter war, je länger er darüber nachdachte. Sicher war mit Granit Geld zu verdienen, mit modernen Geräten und einer geschickten Marketing-Strategie könnte man Aufträge an Land ziehen und Profit einfahren, doch dieser Profit war begrenzt. Eine Frau wie Chelsea Kane könnte auf vielen anderen Gebieten bedeutend größere Gewinne erzielen und bedeutend schneller. Er fragte sich, warum sie sich ausgerechnet für Granit entschieden hatte.

»Haben Sie alles bestellt?« fragte Oliver mit einem durchbohrenden Blick.

»Darauf können Sie wetten«, erwiderte Judd. Voller Zufriedenheit darüber streckte er sich auf seinem Stuhl aus und ließ dann eine Hand sinken, um Buck am Kopf zu kraulen.

Seit Jahren hatte er Oliver damit in den Ohren gelegen, neue Geräte anzuschaffen. Seit Jahren hatte er ihn gedrängt, die Voraussetzungen dafür zu schaffen, daß der Stein vor Ort zugeschnitten und geschliffen werden konnte. Seit Jahren hatte er sich dafür eingesetzt, das Büro mit Computern auszurüsten. Aber Oliver war ein Sturkopf sondergleichen und wollte nichts von alldem hören. Plötzlich hatte sich der Wind gedreht. Wie es schien, konnte der Geizkragen durchaus großzügig sein, wenn er mit dem Geld eines anderen wirtschaftete. Und Judd war kein Dummkopf, er ergriff die Gelegenheit beim Schopf.

Es hatte auch etwas ungeheuer Aufregendes. Welcher Mann träumte nicht davon, ein Geschäft aufzubauen? Im Fall von Plum Granite war es zwar ein Wiederaufbau, aber Judd war genauso stolz darauf. Endlich gewannen sein College-Abschluß und die zehn Jahre endloser Stunden, die er in Pittsburgh gearbeitet hatte, Bedeutung. Er verfügte über eine gute Ausbildung. Endlich könnte er sie nutzen.

»Russ und seine Mannschaft fangen morgen in Moss an«, erklärte er Oliver. Moss Ridge war als Abbaugebiet ausgewählt worden. Es war der größte der in Bearbeitung befindlichen Steinbrüche und enthielt genügend Granit, um Steinhauer die nächsten dreißig Jahre zu beschäftigen. »Er meint, daß wir Ende August anfangen können.«

»Warum nicht im Juli?« fragte Oliver. »Schließlich sollen sie doch nur einen lächerlichen Schuppen bauen.«
»Einen Schuppen, der halb so groß ist wie ein Basketballplatz, mit Stützpfeilern und Belüftung für schwere Maschinen, einer ganzen Wand, die zu öffnen ist, und Isolierung und Heizung, damit der Betrieb auch den Winter über weiterlaufen kann. Und dann müssen wir noch auf die Geräte warten – das sind alles Sonderbestellungen.«
»Wir müssen ihr gegenüber einen Vorsprung herausschinden.«
»Das schaffen wir schon.«
Oliver brummte. Als von Ferne das Röhren von Hunters Motorrad durch das offene Fenster hereinflüsterte, suchte sein Blick Judds. »Ist er okay?«
Oliver war ein harter Mann, ließ kaum je etwas anderes erkennen als Desinteresse, Ungeduld oder Verachtung. Wenn Judd Zugänglichkeit an ihm entdeckte, war er jedesmal wieder verblüfft.
»Nun sagen Sie schon!« forderte Oliver, unvermittelt unwirsch. »Ich habe Sie nicht ohne Grund beauftragt, ihn zu überwachen. Sie sind meine Augen und Ohren. Ich erwarte von Ihnen, daß Sie mit ihm reden.«
»Er ist nicht besonders gesprächig.«
»Vielleicht nicht, aber Sie kennen ihn doch gut. Er ist im Moment besonders widerspenstig. Warum?«
Die Rolle des Denunzianten schmeckte Judd ganz und gar nicht. Hunter war zwar meistens eine schreckliche Nervensäge, aber es gab Zeiten, da war er ganz umgänglich, und dann tat er Judd leid. Sicher, materiell gesehen machte Oliver ihm das Leben leichter. Trotz gelegentlicher Probleme, behielt er ihn als Hans-Dampf-in-allen-Gassen, und Judd war der erste, der ihm zugestand, sich in diesem Metier auszukennen. Er konnte mit jeder Maschine umgehen, mit jedem Sprengstoff, mit jedem Werkzeug, was er alles von Oliver gelernt hatte. Aber er schleppte eine Zentnerlast emotionalen Mülls mit sich herum. Judd

konnte nur ahnen, was tief in ihm vorging, denn er öffnete sich nur – und auch dann bloß einen Spalt –, wenn er betrunken war. Buck noch immer zwischen den Ohren kraulend, sagte er: »Er ist sauer wegen des Vertrages.«
»Warum? Er wirkt sich auf ihn doch gar nicht aus.«
»Er befürchtet es aber. Wie er es sieht, hat er jetzt noch einen Vorgesetzten. Es fällt ihm schwer genug, von Ihnen Befehle entgegenzunehmen, und die Vorstellung, sie von ihr zu bekommen, schmeckt ihm nicht.«
Oliver schaute mit finsterer Miene zu dem Fenster hinüber, durch das das immer lauter werdende Röhren des Motorrades hereindrang. »Hat er was gegen sie?«
»Er hat gegen alle Frauen was.« Und das hatte nichts mit seiner sexuellen Veranlagung zu tun. Hunter war völlig normal, das konnte eine ganze Reihe von Frauen bestätigen. Er machte sich nur aus keiner von ihnen wirklich etwas, beschränkte sich auf flüchtige Begegnungen.
»Ich habe mir das nie erklären können«, murmelte Oliver.
»Er ist voller Zorn«, sagte Judd. Er war kein Psychiater, aber das war auch nicht nötig: Ein Blick in Hunters Gesicht genügte, um es zu erkennen – dazu brauchte er gar nicht den Mund auf zu machen.
»Und aus welchem Grund? Ich habe ihn von der Straße geholt, ihm ein gutes Zuhause verschafft, ihn auf eine gute Schule geschickt, ihn eingekleidet und ihm einen Job gegeben. Und wenn er sich in Schwierigkeiten brachte, habe ich ihn rausgepaukt. Er hat weiß Gott keinen Anlaß, zornig zu sein.«
Judd zuckte die Schultern. Es war nicht seine Aufgabe, Hunters Beweggründe zu analysieren oder eine Beurteilung seines Charakters abzugeben – und selbst wenn es so gewesen wäre, hätte er es nicht gekonnt, denn Hunters Herkunft war nie geklärt worden. Das Gerücht seiner unehelichen Geburt war nur eines von vielen. Sie wurden nicht in der Öffentlichkeit breitgetreten, doch im Crocker's war Hunters Zunge nicht die einzige, die der

Alkohol lockerte. Im Laufe der Jahre hatte Judd genug aufgeschnappt, um zu der Überzeugung gelangt zu sein, daß Hunter, falls auch nur ein paar dieser Gerüchte der Wahrheit entsprachen, guten Grund hatte, zornig zu sein.
Das Motorrad bog aufbrüllend in die Zufahrt ein und verstummte dann abrupt. Im gleichen Moment hielt ein Wagen auf der Straße vor dem Haus.
Buck hob den Kopf.
»Die fährt ja einen richtigen Angeberschlitten«, kritisierte Oliver den Jaguar nach einem scharfen Blick aus dem Fenster. »Hat sie denn überhaupt kein Taktgefühl?«
Hunter kam zur Eingangstür herein, stakste ohne ein Wort durchs Vorzimmer in Olivers Büro und bezog, die Anwesenden kaum eines Blickes würdigend, mit dem Rücken zu ihnen Posten am Fenster.
Chelseas Eintritt war weniger spektakulär. Sie blieb kurz bei Fern stehen und wechselte ein paar Worte mit der Sekretärin, die seit dreißig Jahren für Oliver arbeitete und über die neue Geschäftspartnerin fast ebenso beunruhigt war wie Hunter. Fern wurde zwar jedes Jahr ein wenig langsamer, aber was ihr an Schnelligkeit fehlte, machte sie durch ihre unverbrüchliche Loyalität mehr als wett. Judd hatte ihr versichert, daß ihr Job ihr sicher war, und er hoffte, daß Chelsea das gleiche tun würde.
Zumindest hätte Janine, Judds Ex, es getan. Sie war ein politisch denkendes Geschöpf. Wenn sie glaubte, jemand könne ihr von Nutzen sein, umschmeichelte sie ihn in den höchsten Tönen, aber wenn sie feststellte, daß sie sich geirrt hatte, veränderte ihre Stimme sich abrupt.
Und dann erschien Chelsea in der Tür zu Olivers Büro, und Judd verspürte das gleiche Ziehen in der Lendengegend wie vor drei Monaten. Er wußte nicht, woran es lag – ob es ihre wie hinter einem Dunstschleier liegenden, grünen Augen waren, ihre leicht nach oben gebogenen Mundwinkel, die wohlgeformten, langen Beine oder die kastanienbraunen Locken,

die sich in einer üppigen Flut auf ihre Schultern ergossen –, sie törnte ihn an.
Buck stand auf und ging zu ihr hin, als wolle er Olivers Worte entschärfen, der in diesem Augenblick lospolterte: »Wissen Sie, was die Leute in dieser Stadt denken, wenn sie jemanden mit einem solchen Wagen hier herumfahren sehen? Sie denken, daß er ein arroganter Schnösel ist, der allen zeigen will, wieviel Geld er besitzt. Wollen Sie das erreichen?«
Die leicht nach oben gebogenen Mundwinkel, die Judd gerade noch bewundert hatte, senkten sich, jedoch nicht aus Verärgerung. Janine wäre verärgert gewesen, und das hätte ihm nichts ausgemacht. Chelsea aber sah erschrocken aus – als habe sie eine höfliche, ja, vielleicht sogar freundliche Begrüßung erwartet und sei nun enttäuscht. Er empfand tatsächlich Mitleid mit ihr.
»Das wollte ich ganz und gar nicht erreichen«, erwiderte sie stirnrunzelnd und streichelte geistesabwesend Bucks Kopf.
»Welcher Teufel hat Sie dann geritten, daß Sie mit einem solchen Schlitten hier aufkreuzen?«
»Es ist der einzige Wagen, den ich besitze.«
»Dann legen Sie sich schleunigst einen anderen zu, mit dem da kommen Sie hier nicht weit.«
Sie blinzelte. »Und welcher wäre passend?«
»Ein Geländewagen.«
Judd konnte sie sich nicht in einem Geländewagen vorstellen.
»Ich kann mir mich nicht in einem Geländewagen vorstellen«, sagte sie.
»Dann schaffen Sie sich eben einen Jeep an«, raunzte Oliver mit einer ungeduldigen Handbewegung. »Schauen Sie sich an, was die Leute hier fahren, und suchen Sie sich ein entsprechendes Fahrzeug aus.«
Buck hielt Berührungskontakt zu Chelseas Fingerspitzen und mit halb geschlossenen Augen Blickkontakt zu Oliver. Bei einem Menschen hätte man sein Verhalten als Provokation gewertet.

»In Ordnung.« Chelsea hatte offenbar beschlossen, keine Grundsatzdiskussion über die Autofrage zu führen, und das war klug von ihr, fand Judd. Der Jaguar war kein ernsthaftes Problem, aber Oliver legte Wert auf Tradition und darauf, das Sagen zu haben. Er brauchte das, und wer sich ihm widersetzte, stachelte ihn in seinem Despotismus nur weiter an.

Chelsea legte die Hände auf ihrem Schoß übereinander und schaute zu Hunter hinüber. Als er sich nicht umdrehte, ihre Ankunft in keiner Weise zur Kenntnis nahm, glitt ihr Blick zu Judd. Er spürte ein leichtes Nachbeben und dann noch eines, als er ein kurzes Zögern bei ihr zu bemerken glaubte. Er bildete sich ein, daß ihre Augen für einen Sekundenbruchteil abschweiften, ehe sie sich mit seinen trafen – als wolle sie ihn eigentlich nicht ansehen, werde aber unwiderstehlich angezogen.

Er hatte eine lebhafte Phantasie.

Daß ihre Wangen sich röteten, bildete er sich jedoch nicht ein – aber es lag sicherlich an der Hitze im Zimmer, die auch ihre Haare kräuselte und ihre Haut mit einem reizvollen Feuchtigkeitsfilm überzogen hatte.

Er ermahnte sich, sie ebenso zu behandeln, wie er einen männlichen Besucher behandeln würde, stand langsam auf und reichte ihr die Hand.

»Willkommen.«

Ihr Händedruck überraschte ihn. Er war nicht aggressiv wie Janines – Janine sah darin eine Möglichkeit, den Leuten gleich zu Anfang klarzumachen, daß sie es nicht mit einer der sprichwörtlichen Blondinen zu tun hatten –, sondern angenehm fest und dabei erstaunlich sanft und weich. Das gleiche galt für ihren Mund. Er war nicht geschminkt, doch die Lippen, die sich jetzt zu einem schüchternen Lächeln verzogen, schimmerten in einem zarten Rosa.

Schüchtern? Seine Phantasie war heute besonders lebhaft. Er konnte nicht fassen, was er sich da eingebildet hatte.

»Ich danke Ihnen.« Sie entzog ihm ihre Hand und legte sie

wieder auf die andere. Olivers grollende Stimme zwang ihren Blick, sich von Judd zu lösen.

»Warum sind Sie hier?« fragte er.

»Ich habe die Papiere unterschrieben, die uns zu Geschäftspartnern machen, und mein Anwalt hat sie gestern per Kurier losgeschickt. Haben Sie sie nicht bekommen?«

»Doch, aber es war nicht die Rede davon, daß Sie herkommen würden.«

»Das war doch ganz selbstverständlich, wie sollten wir denn sonst zusammenarbeiten?«

»Telefonisch. Postalisch.«

Sie schüttelte sehr langsam den Kopf.

Oliver lehnte sich in seinem Stuhl zurück, was angesichts der geraden Rückenlehne allerdings keine wirkliche Entspannung darstellte. Sein Gesichtsausdruck war ebenso unnachgiebig. »Ihr Teil unserer Vereinbarung beschränkt sich auf Geld und Aufträge.«

»Genau darum bin ich hier«, erwiderte sie höflich. »Ich stelle der Firma eine Menge Geld zur Verfügung, und ich möchte sehen, wofür es ausgegeben wird. Und was die Aufträge angeht – sobald ich weiß, wofür das Geld ausgegeben wird, habe ich als Handelsvertreter eine viel fundiertere Argumentationsgrundlage.«

»Als Handelsvertreterin«, korrigierte Hunter.

»Oh – guten Tag auch«, erwiderte Chelsea fröhlich.

Hunter drehte nur den Kopf in ihre Richtung, warf ihr einen warnenden Blick zu und widmete sich dann wieder der Aussicht. Judd wartete gespannt auf ihre Reaktion. Wie er sie einschätzte, müßte sie eigentlich einen, wenn auch gemäßigten, Kommentar zu Hunters Unhöflichkeit abgeben. Einen Moment lang sah es so aus, als würde sie seiner Beurteilung gerecht werden, denn sie hob angriffslustig das Kinn, doch dann senkte sie es wortlos wieder.

Er fragte sich, ob sie Hunter wohl attraktiv fand. Viele Frauen taten das. Sein Desinteresse machte ihn interessant.

Er fragte sich, ob Hunter sie wohl attraktiv fand.

»Wie lange werden Sie bleiben?« fragte Oliver unwirsch.
Es dauerte einen Moment, bis sie sich wieder auf ihn konzentrierte. »Zunächst mindestens übers Wochenende. Ich muß für ein paar Tage zu meiner Arbeit zurück, und dann komme ich für ein, zwei Wochen wieder. Ich werde meine Zeit zwischen beiden Städten aufteilen. Wenn ich es mir recht überlege, werde ich vielleicht mehr Zeit hier verbringen. Wir haben Sommer, und in der Großstadt ist die Hitze unerträglich.«
Judd hatte den Eindruck, daß sie improvisierte, daß sie noch gar nicht wußte, wie sie beide Firmen unter einen Hut bringen sollte, und das überraschte ihn. Janine hatte immer präzise Pläne gehabt, und das hatte er auch bei Chelsea vorausgesetzt.
Oliver bedachte sie mit einem tadelnden Blick. »Das hätten Sie ankündigen sollen. Wir haben nicht damit gerechnet, Sie hier zu haben.«
»Ich sehe das Problem nicht.«
»Natürlich tun Sie das nicht«, schnauzte er. »Sie haben ja auch keine Ahnung, wie das hier alles läuft.«
»Genau darum bin ich gekommen«, sagte sie.
»Nun, ich weiß nicht, wo Sie arbeiten könnten.«
Sie schaute sich im Zimmer um. »Offensichtlich nicht hier – der Raum wäre nicht groß genug für uns beide. Was ist denn in den Kartons? Haben Sie den Frühjahrsputz gemacht?«
»Wir ziehen um.«
»Sie ziehen um? Wohin denn?«
»In die Innenstadt.«
Judd sah das Zucken in ihren Mundwinkeln und wußte, was sie dachte: Daß für das Zentrum von Norwich Notch die Bezeichnung »Innenstadt« gemessen an dem, was sie darunter verstand, reichlich hochtrabend war. Und sie dachte außerdem, daß die »Innenstadt« von Norwich Notch nur zwei Blocks entfernt lag. Und sie dachte außerdem, daß ihr Geld offenbar bereits genutzt wurde.
»Das wollte ich schon seit Jahren«, gestand Oliver mit einer

Miene, die es ihr nicht anriet, Einwände zu erheben. »Im ersten Stock der Quilters Guild stehen Räume zur Vermietung. Das Haus gehört den Ladys, und sie haben einen Mieter gesucht, um diese Einnahme der örtlichen Suppenküche spenden zu können. Gegen die Begründung läßt sich nichts sagen.«
»Seine Frau ist die Vorsitzende dieses Handarbeitsvereins«, warf Hunter ein.
»Was soll das heißen?« fragte Oliver scharf und bohrte seinen Blick in Hunters Rücken.
»Gar nichts. Es war nur eine Feststellung.«
»Eine unnötige. Der Verkauf dieses Hauses bringt genug ein, um die Miete für über zehn Jahre zu finanzieren – sie verlangen nicht viel. Diese Lösung ist für beide Parteien von Vorteil. Eine zentrale Lage ist viel günstiger für die Firma.« Er wandte sich wieder Chelsea zu. »Aber es ist gerade mal Platz für ein Büro für mich, eines für Fern und ein gemeinsames für Judd und Hunter. Wo Sie arbeiten wollen, weiß ich wirklich nicht.«
Chelsea wirkte nicht im mindesten entmutigt. »Gibt es ein zweites Stockwerk dort?«
»Einen unausgebauten Dachboden.«
»Na, wunderbar.«
»Ich sagte Dachboden.«
»Ich bin Architektin, ich habe ständig mit Dachböden zu tun.«
»Ich sagte es bereits: Er ist nicht ausgebaut.«
»Mit der notwendigen Isolation, ein paar Oberlichtern und einer freistehenden Wendeltreppe vorne und hinten ergibt das fast eine Verdoppelung der Nutzfläche, und das für dieselbe Miete.« Ihre Augen blitzten. »Denken Sie nur an den Stauraum, den Sie damit gewinnen. Dann kann der ganze Verhau aus Ferns Büro verschwinden, und die arme Frau bekommt endlich Luft zum Atmen.«
»Fern hat sich noch nie beschwert.«
»Wahrscheinlich weiß sie nicht, wie sie es anstellen soll. Ich werde es ihr beibringen.«

Das mußte Judd ihr lassen – sie hatte Courage. Entweder das, oder sie hatte noch nicht begriffen, wie konventionsgebunden die Leute in Norwich Notch waren.

»Tun Sie das«, Oliver pflanzte seine beiden Fäuste auf den Schreibtisch, »und Sie fliegen aus der Stadt. Hören Sie mir gut zu, Missy: Daß Sie sich in meine Firma eingekauft haben, gibt Ihnen nicht das Recht, den Versuch zu machen, hier alles umzukrempeln. Sie lassen die Finger von Fern!«

Chelsea grinste.

Olivers Miene verfinsterte sich dementsprechend. »Was macht Sie so fröhlich?«

»Die Vorstellung, ein Büro auf dem Dachboden zu haben, gefällt mir. Wenn ich genügend Helligkeit da oben schaffen kann, kann ich einen Zeichentisch hineinstellen und hier arbeiten. Ich nehme doch an, daß Sie ausreichend Telefone installieren lassen werden. Ich brauche zwei Leitungen. Wie steht's mit einem Fax?«

Oliver wandte sich hilfesuchend an Judd: Die Büroausstattung war sein Gebiet.

»Ich habe ein Faxgerät bestellt«, berichtete er. »Und einen Computer für jedes Büro – einschließlich der in den Steinbrüchen. Sie werden miteinander gekoppelt, so daß wir keine Daten durch die Gegend tragen müssen.« Computer waren seine Leidenschaft. Die Liebe dazu hatte er auf dem College entwickelt und sich dann während seiner Zeit in Pittsburgh eingehend damit befaßt. Wieder in Norwich Notch, hatte er seine Nächte mit der Entwicklung kleiner Geschäftsprogramme zugebracht, die er für gutes Geld verkaufte, und aufgrund dieser Tätigkeit hatte er sich bezüglich der technologischen Fortschritte immer auf dem laufenden gehalten. Plum Granite mit Computern auszurüsten war ein Klacks für ihn.

Sie deutete eine Verbeugung an. »Ich bin beeindruckt.«

»Das ist nicht angebracht, es wird keine ultrakomplizierte Anlage. Dafür besteht kein Anlaß.«

»Noch nicht«, nickte sie. »Aber vielleicht schon bald.« Ihre Augen leuchteten. »Muß an den Räumen im ersten Stock viel getan werden?«
»Einiges.«
»Haben Sie schon damit angefangen?«
Judd schüttelte den Kopf. »Wir haben ja gerade erst den Mietvertrag unterschrieben.«
»Wann kann ich sie mir ansehen?«
»Wann immer Sie wollen.«
Sie nickte, schien über irgend etwas nachzudenken. Während sie das tat, schaute er sich das Kleid an, über das George sich so ereifert hatte. Zugegeben, es war ziemlich kurz, aber dagegen war nichts einzuwenden, denn sie hatte tolle Beine, und es war nicht die Spur aufreizend, sondern fiel ganz lose herunter. Er fragte sich, wie groß ihre Brüste wohl waren – man konnte sie nur ahnen.
Er dachte gerade, daß sie genau die richtige Größe für ihn hatte, sie war so groß, daß er seinen Hals nicht neigen müßte, um sie zu küssen, und so klein, daß er nicht das Gefühl hätte, eine Amazone zu küssen, als sie fragte: »Wer wird die Arbeiten ausführen?«
Die Arbeiten an den neuen Büroräumen. Judd rief sich zur Ordnung. »Russel Ives – ein hiesiger Bauunternehmer.«
»Taugt er was?«
»Ich hätte mich nicht für ihn entschieden, wenn es nicht so wäre.«
»Auch dann nicht, wenn er Ihr Cousin wäre und händeringend Aufträge suchte?«
»Was soll die Frage?« schaltete Oliver sich in scharfem Ton in die Unterhaltung ein. »In dieser Stadt ist jeder mit irgend jemandem verwandt, und es gibt eine Menge Leute, die händeringend Arbeit suchen. Sie glauben, Judd würde jemanden mit dieser Aufgabe betrauen, der schlampig arbeitet? Vergessen Sie's, Missy. So läuft das bei Plum Granite nicht.«
»Das freut mich zu hören«, erwiderte Chelsea gelassen, »denn

ich brauche jemanden für mein Haus, der sein Handwerk wirklich versteht.«

»Für welches Haus?« fragte Oliver sie, doch sein Blick war wieder auf Judd gerichtet.

»Wie viele Leute hat Russel Ives?«

»Genügend, um fast jede Arbeit bewältigen zu können.«

»Für welches Haus?« wiederholte Oliver.

»Für das, das ich kaufen werde«, erklärte sie ihm und wandte sich wieder an Judd: »Genügend, um gleichzeitig Ihren Auftrag und meinen auszuführen?«

»Locker.«

»Von welchem Haus sprechen Sie?« verlangte Oliver zu wissen.

»Boulderbrook.«

In der atemlosen Stille, die dieser Eröffnung folgte, waren nur das Surren von Ferns Ventilator und das Tapsen von Bucks Pfoten zu hören, der schwanzwedelnd zu Judd zurücktrottete.

Die Füße seines Stuhles schabten über den alten Dielenfußboden, als Oliver aufsprang. »Sie wollen Boulderbrook kaufen?« fragte er gedehnt.

Judd hatte sich bisher etwas darauf eingebildet, Olivers Gedanken lesen zu können, doch diesmal war er ratlos. Er konnte nicht beurteilen, ob der Mann überrascht, erschrocken oder stinkwütend war.

Chelsea mußte ebenso unsicher sein, denn sie straffte sich, schien sich gegen alle drei Möglichkeiten zu wappnen. Vorsichtig fragte sie: »Ist das ein Problem für Sie?«

»Warum wollen Sie Boulderbrook kaufen?«

»Weil es mir gefällt«, erwiderte sie in einem Ton, als sei das Grund genug, und Judd nahm an, daß es für sie auch so war. Sie besaß ein Vermögen, dessen Umfang die Vorstellungskraft der meisten Einwohner von Norwich Notch überstieg und das sie nicht einmal im Traum irgendwann zu besitzen hoffen konnten. Er hatte mehr Geld als viele andere hier, doch selbst er fühlte sich ihr in dieser Hinsicht unterlegen.

»Sie wollen einen Haufen Geld für ein Haus hinlegen, in dem Sie dann und wann ein, zwei Wochen wohnen werden?« hakte Oliver ungläubig nach.

»Wenn ich mir erst einmal ein Studio eingerichtet habe, werde ich mehr hier sein als in Baltimore. Es wäre unsinnig, jedesmal im Gasthaus zu wohnen. Ich brauche Bewegungsfreiheit. Ein Haus zu kaufen ist die beste Lösung.« Judd bildete sich ein, einen Anflug von Belustigung in ihren Augen zu entdecken. »Wenn Sie mir allerdings ein Zimmer in Ihrem Haus anbieten ...«

»Ich biete Ihnen überhaupt nichts an!« erwiderte Oliver entschieden und verlangte dann zu wissen: »Wer hat Ihnen Boulderbrook gezeigt?«

»Rosie Hacker.«

»Typisch für diese dreiste Person, die sich in ein Gebiet hineingedrängt hat, das viele Jahre lang Männern vorbehalten war, die hervorragende Arbeit leisteten«, giftete er und stieß einen Grunzlaut aus. »Boulderbrook! Sie ist noch nicht lange genug hier, um zu wissen, was damit los ist.«

»Was ist denn damit los?« fragte Chelsea verständnislos.

»Es ist eine Bruchbude.«

»Aber ich habe schon immer in einem alten Bauernhaus wohnen wollen.«

»Es wimmelt von Ratten.«

»Man muß einiges daran tun«, gestand sie ihm zu.

Judd wußte, daß das eine himmelschreiende Untertreibung war. Boulderbrook brauchte neue Sanitär- und Elektroinstallationen, das Dach, die Veranda, die Badezimmer und die Küche müßten erneuert, von den Fußböden und Simsen zahllose Farbschichten entfernt werden, die Wände abgekratzt und neue tapeziert, und der offene Kamin restauriert – und diese Aufzählung resultierte aus einer flüchtigen Begutachtung des Anwesens vor acht Jahren. Inzwischen hatten die Zeit, die Elemente, Flora und Fauna sicherlich noch weitere Zerstörung vollbracht.

»Man muß nicht einiges dort tun«, polterte Oliver, »sondern nur eines: Feuer legen.«
»Es ist aus Naturstein gebaut«, hielt sie ihm vor Augen. »Es würde nicht brennen.«
Ihre Gelassenheit steigerte seinen Zorn noch. »Seien Sie ja nicht so neunmalklug, Missy. Sie kommen hierher und wollen sofort ein Haus kaufen, über das Sie nicht das geringste wissen. Wenn Sie tatsächlich klug wären, würden Sie auf jemanden hören, der mit den Gegebenheiten vertraut ist.«
»Ich finde es sehr befriedigend, ein altes Haus zu renovieren.«
»In Boulderbrook ist es mit einer Renovierung nicht getan«, bellte er. »Dafür brauchen Sie einen Geisterjäger. Es spukt dort. Das hat Rosie Hacker sicher zu erwähnen vergessen.«
Chelsea verdrehte die Augen.
»Verdrehen Sie nicht die Augen, es ist so. Stimmt's nicht, Hunter?«
Hunter, der seine Hände unter die Arme geklemmt hatte, wirkte bestürzt. »Es spukt.«
»Sie können ihm ruhig glauben«, wandte Oliver sich wieder an Chelsea. »Er hat die Stimmen selbst gehört.«
»Wessen Stimmen?«
»Von kleinen Kindern«, erklärte Oliver ihr. »Sie wohnen in den Wänden.«
»Ich bitte Sie!« Sie drehte sich zu Hunter um. »Sie haben doch nicht wirklich Stimmen dort gehört, oder?«
Hunter antwortete nicht.
»Sie haben sie gehört?« fragte sie ungläubig.
Hunter schaute sie unverwandt an, als warte er darauf, daß sie ihn auslachte. Aber das tat sie nicht. Sie wurde neugierig. Neugier war offenbar einer ihrer hervorstechenden Wesenszüge, dachte Judd.
»Spukt es im Stall auch?«
Hunter schüttelte den Kopf.
»Also nur im Haus. Es muß eine Vergangenheit haben.«

»Natürlich hat es die«, schnauzte Oliver. »Alles hat eine Vergangenheit.«
»Eine Vergangenheit, die zu Geistererscheinungen führt?«
»Muß wohl so sein, sonst würde es nicht spuken.«
Sie hob die Augenbrauen, forderte ihn damit auf, sie zu informieren. Als er nicht reagierte, wandte sie sich wieder an Hunter.
»Kennen Sie die Geschichte?«
»Niemand kennt die Geschichte.«
»Haben tatsächlich Kinder dort gewohnt?«
»Vor langer Zeit.«
»Es steht seit Jahren leer«, warf Oliver ein. »Kein normaler Mensch würde da einziehen.«
»Aber Sie hören noch immer die Stimmen?« fragte Chelsea Hunter.
»Ich bin ewig nicht mehr dort gewesen – das letzte Mal mit fünf Jahren.«
»Und wie lange ist das her?«
»Dreiunddreißig Jahre.«
»Aha.« Sie machte eine wegwerfende Handbewegung. »Vor dreiunddreißig Jahren. Dann sind das ja alte Kamellen.«
Aber Hunter schüttelte den Kopf. »Es gibt immer noch Leute, die sie hören.«
»Und was sagen die Stimmen?«
Er schwieg.
»Haben sie Sie jemals bedroht?«
Judd wartete gespannt auf die Antwort. Die Stimmen waren eines der Themen für die Gerüchte um Hunter, da er der erste gewesen war, der davon berichtet hatte. Zugegeben, es hatten in den nachfolgenden Jahren auch noch andere behauptet, sie gehört zu haben, doch das waren hauptsächlich Kinder, die einander zu der Mutprobe anstachelten, in stockfinsteren, mondlosen Nächten durch das Haus zu rennen. Was den Ursprung der Stimmen betraf, so kursierten mehrere Theorien, von denen keine je bewiesen oder widerlegt worden war, aber die

Einwohner von Norwich Notch machten einen Bogen um das Haus.
»Niemand ist je bedroht worden«, sagte Hunter.
Chelsea lächelte. »Demnach sind sie harmlos, und es besteht kein Grund zur Beunruhigung.« Noch immer lächelnd, wandte sie sich an Judd: »Mein Entschluß steht fest. Wird Ihr Russel Ives die Renovierung übernehmen?«
Judd nahm an, wenn sie Russ anlächeln würde, wie sie ihn gerade anlächelte, würde der Bauunternehmer so gut wie alles tun, was sie verlangte. »Ich denke schon.«
»Sie kann das Haus nicht kaufen!« protestierte Oliver.
»Wann kann er anfangen?« fragte Chelsea Judd.
»Sobald Sie ihm sagen, was Sie gemacht haben wollen.«
»Seine Männer werden sich weigern, dort zu arbeiten«, prophezeite Oliver. »Es ist ein Spukhaus. Sagen Sie ihr, daß es ein Spukhaus ist, Judd.«
Aber Judd war nicht überzeugt, daß es so war, und außerdem wußte er, daß Russ und seine Männer dringend Arbeit brauchten.
»Ich zahle gut«, lockte Chelsea. »Werden Sie sich für mich verwenden und einen Besprechungstermin fürs kommende Wochenende vereinbaren? Einige Dinge kann er ja schon in Angriff nehmen, während ich in Baltimore bin, und wenn ich wiederkomme, werde ich detaillierte Pläne entwerfen. Je eher wir anfangen, um so besser.« Und dann sagte sie zu Oliver, als habe er niemals eine Unfreundlichkeit ihr gegenüber geäußert: »Würden Sie und Ihre Frau mir die Freude machen, heute abend im Gasthaus mit mir zu essen?«
Oliver schaute sie an, als sei sie nicht bei Trost. »Warum denn das in aller Welt?«
»Um unsere Partnerschaft zu feiern.«
»Was gibt es da zu feiern?«
»Außerdem möchte ich Ihre Frau gerne kennenlernen. Ist sie nicht auch neugierig auf mich?«
»Nein, sie interessiert sich nicht für geschäftliche Belange.«

»Das ist aber schade.«
»Es ist überhaupt nicht schade«, schnauzte er. »Sie und meine Frau hätten keinerlei Gesprächsstoff.«
»Ach, ich weiß nicht«, sinnierte Chelsea. »Sie könnte mir die Gepflogenheiten hier von der weiblichen Warte aus schildern.«
»Das wäre reine Zeitverschwendung, Sie sind in einem Jahr wieder weg.«
»Das hoffen Sie.«
»Ich weiß es. Judd hat fünfzig Männer auf Abruf dastehen, die er einstellen wird, falls Sie denn tatsächlich Aufträge bringen sollten. Es wäre sinnvoller, wenn Sie Ihre Zeit darauf verwenden würde, anstatt zum Essen zu gehen, Missy. Und überdenken Sie Ihren Entschluß, Boulderbrook zu kaufen, lieber noch mal. Das ist die dümmste Idee, die Sie bis jetzt hatten. Nur ein Narr würde dort wohnen wollen.«
»Wie ich es sehe, glauben nur Narren an Geister«, gab sie zurück und fragte dann Hunter in provozierendem Ton: »Sie glauben doch nicht wirklich an Geister, oder?«
Judd wußte, was sie dachte: Sie dachte, daß Oliver älter und abergläubisch war, Hunter hingegen zu ihrer Generation gehörte und einen klaren Kopf hatte. Janine hätte das jedenfalls gedacht. Sie besaß einen nüchternen, analytischen Verstand, der sie zu einer hervorragenden Scheidungsanwältin gemacht hatte. Auf ihre Rolle als Ehefrau hatte er sich allerdings nachteilig ausgewirkt.
Hunters Schweigen sagte mehr als Worte.
»Sie werden es also tatsächlich kaufen?« fragte Oliver aufgebracht.
Er zeigte mit dem Finger auf sie. »Dann sagen Sie aber nachher nicht, ich hätte Sie nicht gewarnt. Falls irgend etwas da draußen passiert, ist es nicht meine Schuld. Ist das klar?«

Judd schaute am Abend im Gasthaus vorbei. Für gewöhnlich ging er dort nicht hin, aber die Steinhauer gaben eine Party für den Barmann, der früher einmal einer der ihren gewesen war.

Als er durch die Halle ging, sah er Chelsea im Speisesaal allein an einem Ecktisch sitzen, wo sie mit einer großen, runden Brille auf der Nase ein Buch las, während sie aß. Sie sah hinreißend aus. Hätte er ein, zwei Drinks intus gehabt, wäre er vielleicht zu ihr hingegangen – schließlich war sie fremd hier, ohne Freunde und Familie. Es war wirklich traurig.

Aber er war stocknüchtern und sich zweier Dinge bewußt. Erstens war Chelsea Kane nicht hilflos, und wenn sie allein war, dann aus freien Stücken. Und zweitens war sie eine Gefahr – mit einem großen »G« –, und er hatte auch so schon genügend Probleme.

Neuntes Kapitel

Chelsea verbrachte den Sonntag mit der Rückfahrt nach Baltimore, und als sie ankam, war es zu spät, jemanden anzurufen, was ihr sehr lieb war.

Sie hatte das Büro am Montag morgen kaum betreten, als Kevin anrief. Ihr Herz machte einen Satz, als sie seine Stimme hörte.

»Hi, Dad«, begrüßte sie ihn fröhlich. »Wie geht's dir?«

»Du hast Carls Hochzeit verpaßt.«

Ihr Herz machte wieder einen Satz. Weniger fröhlich antwortete sie: »Ich weiß.«

»Du warst eingeladen. Sissy sagte, sie habe dich angerufen.«

»Das hat sie, aber ich konnte nicht hingehen.« Sie hätte unmöglich mit ansehen können, wie Carl Hailey heiratete. »Ich brachte es einfach nicht über mich.«

»Brachtest du es auch nicht über dich, mich über diese Entwicklung zu informieren? Ich war überhaupt nicht vorbereitet auf Sissys Anruf.«

»Ich habe versucht, dich vorzubereiten. Mehr als einmal.«

»Du hast nie erwähnt, daß es eine andere Frau gab.«

»Das habe ich selbst erst letzte Woche erfahren.«

»Aber ihr standet euch doch so nahe, Carl und du.«

So nahe. Chelsea hätte beinahe über diese Ironie gelacht.

Sie erwartete ein Kind von Carl, und er hatte gerade eine andere geheiratet.

»Was ist passiert?« fragte Kevin. »Was, zum Teufel, hat Carl dazu bewogen, sie zu heiraten anstatt dich?«

Jetzt lachte Chelsea, aber es schwang Hysterie darin mit. »Er hat sich in sie verliebt.«

»Aber er liebt dich.«
»Nicht auf dieselbe Weise.«
»Und du bist ihm nicht böse?«
Sie atmete tief durch. »Wie könnte ich böse sein, wenn Carl glücklich ist? Er war immer einer meiner engsten Freunde. Ich wünsche ihm nur das Allerbeste.«
Eine Minute lang herrschte Schweigen in der Leitung, und dann sagte Kevin mit leiser, anklagender Stimme: »Du hast es verbockt, Chelsea. Du hättest keinen Besseren kriegen können. Er hat die ganzen Jahre zu dir gehalten, deine Verrücktheiten ertragen, aber diese Geschichte mit New Hampshire war sogar ihm zu viel.«
Chelsea war betroffen. »Hat er das gesagt?«
»Das brauchte er nicht, es war offensichtlich. Wenn du hiergeblieben wärst und dich auf ihn konzentriert hättest, hätte er sich nicht einer anderen Frau zugewandt.«
Sie war es entsetzlich müde, immer wieder die gleichen Argumente herunterzubeten. Kevin weigerte sich einfach, es zu begreifen. »Dad, er liebt mich nicht auf dieselbe Weise, wie er sie liebt«, sagte sie beschwörend. »Bei uns stimmte die Chemie einfach nicht. New Hampshire hatte damit nicht das geringste zu tun.«
Kevins Schweigen zeigte, daß er ihr nicht glaubte.
»Es ist am besten so, Dad, ganz bestimmt.«
»Ich habe mir so sehr gewünscht, daß du Carl heiraten würdest.«
»Ich weiß.«
»Und ich hätte so gerne Enkelkinder. Daraus wird jetzt wohl nichts werden, oder?«
Sag's ihm! drängte Chelseas Gewissen, aber sie konnte es nicht. Nicht, nachdem Carl gerade eine andere Frau geheiratet hatte.
»Du wirst schon noch Enkelkinder bekommen«, versprach sie ihm. »Ich möchte Kinder haben.«
»Wie bitte?«
»Ich sagte, ich möchte Kinder haben«, wiederholte sie geduldig.

»Das ist ja ein überraschender Sinneswandel. Ich dachte, es sei dein großer Wunsch, dich ›selbst zu finden‹.«
»Ich bin dabei.«
Wieder wurde es still in der Leitung, und dann kam, als wäre eine Tür zugefallen, ein kurzes: »Ja, das bist du wohl.«
Sie wäre am liebsten in Tränen ausgebrochen. »Verstehe mich doch, Dad! Ich brauche das für meinen inneren Frieden.«
Er sagte nichts.
»Wirklich!«
Er schwieg beharrlich.
Sie seufzte, schloß die Augen und legte die freie Hand auf ihren Magen. Die Übelkeit war wieder da. Morgens war sie am schlimmsten, doch sie verging nie völlig – und wenn Chelsea sich aufregte, wurde sie sofort stärker.
»Wir müssen unbedingt miteinander reden, Dad. Vielleicht am Vierten Juli. Ich dachte, wir könnten zusammen nach Newport fahren.«
»Ich fahre nicht nach Newport.«
Sie öffnete die Augen. »Aber wir haben den Vierten Juli immer in Newport verbracht!« Sie konnte sich nicht vorstellen, ihn irgendwo anders zu verbringen.
»Ich hatte angenommen, du wärst mit Carl zusammen, und so habe ich zugesagt, nach Mackinac Island zu kommen. Ein Kollege von mir hat mich seit Jahren immer wieder dorthin eingeladen.«
»Aber ich hatte fest damit gerechnet . . .«
»Wir werden es verschieben müssen.«
»Oh. Okay.« Sie war den Tränen nahe. »Telefonieren wir Ende der Woche?«
»Ist mir recht.«
»Okay. Ich liebe dich, Dad.«
»Bis dann, Chelsea.«
Sie legte den Hörer auf und versuchte sich zu fassen, doch es gelang ihr nicht. Die Enttäuschung, die sie empfand, das Gefühl

des Verlassenseins, der Einsamkeit, waren stärker als sie. Sie schloß ihre Bürotür, lehnte sich dagegen, schlug die Hände vors Gesicht und weinte bitterlich.

»Was, zum Teufel, ist los?« fragte Judd. Er konnte es sich sparen aufzubrausen, Russel Ives wußte auch so, daß er wütend war.

Sie standen am Ende der stillen Landstraße, wo die Bäume endeten und das Farmland begann, und schauten zu den mit Baumaterialien beladenen Lastwagen und den Männern hinüber, die vor Chelsea Kanes Bauernhaus standen.

»Sie weigern sich, da drin zu arbeiten«, erklärte Russ. »Ich habe den ganzen Vormittag mit Engelszungen auf sie eingeredet, aber sie sind nicht bereit, das Haus zu betreten. Sie fürchten sich vor den Geistern.«

Vor den Geistern! Judd konnte es nicht glauben. »Diese Riesenkerle fürchten sich vor Geistern? Sie machen Witze!« Aber Russ machte keine Witze, und die Riesenkerle rührten sich nicht von der Stelle. »Glauben Sie, Buck würde so vergnügt hier rumlaufen, wenn es spukte?« Der Retriever umrundete das Haus, erkundete das Terrain mit der Nase am Boden.

»Und was ist mit den Stimmen?«

»Kein Erwachsener hat sie je gehört, nur Kinder haben davon erzählt.«

»Das bedeutet doch nicht, daß sie nicht existieren.«

»Sie existieren nicht«, erklärte Judd mit Überzeugung.

Russ machte eine Kopfbewegung in Richtung seiner Männer. »Überzeugen Sie sie davon.«

Judd rieb sich die verspannten Nackenmuskeln. Es hatte an Morgen einen Unfall im Steinbruch gegeben – nichts Ernstes, nur ein gebrochenes Bein, aber er hatte sich aufgeregt. Er haßte es, wenn Leute verletzt wurden, wenn er die Aufsicht hatte. Er nahm Unfälle persönlich. Er nahm viele Dinge persönlich. Wie diesen Auftrag.

»Sie sind ihr Boß«, sagte er. »Es ist Ihre Aufgabe, sie zu überzeugen, Russ. Herrgott, ich kann doch nicht alles selber machen.« Er überflog die Gruppe auf der Suche nach bekannten Gesichtern und fand ein paar – aber nicht genug. »Wo haben Sie die Burschen überhaupt her?«

»Ich habe sie mir hier und da zusammengesucht.«

»Na toll«, murmelte Judd. Es war Dienstag, und seiner Planung nach hätten die Arbeiten an dem Bauernhaus bereits am Montag in Angriff genommen werden sollen. Er wußte nicht, wann Chelsea zurückkommen würde, und wollte ihr bereits etwas vorweisen können, wenn sie auftauchte. Das war eine Sache des Stolzes bei ihm: Wenn er etwas machte, dann machte er es gut. Verärgert über Russ, weil er ihn im Stich ließ, und über sich selbst, weil er die Sache so ernst nahm, und über Chelsea Kane, weil sie darauf bestanden hatte, dieses Haus zu kaufen und die Renovierung damit überhaupt erst notwendig machte, ging er mit ausgreifenden Schritten über die Straße zu Russels Männern hinüber. »Ich höre, ihr habt ein Problem mit diesem Auftrag?«

»Jaaa«, sagte einer gedehnt. »Er hat uns nicht gesagt, daß wir hier arbeiten sollen.«

»Nur ein Verrückter würde sich da dran wagen«, sagte ein anderer.

»Er dachte, es würde keine Schwierigkeiten geben, wenn er eine Mannschaft aus einer anderen Stadt holt, aber wir sind nicht taub. Wir haben von diesem Haus gehört, und wieso sollen wir reingehen, wenn er nicht dazu bereit ist.«

Judd dachte einen Moment darüber nach und kehrte dann zu Russ zurück, wo er, den Männern den Rücken zuwendend, leise sagte: »Sie behaupten, Sie gehen selber nicht rein. Stimmt das?«

Russels Sonnenbräune bekam einen Rotstich. »Ich muß ja nicht – sie machen die Arbeit.«

»Das ist doch eine Ausrede, Russ.«

»Ich habe ihnen gesagt, sie sollen mit dem Dach anfangen, dazu müßten sie nicht ins Haus.«

»Und sie haben zuviel Angst dazu«, konstatierte Judd voller

Verachtung. »Kerle wie Kleiderschränke lassen sich von lächerlichen Kindermärchen einschüchtern! Sie könnten mit gutem Beispiel vorangehen, Russ. Wenn Sie reingehen und lebend wieder rauskommen, müßte der Bann gebrochen sein.«
»Gehen Sie doch.«
»Ich war schon drin. Gestern. Mit Ihnen.«
»Ja, und ich hatte die ganze Nacht Alpträume«, klagte Russ. »Ich setze keinen Fuß mehr über die Schwelle.« Er hob die Hand. »Als Sie mir diesen Job anboten, sagte ich, ich würde mein Möglichstes tun, und das habe ich getan. Wenn Sie mir jetzt die anderen Aufträge wegnehmen wollen, dann tun Sie das ruhig, aber in jedem Fall nehme ich meine Männer mit. Und was machen Sie dann?«
Dann wäre die Kacke am Dampfen, dachte Judd. Die Partnerschaft mit Chelsea war besiegelt, die Uhr tickte. Der Schuppen in Moss Ridge mußte fertig sein, ehe die Maschinen geliefert würden, wenn sie nicht ins Hintertreffen geraten wollten, und die Renovierung der neuen Büroräume konnte auch nicht warten. Natürlich gab es noch andere Baufirmen, die zum Teil noch dringender Aufträge suchten als Russ, aber er war nun mal gut. Und es war das erste Mal, daß er ihn, Judd, enttäuschte.
Judd schaute an Russ vorbei zu Hunter hinüber, der seitlich an einem Plum-Granite-Laster lehnte. Die Hände in die Gesäßtasche seiner Jeans schiebend, ging er zu ihm herüber. »Was meinst du?« fragte er so leise, daß nur Hunter ihn verstehen konnte.
»Ich meine, daß du ein Problem hast.«
»Ich? Wir haben ein Problem. Sie will das Haus so schnell wie möglich beziehen.«
»Sie hat dich gebeten, die Renovierung anzuleiern«, entgegnete Hunter. »Ich habe damit nichts zu tun.«
»Das hast du sehr wohl, schließlich steckst du hinter diesen Gerüchten. Aber du bist kein Dummkopf, und du bist auch kein abergläubisches Landei. Es gibt keine Geister, und das weißt du auch genau.«

Hunters Züge verhärteten sich. »Willst du behaupten, ich hätte mir das alles ausgedacht?«
»Nein«, antwortete Judd. Er mußte vorsichtig sein. Manchmal genügte eine Winzigkeit, um Hunter ausrasten zu lassen, und dann verschwand er für Tage. Aber Judd brauchte seine Hilfe. »Ich sage nur, daß du ein kleiner Junge warst, als du die Stimmen hörtest. Niemand hat sie vor dir gehört, und es ist sehr fraglich, ob sie nach dir jemand gehört hat.«
Die Art, wie Hunter seine Lippen zu einem schmalen Strich zusammenpreßte, glich so sehr der Olivers, daß man sie in diesem Augenblick leicht für Vater und Sohn hätte halten können.
»Und?«
»Du warst der erste, der von den Stimmen erzählt hat, da könntest du jetzt der erste sein, der sagt, daß sie weg sind.«
»Aber ich weiß doch gar nicht, ob sie weg sind. Um das festzustellen, müßte ich da reingehen, und das werde ich nicht tun.«
»Weil du dich fürchtest?«
»Nein, weil ich klug bin.«
»Du hast doch selbst gesagt, daß die Stimmen nie jemandem etwas getan haben.«
»Weil die Leute weglaufen, wenn sie sie hören.«
»Wenn sie sich einbilden, sie zu hören«, korrigierte Judd.
Hunter zuckte gleichgültig die Schultern. »Warum sollte ich das Schicksal herausfordern?«
»Weil das deine Spezialität ist. Du tust das doch schon dein ganzes Leben lang. In deiner Schulzeit hast du grundsätzlich erst in der Nacht vor einer Prüfung zu lernen angefangen, du stellst eine Woche vor dem Zahltag Schecks aus, du rast in halsbrecherischem Tempo auf deinem Motorrad durch die Gegend ... Schon damals, als du nach dem Tod deiner Mutter aus der Hütte zur Hauptstraße gingst ... die meisten Fünfjährigen wären dageblieben und hätten gewartet, bis jemand gekommen wäre.«

»Es wäre niemand gekommen. Es kam nie jemand.«

Judd hörte die Verbitterung, doch er wollte sich jetzt nicht ablenken lassen. »Du hast die Hütte verlassen. Du warst noch nie in der Stadt gewesen. Du warst noch nie mit anderen Menschen zusammen gewesen. Aber irgend etwas veranlaßte dich, die Straße hinunterzumarschieren. Du hast Courage, Hunter. Du magst manchmal unvernünftig und stur wie ein Maulesel sein, aber du hast Courage. Du hast das Schicksal herausgefordert, als du damals die Hütte verlassen hast, und du forderst das Schicksal jedesmal heraus, wenn du die Seben Road entlangrast... Warum willst du es dann nicht auch heute tun und in das Haus gehen?«

Hunters Gesicht wirkte wie aus Stein gemeißelt. »Sie hatte nicht das Recht, das Haus zu kaufen.«

»Aber sie hat es getan. Das läßt sich nicht ändern. Sie will hier wohnen, und sie erwartet von uns, daß wir ihr das möglich machen. Es ist wirklich keine komplizierte Aufgabe, und es wirft kein gutes Licht auf uns, wenn wir sie nicht bewältigen.«

»Russ ist derjenige, der sie nicht bewältigt.«

»Aber wir haben die Verantwortung.« Er schlug einen anderen Kurs ein. »Du wolltest doch immer mehr Verantwortung. Jetzt hast du die Möglichkeit dazu. Übernimm das Kommando für dieses Projekt statt Russ.«

Hunter schnitt eine Grimasse. »Bist du übergeschnappt?«

»Ganz und gar nicht, es ist naheliegend.« Und das war es tatsächlich. »Du weißt, was getan werden muß. Du hast dreizehn Jahre mit Hibbie Maycock und seinen Söhnen zusammengelebt, und die waren nicht nur Steinhauer. Hibbie war der beste Zimmermann in dieser Gegend. Du kennst dich also mit der Zimmerei aus und verstehst etwas von Dächern. Und erzähl mir nicht, daß du nie schwarz als Elektriker gearbeitet hast, um dir Gras zu kaufen – ich weiß nämlich, daß Oliver viel Geld dafür bezahlt hat, daß die Anklage fallengelassen wurde. Du hast von allen im Steinbruch die meiste Ahnung von Maschinen, und du kannst gut mit den Männern. Du könntest sie genausogut anleiten, wie Russ es kann.«

»Na prima«, meinte Hunter. »Dann laß mich den neuen Schuppen bauen.«

Judd schüttelte den Kopf. »Wir brauchen dich hier.« Nach einer kurzen Pause setzte er hinzu: »Schau, es paßt keinem von uns, daß sie sich hier einnistet. Es paßt keinem von uns, daß ihr die Hälfte der Firma gehört, aber es ist nun mal so, und wir können nichts dagegen tun, als uns den Arsch aufzureißen, damit wir am Ende besser dastehen als sie. Willst du nicht dabei helfen?«

»Das Haus hat doch nichts mit dem Vertrag zu tun.«

»Nein, aber es würde sie beeindrucken, wenn du die Regie hier übernähmst.«

»Warum, zum Teufel, sollte ich sie beeindrucken wollen?« fragte Hunter mit solcher Verachtung, daß Judd einen Anflug von Erleichterung verspürte, den er sich allerdings nicht erklären konnte. Er wollte nichts von Chelsea Kane, und er hatte auch nicht angenommen, daß Hunter Ambitionen in dieser Richtung hätte, aber irgendwie mußte sich diese – wenn auch sehr vage – Möglichkeit in seinem Hinterkopf festgesetzt haben. Jetzt schob er sie beiseite und konzentrierte sich auf das aktuelle Problem.

»Weil sie eine wertvolle Kontaktperson ist. Denk doch mal nach, Hunter. Sie ist Architektin, weiß, wo was gebaut wird. Wenn du dich als geschickter Handwerker erweist, wird sie dich in Erinnerung behalten. Vielleicht hat sie einen Freund, der Verwendung für dich hat. Vielleicht ist sie deine Fahrkarte in die große Welt.«

»Wer sagt denn, daß ich hier weg will?«

Judd antwortete nicht. Die Erfahrung zeigte, daß jeder Bewohner von Norwich Notch an irgendeinem Punkt seines Lebens den Wunsch hatte, dieser Stadt den Rücken zu kehren, die so klein und spießig war. Für Judd war das College die Fahrkarte gewesen, und für Hunter ebenfalls. Aber sie waren beide zurück-

gekommen, jeder in seine eigene Hölle. Judd konnte nicht glauben, daß Hunter nicht von einer schöneren Zeit träumte.
»Hast du Angst, daß du es nicht schaffst?« Mit dieser Provokation müßte er ihn eigentlich gewinnen können.
»Nein, ich schaffe es«, erwiderte Hunter, aber sein Blick war an Judd vorbeigeglitten und lag wie hypnotisiert auf dem Bauernhaus.
Judd bildete sich ein, Furcht darin aufflackern zu sehen, ähnlich wie in dem Moment, als Chelsea ihnen eröffnet hatte, daß sie das Anwesen kaufen würde. Er fragte sich, ob Hunter tatsächlich jemals Stimmen dort gehört hatte, und wenn es so war, was sie heraufbeschworen hatte. Nicht, daß Judd auch nur eine Sekunde an ihre Existenz geglaubt hätte, aber Hunter tat es vielleicht wirklich.
Er räusperte sich, senkte den Blick und sagte noch leiser: »Ich gehe mit rein, wenn du willst. Ich war schon gestern drin. Das Haus ist leer, Hunter. Absolut still.« Er hob den Kopf. »Na?«
»Ich kann auch allein gehen«, erwiderte Hunter. Trotz stand in seinen Augen und wilde Entschlossenheit. »Aber wenn ich es tue, dann ist das mein Baby – ganz allein meines, und der Alte darf es mir nicht wegnehmen. Abgemacht?«
Judd konnte Olivers panischen Protest förmlich hören: »Was, zum Teufel, ist Ihnen denn da eingefallen? Er kann das doch gar nicht! Er hat so was noch nie gemacht! Ich traue ihm jederzeit zu, daß er die Installationen so vornimmt, daß jedesmal alle Toilettenspülungen losrauschen, wenn man einen Lichtschalter betätigt.« Wenn irgend jemand das schaffte, dann Hunter, dachte Judd, aber er war auch in der Lage, die Männer auf Trab zu halten und dafür zu sorgen, daß die Arbeiten ordentlich ausgeführt und rechtzeitig fertig würden. Es erschien ihm nur fair, ihm endlich eine Chance zu geben.
»Abgemacht«, nickte er, und bei einem anderen Mann hätte er es mit einem Handschlag besiegelt, aber Hunter hielt nichts von Berührungen. Alles an ihm sagte »Hände weg!«, und Judd und

alle anderen in der Stadt respektierten das. »Also, wann fängst du an?«
»Jetzt!« erklärte er entschieden.
»Wie willst du die Männer ins Haus kriegen?«
Hunter starrte ihn einen Moment lang mit brennenden Augen an und ging dann mit entschlossenen Schritten auf das Haus zu. Er blieb nicht stehen, als er bei den Männern und den Lastwagen ankam, befahl nur knapp: »Fangt an abzuladen!« und setzte seinen Weg zum Haus fort. Judd, der ihm nachschaute, hoffte inständig, das Richtige getan zu haben.

Am Freitag morgen um Punkt halb sieben begann der Aerobic-Kurs im Keller der Kirche. Donna hatte ihren üblichen Platz in der hinteren Reihe eingenommen und machte gerade gemeinsam mit den übrigen zu einer langsamen Melodie Aufwärmübungen, als Chelsea in der Tür erschien, woraufhin sie sich sofort streckte und ihr lächelnd zuwinkte.
Erleichtert steuerte Chelsea um die anderen herum auf sie zu, deponierte eine kleine Segeltuchtasche auf dem Boden an der rückwärtigen Wand und trat neben Donna. »Wie geht's?«
Donna antwortete mit einer »Okay«-Geste und formte mit den Lippen lautlos die Worte: »Wann sind Sie wiedergekommen?«
»Gestern abend! Spät. Ich war nicht sicher, daß ich so früh aus dem Bett finden würde, aber ich brauche die Bewegung wirklich dringend.«
Sie sah müde aus, dachte Donna, und blaß. Allerdings hatte Donna sie bis heute nie ohne Make-up gesehen und konnte darum nicht beurteilen, ob das ihr natürlicher Hautton war. Falls ja, so war er nicht unvorteilhaft, ließ sie nur ein wenig verletzlicher wirken. Die zu einem hochangesetzten Pferdeschwanz zusammengebundenen Haare, die ihre Züge offenlegten, verstärkten diesen Eindruck noch. Es war eine ganz andere Seite von Chelsea als die, die sie bisher kennengelernt hatte.
Die übrigen Kursteilnehmerinnen kannten noch gar keine Seite

von Chelsea und unterbrachen ihr Aufwärmtraining, um sie verstohlen neugierig zu mustern. In Erinnerung an Chelseas Komplexe bedeutete Donna ihnen, ihre Übungen fortzusetzen. Als sie ihrerseits das Stretching wieder aufnahm, schloß Chelsea sich ihr an.

Sie erwies sich als sehr gelenkig, was Donna allerdings nicht überraschte, denn sie hatte es angesichts ihrer Figur nicht anders erwartet. Ihre neonrosa-schwarze Kombination aus hautengen Gymnastikhosen und Top hätte jedes Fettpölsterchen oder schlaffes Gewebe gnadenlos verraten.

Ohne Zweifel gingen die Gedanken der anderen Frauen im Raum in die gleiche Richtung, dachte Donna – bei manchen mit Bewunderung gepaart und bei manchen mit Neid. Die neun übrigen lagen altersmäßig zwischen siebenundzwanzig und achtundsechzig. Einige waren schlank, andere nicht. Keine war so attraktiv wie Chelsea, und keine war so modisch gekleidet. Die meisten trugen weite T-Shirts und Shorts in sehr viel gedämpfteren Farben. Donna war nicht sicher, ob sie sich in einer so grellen Aufmachung wie der von Chelsea wohl fühlen würde. Sie war nicht sicher, ob sie den Mut hätte, sich so der Öffentlichkeit zu präsentieren.

Die Musik wurde schneller, und die Gruppe begann mit ihrer ersten Übung. Chelsea zögerte, zog nach, zögerte wieder, zog wieder nach. Donna, die sie nicht anstarren wollte, um sie nicht noch mehr zu verunsichern, konzentrierte sich auf die Lehrerin, die Chelsea zuliebe die Bewegungen detaillierter als sonst ankündigte.

Chelsea brachte das erste Musikstück hinter sich und dann das zweite, und als dieses nahtlos in das dritte überging, sah Donna, daß sie sich zu entspannen begann, was sich jedoch nicht etwa darin äußerte, daß sie den Rhythmus exakter traf, sondern vielmehr daran zu erkennen war, daß sie offenbar zu dem Schluß gekommen war, daß die Hauptsache bei dieser Veranstaltung für sie nicht die uniforme Bewegung war, sondern die Bewegung an sich.

Als die Musik sich zu Cool-down-Tempo verlangsamte, war Chelsea ebenso verschwitzt wie die übrigen Kursteilnehmerinnen. Als die Melodie endete, zog sie ein Handtuch aus ihrer Tasche und tupfte sich Gesicht, Nacken und Hals ab.
Donna benutzte – wie die meisten anderen auch – den Saum ihres T-Shirts dazu. Dann suchte sie Chelseas Blick. »Okay?« fragte sie lautlos.
Chelsea grinste. »Toll! Hat Spaß gemacht.« Sie atmete tief ein, drückte das Rückgrat durch und legte die Hand auf ihren Magen. »Gutes Training.«
Donna nahm sie am Arm und führte sie zu der Lehrerin, die gerade ihren Kassettenrecorder zusammenpackte. Ginny Bidden war die Frau eines Collegeprofessors, der in Manchester unterrichtete. Sie war in den Dreißigern und hatte ein kleines Kind zu Hause. Der Frühmorgenkurs war ideal für sie, da ihr Mann sich währenddessen um das Baby kümmern konnte. Ihre Erscheinung war zwar nicht mit den Model-Figuren der Aerobic-Lehrerinnen im Fernsehen zu vergleichen, aber für eine Ehefrau aus Norwich Notch war sie erstaunlich lebhaft, und aus diesem Grund stellte Donna sie Chelsea als erste vor.
Chelsea gab ihr die Hand. »Chelsea Kane. Hi. Toller Unterricht.«
»Herzlich willkommen«, sagte Ginny. »War es Ihnen zu anstrengend, oder ging es Ihnen zu schnell?«
»Ein bißchen. Aber das macht nichts – ich werde schon noch aufholen.«
»Sie sind neu in der Stadt, nicht wahr?«
»Hm.«
»Nur zu Besuch?« fragte sie mit einem erwartungsvollen Blick zu Donna, die gerade den Kopf zu schütteln begann, als Chelsea antwortete: »Nein, ich werde eine Weile hier leben. Ich arbeite mit Plum Granite zusammen.«
Ginnys Augen weiteten sich plötzlich. »Chelsea Kane. Sie sind Chelsea Kane! Wow, tut mir leid. Ich habe nicht geschaltet. Na

ja, es ist auch noch früh am Morgen.« Sie schaute sich mit einem Blick im Raum um, der Donna nervös erschien. Die übrigen, die sich in verschiedenen Stadien der Erholung befanden, musterten Chelsea jetzt unverhohlen. Sie hatten ihren Namen gehört. Sie wußten, wer sie war. Ihre Mienen drückten deutliches Mißtrauen aus.

In der Hoffnung, dieses Mißtrauen aufgrund ihrer eigenen Akzeptanz mildern zu können, nahm Donna Chelsea wieder am Arm und führte sie von einer Frau zur nächsten. Hier erschöpfte sich die Begrüßung im Austausch von Namen und Kopfnicken. Chelsea begleitete ihre jeweils mit einem Lächeln, die anderen Gesichter blieben ernst – und das letzte war am allerernstesten. Die alte Dame war weißhaarig, die älteste der Gruppe, die kleinste und – obwohl sie keine Unterrichtsstunde ausließ – diejenige, die am zerbrechlichsten wirkte.

Angestrengt bemüht, klar verständlich und in der richtigen Tonlage und Lautstärke zu sprechen, sagte Donna: »Das ist meine Mutter, Margaret Plum. Mutter, das ist Chelsea Kane.«

Chelsea war sichtlich verblüfft, faßte sich jedoch schnell wieder und streckte die Hand aus. »Ich freue mich, Sie kennenzulernen, Mrs. Plum. Ich hatte nicht erwartet, Sie hier zu treffen.«

»Ich Sie auch nicht«, gab Margaret Plum zurück. Als wohlerzogene Frau legte sie ihre Hand in Chelseas, allerdings sehr zögernd und zitternd. Ihr Gesicht war aschfahl.

»Bist du okay?«fragte Donna in Zeichensprache, doch die Augen ihrer Mutter lagen unverwandt auf Chelsea.

»Machen Sie oft hier mit?« fragte Chelsea.

»Ja«, nickte Margaret.

»Das ist schön.«

»Ich halte mich gerne in der Kirche auf.« Sie entzog Chelsea ihre zitternde Hand und ließ sie sinken.

Besorgt berührte Donna ihren Arm und fragte noch einmal in Zeichensprache: »Bist du okay?« Sie wußte, daß Margaret nicht erfreut über den Partnerschaftsvertrag war, und wünschte, sie

hätte sie auf Chelseas Erscheinen vorbereiten können. Aber Donna hatte nicht gewußt, daß Chelsea kommen würde, bis sie in der Tür gestanden hatte.
»Ich bin müde«, sagte Margaret, ohne Chelsea aus den Augen zu lassen. »Ich denke, ich werde jetzt frühstücken gehen.«
»Soll ich dich nach Hause begleiten?« fragte Donna in Zeichensprache, aber Margaret drehte sich mitten in der Frage von ihr weg und ging in Richtung Tür.
Chelsea schaute ihr nach, und als sie verschwunden war, erkundigte sie sich: »Ist sie krank?«
Donna zuckte die Schultern und wiederholte die Bewegung noch einmal, als Chelsea sich ihr zuwandte. Aber Chelsea schien Margaret schon vergessen zu haben.
»Sie sprechen gut«, sagte sie. Als Donna den Kopf schüttelte, insistierte sie: »Doch, wirklich. Ich wußte ja gar nicht, daß Sie es können. Es muß sehr schwer für Sie gewesen sein, es zu lernen.«
Donna schüttelte den Kopf und legte dann die Hand hinter ihr Ohr.
»Sie konnten früher hören? Was ist passiert?«
Donna bedeutete ihr mit einer Geste, daß es nichts Dramatisches gewesen sei und daß sie nicht darüber sprechen wolle, und warf dann einen hastigen Blick auf ihre Uhr. Es war Viertel nach sieben. Matthew würde wütend werden, wenn sie nicht um halb acht in der Küche stand und Frühstück machte. Sie schaute Chelsea mit einem entschuldigenden Blick an.
»Gehen Sie nur«, sagte Chelsea. »Sind Sie nachher im Laden?«
Donna nickte.
»Darf ich vorbeikommen?«
Das Nicken wurde heftiger. Donna drückte Chelseas Arm und ging mit einem Winken zur Tür.

Nicht ganz fünfzehn Minuten später stellte sie ihrem Mann einen Becher starken, schwarzen Kaffee hin und lehnte sich abwartend an die Arbeitsplatte. Er war erst nach Mitternacht

heimgekommen, und seine Schritte auf der Treppe waren langsamer und schwerer gewesen als sonst. Als sie seine Augen am Morgen sah, hatte sie Bescheid gewußt: Er war verkatert.
Die Hand, mit der er den Becher an die Lippen hob, zitterte leicht. Er trank einen Schluck, ließ den Becher wieder sinken, stützte den Ellbogen auf den Tisch und legte das Kinn auf die Handwurzel. Volle fünf Minuten saß er so da, und während der ganzen Zeit rührte Donna sich nicht, starrte ihn unverwandt an: Wenn sie nicht aufpaßte und etwas nicht mitbekäme, was er sagte, würde er zornig werden – und sein Zorn war nicht angenehm.
Er ließ die Hand sinken, trank wieder einen Schluck und schaute sie an. »Der schmeckt wie Galle.«
»Er ist nur stark«, erwiderte sie.
Er zuckte zusammen. »Schrei nicht!«
Sie flocht ihre Finger vor ihrem Schoß ineinander. Die Lautstärke war immer ein Problem, immer ein Problem – vor allem bei Matthew. Die meisten Leute begriffen, daß sie sie aufgrund ihrer Taubheit nicht einschätzen konnte. Matthew nicht. Er erwartete, daß sie sprach, als sei sie völlig in Ordnung.
Wäre er ein rücksichtsvoller Mensch gewesen, hätte er versucht, Lippenlesen oder die Zeichensprache zu lernen. Zu Beginn ihrer Beziehung hatte er sich tatsächlich darum bemüht, doch nachdem er ihr den Ring an den Finger gesteckt hatte, war damit Schluß gewesen, und seitdem hatte sie keine andere Möglichkeit, sich mit ihm zu verständigen, als zu deuten, zu gestikulieren oder zu sprechen. Keine davon war ideal, aber wenn man stocktaub war, gab es keine ideale Form.
»Wo ist die Zeitung?« fragte er mit grimmigem Gesicht. Sie lag nicht weit von ihm auf dem Tisch. Donna schob sie ihm näher hin. Er faltete sie auseinander, starrte einen Moment auf die erste Seite und stieß sie dann von sich. »Gehst du in den Laden?«
»Bald«, antwortete sie, besonders auf die Lautstärke ihrer Stimme achtend. »Im Augenblick ist Monti dort.« Monti war Mat-

thews älterer Bruder. In Anbetracht von Emerys Tätigkeit als Posthalter oblag die Führung des Ladens seinen beiden Söhnen.
Matthew warf ihr einen bösen Blick zu. »Ich will nicht, daß Monti den Laden aufsperrt. Wie oft muß ich dir das noch sagen. Monti hat doch keine Ahnung vom Geschäft. Mach, daß du rüberkommst.«
Sie hatte hastig geduscht und sich einen Morgenrock übergeworfen – es würde noch zehn Minuten dauern, bis sie so weit wäre, das Haus verlassen zu können. Doch sie nickte und band ihre Schürze ab. Sie hatte sie gerade über den Kopf gezogen, als Matthew ihr auf die Hüfte schlug. Ihre Augen flogen zu seinem Mund.
»Mach mir Spiegeleier – aber weich, nicht so hart wie letztes Mal. Und bring mir Brötchen dazu. Und Saft.«
Sie band die Schürze wieder um und ging zum Kühlschrank, doch sie hatte kaum die Eier herausgeholt und die Pfanne auf den Herd gestellt, als Matthew sie erneut schlug.
»Der Video-Vertreter kommt heute. Verdopple die Bestellung der neuen Filme. Die Leute sind ganz wild darauf, und wir haben nicht genug.«
Sie nickte.
»Und nimm die hölzernen Pilze aus dem Schaufenster. Sie sehen scheußlich aus.« Er zog die Zeitung wieder zu sich heran.
Donna gefielen die hölzernen Pilze. Sie gehörten zu einem Sortiment hölzerner Früchte und Gemüse, das sie als Küchendekoration verkauften. Matthews Mutter hatte sie ein paar Orte weiter bei einer Behindertenwerkstatt erstanden, und obwohl Lucy für ihren spießigen Geschmack berühmt war, hatte Donna ihre Wahl diesmal gefallen – und nach dem reißenden Absatz zu urteilen, waren auch viele andere davon begeistert. Aber Donna hatte nicht vor, Matthew darauf hinzuweisen, denn dann gäbe es mit Sicherheit Krach. Sie würde die Pilze einfach im Fenster lassen und ihn, falls er sich noch einmal darüber beschwerte, an Lucy verweisen.

Sie drehte sich um und schlug drei Eier in die Pfanne, goß Preiselbeersaft in ein großes Glas und schob zwei Brötchen in den Minibackofen. Dann nahm sie Besteck und eine Serviette aus der Schublade und deckte den Tisch für ihren Mann.
Matthew stieß ihr gegen den Arm. »Du hast schon wieder das Waschmittel gewechselt, stimmt's?« fragte er wütend.
Sie hatte auf ein Fabrikat umgestellt, das einen Weichspüler enthielt, um sich beim Bügeln leichter zu tun.
Er schnippte mit den Fingern gegen seinen Kragen. »Das Hemd riecht nach Blumen. Wie kann ich nach Blumen riechend zur Arbeit gehen. Die Leute werden denken, ich sei zum anderen Ufer übergewechselt.«
»Nein«, erwiderte sie lautlos, krauste die Nase und schüttelte den Kopf. »Es riecht nicht.«
»Ich rieche es aber ganz deutlich! Es stinkt noch schlimmer als das Zeug, das du neuerdings benutzt. Was ist das?«
Es war ein Eau de toilette, Teil einer Kollektion, die sie kürzlich ins Sortiment aufgenommen hatte. Der Duft war blumig mit einem exotischen Touch. Donna erinnerte sich daran, wie Chelsea gesagt hatte, sie solle Werbung für die Haarreife machen, indem sie sie benutze. Sie hatte diese Idee auf das Eau de toilette angewendet, und die Rechnung ging auf: Letzte Woche hatte sie drei Flaschen an Frauen verkauft, denen der Duft an ihr gefallen hatte. Ihr selbst gefiel er auch. Er ließ sie in Gedanken in ferne Länder reisen, beschwor Bilder von vornehmen Restaurants, Penthäusern in der Großstadt und Luxuslimousinen herauf. Und er erinnerte sie an Chelsea.
»Es verkauft sich gut«, sagte sie.
Er schnitt eine Grimasse. »Das schert mich einen Dreck. Ich will den Gestank nicht mehr in der Nase haben.«
»Die Kundinnen mögen den Duft.«
»Du riechst damit wie etwas, das du nicht bist.«
Sie roch damit wie etwas, das sie gerne sein wollte. Sie hatte ein Recht darauf, zu träumen. »Aber er gefällt mir!«

»Schrei nicht!« bellte er und wandte sich angewidert ab.
Mit wild klopfendem Herzen drehte Donna sich wieder zum Herd um. Gleich darauf stand das gewünschte Frühstück auf dem Tisch, und sie machte sich daran, die Pfanne abzuwaschen. Und dann spürte sie plötzlich eine Hand auf ihrem Arm und zuckte erschrocken zusammen.
Es war Joshie, und er schaute besorgt zu ihr auf. Zweifellos hatte er seinen Vater schimpfen hören. Der Ausdruck seiner Augen tat ihr in der Seele weh.
»Ist alles okay?« fragte er in Zeichensprache.
»Alles bestens«, antwortete sie auf dieselbe Weise und lächelte.
»Hat Dad wieder schlechte Laune?«
»Er hat nicht gut geschlafen.«
»Wo war er gestern abend?«
»Beim Kartenspielen mit Junior und Cal«, vermutete sie. Sie hatte sich vor langer Zeit abgewöhnt, Matthew zu fragen, was er vorhabe oder wo er gewesen sei. Er hatte ihr schon kurz nach der Hochzeit mitgeteilt, daß er Wert auf seine Freiheit lege, und angesichts der Tatsache, daß er lange Junggeselle gewesen war, bemühte sie sich, Verständnis dafür aufzubringen, was ihr allerdings nicht immer leichtfiel – wie zum Beispiel damals, als ihre Wehen einsetzten und Matthew nirgends zu finden war. Manchmal war es auch schrecklich peinlich, beispielsweise, wenn Freunde ihn im Laden besuchen wollten und sie sich irgendeine Erklärung für seine Abwesenheit ausdenken mußte, um ihre Unwissenheit nicht eingestehen zu müssen.
Er spielte häufig Karten mit Junior und Cal. Junior Jamieson war Georges Sohn und seit vielen Jahren Matthews bester Freund. Auch Calvin Ball, der Buchhalter des Ladens und Bruder von Donnas Schwager, war ein alter Freund. Allerdings spielten sie nur selten bis Mitternacht, vor allem während der Woche. Darüber hinaus hatte Donna Junior und Cal schon oft genug ohne Matthew gesehen, um zu wissen, daß Matthew in

seiner Abendgestaltung auch andere Wege ging. Sie war nicht sicher, daß sie wissen wollte, wo sie ihn hinführten.
»Mir gefällt das Parfüm«, sagten Joshies Finger. »Ich weiß nicht, warum Dad sich so darüber aufregt. Du riechst gut.«
Donna schlang die Arme um ihn und drückte ihn kurz an sich. Sie wußte nicht, warum sie mit einem so lieben Sohn gesegnet war, aber es verging kein Tag, an dem sie nicht ein Dankgebet dafür sprach. Er war inzwischen nur noch einen halben Kopf kleiner als sie, und es war ihr schmerzlich bewußt, daß die Zeiten der Umarmungen bald zu Ende gehen würden. Er war jetzt zwölf und näherte sich der Pubertät. Nicht mehr lange, und auch er würde seine Freiheit haben wollen. Sie wünschte nur, Matthew wäre ihm ein besseres Beispiel. Die Vorstellung, daß Joshie sich die ganze Nacht herumtriebe, jagte ihr einen kalten Schauer über den Rücken.
Sie ließ ihn los und antwortete in Zeichensprache: »Dein Vater ist sehr empfindlich, wenn es um Dinge wie Gerüche geht, aber vielleicht wird er sich ja an diesen gewöhnen.«
»Er ist anders. Es ist schön, ab und zu anders zu sein. Ich wünschte, Dad wäre es.«
Donna warf einen Blick zu ihrem Mann hinüber. Er trug eine Freizeithose und das Baumwollhemd, das sie am Abend zuvor gebügelt hatte. Das war seine Uniform, er trug kaum je etwas anderes. Sie hatte ihn seit Jahren nicht in einem Anzug gesehen, was ein Jammer war, denn er blieb auch mit den zehn Pfund, die er in der Taille angesetzt hatte, ein gutaussehender Mann. Seine weißblonden Haare waren seidig, seine Züge aristokratisch. Wenn er jemanden für sich gewinnen wollte, gelang ihm das allein mit einem Lächeln.
Joshie hatte die blonden Haare der Farrs, aber die groben Züge der Plums, und er trug eine Brille. Donna liebte ihn abgöttisch. Sie bezweifelte zwar, daß er jemals auf die klassische Weise gut aussehen würde, doch das spielte keine Rolle, was ihm an äußeren Qualitäten fehlte, machte er durch seine inneren wett.

»Wie war's beim Aerobic?« fragten seine Finger.
»Schön. Rate mal, wer da war?« Als er die Schultern zuckte, buchstabierte sie in Zeichensprache: »Chelsea Kane.«
Er riß die Augen auf. »Ist das die mit dem Jaguar?«
»Sie kam zu Fuß vom Gasthaus herüber, ich habe keinen Wagen gesehen.«
»Er ist wirklich Klasse. Und sie auch. Das finden die Jungs in der Schule auch. Dabei hat die Hälfte von ihnen sie noch gar nicht gesehen, aber Tom und Ethan, und die haben sie beschrieben. Sie sagen, es sei höchste Zeit gewesen, daß wir jemanden wie sie hierherkriegen. Ihre Mütter finden sie hochnäsig.«
Donna wollte gerade sagen, daß Chelsea Kane ganz und gar nicht hochnäsig sei, als Joshies Blick zu seinem Vater schoß, dessen finstere Miene nichts Gutes verhieß. Seine Worte bestätigten ihren Eindruck. ». . . mir das anzutun! Wenn ihr etwas zu sagen habt, dann sprecht! Ihr unterhaltet euch nur in Zeichensprache, damit ich nichts verstehe. Ich lasse mir das nicht bieten. Ich dulde es nicht, in meinem eigenen Haus aus einem Gespräch ausgeschlossen zu werden. Was fällt euch ein, hier eine Privatparty für zwei zu veranstalten?«
»Bitte, Matthew«, sagte Donna hastig, »Joshie wendet nur die Zeichensprache an, um es mir leichter zu machen. Wir haben keine Heimlichkeiten vor dir.«
»Er ist nicht taub, er kann völlig normal sprechen.« Er wandte sich an seinen Sohn. »Wenn du etwas zu sagen hast, dann tust du das laut! Verstanden?«
Joshie nickte.
Donna legte die Hand auf den Hinterkopf des Jungen und schob ihn sanft an. »Geh jetzt«, sagte sie. »Sie werden schon auf dich warten.« Sie sah ihm nach, als er hinauslief.
Matthew riß ein Stück von dem Brötchen ab, tunkte es in Eigelb und schob es in den Mund. Er kaute noch, als er bereits das nächste Stück abriß. »Warum, zum Teufel, arbeitet er für die Stadt anstatt für uns?«

»Sie haben ihn für den Spielplatz eingeteilt.« Die Stadt veranstaltete jeden Sommer Ferienprogramme, die auch Zeltlager für die Kinder beinhalteten. »Joshie ist einer der Betreuer. Er kann gut mit den Kleinen umgehen.«
»Er könnte auch gut mit einem Besen umgehen, wenn er es ab und zu übte.« Er wischte mit dem Brötchen Eigelb vom Teller. »Wir könnten Hilfe gebrauchen. Er könnte die gelieferten Waren einsortieren, den Abfall rausbringen und die Regale abstauben. Die Zeiten sind schwer, wir müssen härter arbeiten.« Er schob das matschige Brötchenstück mit der Zunge in eine Wange, um deutlicher sprechen zu können. »Wir können es uns nicht leisten, die Kunden mit hölzernen Pilzen zu langweilen oder mit stinkendem Parfüm zu vergraulen.«
Zorn kochte in Donna hoch. Daß Matthew die Stirn hatte, sie wegen ihres Parfüms zu kritisieren, während er das von ihr zubereitete Frühstück in sich hineinstopfte, empörte sie.
Er schob den Teller weg und trank seinen Kaffee aus. Dann stand er auf und wandte sich ihr zu. Seine Augen waren blutunterlaufen, doch sein Blick war klar. »Chelsea Kane ist gestern im Gasthaus abgestiegen. Es heißt, sie bleibe eine Weile. Weißt du, was das bedeutet?«
Es bedeutete zunächst einmal, daß Matthew gestern abend irgendwo in der Nähe des Gasthauses gewesen war. Spät. Und es bedeutete außerdem, daß er mit jemandem gesprochen hatte, der Einblick ins Anmeldebuch hatte. Wahrscheinlich mit Sukie Blake, die nachts an der Rezeption stand. Das irritierte Donna. Sukie Blake würde sich niemals mit Matthew einlassen – sie war mit Joey Dodd verlobt, aber sie hatte Freundinnen, die da keine Hemmungen hatten.
»Es bedeutet«, erklärte Matthew, »daß sie zwischen hier und Baltimore pendeln wird. Das hat sie Ollie gesagt. Und wenn sie feststellt, daß sie bei uns findet, was sie braucht, dann wird sie bei uns einkaufen. Wir müssen sie als Kundin gewinnen. Sie ist jetzt eine wichtige Persönlichkeit hier, immerhin gehört ihr die

Hälfte der Firma deines Vaters. Wir müssen uns gut mit ihr stellen, sie beeindrucken, und das schließt billiges Parfüm aus! Hast du mich verstanden, Donna?«

Wenn Matthew sich die Mühe gemacht hätte, einen Blick in die Bücher zu werfen, hätte er gesehen, daß das Eau de toilette alles andere als billig war, aber Donna hatte nicht die Absicht, ihm das zu sagen, oder ihm zu sagen, daß Monti das wisse, weil er sich für die Bücher interessiere, oder ihm zu erklären, daß Frauen schöne Düfte liebten. Matthew vertrug keine Kritik, und sie hatte nicht vor, seinen Zorn zu erregen. Wäre sie die einzige gewesen, die darunter zu leiden hätte, wäre sie das Risiko vielleicht eingegangen, aber sie mußte an Joshie denken. Er litt schrecklich unter den Ausbrüchen seines Vaters, und darum würde sie fast alles tun, um sie zu vermeiden.

Zehntes Kapitel

Chelsea strich sich die feuchten Locken aus dem Gesicht und ließ den Blick mit Befriedigung durch den Speicher wandern. Der Dachboden begann Formen anzunehmen. Als sie ihn das erste Mal gesehen hatte, war er dunkel gewesen, und überall hatten Papier, alte Bücher und aller möglicher Kram herumgelegen. Er hatte sie an den ihrer Eltern in Baltimore erinnert, der darauf wartete, von ihr aufgeräumt zu werden. Sie nahm sich vor, das irgendwann im Laufe des Sommers anzugehen, doch sie freute sich nicht darauf, denn es war eine traurige Aufgabe, glückliche Erinnerungen in Kisten zu packen.

Sie dachte darüber nach, während Olivers Männer den Speicher ausräumten, und bestand darauf, daß sie die Sachen in Kartons verstauten und in den Keller brachten, anstatt sie wegzuwerfen. Man durfte mit der Vergangenheit nicht leichtfertig umgehen. Sie war sicher, daß die Dinge für irgend jemanden irgendwann einmal Bedeutung gewinnen würden.

Als er leer war, wurde die wahre Größe des Dachbodens deutlich. Die alte Dachkonstruktion war verstärkt, isoliert, verkleidet und verputzt worden. Vier Oberlichter öffneten den Raum für die Sonne, und die winzigen Fenster unter den Giebeln waren durch große ersetzt worden.

Helligkeit zu schaffen war kein Problem gewesen, die Belüftung war eines. Obwohl die Fenster weit offenstanden, rührte sich kein Lüftchen hier oben.

Als sie Schritte auf der Wendeltreppe hörte, drehte sie sich um. Judds dunkler Kopf tauchte aus dem neuen Treppenschacht auf, und als er vor ihr stand, konnte sie nicht anders, als ihn anzustar-

ren. Sie wußte nicht, woran es lag, sie hatte weiß Gott Männer gekannt, die im klassischen Sinn schöner waren und auch kultivierter, aber Judd Streeter war etwas Besonderes. Sie brauchte ihn nur zu sehen und – ganz egal, wie weit entfernt er von ihr war –, sofort beschleunigte sich ihr Puls. So auch jetzt. Und was noch schlimmer war, ihre Zunge lag wie Blei in ihrem Mund.
Also beschränkte sie sich auf ein Lächeln, riß ihre Augen von ihm los und ließ sie noch einmal durch den Raum wandern.
»Alles okay?« fragte er mit einer Stimme, die ebenso männlich war wie seine Erscheinung.
Sie nickte und räusperte sich. »Sieht gut aus.« Sie schaute zu den Oberlichtern hinauf, an denen noch das Etikett des Herstellers klebte. »Erstaunlich, was man in zwei Wochen erreichen kann.« Sie drückte ihre feuchten Handflächen an ihr T-Shirt, das handbemalt, lang und modisch über ihre Leggings fiel. »Noch ein bißchen Wandfarbe, ein Teppichboden und ein paar Möbel, und ich kann anfangen zu arbeiten.«
Sie riskierte einen Blick in seine Richtung. Er stand mit den Händen auf den schmalen Hüften da, die den perfekten Gegenpol zu seinen breiten Schultern bildeten, und begutachtete die frischverputzten Decken- und Wandflächen. Sein Ausdruck war ernst, sein Profil so kraftvoll wie seine Figur.
»Es ist stickig hier oben«, stellte er fest. »Sie brauchen einen Deckenventilator.«
Sie konnte sehen, daß ihm warm war: Gesicht, Hals und Unterarme waren mit einem glänzenden Schweißfilm überzogen. Der übrige Körper war unter einem schweißfleckigen Arbeitshemd und Jeans verborgen. Offenbar kam er aus dem Steinbruch.
Sag was! beschwor sie sich. Sag was Intelligentes! Aber es fiel ihr partout nichts Intelligentes ein, und so suchte sie in ihrer Verzweiflung Zuflucht beim Wetter. »Ich dachte, in New Hampshire sei es kühler als in Baltimore. Macht sich hier die Erderwärmung bemerkbar?«

Sein Blick traf sich mit dem ihren. »Es ist Sommer.«
Sie schluckte. »Können Ihre Männer denn bei dieser Hitze überhaupt arbeiten?«
In der Erinnerung an die Wette, die sie mit Oliver abgeschlossen hatte, stahl sich ein spöttisches Lächeln in seine Augen. Er nickte langsam.
»Dann ist es ja gut«, brachte sie mühsam hervor. Um sich von der Intensität seines Blickes zu erholen, trat sie ans Fenster und schaute auf das Schieferdach und die efeubewachsenen Wände des kleinen Postamtes von Norwich Notch hinunter. Dahinter sah man den Dachbalkon der Historical Society und wiederum dahinter eine Gruppe dichtbelaubter Eichen. Die Stadt war wirklich hübsch. Sie wünschte nur, es wäre ein paar Grade kühler.
»Wie läuft der Wagen?« fragte er.
»Tadellos«, antwortete sie, ohne sich umzudrehen.
Sie hatte den Jaguar in Baltimore gelassen und sich einen Pathfinder gekauft. Judd hatte sie zu dem Händler gefahren, damit sie ihn abholen konnte. Er hatte sie auch mehrmals in der Stadt herumkutschiert, vom Büro zum Steinbruch, nach Boulderbrook und zurück. Sie sagte sich ständig, daß sie sich an ihn gewöhnen, seine Erscheinung für sie alltäglich würde, doch es passierte nicht.
Sie begriff nicht, wie sie in der sechsten Woche schwanger und die meiste Zeit von Übelkeit geplagt sein konnte und trotzdem empfänglich für die Reize eines Mannes. Sie sagte sich, daß es unrecht sei. Sie sagte sich, daß es ungesund sei. Sie sagte sich, daß es angesichts ihrer Mission in Norwich Notch unangebracht sei. Trotzdem rauschte ihr Blut schneller durch ihre Adern, wenn er in der Nähe war.
Sie versuchte ihn zu ignorieren, doch das war nicht einfach. Der Blick seiner dunklen Augen war durchdringend, sie spürte ihn sogar auf ihrem Rücken. Bei allem Selbstbewußtsein war sie in seiner Gegenwart schüchtern. Sie war sicher, daß er ihre Gedan-

ken lesen konnte, einschließlich der lüsternen. Sie wäre am liebsten im Erdboden versunken.

»Wann kommen die Computer?« fragte sie mit erstickter Stimme.

»Sie müßten in den nächsten Tagen eintreffen.«

»Das ist gut.« Sie hatte ihn gebeten, einen für sie mitzubestellen. »Ich warte schon dringend auf meinen. Ich habe die notwendigen Briefe mit der Hand geschrieben, aber ich möchte Werbematerial und Adreßaufkleber vom Computer ausdrucken lassen. Sie wandte sich vom Fenster ab und deutete auf eine Stelle unter einem der Oberlichter. Dorthin kommt mein Zeichentisch. Er wird heute nachmittag geliefert. Meinen Sie, einer Ihrer Männer könnte ihn mir aufstellen? Ich habe den ganzen Nachmittag in Manchester zu tun, aber ich würde am Wochenende gerne daran arbeiten.«

»Wird erledigt«, versprach er.

So sehr sie ihre heftige Reaktion auf ihn auch verfluchte, Judds Tüchtigkeit war ihr sehr willkommen. Die zweifache Arbeitsbelastung – die Auftragsbeschaffung für Plum Granite und die Verpflichtung, ihren Aufgaben bei Harper, Kane und Koo gerecht zu werden –, die Überwachung der Renovierung von Boulderbrook, die tägliche, frühmorgendliche Aerobic-Stunde, der Kummer über die Entfremdung Kevins und Abbys Tod, die Sorge um ihr Baby und die Frage, wer ihrer Mutter den Spieluhrenschlüssel geschickt haben mochte, beanspruchten sie dermaßen, daß sie jeden Abend erschöpft ins Bett sank, und so war sie dankbar, daß es einen Judd Streeter gab, den sie um etwas bitten und sicher sein konnte, daß es erledigt wurde.

»Sie sehen müde aus«, stellte er fest.

Ihre Augen flogen zu seinem Gesicht, und sie erbebte innerlich, denn sein Blick war wie eine Berührung. Wieder mußte sie schlucken. »Ich bin okay.«

»Vielleicht arbeiten Sie zu viel.«

Sie dachte an den Vertrag mit Oliver. »Falls Sie darauf hoffen, daß ich schlappmache, muß ich Sie enttäuschen. Es geht mir gut. Ein bißchen Hitze hat noch keinem geschadet.«

Seine Augen hielten die ihren fest. »In der Großstadt ist alles mit Klimaanlagen ausgerüstet. Vermissen Sie die nicht?«

»Nein, nachts ist es angenehm kühl hier.«

»Es würde ein Vermögen kosten, dieses Haus zu klimatisieren.«

»Niemand sagt, daß wir das müssen.«

»Vielleicht Sie, wenn Sie eine Woche in diesem Backofen gearbeitet haben.«

»Ich halte das schon aus«, erklärte sie, aber sie konnte kaum atmen, und das hatte nichts mit Judds Gegenwart zu tun. Ihre Lungen schienen mit heißer Luft und Gipsstaub gefüllt zu sein. In dem Wunsch, Abhilfe zu schaffen, ging sie zur Wendeltreppe und hastete die Stufen zum ersten Stock hinunter. Hier waren Maler dabei, die Wände zu streichen, und der Farbgeruch war unerträglich.

Sie floh durch den Raum, den demnächst Fern beziehen würde, und lief die Vordertreppe hinunter. Auf den Steinstufen vor dem Haus gab es endlich atembare Luft. Gierig füllte sie ihre Lungen, während sie den kurzen Weg zur Straße hinunterging. Am Bürgersteig angekommen, lehnte sie sich an den niedrigen Zaunpfahl.

Als sie seine Schritte hinter sich hörte, lief ein Kribbeln ihre Wirbelsäule entlang. Sie drehte sich nicht um. Sie wagte es nicht. Es war schon schlimm genug, seine Nähe zu spüren.

Sie zeigte auf die Frauen auf der Grünfläche in der Mitte des Marktplatzes. Alle hatten breitkrempige Hüte auf den Köpfen, kleine Spaten in den Händen und Springkrautmatten neben ihren Knien liegen. »Sie treten heute ja im Rudel auf.«

»Das ist der Gartenbauverein«, erklärte er. »Sie treffen Vorbereitungen für den Vierten Juli.«

Chelsea dachte an Kevin und Abby und an den Spaß, den sie an diesem Tag immer in Newport gehabt hatten. Es schmerzte sie, daß Kevin diese Tradition nicht aufrechterhalten wollte. Und Carl hatte in diesem Jahr natürlich auch andere Pläne.

Sie nahm noch einen tiefen Zug der Norwich-Notch-Luft. »Der Vierte wird hier wohl groß gefeiert.«
»Ja. In der Kirche gibt es ein Pfannkuchenfrühstück, im Schulhaus mittags abgepackten Lunch und am Abend ein Barbecue auf der Stadtwiese.«
Sie hätte schwören können, einen Anflug von Sarkasmus in seiner Stimme zu hören, und schaute ihn nun doch an. »Haben Sie dafür nichts übrig?«
Sein Gesicht verriet nichts. »Es ist okay, aber Sie würden sich langweilen.«
»Langweilen? Bei dem Nonstop-Programm?« Wo immer sie in der Stadt hinkam, stieß sie auf Bekanntmachungen von Feiertagsaktivitäten. Unter anderem war ein Festzug vorgesehen, ein Schönheitswettbewerb, ein Flohmarkt, eine Kunstausstellung, ein Basketballspiel und eine Tanzveranstaltung. Sie wußte nicht, wie man sich da langweilen könnte. »Für mich als Neuling klingt das alles ziemlich aufregend.«
Er musterte sie mit einem befremdeten Blick. »Sie haben doch nicht im Ernst vor, dafür hierzubleiben, oder?«
»Doch, allerdings. Was spricht dagegen?«
»Ich dachte, Sie würden wegfahren.«
»Tue ich nicht.«
»Sie müßten doch eigentlich etwas Besseres vorhaben.«
»Habe ich nicht.«
»Keine Familie?«
Die Frage gab ihr einen Stich. »In diesem Jahr nicht.«
»Kein Freund mit einem Haus in Nantucket?« Diesmal war der Sarkasmus unverkennbar.
Sie schüttelte den Kopf.
»Keine Schicki-Micki-Partys in der Großstadt?«
Mit Sarkasmus konnte sie sich abfinden – mit Verachtung nicht. »Ich bin nicht der Typ für Schicki-Micki-Partys«, antwortete sie mit einem frostigen Blick in seine Augen. »Warum stempeln Sie mich als einen Menschen ab, der ich nicht bin?«

Er zuckte nicht mit der Wimper. »Weil Sie ein Hochglanzgeschöpf sind und Köpfchen haben. Sie sind mehr herumgekommen als die meisten hier.«
»Herumgekommen?« fragte sie irritiert. Die Formulierung hatte einen häßlichen Beigeschmack.
»Ich meine, was die Lebenserfahrung betrifft.«
»Ich habe schon viel von der Welt gesehen, aber ansonsten hat sich in meinem Leben nicht viel getan.«
Er starrte sie eine Weile lang schweigend an und schaute dann wieder zur Wiese hinüber.
»Glauben Sie mir?« fragte sie. Es war ihr sehr wichtig, daß er das tat. »Ich komme zwar aus einer anderen Umgebung und habe dementsprechend eine andere Entwicklung genommen, aber ich habe mich bemüht, die Leute nicht mit der Nase auf die bestehenden Unterschiede zu stoßen.«
Sein Blick sank zu ihren Brüsten hinunter und hob sich dann langsam wieder. »Ist das der Grund dafür, daß Sie heute früh in hautengen Shorts und Top die Old River Road entlanggejoggt sind?«
Ihr Herzschlag geriet ins Stolpern. Wann hatte er sie gesehen? Etwas freundlicher sagte sie: »Das ist das übliche Outfit.«
»Hier bei uns nicht. Die Jungs sind es nicht gewöhnt, daß eine Frau sich zur Schau stellt.«
»Ich habe mich nicht zur Schau gestellt, ich bin gelaufen.«
»Jedenfalls waren Sie beim Frühstück im Crocker's das Hauptgesprächsthema. Haben Sie nicht gemerkt, daß die Lastwagen im Schrittempo an Ihnen vorbei fuhren? Die meisten der Jungs sind Steinhauer. Sie haben ihrer Phantasie nicht viel Spielraum gelassen.«
Sie wußte nicht, was sie sagen sollte. Es war ihr nicht in den Sinn gekommen, daß sie Aufsehen erregen könnte. Sie war nur gejoggt, nichts weiter. Aber er war offensichtlich wütend, und das verstand sie nicht.
»Ich dachte, Sie machen bei dem Aerobic-Kurs in der Kirche mit.«

»Das tue ich ja auch, aber ich habe das Laufen vermißt, und darum beschloß ich, abzuwechseln.«
»Können Sie nicht etwas Konservativeres dazu anziehen?«
»Es ist das übliche Outfit«, wiederholte sie verwirrt.
»Wenn Sie weiter so rumlaufen, dann werden Sie nachts in dem Bauernhaus mehr hören als Kinderstimmen. Die Hälfte der Männer von Norwich Notch wird vor Ihrer Tür hecheln.« Sie sah den Puls in seiner Schläfe schlagen. »Aber vielleicht wollen Sie das ja.«
Diese Vermutung traf sie wie eine Ohrfeige. »Nein, das will ich nicht!« rief sie. »Ganz und gar nicht. Aber ich habe das Recht zu laufen, und ich habe das Recht, mich dazu anzuziehen, wie es mir paßt.«
Er zuckte gleichgültig eine Schulter. »Dann müssen Sie aber auch bereit sein, die Konsequenzen zu tragen.«
Zorn stieg in Chelsea auf. Sie fühlte sich ungerecht behandelt von Judd, ungerecht behandelt von der Stadt, ungerecht behandelt von Kevin und Carl, und plötzlich erwachte Trotz in ihr. »Ich werde nichts dergleichen tun«, erwiderte sie. Sie löste sich von dem Zaunpfahl, richtete sich zu ihrer vollen Größe auf und schaute ihm – diesmal ohne jegliche weibliche Regung – gerade in die Augen. »Vielleicht ist es Zeit, daß Norwich Notch seinen mittelalterlichen Zopf abschneidet. Heutzutage joggen Frauen nun mal, und wenn sie das bei sommerlichen Temperaturen tun, dann ziehen sie sich dazu so luftig an wie möglich. Sie fahren Jaguar, sie besitzen Firmen, und, ob Sie es glauben oder nicht, es gibt sogar Orte, wo sie öffentliche Ämter bekleiden. Großer Gott, was wollen Sie mir denn hier für rückständige Ansichten aufzwingen?«
Jetzt richtete auch er sich zu seiner vollen Größe auf, wodurch er sie wieder um einiges überragte. Seine Augen waren noch dunkler geworden, und es loderte ein Feuer darin. »Es sind die Ansichten, die in Norwich Notch herrschen. Sie bezeichnen sie als rückständig, ich bezeichne sie als konservativ. Wer von uns

auch recht haben mag, sie werden sich nicht ändern, nur weil Sie hier aufgetaucht sind.«
»Ich verlange ja gar nicht, daß sie sich ändern. Ich habe nicht das geringste dagegen, daß die Leute hier ihr Leben leben, wie sie es gewohnt sind, aber sie sollen mir das auch zugestehen.«
»Das ist alles? Na, ich weiß nicht.«
»Was meinen Sie damit?« fragte sie verwirrt.
»Ich meine damit, daß Ihr Umzug hierher äußerst seltsam ist. Es besteht kein, Anlaß dazu. Oliver hatte recht, Sie könnten Ihren Teil der Arbeit problemlos von Baltimore aus erledigen. Es wäre viel einfacher für Sie, als sich an dem Rollpult in Ihrem Zimmer im Gasthaus herumzuärgern.« Sein Mund verzog sich zu einem schiefen Grinsen. »Woher ich das weiß?« nahm er ihr die Frage aus dem Mund. »Das Zimmermädchen ist die kleine Schwester eines unserer Männer, und sie hat ihm erzählt, daß sie jeden Morgen gelbes Seidenpapier in Ihrem Papierkorb vorfinde. Daher weiß ich, daß Sie zu arbeiten versuchen, und ich weiß, daß Sie sich damit in einem Studio sehr viel leichter täten, und ich frage mich immer wieder, warum Sie sich hier herumquälen. Sind Sie aus Baltimore vertrieben worden?«
Chelsea fühlte sich ertappt. »Nein.«
»Gab es Ärger mit einem Mann?«
»Nein!«
»Was dann? Was kann eine erfolgreiche, begabte, schöne Frau wie Sie an einem Kaff wie Norwich Notch finden?«
Erfolgreich, begabt, schön. Sie war geschmeichelt. Es hatten sie schon andere Männer mit diesen Attributen bedacht – aber noch nie so widerwillig, wie Judd es tat, und das verlieh ihnen mehr Gewicht. Daß er sich dazu durchgerungen hatte, weckte das Gefühl in ihr, ihm etwas schuldig zu sein.
»Ich habe innerhalb der letzten fünf Monate die drei wichtigsten Menschen in meinem Leben verloren«, erklärte sie ihm ohne Pathos. »Es hält mich nichts mehr in Baltimore.«
»Also laufen Sie davon.«

»Nein. Ich bin nicht zufällig hier.«
»Und wie lange beabsichtigen Sie zu bleiben?«
»Das weiß ich noch nicht.« Als das Röhren von Hunter Loves Motorrad dem Fahrer um die Hausecke vorauseilte, riß sie ihre Augen von Judd los. »Er ist nicht konservativ. Er macht, was er will.«
»Er ist ein Sonderfall.«
»Das bin ich auch«, erwiderte sie, ging über den Bürgersteig zur Straße und erreichte den Rand in dem Moment, als Hunter heranfuhr. »Wie läuft es?«
Er nahm seinen Helm vom Kopf und wischte sich mit dem Arm den Schweiß vom Gesicht. »Wir haben ein Problem. Ich brauche Sie da draußen.«
»Okay. Ich hole den Wagen.« Doch sie hatte es kaum ausgesprochen, als ihr eine bessere Idee kam. Er hatte ihr einmal angeboten, sie auf seiner Maschine mitzunehmen, und sie hatte es abgelehnt. Jetzt konnte sie etwas beweisen.
Sie schaute den Reservehelm an, der hinter dem Sitz befestigt war, und dann Hunter. »Irgendwelche Einwände?«
Er zuckte die Schultern. »Es ist Ihr Leben.«
Es war mehr, es war auch das Leben ihres Babys, aber sie war in so rebellischer Stimmung, daß sie bereit war, es zu riskieren. Ohne zu zögern, stieg sie hinter Hunter auf, stülpte den Helm über und warf Judd einen letzten, trotzigen Blick zu.
Seine spielenden Kiefermuskeln zeigten ihr, daß er wütend war. Das war die gerechte Strafe dafür, daß er sie bis in ihre Träume verfolgte, dachte sie und klappte das Visier herunter. Sie hakte ihre Finger in Hunters Gürtel und saß seelenruhig hinter ihm, als er den Motor aufröhren ließ und durchstartete. Sie umrundeten die Grünfläche einmal, was die Damen vom Gartenbauverein veranlaßte, die Köpfe zu heben, und kamen noch einmal an Judd vorbei, ehe sie in die Straße einbogen, die aus der Stadt hinausführte.
Die ersten Minuten waren vergnüglich. Chelsea hatte seit Jahren

auf keinem Motorrad gesessen, und Hunters Maschine war ein Spitzengerät. Der Motor hatte einen satten Klang, die Straßenlage der Maschine war hervorragend, und sie genoß das vielgerühmte Gefühl der Freiheit und den Geschwindigkeitsrausch. Der Fahrtwind kühlte ihren Körper, der sich synchron mit Hunters in die Kurven legte.

Dann folgten die Kurven kürzer aufeinander, und sie kamen kaum noch dazu, aufrecht zu sitzen. Chelsea fiel auf, daß sie die Straße nicht als die wiedererkannte, die nach Boulderbrook führte. Nein, sie kannte diese Straße überhaupt nicht. Unbehagen kroch in ihr hoch.

»Hunter?«

Er hörte sie nicht. Sie fragte sich, ob es ein Fehler gewesen war, ihm ihr Leben anzuvertrauen. Aber er war Olivers Faktotum, der dritte Mann in der Firma nach Judd, und er leistete gute Arbeit in Boulderbrook, was für Verantwortungsbewußtsein sprach. Oder nicht?

»Hunter!« rief sie lauter.

Er drehte den Kopf zur Seite.

»Wo sind wir?«

»Auf der Seben Road. Hinter Acatuc. Das ist die Panoramastrecke.«

Die Straße war schmaler geworden, die Kurven wurden schärfer. Chelsea malte sich aus, wie sie hinter einer davon frontal mit einem entgegenkommenden Wagen zusammenstießen, doch wenn Hunter sich dieser Gefahr bewußt war, so scherte er sich nicht darum. Er beschleunigte sogar noch.

Sich fester an seinen Gürtel klammernd, heftete sie den Blick auf die Straße vor ihnen. Auf eine steile Steigung folgte ein ebenso steiles Gefälle, und darauf folgte wieder eine Reihe von Biegungen. Als ihr schwindlig zu werden begann, rief sie: »Könnten Sie ein bißchen langsamer fahren?«

Das Motorrad ruckte, Hunter schaltete in einen niedrigeren Gang und donnerte den nächsten Hügel hinauf.

Das Schwindelgefühl steigerte sich zur Übelkeit. Chelsea zog an seinem Gürtel. »Halten Sie bitte mal kurz an, Hunter.«
Er fuhr weiter.
Sie legte den Kopf an seinen Rücken, schloß die Augen und hoffte, die Übelkeit würde vergehen, wenn sie nichts mehr sähe, aber eine Minute später war ihr noch schlechter als vorher.
»Ich muß mich übergeben, Hunter!« rief sie und zerrte mit aller Kraft an seinem Gürtel. »Halten Sie an!«
Sie wußte nicht, ob es ihr panischer Tonfall war, mit dem sie endlich zu ihm durchdrang, oder die körperliche Gewalt, die sie angewendet hatte, jedenfalls drosselte er das Tempo, lenkte die Maschine an den Straßenrand und hielt an. Es blieben ihr nur Sekunden, um zu den Büschen neben der Straße zu stürzen, wobei sie sich den Helm vom Kopf riß, und dann übergab sie sich auch schon.
Sie haßte das. Ihr Arzt sagte, Übelkeit sei ein gutes Zeichen, zeige an, daß das Kind sich fest eingenistet habe, aber der Arzt brauchte nicht über der Toilette zu hängen oder sich – wie in diesem Fall – mit zittrigen Armen über einem Mooskissen abzustützen. Und der Arzt war auch nicht allein. Das war das schlimmste. Sie hätte bestimmt nicht so gelitten, wenn sie von irgend jemandem zumindest moralische Unterstützung bekommen hätte. Aber sie war ganz allein. Abgesehen von dem Arzt und Cydra, gab es nicht einen Menschen, der von dem Baby wußte.
Sie setzte sich auf ihre Fersen und wischte sich mit dem Arm die Haare aus dem Gesicht. Als sie plötzlich Hunters Stimme hinter sich hörte, fuhr sie erschrocken zusammen. Diesmal lag kein Trotz und auch kein Spott darin.
»Da drüben ist ein Bach.«
Jetzt, nachdem sie nicht mehr würgen mußte, konnte sie das leise Plätschern hören und kämpfte sich durch das niedrige Buschwerk, kniete sich an dem flachen Ufer hin und spritzte sich mit den Händen Wasser ins Gesicht.

O ja, sie haßte Übelkeit, aber diese spezielle Übelkeit hatte den Vorteil, daß sie nie lange anhielt. Sie würde wiederkehren – spätestens am Abend –, aber im Augenblick ging es ihr, abgesehen von ihren weichen Knien, wieder gut. Jetzt hätte sie gerne ein, zwei Cracker gegessen, um den widerlichen Geschmack loszuwerden, aber da sie keine dabei hatte, behalf sie sich damit, ihren Mund gründlich auszuspülen, ehe sie zur Straße zurückkehrte.

Hunter lehnte an seiner Maschine. Sein Helm lag auf der Lenkstange, ihrer auf dem Sitz. Er schaute ihr unsicher entgegen, weil er nicht wußte, was sie sagen würde, doch sie wußte gar nicht, was sie sagen sollte. Was passiert war, ging nicht allein auf sein Konto – wäre sie nicht schwanger, hätte sie die Fahrt unbeschadet überstanden.

Sie flocht die Finger ineinander und schaute zuerst ihn an und dann – mißgünstig – die hügelige Straße. »Das war ja eine denkwürdige Fahrt.«

In dem gleichen ruhigen Ton, in dem er sie auf den Bach hingewiesen hatte, fragte er: »Sind Sie okay?«

Sie nickte und ließ den Blick zum Horizont wandern. »Warum haben Sie das getan?« Als er nicht antwortete, setzte sie hinzu: »Es war nicht sehr nett.«

»Sie sagten, Sie hätten Erfahrung mit Motorrädern.«

»Die habe ich auch.« Sie deutete auf ihre Nase. »Sehen Sie sich meine Nase an – sie wurde einmal korrigiert und dann ein zweites Mal nach einem Motorradunfall. Ich hatte ihn selbst verschuldet, ich war zu schnell gefahren. Damals war ich siebzehn und waghalsig. Was haben Sie für eine Entschuldigung?«

Hunter steckte die Hände unter die Arme. »Schlechte Gene.«

Sie lachte.

»Sie finden das komisch?« fragte er sichtlich gekränkt.

»Ja, das tue ich! Ich bin adoptiert worden, habe keine Ahnung, wer meine leiblichen Eltern sind, aber ich habe es nie auf schlechte Gene geschoben, wenn ich etwas angestellt hatte.«

Und auch ihre Eltern hatten das nie getan. »Schlechtes Benehmen auf die Gene zu schieben ist eine Ausrede. Sie sind das, was Sie aus sich machen.«
»Hier bei uns nicht. Hier bei uns bestimmt Ihr Name, wer Sie sind.«
»Es scheint mir nicht, als hätten Sie es mit ›Love‹ schlecht erwischt.« Er hatte eine gute Stellung bei Plum Granite und fungierte als Bauleiter für ihr Haus. Und nicht nur das: An vielen Abenden oder Wochenenden traf sie ihn bei der Arbeit an. In diesen Momenten machte sie sich Gedanken über sein Privatleben. Judd hatte gesagt, er habe eine eigene Wohnung, sei nicht verheiratet und ein Eigenbrötler, mehr hatte er nicht erzählt.
Nicht, daß sie sich mehr als oberflächlich dafür interessiert hätte. Hunter Love war ein gutaussehender Mann, aber im Gegensatz zu Judd Streeter fiel ihr zu ihm nichts ein.
Sie war dankbar, daß sie sich nicht in Gegenwart von Judd übergeben hatte, das wäre demütigend gewesen.
»Na, was ist?« fragte Hunter. »Habe ich den Job noch?«
»Natürlich haben Sie den Job noch.« Sie schaltete blitzschnell. »Aber ich will am dritten Juli einziehen.«
»Der ist ja schon in zehn Tagen!«
»Es muß ja nicht das gesamte Haus fertig sein, nur mein Schlafzimmer und mein Bad. Ohne Küche kann ich schon eine Weile auskommen. Ich habe einfach das Gasthaus satt.«
»Sie wollten eine übergroße Badewanne haben, die kriege ich nicht so schnell.«
»Fahren Sie zu dem Händler hin! Setzen Sie ihm die Pistole auf die Brust!«
Hunter schüttelte den Kopf. »Ich brauche einen Monat.«
»Nein, das tun Sie nicht. Wenn Sie sich dahinterklemmen, kann ich in einer Woche einziehen.« Und weil er ihr auf dem Motorrad angst machen wollte, setzte sie hinzu: »Es sei denn, die Stimmen halten Sie auf.«

Seine Miene verfinsterte sich. »Ich würde an Ihrer Stelle keine Witze darüber machen.«
»Haben Sie sie denn gehört, seit Sie da draußen arbeiten?«
»Der Lärm schüchtert sie ein.«
»Was Sie nicht sagen«, spöttelte sie. Soweit es sie anging, bewies die Tatsache, daß er sich bereit erklärt hatte, an dem Haus zu arbeiten, daß die Stimmen ein Schwindel waren. Sie nahm an, daß er sie sich ausgedacht hatte, um die Leute zu erschrecken.
»Warten Sie's ab. Wenn Sie erst mal allein dort wohnen, werden Sie sie hören. Sie kommen aus dem Geheimgang.«
Sie horchte auf. »Aus welchem Geheimgang?«
»Dem hinter dem Kamin. Den wollte ich Ihnen zeigen.«
»Ein Geheimgang!« wiederholte Chelsea aufgeregt. Sie versuchte ihn sich vorzustellen. »Wo führt er hin?«
»Ins obere Stockwerk.«
»Unglaublich.« Ihr Verstand begann zu arbeiten. »Meinen Sie, es gibt noch mehr?«
»Klar, mit Skeletten drin. Es ist ein Spukhaus, sage ich Ihnen. Wollen Sie sich dem Umzug dorthin nicht doch noch mal überlegen?«
»Auf keinen Fall! Geheimgänge sind toll!« Ihrer Meinung nach steigerte die Entdeckung eines solchen den Wert des Hauses ungeheuer. »Was, wenn das Bauernhaus eine Station der Underground Railroad war? Stellen Sie sich doch nur vor, wie geschichtsträchtig diese Mauern sind!«
»Geschichte hat mich noch nie interessiert«, erklärte Hunter gelangweilt. »Ich will nur von Ihnen wissen, was ich mit der Tür machen soll. Wollen Sie sie verputzt haben ...?«
»Nein!«
»Geheimgänge können gefährlich sein.«
»Sicher nicht gefährlicher als die Fahrt, mit der Sie mich erfreut haben.« Sie beäugte das Motorrad zweifelnd. Der Gedanke, sich Hunters Willkür erneut auszuliefern, reizte sie nicht übermäßig. »Wie wär's, wenn Sie den Rest der Strecke mich fahren ließen.«

»Hm.« Er griff nach seinem Helm.
»Wenn Sie fahren wie vorhin, wird mir wieder übel.«
Er reichte ihr den zweiten Helm. Sie hielt ihn unschlüssig in der Hand. »Hunter?«
»Es wird Ihnen nichts passieren.«
»Wie man's nimmt. Sich zu übergeben ist kein Vergnügen.«
»Ihre Beine wenden das morgen früh auch nicht sein.« Er setzte seinen Helm auf. »Sie sind auf dem Weg zum Bach durch Giftsumach gegangen.«
Sie starrte auf ihre Beine hinunter, die von den Knien abwärts nackt waren. »Sie machen Witze!«
»Nein.«
»Warum haben Sie mich nicht gewarnt?«
»Erstens hatten Sie es eilig, und zweitens dachte ich, Sie wüßten, wie Giftsumach aussieht.«
»Wie sollte ich?« fragte sie ärgerlich. »Ich habe mich bisher nie längere Zeit auf dem Land aufgehalten.« Sie schaute wieder auf ihre Beine hinunter. »Kann ich irgend etwas tun?«
»Ja, beten, daß Sie nicht allergisch auf das Zeug sind.«
»Na toll«, murmelte sie und sah zu, wie er auf das Motorrad stieg.
»Kommen Sie mit?« fragte er und drehte den Zündschlüssel um.
Sie schaute die Straße hinunter. »Wie stehen die Chancen, daß jemand vorbeikommt und mich mitnimmt?«
»Mau. Sehr mau.«
»Und wie lange brauche ich zu Fuß?«
»Es geht auf und ab wie auf der Achterbahn: ein paar Stunden, würde ich sagen.«
Chelsea konnte stur sein, sie konnte trotzig ein, rebellisch und impulsiv, aber sie war nicht dumm. Sie hatte schon vor langer Zeit gelernt, sich nicht ins eigene Fleisch zu schneiden. Wenn sie nicht den Großteil des Tages damit zubringen wollte, unbekannte Straßen entlangzumarschieren, dann täte sie gut daran, wieder auf Hunters Feuerstuhl zu steigen. Sie hob den Helm über ihren

Kopf, um ihn aufzusetzen, und sagte: »Okay. Ich fahre mit Ihnen. Aber wenn ich mich wieder übergeben muß, werde ich es nicht vorher ankündigen. Haben Sie das verstanden?«

Der Blick, mit dem Hunter sie bedachte, ehe er sein Visier herunterklappte, sagte ihr, daß er das hatte.

Wie sich herausstellte, gab es drei Geheimgänge in Chelseas Bauernhaus. Einer führte vom offenen Kamin in eine Schrankkammer im ersten Stock, der zweite war kaum mehr als ein kleiner, verborgener Vorratsraum hinter der Anrichte vor der Küche. Der dritte begann unter einer Falltür im Keller und führte als drei Meter langer Tunnel bis zu einer Wand aus Erde. Chelsea war sicher, daß die Geheimgänge früher einem Zweck gedient hatten. Sie fieberte regelrecht danach, ihn zu enträtseln, hatte aber keine Zeit, sich darüber zu informieren. Nachdem Hunter jetzt bei der Arbeit an Boulderbrook ein schärferes Tempo vorlegte, fügte sie ihrer Liste der Erledigungen noch den Kauf zumindest der notwendigsten Einrichtungsgegenstände hinzu. Wenn sie nicht in Concord oder Manchester beim Einkaufen war, hing sie – zunächst in ihrem Zimmer im Gasthaus und nach der Installierung der Anschlüsse in ihrem neuen Reich auf dem Dachboden der Quilters Guild – am Telefon. Ihre persönlichen Kunden in Baltimore bedurften der ständigen Versicherung, daß sie ihre Aufträge trotz ihrer Abwesenheit bearbeitete, und als Reaktion auf die Briefe, die sie hinausschickte, erhielt sie immer häufiger Anrufe potentieller Granitkäufer. Und damit nicht genug, war das Hunt-Omni tatsächlich zur Umwandlung in Eigentumswohnungen verkauft worden, was bedeutete, daß sie jede ihrer wenigen freien Minuten mit dem Zeichnen von Entwürfen zubrachte.

Ihre Idee, den Zeichentisch unter einem der Oberlichter aufzustellen, war im Prinzip gut gewesen, nur schaffte sie es irgendwie nie vor Sonnenuntergang auf den Dachboden. Aber das störte sie nicht. Sie schaltete sich ein kleines, auf klassische Musik eingestelltes Radio, an, richtete die an den Seiten des Tisches angeschraubten Halogenstrahler so aus, daß kein Schatten auf das Papier fiel, und machte sich an die Arbeit. Für ihr leibliches Wohl sorgten eine Thermoskanne mit Tee aus dem Gasthaus und eine Patchworkdecke, die sie beim Handarbeitsverein gekauft hatte. In Anbetracht der kalten Nächte von Norwich Notch machte sie von beidem häufig Gebrauch.

Am ersten Juli fuhr sie für einige Tage nach Baltimore, um ihr Pensum bei Harper, Kane und Koo aufzuholen.
Die Begegnung mit Carl bereitete ihr Unbehagen, und zum ersten Mal fragte sie sich, ob sie aus der Firma aussteigen sollte.
Cydra war entsetzt, als sie diese Überlegung ihr gegenüber bei ihrem gemeinsamen Morgenlauf erwähnte. »Das kannst du nicht tun! Du hast die Firma hochgebracht, sie ist dein Werk. Norwich Notch ist doch nur ein Intermezzo.«
»Das stimmt schon, aber wenn die Beziehung zu Carl bereits jetzt so verkrampft ist, wie soll das dann später werden?« Die Vorstellung, wie Carl am Tag ihren immer dicker werdenden Bauch ansah und am Abend Haileys, war haarsträubend. Die Situation war absurd.
»Wann wirst du es ihm sagen?« fragte Cydra.
»Ich weiß es nicht. Ich sage mir immer wieder, daß ich es tun muß, und dann frage ich mich, warum eigentlich.«
»Weil es sein Kind ist.«
»Aber er ist mit Hailey verheiratet. Es würde ihre Ehe schwer belasten, wenn sie erführen, von wem ich schwanger bin – und was hätte ich davon? Ich will nichts von ihm, ich kann das Kind allein aufziehen.« Sie griff hinunter und schlug sich im Laufen ans Bein.
»Und was ist mit deinem Vater?«
Dieses Problem machte ihr mehr zu schaffen als das andere. »Er ist über den Feiertag in Michigan.«
»Aber irgendwann wirst du es ihm sagen müssen.«

»Ich hatte eigentlich vor, das am Vierten zu tun.« Sie war noch immer enttäuscht über Kevins Absage. Der Vierte Juli war bisher ein Tag gewesen, den sie mit der Familie und Freunden verbrachte, und sie hätte das gerne beibehalten.
Unvermittelt packte sie Cydra am Arm und zwang sie, stehen zu bleiben. »Flieg mit mir zurück, Cydra! Der Vierte Juli dort wird dir gefallen, das garantiere ich dir. Flieg mit mir hin! Ich möchte, daß du den Ort kennenlernst.« Sie rieb sich mit der Oberseite ihres Schuhs die Rückseite ihrer Wade.
Cydra war hin und her gerissen. »Ich wünschte, ich könnte, aber ich habe versprochen, meinen Bruder zu besuchen. Es ist sein erster Sommer ohne Ginger, und die Kinder kommen über die Feiertage zu ihm.«
Chelsea hätte sich denken können, daß Cydra Pläne hatte, aber sie hatte sie wenigstens fragen wollen. Nicht, daß sie sich langweilen würde, wie Judd annahm. Sie hatte die Absicht, den Vierten Juli in Norwich Notch von Anfang bis Ende auszukosten. Es wäre nur netter gewesen, die Erlebnisse mit einer Freundin zu teilen.
Sie liefen wieder los. Nach ein paar Minuten fragte Cydra: »Gefällt es dir dort?«
»Kann ich noch nicht genau sagen, ich war bisher zu beschäftigt, um mir darüber klarwerden zu können. Ich hoffe, daß ich diese Woche ein wenig zum Durchatmen komme.«
»Haben die Leute dich freundlich aufgenommen?«
»Manche ja. Andere lehnen mich ab.«
»Stört dich das?«
»Natürlich stört mich das. Ich war zeitlebens daran gewöhnt, einen großen Freundeskreis zu haben. Das fehlt mir. Und ich vermisse das Joggen mit dir.« Sie hatte versucht, Donna dazu zu überreden, bisher jedoch ohne Erfolg. Sie sah Donna an, daß sie es eigentlich gerne getan hätte, aber irgend etwas hielt sie davon ab.
»Vielleicht solltest du zurückkommen«, meinte Cydra. »In dei-

nem Zustand solltest du unter Menschen sein, die du gut kennst. Wenn da oben etwas passiert und du Hilfe brauchst – würdest du sie bekommen?«
»Wenn ich 911 wähle. Wirklich, Cydra, Norwich Notch liegt nicht am Ende der Welt.« Sie kratzte sich die Wade.
Diesmal packte Cydra sie am Arm und zwang sie, stehenzubleiben. »Was sind denn das für rote Punkte?« fragte sie nach einem prüfenden Blick auf Chelseas Beine. »Bienenstiche?«
»Giftsumach, ich bin letzte Woche in welchen reingeraten. Das ist nur noch der Rest, du hättest mich am Anfang sehen sollen!«
»Ich wäre bestimmt zu Tode erschrocken.« Sie beugte sich hinunter, um den Ausschlag genauer zu betrachten, und richtete sich mit besorgter Miene wieder auf. »Das sieht nicht gut aus.«
Chelsea verdrehte die Augen.
»Du betrachtest das nicht als ein Zeichen?«
»Absolut nicht«, erklärte Chelsea entschieden und setzte sich wieder in Bewegung.
Cydra hatte sie schnell wieder eingeholt.
»Hast du schon etwas wegen des silbernen Schlüssel unternommen?«
»Noch nicht.«
»Worauf wartest du denn?«
Das konnte Chelsea ihr nicht beantworten. »Ich hole ihn jeden Tag hervor und schaue ihn an. Ich studiere die Gesichter der Menschen in der Stadt. Ich lese sogar die Inschriften auf den Grabsteinen, wenn ich an der Kirche vorbeigehe. Aber ich war bisher zu beschäftigt, um mich darum zu kümmern. Sobald die Lage sich etwas beruhigt hat, werde ich anfangen, herumzufragen.« Nach kurzem Überlegen setzte sie hinzu: »Allerdings weiß ich nicht, wieviel ich erfahren werde. Die Einwohner von Norwich Notch sind ein wortkarges Völkchen, besonders einer Fremden gegenüber. Vielleicht wird es besser, wenn ich erst mal in meinem Haus wohne.«

Chelsea zog am dritten Juli in Boulderbrook ein. Ihr Schlafzimmer und ihr Bad waren fertig. Sie hatte Wasser, sie hatte Strom, sie hatte sogar schon Telefon. Die Erleichterung darüber, endlich das Gasthaus verlassen zu haben, und die Freude darüber, in ihren eigenen vier Wänden zu wohnen, reduzierten die Tatsache, daß außerhalb ihres Schlafzimmers alles noch nach Baustelle aussah, zu Bedeutungslosigkeit. Das Bauernhaus war anders als alles, worin sie bisher gewohnt hatte. Es war irgendwie intimer, und es gehörte ihr allein. Auch wenn es noch unfertig war und nur eine Zwischenstation, sie liebte es.

Das Schlafzimmer war von der Wandfarbe über die Brücken auf dem Boden bis hin zu den Rollos in Rostbraun gehalten. Sie hatte ein großes Bett aus heller Eiche mit zeitgenössischem Kopf- und Fußteil gekauft und Bettwäsche und eine Patchwork-Daunendecke gefunden, bei denen der gleiche Rostton mit Purpur, Tannengrün und Beige kombiniert war. An der gegenüberliegenden Wand stand unter einem Spiegel eine breite, niedrige Kommode. Links und rechts vom Bett standen passende Nachttischchen und darauf Lampen mit zimtfarbenen Stoffschirmen. Unter einer davon stand, sanft beleuchtet, ein Uhrenradio und daneben das Telefon.

Als es zum ersten Mal läutete, lächelte sie zufrieden: Ein läutendes Telefon bedeutete, daß die Welt in Ordnung war. Im Einklang mit sich, mit dem Bauernhaus und mit Norwich Notch legte sie die Sachen aus der Hand, die sie gerade in die Kommode hatte räumen wollen, und ging hinüber, um den Hörer abzunehmen.

»Hallo?« Vielleicht rief Kevin von Mackinac Island aus an.

Da sie wußte, daß er ihn regelmäßig abhörte, hatte sie ihre Nummer auf seinem Anrufbeantworter hinterlassen. »Hallo?« Es war bestimmt Kevin, die Verbindung war schlecht. »Dad? Kannst du mich hören?« Als nach einer Minute immer noch kein Laut durch die Leitung kam, legte sie auf. Er würde sicher noch einmal anrufen, diesmal aber über eine Vermittlung.

Sie wartete. Als das Telefon nach einigen Minuten immer noch nicht geklingelt hatte, kehrte sie zur Kommode zurück. Sie packte einen Koffer aus und noch einen und danach mehrere Kartons, füllte die Schubladen, zwei Regalbretter im oberen Teil des begehbaren Schrankes und den Schrank selbst. Danach arrangierte sie ihre Lieblingsfotos auf der Kommode: eines von Kevin und Abby am Tage ihrer Hochzeit, eines von sich als Baby, eines von ihnen allen dreien bei ihrer High-Scool-Abschlußfeier, je eines von den drei Kanes und den drei Harpers und von sechs anderen engen Freunden, die sich in der Narragansett Bay lächelnd auf dem Deck eines Bootes zusammendrängten.

Sie betrachtete die Bilder gerade und ließ ihre Gedanken wandern, als das Telefon wieder läutete. Wie der Blitz war sie am Apparat. »Hallo?«

Wieder herrschte tiefe Stille.

»Hallo?«

Vielleicht war die Leitung nicht in Ordnung. Sie drückte auf die Gabel und wählte die Nummer des Gasthauses. Sie hatte lange genug dort gewohnt, um zu wissen, daß Sukie Blake an der Rezeption stehen würde und für jede Ablenkung dankbar wäre.

Chelsea gab ihr ihre Nummer und legte auf. Gleich darauf klingelte das Telefon. Sie nahm den Hörer ab und hörte laut und deutlich Sukies Stimme, was bedeutete, daß das Problem, falls tatsächlich Kevin der Anrufer gewesen war, an seinem Ende der Leitung lag.

Chelsea ging ins Bad und machte sich daran, die neuen Handtücher, die sie gekauft hatte – die eine Hälfte in Rostbraun, die andere in Beige –, auf den Haltern und Regalen zu arrangieren.

Als das Telefon klingelte, ließ sie sich mehr Zeit.

»Hallo?«

Stille.

Mit einem Anflug von Verärgerung, weil sie sich so sehr wünschte, jemandem von ihrem neuen Heim erzählen zu können, sagte sie ungeduldig: »Hallo?«

Als keine Antwort kam, knallte sie den Hörer auf.

Konnte es Carl gewesen sein, der sich nicht getraut hatte, etwas zu sagen, nur ihre Stimme hören wollte? Wenn nicht Carl, dann vielleicht Hunter, der versuchte, ihr Angst einzujagen? Das wäre verlorene Liebesmüh, sie glaubte nicht an Geister. Das Haus war friedlich und still.

Sie packte fertig aus, nahm ein ausgiebiges Bad in der übergroßen Wanne, die Hunter nun doch rechtzeitig hatte beschaffen können, und ging ins Bett. Als das Telefon wieder klingelte, war sie gerade am Einschlafen und achtete darum nicht weiter auf die Störgeräusche in der Leitung. Sie legte einfach auf, drehte sich um und schlief ein.

Erst am nächsten Morgen wurde ihr bewußt, daß die Störgeräusche in Wahrheit ein Gewirr ferner Kinderstimmen gewesen waren.

Elftes Kapitel

Judd verzichtete auf das Pfannkuchenfrühstück in der Kirche, um zu Hause mit seinem Vater frühstücken zu können. Leo Streeter registrierte vielleicht gar nicht, daß er da war, aber er wußte es, und darauf kam es an.

Es war nicht immer so gewesen. Als er damals aus Pittsburgh zurückkam, war sein einziges Bestreben gewesen, Leo Freude zu bereiten. Sich alles ins Gedächtnis rufend, was sein Vater mochte, hatte er frischen Orangensaft gepreßt, Steaks gegrillt, bis sie schwarz waren, die Hecke geometrisch exakt gestutzt und die Schlafzimmertür weit offen gelassen – all das in der Hoffnung, daß diese vertrauten Dinge Leos Realitätsbewußtsein stärken würden.

Aber es hatte nicht funktioniert. Im Laufe der Monate und dann Jahre war seine Welt auf immer seltener werdende lichte Momente zusammengeschrumpft. Es war zweifelhaft, ob er merkte, daß der Orangensaft frisch gepreßt oder daß es überhaupt Orangensaft war. Er hatte vergessen, daß er seine Steaks verbrannt liebte, daß er Wert auf eine geometrisch gestutzte Hecke legte und darauf, daß die Schlafzimmertür offen blieb – und oft vergaß er, daß er einen Sohn hatte, und betrachtete Judd ohne jedes Zeichen des Erkennens.

Diese Augenblicke waren die schlimmsten. Anfangs hatte Judd den Zustand seines Vaters nicht wahrhaben wollen, dann hatte er versucht etwas dagegen zu tun, und als das nichts fruchtete, einen unbändigen Zorn entwickelt, der sich schließlich in Abscheu wandelte – doch am meisten litt er, wenn er neben dem Stuhl seines Vaters in die Hocke ging und sich ihm wieder einmal vorstellen mußte.

Am Ende, nachdem er Leo auf der Suche nach einer Behandlungsmethode, die es noch nicht gab, von einem Arzt zum anderen geschleppt hatte, hatte er sich mit den Gegebenheiten abgefunden und, als Konsequenz daraus, das alte Haus entsprechend der Sicherheitsgesichtspunkte, die man für einen Sechzigjährigen mit dem Verstand eines Kindes berücksichtigen mußte, umgestaltet und dafür gesorgt, daß er von Frauen aus dem Ort betreut wurde, wenn er, Judd, verhindert war. Er hatte bequeme Verandamöbel gekauft, damit Leo dort sitzen konnte, im Garten Bänke aufgestellt und eine Satellitenschüssel installiert, damit sein Vater sich die Spiele der Red Sox ansehen konnte.

Leo war früher ein eingefleischter Red-Sox-Fan gewesen. Judd konnte nie an seine Kindheit zurückdenken, ohne sich an die Nachmittage zu erinnern, die er und Leo am Radio verbracht hatten. Irgendwann war das Radio durch einen Fernsehapparat ersetzt worden. Jetzt, da der Sportkanal jedes Spiel übertrug, war Judd überzeugt gewesen, daß sein Vater nicht mehr vom Bildschirm wegzukriegen sein würde, doch Leo saß desinteressiert davor und schlief entweder ein oder stand mitten im Spiel auf, um zur Haustür zu gehen, weil er glaubte, es habe geklingelt. Er kannte die Spieler nicht, kannte das Team nicht, kannte nicht einmal mehr das Spiel. Manchmal, wenn Judd einen lautstarken Kommentar zu einer Situation abgab, schrak Leo zusammen, und obwohl er es jedesmal bejahte, wenn Judd ihn fragte, ob ihm das Spiel gefallen habe, war Judd dessen nie sicher. Das Ereignis war vergessen, sobald das Bild erlosch.

Aber wenn das nächste Spiel gesendet wurde, schaltete Judd wieder ein. Es war eine Art Ritual, erkannte Judd, ein Ritual, das ihm selbst viel mehr bedeutete als Leo. Noch lange, nachdem er begriffen hatte, daß es verlorene Liebesmüh war, preßte er nach wie vor Orangen aus, stutzte die Hecke geometrisch exakt und grillte die Steaks, bis sie schwarz waren – weil es ihm ein Bedürfnis war, ein Liebesbeweis für den Mann, der so schwer gearbeitet hatte, weil sein Sohn es zu etwas bringen sollte.

Hatte Judd es zu etwas gebracht? Das fragte er sich, als er mit Buck an seiner Seite die Straße in Richtung Marktplatz hinunterwanderte.

Hatte er es zu etwas gebracht? Es sah so aus. Trug er nicht ein neues Polohemd und neue Shorts? Trug er nicht neue Turnschuhe? Wenn man die Kleidung eines Mannes als Maßstab zugrunde legte, dann hatte er es durchaus zu etwas gebracht.

In Norwich Notch als Sohn eines Bruchsteinmaurers aufwachsend, hatte er zwei Sorten von Kleidung gekannt: Die eine für die Arbeit war robust, praktisch und kaum jemals sauber, die andere für den sonntäglichen Kirchgang war robust, praktisch und immer sauber. Wenn der Sonntagsstaat Anzeichen zeigte, ihm zu knapp zu werden, wurde er zur Arbeitskleidung degradiert, was bedeutete, daß stets irgend etwas nicht richtig paßte, und so hatte Judd es rein aus Gründen der Bequemlichkeit begrüßt, als er endlich zu wachsen aufhörte.

Allerdings hatte seine Größe ihm die Chance verschafft, Basketball zu spielen, was ihm wiederum das Tor zum College öffnete. Mit einem Stipendium fürs Schulgeld und den mageren Ersparnissen seines Vaters zur Finanzierung der übrigen anfallenden Kosten, hatte Judd sich am Penn State eingeschrieben, wo er sehr schnell feststellte, wie schlecht ausgerüstet er in vielerlei Hinsicht war – nicht zuletzt, was seine Kleidung betraf. Also nahm er einen Job als Schnellkoch in einem örtlichen Imbißrestaurant an, um sich Geld dazu zu verdienen, wovon er sich für gesellschaftliche Ereignisse eine Blazer-Hosen-Kombination leistete, für den Winter einen warmen Mantel und für die Vorlesungen Pikeehemden und Jeans.

Als er in Pittsburgh zu arbeiten begann, kamen weitere Blazer und Hosen dazu, teurere Hemden und Krawatten, und nach ein paar Jahren dort kaufte er sich sogar einen Smoking.

Jetzt döste der Smoking gemeinsam mit den Blazern, Hosen und Krawatten im Schrank vor sich hin – Norwich Notch war kein Ort, der einem Mann häufig Gelegenheit bot, diese Kleidung zu tragen.

Also, hatte er es im Leben zu etwas gebracht oder nicht? Er grübelte immer noch darüber nach, als der Marktplatz in Sicht kam, der genau so aussah wie an jedem Vierten Juli seiner Kindheit: An den Zaunpfosten waren die gleichen Bündel aus roten, blauen und weißen Luftballons festgebunden, die Bühne für die Musik war mit den gleichen Girlanden dekoriert, und an den eigens dafür aufgestellten Fahnenmasten flatterten im Abstand von etwa zwölf Metern um die Grünfläche herum die amerikanischen Flaggen. Auf dem Rasen herrschte der gleiche Trubel, gesellten sich Angestellte zu Angestellten, Kaufleute zu Kaufleuten und Steinhauer zu Steinhauern. Timothy McKeague spielte in vollem, schottischem Ornat den Yankee-Doodle-Dandy. Manche Dinge änderten sich nie.

Hatte Judd sich geändert? Er lebte in der gleichen Stadt, in der er als Kind gelebt hatte, und er arbeitete noch immer für die gleiche Firma. Zugegeben – er hatte Verbesserungen am Haus vorgenommen, bei Plum Granite war er zur rechten Hand des Chefs aufgestiegen, und seine Begabung für den Umgang mit Computern brachte zusätzliches Geld auf sein Konto, aber dieses Konto hatte er wie vor Jahren bei Jamieson, verdammt noch mal. Es gab Augenblicke, in denen er fürchtete, daß es bis zum Tage seines Todes dabei bleiben würde.

Er hatte ein besseres Leben führen wollen als Leo. Er hatte ein anderes Leben führen wollen. Und doch war er heute, wie jeder andere Bewohner der Stadt, für den Vierten Juli feingemacht und wartete auf den Beginn des Festumzuges.

Aus alter Gewohnheit lenkte er seine Schritte in die Richtung der Bäckerei: Sein Vater und er hatten sich den Umzug immer im Schatten der Birken auf dem Bürgersteig davor angesehen wie die Stebbens, die Hewitts, die Ridgethorns und die Fricks. Ebenso gab es Familien, die sich alle Jahre wieder vor dem Postamt oder der Historical Society oder der Bank postierten. Die Tradition hatte selbst so harmlose Dinge unerbittlich im Griff.

Die Farrs, die Jamiesons und die Plums, deren Häuser an der Grundlinie der Grünfläche in einer Reihe standen, verfolgten das Geschehen von ihren beschatteten Vorgärten aus. Diejenigen, die nicht an dem Umzug teilnahmen, hatten sich bereits eingefunden – Frauen der älteren Generation, eine gemischte Gruppe in Judds Alter und eine Horde Kinder, die dazwischen herumwuselten. Die ehelichen Verbindungen zwischen den drei Familien hatten die Grenzen zwischen ihnen verwischt, was sich in der willkürlichen Art und Weise widerspiegelte, in der sie sich versammelten. Da standen Farr-Geschwister mit angeheirateten Plums zusammen, die wiederum mit Jamieson-Nichten, -Neffen und -Cousins zusammengluckten.

Nur zwei waren durchwegs unverändert zusammen: Mutter und Tochter – Margaret Plum und Donna Farr.

Margarets Oliver nahm am Umzug teil, wogegen Donnas Matthew auf der anderen Seite des Grüppchens neben seinem Bruder und seiner Schwägerin stand.

Judd mochte Matthew nicht. Er kannte Donna seit der Grundschule und erinnerte sich noch, wie sie ihr Gehör verloren hatte. Allein wegen ihrer Taubheit hätte er ihr einen liebevolleren Partner gewünscht. Es verblüffte ihn, daß Oliver so blind hatte sein können, die Verbindung der beiden zu fördern – aber eigentlich war es gar nicht erstaunlich, denn Oliver hatte niemals viel Einfühlungsvermögen an den Tag gelegt, wenn es um seine Töchter ging. Er hatte sich Söhne gewünscht, und nachdem ihm die versagt geblieben waren, hatte er aus der Not eine Tugend gemacht und sich darauf konzentriert, seine Töchter mit einem Jamieson oder einem Farr zu verheiraten. Namen bedeuteten ihm ebensoviel wie Tradition.

In dem plötzlichen Bedürfnis, beidem eine lange Nase zu machen, nickte Judd seinen Freunden, die vor der Bäckerei unter den Birken standen, zu – Buck, der Diplomat, begrüßte jeden mit einem freundlichen Schnüffeln – und ging weiter, überquerte die Grünfläche, stieg die Stufen zur Bücherei hinauf und lehnte sich an den oberen Geländerpfosten. Die Aussicht war von hier oben besser, fand er. Der Ausbruch aus dem Gewohnten war für ihn notwendig.

Der Umzug begann, begleitet von Trompeten und Trommeln, mit dem traditionellen Aufmarsch der regionalen High-School-Band, der – ebenfalls traditionsgemäß – die drei Gemeinderäte von Norwich Notch folgten, die auf der Lehne des Rücksitzes von Emery Farrs Neunzehnhunderteinundsechziger Oldsmobile-Cabrio thronten.

Die Gemeinderäte winkten huldvoll, die Notcher jubelten ihnen zu und winkten zurück.

Judd musterte die Leute von seiner neuen Warte aus aufmerksam. Viele von ihnen kannte er schon sein ganzes Leben lang. Einige hatte die Zeit – sowohl körperlich als auch wirtschaftlich – schlechter behandelt als andere, aber niemand sah wirklich ärmlich aus. Als Gesamtbild wirkten sie blankgewienert und frisch, doch das würde sich im Laufe des Tages ändern. Es war erst neun Uhr. Um die Mittagszeit, wenn die Sonne ihren Höchststand erreichte und gnadenlos herunterbrannte, würden Hemden über Hosen hängen, Schuhe in irgendwelchen Ecken liegen, Senfflecken die Sonntagskleider verunzieren, Schnurrbärte verklebt und Nasen sommersprossig sein.

Das alles hatte einen gewissen Charme, dachte er, und etwas Gesundes. Es war folgerichtig und normal.

Aber es lag auch eine Einengung darin, die von Zeit zu Zeit den Wunsch in ihm weckte, den Kopf in den Nacken zu legen und seine Frustration hinauszuschreien. »Gutes widerfährt nur Menschen, die warten können«, hatte Leo immer gesagt, doch Judd glaubte nicht so recht daran. Sein Leben stagnierte, er wünschte sich, daß es wieder in Bewegung käme. Die Vorstellung, daß er heute in zwanzig Jahren auf dem gleichen Platz stehen und den gleichen Festumzug betrachten und sich fragen würde, ob das Leben wirklich nicht mehr zu bieten hatte, war ein Schreckgespenst.

Wobei nicht alles in Norwich Notch stagnierte. Seit dem letzten Vierten Juli waren aus Säuglingen Kleinkinder geworden und aus kleinen Kindern große. Einige dieser großen Kinder gehörten der Starmannschaft der Little League an, die gerade mit strahlenden Gesichtern, großen Bubblegum-Klumpen im Mund und Triumph im Blick vorbeimarschierte.

Judd hatte in ihrem Alter den gleichen Ausdruck in den Augen gehabt. Er hatte in einem Gewinnerteam der Little League gespielt, hatte sogar den Lauf geschafft, der ihnen im letzten Spiel des Jahres den Saisonsieg bescherte. Leo war vor Begeisterung fast ausgeflippt. Damals noch vital und kräftig, hatte er Judd auf seine Schultern gehoben und ihn, begleitet von johlenden Mannschaftskameraden, um das ganze Spielfeld herumgetragen.

Waren das schöne Zeiten gewesen, als ein Homerun das höchste Glück bedeutete. Er wünschte, die Dinge wären heute auch noch so einfach.

Er stieß einen schrillen Pfiff aus, um Buck zu sich zu rufen, der zwischen den geschmückten Fahrrädern und Puppenwagen hin und her schoß, die jetzt, als Teil des Umzugs, auf dem Weg zur Schule, wo die Prämierung stattfinden würde, vorbeigeschoben wurden. Einige waren so kunstvoll dekoriert, daß es eindeutig die Hand der Eltern verriet, doch Judd nahm das nicht übel. Wettbewerbe waren eine große Sache in Kleinstädten wie Norwich Notch, wo es nicht viel Abwechslung gab. Bei einigen Müttern wurde das Jahr von einem Halloween-Kostüm zum nächsten bestimmt.

Nicht, daß er damit persönliche Erfahrungen gehabt hätte. Seine Mutter war weggegangen, als er vier Jahre alt war, und von da an hatte Leo ihn für die wenigen Halloweens ausstaffiert, die er mitgefeiert hatte. Leo hatte zwar das Herz auf dem rechten Fleck gehabt, aber seine Kostümeinfälle waren langweilig. Mit acht Jahren hatte Judd dann eine andere Möglichkeit gefunden, sich den Halloween-Abend zu vertreiben.

Buck gesellte sich gerade rechtzeitig zu ihm, um die Bewerberinnen der Schönheitskonkurrenz bewundern zu können, die sich, hübscher denn je, auf einem Feuerwehrauto drapiert hatten. Sie erschienen Judd auch jünger denn je, doch er nahm an, daß das eine Täuschung war, die in seinem Alter begründet lag.
Gewinnen würde die Tochter von Jamieson junior. Es gewann immer eine Jamieson. Die Familie brach in Hurrarufe aus, als der Löschwagen vorbeischnurrte.
Und dann entdeckte Judd plötzlich einen Farbfleck am unteren Ende der gegenüberliegenden Seite des Wiesendreiecks. Chelsea Kane lehnte in flammendem Rot am Verandageländer des Gasthauses. Sie hielt einen Strohhut in den Händen, der aussah wie die, die es bei Farr's zu kaufen gab. In Verbindung mit ihrer Erscheinung und ihrem Kleid wirkte er ausgesprochen modisch.
Judd wunderte sich, daß sie die Vorgänge nicht gemeinsam mit den Farrs, Jamiesons und Plums verfolgte – schließlich gehörte sie jetzt zur Creme der Stadt.
Doch sie war allein.
Er fragte sich, was sie wohl von dem Umzug hielt. Janine hätte ihn als albern abgeurteilt. Sie wäre nicht lange geblieben. Aber Chelsea sah nicht aus, als sei sie auf dem Sprung. Sie hatte den Arm um einen Stützpfeiler gelegt, als sei er ihr bester Freund. Vielleicht war er es. Sie hatte erzählt, daß sie kürzlich schmerzliche Verluste erlitten habe. Um wen es sich dabei gehandelt hatte, war seiner Spekulation überlassen. Er versuchte ihren Gesichtsausdruck zu erkennen, doch sie war zu weit entfernt. Er konnte von hier aus nur beurteilen, daß sie eine aufsehenerregende Frau war. Janine war das ebenfalls gewesen, aber sie hatte auch einiges dafür getan. Chelsea war es von Natur aus, und das machte sie um so reizvoller.
Arme Sara. Sie hatte vor ein paar Tagen abends angerufen und ihn gefragt, warum er sich gar nicht mehr sehen lasse. Er hatte Überstunden vorgeschützt, aber in Wahrheit war sein Interesse

an der süßen Sara seit seiner ersten Begegnung mit Chelsea Kane erloschen.
Chelsea Kane törnte ihn an. Wie oft er sich auch sagte, daß sie nicht gut für ihn wäre, sobald er sich vorstellte, sie zu berühren, begann sein Blut zu kochen. Es wäre nicht so schlimm gewesen, wenn sie sich nicht für ihn interessiert hätte, aber sie empfand ebenso wie er. Das las er in ihren Augen, hörte es in ihrer Stimme und erkannte es an ihrer Atemlosigkeit, wenn sie einander nahe kamen. Es bestand ganz unzweifelhaft eine starke körperliche Anziehungskraft zwischen ihnen.
Sie hatte den Kopf ein wenig gedreht und schaute nun von ihrem Platz auf der Veranda in seine Richtung. Sein Herz begann zu hämmern. O ja, sie sah ihn, und sie wendete den Blick genausowenig ab wie er. Mochten die Norwich-Notch-Square-Dancers auf der Ladefläche des Lastwagens noch so fröhlich um die Grünfläche herumtanzen und die Mädchen- und Jungengruppen der Pfadfinder noch so erbittert um die vorderen Plätze rangeln oder Farmer Galante, der eine verängstigte Schaffamilie vor sich her trieb, einen noch so lächerlichen Anblick bieten – Chelsea war viel interessanter für ihn.
Ihr Geld gestattete ihm, endlich etwas aus Plum Granite zu machen, doch er fürchtete, daß sie trotzdem sein Tod wäre.

Donna reichte das nächste Mittagessen über den Verkaufstisch, gab auf den nächsten Fünfdollarschein das Wechselgeld heraus und wünschte, sie hätte niemals angeboten, Margaret zu helfen. Das wünschte sie jedes Jahr, und jedes Jahr stand sie wieder hier. Der Vierte Juli wäre nicht der Vierte Juli ohne den Mittagessenverkauf in der Schule, und Margaret, die ihn Jahr für Jahr organisierte, brauchte ihre Hilfe.
Über die Kulisse konnte sie sich nicht beklagen. Früher hatte der Essenverkauf auf dem Parkplatz stattgefunden, und das nicht selten unter einer sengenden Sonne. Dann hatte das Norwich Notch Beautification Committee sich aufgerafft, die schattige

Wiese hinter dem Schulhaus in Ordnung zu bringen. Kranke Bäume waren entfernt, die gesunden beschnitten, Wildblumenbeete an den Rand verlegt worden, um mehr freien Platz zu schaffen. Jetzt gab es dort ein kleines Spielfeld mit Tribünen für die Horden von Eltern, die zum Zuschauen kamen, und einen Abenteuerspielplatz mit hölzernen Türmen, Tunneln, Brücken und einem Dutzend anderer Möglichkeiten zum Klettern und Hindurchkriechen. Selbst jetzt tobten Kinder darauf herum.

Donna begrüßte ein paar Freundinnen mit einem Lächeln, gab ihnen ihre Pappschachteln, nahm das Geld dafür entgegen. Margaret und drei Frauen neben ihr taten das gleiche. Alle waren mit Margaret befreundet und wie sie Mitglieder der Norwich Notch Historical Society, die eine weitere Passion von Donnas Mutter war. Die Historical Society, die Quilters Guild, die Kirche – sie fragte sich oft, woher Margaret die Zeit und die Energie für all das nahm. Früher hatte sie nur zu Hause gesessen und vor sich hin gegrübelt. Je älter sie wurde, um so aktiver wurde sie.

Natürlich arbeitete sie nicht wie Donna, und sie hatte auch keine Kinder mehr zu versorgen. Donna vermutete, daß sie sich unter anderem auch auf so vielen Gebieten engagierte, weil es ihr die Möglichkeit gab, Oliver zu entfliehen. Er wurde älter und langsamer, übertrug mehr und mehr der täglichen Routine bei Plum Granite auf Judd. Und jetzt, wenn Chelsea auch noch mitarbeitete, gäbe es für Oliver noch weniger zu tun.

Je mehr Zeit er zu Hause verbrachte, desto mehr war Margaret unterwegs.

Es war traurig, dachte Donna – trotz des Ansehens, das er in der Stadt genoß, und der Macht, die er besaß, war er ein einsamer, alter Mann.

Aber sie konnte es Margaret nicht verübeln. Oliver mochte sie rücksichtsvoll behandeln, ja sogar mit Glacéhandschuhen anfassen, aber jahrelang hatte sie unter seiner scharfen Zunge zu leiden gehabt. Margaret hatte genügend Zorn für mehrere Leben in sich.

Donna fragte sich, ob sie wohl auch so enden würde. Sie und Matthew hatten so wenig gemeinsam. Wenn es einmal Liebe zwischen ihnen gegeben hatte, so war sie längst erloschen. Aber es hatte noch nie eine Scheidung bei den Gründerfamilien gegeben – und dann war ja auch noch Joshie da.

Genau an diesem Punkt ihrer Überlegungen sah sie ihn auf sich zukommen. Er hatte zwei Freunde im Schlepptau und Amy Summers. Ihr Vater, Neil, war der Arzt am Ort, und er war geschieden, woraus folgte, daß Amy den größeren Teil ihrer Winter bei ihrer Mutter in Washington verbrachte, was ihr eine Weltoffenheit verlieh, die den Kindern von Norwich Notch fehlte. Das beunruhigte Donna einerseits – Joshie war ihr kleiner Junge, sie wollte nicht, daß er erwachsen würde –, aber andererseits wünschte sie ihm, mehr von der Welt kennenzulernen, als es ihr möglich gewesen war, und Amy war ein guter Anfang. Nach seinen hochroten Wangen und seinem etwas unsicheren Gang zu urteilen, war auch Joshie dieser Meinung.

»Hey, Mum«, begrüßte er sie in Zeichensprache. »Können wir was zu essen kriegen?«

Sie streckte ihm die offene Hand hin und lächelte wissend: Joshie hatte Geld – sie hatte es ihm am Morgen zugesteckt. Die Regel besagte, daß er sich sein Budget einteilen mußte, um über den Tag zu kommen, und angesichts dessen, daß die Hälfte der Einnahmen für jedes Essen auf die Finanzierung einer Reihe von Sommerkonzerten auf dem Marktplatz verwendet wurde, hatte sie vor, hart zu bleiben.

Er protestierte um seiner Freunde willen, aber innerhalb einer Minute hatten alle vier das nötige Kleingeld herübergereicht, und Donna verspürte keinerlei Gewissensbisse, denn die Kinder stammten aus wohlhabenden Familien. Einige der anderen Kinder, die sich Essen kauften, waren vom Schicksal nicht so begünstigt, und in mehr als einem dieser Fälle hatte sie zu viel Wechselgeld herausgegeben, die zusammengefalteten Scheine dem Kind in die Tasche gesteckt, ohne daß es jemand mitbekam.

Sie war der Ansicht, das tun zu dürfen – es war ein Vergehen, für das Nolan sie niemals tadeln würde. Sie warf einen verstohlenen Blick zu ihm hinüber. Er lehnte seit einer halben Stunde – wie immer im Dienst – ein paar Meter entfernt an der Mülltonne und sah unverschämt gut aus, dachte sie. Nur schade, daß er nicht auch Shorts trug wie die meisten der anderen Männer, denn er hatte schöne Beine.

Als er ihr zublinzelte, errötete sie und richtete ihre Aufmerksamkeit gerade rechtzeitig wieder auf ihre Arbeit, als eine Familie von Nachzüglern an den Tisch trat. Sie bediente sie und suchte dann erneut Nolans Blick. Er hatte sich nicht bewegt, und obwohl er immer wieder ein prüfendes Auge über die Wiese wandern ließ, damit ihm niemand vorwerfen könnte, seine Pflicht zu vernachlässigen, galt sein Hauptinteresse ihr. Sie hatte nichts dagegen. Matthew war nirgends zu sehen, und es war schön, zu wissen, daß sich jemand um sie kümmerte.

Sie bedeutete ihm, herüberzukommen, und steckte ihm dann eine der wenigen noch übrigen Schachteln hin, aber er schüttelte den Kopf.

»Später«, sagte er und fügte leise hinzu: »Sie sehen hübsch aus.«

»Danke«, antwortete sie lautlos.

»Die Frisur gefällt mir.«

Sie hatte die Haare hinter dem einen Ohr zusammengenommen, wie sie es bei Chelsea gesehen hatte, als sie zum ersten Mal in den Laden gekommen war. Matthew hatte einen Blick darauf geworfen, als er am Morgen durch die Küche stolziert war, und hatte ihr befohlen, sie wie immer auf dem Kopf zusammenzudrehen, weil sie sonst ins Schwitzen käme und sie sich kräuseln würden. Sie war tatsächlich nach oben gegangen und hatte die Bürste in die Hand genommen, doch als sie sich im Spiegel sah, ließ sie sie – ob aus Freude über den Anblick oder aus Verärgerung über Matthew, wußte sie nicht genau – wieder sinken, und jetzt war sie froh darüber. Nolans Kompliment machte jede Kräusellocke und jeden Schweißtropfen wett.

An Donna vorbeischauend, nickte er Margaret zu. »Sie und die anderen Damen haben gute Arbeit geleistet, Mistress Plum. Sieht aus, als wären fast alle abgefüttert. Meinen Sie, Sie können Donna für einen Moment entbehren? Ich brauche mal kurz ihre Hilfe.«

Donna schaute ihn neugierig an.

Er umfaßte leicht ihren Ellbogen und machte Anstalten, sie wegzuführen, blieb jedoch gleich wieder stehen, zog Geld aus der Tasche und kaufte ein Mittagessen. Dann ging er mit Donna über die Wiese zum anderen Ende des Spielplatzes. Dort saß, allein unter einem Baum, wo sie sie nicht hatte sehen können, Chelsea Kane. Im Gegensatz zu ihrem roten Kleid, das Fröhlichkeit vermittelte und Donna ungemein gefiel, war der Ausdruck, mit dem sie die Kinder beobachtete, nachdenklich, ja sogar traurig.

Als sie zu ihr traten, blickte sie erschrocken auf, als sei sie in Gedanken meilenweit weggewesen, doch dann lächelte sie sofort.

Nolan stellte sein Mitbringsel vor sie auf den Boden. »Sie haben noch nichts gegessen«, schalt er sie und setzte mit einer Kopfbewegung in Donnas Richtung hinzu: »Und sie ist noch nicht dazu gekommen. Ich hätte zwei Essen genommen, aber dann hätten die Leute gedacht, sie seien für Donna und mich – und wenn Gerüchte erst mal aufgekommen sind, dann kann man sie nur sehr schwer ausräumen.« Mit einem liebevollen Blick sagte er zu Donna: »Sie haben sich eine Pause verdient, essen Sie jetzt bitte?«

Donna wußte nicht, ob sie enttäuscht sein sollte, weil er nicht selbst mit ihr aß, oder dankbar, weil er sie zu Chelsea gebracht hatte, aber es wurde ihr wieder einmal bewußt, daß er etwas Besonderes war.

Anstatt seine Frage zu beantworten, stellten ihre Augen Chelsea eine, die daraufhin sofort ihren neben sich liegenden Strohhut wegnahm und sagte: »Natürlich. Ich teile gerne mit Ihnen.« Und sie schien es ernst zu meinen.

Donnas Finger schickten ein »Danke!« an Nolans Adresse.
»Keine Ursache«, erwiderte er auf die gleiche Weise und wandte sich dann wieder an Chelsea. »Ich gehe – dann können Sie beide sich ein bißchen unterhalten.« Mit einem angedeuteten, militärischen Abschiedsgruß für sie und einer kurz auf Donnas Rükken gelegten Hand, entfernte er sich.
»Was für ein netter Mann«, sagte Chelsea und klopfte auffordernd neben sich auf den Boden. Sie wartete, bis Donna sich mit ihr zugewandtem Gesicht niedergelassen hatte, und sagte dann: »Diese Frisur steht Ihnen wunderbar. Sie sollten die Haare immer so tragen – es macht Sie sehr jung.«
»Danke«, erwiderten Donnas Finger.
»Keine Ursache«, antwortete Chelsea auf die gleiche Art und war sichtlich stolz darauf. »Geben Sie es zu, ich lerne schnell.«
»Ich gebe es zu«, gaben Donnas Finger so langsam zurück, damit Chelsea sich die entsprechenden Zeichen einprägen konnte. Jedesmal, wenn sie sich miteinander unterhielten, bat Chelsea sie, ihr neue Zeichen beizubringen. Natürlich waren ihre Kenntnisse noch sehr lückenhaft und ihre Fingerbewegungen mangels Training langsam und ungelenk, aber Donna war allein schon darüber glücklich, daß sie es versuchte.
Sie schrieb das Zeichen für Mittagessen in die Luft und deutete auf die Schachtel. Nachdem sie sie geöffnet hatte, wickelte sie das Sandwich aus und gab eine Hälfte Chelsea. »Geflügelsalat«, signalisierte sie, und dann: »Okay?«
»Okay«, gab Chelsea in der gleichen Form zurück, biß jedoch nur ein winziges Stückchen ab.
Donna musterte sie besorgt. »Als wir eben auf Sie zugingen, sahen Sie so traurig aus«, konstatierten ihre Finger. »Stimmt etwas nicht?«
»Jetzt bin ich nicht mitgekommen«, gestand Chelsea lächelnd. »Sagen Sie es laut.«
Die Aufforderung löste die vertraute Abwehrhaltung in Donna aus, und sie schnitt eine Grimasse und deutete auf ihr Ohr.

»Es klingt überhaupt nicht fürchterlich«, widersprach Chelsea entschieden. »Und ich verstehe jedes Wort.«
Donna senkte den Kopf und legte die Hände an die Wangen.
»Es braucht Ihnen nicht peinlich zu sein!« erwiderte Chelsea. »Nicht bei mir. Kommen Sie schon, Donna, sagen Sie mir, was Sie gedacht haben.«
Donna gab nach, weil sie gerne glauben wollte, was Chelsea sagte, und weil sie sich Sorgen um sie machte.
»Ich fand, daß Sie vorhin traurig wirkten, und ich fragte mich, warum.«
Chelsea schaute verlegen zu Boden. Nach einer Minute sagte sie: »Ich fühlte mich nur ein bißchen einsam. Das ist oft so, wenn viele Leute um mich herum sind.« Sie lehnte den Kopf an den Stamm des Baumes. »Und wenn ich nicht arbeite. Meine Strafe für Untätigkeit ist Selbstmitleid.« Sie deutete auf eine Gruppe von Menschen, die in einiger Entfernung beieinanderstanden. »Ich würde am liebsten zu einer großen Familie wie der da drüben gehören.«
Donna schüttelte den Kopf. »Nein, das würde Ihnen nicht gefallen: Stokey French hat drei Frauen.«
Chelsea lachte. »Er kann nicht drei Frauen haben. Sie meinen sicher Geliebte.«
»Aber sie leben alle unter einem Dach.« Donna war wieder zur Zeichensprache zurückgekehrt.
»Tatsächlich? Und wie viele Kinder sind da?«
Donna hielt neun Finger hoch.
»Wow! Ein potenter Bursche. Und Sie sagen, alle drei Frauen wohnen bei ihm? Ist das so was wie eine Kommune?«
»Eher eine Lasterhöhle«, gab Donna zurück, und Chelsea lachte wieder, während sie die Gruppe mit neuen Augen betrachtete.
»Er ist ganz schön eingebildet. Ich habe ihn im Steinbruch kennengelernt. Wenn ich es mir recht überlege, hat er mich dabei angemacht, aber damals habe ich das nicht so gewertet. Er ist also ein Frauenheld, ja?«
Donna verdrehte die Augen.

»Wie kann er es sich in einer so konservativen Stadt wie Norwich Notch erlauben, mit drei Frauen zusammenzuleben?«
»Er wohnt drüben in Corner, dort gelten andere Regeln.«
»Sie meinen vom Niveau her, ja?« fragte Chelsea, schaute plötzlich auf und sagte: »Hallo, Margaret.«
Donna war nicht überrascht, ihre Mutter zu sehen, manchmal kam sie ihr vor wie ihr Schatten. Jetzt brachte sie zwei Essen mit, und Donna fragte sich für einen Sekundenbruchteil, ob sie vielleicht vorgehabt hatte, als Anstandsdame für ihre Tochter und Nolan zu fungieren. Aber nein, sie schien nicht verwundert, Chelsea vorzufinden.
»Darf ich mich zu Ihnen gesellen?« fragte sie.
»Natürlich.« Chelsea setzte sich unwillkürlich aufrechter hin. »Wir haben uns gerade über Stokey French unterhalten.«
Wäre es nach Donna gegangen – sie hätte dieses Thema in Gegenwart ihrer Mutter niemals angeschnitten. Margaret hatte gegen manche Dinge eine sehr ausgeprägte Abneigung, und obwohl sie keine Frau war, die viele Worte machte, konnte sie sehr deutlich werden.
»Ein abscheulicher Mensch«, sagte sie und ließ sich auf dem Boden nieder, stellte eine der mitgebrachten Schachteln neben die andere und öffnete eine. »Es ist unanständig, wie er lebt, wie sie alle dort miteinander leben.« Sie wickelte ihr Sandwich aus, hob die obere Weißbrotscheibe an und musterte die Füllung. »Früher herrschten da nicht solche Zustände.«
»Nein? Wie war es denn früher?« wollte Chelsea wissen.
»Sicherer. Sie waren fügsam. Hielten sich im Steinbruch und auch zu Hause an unsere Regeln. Ein Mann lebte mit der Frau zusammen, die seine Kinder bekam. Wenn sie von einem anderen ein Kind bekam, wurde sie bestraft.«
»Bestraft?« fragte Chelsea stirnrunzelnd.
Margaret legte die obere Weißbrotscheibe wieder an ihren Platz, drehte das Sandwich herum und entfernte die untere. »Ausgestoßen.«

»Vertrieben?«
»Geächtet.«
»Das ist ja schrecklich«, entsetzte Chelsea sich, und Donna hielt den Atem an, aber Margaret blieb ruhig.
»Ich würde es eher als human bezeichnen.« Sie legte die untere Weißbrotscheibe an ihren Platz zurück. »Anstatt sie mittellos davonzujagen, erlaubte man ihr zu bleiben.«
»Aber ihr Leben muß eine Qual gewesen sein.«
»Sicherlich. Sie diente als warnendes Beispiel.«
Zutiefst bestürzt wandte Chelsea sich an Donna: »Ist das tatsächlich praktiziert worden?«
Donna zögerte einen Moment und nickte dann.
»Erinnern Sie sich noch daran?«
Donna überlegte gerade verzweifelt, wie sie das Thema wechseln könnte, als Margaret sagte: »Donna war noch ein Kind, als es das letzte Mal passierte. Die Frau war mit einem unserer Männer verheiratet. Er verließ sie, und zwölf Monate später bekam sie einen unehelichen Sohn. Sie kennen ihn: Hunter Love.«
Donnas Magen krampfte sich zusammen.
»Hunter Love?« echote Chelsea entgeistert. »Das ist ja unfaßbar!«
»Sie war eine Schlampe«, erklärte Margaret.
»Seine Mutter?«
»Und sie verlor den Verstand. Hielt die Einsamkeit nicht aus.«
»Schon vor seiner Geburt?«
»Sie hatte etwas getan, das sie nicht hätte tun dürfen, und sie bezahlte die Rechnung dafür. Und eines Tages brachte der Junge sie um.«
Donna war zum Sterben elend.
»Er brachte sie um? Hunter?«
»Er erschlug sie.«
Donna biß sich auf die Zunge, um nicht aufzuschreien.
»Wie alt war er zu der Zeit?« fragte Chelsea erschüttert.
»Fünf. Bis dahin hatte sie ihn in ihrer Hütte versteckt gehalten.

Er tötete sie, um fliehen zu können, schlug ihr ein Holzstück über den Kopf und lief davon. Man fand ihn auf der Straße, die in die Stadt führte. Er weigerte sich zu sprechen.«
Er war erst fünf! hätte Donna gerne gerufen. Fast noch ein Baby! Er war sein ganzes Leben lang eingesperrt gewesen, psychisch gestört. Aber sie sagte kein Wort. Das tat sie nie, wenn die Sprache auf Hunter kam. Sie hatte ihre Lektion auf die harte Tour gelernt.
Sie nahm das Salztütchen aus der Sandwichschachtel und starrte darauf hinunter, um der Unterhaltung nicht folgen zu müssen. Das war der einzige Vorteil der Taubheit: Man konnte unliebsamen Themen einfach dadurch aus dem Weg gehen, daß man den Blick abwendete. Aber auf Dauer hielt sie auch das nicht aus: Sie wollte sehen, was Margaret über Hunter sagte, damit sie es Chelsea gegenüber richtigstellen könnte.
Chelsea hegte sichtliche Zweifel an Margarets Geschichte, und allein dafür betete Donna sie an.
»Sie starb durch einen Schlag auf den Kopf«, wiederholte Margaret, »und außer ihm war niemand bei ihr.«
»Sie könnte doch auch gestürzt sein«, meinte Chelsea.
»Nein, es war ein Schlag.«
»Wurde das je bewiesen?«
»Nicht vor einem Gericht.«
»Ist er in irgendeiner Form bestraft worden?«
»Er war ein kleines Kind, wie hätte man ihn bestrafen sollen?«
»Wenn man ihn als gefährlich einstufte, hätte man ihn in einem entsprechenden Heim unterbringen können.«
Margaret straffte sich, legte ihr Sandwich auf das Papier, wickelte es wieder ein, legte es in die Schachtel zurück und machte den Deckel zu. »Das geschah nicht, weil mein Mann sagte, daß man den Jungen nicht für den Fehler seiner Mutter büßen lassen dürfe. Er kümmerte sich darum, daß der Kleine bei einer Familie in Corner untergebracht wurde, und sorgte für ihn, bis er alt genug war, um für sich selbst zu sorgen. Dann gab er ihm Arbeit,

und das tut er bis heute. Oliver Plum ist ein außerordentlich wohltätiger Mensch.«

Margarets Worte trieben Donna an den Rand der Hysterie.

Sogar Chelsea, die nicht einmal die Hälfte wußte, war blaß geworden. »Wohltätig ist ein Wort dafür. Ich würde es eher als klug bezeichnen: So weit ich es beurteilen kann, ist Hunter ein echter Gewinn für die Firma.«

»Er ist ein Rowdy«, urteilte Margaret ihn ab.

»Bei der Renovierung meines Bauernhauses leistet er hervorragende Arbeit.«

Margaret stand mühsam auf. »Verteidigen Sie ihn?«

»Nein, ich urteile nur im Zweifel für den Angeklagten.«

»Das hat er nicht verdient. Sie war eine Hure, hat einen Mörder geboren. Ich habe die Zeitungen aus der damaligen Zeit gesammelt. Sie liegen in einer Schachtel bei der Historical Society. Sie können Sie sich jederzeit ansehen, wenn Sie wollen.«

»Vielleicht tue ich das.«

»Wir haben montags, mittwochs und freitags von zehn bis eins geöffnet, und dienstags und donnerstags von zwei bis halb vier.«

Chelsea nickte. »Ich werde es mir merken.«

Margaret drehte sich um und ging davon. Donna starrte ihr nach und wartete ungeduldig darauf, daß sie endlich außer Hörweite wäre – und dann wandte sie sich mit einem Wortschwall an Chelsea, wie er nicht mehr von ihr zu hören gewesen war, seit sie ihr Gehör verloren hatte.

»Sie hat Ihnen etwas Falsches erzählt! Es ist alles falsch! Glauben Sie nicht, was sie Ihnen über ihn erzählt! Die Autopsie hat ganz eindeutig ergeben, daß Katie Love gestürzt ist!«

Chelsea packte sie bei den Armen. »Schhhh! Langsam, langsam.«

Donna warf einen Blick in die Runde, um sicherzugehen, daß niemand in der Nähe war, und selbst dann bemühte sie sich noch, leise zu sprechen. »Er dachte, er habe sie getötet, und darum sprach er anfangs nicht. Er hatte Angst vor Menschen, er hatte nie jemand anderen gesehen als Katie. In der ersten Zeit hatte er ständig Alpträume, wachte weinend auf. Die Maycock-Kinder machten sich lustig über ihn, und so blieb er schließlich über Nacht wach und schlief dann in der Schule in der großen Pause. Ich erinnere mich noch, wie er dort in einer Ecke kauerte. Es war so traurig.« Das hatte sie seit jeher gefunden, und nach Joshies Geburt noch verstärkt. Wenn sie ihn beim Spielen mit anderen Kinder beobachtete, stellte sie sich vor, wie ihr zumute wäre, wenn er von Alpträumen gequält würde, nicht zu schlafen wagte, beschimpft würde, ausgeschlossen wäre, ganz allein. Das würde natürlich niemals geschehen, weil er ein Farr war. Hunter hatte diesen Vorteil nicht gehabt. Hunter hatte überhaupt keinen Vorteil gehabt.

»Wer war sein Vater?« fragte Chelsea.

Schulterzucken.

»Weiß es irgend jemand?«

Erneutes Schulterzucken.

»Weiß Hunter es?«

Donna nahm es an, und sie nahm auch an, daß er bestochen worden war, den Mund zu halten. Wenn es so war, dann könnte sie ihm nicht verübeln, jeden Cent genommen zu haben, den er kriegen konnte. Das Leben war nicht leicht für ihn gewesen, und auf diese Weise wurde es ein wenig einfacher, wenn sich damit auch niemals wettmachen lassen würde, was ihm vorenthalten worden war.

Aber davon durfte sie Chelsea nichts erzählen, denn sie wußte es nicht sicher. Manchmal ging es in ihrem Kopf drunter und drüber.

Sie wurde der Antwort enthoben, als Chelsea zum zweiten Mal hochschaute.

»Sieh mal an«, sagte Matthew mit einem gönnerhaften Grinsen. »Wen haben wir denn da. Dies ist bei weitem die fröhlichste Ecke des Spielplatzes. Sie sehen patriotisch aus, Miss Chelsea.«

»Vielen Dank«, sagte Chelsea.

»Wir könnten mehr so gutaussehende Frauen wie Sie in der

Stadt gebrauchen. Sie sind ein erfreulicher Anblick.« Er hielt ihr eine Lunchbox hin. »Ich wollte sicherstellen, daß Sie nicht leer ausgehen, aber wie ich sehe, ist mir jemand zuvorgekommen. Ich predige den Damen immer wieder, mal etwas anderes zu servieren – zum Beispiel kaltes Huhn –, aber sie bestehen auf dem Geflügelsalat. Muß auf jemanden wie Sie ziemlich ärmlich wirken.«

»Ärmlich?« Chelsea wandte sich mit fragend hochgezogenen Brauen Donna zu.

»Na ja, Geflügelsalat ist nicht gerade eine Delikatesse«, meinte er in verächtlichem Ton.

»Ich mag Geflügelsalat«, erklärte sie und biß herzhaft in ihr Sandwich.

Matthew strahlte. »Dann machen wir's ja doch richtig. Das ist schön. Sagen Sie, schauen Sie sich heute nachmittag das Basketballspiel an?«

»Darauf können Sie wetten«, erwiderte Chelsea und fragte Donna: »Sie auch?«

Donna hätte ihr gerne gesagt, daß sie nur kurz hinkommen würde, weil sie dann bei den Vorbereitungen für das Barbecue auf der Stadtwiese helfen müsse, aber sie wollte nicht in Matthews Gegenwart mit Chelsea sprechen, denn sie war sicher, daß er eine häßliche Bemerkung über ihre Stimme machen würde. Also schwieg sie, und Chelseas Blick kehrte zu Matthew zurück.

»Ich würde mich freuen, Sie begleiten zu dürfen«, sagte er. »Wie ich sah, haben Sie sich den Umzug ganz allein angesehen. Sie hätten sich doch zu uns gesellen können. Es gibt zwar einige Leute, denen es nicht so recht schmeckt, daß Sie hier sind, aber in meiner Gesellschaft wird Sie niemand dumm anreden. Außerdem könnte ich ein wenig ›Aufklärungsarbeit‹ leisten. Sie sind noch nicht lange hier, und die vielen Gesichter müssen verwirrend für Sie sein. Ich kann Ihnen erklären, wer für wen spielt und, um das Ganze lebendiger zu machen, es auch noch mit ein paar Details über jeden einzelnen würzen, wenn Sie wissen, was ich meine.«

Donna wußte, was er meinte. Matthew gehörte zu den Menschen, die jeden schlechtmachten, der ihnen in irgendeiner Weise überlegen war – und wenn es um Basketball ging, wofür er wenig Interesse und noch weniger Begabung mitbrachte, war er voller Gehässigkeit.

Chelsea lehnte sein Angebot gottlob ab. »Ich danke Ihnen, aber ich dachte mir, ich wandere einfach herum. Ich möchte mir die Kunst- und Handarbeitsausstellung ansehen und werde sicherlich nicht lange auf einem Fleck sitzen.«

»Auch gut«, nickte Matthew großzügig. »Das verstehe ich. Am Vierten Juli gibt es in unserer Stadt viel zu sehen. Aber wenn Sie irgendwelche Fragen haben, wenden Sie sich an mich, ja?« Mit einem militärischen Ein-Finger-Gruß und einem Augenzwinkern für Chelsea und nicht einmal einem Blick für Donna wandte er sich zum Gehen.

Zwölftes Kapitel

Chelsea schlenderte von einem Stand zum nächsten. Die auf der Stadtwiese ausgestellten Kunstwerke stammten von einheimischen Künstlern. Manche wirkten dilettantisch, andere waren erstaunlich gut. Es wurden auch handwerkliche Arbeiten zum Verkauf angeboten, interessante Holzschnitzereien, dekorative Kerzen und handgewebte Wandteppiche – doch am interessantesten waren die Quilts des Handarbeitsvereins. Ein großer mit Streifen, deren jeder von einer anderen Frau aufgenäht worden war, würde nach Washington geschickt werden, wo er im Rahmen einer Ausstellung mit dem Motto »Back to American Basics« zu besichtigen wäre. Kleinere Quilts, von denen keiner dem anderen glich, konnte man kaufen. Chelsea verliebte sich auf Anhieb in die kleinsten – die Kinderbett-Quilts –, aber irgend etwas hielt sie davon ab, schon jetzt einen mitzunehmen. Statt dessen erstand sie zwei der etwas größeren, die sie im Wohnzimmer ihres Bauernhauses an die Wand hängen wollte. Sie strahlten Behaglichkeit aus, und die wünschte sie sich in ihrem Heim.

Sie bat, die Quilts später abholen zu dürfen, damit sie sie nicht die ganze Zeit mit sich herumtragen müßte, und ging weiter. So groß die Ablehnung auch gewesen war, auf die sie vier Wochen zuvor bei ihrer Ankunft gestoßen war, inzwischen hatte sie, wenn auch nur oberflächlich, doch einige Leute kennengelernt. Sie wechselte ein paar freundliche Worte mit ihnen und lächelte anderen zu, und manchmal wurde ihr Lächeln erwidert. Sie hätte sich gefreut, wenn es häufiger geschehen wäre.

Chelsea hatte nicht damit gerechnet, daß sie sich so schrecklich allein fühlen, mitten in der Nacht innerlich frierend und voller Angst aufwachen und eine qualvolle Sehnsucht danach empfinden würde, in den Arm genommen zu werden. Sie wußte, daß die Schwangerschaft daran schuld war. Sie war im Augenblick übersensibel, ihre Nerven lagen bloß. Nach dem anfänglichen Höhenflug, den die Vorstellung, Mutter zu werden, bei ihr auslöste, hatte nun eine vage Nervosität von ihr Besitz ergriffen. Sie wünschte, sie hätte mit jemandem reden können, aber die einzige, die sie kannte, war Cydra, und sie waren beide keine Freunde langer Telefonate. Außerdem war Cydra nie schwanger gewesen.

Donna schon. Ihr Sohn Joshie war ein besonders hübscher Junge und dazu noch ausgesprochen wohlerzogen, was angesichts des Benehmens ihres Mannes nur Donnas Werk sein konnte. Matthew Farr war ein unmöglicher Kerl. Die Art und Weise, in der er mit seiner Frau umging, sie entweder ignorierte oder beleidigte, empörte Chelsea. Er irritierte sie jedesmal, wenn sie ihn sah.

Judd Streeter irritierte sie ebenfalls, aber auf eine völlig andere – und überwältigende – Weise. Das heftige Herzklopfen, das jedesmal einsetzte, wenn sie ihn sah, war nicht etwa schwächer geworden, sondern schlimmer, weil er es gemerkt hatte. Inzwischen schaute er ihr geradewegs in die Augen, schickte ihr die Botschaft, daß er sie attraktiv fand, obwohl er es nicht wollte, da er Frauen wie sie eigentlich nicht mochte.

Das bereitete ihr eine gewisse Genugtuung.

Mit einem Seufzer rückte sie die Krempe ihres Hutes so zurecht, daß sie ihre Augen gegen die Nachmittagssonne abschirmte, und wanderte weiter, bis sie zu einem Stand kam, an dem Produkte aus Schafleder angeboten wurden und wo sie fellgefütterte Hausschuhe entdeckte, die sie auf Anhieb zum Kauf reizten. Mit den kühlen Sommernächten von Norwich Notch hatte sie bereits Bekanntschaft gemacht, und bei dem Gedanken daran, wie kalt die Winternächte sein mußten, schauderte sie.

»Hast du die gemacht?« fragte sie den halbwüchsigen Jungen hinter dem Tisch.
»Nein, Madam«, antwortete er schüchtern. »Mein Dad hat sie gemacht.«
Chelsea fielen die Schafe ein, die am Morgen in dem Umzug mitgelaufen waren. Mit einem sanften Lächeln fragte sie: »Ist dein Vater Farmer Galante?«
»Ja, Ma'am.«
»Stammen die Sachen von euren Schafen?«
»Ja, Ma'am.«
»Dann nehme ich ein Paar«, beschloß sie, um sowohl sich als auch dem Jungen eine Freude zu machen. Die Vorstellung, etwas zu tragen, das hier am Ort hergestellt worden war, gefiel ihr – besonders, wenn es so praktisch war wie in diesem Fall.
Als sie dem Jungen das Geld hinüberreichte, schweifte ihr Blick einen Moment ab, und sie sah Hunter nicht weit entfernt auf dem waagerechten Zaun sitzen, der die Grünfläche einfriedete. Er hatte die Füße überkreuzt, die Arme vor der Brust verschränkt und beobachtete sie. Zumindest nahm sie das an: Sein Gesicht war ihr zugewandt, doch er trug eine verspiegelte Sonnenbrille, so daß sie seine Augen nicht sehen konnte.
Margarets Geschichte fiel ihr ein. Chelsea fragte sich, wieviel davon wohl stimmen mochte. Selbst wenn es nur ein winziger Teil wäre, hätte Hunter eine grauenvolle Kindheit durchlitten. Es war nicht auszudenken, was er durchgemacht hatte und welche Narben es in seiner Seele hinterlassen haben mußte.
Als sie jetzt zu ihm hinüberschaute, erwachte ein Gefühl der Verbundenheit in ihr: Hätte die Frau, die sie damals geboren hatte, sie nicht weggegeben, hätte Chelsea vielleicht ein ähnliches Schicksal erwartet.
Sie nahm lächelnd die Tüte, die der Junge ihr reichte, und steuerte auf den Zaun zu. »Hi«, sagte sie. »Ich habe Sie heute noch gar nicht gesehen. Sie haben den ganzen Spaß verpaßt.«

»Welchen Spaß?« fragte Hunter in gleichgültigem Ton.
»Das Pfannkuchenfrühstück, den Festzug, den Flohmarkt ...«
»Ahhhh«, erwiderte er mit einem trockenen Humor, der ihr gefiel. »Den Spaß.«
»Das Mittagessen hat gut geschmeckt.«
»Sagen Sie's mir nicht – Geflügelsalat.«
Sie lächelte und fragte sich, wie er den Feiertag wohl verbracht hatte, ob es irgendeinen Menschen auf der Welt gab, der ihm Zuneigung entgegenbrachte. Sie sah überall Paare, aber er war allein. Sie begriff nicht, warum. Er hatte eine gute Größe, einen wohlproportionierten Körper und ein hübsches Gesicht. Heute setzte sich sein – wie gewohnt schwarzes – Outfit aus einem T-Shirt und Jeans zusammen. Die dunkle Kleidung brachte seine blonden Haare und auch den goldenen Ohrring optimal zur Geltung. Nach Chelseas Erfahrungen standen bei Männern, die aussahen wie Hunter und so unnahbar waren wie er, die Frauen Schlange, denn diese Männer hatten etwas Geheimnisvolles, und je desinteressierter sie sich gaben, um so interessierter waren die Frauen.
Auf Chelsea hatte Hunter nicht diese Wirkung, aber er beschäftigte sie in einer anderen Weise: Er hatte ihre Neugier geweckt. Das Motorrad und der Ohrring waren Ausdruck eines rebellischen Charakters. Ein Teil von ihr identifizierte sich damit. Ein anderer Teil empfand Achtung für die Arbeit, die er in Boulderbrook leistete, und noch ein anderer Teil wünschte sich, daß er bei Plum Granite Karriere machte. Sie hatte schon immer ein Herz für Außenseiter gehabt, und Hunter gehörte eindeutig dazu. Nachdem sie Margarets Bericht gehört hatte, war sie nicht abgeneigt, sich mit ihm anzufreunden.
»Sie haben die Nacht in Boulderbrook also überlebt«, stellte er fest.
»Hm. Abgesehen von ein paar merkwürdigen Anrufen war alles bestens.«
»Merkwürdige Anrufe?« fragte er. »Inwiefern merkwürdig?«

»Die ersten Male herrschte absolute Stille, und beim letzten Mal waren Stimmen zu hören. Kinderstimmen.« In bewußt sanftem Ton, damit er es nicht als Angriff wertete, fragte sie lächelnd: »Sie wissen nicht zufällig etwas darüber, oder?«
»Nicht das geringste«, behauptete er.
»Haben Sie eine Idee, wer dahinterstecken könnte?«
»Jemand, der Ihnen Angst einjagen will.«
»Wer sollte das wollen?«
»Die halbe Stadt. Sie sind reich und gescheit und welterfahren. Sie führen den Leuten hier vor Augen, was sie alles nicht sind, und jetzt sind Sie auch noch in ihr Spukhaus gezogen. Sie würden sich die Hände reiben, wenn Sie den Schwanz einziehen und davonlaufen würden.«
Chelsea hätte sich denken können, daß Hunter ihr so ungeschminkt die Wahrheit sagen würde.
Sie brauchte seine Augen nicht zu sehen, um zu wissen, daß dies eine Herausforderung war. »Und was ist mit Ihnen?«
»Sie meinen, ob ich auch froh wäre, wenn Sie verschwinden würden?« Er dachte darüber nach. »Ich weiß es nicht.« Er dachte noch ein wenig länger darüber nach. »Als Sie damals hier auftauchten, hätte ich es keine Sekunde bedauert, jetzt bin ich mir nicht mehr sicher. Sie haben die Firma aus dem Tiefschlaf geholt. War höchste Zeit, daß das jemand tat.«
Chelsea wertete das als ein beachtliches Zugeständnis seinerseits an sie, ja sogar als Kompliment. Erfreut legte sie die Hand auf seinen Arm und fragte: »Begleiten Sie mich zum Spiel?«
Er zog seinen Arm weg, und sie war einen Moment lang gekränkt. Ihre Geste war freundschaftlich gemeint gewesen, und sie wollte ihm das gerade erklären, als er sich vom Zaun abstieß, die Hände in die Hosentaschen steckte und ihr mit einer Kopfbewegung bedeutete, sich ihm anzuschließen.
Sie mochte Berührungen. Er nicht. Damit konnte sie leben.
Eine Armlänge voneinander entfernt, wanderten sie schweigend zum Ende der Stadtwiese und bogen in die schmale Straße ein,

die zum Spritzenhaus führte. Ihr Ziel war das Basketballfeld dahinter.
Auf dem halben Weg dorthin fragte Chelsea: »Erzählen Sie mal, was für eine Position haben Sie in der Firma?« Sie versuchte noch immer, sich darüber klarzuwerden, welche Rolle er dort spielte – nicht was seine täglichen Aufgaben anging, sondern grundlegend. Sie stand zweifellos im Zusammenhang mit seiner Beziehung zu Oliver.
Es dauerte ein paar Sekunden, bis er antwortete. »Ich habe keine Position in der Firma.«
»Sie sind der Dritte in der Rangfolge.«
Er schnaubte. »Sieht so aus, nicht wahr?«
»Aber es ist nicht so?«
»Nein.«
Sie gingen weiter. Als sie das Spritzenhaus erreichten, fügte er hinzu: »Ich habe nichts zu melden.«
»Sie sind wichtig für die Firma, Sie machen so gut wie alles, was getan werden muß.«
»Judd tut das auch.«
»Er kann nicht an zwei Orten zugleich sein. Wenn die Computer erst einmal da sind, wird er mehr Zeit im Büro zubringen. Sobald wir Muster von den bei uns zugeschnittenen und geschliffenen Steinen haben, wird er vielleicht oft auf Reisen sein. Sie werden die Regie in den Steinbrüchen übernehmen müssen.«
Hunter warf ihr einen verspiegelten Blick zu. »Haben Sie das dem Alten schon beigebracht?«
»Nein, aber es ist das nächstliegende. Warum sind Sie all die Zeit Judds rechte Hand gewesen, wenn nicht, um eigenverantwortlich einzuspringen, wenn er anderweitig beschäftigt ist?«
»Keine Ahnung«, sagte Hunter und ging weiter.
Das Baskettballspiel war bereits in vollem Gang. Das Feld bestand aus einem gepflasterten Rechteck mit ausgebleichten Markierungen. Die Zuschauer auf den Tribünen an den Längsseiten verfolgten gebannt den Lauf des Spieles.

»Findet es jedes Jahr an diesem Tag statt?« fragte Chelsea. Sie entdeckte Jeremiah Whip und seine Familie und Fern im Publikum, die anderen Leute kannte sie nicht.

»Es läutet die Sommersaison ein. Die beiden Teams haben letztes Jahr den ersten und zweiten Platz belegt.«

Chelseas Blick blieb an einem der Spieler hängen, der ihr den Eindruck vermittelte, eine Schlüsselfigur zu sein, und dann erkannte sie, daß es Judd war. Sie hatte nicht gewußt, daß er mitspielte, aber sie hätte es sich denken können. Er war groß und athletisch gebaut: prädestiniert für Basketball.

»Judds Mannschaft hat fünf Jahre hintereinander gewonnen«, sagte Hunter.

»Dieses Spiel oder die Saison?«

»Beides. Seine Männer sind handverlesen, er hat einen Blick dafür.«

Das Lob klang aufrichtig, sie hörte allerdings nicht so genau hin, weil Judds Anblick sie ablenkte. Er sah in Arbeitskleidung schon großartig aus, und die Kombination von Polohemd und Shorts, die er früher an diesem Tag getragen hatte, stand ihm noch besser, doch jetzt, in den grauen Basketballshorts und dem marineblauen Tanktop mit der großen Eins auf der Vorderseite, war er reines Dynamit. Seine Mannschaftskameraden trugen das gleiche Oberteil, doch es wirkte bei keinem von ihnen auch nur annähernd so dekorativ wie bei Judd mit seiner breiten Brust, den durchtrainierten Armen und der schmalen Taille, und das Spiel seiner Beinmuskeln war eine Augenweide.

Er war nicht der größte Mann auf dem Platz, doch seine Bewegungen hatten etwas, das ihn von den anderen abhob – Chelsea fiel das Atmen schwer.

»Tatsache ist, daß der Alte nicht weiß, was er mit mir machen soll«, sagte Hunter.

Es dauerte einen Moment, bis Chelsea begriff, wovon er sprach, und dann stieg jäh Reue in ihr auf. Sie bezweifelte, daß Hunter sich vielen Menschen öffnete, und freute sich, daß er es bei ihr tat. Sie wandte sich ihm zu, verbannte Judd aus ihren Gedanken und fragte: »Was sollte er denn tun?«

»Mich gehen lassen.«

»Sie feuern?«

Sie hatte damit gerechnet, daß er eine Beförderung erwartete oder zumindest einen Titel. Wenn er entlassen wurde, schuf das zwangsläufig einen negativen Eindruck und erschwerte es ihm wesentlich, einen neuen Job zu finden. »Aber warum?«

Hunter schwieg. Seine Brillengläser spiegelten die Vorgänge auf dem Spielfeld wider. Die von Hand gehaltenen Karten an der Seitenlinie besagten, daß Judds Team mit fünfundzwanzig Körben um sechs vorne lag. Das gegnerische Team, auf dessen Hemden eine Zwei prangte, mußte Treffer um Treffer mit ansehen. Bei jedem Anlauf auf den Korb jubelten die Fans der Mannschaft und stöhnten auf, wenn der Ball wieder einmal vom Rand abprallte.

Chelsea verfolgte atemlos Judds geschickte, blitzschnelle und elegant ausgeführte Manöver, mit denen er seinen Mann behinderte – und dann schnellte er hoch und fing den abgeprallten Ball der anderen Mannschaft auf, womit deren Ballbesitz endete, landete, das Leder fest in beiden Händen haltend, mit beiden Füßen sicher auf dem Boden, nahm sich eine Sekunde Zeit, um sich zu vergewissern, daß sein Ziel bereitstand, und schleuderte den Ball dann ans andere Ende des Spielfeldes, wo einer seiner Teamkameraden wartete, ihn fing, lässig hochsprang und ihn in den Korb legte. Die Zuschauer tobten vor Begeisterung.

Chelsea beschränkte sich auf einen zufriedenen Seufzer und wandte sich wieder Hunter zu.

»Warum, um Himmels willen, wollen Sie gefeuert werden?«

»Weil das die einzige Möglichkeit ist, meine Freiheit zu bekommen.«

Ihr erster Tag in Norwich Notch fiel ihr ein und die kurze Unterhaltung, die sie mit ihm im Regen geführt hatte. Er hatte Olivers Meinung von ihm völlig richtig wiedergegeben, und er hatte von Schuldgefühlen gesprochen. Falls Oliver ihm gegenüber tatsächlich ein schlechtes Gewissen hatte, dann hätte Chelseas Meinung nach Hunter die Oberhand in dieser Beziehung haben müssen, was bedeutete, daß er über seine Freiheit entscheiden könnte.

»Warum kündigen Sie nicht einfach?« fragte sie.

Judd wurde gefoult und landete kurz hintereinander zwei Treffer. Er begann zu schwitzen, doch selbst das wirkte bei ihm anziehend.

»Kann ich nicht«, erwiderte Hunter.

»Wieso nicht?«

Diesmal wurde ein gegnerischer Spieler gefoult, und der Freiwurf brachte Team Zwei mit einem Korb drei Punkte ein.

»Weil er mir etwas schuldet.«

Das hatte er schon einmal gesagt, und Chelsea war nicht dumm. Angesichts der Tatsache, daß er unehelich geboren worden war, Oliver nach dem Tod seiner Mutter für ihn gesorgt und Hunter einen Platz in der Firma hatte, schien es ihr nur eine Erklärung für diese Aussage zu geben.

»Ist er Ihr Vater?« fragte sie.

Trotz der verspiegelten Brillengläser spürte sie, wie Hunters Blick sich in den ihren bohrte. »Eine gute Frage«, erwiderte er mit ausdrucksloser Stimme. »Ich sage Ihnen was: Sie finden die Antwort, und lassen Sie sie mich dann wissen, okay?« Damit drehte er sich auf dem Absatz um und ging in die Richtung davon, aus der sie gekommen waren.

Sie öffnete den Mund, um ihn zurückzurufen, schloß ihn jedoch wortlos wieder. Sie hatte ihm sagen wollen, daß sie selbst auf der Suche nach Antworten war, daß sie das gemeinsam hatten, und sie hätte ihm dabei gerne die Hand auf den Arm gelegt, um ihm zu zeigen, daß er nicht so allein war, wie er glaubte – aber er hatte ihr bereits deutlich gemacht, daß er Berührungen nicht mochte. Jetzt war er weg, doch bei der nächsten Gelegenheit würde sie das alles nachholen. Das nahm sie sich fest vor.

Als die Sonne hinter dem Acatuk Mountain versank und das Blau des Himmels immer dunkler wurde, tauchten die eigens für diesen Anlaß aufgestellten Gaslaternen die Stadtwiese von der etwas erhöhten Plattform aus, auf der die Kapelle spielte, in ein weiches, bernsteinfarbenes Licht. Die Musiker waren Einheimische verschiedenen Alters, die ihr Spiel ebenso genossen wie die lächelnden Paare, die, zwischendurch immer wieder die Partner wechselnd, dazu tanzten.

Chelsea konnte nicht tanzen, da es ihr an Musikalität mangelte, was jede Frau in ihrem Aerobic-Unterricht bestätigen konnte, aber sie vermißte nichts, denn zu beobachten, wieviel Spaß die Leute auf der Grünfläche hatten, war unterhaltsam genug.

Vor dem Tanz hatte das Barbecue für abendliche Stärkung gesorgt. Große Grills an der Grundlinie der dreieckigen Wiese hatten den Festgästen die Wahl zwischen Hamburgern und Würstchen gelassen, und lange Tische bogen sich unter Hörnchen, Chips, einer Auswahl an Salaten, wie Chelsea sie noch nie gesehen hatte, Würzsaucen und dampfenden Maiskolben.

Die ganze Stadt schien da zu sein. Da das Barbecue und der Tanz den Höhepunkt des Tages bildeten, hatten die Leute sich entsprechend feingemacht, was die festliche Atmosphäre noch steigerte.

Chelsea war die Wahl ihrer Garderobe unsäglich schwergefallen. Sie wollte die Leute beeindrucken, was bedeutete, daß sie genau die Mitte zwischen Auffälligkeit und Schlichtheit finden mußte. Schließlich entschied sie sich für ein schulterfreies, marineblaues Kleid, schlüpfte in dazupassende flache Schuhe, steckte ihre Haare auf einer Seite mit einer dekorativen Spange hoch und schmückte ihre Ohren mit großen, goldenen Kreolen, ihren einen Oberarm mit einem breiten goldenen Reif und ihre linke Hand mit dem Rubinring ihrer Mutter.

Man sah dem Ring zwar an, wie wertvoll er war, doch sie liebte ihn nun mal, und außerdem trug sie ansonsten keinen Schmuck an den Händen, und in ihren Augen war er nicht im geringsten protzig. Manche, die ihn sähen, würden vielleicht denken, daß sie ihren Reichtum zur Schau stelle, in Wahrheit hatte sie jedoch nur das Bedürfnis, eine Verbindung zu Abby herzustellen. Der Ring minderte das Gefühl der Einsamkeit ein wenig, das sie an diesem Tag besonders stark empfunden hatte.

Während sie die Tanzenden beobachtete, strich sie mit dem Daumen über die Unterseite des Ringes, genoß die Wärme, die das Edelmetall angenommen hatte. Als sie zwischen den Paaren hindurch zur Kapelle hinüberschaute, sah sie Judd dort stehen. Er schien überall zu sein, wo sie hinschaute, er war wie ein Magnet, der ihren Blick selbst durch die kleinste Lücke in der Menge auf sich zog. Sie erkannte, daß auch er sie gesehen hatte, denn er erwiderte ihren Blick, aber sie ging nicht zu ihm. Seine Männlichkeit irritierte sie schon gewaltig, wenn sie beruflich miteinander zu tun hatten, aber hier »in freier Wildbahn« empfand sie sie als regelrecht beängstigend.

Sie riß ihre Blicke von seinem Gesicht los und ließ sie, wie schon so oft an diesem Tag, auf der Suche nach vertrauten Zügen von einem zum anderen wandern. Doch niemand fiel ihr besonders auf, sie verspürte keine plötzliche verwandtschaftliche Zugehörigkeit, und es starrte sie auch niemand in plötzlichem Erkennen geschockt an. Die Leute, die starrten, taten es aus Neugier, die Frauen schauten auf ihre Frisur oder ihr Kleid, und die Männer auf ihr Kleid oder ihre Beine. Ironischerweise waren es die Kinder, die den Ring anstarrten, und das voller Neid. Sie nahm an, daß sie glaubten, er stamme aus einer Cornflakes-Packung.

Irgendwann änderte sich die Musik. Aus dem Nichts tauchten Geigenspieler auf, eine Trillerpfeife schrillte, woraufhin die Menge in Jubel ausbrach, und dann trat ein Mann ans Mikro und gab in monotonem Singsang Anweisungen, mit denen er die Tanzenden veranlaßte, sich einander gegenüber – Männer und Frauen – in Reihen aufzustellen.

»Warum machen Sie nicht mit?« ertönte eine tiefe Stimme aus dem Schatten.

Ihr Herz machte einen Satz. Ohne den Blick von dem Geschehen zu wenden, antwortete sie: »Um Himmels willen! Bei meinem letzten Square-dance war ich in der fünften Klasse, und es war eine Katastrophe.«
»Das ist kein Square-dance«, erklärte Judd ihr. »Das ist ein Contra-dance.«
»Aha.«
»Haben Sie schon mal einen Contra-dance gesehen?«
»Nein.«
»Er ist interessant.«
Wohl eher schnell und verwirrend, dachte Chelsea. Nach einem geordneten Beginn schienen die Tanzenden die Orientierung verloren zu haben, liefen scheinbar planlos durcheinander, faßten einen Partner an den Händen und wirbelten mit ihm im Kreis herum, um gleich darauf mit einem anderen dasselbe zu tun. Der Mann am Mikrofon schrieb ihnen jede Bewegung vor, doch es ging so schnell, daß Chelsea ihm nicht einmal in Gedanken folgen konnte. Das farbenfrohe Gewirr machte sie schwindlig.
»Findet dieser Tanz nur heute statt?« fragte sie.
»Nein. Von Mai bis September jeden Freitagabend im Keller der Kirche. Eine Weile war er verboten, weil die Gemeinderäte sagten, er verursache zu viel Unruhe, aber dann wurde er wieder erlaubt. Natürlich ist der Spaß auf dem Gras nicht halb so groß, denn hier kann man das Fußstampfen nicht hören.«
»Tanzen Sie auch mit?«
Nach kurzem Zögern antwortete er: »Früher habe ich es getan.«
»Und warum tun Sie es jetzt nicht?« Sie würde ihn für ihr Leben gerne tanzen sehen. Sie hatte gesehen, wie er sich beim Basketball bewegte, wenn er sich beim Tanzen nur halb so gut machte, wäre es ein Erlebnis, ihm zuzuschauen.
»Ich habe keine Partnerin«, wandte er ein, und ihr Herz machte wieder einen Satz. Sie würde sich sofort als Partnerin anbieten, wenn sie tanzen könnte. Allerdings nicht für diese Art Tanz:

Hier blieben die Partner nicht lange genug zusammen, jede Frau tanzte mit jedem Mann, das war nicht ganz das, was ihr vorschwebte.
Außerdem berührte man sich bei dieser Art zu tanzen nicht genug.
Doch es machte Spaß zuzuschauen. Der erste Tanz endete, der zweite begann, diesmal zu einer allerdings nur unwesentlich langsameren Musik. Sie beneidete die Tänzer um den Spaß, genoß es, neben Judd zu stehen. Hier im Schatten konnte sie sich einreden, daß er ihr Partner war und beim geringsten Anlaß schützend den Arm um sie legen würde.
Torheiten, schalt Chelsea sich, alles Torheiten. Aber es gefiel ihr trotzdem, mit ihm zusammenzusein.
Und er machte keine Anstalten wegzugehen.
»Das ist ja ein toller Ring«, sagte er, doch sie konnte nicht beurteilen, ob diese Bemerkung als Kritik oder als Kompliment gemeint war. »Er hat meiner Mutter gehört.«
»Sie ist gestorben?«
»Hm. Letzten Januar.«
»War sie schon alt?«
»Dreiundsechzig.«
»Das ist nicht alt.« Nach einer Minute fragte er: »Kam es unerwartet?«
»Sie hatte vor Jahren Kinderlähmung und war immer zart, aber als es auf das Ende zu ging, war sie nur noch ein Schatten ihrer selbst.«
Wieder schwieg er eine Minute. »Ist es zu Hause passiert?«
»Hm. Sie wurde rund um die Uhr von Pflegerinnen betreut.«
Er stieß einen Laut aus, der ein Mittelding zwischen einem Brummen und einem Grunzen war, und als er diesmal in Schweigen verfiel, spürte Chelsea, daß die Unterhaltung beendet war. Sie bereute nichts von dem, was sie ihm erzählt hatte, es machte ihr nichts aus, daß Judd jetzt etwas über sie wußte. Sie wünschte, sie wüßte mehr über ihn.

Genauer gesagt, über sein Liebesleben. Es gab da bestimmt jemanden, davon war sie überzeugt. Ein Mann, der eine solche Männlichkeit ausstrahlte, war sicher nie lange allein. Chelsea hatte ihn zwar noch nie mit einer Frau gesehen, aber das hieß gar nichts, denn er war ein verschlossener Mensch. Ein sehr verschlossener. So verschlossen, daß sie – abgesehen davon, was sie in seinem Lebenslauf gelesen hatte, der in seiner Akte bei Plum Granite lag – nur wußte, daß er östlich vom Marktplatz in einer kleinen Seitenstraße wohnte.

Natürlich hätte sie Donna fragen können, doch das würde diese zu der Schlußfolgerung veranlassen, daß Chelsea an ihm »interessiert« war, und das war sie nicht. Sie fand ihn nur unglaublich attraktiv.

Der Contra-dance ging weiter. Judd holte zwei Gläser Punsch. Trotz des Viertelmondes, der über den Tannen hing, verdunkelte sich das Tiefblau des Himmels zu Samtschwarz. Familien mit kleinen Kindern machten sich auf den Heimweg. Die Musik verlangsamte sich zunächst zu einem gemäßigteren Contradance-Tempo, dann von einer Polka zu Slowrock und schließlich zu einem Walzer.

»Wollen Sie den mal probieren?« fragte Judd.

Sie wagte es nicht. Mit einem schüchternen Lächeln schüttelte sie den Kopf.

»Warum nicht?«

Sie zuckte die Schultern. »Ich bin keine gute Tänzerin.«

»Sie machen Witze.«

Wieder schüttelte sie den Kopf.

Er mußte den ganzen Walzer lang darüber nachgedacht haben, denn er fragte gleich zu Beginn des nächsten Tanzes, eines Cha-cha-cha: »Wie kann ein reiches Mädchen eine reiche Lady werden, ohne tanzen zu lernen?«

Sie faßte es nicht als Beleidigung auf, sein Tonfall machte deutlich, daß er es nicht so meinte. »O ich habe es schon gelernt, ich kann es nur nicht gut.«

Den Blick auf die Leute gerichtet, die es sehr gut konnten, sagte er: »Das kann ich kaum glauben. Sie joggen, Sie sind durchtrainiert, wie ist es möglich, daß Sie nicht tanzen können?«
»Ich kann auch nicht singen, aus dem gleichen Grund: Ich bin völlig unmusikalisch.«
Jetzt wandte er sich ihr zu. »Aber es ist doch der Rhythmus, der zählt.«
»Das war auch Donnas Argument, als sie mich zu dem Aerobic-Kurs überredete. Ob Sie es glauben oder nicht, sie bekommt den Rhythmus besser mit als ich.«
Der Cha-cha-cha wich einer langsameren Melodie. Paare rückten zusammen. Chelsea beobachtete sie mit einem Gefühl, das Sehnsucht sehr nahe kam.
»Sie sind verkrampft, wenn Sie tanzen«, lautete Judds Analyse.
»Sie sagen es.«
Ehe sie wußte, wie ihr geschah, nahm er sie an der Hand und zog sie aus dem Schatten.
»Was haben Sie vor?« flüsterte sie alarmiert und versuchte, ihm ihre Hand zu entreißen, doch er war stärker.
»Sie haben nie mit dem richtigen Mann getanzt, das ist alles.«
»Judd!« flehte sie und versuchte ihn zurückzuhalten, doch es wurde ihr schnell klar, daß sie ihm eine Szene machen müßte, wenn sie sich durchsetzen wollte. Also ergab sie sich mit so viel Grazie, wie sie angesichts dessen, daß sie jetzt nicht nur verkrampft, sondern auch noch aufgeregt war, aufbrachte, in der kleinen Lücke, die er gefunden hatte, in seine Arme.
»Entspannen Sie sich«, sagte er dicht an ihrem Ohr.
Das würde ihr nicht leichtfallen, das wußte sie. Ihre Wangen brannten, und die Hitze strahlte aus. »Ich kann das wirklich nicht gut.«
»Lassen Sie sich führen. Passen Sie sich meinen Bewegungen an.«
»Leichter gesagt als getan.«
»Nein. Sie brauchen nicht einmal auf die Musik zu achten. Lehnen Sie sich einfach an mich ... Na also.«

Chelsea glaubte zu sterben, wenn nicht aus Verlegenheit, dann vor Lust. Lehnen Sie sich an mich. Als ob sie eine Wahl gehabt hätte! Ihr Körper wurde unaufhaltsam von seinem angezogen, ohne daß sie etwas dagegen tun konnte, und er hielt sie so an sich gedrückt, daß sie sich zur Seite neigen mußte, wenn er sich zur Seite neigte, und ihm folgen mußte, wenn er einen Schritt vor oder zurück ging. Es war schön, ihn zu spüren, so schön, sie fühlte sich in seinem Arm wie im Himmel. Sie war überzeugt, daß ihr Herz laut genug klopfte, um die Toten auf dem Friedhof von Norwich Notch aufzuwecken, doch wenn Judd es bemerkte, so behielt er es für sich. Er dirigierte sie mit einer solchen Leichtigkeit im Kreis, daß sie, als die Musik endete, den Tränen nahe war.

»Na«, sagte er und gab nur zögernd ihre Hand frei, »war das so schlimm?«

Sie war dankbar, daß Gaslaternen die Szenerie beleuchteten und keine normalen, denn sonst hätte er das Verlangen gesehen, das in großen Lettern auf ihrem Gesicht geschrieben stehen mußte. Wie die Dinge lagen, brauchte sie jedoch nur ihre Stimme unter Kontrolle zu bringen, was in Anbetracht ihrer Atemlosigkeit allerdings eine echte Herausforderung darstellte.

Sie räusperte sich. »Nicht sehr schlimm.« Nach kurzem Überlegen fügte sie ein »Danke« hinzu und kam sich entsetzlich albern vor. Sie benahm sich, als sei sie zehn Jahr alt und knickse vor einem Jungen, der sie gerade durch einen komplizierten Tanz geführt hatte. Nicht mehr lange, und Judd würde sie für eine Schwachsinnige halten.

Er stand da und schaute sie an. Sie konnte nicht erkennen, was in ihm vorging. Als die Musik wieder einsetzte, diesmal mit einer rauchigen Posaune, die die Titelmelodie des Films »A Summer Place« intonierte, begriff sie, daß sie nicht bleiben durfte, um es herauszufinden.

»Es ist schon spät«, sagte sie. »Ich denke, ich mache mich auf den Heimweg.« Sie lächelte ihn unsicher an, hob zum Abschied kurz die Hand und steuerte auf die Dunkelheit zu.

»Chelsea?«
Sie tat, als höre sie ihn nicht. Mit ihm zu tanzen war viel zu schön gewesen. Wenn er doch nur überheblich gewesen wäre! Wenn er sich doch nur über sie lustig gemacht hätte! Wenn er doch nur gerochen hätte! Aber er war rücksichtsvoll gewesen, hatte ihre Schritte nicht kritisiert, und er roch zwar, aber nicht ungewaschen oder nach Schweiß, sondern sauber, leicht nach Zitrone und männlich.
Er holte sie ein und ergriff ihre Hand. »Gehen Sie nicht«, bat er leise.
»Ich muß.«
»Nur noch einmal tanzen!«
Sie zögerte ein paar Sekunden zu lange. Er zog sie dort in der Dunkelheit an sich, begann sich zu der Musik zu bewegen, die leise über die Wiese wehte, und hielt sie genau so fest wie vorhin im Licht – als wolle er sie spüren. Für sie war es, als wärmten sie nach einer langen, langen Winternacht die ersten Sonnenstrahlen.
Sie wiegte sich mit ihm, schloß in dem Versuch, zu verleugnen, was sie tat, die Augen, doch ohne die Ablenkung durch die Umgebung wurde ihr Empfindungsvermögen dramatisch gesteigert, und so erlebte sie die Festigkeit seines Körpers, die Geschmeidigkeit seiner Bewegungen und die Flammen, die aufzüngelten, wo immer sie einander berührten, mit schwindelerregender Intensität. Sie seufzte und ergab sich in ihr Schicksal. Einer ihrer Arme fand den Weg um seinen Hals, die andere Hand glitt wie von selbst zu seinem Oberschenkel. Sein Kinn lag an ihrer Schläfe, sie spürte seinen warmen Atem, seine Finger mit sanftem Druck auf ihrem Steißbein und seine muskulösen Beine an den ihren.
Sie hatte nicht gewollt, daß es so kam, aber sie hätte sich in diesem Moment ebensowenig von ihm lösen können wie der Stadt die Umstände ihrer Geburt ins Gesicht schleudern.
Während er sich mit ihr hin und her wiegte, zog er sie immer

näher zu sich heran. Zuerst so unauffällig, daß sie es bei dem Tumult, der in ihr tobte, kaum merkte, und dann, als kleine Zuckungen zu spüren waren, mit größerer Entschlossenheit. Sie fühlte sein Verlangen und seine Kraft und schließlich auch seine Erektion, und während die Stimme der Vernunft sie beschwor: »Stoß ihn weg, um Himmels willen!« gurrte die Stimme des Verlangens: »Ahhhh, er fühlt sich so gut an!«

Für einen Mann, der tagaus tagein mit Steinen zu tun hatte, war Judd Streeter ausgesprochen sinnlich, und sich seiner Führung überlassend, wurde auch Chelsea sinnlich. Sie entspannte sich. Sie ließ sich fallen. Sie hatte noch nie etwas als so erotisierend empfunden, wie mit Judd zu tanzen.

Als sie sich diesmal voneinander lösten, war Atemlosigkeit nicht ihr einziges Problem. Irgendwann in den letzten Minuten hatte sich in ihrem Unterleib ein Knoten gebildet, der dort nicht sein sollte. Sie war schwanger. Schwangere Frauen hatten keine solchen Triebe wie den, der sich in ihr regte. Es war eine Fehlsteuerung, ihre Hormone spielten verrückt.

»Ich muß gehen«, flüsterte sie und floh in die Dunkelheit. Etwas von ihrer Verwirrung mußte zu ihm durchgedrungen sein, denn diesmal folgte er ihr nicht. Sie ging zu ihrem Wagen und fuhr nach Hause, und als sie dort ankam, hatte sich der Knoten gelockert. Er war nicht gänzlich gelöst, sie brauchte nur an Judd zu denken und er zog sich erneut zusammen, aber immerhin hatte sie jetzt wieder Hoffnung.

Sie verbrachte eine lange Zeit unter der Dusche, ließ das Wasser über ihre Haare und ihren Körper strömen, um das Feuer in ihrem Innern zu löschen. Schließlich trocknete sie sich ab, schlüpfte in einen kurzen Baumwollmorgenmantel, schaltete im Schlafzimmer eine Lampe ein, die gedämpftes Licht verbreitete, und nahm den Schlüssel mit ins Bett, ihre Lesebrille und das Yankee-Magazine, das sie durchzublättern begann. Es erschien ihr als das ideale Forum für eine Anzeige bezüglich des Schlüssels. Und es war an der Zeit, denn sie wollte wissen, wer sie war. Endlich.

Frustriert legte sie die Illustrierte, den Schlüssel und die Brille auf den Nachttisch und glitt, von Ruhelosigkeit getrieben, aus dem Bett. Der Grund für ihre Frustration war das Geheimnis ihrer Herkunft, der Grund für ihre Ruhelosigkeit war Judd.

Barfuß wanderte sie lautlos durch das Haus. Überall roch es nach Sägemehl und frischem Holz – ein eindrucksvoller Unterschied zu dem Geruch, der sie bei ihrer ersten Besichtigung empfangen hatte, als alles am Auseinanderfallen gewesen war. Es würde noch einen Monat dauern, bis die Zimmer so weit wären, daß sie sie möblieren könnte, doch das machte ihr nichts aus. Sie genoß es, den Fortschritt zu beobachten. Und sie genoß es, Menschen um sich zu haben, selbst wenn diese Menschen Handwerker waren, die die Fragen entweder einsilbig oder nur mit einem Schulterzucken beantworteten.

In der Eingangshalle ließ sie sich auf die Treppe sinken, schlang die Arme um die Knie und starrte in die Dunkelheit, versuchte, sich mit dem kommenden Jahr zu befassen, mit dem Baby, das in ihr heranwuchs, den Entwürfen, die ihrer Aufmerksamkeit harrten, den Bestellungen für Granit, die eingehen würden, doch keines dieser Themen konnte sie lange fesseln.

Ihre Gedanken wanderten immer wieder zu Judd ab und dazu, wie wunderschön es gewesen war, von ihm im Arm gehalten zu werden. Da war er wieder, der Knoten. Sie war entsetzt.

Krampfhaft versuchte sie sich abzulenken, über Kevin nachzudenken und darüber, ob er sich wohl amüsierte in Michigan. Sie versuchte darüber nachzudenken, was ihre Freunde in Baltimore heute machten. Sie versuchte sogar über die Mahlers nachzudenken und sich die Empörung auszumalen, mit der sie reagieren würden, wenn sie wüßten, daß sie Abbys Ring heute getragen hatte.

Ihre Gedanken wanderten immer wieder zu Judd. Als sie das erste Mal getanzt hatten, hielt er ihre Hand. Später hielt er gewissermaßen alles. Sie konnte sich nicht erinnern, wann sie das letzte Mal so getanzt hatte. Sie war nicht sicher, ob sie je so getanzt hatte. Es war fast wie ein Liebesakt gewesen.

Sie atmete zittrig ein und gerade langsam aus, als es an der Haustür klopfte. Sie erstarrte. Es klopfte wieder. Sie stand von der Treppenstufe auf, ging lautlos zur Tür und legte die Hand flach an das frische Holz.

Die Stimmen fielen ihr ein, die sie am Abend zuvor im Telefon gehört hatte, und sie fragte sich, ob Grund zur Furcht bestand. Ihr Herz war dieser Meinung – es überschlug sich fast vor Panik.

»Ja?« rief sie.

»Ich bin's.« Die Stimme war tief, und Chelsea erkannte sie innerhalb eines Sekundenbruchteils wie vorher in der Dunkelheit auf der Stadtwiese.

Sie lehnte die Stirn an die Tür. Ihr Herz spielte noch immer verrückt, jetzt jedoch aus einem anderen Grund. Sie hatte zwei Möglichkeiten: Sie konnte ihn bitten zu gehen und die Tür geschlossen lassen, oder sie konnte sie aufmachen und ihn herein lassen.

»Chelsea?«

Sie stieß einen kleinen Laut aus, der Einsamkeit, Sehnsucht und Verlangen ausdrückte. Mit zitternden Fingern öffnete sie die Tür.

Sie sagte kein Wort, trat so weit beiseite, daß sie fast nicht mehr zu sehen war, und sah zu, wie er über die Schwelle trat. Dann schloß sie die Tür hinter ihm und blieb, mit der Hand auf dem Knauf und gesenktem Kopf, mit dem Rücken zu ihm stehen.

Sie wartete darauf, daß er etwas sagte, doch er schwieg, und sein Schweigen machte deutlich, warum er gekommen war. Ihr Herz schlug noch schneller, und der Knoten in ihrem Unterleib zog sich wieder zusammen.

Er berührte ihre Haare so leicht, daß sie es vielleicht gar nicht gemerkt hätte, wenn ihre Sinne nicht so sensibilisiert gewesen wären. Er kam einen Schritt näher, schob ihre Haare beiseite und zeichnete mit der Fingerspitze ihre Ohrmuschel nach.

Sie glaubte, sterben zu müssen.

Sie bemühte sich noch immer, zu Atem zu kommen, als er sie zu sich herumdrehte. Er nahm ihr Gesicht in die Hände und hob es leicht an. Alles, was sie in der Dunkelheit von ihm sehen konnte, waren seine glänzenden Augen, aber sie spürte sein Verlangen genauso wie vorhin beim Tanzen. Es war, als hätte es die zwei Stunden dazwischen nie gegeben.

Und dann küßte er sie, raubte ihr auch noch den letzten Atem. Seine Lippen waren ebenso fest wie sein Körper, ebenso sinnlich, ebenso geschmeidig und ebenso männlich, und er schmeckte so gut, wie er roch. Ihre Knie gaben nach, und sie klammerte sich haltsuchend an sein Hemd. Als er schließlich den Kopf hob, war ihr schwindlig.

»Wenn ich dich noch einmal küsse«, warnte er sie mit rauher Stimme, »werde ich es nicht dabei belassen.« Er schaute sie eindringlich an und wartete auf ihre Antwort.

Chelsea wußte, daß es Dutzende von Gründen gab, ihn wegzuschicken, es fiel ihr nur in diesem Moment kein einziger ein. Sie wollte, daß er sie in die Arme nahm, daß er mit ihr schlief und all die Dinge tat, die sie sich seit ihrer ersten Begegnung ausgemalt hatte, und wenn das alles unrecht war, dann war das Leben ein grausamer Scherz, in welchem Fall sie es sich leisten konnte, egoistisch zu sein.

»Küß mich noch einmal«, flüsterte sie.

Sie hatte kaum zu Ende gesprochen, als sein Kopf sich erneut senkte. Er küßte sie einmal so wie zuvor, dann fordernder, strich mit den Händen über ihren Rücken abwärts, umfaßte ihr Gesäß und zog sie zu sich heran, während er sein Gesicht in ihren Haaren vergrub.

»Was hast du da drunter an?« fragte er heiser.

»Nicht viel«, antwortete sie.

Mit für ihn typischer Direktheit schob er die Hände am Kragen in ihren Morgenmantel und ließ sie mit einer raschen Bewegung bis zu ihren Hüften gleiten. Der nur einmal zugeknotete Gürtel ging auf, und der Mantel öffnete sich. Mit der gleichen Direktheit betrachtete er sie, und in diesem Moment verspürte Chelsea

plötzlich einen Anflug von Unsicherheit. Sie wünschte sich, daß Judd sie schön fände, aber ihr Körper war weit davon entfernt, vollkommen zu sein. Besonders jetzt. Das Baby hatte zwar ihre Taille noch nicht verändert, und auch ihr Bauch war noch flach, doch ihre Brüste waren angeschwollen, und sie hatte die ersten, feinen, blauen Äderchen entdeckt.
Falls er sie sah, so störten sie ihn nicht, denn er senkte wortlos den Kopf, spreizte seine Hände auf ihrem nackten Rücken, zog sie zu sich heran und begann eine ihrer Brüste mit dem Mund zu liebkosen. Überempfindlich geworden, grub sie die Zähne in die Unterlippe, doch sie hätte sich ihm um nichts in der Welt entzogen. Er saugte an ihrer Brustwarze, ließ seine Zunge damit spielen, hob schließlich beide Brüste zusammen an und wandte seine Aufmerksamkeit der anderen zu.
Und jetzt schrie sie doch auf, sie konnte nicht anders. Sie hatte das Gefühl, in Flammen zu stehen, ihre Beine zitterten und ihr Körper vibrierte. Sie klammerte sich an seinen Rücken, doch sie war sicher, daß sie trotzdem zu Boden sinken würde.
In diesem Augenblick hob er sie hoch und trug sie die Treppe hinauf und in ihr Schlafzimmer. Obwohl das Licht gedämpft war, fühlte sie für einen kurzen Moment erneut Unsicherheit in sich aufsteigen, als er sie aufs Bett legte. Dann begann er sich auszuziehen, und sie war froh um das Licht. Sein Körper war unglaublich: Dichte dunkle Haare bedeckten seine Brust, verjüngten sich zu einem Strich, der sich weiter unten wieder auffächerte. Seine Schenkel waren herrlich geformt, und dazwischen war er groß und hart.
Er legte ein Kondom an. Sie wollte ihm sagen, daß er das nicht zu tun brauche, daß keine Schwangerschaft zu befürchten sei, daß sie darauf vertraue, daß er keine Krankheit habe, doch bevor sie überhaupt anfangen konnte, kam er aufs Bett und setzte sich rittlings auf sie.
Er schlug ihren Morgenmantel auseinander und strich mit der Hand zwischen ihren Brüsten abwärts über ihren Bauch zu der

pulsierenden Stelle zwischen ihren Beinen. Sie zog scharf die Luft ein, als er sie dort berührte, und dann noch einmal, als er weiter vordrang, und ein drittes Mal, als er seine Hand wegnahm, sich aufrichtete und in sie eindrang.
Sie hatte den Eindruck zu zerspringen: Das war ihre einzige Möglichkeit, das Gefühl des Erblühens zu beschreiben, das sie bei seinem Eindringen empfand. Sie hatte sich noch nie so erfüllt, so erregt, so berauscht gefühlt. Ein Stoß, und sie explodierte beinahe. Zwei Stöße, und sie tat es. Ihr Körper wurde von einer unaufhörlichen Folge kleiner Wellen der Lust überspült, in ihrem Kopf herrschte gähnende Leere. Sie hörte aus weiter Ferne undeutlich einen gutturalen Laut, hatte jedoch keine Ahnung, woher er kam, bis die Wellen sich glätteten, und sie merkte, daß Judd ebenso keuchend atmete wie sie.
Ein gleichzeitiger Orgasmus! Sie konnte es nicht glauben. Ein Orgasmus, Punkt. Sie war fassungslos. Nicht, daß sie frigide wäre, aber sie hatte immer hart arbeiten müssen, um ihn zu erreichen. Bis jetzt.
Judd preßte sein Becken auf ihres und genoß die Nachwehen seines Genusses, doch als er Anstalten machte, sie zu verlassen, überkreuzte sie die Beine auf seinem Rücken. »Warte!« bat sie, noch immer atemlos. Selbst mit seiner letzten Bewegung hatte er eine warme und noch immer empfindliche Stelle berührt – sie wollte nicht, daß es schon endete.
Dann wurde ihr bewußt, daß er höchstwahrscheinlich nicht spürte, was sie spürte, und sie gab ihn frei und flüsterte: »Entschuldige.«
Er blieb noch eine Minute bei ihr, die Muskeln seiner Arme vibrierten leicht. Sie dachte gerade, daß er sich vielleicht auch nicht von ihr trennen wollte, als er ihr entglitt, sich vom Bett rollte und ins Bad ging.
Chelsea zog die Bettdecke bis zum Kinn. Sie weigerte sich, nachzudenken, sich Vorwürfe zu machen oder in die Zukunft zu schauen. Statt dessen konzentrierte sie sich auf die zufriedene

Mattigkeit, die sich in ihrem Körper ausgebreitet hatte, und behielt die Badezimmertür im Auge. Nach einer Minute kam er wieder heraus und ging langsam auf sie zu. Ein anderer so männlicher Mann wäre vielleicht überheblich gewesen, Judd war es nicht. Aber er war auch nicht gehemmt. Er war zufrieden mit seinem Körper, mit seiner Potenz und – offenbar – auch mit dem, was sie gerade getan hatten.

Er blieb an der Bettkante stehen, schaute mit seinen dunklen Augen in ihre grünen und fragte leise: »Soll ich gehen?«

Sie schüttelte den Kopf, sie sehnte sich schon wieder verzweifelt danach, ihn zu berühren.

Judd schob ein Kissen ans Kopfende und glitt ins Bett. Sie hielt den Atem an, bis er den Arm zur Seite streckte. Das genügte ihr als Aufforderung, sich an ihn zu kuscheln. Sie legte die Wange auf seine Brust und schob einen Schenkel zwischen seine, atmete genießerisch seinen Duft ein und in einem zufriedenen Seufzer wieder aus.

»Okay?« fragte er.

Sie nickte. Sie war mehr als okay, sie war im siebten Himmel.

Sie strich mit der Hand leicht über die Haare auf seiner Brust, über die harte Brustwarze, die darin nistete. Unfähig zu widerstehen, ließ sie ihre Hand tiefer gleiten, über die weichere Haut seiner Taille und Hüften, wobei sie alles, was sie berührte, fasziniert betrachtete. Sie konnte sich nicht erinnern, jemals einen so perfekten Körper gesehen zu haben. Nicht, daß sie schon Dutzende von Männern nackt gesehen hätte, aber die, die sie gesehen hatte, konnten Judd nicht das Wasser reichen.

Er verstärkte den Druck seines Armes. Sie schaute auf und sah in dem gedämpften Licht in seinen Augen, was sie gerade zwischen seinen Beinen betrachtet hatte. Sie war fasziniert von seiner Wärme, seiner Kraft und der Lust, die er ihr bereitete.

Mit einem kleinen Ruck seines Armes zog er sie nahe genug zu sich heran, um sie küssen zu können. Er erforschte ihren Mund, interessiert, aber ohne Eile. Dann rollte er sich mit ihr so weit

herum, daß sie mit den Gesichtern zueinander auf der Seite lagen, und betrachtete ihren Körper, während er ihn liebkoste, wie sie es bei ihm getan hatte.
Diesmal war die Vereinigung weniger heftig, aber nicht weniger leidenschaftlich. Die langsameren Liebkosungen und die ebenfalls langsamen, tiefen Stöße führten zu einem Höhepunkt, der den ersten an Intensität noch übertraf. Diesmal verließ Judd das Bett danach nicht so schnell, sondern hielt sie noch eine ganze Weile im Arm, was sie unendlich genoß. Er konnte das natürlich nicht wissen, aber mit einem Mann zusammenzuliegen bereitete ihr fast den gleichen Genuß wie der Akt an sich. Sie wollte ihm das erzählen. Sie wollte ihm vieles erzählen. Und sie wollte ihn vieles fragen. Doch er schien im Augenblick nicht zum Reden aufgelegt zu sein, und so schwieg sie.
Irgendwann schlief sie ein, und beim Aufwachen spürte sie seine Hände auf ihrem Körper. Er schien bezaubert von ihm zu sein, was nur fair war, fand Chelsea, denn ihr ging es mit seinem ja ebenso. Er brachte sie einmal mit der Hand zum Orgasmus und dann, als er sich über ihr hoch aufrichtete, seinen Rücken durchdrückte und tief in sie hineinstieß, noch einmal. Wie beim Tanzen bewies er auch hier ein untrügliches Rhythmusgefühl. Sich seiner Führung anzuvertrauen war für Chelsea genauso natürlich wie das Atmen.
Kurz vor Tagesanbruch stand er auf und zog sich an, beugte sich über sie, berührte zum Abschied mit den Fingerspitzen leicht ihren Mund und ging. Sie glitt aus dem Bett, schlüpfte in den Morgenmantel, der herrlich nach ihrer Leidenschaft duftete, und lief hinunter ans Wohnzimmerfenster, wo sie gerade noch die Rücklichter des Wagens um die Kurve verschwinden sah.
Sie blieb eine Zeitlang dort stehen und fragte sich, welche Folgen diese Nacht wohl haben würde. Sie bereute den Genuß keine Sekunde. Ihr Körper vibrierte noch immer leicht, sie fühlte sich innerlich weich und noch immer erfüllt. Ihre Unehrlichkeit bereute sie – sie hätte Judd sagen müssen, daß sie

schwanger war, aber das könnte sie ja nachholen. Bei ihrer nächsten Begegnung würde sie es ihm sagen. Ganz bestimmt. Wie sie es auch Kevin sagen würde. Und Carl.

Sie wollte sich gerade vom Fenster abwenden, als sie draußen ein Licht bemerkte. Es flackerte zwischen den Blättern der Bäume hindurch, die der Wind zauste, und es kam von dem Hügel oberhalb des Bauernhauses. Sie starrte hinauf, wartete darauf, daß es wieder aufleuchtete. Als sie es wieder sah, erkannte sie im schwachen Schimmer des heraufdämmernden Tages verwirrt, daß es der Scheinwerfer von Hunter Loves Motorrad war.

In diesem Augenblick startete er den Motor, ließ die Maschine den Hang hinunter zur Straße rollen, wodurch sie so viel Schwung gewann, daß er erst Gas zu geben brauchte, als er schon fast außer Sicht war, und dann war das Geräusch nur noch so leise, daß sie es nicht gehört hätte, wenn sie nicht darauf gewartet hätte. Sie folgte dem Rücklicht mit den Augen, bis es verschwunden war, und schaute dann noch eine Weile aus dem Fenster, während sie versuchte, ihre Gedanken zu ordnen, bevor sie grübelnd die Treppe hinaufstieg.

Dreizehntes Kapitel

Chelsea war nicht die einzige, die grübelte.

Zwei Stunden später, kurz vor sieben, saß Judd bei einem Becher pechschwarzen Kaffees in seiner üblichen Nische bei Crocker's. Es roch nach Speckfett und Rosinenbrötchen, und das Lokal war brechend voll mit Steinhauern, die sich zur Begleitmusik klimpernden Bestecks in ihrem üblichen undeutlichen Gebrummel unterhielten. Nach der Nacht, die hinter ihm lag, hatte diese ewig gleiche Atmosphäre heute etwas angenehm Beruhigendes für ihn.

Die Fliegentür flog auf und schlug mit einem dumpfen Klappen wieder zu. Hunter kam den Mittelgang herunter und setzte sich ihm gegenüber schräg in die Ecke zwischen der Trennwand der Nische und der Hausmauer, nahm seine Sonnenbrille ab und warf sie auf den Tisch. Er ließ seinen Blick über die anderen Männer gleiten, schaute kurz auf, als Debbie seinen Kaffee brachte, und starrte zwischen den einzelnen Schlucken schweigend auf seinen Becher hinunter, bis Debbie mit den Rühreiern kam. Er hatte sie zur Hälfte gegessen, als er so leise, daß nur Judd es verstehen konnte, sagte: »Das muß ich dir lassen, du bist wirklich fix.«

Judd hatte schon gemerkt, daß ihn irgend etwas beschäftigte, aber darauf war er nicht gekommen. Auf die vage Chance hin, daß er sich irrte, fragte er: »Kannst du mir das etwas näher erklären?«

Nach einem weiteren Bissen Rührei antwortete Hunter: »Du hast die Nacht mit Chelsea Kane verbracht.«

Judd trank einen Schluck Kaffee. Er war nicht bereit, die Nacht

mit sich selbst zu erörtern und erst recht nicht mit einem anderen Menschen. »Wer hat dir das erzählt?«
»Niemand hat es mir erzählt, ich habe es gesehen.«
»Gesehen?«
»Ich saß oben auf dem Hügel.«
Judd fragte sich, wieviel er wohl gesehen hatte. Chelsea hatte keine Vorhänge an den Fenstern, und den größten Teil der Nacht hatte im Schlafzimmer Licht gebrannt, was bedeutete, daß sie wie auf dem Präsentierteller im Bett gelegen hatten. Wut kochte in ihm hoch, ein Gefühl, bespitzelt worden zu sein, doch er zwang sich, ebenfalls leise zu sprechen. »Vergnügst du dich neuerdings als Spanner?«
»Ich habe nichts gesehen, nur daß Licht im Schlafzimmer brannte und der Wagen die ganze Nacht vor dem Haus stand.« Er stach mit der Gabel auf ein Stück Rührei ein. »War sie gut?«
»Das geht dich einen Scheißdreck an!« knurrte Judd und umfaßte seinen Becher fester. War sie gut? Sie war unglaublich gut, und das erboste ihn beinahe ebensosehr wie Hunters Neugier.
»Für gewöhnlich bleibst du nicht die ganze Nacht bei deinen Mädels«, sagte Hunter.
»Was soll das heißen?«
Hunter zuckte die Schultern.
»Du hast mich schon öfter verfolgt?«
»Diesmal habe ich dich nicht verfolgt, ich bin zufällig dort gelandet, und da sah ich den Wagen.«
»Und dann bliebst du, um abzuwarten, ob es was zu sehen gäbe.«
Wieder ein Schulterzucken. »Es war eine schöne Nacht, und ich hatte nichts Besseres zu tun.« Er schob das Stück Rührei mit der Gabel auf dem Teller herum. »Ich hätte nicht gedacht, daß sie so leicht rumzukriegen wäre.«
Ich habe sie nicht rumgekriegt, wollte Judd schon protestieren, ließ es dann jedoch, denn es hätte zu weit geführt.
Sie hatten es beide nicht darauf angelegt, miteinander zu schlafen, es war unvermeidlich gewesen. Wenn er nicht mit ihr

getanzt hätte, sie nicht so fest in den Arm genommen, nicht ihre Haut berührt und nicht den Duft ihrer Haare eingeatmet, wäre es vielleicht erst irgendwann später dazu gekommen – aber passiert wäre es auf jeden Fall, denn die Chemie stimmte einfach.

»Was will sie hier?« fragte Hunter, plötzlich ernst.

»Woher, zum Teufel, soll ich das wissen?« grollte Judd und starrte wütend in seinen Kaffeebecher. Er hatte geglaubt, Chelsea zu kennen, hatte geglaubt, sie sei eine typische Großstadtfrau, hatte geglaubt, sie sei genau wie Janine. Aber in seinen Armen war sie ganz anders gewesen als Janine – offen und ehrlich und hungrig. Janine hätte sich danach sofort eine Zigarette angezündet und wäre dann aufgestanden, um zu telefonieren, einen Bericht zu schreiben oder sich die Haare zu waschen. Chelsea hatte nichts dergleichen getan. Sie hatte sich an ihn gekuschelt, als gebe es nichts Wichtigeres für sie, als ihm nah zu sein.

Das hatte er nicht erwartet, aber was wußte er denn schon über sie? Herzlich wenig, außer, daß sie die letzte Frau war, mit der er ein Verhältnis anfangen wollte.

»Sie muß hinter irgendwas her sein«, sagte Hunter stirnrunzelnd.

»Und was soll das sein?«

»Keine Ahnung. Aber es muß so sein, denn warum wäre sie sonst hier? Ihre Arbeit für die Firma könnte sie auch von Baltimore aus erledigen.«

Als Judd sie darauf angesprochen hatte, erwähnte sie, drei Menschen verloren zu haben. Einer davon war ihre Mutter. Wer mochten die beiden anderen sein?

»Wie lang will sie denn bleiben?« fragte Hunter.

»Woher, zum Teufel, soll ich das wissen?«

»Schließlich bumst du sie.«

Der vulgäre Ausdruck traf Judd bis ins Mark, denn er vermittelte den Eindruck von etwas Schmutzigem und Billigem. Nicht, daß zwischen Chelsea und ihm mehr bestanden hätte als eine körperliche Anziehungskraft, aber das Wort war trotzdem unangebracht. Chelsea Kane hatte Klasse, sie war weder vulgär noch billig. Er hatte sie im Bett als leidenschaftliche und zärtliche Frau erlebt, und wenn sie das gespielt hatte, verdiente sie einen Oscar. Aber warum hätte sie das tun sollen?

Ärgerlich über sich selbst, weil allein der Gedanke daran, wie sie unter ihm gelegen hatte, eine dramatische Unterleibsreaktion bei ihm auslöste, hielt er sich mit beiden Händen an seinem Becher fest, starrte Hunter wütend an und flüsterte heiser: »Ich werde dir jetzt was sagen, Kumpel, und ich rate dir, gut zuzuhören. Ich habe mich mehr als einmal für dich stark gemacht, wenn es nach dem Alten gegangen wäre, hätte ich dich auf den Gabelstapler setzen müssen, aber ich fand, daß du etwas Besseres verdientest. Ich habe dich im Laufe der Jahre immer wieder gedeckt, wenn du irgendwelchen Scheiß gebaut hattest, damit der Alte davon nicht Wind bekam. Nun, ich möchte nicht, daß der Alte oder irgend jemand sonst, Wind davon kriegt, was du letzte Nacht vom Hügel aus gesehen hast. Das geht niemanden etwas an. Was ich in meiner Freizeit tue, ist ganz allein meine Sache, und was sie in ihrer Freizeit tut, ist ihre Sache.« Ohne den Becher loszulassen, drohte er Hunter mit dem Zeigefinger. »Wenn du quatschst, bin ich fertig mit dir. Dann kannst du dich allein mit dem Alten rumschlagen, ohne mich als Puffer. Kapiert?«

Hunter, der noch immer schräg in der Ecke hing, antwortete mit einem tiefgekränkten Blick.

»Dann ist es ja gut«, sagte Judd und trank seinen Kaffee aus.

»Wirst du sie wieder treffen?«

Judd stellte den Becher mit einem Knall auf den Tisch. Er hatte sich noch keine Gedanken darüber gemacht. »Warum interessiert dich das?«

Hunter zuckte die Schultern.

»Bist du vielleicht an ihr interessiert?« fragte Judd. Falls es so

war, würde Hunter ihn kennenlernen, schließlich war er zuerst dagewesen! Aber er konnte sich nicht vorstellen, daß zwischen Chelsea und Hunter die gleiche Anziehungskraft wirkte. Es gab da zwar irgend etwas, das war ihm aufgefallen, als die beiden damals auf dem Motorrad davongefahren waren, als würden sie sich schon eine Ewigkeit kennen, aber sie hatten nicht den Eindruck auf ihn gemacht, als knistere es zwischen ihnen.
»Nicht auf diese Weise«, bestätigte Hunter seinen Eindruck.
»Auf welche Weise dann?«
Hunter ließ träge den Blick zu den Männern wandern, die am Tresen saßen, beobachtete eine Zeitlang B. J., die dort bediente, und dann Debbie, die an den Nischen entlangging und Kaffee nachschenkte. Judds Ungeduld wuchs von Minute zu Minute.
»Auf welche Weise dann?« wiederholte er schließlich, als er es nicht mehr aushielt.
»Keine Ahnung«, erwiderte Hunter.
Judd fluchte frustriert.
»Was regst du dich auf?« fragte Hunter ärgerlich. »Ich kann es nicht erklären. Sie hat irgend etwas an sich. Ich weiß nicht, was, aber da ist irgendwas. Ich würde gerne sagen, daß sie eine arrogante Ziege ist, aber das ist sie nicht. Sie ist nett . . .« Er brach ab, ließ das Wort »nett« in der Luft hängen, als sei es etwas Böses.
Judd fielen wieder die Sirenen ein, die Männer ins Verderben lockten. Janine hatte ihn beinahe zerstört. Er würde das nicht noch einmal mit sich machen lassen. Die Lösung des Problems lag auf der Hand: Chelsea Kane mußte so schnell wie möglich aus Norwich Notch verschwinden.
Mit diesem Gedanken im Kopf fragte er: »Wie lange wird es noch dauern, bis ihr Haus fertig ist?«
»Vier, fünf Wochen.«
»Bis dahin steht auch der Schuppen für die Granitbearbeitung. Ich habe schon drei Männer dafür angeworben, aber wir brauchen noch sechs weitere. Ich denke, wir werden Boggs und Deagan an die Sägen stellen. Sie haben gute Augen und Kraft in

den Händen, und sie sind darauf angewiesen, regelmäßig Geld zu verdienen.« Beide Männer hatten große Familien, und das garantierte ihre Zuverlässigkeit, wenn es um die Arbeit ging. Der Posten im Schuppen kam einer Beförderung gleich, und Judd gönnte sie ihnen. »Ich habe noch zehn andere Männer auf meiner Liste. Die meisten von ihnen haben in Steinbrüchen gearbeitet, die geschlossen wurden. Ein paar von ihnen sind Steinmetze – echte Künstler –, und für die Feinarbeiten brauchen wir solche Leute. Ich möchte, daß du sie dir diese Wochen ansiehst, du weißt, was mir vorschwebt.«
»Aber ich habe in Boulderbrook zu tun.«
»Diese Sache hat Vorrang.«
»Versuchst du mich von ihr fernzuhalten?« fragte Hunter.
»Nein«, erwiderte Judd langsam und entschieden. »Ich versuche, eine gute Mannschaft zusammenzukriegen, damit wir die Wette gewinnen, die sie uns aufs Auge gedrückt hat, und sie endlich wieder verschwindet. Du kannst mir dabei helfen, indem du die Vorauswahl übernimmst. Bist du dazu bereit oder nicht?«

Was Chelsea am meisten beschäftigte, war Carl. Nicht, weil sie seine Reaktion fürchtete, wenn er erführe, daß sie mit Judd geschlafen hatte oder von ihm schwanger war, als sie mit Judd geschlafen hatte – nein, sie hatte einfach mit der Tatsache zu kämpfen, daß Carl ihre Einstellung zum Sex geprägt hatte. Eine Frau mußte einen Mann erst richtig kennenlernen, bevor sie mit ihm ins Bett ging. Bei den wenigen Männern, mit denen sie im Laufe der Jahre zusammen war, war es so gewesen – und bei Carl ganz besonders.
Sie hatte niemals etwas mit einem Mann angefangen, den sie kaum kannte, nicht einmal in ihren wildesten Zeiten. Bis zu Judd. Und es war schön gewesen, sehr schön.
Aber wie sollte es weitergehen? Diese Frage verfolgte sie, ging ihr nicht aus dem Kopf, als sie an diesem Tag in ihrem Dachbodenbüro arbeitete, obwohl es an Ablenkungsmöglichkeiten nicht

mangelte. Von vielen der Architekten, an die sie sich gewendet hatte, gingen Aufträge ein, aber es waren keine in der Größenordnung dabei, auf die sie gehofft hatte. Doch das würde sich sicherlich ändern, sobald sie Muster vorweisen könnte, was allerdings erst möglich wäre, wenn die Arbeit im Schuppen anliefe. Doch sie wollte die Neugier der Leute wecken, erreichen, daß sie es gar nicht erwarten konnten, zu sehen, was sie ihnen zu bieten hatte. Sie wünschte sich ein großes Projekt auf ihren Zeichentisch und fieberte danach, positive Urteile über den Granit zu hören. Also hängte sie sich ans Telefon – was sich als vergebliche Bemühung herausstellte, da alle Welt den Feiertag für ein langes Wochenende nutzte –, schrieb noch mehr Briefe und gab dem Entwurf des landsitzgroßen Sommerhauses, das einer ihrer Kunden sich auf Nantucket bauen wollte, den letzten Schliff.

Für gewöhnlich war sie bei der Arbeit sehr konzentriert, aber heute hielt sie jedesmal den Atem an, wenn sie Schritte auf der Wendeltreppe hörte. Jedesmal, wenn sie etwas zu Fern hinunterbrachte, hoffte sie, Judd zu begegnen, ebenso, als sie zu einem Schwatz mit Donna zu Farr's hinüberging oder in der Bäckerei ein frisches Croissant kaufte. Sie rechnete fest damit, daß er sie besuchen würde, aber er ließ sich nicht sehen.

Dafür kam Hunter. Er schaute gegen drei Uhr nachmittags herein, schlenderte eine Weile herum und betrachtete die an der Wand hängenden Aufnahmen von Projekten, die nach ihren Entwürfen gebaut worden waren, ließ sich schließlich auf der Kante ihres Computertischs nieder und musterte sie unverfroren von oben bis unten.

Sie wußte, woran er dachte. Den Stier bei den Hörnern packend fragte sie: »Können Sie mir sagen, was Sie letzte Nacht auf meinem Hügel zu suchen hatten?«

Wenn es ihn überraschte, daß sie Bescheid wußte, ließ er es sich nicht anmerken. Statt dessen zuckte er gleichgültig die Schultern. »Ich war einfach so herumgefahren und landete schließlich

dort. Ich muß sagen, es hat mich ganz schön verblüfft, den Blazer um zwei Uhr nachts vor Ihrem Haus stehen zu sehen.«
Sie ignorierte die Aufforderung, es zu erklären, und sagte: »Eine ungewöhnliche Zeit für einen Ausflug.«
»Ich leide unter Schlafstörungen, und Motorradfahren ist ungeheuer entspannend. Jedenfalls für mich.«
»Die Leute in der Stadt sind bestimmt begeistert von dieser Therapie.«
Er grinste schief. »Ja.«
»Aber es erstaunt mich, daß Sie sich nachts zu mir hinauswagen, wo es in dem Haus doch spukt ...«
Das Grinsen erlosch. »Ich war ja nicht drin.«
»Was haben Sie gedacht, als Sie Judds Wagen davorstehen sahen?«
»Daß Sie schon zu lange aus der Großstadt weg sind und Ihren Hormonhaushalt mal schnell in Ordnung bringen wollten. Aber mit ›schnell‹ war ja dann wohl nichts.«
Sie dachte daran, wie oft Judd und sie sich geliebt hatten, und spürte, wie ihr die Röte ins Gesicht schoß. »Das ist eine ziemlich taktlose Bemerkung, Hunter.«
Er zuckte die Schultern und schaute weg. »Sie haben gefragt.«
Damit hatte er natürlich recht. Sie hatte einen Kommentar hören wollen, weil sie wissen wollte, wie die übrigen Leute in der Stadt reagieren würden, wenn sie erführen, was passiert war. »Aber Ihre Vermutung war falsch«, sagte sie. »Ich brauche keine solchen Auffrischungen, und für gewöhnlich lasse ich mich auch nicht mit Männern ein, die ich kaum kenne.« Sie wußte nicht, warum sie sich vor Hunter rechtfertigte, aber es war ihr ein Bedürfnis. Aus dem gleichen Grund setzte sie hinzu: »Ich finde ihn ungeheuer anziehend«, und dann: »Ist Ihnen das noch nie passiert?«
»Ich bin ein Mann«, erklärte er kategorisch.
»Das ist eine sexistische Äußerung«, schalt sie. »Eine Frau kann sich genauso stark oder unvermittelt zu einem Mann hingezogen fühlen wie umgekehrt.«

»Aber ein Mann sucht nur seine Befriedigung. Eine Frau braucht mehr.«

»Manchmal«, nickte Chelsea, dachte einen Moment darüber nach und korrigierte sich dann: »Für gewöhnlich, ja. Aber nicht immer.«

Sein Blick kehrte zu ihr zurück, und sie hatte das Gefühl, als schaue er sie nicht an, sondern in sie hinein. »Was empfinden Sie für Judd?«

»Es ist zu früh, um das zu sagen, ich kenne ihn ja erst seit kurzem.«

»Ich kenne ihn seit langem. Ich sage Ihnen, was Sie wissen wollen.«

Sie suchte in seinem Gesicht nach Spott oder Arroganz oder sogar Niedertracht, konnte jedoch nichts davon entdecken. Er schien sein Angebot ehrlich zu meinen. Nicht nur das, er machte den Eindruck, als sei es ihm ein Anliegen. Chelsea fiel ein, wie er ihr gestern nachmittag Dinge erzählt hatte, die er ihrer Meinung nach nicht vielen Menschen erzählte, und sie glaubte, daß er tatsächlich den Wunsch hatte, sie ins Vertrauen zu ziehen, was sie als großes Kompliment wertete. Sie schaute ihm in die Augen und sagte: »Ich möchte wissen, was er in seiner Freizeit macht und warum er nicht verheiratet ist.«

»Er war mal verheiratet.«

Ihr Herzschlag geriet ins Stolpern. »Wann?«

»Als er in Pittsburgh lebte. Sie lernten sich auf dem College kennen und heirateten nach der Graduierung. Er begleitete sie durch ihr Jurastudium; und sie ließ ihn durch die Hölle gehen.«

Chelsea dachte an Hailey, ebenfalls Rechtsanwältin, die Carl ausgesprochen glücklich zu machen schien. »Wie meinen Sie das?«

»Sie benutzte ihn, holte ihn sich, wenn sie einen Begleiter brauchte oder eine Entschuldigung, um irgendwo nicht hingehen zu müssen, tauchte auf, wenn es ihr gerade einfiel – was seiner Aussage nach nicht allzuoft der Fall war –, log ihm vor, eine Familie gründen zu wollen, und ging dann in die Politik. Als der alte Leo krank wurde und Judd hierher zurückkam, war es aus.«

»Leo?«

»Streeter. Judds Vater.«

»Judd hat sich um ihn gekümmert?«

»Er kümmert sich um ihn.«

Chelsea runzelte die Stirn. »Er lebt noch?«

»Nur körperlich, er hat Alzheimer.«

Sie war verblüfft, sie hatte nicht damit gerechnet, daß Judd noch einen Vater hatte, noch dazu einen mit einer so tragischen Krankheit.

»Darum ist Judd wiedergekommen. Ich denke, wenn der alte Leo irgendwann stirbt, wird er machen, daß er wegkommt. Judd hat zu viel auf dem Kasten, um den Rest seines Lebens in einem Kaff wie Norwich Notch zu bleiben.«

Aber Chelsea war noch nicht bereit, sich damit zu befassen. »Die Alzheimersche Krankheit. Wie schrecklich.« Nicht auszudenken, welchen Kummer das Judd bereitete. Abbys Situation war eine andere gewesen. Chelsea war nicht sicher, was schlimmer war – mit ansehen zu müssen, wie ein Körper verfiel, während der Verstand intakt blieb, oder umgekehrt. »Lebt er zu Hause?«

Hunter nickte. »Judd bezahlt Leute, damit sie ein Auge auf Leo haben. Er ist ein Streuner.«

»Ein Streuner?«

»Ja. Er marschiert einfach zur Haustür raus und wandert herum, egal, ob es Tag ist oder Nacht. Er hat nie ein bestimmtes Ziel, weiß gar nicht, daß er überhaupt unterwegs ist, und kommt nie weit, bevor er gefunden wird, aber Judd ängstigt sich jedesmal zu Tode. Er hängt an dem alten Knaben.«

Chelsea fielen die Fragen ein, die Judd ihr gestellt hatte, als sie ihm von Abby erzählte. Sie hätte sich denken können, daß mehr dahinter steckte als bloße Neugier. Sie ging vom Zeichentisch zum Fenster. Der Himmel war bewölkt, ließ die Szenerie seltsam verschwommen erscheinen. Wie das Bild, das sie von Judd gehabt hatte, dachte sie. »Ich hatte auch angenommen, daß seine Mutter tot ist. Habe ich mich damit ebenfalls geirrt?«

»Nein, aber er hat sie kaum gekannt. Sie ging weg, als er vier war.«

Chelsea wandte sich ihm wieder zu und schluckte. »Sie ging einfach weg?«

Er nickte. »Konnte die Stadt nicht ertragen. Sie war die Tochter von Leuten, die den Sommer hier verbrachten. Den Sommer über hier zu leben ist ganz was anderes, als das ganze Jahr hier zu leben. Sie verliebte sich in Leo, heiratete ihn, bekam ein Kind von ihm, und dann hielt sie es nicht mehr aus.«

»Aber wie konnte sie ihr Kind verlassen?« Chelsea begriff das nicht. Ein Kind gleich nach der Geburt wegzugeben, wie ihre Mutter es getan hatte, war unter Umständen einzusehen, aber einen Vierjährigen zu verlassen, der einen Namen hatte, eine ausgeprägte Persönlichkeit und eine Beziehung zur Mutter, war eine Ungeheuerlichkeit.

Hunter antwortete nicht. Er schaute stirnrunzelnd zu Boden und verschränkte die Arme vor der Brust.

Chelsea fiel ein, was Margaret alles über seine Mutter gesagt hatte, und sie fragte sich, was er dachte. Sie überlegte gerade, ob sie es wagen sollte, ihn danach zu fragen, als er abrupt den Kopf hob und von wo immer er gewesen war zurückkehrte.

»Was wollen Sie noch wissen?«

Sie ging zu ihm hinüber und wollte sich eben neben ihn auf den Rand des Computertischs setzen, als sie sich erinnerte, daß er Berührungen nicht mochte, und so achtete sie auf einen gewissen Abstand. »Hat Judd Geschwister?«

Hunter schüttelte den Kopf.

»Was wurde aus seiner Frau?«

»Sie klagte auf böswilliges Verlassen und ließ sich von ihm scheiden.«

»Liebt er sie noch?«
»Nein. Er sagt, er habe sie falsch eingeschätzt – und er wird denselben Fehler nicht zweimal machen.«
Die Art, wie Hunter sie ansah, weckte Unbehagen in Chelsea. »Ist das eine Warnung?«
Er zuckte die Schultern.
»Eine einzige Liebesnacht gibt keinen Anlaß zu einer solchen Warnung, Hunter.«
»Sie stellen Fragen über ihn, also haben Sie Absichten.«
»Aber keine ernsten«, versicherte sie ihm. »Absolut keine ernsten!« Sie würde in den kommenden Monaten auch ohne eine intensive Beziehung zu einem Mann vollauf beschäftigt sein.
»Aber ich wette, Sie möchten wissen, ob es andere Frauen in seinem Leben gibt.«
Damit hatte er zwar recht, aber das würde sie ihm auf keinen Fall eingestehen. »Um ehrlich zu sein, möchte ich wissen, wie es bei Ihnen in dieser Hinsicht aussieht. Warum sind Sie nicht verheiratet? Warum haben Sie keine Kinder?«
»Ich?«
»Ja, Sie. Sie sind weiß Gott alt genug, und alle anderen hier haben welche. Warum Sie nicht?«
»Ich wüßte gar nicht, wie ich mit Kindern umgehen sollte«, sagte er und stieß sich vom Schreibtisch ab.
»Das würden Sie schon lernen.«
Er steuerte auf die Wendeltreppe zu. »Ich will es aber gar nicht lernen.«
»Warum gehen Sie jetzt plötzlich, verdammt noch mal?«
»Weil es nichts mehr zu sagen gibt.«
Sie folgte ihm quer durch den Raum. »Aber ich rede gerne.« Und sie war es müde, allein zu sein.
»Dann reden Sie doch«, sagte er und machte Anstalten die Treppe hinunterzugehen.
»Mit wem denn?« rief sie ihm nach. »Hier redet ja niemand! Diese Stadt ist von Austern bewohnt.«

»Dann gehen Sie doch nach Baltimore zurück«, riet er ihr und verschwand im Stockwerk unter ihr aus ihrem Blickfeld, während sie, das Geländer umklammernd, hinunterschaute.
Und plötzlich klickte es in ihrem Kopf. Nach Wochen, in denen sie angestarrt, betuschelt und meist ignoriert worden war, brachte Hunters Abgang das Faß zum Überlaufen.
Sie drehte sich um und ließ frustriert den Blick durch den Raum wandern. »Das war ein Riesenfehler«, murmelte sie und kehrte mit wütenden Schritten zu ihrem Zeichentisch zurück. »Ich hätte nie hierherkommen dürfen!« Sie schaltete die Lampen an den beiden Seiten aus. »Ich bin ein Gesellschaftsmensch. Ich brauche Kontakt zu anderen Menschen. Ich brauche Austausch und Kommunikation und Zuwendung. Ich brauche Gespräche.« Sie schnappte sich ihren Aktenkoffer und lief die Treppe hinunter.
»Ich bin weg«, sagte sie zu Fern, ohne sich darum zu scheren, daß sie kürzer angebunden war als sonst. Alle in der Stadt waren kurzangebunden, also durfte sie es auch sein.
Der Pathfinder stand weit hinten in der Einfahrt neben der Quilters Guild. Sie warf ihren Aktenkoffer auf den Beifahrersitz, vollführte eine schnelle Dreipunktwendung und fuhr davon, nahm den Fuß erst wieder vom Gas, als sie ihr Bauernhaus erreichte, wo sie ein paar Handwerker antraf, die elektrische Leitungen in die Küche legten und rosafarbene Isoliermatten zwischen die Latten an den Wänden einpaßten, die später die Holzverkleidung tragen sollten. Sie stürmte ohne ein Wort an ihnen vorbei und in ihr Schlafzimmer hinauf, wo sie sich die Kleider vom Leib riß, ein Trikothemd, Shorts und Laufschuhe anzog, die Treppe wieder hinunter und, wiederum wortlos an den Handwerkern vorbei, aus dem Haus lief.
Die Luft war schwül. Sie kämpfte sich durch den zähen Brei, beschleunigte und behielt schließlich ein Tempo bei, das sie forderte. Die Anstrengung hatte eine therapeutische Wirkung. Nach zehn Minuten war sie schweißgebadet, doch das tat ihr so

gut, daß sie das ferne Donnergrollen ignorierte und weiterlief. Sie folgte der Hauptstraße aus der Stadt, bis sie eine bekannte Abzweigung vor sich sah. Es war die, in die Hunter eingebogen war, als er sie damals auf dem Motorrad mitgenommen hatte. Sie bog ebenfalls dort ab und dann, als ihre Beine die Steigung zu spüren begannen, in eine andere Straße ein, die eben davon wegführte. Als sie wieder auf die Hauptstraße kam, war sie weiter von der Stadt entfernt, als sie gedacht hatte.
Inzwischen müde, machte sie sich auf den Rückweg. Dunkle Regenwolken ballten sich am Himmel zusammen. Nach einer Weile legte sie eine Rast ein, setzte sich am Straßenrand auf einen großen Stein und legte den Kopf auf die Arme. Autos fuhren vorbei, manche bremsten kurz, ab, doch sie schaute erst wieder auf, als sie sich so weit erholt hatte, daß sie weiterlaufen konnte, aber sie brachte es auf kein nennenswertes Tempo mehr. Sie fühlte sich entmutigt und schlug sich mit der Frage herum, ob sie in Norwich Notch bleiben, und wenn ja, wie es weitergehen sollte. Der zweite Teil der Frage bezog sich nicht zuletzt auf Judd Streeter.
Und dann fing es an zu regnen. Große Tropfen klatschten herunter, naß und kühl, doch der Donner grollte nur in der Ferne. Scheinwerfer flammten auf, erfaßten sie kurz und waren vorbei. Sie hatte fast die Abzweigung nach Boulderbrook erreicht, als ein Fahrzeug hinter ihr herankam, aber nicht überholte. Sie winkte es vorbei, und als es sie weiterhin verfolgte, drehte sie sich um. Es war der Blazer.
Sie winkte energischer. Judd hatte nicht den Mut gehabt, zu ihr ins Büro zukommen – jetzt konnte er ihr gestohlen bleiben.
Er fuhr vorbei, hielt kurz vor ihr an, kurbelte das Fenster herunter und schrie: »Steig ein!«
Obwohl der Regen stärker geworden war, reagierte sie nicht. Auch nicht, als er hupte. Sie bog in die Straße nach Boulderbrook ein und legte Tempo zu, als er ebenfalls einbog. Das Bauernhaus lag eine halbe Meile die Straße hinunter. In Anbe-

tracht ihrer Erschöpfung würde es nicht leicht werden, die Strecke in vier Minuten zu schaffen, dachte sie, aber sie würde es versuchen. Alles, was sie jetzt wollte, waren ein heißes Bad, ein Glas Wein und ein ausgiebiger Tränenausbruch.

Judd hatte andere Pläne. Er überholte sie, stellte den Blazer quer und kam durch den Regen auf sie zugerannt. Sie versuchte, ihn in einem weiten Bogen zu umlaufen, doch er erwischte ihren Arm und wirbelte sie, ihren eigenen Schwung nutzend, an seine Brust.

»Was, zum Teufel, tust du?« fragte er.

Sie wehrte sich verzweifelt. »Laß mich los!«

»Es gießt in Strömen!«

Sie strampelte weiter, doch auf den nassen Blättern fand sie wenig Halt. »Ich jogge gerne im Regen!«

»Es gewittert!«

»Laß mich los, Judd!«

Er verstärkte seine Umarmung noch. »Was ist los mit dir?«

»Ich will dich nicht sehen!« rief sie. »Ich will ins Trockene!« Sie drehte und wand sich, doch ohne Erfolg. Ihre Knie waren wie Gummi, und das hatte nicht das geringste mit Überanstrengung zu tun, sondern ausschließlich mit Judd. Selbst jetzt, als er sie gegen ihren Willen festhielt und der Regen auf sie beide herunterprasselte, begann sie innerlich zu vibrieren.

Er wollte sie zu seinem Wagen dirigieren, aber sie stemmte sich dagegen. »Verdammt, Judd, laß mich los!«

Er zog sie wieder nah zu sich heran und wollte sie gerade hochheben, als es ihr gelang, sich zu befreien, doch er hatte sie sofort wieder eingefangen. »Das hast du letzte Nacht aber nicht gesagt«, erinnerte er sie und schlang die Arme um ihre Taille.

Sie stemmte die Hände gegen seine Brust. »Letzte Nacht hast du mir auch nichts aufgezwungen.«

»Ich zwinge dir jetzt auch nichts auf«, knurrte er, als sie sich ihm beinahe wieder entwand. »Ich versuche lediglich, dich ins Trokkene zu bringen, wohin du ja sowieso willst.«

»Du bist besorgt?« schrie sie. Plötzlich forderten die hinter ihr liegenden Monate ihren Tribut, und sie brauchte ein Ventil. »Ist es tatsächlich Besorgnis, was ich da höre? Das kann nicht sein, ich muß geistig verwirrt sein. Niemand in diesem gottverlassenen Ort empfindet Besorgnis. Keiner redet, keiner denkt, keiner fühlt. Ich weiß nicht, wie ich etwas anderes erwarten konnte. Mein Vater hatte recht, ich hätte nicht herkommen sollen. Es hat mich damals niemand hierhaben wollen, und es will mich heute niemand hierhaben.«

Judd lehnte sie mit dem Rücken an einen Baum.

»Wovon sprichst du?«

»Ich hätte nicht herkommen sollen!«

»Verdammt richtig! Aber du hast es getan.« Er fluchte, und im nächsten Moment preßte sich sein Mund auf den ihren. Sie versuchte, den Kopf wegzudrehen. Als er das nicht zuließ, versuchte sie, die Lippen geschlossen zu halten, doch er nagte so hungrig an ihrer Entschlossenheit, daß sie schließlich mit einem Aufschrei nachgab.

Was dann geschah, traf sie wie der Blitz, der eigentlich zu dem Gewitter gehört hätte. Innerhalb eines Sekundenbruchteils war alles andere vergessen, gab es nur noch ein alles verzehrendes Verlangen, das ihren Körper zum Glühen brachte. Ehe sie wußte, wie ihr geschah, hatte Judd ihr die Shorts heruntergezogen und seine Jeans geöffnet. Er hob sie hoch und pfählte sie.

Sie rief seinen Namen und klammerte sich an ihn, als hinge ihr Leben davon ab. Sie begriff nicht, wie sie ihn so sehr begehren konnte, doch das Begehren füllte ihr ganzes Sein aus.

Seine Stimme klang wie Sandpapier. ». . . schling deine Beine um meine Taille, Baby . . . ja . . . ja . . .« Den Baum als Stütze nutzend, stieß er wieder und wieder in sie hinein, bis sie mit einem schrillen Schrei den Höhepunkt erreichte. Sekunden später spürte sie ihn in sich kraftvoll pulsieren. Sein Körper zitterte noch, als das Pulsieren schon lange aufgehört hatte.

»Jesus!« keuchte er und wiederholte es noch einmal mit einem zittrigen Seufzer.

Sie hielt seinen Hals umklammert, war entschlossen, in alle Ewigkeit in dieser Haltung zu verharren, erfüllt von einer so tiefen Befriedigung, daß kein noch so starker Regen sie mindern konnte, und einer herrlich-schwindligen Erschöpfung.
»Chelsea?«
Ihr Gesicht lag seitlich an seinem Hals. »Hm?«
»Ich habe nichts benutzt. Ist das ein Problem?«
Es dauerte einen Moment, bis sie begriff, was er meinte.
»Kein Problem«, flüsterte sie.
Ein paar Minuten später zog er ihr die Shorts wieder hoch, richtete seine Jeans und führte Chelsea zum Wagen. Diesmal protestierte sie nicht. Sie fühlte sich matt und müde. Auf der kurzen Fahrt zu ihrem Bauernhaus kuschelte sie sich an ihn, und auf dem Weg hinein suchte sie Schutz unter seinem Arm. Er brachte sie die Treppe hinauf und ins Bad, wo er zuerst sie auszog und dann sich. Unter der Dusche seifte er sie ein, drehte sie langsam im Kreis, damit das Wasser den Schaum abspülen konnte, und sorgte dafür, daß auch in ihren Haaren keine Reste zurückblieben. Anschließend trocknete er sie ab.
Sie war völlig erschöpft. Es war noch nicht einmal sechs Uhr abends, doch als er sie im Bett an seine Brust zog, schlief sie augenblicklich ein.

Judd schlief nicht, sondern nutzte die Gelegenheit, sie ausgiebig zu betrachten. Kleinigkeiten fielen ihm auf – und gefielen ihm: die durchscheinende Zartheit ihrer Lider, der sanfte Schwung ihres entspannten Mundes, die rosig überhauchten Wangen. Als er ihre Haare berührte, ringelten sie sich ganz von selbst um seinen Finger. Als er mit der Hand über ihre Schulter strich, streckte sie den Arm aus und legte ihn über seine Brust, als wolle sie ihn festhalten.
Er hätte sich durch ihr Verlangen nach Nähe eigentlich bedrängt fühlen müssen – er war sicher, daß es eines Tages dazu führen würde –, doch im Augenblick störte es ihn nicht. Es war etwas

Neues für ihn. Er blieb sonst nie in dieser Art bei einer Frau, stand für gewöhnlich sofort auf, wenn der Liebesakt beendet war. Er hatte es bisher immer eilig gehabt, wegzukommen, um denjenigen nach Hause schicken zu können, der gerade auf Leo aufpaßte.
Jetzt hatte er es nicht eilig. Er genoß es, Chelsea zu spüren. Ihr Körper war warm und weich, durchtrainiert, aber trotzdem ungeheuer feminin. Er nahm an, daß das an ihren Brüsten lag. Sie waren größer, als er vermutet hatte, was aber nicht hieß, daß sie unproportioniert waren.
Ihr Bett gefiel ihm, und auch das Zimmer. Komisch, er hätte, nachdem er gesehen hatte, wie sie den Dachboden gestaltet hatte, erwartet, alles hier in Weiß vorzufinden. Dort war ihr Hauptanliegen gewesen, eine Atmosphäre der Offenheit zu schaffen. Hier hatte sie mit dem Rostbraun das Gegenteil erreicht, wobei der Raum jedoch nicht eng wirkte, sondern gemütlich. In ihrem ureigenen Reich sehnte sie sich offenbar nach Geborgenheit.
Chelsea regte sich. Sie streckte sich, ohne sich von seinem Körper zu lösen, schob ihre Wange auf seiner Brust ein wenig höher und drückte eine Faust gegen ihr Auge, wie Judd es schon Dutzende von Malen bei Kindern beobachtet hatte, dann öffnete sich das Auge. Als sie begriff, wo sie war und mit wem sie hier lag, erstarrte sie einen Moment, bevor sie den Kopf in den Nacken legte und ihm in die Augen schaute.
»Wie spät ist es?« flüsterte sie.
»Ungefähr acht.«
»Ich wollte nicht einschlafen.«
»Du warst erledigt.« Sie sah immer noch müde aus, dachte er. Ohne Make-up hatte sie bläuliche Ringe unter den Augen. Er fragte sich, ob sie zuviel arbeitete oder ob sie einfach weniger stark war, als sie ihre Umgebung glauben machte.
Wieder streckte sie sich, atmete, noch immer schläfrig, tief ein und schaute quer über seine Brust auf einen Punkt in der

Unendlichkeit. »Es tut mir leid wegen vorhin. Ich habe die Nerven verloren. Das passiert mir nicht oft.«
Das hatte er sich schon gedacht. »Und was war schuld daran?«
Sie antwortete nicht gleich. Er sah eine Falte über ihrer hübschen, geraden Nase erscheinen. »Ich weiß es nicht«, sagte sie schließlich. Sie dachte eine Weile darüber nach und fuhr dann fort: »Hunter kam im Büro vorbei, und wir unterhielten uns eine Weile, und dann erwischte ich einen wunden Punkt bei ihm, und er ging, und da wurde mir plötzlich bewußt, daß das die Leute hier ständig tun, und das machte mich wütend.«
Judd mochte ihre Stimme. Sie besaß einen Rhythmus, eine Melodie, was angesichts ihrer Behauptung, völlig unmusikalisch zu sein, nicht einer gewissen Ironie entbehrte.
»Ich habe gerne Menschen um mich«, erklärte sie in einer Weise, die keine Reaktion verlangte. »Das war schon so, als ich noch klein war. Ich war ein Einzelkind, vielleicht sehnte ich mich deshalb so nach Gesellschaft. Ich war nicht unglücklich, wenn ich allein zu Hause war, wirklich allein war ich nie, es war immer eine Haushälterin oder ein Kindermädchen da, aber ich fühlte mich wohler, wenn ich mit Freunden zusammen war. Es gab mir ein Gefühl der Sicherheit, der Zugehörigkeit.«
Auch Judd war ein Einzelkind, seine Voraussetzungen waren allerdings nicht so günstig gewesen. An den meisten Tagen war er, als er noch klein war, nach der Schule wirklich allein zu Hause, bis sein Vater von der Arbeit kam. Als er anfing, Basketball zu spielen, hatte ihm das eine Möglichkeit eröffnet, der Einsamkeit zu entkommen, und ihm das Gefühl gegeben, dazuzugehören. Darum verstand er, was Chelsea meinte.
»Ich rede gerne«, sagte sie, und dann wehte ein leises Lachen über die Haare auf seiner Brust. »Aber das hast du sicher schon gemerkt«, setzte sie selbstironisch hinzu. »Meine Mutter war auch so. Mein Dad nicht so sehr, aber vielleicht lag das daran, daß er den ganzen Tag im Krankenhaus reden mußte. Zu Hause war er eher schweigsam.« Wieder ein leises Lachen, diesmal

voller Zuneigung. »Wenn ich es mir recht überlege, blieb ihm gar nichts anderes übrig, denn wenn meine Mom und ich loslegten, kam der Arme nicht zu Wort.«

»Lebt er noch?«

»Hm.«

»In Baltimore?«

»Eigentlich ja, aber seit er im Ruhestand ist, reist er viel.«

Sie wirkte plötzlich angespannt und streckte sich, als wolle sie eine Verkrampfung lösen.

»Ich vermisse ihn«, sagte sie.

Also war ihr Vater einer der drei Menschen, die sie erwähnt hatte. »Ist er nicht einverstanden damit, daß du hier bist?« griff er ihre Äußerung draußen im Regen auf.

»Er fand, daß ich in Baltimore bleiben sollte.«

»Wer will dich nicht hierhaben?« Auch das hatte sie gesagt.

»Alle. Keiner. Ich weiß nicht.« Sie verfiel in Schweigen. Er wartete darauf, daß sie näher darauf einginge, doch sie tat es nicht. Statt dessen wechselte sie das Thema: »Ich weiß so vieles nicht. Zum Beispiel, was das ist, was zwischen dir und mir vorgeht.«

Das wußte er auch nicht, und so waren sie quitt.

»Ich benehme mich für gewöhnlich nicht so wie letzte Nacht oder vorhin.« Wieder lachte sie leise, diesmal trocken, und korrigierte sich: »Nein, nie. Ich habe nicht im Traum damit gerechnet, daß mir das passieren würde.«

Es tröstete ihn ein wenig, daß sie der Anziehungskraft, die zwischen ihnen bestand, genauso hilflos – und ambivalent – gegenüberstand wie er.

Ihre nächsten Worte sprudelten geradezu heraus. »Ich war bitter enttäuscht, als du heute nicht zu mir ins Büro kamst, ich hatte gedacht, daß du wenigstens mal nach mir schauen würdest oder mit mir darüber reden, ob die Nacht irgendeine Bedeutung hatte oder ob es eine Wiederholung geben würde, ich war völlig durcheinander und darum wohl sehr empfindlich, ich ärgerte

mich über Hunter und stürzte wütend aus dem Büro, und dann joggte ich und lief zu weit, und dann kamst du daher ...«
Sie hatte nicht ein einziges Mal abgesetzt, und nun schnappte sie regelrecht nach Luft, doch es ging gleich weiter. »Ich will nicht so empfinden! Ich will mich nicht in dieser Weise von einem Mann angezogen fühlen. Wirklich nicht! Mein Leben ist schon ohne eine solche Beziehung randvoll.«
»Ich dachte, du hast gerne Freunde.«
»Das stimmt ja auch, aber wir sind keine Freunde. Wir sind ...«
»Bettgenossen.«
»Bettgenossen. Aber ich wünsche mir Freunde. Ich möchte Leute um mich, mit denen ich reden kann und Spaß haben und zum Essen gehen. Ich hatte fest damit gerechnet, hier Menschen kennenzulernen, mit denen all das möglich ist, aber außer Donna halten mich alle auf Abstand. Was haben sie mir vorzuwerfen, abgesehen davon, daß ich aus der Großstadt komme, Geld habe und in die Granitfirma eingestiegen bin natürlich?«
Er hätte beinahe laut aufgelacht. Sie hatte fast alles aufgezählt, aber ein wichtiger Punkt war ihr entgangen. »Du bist außerdem schön, und das macht sie nervös.«
Sie legte den Kopf in den Nacken, um ihn ansehen zu können, und widersprach: »Ich bin nicht schön, nicht wirklich. Ich mache nur das Beste aus dem, was ich habe.«
»Das kommt aufs selbe raus.«
»Und warum macht es sie nervös?«
»Weil sie sich dir unterlegen fühlen Die Männer verdienen nicht genug, um es den Frauen zu ermöglichen, sich schön zu machen, aber selbst wenn sie es täten, würden sie niemals so wirken wie du. Sie haben keine Chance gegen dich, und darum lassen sie dich nicht an sich heran.«
Sie legte den Kopf wieder auf seine Brust und fragte traurig: »Wird das immer so bleiben?«
Das konnte Judd ihr nicht beantworten. Norwich Notch war seit jeher eine geschlossene Einheit. Chelsea hatte sie aufgebro-

chen, indem sie sich Macht erkaufte. Das konnte gut sein, aber auch schlecht.

»Ist das so wichtig für dich?«

»Ich sterbe, wenn ich das ganze nächste Jahr in Isolation verbringen muß.«

Er hatte auf der Zunge, sie darauf hinzuweisen, daß sie nicht gezwungen sei, hier zu bleiben, daß sie jederzeit nach Baltimore zurückgehen könne, doch er tat es nicht. Weil er plötzlich nicht mehr sicher war, daß er sie so schnell loswerden wollte. Weil es ihm gefiel, sie im Arm zu halten. Jedenfalls im Augenblick.

»Du mußt das Jahr nicht in Isolation verbringen«, sagte er.

»Aber es wird niemand mit mir reden!«

»Ich werde mit dir reden.«

Sie schaute zu ihm auf. »Wirklich?«

Sie wirkte in diesem Moment so kindlich, daß er ein zweites Mal innerhalb zweier Minuten beinahe laut aufgelacht hätte. Statt dessen sagte er: »In Maßen. Drei Sätze am Stück sind bei mir das höchste der Gefühle.«

»Aha.« Sie legte den Kopf wieder auf seine Brust und fragte leise: »Und was ist mit dem anderen?«

»Mit welchem anderen?«

»Sex.«

Jetzt lachte er doch. Das Geräusch erschreckte ihn, er hatte es so lange nicht gehört.

»Was ist denn so lustig?«

»Der Tonfall, in dem du das Wort ausgesprochen hast. Als sei es dir fremd.«

»Das ist es mir auch. Die ganze Situation ist mir fremd. Ich habe es dir schon gesagt, Judd, ich habe so etwas noch nie getan.«

»Mit einem Angestellten geschlafen?«

»Mit einem Mann geschlafen, den ich kaum kenne.« Sie richtete sich auf. »Wir haben bis heute keine zwei Worte miteinander gesprochen.«

»Natürlich haben wir das.«

»Nicht über Wichtiges.«
»Arbeit ist nichts Wichtiges für dich?«
»Ich rede nicht von der Arbeit, ich meine persönliche Dinge. Wie deinen Vater, zum Beispiel.«
Seine Heiterkeit erlosch. »Darüber gibt es nichts zu reden. Er ist krank. Basta.«
»Wer ist jetzt bei ihm?«
»Millie Malone.«
»Bleibt sie die ganze Nacht?«
»Manchmal.«
»Mag er sie?«
»Warum ist das wichtig?«
»Weil ich dich ihm nicht wegnehmen will, wenn er dann unglücklich ist.«
Judd atmete tief ein, schloß die Augen und schaute auf die Jahre zurück, in denen er sich gefragt hatte, was Leo wahrnahm und fühlte und dachte.
»Er ist nicht unglücklich«, sagte er schließlich, und er wußte, daß es stimmte. Leo registrierte nicht mehr, wer ihn fütterte oder wusch oder ins Bett brachte. Von ihnen beiden war Judd der Unglückliche.
Er schlug die Decke zurück und setzte sich auf die Bettkante. »Vielleicht reden wir doch lieber nicht, reden ist manchmal zu schmerzhaft.«
»Der Schmerz vergeht aber nicht dadurch, daß man ihn ignoriert.«
»Für kurze Zeit schon.« Er schaute über seine Schulter und sah sie mit nacktem Oberkörper und zerzausten Locken dasitzen. »Du willst wissen, was das für mich bedeutet?« fragte er mit einem Blick auf das Bett. »Es bedeutet ein paar Stunden Ablenkung von dem Schmerz. Wenn du damit leben kannst, okay. Wenn nicht, dann sag's mir jetzt, und wir vergessen die Geschichte.«
Er sah sie schlucken, und sogar diese Bewegung war bei ihr

graziös. Er sah ihre Augen über seinen Hals zu seinen Schultern wandern. Und er hatte gerade einen Pulsschlag über ihrer Brust entdeckt, als sie ihre Lippen befeuchtete und den Blick wieder hob. »Ich kann damit leben«, flüsterte sie.

Er strich mit dem Handrücken über ihre Brustwarze, was ihrer Kehle einen leisen Aufschrei entlockte. Ihre Augen schlossen sich, ihr Atem wurde schneller. Er zog die Hand weg und gab ihr Zeit, sich zu fassen. Nach einer Minute öffnete sie die Augen. Sie kam auf die Knie hoch, rutschte zu ihm und setzte sich neben ihn, zeichnete mit der Fingerspitze in einer langsamen Abwärtsbewegung große Kreise auf seine Brust, ließ sie über seine Taille wandern, doch ein Stück weiter unten hielt sie abrupt an.

Er nahm ihre Hand und führte sie den Rest des Weges. »Ich bin zu alt, um Spielchen zu spielen, oder vielleicht zu ehrlich.« Er legte ihre Finger um seinen Penis und schürte das Feuer, das in seinen Lenden loderte. »Ich kann dir das hier geben, dich auf diese Weise befriedigen. Darüber hinaus kann ich dir nichts versprechen.« Bevor sie etwas sagen konnte, senkte er seinen Mund auf den ihren, öffnete mit der Zunge ihre Lippen und stieß sie tief hinein. Wenn sie diese brutale Art des Küssens ablehnte, wollte er das lieber gleich wissen.

Sie erwiderte seinen Kuß auf die gleiche Weise. Dann setzte sie sich rittlings auf seine Schenkel, nahm die größte Erektion, die er je gehabt hatte, bis zum letzten Millimeter in sich auf und brachte sie beide innerhalb von Sekunden zum Orgasmus, was seinen Ich-kann-dir-das-hier-geben-Macho-Text als reichlich dumm entlarvte und seine Gedanken auf der Heimfahrt durch den Regen von Leo ablenkte.

Vierzehntes Kapitel

Die Norwich Notch Historical Society hatte ihren Sitz in einem Gebäude, das aus der Zeit nach dem Bürgerkrieg stammte und wie ein Privathaus eingerichtet war.

Als Chelsea ankam, saßen Margaret und zwei andere Frauen an einem dunklen Mahagoni-Eßtisch, der mit einem wilden Durcheinander von Dingen vollgepackt worden war, die ihr vage bekannt vorkamen.

»Von der Quilters Guild«, erklärte Margaret ihr in höflichem Ton. »Es war klug von Ihnen, die Sachen vom Dachboden in Kartons packen und aufbewahren zu lassen. Wir haben schon einige Schätze entdeckt.« Ehe Chelsea Zeit hatte, sich diese Schätze genauer zu betrachten, stellte Margaret sie den anderen vor, bat sie in den Salon und verschwand in die Küche, um frischen Tee zu holen, kam mit einer Porzellankanne zurück, goß Chelsea eine Tasse ein und verschwand erneut. Als sie diesmal zurückkam, brachte sie einen Karton mit, der bis zum Bersten mit vergilbten Zeitungen vollgestopft war.

»Der ›Norwich Notch Town Crier‹ erschien damals wöchentlich«, erläuterte sie. »Diese Zeitungen enthalten Berichte über Katie Loves Tod. Ich nehme an, daß sie der Grund für Ihr Kommen sind.«

Das stimmte nur zum Teil, aber sie wollte auch die Zeitungen durchstöbern, die um die Zeit ihrer Geburt herum herausgekommen waren. Die hätte sie zwar auch in der Bücherei einsehen können, doch dort gab es keine Margaret, die ihr eine gute Informationsquelle schien. Vielleicht würde sie unter dem Vorwand, etwas über Hunters Geburt erfahren zu wollen,

zufällig etwas über sich erfahren, denn er war ja genauso alt wie sie.
Margaret ließ sich mit dem Ordner auf dem Schoß in einem Schaukelstuhl nieder. »Nun denn«, sagte sie und verfiel, als habe sie damit genug gesagt, in Schweigen.
Chelsea wußte genügend über diese Frau, um sich nicht von ihrem zarten Äußeren täuschen zu lassen. Margaret Plum besaß einen eisernen Willen. Sie absolvierte stoisch den Aerobic-Kurs, organisierte routiniert Gemeinschaftsessen, zu denen jeder Geladene selbst etwas mitbrachte, und Flohmärkte für wohltätige Zwecke und verabscheute Hunter. Letzteres bekümmerte Chelsea, die Hunter mochte, aber schließlich hatte Abby auch nicht alle jungen Ärzte gemocht, die Kevin unter seine Fittiche genommen hatte. Wenn einer von ihnen Kevins unehelicher Sohn gewesen wäre, hätte das Abby tief getroffen. Nicht, daß Hunter definitiv Olivers Sohn war, aber es konnte sein.
Chelsea hob die Tasse an die Lippen und hielt in der Bewegung inne, um den Duft zu genießen. »Mango?« fragte sie erneut schnuppernd.
»Aprikose.«
»Er ist wunderbar!« Sie hatte Tee schon immer gemocht, und während sie von morgendlicher Übelkeit geplagt wurde, schätzte sie ihn noch mehr. Er beruhigte ihren Magen, hatte etwas Weiches, ja, sogar Heiteres. Jetzt, nachdem sie den dritten Monat ihrer Schwangerschaft hinter sich gebracht hatte, war die Übelkeit verschwunden, doch die Weichheit und Heiterkeit des Tees waren immer noch ein Genuß.
»Hier bei uns wird viel Tee getrunken«, sagte Margaret und überkreuzte ihre Füße. Sie trug ein pflaumenblaues Baumwollkleid, das mit seinem Stehkragen, den langen Ärmeln und der geschnürten Taille angemessen historisch wirkte, besonders im Vergleich zu Chelseas weitschwingender Long bluse und ihren farbigen Strumpfhosen. »Vor allem im Winter«, fuhr sie fort. »Donna hat Ihnen doch von unseren Teepartys erzählt, nicht wahr?«

»Hm.« Sie fanden von Mai bis Oktober an jedem Mittwochnachmittag statt und waren die Norwich-Notch-Version des englischen High-Tea – mit Gurkensandwiches, Frischkäse-Crackern und Karottenspiralen. Obwohl theoretisch jeder willkommen war, konnten die arbeitenden Frauen natürlich nicht daran teilnehmen, womit die mittwöchliche Teegesellschaft sich auf die Creme der Stadt beschränkte.

»Katie Love kam auch immer zu den Teepartys«, sagte Margaret und genoß Chelseas Überraschung sichtlich.

»Aber Katie war die Frau eines Steinhauers.«

»Sie war auch eine Künstlerin. Genauer gesagt, eine Quiltnäherin. Sie hat viele unserer schönsten Muster genäht, und da sie mit uns arbeitete, trank sie auch Tee mit uns.« Margarets Ton änderte sich. »Natürlich nur davor. Danach, nun ja, da hatten wir ihr nicht mehr viel zu sagen.«

Chelsea nippte an ihrem Tee, um den Aufruhr in ihrem Innern zu besänftigen. Sie war noch immer entsetzt darüber, wie Katie Love behandelt worden war, und fragte sich, ob ihre leibliche Mutter die gleiche Erfahrung hatte machen müssen. Es erschien Chelsea grausam, daß eine Frau für etwas bestraft wurde, wozu ein Mann nicht unwesentlich beigetragen hatte, aber da sprach die Feministin aus ihr, die freiwillig ein uneheliches Kind bekommen würde und nicht die Absicht hatte, sich dafür bestrafen zu lassen.

»Wer war der Vater des Kindes?« fragte Chelsea.

»Der Teufel.«

Chelsea ignorierte das. »War er ein Steinhauer?«

»Er war der Teufel.«

»Jemand von Bedeutung für die Stadt, jemand, der bereits eine Frau und Kinder hatte?«

Margaret starrte sie mit festgeschlossenem Mund an, und ihre Augen sagten: Ich habe Ihnen schon gesagt, wer er war.

Chelsea glaubte nicht an den Teufel, aber sie hatte nicht vor, sich mit Margaret darüber zu streiten, denn sie hatte noch viele

Fragen auf dem Herzen. »In der Zeit, die Hunter bei Katie verbrachte, in diesen fünf Jahren, die sie ihn versteckt hielt, hat sich da niemand Gedanken über ihn gemacht?«
»Nein. Wir nahmen an, daß er weggegeben worden sei.«
Chelsea wurde es plötzlich kalt. »Weggegeben?«
»Adoptiert«, präzisierte Margaret. »Sie sagte, sie hätte Vorkehrungen dafür getroffen, aber das war offensichtlich gelogen.«
Chelsea wurde es noch kälter. »War das allgemein üblich, daß Frauen uneheliche Kinder zur Adoption freigaben?«
»Nein. Der Pöbel behielt seine Kinder, ob ehelich oder unehelich. Katie Love war ein Sonderfall.«
»Inwiefern?« fragte Chelsea.
»Sie war schon älter, sie hatte keine anderen Kinder, und sie galt als unfruchtbar.« Ihr Blick flog an Chelsea vorbei zu der Rundbogentür des Salons. Chelsea drehte sich um, doch es war niemand da. »Außerdem war sie Quiltnäherin«, fuhr Margaret fort. »Wir hatten sie ein wenig höher eingestuft als die anderen.« Und dann wechselte sie übergangslos das Thema: »Wo kommen Sie her?«
Chelsea betrachtete sehnsüchtig den Ordner auf Margarets Schoß. Sie wollte wissen, was aus Katie Loves Mann geworden war, warum die Leute in Corner ihr nicht geholfen hatten und ob andere Frauen zu der Zeit tatsächlich ihre Kinder zur Adoption freigegeben hatten. Sie wollte die Zeitungen lesen, nicht über sich sprechen – und was ihre Herkunft betraf, so konnte sie nicht glauben, daß sie Margaret nicht bekannt war.
Um des lieben Friedens willen antwortete sie: »Aus Baltimore.«
»Wurden Sie dort geboren?«
»Nein, aber meine Familie lebt dort.« Lebte, korrigierte sie im stillen, denn am kommenden Labour Day würde eine neue Familie das Haus beziehen. Sie war in der Woche zuvor ein paar Tage dort gewesen, um die Dinge durchzusehen, die sich im Laufe der Jahre auf dem Dachboden und im Keller angesammelt hatten, und würde wahrscheinlich noch ein, zwei Mal ein paar

Tage brauchen, bis sie alles gesichtet hätte. Kevin war auch dagewesen. Sie hatten sich ein bißchen unterhalten, waren aber beide verkrampft gewesen. Sie hatte nicht gewagt, ihm von dem Baby zu erzählen.

Sie hatte auch noch nicht gewagt, Judd von dem Baby zu erzählen, was noch absurder war. Er verbrachte jede Woche mehrere Nächte in ihrem Bett, sie taten Dinge miteinander, die selbst jetzt, in der Erinnerung daran, ihren Puls beschleunigten, er kannte ihren Körper besser als irgend jemand sonst auf der Welt, und bald würden ihm die Veränderungen daran zwangsläufig auffallen. Sie mußte es ihm sagen. Aber sie befürchtete, daß er dann nicht mehr kommen würde, und es widerstrebte ihr, das zu riskieren.

»Wer sind Ihre Eltern?« fragte Margaret.

Chelsea atmete tief ein und langsam wieder aus, um ihr innerliches Zittern in den Griff zu bekommen. »Kevin und Abby Kane. Meine Mutter ist letztes Jahr gestorben. Mein Vater hat bis vor kurzem als Neurochirurg gearbeitet. Jetzt ist er im Ruhestand.«

»Wem von beiden sehen Sie ähnlich?«

Bei dieser Frage mußte Chelsea lächeln. Sie erinnerte sich, daran, wie die Leute darüber im Rahmen harmlosen Smal talks spekulierten, wenn sie sie irgendwo gemeinsam mit ihren Eltern antrafen. Sie hatte sich immer ein Beispiel an Kevin genommen, der nie auch nur mit der Wimper zuckte, wenn er antwortete. »Ich bin dickköpfig wie mein Vater und neugierig wie meine Mutter.«

»Aber wem von beiden sehen Sie ähnlich?«

Noch immer lächelnd zuckte Chelsea die Schultern. »Ich war immer unkonventioneller als meine Eltern, zog mich anders an, frisierte mich anders. Wir einigten uns darauf, daß ich einfach ich bin.«

»Donna sieht aus wie ihr Vater. Haben Sie die Ähnlichkeit bemerkt?«

»Komisch, ich hätte gesagt, daß Sie nach Ihnen kommt.« Das sah sie in der Form des Gesichtes und dem Mund.

Margaret lächelte. »Sie ist eine wunderbare Tochter, immer lieb und fürsorglich.« Sie runzelte die Stirn. »Es war eine große Tragödie, eine große Tragödie, als sie ihr Gehör verlor. Hat sie Ihnen davon erzählt?«

»Nein«, antwortete Chelsea.

»Es war die Folge einer Mittelohrentzündung. Kein Arzt konnte etwas tun, und wir waren bei vielen. Es war nichts zu machen.« Sie schaute sinnend vor sich hin. Nach einer Minute glättete sich ihre Stirn, und sie kehrte in die Gegenwart zurück. »Ich hatte immer eine engere Beziehung zu ihr als zu den anderen. Donna und ich haben die gleiche Art zu denken.«

Diesen Eindruck hatte Chelsea ganz und gar nicht, und das augenfälligste Beispiel dafür war ihre unterschiedliche Meinung von Hunter. Auch sonst konnte sie keine Übereinstimmung bei den beiden erkennen. Donna war lieb, offen und verletzlich, was Chelsea ansprach. Margaret hatte nichts davon. Sie war eine seltsame Frau. Chelsea konnte sie nicht einordnen.

»Und nun«, sagte Margaret, schlang die Arme um den braunen Aktenordner und hielt ihn vor sich wie einen Schild, »sagen Sie mir, warum Sie nach Norwich Notch gekommen sind.«

»Das müßten Sie eigentlich schon wissen«, erwiderte Chelsea in gereiztem Ton. Sie wurde diese Unterhaltung, die scheinbar zu nichts zu führen schien, allmählich müde.

»Ich meine, warum Sie wirklich gekommen sind.«

»Ich bin wirklich gekommen, um der Granitfirma auf die Beine zu helfen und dafür zu sorgen, daß meine Investition sich auszahlt.«

»Aha«, sagte Margaret mit einem Nicken. »Die Leute hier halten Sie für eine Hexe, wissen Sie.«

Chelsea fuhr zurück. »Eine Hexe?«

»Weil Sie nach Boulderbrook gezogen sind. Sie glauben, daß Sie mit den Geistern dort sprechen.«

»Es gibt keine Geister«, erklärte sie mit Überzeugung. Es waren nach den ersten noch weitere Anrufe gekommen, und sie war zu dem Schluß gelangt, daß sich jemand einen Scherz mit ihr erlaubte.

»Haben Sie nicht bemerkt, daß sie Abstand zu Ihnen halten?«

»Ich dachte, das liege daran, daß ich eine Fremde bin.«

»Das spielt natürlich auch eine Rolle.« Margaret reckte trotzig ihr Kinn vor. »Sie werden sie nie bekommen, wissen Sie.«

»Was werde ich nicht bekommen?« fragte Chelsea verständnislos.

»Die Granitfirma. Ich habe von der Wette gehört, die Sie abgeschlossen haben. Oh, Oliver hat es mir nicht erzählt, er will mich nicht mit geschäftlichen Dingen behelligen. Aber andere sind nicht so rücksichtsvoll.« Sie warf einen alarmierten Blick zu der Rundbogentür, was Chelsea erneut veranlaßte, sich umzudrehen, doch es war wieder niemand da, und Margaret sprach weiter. »Die Firma ist seit Generationen im Besitz der Familie Plum, mein Mann wird sie Ihnen niemals übereignen.«

Für einen Sekundenbruchteil war Chelsea wieder mit den Mahlers im Arbeitszimmer ihres Vaters, wo sie sich anhören mußte, daß sie keine Mahler sei und der Rubinring ihr nicht zustehe. Dann verschwand das Bild, und sie sah wieder Margaret vor sich, die sich so sehr vor Veränderungen fürchtete.

»Vielleicht wird sich diese Situation gar nicht ergeben.« In Wirklichkeit leitete ja Judd den Betrieb, und er machte seine Sache gut, was bedeutete, daß er dafür sorgen würde, daß alle Aufträge, die Chelsea brachte, fristgerecht ausgeführt würden, was ihr ganz recht war. Ein Jahr reichte. Bis dahin hätte sie ihr Kind bekommen und auch die Information, die sie für ihren Seelenfrieden brauchte, und könnte in ihr altes Leben zurückkehren – oder ein neues beginnen.

Um Margaret zu beruhigen, die den Ordner krampfhaft umklammerte, sagte Chelsea: »Glauben Sie mir, es liegt mir nichts daran, die Granitfirma zu übernehmen. Ich betreibe in Baltimore mit zwei Partnern ein erfolgreiches Architekturbüro, es genügt mir völlig, wenn meine Investition hier mir Gewinn bringt.«

»Sie sind nicht die einzige, die die Firma haben will«, sagte Margaret, als habe sie Chelsea überhaupt nicht zugehört. »Hunter Love ist ebenfalls darauf aus. Mein Mann hat so viel für ihn getan, aber das genügt ihm nicht. Er ist ein böser Mensch.«

»Das kann ich nicht finden.«

»Er legt Feuer, wußten Sie das?«

»Er legt Feuer?«

Margaret nickte nachdrücklich.

»Wo?« fragte Chelsea in einem Ton, der deutlich machte, daß sie diese Behauptung für abwegig hielt.

»Bei einigen der schönsten Häuser der Stadt.«

»Sie sind niedergebrannt?«

»Nein, aber Garagen und Holzschuppen.«

»Kürzlich?«

»Vor einigen Jahren. Ich habe Sie mit ihm gesehen, Chelsea. An Ihrer Stelle wäre ich vorsichtig, er hat zwei Gesichter.«

Chelsea hatte zwar schon einige von Hunters Launen kennengelernt, doch bedroht hatte sie sich nie gefühlt. Als er sie auf dem Motorrad mitgenommen hatte, war er wie ein Wilder gefahren, aber als ihr übel wurde, war er ganz kleinlaut geworden, was dafür sprach, daß er es bereute, und nicht, daß er ihr etwas hatte antun wollen.

»Ist er jemals wegen Brandstiftung verurteilt worden?«

»Nein. Er ist sehr schlau. Es konnte ihm nie etwas bewiesen werden. Wie damals beim Tod seiner Mutter.«

»Wie können Sie ihm dann die Schuld an den Bränden geben?«

»Weil es offensichtlich ist, daß er sie gelegt hat.«

»Glaubt Oliver das auch?«

»Ja.«

»Trotzdem behält er ihn in der Firma, das ist nicht zu verstehen.« Es sei denn, natürlich, Hunter wäre Olivers Sohn, was auch Margarets Abneigung erklären würde. Chelsea hielt Hunter allerdings ebensowenig für einen Brandstifter wie für einen Mörder.

»Es gibt viele Dinge im Leben, die nicht zu verstehen sind«, sagte Margaret kummervoll. Ihre Stimme wurde plötzlich höher, und sie umklammerte den Aktenordner noch fester. »Es ist auch nicht zu verstehen, daß ich nur Töchter bekommen habe. Wenn ich einen Sohn hätte, wäre das alles nicht passiert. Dann würde mein Sohn die Firma übernehmen, und kein Fremder wäre daran beteiligt. So hätte es sein sollen.« Mit leiser Stimme wiederholte sie: »So hätte es sein sollen.«

»Margaret, meine Liebe«, rief es von der Tür her, und die Frau erschien, die Margaret vorhin mit ›Dots‹ angesprochen hatte. Sie ging geradewegs zu Margarets Stuhl, legte den Arm um ihre Schulter und sagte sanft: »Wir brauchen dich jetzt, Margaret. Du sagtest doch, es würde nicht lange dauern.« Sie deutete auf den Karton: »Gib ihn Miss Kane, und laß sie ihn selbst durchschauen. Wir kommen ohne dich einfach nicht weiter.«

Margaret schaute sie einen Moment lang ausdruckslos an. Dann dämmerte Verstehen in ihren Augen herauf, dem schließlich ein leicht tadelndes Lächeln folgte. »Aber ich habe euch schon sooft gesagt, was ihr tun müßt.«

»Sagst du es uns trotzdem noch mal?« Dots nahm ihr den Karton aus den Armen und gab ihn Chelsea, wobei sie allerdings vermied, sie anzusehen.

Margaret stand auf und verließ an Dots Seite und ohne ein Abschiedswort an Chelsea den Salon.

*

Zeitraubend an einer Reise in die Vergangenheit war die Tatsache, daß eine Lebensgeschichte sich – wie ein Quilt – aus vielen Einzelteilen zusammensetzte. In Chelseas Fall gehörten dazu Postkarten und Fotografien, Siegerurkunden, Leistungsabzeichen, Schulzeugnisse, Eintrittskarten und gedruckte Program-

me aller wesentlichen Ereignisse vom Talentwettbewerb in der Grundschule bis zur Abschlußfeier an der High-School. Außerdem gehörten Kartons voller Bücher dazu, die Überbleibsel aus vier Studentenwohnheim-Jahren und verschiedenen Apartments, Poster, Sportausrüstungen und Kleidungsstücke. Chelsea hatte schon immer alles aufgehoben, als könne sie sich dadurch eine Identität schaffen. Sie hatte eine Menge zu sichten.
Es war Mitte August, und sie und Judd waren geschäftlich in Baltimore. Der Bearbeitungsschuppen war in Betrieb genommen worden und hatte Judd in die Lage versetzt, den von Chelsea geworbenen Interessenten kleine Muster zugeschnittenen und geschliffenen Granits aus jedem der fünf Steinbrüche präsentieren zu können. Harper, Kane und Koo als Hauptquartier nutzend, hatten sie den Tag mit einer ununterbrochenen Folge von Besprechungen verbracht und waren am Abend dann ins Haus gefahren.
Der Keller roch muffig und nach Feuchtigkeit. Das beherrschende Element war ein vom Alter schwarzer Heizkessel. An einer Wand standen aufgereiht nebeneinander Waschmaschine, Trockner und Bügelbrett, und in einigem Abstand eine Kühl-Gefrier-Kombination, die früher vor den Feiertagseinladungen randvoll gewesen war, jetzt jedoch leer, offen und ausgeschaltet. Andere Wände waren mit Metallregalen zugestellt, in denen Plastiksäcke voller Kleider, kleine Haushaltsgeräte und Schachteln mit Erinnerungsstücken untergebracht waren. Und dann standen noch Stapel verschlossener Kartons herum, teils Kevins, teils Chelseas, die alle noch durchgesehen werden mußten.
»Schwimmeisterin des Country Clubs?« fragte Judd. Er saß unweit von Chelsea auf einem umgedrehten Karton und hielt ein Abzeichen hoch, das er aus einer Schuhschachtel gefischt hatte.
»Das war während meiner konformistischen Periode. Kurz darauf erklärte ich die anderen Kids des Teams zu totalen Langweilern und trat aus.« Sie nahm einen Stapel Fotos aus der Schach-

tel. »Das bin ich, im Alter von –« sie warf einen prüfenden Blick auf die Rückseite des obersten Fotos, »acht Jahren, wie Dad hier notiert hat.«
Judd studierte den Abzug. »Du siehst wie ein Junge aus.«
Chelsea stimmte ihm zu. Sie nahm sich das nächste Bild vor. »Mom hat meine Schwimmwettkämpfe nie versäumt. Sie schwamm selbst auch, als Therapie.«
Er nahm ihr das Foto aus der Hand. »Sie war eine sehr attraktive Frau.«
»Und ungeheuer lebhaft. Ihr Geist war – im Gegensatz zu ihrem Körper – bis zuletzt aktiv. Sie liebte Feste. Ständig gab es bei uns Dinner- und Geburtstagspartys und Feiertagseinladungen. Die Vielfalt und Atmosphäre des Vierten Juli in Norwich Notch hätte sie begeistert.« Vorausgesetzt, Abby hätte der Grund für ihr Dortsein nicht gestört, sinnierte Chelsea.
Sie nahm Judd das Foto wieder weg und blätterte ein paar weiter. »Das ist mein Vater«, erklärte sie unnötigerweise, denn Judd kannte ja die Fotos ihrer Eltern von der Kommode in ihrem Schlafzimmer in Boulderbrook.
»Wieder sehr würdevoll.«
»O ja, er ist wirklich würdevoll«, bestätigte sie sarkastisch, denn der Schmerz, den sie empfand, lag dicht unter der Oberfläche. »Und stur. Ich hatte so gehofft, er würde schon heute aus Newport zurückkommen.«
»Morgen ist er ja da.«
»Ich weiß, aber ich sehe ihn so selten. Es wäre schön gewesen, wenn er sich dazu aufgerafft hätte.«
Judd wußte, daß sie adoptiert war, doch er wußte nicht, daß sie in Norwich Notch geboren worden war. Sie wollte es ihm erzählen, wie sie ihm auch von ihrer Schwangerschaft erzählen wollte, aber irgend etwas hielt sie davon ab. Sie war nicht sicher, wie er auf die Neuigkeiten reagieren würde, und wollte ihre Beziehung, so wie sie jetzt war, nicht aufs Spiel setzen.
Ebenso ging es ihr mit der zu Norwich Notch. Sie hatte aus dem

Material der Historical Society nicht mehr über sich erfahren, als daß der März ihres Geburtsjahres ungewöhnlich mild gewesen war. Sie hatte den silbernen Schlüssel nicht annonciert, hatte sich nicht auf die Suche nach einer Hebamme gemacht, die bestochen worden war. Ein Teil von ihr wollte in der Kirche aufstehen, verkünden, wann und wo sie geboren worden war, und eine Belohnung für Informationen aussetzen, die zur Identifizierung ihrer leiblichen Eltern führen würden. Der andere Teil scheute sich davor, die Leute in eine noch größere Abwehrhaltung zu treiben, denn es gab Aspekte an Norwich Notch, die ihr gefielen, und sie wollte ihr Kind dort bekommen.

»Wahrscheinlich graut ihm davor, sich seinen Erinnerungen stellen zu müssen«, holte Judd sie in den Keller zurück.

Chelsea seufzte. »Er wollte doch das Haus verkaufen.«

»Es war eine Entscheidung, zu der die Vernunft ihn veranlaßte, das muß nicht heißen, daß sie ihm leichtgefallen ist. Manchmal fallen einem die vernünftigen Dinge am schwersten.«

Sie hörte Traurigkeit in seiner Stimme und wußte, daß er an Leo dachte, den sie noch nicht kannte. Judd erwähnte ihn so gut wie nie, und sie drang nicht in ihn. Angesichts dessen, was sie selbst alles für sich behielt, glaubte sie, nicht das Recht dazu zu haben. Aber oft war sein Gesicht von einer Nachdenklichkeit gezeichnet, die mit einem herzzerreißenden Kummer einherging.

»Sprichst du von deinem Vater?«

»Manche sagen, ich solle ihn weggeben.«

Sie schnappte entsetzt nach Luft. »Tu das nicht!« Dann rief sie sich zur Ordnung. »Du mußt entscheiden, was das beste für dich und für ihn ist.«

Judd saß mit gespreizten Beinen da, die in Bügelfaltenhosen steckten. Jetzt beugte er sich vor, stützte die Ellbogen auf die Knie und ließ die Hände hilflos herunterhängen. »Das ist nicht so einfach. Er braucht ständige Betreuung, und die wäre in einem Heim gewährleistet, besser als jetzt. Gestern hat er das Haus verlassen, während Millie schlief, und er war schon fast eine Meile weit gekommen, als Buck ihn fand. Guter alter Buck.«

Chelsea wußte, daß er fürchtete, daß sie ein anderes Mal nicht so viel Glück hätten.

»Das Problem ist«, fuhr Judd fort, »daß es Zeiten gibt, da weiß er genau, wer ich bin, und ich fände es schrecklich, wenn das irgendwo in einem Pflegeheim passierte und er nach mir fragte und sich verlassen und abgeschoben fühlte.«

»Ist dir unwohl, weil du mit mir hierher gefahren bist?«

»Nein. Sarah Hewitt ist bei ihm, und Buck. Also hat er Freunde um sich. Falls er nach mir fragen sollte, wird Sarah ihm sagen, wo ich bin und wann ich zurückkomme.« Nach kurzem Überlegen setzte er hinzu: »Sarah ist zuverlässig, sie weiß, worauf sie achten muß. Er schaltet den Herd ein und vergißt dann, daß er kochen will. Wenn er Wasser aus der Leitung trinkt, vergißt er, den Hahn zuzudrehen. Wenn er dann auch noch den Stöpsel zugemacht hat, und es ist niemand bei ihm, dann ist die Überschwemmung perfekt, und irgendwann bringt es es noch fertig, nach einem Lichtschalter zu greifen, während er bis zu den Knöcheln im Wasser steht.« Er streckte seine Finger, drehte seine Hände um und studierte seine Handflächen.

Chelsea legte den Arm um seine Schulter und tröstete ihn auf die einzige Weise, die ihr zur Verfügung stand, denn sie konnte ihm keine Patentlösung bieten. Judd hatte mit Sicherheit jede Möglichkeit erwogen. Wie damals, als Abby so krank war, gab es auch in diesem Fall keine Entscheidung, die alle Beteiligten glücklich machte – man konnte nur das kleinste Übel wählen.

»Du findest also nicht, daß ich ihn weggeben soll«, sagte er, noch immer seine Hände betrachtend.

»Nein.«

»Selbst in Anbetracht der Gefahren?«

»Selbst dann. Behalte ihn bei dir.«

»Vielleicht kommt eine Zeit, da ich das nicht mehr kann.«

»Setz dich damit auseinander, wenn es soweit ist.«

Er wandte sich ihr zu, schaute erst auf ihren Mund und dann in ihre Augen. »Hast du das getan?«

»Mom wurde ständig schwächer. Sie bekam eine Lungenentzündung und mußte ins Krankenhaus, und danach mußten wir entscheiden, ob sie dort bleiben sollte, wo ihr Zustand ständig überwacht werden konnte, oder ob wir sie nach Hause holen sollten. Wir wußten, daß es daheim riskanter wäre, doch sie hatte ihre gesamten Ehejahre hier verbracht, und sie liebte das Haus. Es ist mir egal, was andere sagen, ein Zuhause kann nichts ersetzen.« Chelsea atmete tief ein und warf einen traurigen Blick in die Runde. »Vielleicht hast du recht. Wenn es mir schon schwerfällt, mich von all dem hier zu trennen, dann muß es für meinen Vater noch schlimmer sein. Es beendet den größten Abschnitt seines Lebens.«

Judd nahm ihr die Fotos aus der Hand und blätterte weiter. »Wer ist das?«

»Moms Schwester Anne.«

»Sie sieht verärgert aus.«

»Das war sie auch. Wir hatten in dem Jahr vorgehabt, Weihnachten in England zu verbringen, aber Mom stürzte zwei Wochen davor und brach sich den Arm, und so mußten alle aus England herüberkommen.«

Judd betrachtete das Bild eingehend und wandte sich dann einem anderen zu.

»Das bin ich mit meinen beiden besten Freundinnen«, erklärte sie ihm und schaute auf die Rückseite. »Da waren wir zwölf.«

Er blätterte weiter. »Wer ist dieser Typ? Auf den stoße ich unentwegt hier.«

Sie grinste. »Das ist Carl.«

»Ah, der Phantom-Partner.«

Carl war tagsüber in New York gewesen, und so hatte er ihn noch nicht kennengelernt. Er schaute auf die Rückseite der Aufnahme. »Hier seid ihr neun Jahre alt.« Er fand einen weiteren Schnappschuß von ihnen, auf dem Chelsea die größere von beiden war. »Und hier vierzehn.« Der nächste, den er herauszog, war der neueste dieses Stapels. »Und hier über Dreißig. Erstaunlich.«

»Daß unsere Freundschaft so lange gehalten hat?«

»Daß nie mehr daraus wurde.«

Die Fotografie in seiner Hand war im letzten Sommer in Newport gemacht worden. Es war eine Farbaufnahme, die sie mit dem gleichen, strahlenden Lächeln, mit den gleichen kastanienbraunen Haare und den gleichen Hemden und Shorts – der angemessenen Kleidung für das Deck der schnittigen Yacht der Harpers – zeigte. Abby war zu dieser Zeit krank gewesen, und alle waren sich darüber klar, daß sie im nächsten Jahr vielleicht nicht mehr mitkommen könnten. Chelsea bereitete es große Schwierigkeiten, das zu akzeptieren, und Carl war ihr ein großer Trost gewesen.

Sie hatte eine ganze Weile nicht mehr daran gedacht. Neuerdings lösten Gedanken an Carl bei ihr Gedanken an Hailey und ihr Baby aus, Gedanken an Kränkung und Betrug. Jetzt, als habe die Wunde, die es ihr geschlagen hatte, ihn in einer verfänglichen Situation zu ertappen, schließlich zu heilen begonnen, verspürte sie zum ersten Mal wieder einen Anflug von Zuneigung für ihn.

»Oder wurde mehr daraus?« fragte Judd.

Ihre Augen flogen fragend zu ihm.

»Wart ihr beide je ein Paar?«

Sie suchte Zuflucht bei einer scherzhaften Antwort.

»Wir waren immer ein Paar.«

»Wart ihr je bin Liebespaar?«

»Das ist eine indiskrete Frage.«

»Ja«, nickte er und durchbohrte sie mit seinem typischen direkten Blick, während er auf eine Antwort wartete.

Sie hätte es gerne geleugnet, aber sie hatte ihn noch nie angelogen. Sie hatte ihm vielleicht nicht alles gesagt, aber gelogen hatte sie nie.

»Vor einiger Zeit«, gestand sie und zog ihre Hand auf ihren Schoß zurück. »Aber es hat nicht funktioniert.«
»Von deiner Seite aus oder von seiner?«
»Von beiden. Wir kamen überein, Geschäftspartner und Freunde zu bleiben.«
»Und das klappt nach dieser Vorgeschichte?«
»Bislang ja«, antwortete sie, doch es mußte eine Spur von Zweifel in ihrer Stimme mitgeschwungen haben, denn Judd schaute sie neugierig an.
»Magst du seine Frau?«
»Hailey? Ja.«
»Wie lange sind die beiden denn schon verheiratet?«
»Noch nicht lange.«
»Wie lange, Chelsea?«
Sie seufzte, sagte: »Seit Juni«, und sah ihm an, daß er sofort eine Verbindung zwischen den beiden Terminen herstellte.
»Da kamst du nach Norwich Notch. Also ist er der dritte Mensch, den du verloren hast. Warst du in ihn verliebt?«
»Nein, darum hat es ja nicht funktioniert.«
Judd dachte einen Moment darüber nach. »Beschloß er, Hailey zu heiraten, bevor oder nachdem du dich entschieden hattest, nach Norwich Notch zu ziehen?«
»Carl und ich trafen getrennte Entscheidungen, die zufällig zeitlich zusammenfielen.«
Er verfiel erneut in Schweigen. Chelsea hatte so viel gesagt, wie sie für richtig hielt. Sie legte die Fotos in die Schuhschachtel zurück, packte die Schuhschachtel in einen Karton und ging auf die andere Seite des Heizkessels, um ein paar weitere Schachteln aus dem Metallregal dort zu holen. Als sie sich umdrehte, stieß sie mit Judd zusammen, der sie ihr abnahm und ins Regal zurückstellte.
»Ich bin froh«, sagte er mit belegter Stimme und hielt ihr die Hände auf dem Rücken fest.
»Froh worüber?« fragte sie, doch ihre Aufmerksamkeit galt seinen

Lippen. Er hatte wunderbare Lippen, fest und auf maskuline Weise schmal, und ihre Bewegungen waren jedesmal ein Genuß.
»Daß es dir mit ihm nicht so gefallen hat, wie es dir mit mir gefällt.« Er zog sie näher zu sich heran, küßte sie jedoch nicht, zog sie nur immer näher zu sich heran, bis ihr Körper den seinen streifte, bis ihre Hüften einander berührten.
Sie atmete scharf ein.
»Ich liebe dieses Geräusch«, murmelte er.
Sie lächelte an seiner Kehle. »Hier, Judd?«
Er antwortete ihr, indem er ihr Kleid bis zur Taille hochschob, was ihm keine Schwierigkeiten bereitete, da sie wieder eines ihrer bevorzugten Trapezmodelle trug. Gleich darauf glitten seine Hände in ihren Slip, umfaßten ihr Gesäß und preßten sie noch fester an ihn. Sie spürte seine Erektion sehr deutlich, und sie genoß es.
Chelsea schlang die Arme um seinen Hals und hauchte seinen Namen.
»Ist das ein Ja oder ein Nein?« fragte er.
Sie stieß einen leisen lustvollen Laut aus, als seine Finger sich ihren Weg suchten.
»Ja oder nein?«
»Die Haushälterin ist oben!«
»Ja oder nein?«
»Ja.«
»Dann zieh dich aus!« flüsterte er heiser und half ihr dabei. In Windeseile war ihr Kleid über den Kopf gezogen, der Büstenhalter aufgehakt und zu Boden gefallen, der Slip abgestreift. Sie hatte sich kaum aufgerichtet, als Judd sie erneut berührte, diesmal von vorne und tief eindringend. Sie griff nach seiner Hose, doch er schob sie weg.
»Bitte!« keuchte sie.
»Noch nicht.«
»Ich kann nicht mehr stehen, meine Knie geben nach.«
Ohne seine Liebkosungen zu unterbrechen, schaute er zum anderen Ende des Kellers hinüber. Chelsea war nicht so ent-

rückt, daß sie nicht begriffen hätte, was er dort sah. »Nicht auf dem Ping-Pong-Tisch!«
»Hast du eine bessere Idee?« fragte er, hob sie hoch und machte sich auf den Weg.
»Der Ping-Pong-Tisch hält uns nicht aus. Nimm die Waschmaschine, zu der ist es auch nicht so weit.«
Ehe sie noch etwas sagen konnte, waren sie schon dort. Er setzte sie darauf und öffnete, immer wieder von ihren ungeduldigen Händen behindert, seine Hose. Sie spreizte die Beine, er stieß mit brutaler Gewalt in sie hinein, und dann verlor sie sich. Sie verlor sich jedesmal, wenn er in sie eindrang, und wenn er dann tiefer und tiefer vordrang, fand sie sich jedesmal wieder. So einfach war es, und so überwältigend.

Judd war beeindruckt von Harper, Kane und Koo. Er für seinen Teil wäre zwar mit etwas weniger Chrom ausgekommen, aber er konnte sich vorstellen, daß Kunden, die hierherkamen, geblendet waren. Alles, was er sah, atmete Erfolg, und er begriff weniger denn je, daß Chelsea diese Firma für ein Jahr gegen die Provinz eintauschte, um sich mit Plum Granite zu amüsieren.
Es ergab keinen Sinn. Nicht einmal die Tatsache, daß sie innerhalb kurzer Zeit ihre Mutter an den Tod, ihren Vater an den Ruhestand und ihren Freund, Partner und ehemaligen Liebhaber an eine andere Frau verloren hatte, erklärte es. Sie war zu erfolgreich in der Großstadt, um darauf verzichten zu können.
Sie war auch zu beliebt, was sich in der Aufmerksamkeit äußerte, die alle im Büro ihr zollten. Sie freuten sich offensichtlich, sie wieder da zu haben, wenn auch nur für einen Kurzbesuch. Melissa Koo war so schrill, wie Chelsea sie ihm beschrieben hatte. Carl jedoch war eine Überraschung.
Er kam an diesem zweiten Morgen nicht gemäß der von Chelsea geschilderten Regelmäßigkeit um neun Uhr, sondern schlenderte gelassen um zehn herein, und er trug eine Krawatte, die alles

andere als konservativ war. Chelsea war ebenso verblüfft wie Judd.
»Haileys Werk?« neckte sie Carl.
Er schaute auf die Krawatte hinunter, errötete leicht und zuckte die Schultern.
»Sie ist okay«, sagte Chelsea. »Ich finde sie originell.« Nach einer winzigen Pause fragte sie: »Wie geht es ihr?«
»Hailey? Gut. Sie wird immer dicker, nimmt sehr schnell zu. Der Arzt meint, es könnten Zwillinge sein.«
Carls junge Frau war also schwanger, sinnierte Judd. Chelsea wirkte nicht überrascht, was bedeutete, daß sie es gewußt, aber »vergessen« hatte, es ihm zu erzählen. Wenn Carl und Hailey im Juni geheiratet hatten, und Hailey bereits »immer dicker« wurde, brauchte man kein Mathematikgenie zu sein, um sich auszurechnen, daß die Zeugung vor der Hochzeit stattgefunden hatte, was wiederum bedeutete, daß Chelsea unmittelbar vor ihrer Übersiedlung nach Norwich Notch von der Schwangerschaft erfahren hatte. Ein weiterer Schock, aber stark genug, um sie aus der Stadt zu treiben?
In seinen Augen wirkte Chelseas Lächeln gezwungen. »Zwillinge? Das wäre ja toll! Grüßt du sie bitte vielmals von mir?«
»Klar«, nickte Carl und wandte sich an Judd. »Sie arbeiten also mit Chelsea zusammen.«
»Könnte man sagen.« Judd mochte Carl nicht. Wenn der Mann nicht verrückt auf Chelsea war, dann stimmte etwas nicht mit ihm. Er fragte sich, wie die schwangere Hailey wohl aussehen mochte. »Ich arbeite in der Granitfirma, werde dafür sorgen, daß die Männer schneller sind, als sie Aufträge heranschaffen kann. Helfen Sie ihr, welche an Land zu ziehen?«
Carl gab die Antwort an Chelsea weiter, die sagte: »Nein. Carl hat mit dieser Sache nichts zu tun.«
Das erschien Judd als ein zweiter Betrug.
»Warum nicht?« wandte er sich an Carl. »Chelsea sagte, daß sie bei anderen Projekten Partner seien.«

Carl fühlte sich sichtlich unbehaglich. »Dieses kam für mich zu einem ungünstigen Zeitpunkt.«
»Sie sind nicht so mutig wie Ihre Krawatte?« fragte Judd. »Das ist ein Jammer. Da ist eine Menge Geld drin. Ich hätte gedacht, daß Sie das angesichts Ihrer neuen Familie gerne mitnehmen würden.«
»Dieses Projekt war von Anfang an Chelseas Baby – Granit ist ihr Spezialgebiet.«
»Aha.« Judd straffte sich. »Nun, das ist gut für mich.« Er schaute Chelsea an. »Ich habe um halb elf einen Termin und mache mich besser auf den Weg.« Er verabschiedete sich von Carl, indem er sich an eine imaginäre Hutkrempe tippte, und wandte sich zum Gehen.
Chelsea begleitete ihn zum Lift. Als sie den Empfangsbereich hinter sich gelassen hatten, fragte sie: »Was sollte denn das?«
»Ich mag ihn nicht.«
»Du kennst ihn doch gar nicht.«
»Ich kann es nicht fassen, daß du mit ihm ins Bett gegangen bist.« Es ärgerte ihn, wobei er sich das nicht erklären konnte. Was sie vor ihrer gemeinsamen Beziehung getan hatte, war schließlich ihre Sache.
Sie starrte schweigend zu Boden. Nach einer Weile hob sie den Blick. »Carl ist ein guter Freund.«
»Carl ist ein Schlappschwanz.«
»Er ist ein guter, loyaler Freund. Wenn ich ihn bräuchte, wäre er jederzeit für mich da.«
Judd schüttelte den Kopf. »Seine Familie geht vor.«
Dieser Gedanke beunruhigte sie sichtlich, was den Teil von ihm befriedigte, der ihre Verbindung zu Carl ablehnte. Aber als er in den Lift stieg, war er ebenfalls beunruhigt, weil er wußte, daß er keine Verbindung ablehnen sollte, die sie einging. Er war ihr Bettgenosse, das war alles.
In Wahrheit war das nicht alles. Als sie an diesem Abend mit Kevin Kane beim Dinner saßen, versuchte Chelseas Vater die

Natur ihrer Beziehung zu ergründen. Er fragte Judd nach seiner Herkunft, nach seiner Position in der Granitfirma und nach der Rolle, die er dort Chelsea gegenüber spielte.
»Demnach sind Sie ihr Bindeglied zu dem handwerklichen Bereich von Plum Granite«, schloß er.
»Könnte man sagen.«
»Der Gedanke, daß sie dort in Steinbrüchen herumspaziert, macht mir Sorgen.«
»Ich bin nicht gefährdet, Dad.«
»Sie spaziert nicht darin herum«, erklärte Judd ihm. »Das tut niemand. Wenn sie in den Steinbruch geht, dann nur mit mir.«
Es war zwar nicht Vorschrift, aber in den letzten Wochen hatte es sich so ergeben. Judd wollte nicht, daß sie von einem Sims stürzte, und er wollte auch nicht, daß die Steinhauer sie mit Blicken auszögen, hinter ihr her pfiffen oder sie direkt anmachten.
»Was ist mit ihrem Haus?« fragte Kevin. »Sie sagt, es sei alt.«
»Es war ein ›Bahnhof‹ der Underground Railroad«, warf Chelsea ein. »Das habe ich bei der Historical Society herausgefunden. Entflohene Sklaven versteckten sich auf dem Weg nach Canada in den Geheimgängen.«
Kevin schien davon nicht so begeistert zu sein wie sie, was Judd allerdings nicht zu der Vermutung veranlaßte, daß der alte Herr ein Befürworter der Sklaverei war, sondern nahelegte, daß er einfach nicht damit einverstanden war, daß seine Tochter dort wohnte.
»Ist es denn sicher?« fragte Kevin. »Ich hoffe doch, sie hat alle wichtigen Versorgungsleitungen überprüfen lassen, bevor sie einzog.«
»Es ist sicher«, beruhigte Judd ihn. »Ich würde jederzeit selbst dort wohnen.«
»Tun Sie es?«
»Dad!«
»Nein«, antwortete Judd. Das mußte er Kevin lassen, er hatte

scharfe Augen. »Ich wohne mit meinem Vater zusammen in der Stadt.«
»Was ist er von Beruf?«
»Gar nichts mehr.« Judd erklärte ihm die Situation, auf die Kevin in einer Judd sehr willkommenen Weise einging. Er war in bezug auf die Alzheimersche Krankheit auf dem neuesten Stand der medizinischen Erkenntnisse und vermittelte sie Judd in einer für Laien verständlichen Form. Er hatte ihm keine Lösung zu bieten, kein Wundermittel, keine Aussicht auf Heilung, doch am Ende des Gesprächs verstand Judd das Wesen der Krankheit besser.
Als er Kevin dafür dankte, sagte dieser: »Es ist ein Jammer, daß Sie da oben wohnen. Die Ärzte dort sind einfach nicht auf dem laufenden.«
Judd war nie ein Mensch gewesen, der mit Namen um sich warf, aber die Bemerkung ärgerte ihn, und so sagte er: »Wir waren bei Duncan Hartigan.«
Kevin wirkte beeindruckt. »In Boston? Er ist ein guter Mann.«
»Das ist Neil Summer auch. Er leitet unser Krankenhaus, hat seine Assistentenzeit am John Hopkins absolviert.«
»Das ist eine ausgezeichnete Klinik«, bestätigte Kevin und begann von den verschiedenen Medical Centers zu erzählen, die er in den letzten Monaten besucht hatte.
Judd hörte zwar aufmerksam genug zu, um intelligente Fragen stellen und gelegentlich einen Namen einstreuen zu können, um Kevin wissen zu lassen, daß er kein ungebildeter Hinterwäldler war, doch was ihn in Wahrheit beschäftigte, war die Distanz zwischen Kevin und Chelsea. Sie war fast zum Greifen deutlich, und er hätte eigentlich gedacht, daß sie nach Abbys Tod enger zusammengerückt wären. Bei seinem Vater und ihm war es so gewesen. Nachdem seine Mutter gegangen war, hatte er nur noch Leo, und Leo hatte nur noch ihn. Zugegeben, er war damals ein Kind gewesen, und sie hatten in den darauffolgenden Jahren ernsthafte Differenzen, doch die Verbundenheit war

geblieben. Sie war einer der Gründe dafür, daß er solche Schwierigkeiten mit der Krankheit seines Vaters hatte, denn er war nicht bereit, die Sterblichkeit seines Vaters zu akzeptieren.
Er fragte sich, ob Chelsea wohl auch daran dachte. Er nahm es an. Sie bemühte sich um Kevin, bestellte seinen gewohnten Drink für ihn, lächelte, wenn ein Lächeln angebracht war, beklagte sich mit keinem Wort darüber, daß er mehr mit Judd sprach als mit ihr. Sie war die Wohlerzogenheit in Person. Doch Judd bemerkte ihre Anspannung und den kummervollen Ausdruck in ihren Augen, wenn Kevin sich mit seinen Erzählungen meilenweit entfernte, und den ängstlichen Ausdruck, sobald die Sprache auf Norwich Notch kam.
»Hast du immer noch vor, ein Jahr dort zu bleiben?«
»Hm«, nickte sie vorsichtig.
»Langweilst du dich nicht?«
Sie lachte. »Ich wünschte, die Tage hätten mehr Stunden, dann könnte ich vielleicht alles unterbringen, wozu ich jetzt nicht komme.« Ihr Ton wurde wieder vorsichtig. »Ich würde mich wirklich freuen, wenn du mich besuchtest. Ende des Monats wird mein Gästezimmer fertig. Kommst du übers Labour-Day-Wochenende?«
»Kann ich nicht, ich habe einige Leute nach Newport eingeladen.«
Judd sah Enttäuschung über Chelseas Gesicht huschen, doch sie wurde sofort von gewollter Begeisterung abgelöst. »Ach ja? Wen denn alles?«
»Die Wescotts, Charlie und Lil DuShayne und die Rodenhisers.«
»Das wird bestimmt nett«, meinte sie aufrichtig, atmete tief ein und machte einen zweiten Versuch: »Wie wär's dann mit Mitte September? Ich denke daran, ein Wochenende der offenen Tür zu veranstalten und potentielle Käufer einzuladen, sich den Granit an seinem Ursprungsort anzusehen. Gleichzeitig könnten Freunde kommen, um sich mein Bauernhaus anzuschauen.

Das ganze Wochenende wäre ein Fest, das würde dir vielleicht gefallen.«

Es war das erste Mal, daß Judd etwas von einem Wochenende der offenen Tür hörte. Er fragte sich, ob sie improvisierte.

»Da werde ich in meinem Terminkalender nachsehen müssen«, antwortete Kevin.

Judd hätte ihn am liebsten geschüttelt. Selbst ein Blinder hätte gesehen, wie verzweifelt Chelsea sich wünschte, daß er sie besuchte.

Dann sagte Kevin etwas, das ihn verwirrte.

»Hast du erfahren, was du in Erfahrung bringen wolltest?«

Sie schüttelte den Kopf.

»Sagt dir das nichts?«

»Nur, daß ich noch nicht weit genug vorgedrungen bin.«

»Du jagst einem Phantom hinterher, Chelsea. Dein Aufenthalt dort ist völlig sinnlos.«

Sie schluckte.

Er deutete mit dem Kinn auf Judd. »Was meint er denn dazu?«

Chelsea schluckte erneut. Judds Neugier erwachte.

»Er weiß es nicht?«

»Was weiß ich nicht?« meldete Judd sich zu Wort.

»Daß sie in Norwich Notch geboren wurde«, erklärte Kevin voller Abscheu. »Darum wollte sie unbedingt dorthin. Sie versucht herauszufinden, wer ihre leiblichen Eltern sind, ist nicht bereit, zu akzeptieren, daß sie heute bestimmt nicht mehr Wert auf sie legen als damals, als sie sie weggaben. Sie begreift nicht, daß jeder Tag, den sie an diesem Ort verbringt, für mich ein Schlag ins Gesicht ist.«

Chelsea war blaß geworden. »Dazu besteht kein Grund.«

»Nun, wie würdest du dich fühlen, wenn du jemandem deinen Namen, wirtschaftliche Sicherheit und Liebe geben würdest und das nicht genügte?« fragte er sie.

»Du siehst das völlig falsch«, widersprach sie in flehendem Ton. »Ich habe Eltern – dich und Mom. Ich bin nicht auf der Suche

nach einem Ersatz für euch – aber ich möchte wissen, wer biologisch gesehen für meine Existenz verantwortlich ist. Das ist weder schlimm noch ungewöhnlich.«
Kevin schnaubte.
»Du befürchtest, mich zu verlieren«, fuhr sie fort, »aber du gehst auf Abstand zu mir. Du willst mich gar nicht mehr sehen.«
»Du bist doch immer da oben.«
»Ich wollte den Vierten mit dir in Newport verbringen.«
»Das hättest du mir sagen sollen, bevor ich Pläne machte.«
»Wenn ich nicht Angst gehabt hätte, einen Korb zu bekommen, hätte ich es getan.«
Sie befanden sich in einer Sackgasse, starrten einander verbittert an. Nach einer Weile wandte Chelsea sich mit einem entschuldigenden Blick an Judd. »Es tut mir leid, das wollte ich nicht.«
»Offensichtlich«, gab Judd zurück. Er versuchte immer noch, die Tatsache zu verarbeiten, daß sie in Norwich Notch geboren war. Jetzt hatte er endlich die Erklärung, die er so lange gesucht hatte. Daß er sie von Kevin bekommen hatte anstatt von Chelsea, machte ihn wütend.

»Du bist wütend«, sagte sie eine Weile später. Sie fühlte sich elend. Nicht nur hatte das Dinner mit Kevin in einem Mißerfolg geendet, auch die Fahrt mit Judd zurück zur Wohnung war in tiefem Schweigen verlaufen. Sie hatte das Gefühl, daß alles, was sie gefürchtet und zu vermeiden versucht hatte, jetzt geschehen würde.
Er warf seinen Blazer auf einen Stuhl. »Da hast du allerdings recht. Ich bin stinkwütend. Warum hast du es mir nicht erzählt?«
»Weil ich es nicht für wichtig hielt.«
»Ach nein?« Er stemmte die Hände in die Seiten und starrte sie ungläubig an. »Du bist immerhin deswegen nach Norwich Notch gekommen.«
»Ich bin wegen Plum Granite nach Norwich Notch gekommen.«

»Du hättest gar nichts von Plum Granite gewußt, wenn du dich nicht über Norwich Notch informiert hättest, und du hättest dich nicht über Norwich Notch informiert, wenn du nicht dort geboren worden wärst. Was könnte wichtiger sein?«

Er hatte recht, aber das war nur die halbe Geschichte. Bemüht, ruhig zu bleiben, sagte sie: »Ich hielt es für unsere Beziehung nicht für wichtig. Meine biologische Herkunft ist etwas sehr Persönliches.«

»Und was wir miteinander tun, ist das nicht?« Er straffte sich, drückte sein Rückgrat regelrecht durch, als könne ihm dies helfen, die Dinge klarer zu sehen. »Wenn wir nachts zusammen sind, bist du völlig nackt, völlig offen, völlig ehrlich in deiner Sexualität, und das ist eines der Dinge, die mich an dir antörnen. Aber beurteile ich das vielleicht falsch? Ist das alles nur eine animalische Reaktion auf eine chemische Anziehungskraft? Ich dachte, darüber seien wir inzwischen hinaus. Ich dachte, wir seien Freunde.«

»Das sind wir auch!« rief sie. Daß er über ihre Beziehung sprach und darüber, daß sie sich von einer rein sexuellen weiterentwickelt hatte, steigerte ihr Bedürfnis, sich ihm verständlich zu machen. »Aber wir haben nicht so angefangen! Zu Beginn war unsere Beziehung rein körperlich. Irgendwann änderte sich das, ich weiß nicht, wann, aber ich weiß, daß es so ist. Plötzlich waren wir Freunde, und es gab etwas Grundlegendes, das du nicht über mich wußtest, und ich fand nicht die richtigen Worte, um es dir zu sagen.«

»Hah! Du bist die wortgewandteste Frau, die ich je kennengelernt habe!«

»Aber nicht in diesem Fall«, widersprach sie. »Dir davon zu erzählen hätte das Eingeständnis bedeutet, daß ich nicht vollkommen ehrlich zu dir gewesen war, und ich fürchtete mich davor, wie du es aufnehmen würdest. Ich hatte Angst, du würdest wütend werden, und wie es scheint, war das berechtigt.«

»Ich bin nicht wütend, ich bin verletzt. Ich dachte, du vertraust mir.«
»Das tue ich.«
»Nicht genug, um mir etwas Wichtiges über dich zu erzählen.«
»Ich vertraue dir«, beteuerte sie in aufsteigender Panik. »Wirklich!« Sie hielt einen Moment den Atem an und ließ ihn dann langsam entweichen. »Ich will nur nicht, daß sich etwas zwischen uns ändert.«
»Warum sollte sich etwas zwischen uns ändern, weil du in Norwich Notch geboren wurdest?« Seine dunklen Augen blickten vorwurfsvoll. »Es wird ganz sicher nicht das Ziehen in meinem Unterleib verschwinden lassen, das sich jedesmal einstellt, wenn ich dich ansehe.«
»Aber etwas anderes wird es vielleicht tun«, flüsterte sie, schluckte, verschränkte die Arme, um sich selbst Halt zu geben, und zwang sich, die Worte auszusprechen, die sie ihm schuldig zu sein glaubte. »Ich bin schwanger, Judd. Es passierte Anfang Mai, bei dem einzigen Mal, das ich mit Carl zusammen war. Als ich es mit Bestimmtheit wußte und ihm sagen wollte, hatten er und Hailey inzwischen beschlossen zu heiraten, und sie war bereits schwanger.«
»Schwanger?« Das Wort hallte durch den Raum. »Du bist schwanger?« Mit einem einfältigen Blick musterte er ihren Bauch.
Sie verspürte einen Anflug von Hysterie.
»Ich hatte nicht geplant, etwas mit dir anzufangen. Ich hatte nicht damit gerechnet, daß es dazu kommen würde. Ich dachte, schwangere Frauen seien zu den Gefühlen, die du in mir weckst, überhaupt nicht fähig.«
Sein Blick traf sich mit dem ihren. »Du bist schwanger?«
Ihr Herz schlug plötzlich bis in ihren Hals, und so beschränkte sie sich auf ein Nicken.
»Du hast mir auch das verschwiegen?« Seine tiefe Stimme klang völlig fassungslos. »Erschien dir das ebenfalls nicht wichtig?

Dachtest du, du könntest es mir verheimlichen?« Aus seinem Mund klang das so absurd, daß es ihr doppelt töricht vorkam, es ihm nicht gesagt zu haben.
»Ich hatte nicht erwartet, daß unsere Beziehung halten würde, schließlich war sie anfangs rein körperlich. Als dann mehr daraus wurde, fühlte ich mich wie eine Betrügerin. Ich wollte es dir sagen, ich nahm es mir immer wieder vor.« Ihre Stimme wurde kleinlaut. »Ich hätte es dir bald erzählt, ich hätte gar nicht anders gekonnt.«
Noch immer völlig verdattert, musterte er ihre Brüste und ihre Taille. Dann fuhr er sich mit einer heftigen Bewegung mit der Hand durch die Haare. »Scheiße.«
»Es wird sich für dich nicht negativ auswirken«, versicherte sie ihm hastig. »Wenn irgend jemand glaubt, daß das Kind von dir ist, werde ich es richtigstellen.«
Er ging zum Fenster und schaute über den Hafen hinaus.
Sie sprach lauter, um bis zum anderen Ende des Raumes durchzudringen. »Carl weiß es nicht, ich weiß nicht, wie ich es ihm sagen soll, ohne einen Keil zwischen ihn und Hailey zu treiben. Mein Vater weiß auch nichts. Er wollte, daß ich Carl heirate. Er wird entsetzt sein, und dann wird er es Carl erzählen und anschließend Carls Eltern. Das wird eine Katastrophe.«
Sie hatte nicht vorgehabt, das alles zu sagen, denn Judd würde ihr keine Lösung anbieten können, da er die Betroffenen kaum kannte. Und außerdem ging ihn das Ganze gar nichts an.
Aber sie wußte nicht, was sie tun sollte. Sie brauchte Hilfe.
Er stand noch immer mit dem Rücken zu ihr am Fenster. Sie sah die Anspannung in seinen Schultern und war den Tränen nahe. Ein letztes Mal versuchte sie, zu ihm durchzudringen.
»Es erschien mir das beste, Baltimore zu verlassen, und Norwich Notch bot sich als Zuflucht an. Das Timing war perfekt, und ich war sicher, daß das etwas zu bedeuten hatte. Also packte ich und zog um. Niemand kannte mich dort, und es erschien mir wie ein sicherer Hafen. Ich fand das Bauernhaus und kaufte den Path-

finder. Ich lernte dich und Donna und Hunter kennen. Ich stellte mir vor, das Baby zu bekommen und herauszufinden, wer meine leiblichen Eltern waren, und dann zu entscheiden, was ich nach Ablauf des Vertragsjahres tun und wohin ich gehen würde.« Ihre Stimme wurde immer kleiner. »Ich hatte nie die Absicht, dich zu hintergehen. Ich habe es dir beim ersten Mal nicht gleich erzählt, weil ich dich so sehr begehrte. Das war vielleicht falsch, aber ich bereue es nicht. Es tut mir leid, daß ich dich verletzt habe, aber es tut mir nicht um die Zeit leid, die wir miteinander verbracht haben. Ich würde es wieder so machen, Judd. Ich würde es jederzeit wieder so machen, wenn das die einzige Möglichkeit wäre, zu bekommen, was wir hatten. Es war schön ...«

Ihre Stimme versagte. Weil sie befürchtete, in Tränen auszubrechen, verließ sie das Wohnzimmer, wo er dann die Nacht verbrachte. Auf der Rückfahrt nach Norwich Notch sprach er kein Wort, setzte sie in Boulderbrook ab und fuhr nach Hause. Jedenfalls nahm sie das an, gesagt hatte er es nicht. Er kam weder in dieser Nacht zu ihr noch in der nächsten und ließ sich auch am Tag nicht bei ihr im Büro sehen. Dann kam das Wochenende, endlos in seiner Einsamkeit. Am Montag morgen begann sie zu bedauern, Judd Streeter jemals begegnet zu sein.

Fünfzehntes Kapitel

Chelsea kannte seine Schritte, sie hatte sie oft genug im Dunkel der Nacht über die Schlafzimmerdielen auf sich zukommen gehört, um jetzt zu wissen, wer die Wendeltreppe heraufkam. Bleib cool! beschwor sie sich, aber ihre Sinne hörten nicht auf sie.

»Genau«, sagte sie ins Telefon. »Weißer Granit in Topqualität... Ja, wir können die Menge liefern, die Sie brauchen.«

Judds dunkler Kopf erschien, gefolgt von breiten Schultern und einem schlanken Torso in einem bunten Baumwollhemd und Hüften und Beinen in hautengen Jeans. »Kommen Sie doch her und schauen sich die Ware an. Mitte September haben wir das ganze Wochenende geöffnet. Ansonsten sind die Steinbrüche sechs Tage die Woche in Betrieb, und Sie sind jederzeit willkommen.« Sie schaute zu Judd hinüber und hob grüßend einen Finger. Ihre Augen folgten seiner hochgewachsenen Gestalt, als er zu dem Fenster am Ende des Dachbodens schlenderte. »Falls Sie nähere Angaben haben möchten, werde ich veranlassen, daß unser Vorarbeiter Sie anruft. Wenn Sie mir bitte Ihre Nummer geben ...«

Sie notierte sie, schrieb »Judd« darüber und unterstrich den Namen zweimal. »Alex Lappin ist ein hervorragender Baumeister – ich bin geschmeichelt, daß er mich empfohlen hat.« Judd schob die Hände in die Gesäßtaschen seiner Jeans. Sie wußte nicht, wie sie das interpretieren sollte. »Das Vergnügen ist ganz auf meiner Seite.« Ihre Handflächen waren feucht. »Ich freue mich darauf.«

Sie hängte ein, legte die Hände flach auf ihre Taille und lehnte sich in ihrem Stuhl zurück. Als Judd sich nicht umdrehte, sagte sie: »Das war ein Mann namens Phillip Bundy, ein Architekt aus Hartford. Er ist beauftragt worden, das erste einer Reihe von Gebäuden für ein Bankenkonsortium zu bauen, und interessiert sich für den weißen Granit vom Haskins Peak. Er erwartet deinen Anruf.«

Judd ließ den Kopf hängen. Auch dies konnte sie nicht interpretieren.

In dem Bestreben, ihm zu vermitteln, daß sie nicht böse auf ihn war, daß sie es verstehen könnte, wenn er sie nie mehr anrühren wollte, daß das, was zwischen ihnen geschehen war, sich nicht auf ihren geschäftlichen Umgang auswirkte, berichtete sie so fröhlich wie möglich: »Ich habe auch eine Anfrage von der Roskins-Gruppe bekommen. Sie bauen eine Ferienanlage am Cape Elizabeth.«

»Was versprechen sie sich bei der derzeitigen Wirtschaftslage davon?« fragte er in dem neutralen Tonfall, den sie als erstes bei ihm kennengelernt hatte, was bedeutete, daß sie wieder am Beginn ihrer Bekanntschaft angekommen waren. Sie verdiente es nicht besser, sagte sie sich, doch es tat weh.

Mit jetzt noch größerer Anstrengung sagte sie: »Die Leute verreisen immer noch gerne, nur nicht mehr so weit wie früher. Cape Elizabeth ist nicht aus der Welt. Die Anlage ist außerdem auch so konzipiert, daß sie für Tagungen geeignet ist.«

»Wer ist Alex Lappin?«

»Ein Freund. Ich habe nach dem Collegeabschluß für ihn gearbeitet. Als klar war, daß ich zeichnen wollte, brachte er mich bei einem Architekturbüro unter, wo ich als Konstruktionszeichnerin beschäftigt war, bis ich mit dem Studium anfing.«

Sie wartete darauf, daß er noch etwas sagte, denn sie brauchte einen Hinweis darauf, was in seinem Kopf vorging.

»Was meinst du«, sagte sie, als nichts kam, »wird das Wochenende der offenen Tür ein Erfolg werden?«

Er zuckte die Schultern. »Haben wir noch nie gemacht.«

»Aber was hast du für ein Gefühl?«
Er schwieg eine Weile und sagte schließlich: »Hängt davon ab, wer kommt.«
Sie seufzte. Unfähig, sich noch länger zu beherrschen, sagte sie: »Ahhh, wir üben uns in Norwich Notcher Wortkargheit. Weißt du, ich verstehe jetzt, warum Tradition hier so groß geschrieben wird. Es würde eine solche Anstrengung erfordern, die Worte auszusprechen, um etwas Neues zu bringen, daß die Idee, wenn sie endlich formuliert wäre, bereits Altertumswert hätte.« Etwas sanfter fügte sie hinzu: »Rede mit mir, Judd.«
Er stieß einen erstickten Laut aus und schüttelte den Kopf. Sie war schon im Begriff, das als Weigerung zu deuten, als er verwirrt murmelte: »Warum habe ich es nicht gesehen? Deine Brüste sind groß, und deine Taille ist nicht gerade schmal.«
»Die wenigsten Frauen haben kleine Brüste und eine Wespentaille. Du hast mich davor nicht gekannt, du hattest keinen Vergleich.«
Wieder schüttelte er den Kopf. »Ich hätte es sehen müssen.«
»Du hast mich nie von weitem betrachtet.«
»Du hattest nie deine Tage, das hätte mir zu denken geben müssen.«
»Wir waren doch nicht jede Nacht zusammen. Als ich das letzte Mal nach Baltimore fuhr, war ich drei Nächte weg. Es wäre doch möglich gewesen, daß ich meine Tage während dieser Zeit hatte.«
Jetzt drehte er sich um, eine eindrucksvolle Erscheinung vor dem Fenster, wo das Licht seine Silhouette nachzeichnete, und fragte mit gepreßter Stimme: »Hattest du vor, mir zu sagen, daß es von Carl ist?«
»Selbstverständlich. Was mir solche Schwierigkeiten machte, war, dir überhaupt von meiner Schwangerschaft zu erzählen, nicht, daß das Kind von Carl ist. Ich schäme mich nicht für das, was Carl und ich getan haben. Wir versuchten in den besten Absichten, eine Liebesbeziehung aufzubauen. Wenn man es

recht bedenkt, hatte ich sehr viel mehr Anlaß dazu, etwas mit Carl anzufangen als mit dir.«

Sein Blick war hart wie Stein, und er ließ sie nicht aus den Augen. »Du hättest mich glauben lassen können, daß es von mir ist.«

»Das hätte nicht geklappt. Das Baby ist Anfang Februar fällig, und ich wäre zu schnell dick geworden. Das hättest du mir nicht abgekauft.«

»Frühgeburten sind doch keine Seltenheit.«

Sie vollzog seinen Gedankengang nach und schüttelte entsetzt den Kopf. »Ich hätte dich niemals so hinters Licht geführt. Ich suche keinen Vater für mein Kind. Ich will gar keinen. Ich habe die Zeit und die Mittel, um ein Kind großzuziehen, und ich sehne mich danach.« Sie lachte auf und gestattete ihm einen kurzen Blick in ihre Seele. »Das hat mich am meisten überrascht, glaube ich. All die Jahre hatte ich nie Kinder haben wollen, doch als der Arzt mir eröffnete, daß ich schwanger sei, empfand ich die Vorstellung, daß ich zum ersten Mal einen Menschen haben würde, der mein Fleisch und Blut wäre, als so ... tröstlich ... daß ich plötzlich wußte, daß ich dieses Kind, selbst wenn es mit allen möglichen Behinderungen zur Welt käme, unbedingt haben wollte.«

»Was eine Menge anderer Fragen aufwirft«, verkündete Judd und kam wutentbrannt auf sie zu. »Woher nahmst du dir das Recht, uns alle hier an der Nase herumzuführen? Warum die Spielchen? Hat es dir Spaß gemacht, gibt es dir das Gefühl, klüger zu sein als wir – oder etwas Besseres?«

Sie hielt seinem Blick stand. »Nein. Ich will wissen, wer ich bin und wo ich herkomme, aber was du Spielchen nennst, war nichts als Hilflosigkeit, weil ich nicht wußte, wie ich es anstellen sollte, etwas zu erfahren.«

»Wie wär's mit fragen?«

»Wen? Ich wurde vor achtunddreißig Jahren hier geboren und zur Adoption freigegeben, und ich gehe davon aus, daß meiner

Mutter das nicht leichtgefallen ist.« Sie öffnete die auf ihrem Leib liegende Hand. »Ich kann mein Baby noch nicht einmal spüren, aber ich weiß schon heute, wenn ich es nach der Geburt weggeben müßte und nie mehr sehen dürfte, wäre ich todunglücklich.« Der Gedanke allein trieb ihr die Tränen in die Augen. »Menschen trennen sich nicht freiwillig von ihrem Fleisch und Blut, sie tun es, weil sie dazu gezwungen sind, und sie leiden in den meisten Fällen schrecklich darunter.«

»Woher willst du das wissen?« fragte er.

»Ich weiß es, weil ich fast alles gelesen habe, was über dieses Thema geschrieben worden ist.« Sie fühlte sich plötzlich stärker. Niemand durfte ihr unterstellen, ihre Hausaufgaben nicht gemacht zu haben oder – noch schlimmer – etwas aus der Luft zu greifen. »Was ich nicht weiß, ist, warum meine leibliche Mutter mich weggeben mußte und wie sie es empfunden hat. Ich weiß nicht, ob sie verheiratet oder ledig war, jung oder alt, reich oder arm. Ich weiß nicht, ob sie vielleicht drüben in Corner versteckt wurde, ihr Baby heimlich bekam und sich seiner ebenso heimlich entledigte, oder ob sie geteert und gefedert und geächtet wurde wie Hunters Mutter, oder ob sie eine Farr, Jamieson oder Plum war, die aufgrund eines Ausrutschers schwanger wurde, die entscheidenden Monate in einem Schlafzimmer eines der Häuser am Marktplatz verbrachte und mich dann bei Nacht und Nebel wegschaffen ließ, weil ich eine Schande für die Familie gewesen wäre.«

Sich kaum Zeit zum Luftholen nehmend, fuhr sie fort: »Wo sollte ich deiner Meinung nach zu fragen anfangen? Menschen geben keine persönlichen Dinge preis, wenn sie einem nicht vertrauen, und das Vertrauen der Notcher zu gewinnen ist weiß Gott nicht einfach. Ich habe die ganze Zeit darauf gewartet, daß die Leute mit mir warm würden, aber das ist nicht passiert. Es gibt keine Unterlagen über meine Geburt, dafür hat mein Vater gesorgt. Der hiesige Anwalt, der die Adoption damals abwickelte, ist tot, und die Hebamme hat Schweigegeld bekommen. Ich weiß nur«, sagte sie, die Worte frustriert dehnend, »daß ich in Norwich Notch geboren wurde. Der einzige Hinweis, den ich auf meine leiblichen Eltern habe, ist ein silberner Schlüssel, der vor ein paar Jahren an meine Mutter geschickt wurde. Das Kuvert hatte keinen Absender, und es war kein Begleitschreiben drin – und es hat seitdem kein Lebenszeichen mehr gegeben. Was hätte ich deiner Meinung nach tun sollen? Mir den Schlüssel an einer Kette um den Hals hängen und darauf warten, daß jemand Besitzansprüche anmeldete?«

»So wie sie dich einschätzen, könntest du dir auch die Kronjuwelen um den Hals hängen, ohne daß jemand davon Notiz nähme. Das einzige, was sie an dir bemerken werden, wird irgendwann dein Bauch sein. Hast du eine Ahnung, was dich als ledige Mutter in Norwich Notch für ein Leben erwartet? Wenn du aus Corner wärst, wäre es etwas anderes, bei den Mädchen dort überrascht es niemanden, wenn sie geschwängert werden, aber hier im vornehmen Viertel? Vergiß es!«

Chelsea stand langsam auf und wandte sich ihm zu. Wenn er kein Verständnis für sie aufbrachte, dann war er nicht besser als die anderen. Sie würde es mit allen aufnehmen, wenn es sein müßte.

»Was werden sie tun?« fragte sie. »Mich steinigen? Mich mit einem scharlachroten Buchstaben auf der Brust auf dem Marktplatz an den Pranger stellen? Das kannst du vergessen! Ich mag als ein Niemand hier geboren worden und weggegeben worden sein, aber ich bin nicht als ein Niemand zurückgekommen. Diese Stadt braucht mich im Augenblick. Ihr Schicksal steht und fällt mit der Granitfirma, und die Granitfirma steht und fällt mit mir. Wenn ich schlecht behandelt werde, weil ich schwanger bin, packe ich meine Sachen und verschwinde.«

»Und verzichtest darauf, die Früchte deiner Investition zu ernten?« Judd stieß ein humorloses Lachen aus. »Ich glaube dir kein Wort!«

»Du verstehst mich auch überhaupt nicht, stimmt's?« fragte sie enttäuscht, aber nicht überrascht. So nahe sie sich körperlich gekommen waren, sie hatten niemals über ihre Hoffnungen und Träume gesprochen, über ihre Vorlieben und Abneigungen, ihre Hochs und Tiefs. »Die treibende Kraft in meinem Leben ist nicht der Ehrgeiz, viel Geld zu machen. Wenn es so wäre, würde ich meine Zeit mit Börsenspekulationen zubringen und nicht endlose Stunden am Zeichentisch stehen. Ich zeichne, weil ich es gerne tue. Ein Gebäude zu entwerfen ist eine Herausforderung für mich und eine Investition. Ich bin nicht darauf angewiesen, Geld zu verdienen, war es noch nie. Nenne mich arrogant, wenn du willst, oder verschwenderisch oder dekadent – aber wenn ich Norwich Notch heute den Rücken kehrte und jeden Cent verlöre, den ich in dieses Projekt gesteckt habe, müßte ich trotzdem nicht in Armut leben. Können die Leute hier das auch von sich sagen?«

»Sie haben dich nicht um dein Geld gebeten.«

»Nein, aber ohne es, ohne die Granitfirma, wären sie in ernsthaften Schwierigkeiten.«

»Dann bist du also die Retterin dieser Gemeinde?«

»Nein. Ich bin nur die mit dem Geld, und das verleiht mir eine gewisse Macht. Ich war noch nie darauf aus, aber in diesem Fall ermöglicht sie mir in dieser Stadt, mir etwas zu erlauben, was sich Frauen hier ansonsten nicht erlauben dürfen. Oliver, Emery und George belegen den Friseurladen jeden Vormittag mit Beschlag, und niemand muckt auf. Hunter donnert nachts auf seiner Kawasaki durch die Stadt, und niemand zeigt ihn wegen Ruhestörung an. Jamiesons Töchter gewinnen jedes Jahr den Schönheitswettbewerb, obwohl andere Teilnehmerinnen vielleicht hübscher und talentierter sind. Und Chelsea Kane bekommt ein uneheliches Kind. Das ist ihr gutes Recht. Jeder, der meint, er müsse sie dafür bestrafen, wird die Konsequenzen zu tragen haben.«

Er starrte sie unverwandt an. Sie erwiderte seinen Blick, konnte den Stein jedoch nicht erweichen.

»Hast du vor, es in der Kirche zu verkünden?« fragte er mit ausdrucksloser Stimme, doch der Spott war unverkennbar.

Sie straffte sich. »Wenn es sein muß.«

»Damit wirst du sie endgültig für dich gewinnen.«

»Ich bin nicht hier, um sie für mich zu gewinnen, ich bin hier, um herauszufinden, wer ich bin, um etwas aus der Granitfirma zu machen und um in Frieden die Geburt meines Babys abzuwarten.«

»Du kannst die Liebe der Leute nicht kaufen.«

»Wer sagt denn, daß ich sie haben will?«

»Natürlich willst du das. Du willst dir den Weg in die Gemeinschaft erkaufen, dich zur Heldin von Norwich Notch machen und dir von den Leuten die Füße küssen lassen, um ihnen dann zu sagen, sie sollen dich am Arsch lecken, und alles, weil irgendeine namenlose, gesichtslose Frau es vor Jahren gewagt hat, dich zur Adoption freizugeben.«

»Das will ich überhaupt nicht!«

Er stieß einen verächtlichen Laut aus, drehte sich auf dem Absatz um und ließ sie mit der Frage zurück, ob seine Verletztheit ihn so schlecht von ihr denken ließ oder ob es stimmte, was er gesagt hatte.

Donna wußte, daß etwas nicht stimmte, sie hatte es Chelsea schon seit einer Woche angemerkt. An den Tagen, die sie sich nicht beim Aerobic-Kurs trafen, kam Chelsea vormittags in den Laden – offiziell, um eine Flasche Orangensaft zu kaufen, aber sie blieb immer auf ein Schwätzchen. Donna genoß diese Unterhaltungen. Sie empfand es als Ehre, Chelseas Freundin zu sein. Aber eine Freundschaft beinhaltete auch eine gewisse Verantwortung, und Donna hatte in wachsendem Maße das Gefühl, daß sie sich um die ihre herumdrückte.

Irgend etwas war in Baltimore geschehen. Chelsea war seit ihrer Rückkehr nicht mehr so unbeschwert wie vorher, und Donna glaubte nicht, daß das mit der Planung des Wochenendes der offenen Tür zusammenhing, das für September vorgesehen war, und so brachte sie, nachdem Chelsea die ganze Woche bedrückt gewirkt, aber nichts verlauten lassen hatte, das Thema schließlich selbst zur Sprache.

»Irgend etwas macht Ihnen Sorgen«, tippte sie in den Computer ein, nachdem sie Chelsea nach hinten ins Büro gebeten hatte. Matthew war vorne im Laden, und es würde ihm nicht passen, aber Matthew paßte das nie, was sie tat, also riskierte sie nicht viel. »Was ist es?«

»Ich muß mich zwischen einer Muschelpizza und einem Barbecue entscheiden«, antwortete Chelsea auf die gleiche Weise. »Und ich weiß nicht, wofür.«

Donna machte eine wegwerfende Handbewegung. »Das ist es nicht«, tippte sie. »Geht es um Ihren Vater?«

Chelsea schüttelte den Kopf.

»Wird er im September kommen?«

»Wahrscheinlich nicht.«

Donna studierte Chelseas Gesicht, während diese mit gerunzelter Stirn auf den Computerschirm starrte. Kevin war monatelang ein Problem gewesen, doch der gequälte Ausdruck, den Donna bei ihr sah, war neu. »Dann geht es um Judd«, tippte sie mutig.

Chelseas Blick flog zu ihr. Einen Moment lang schien sie unschlüssig, ob sie etwas preisgeben sollte, dann sagte sie leise: »Woher wissen Sie von Judd?«

Mit einem traurigen Lächeln tippte Donna: »Norwich Notch ist eine kleine Stadt. Einer sieht nachts einen Wagen irgendwo hinfahren, und das verbreitet sich dann wie ein Lauffeuer.«

»Es war Hunter! Hunter hat geredet!«

Doch Donna schüttelte den Kopf. »Hunter tratscht nicht, aber viele andere tun es. Irgendwer muß beobachtet haben, wie Judd spät an einem Abend nach Boulderbrook abbog, an dem er Leo eine Betreuung für die ganze Nacht besorgt hatte.« Auf Chelseas bestürzten Blick hin tippte sie: »Es ist kein Drama. Judd ist allein, und Sie sind es auch. Sie beide geben ein schönes Paar ab.«

Chelseas Ausdruck war plötzlich so verzweifelt, daß Donna es regelrecht mit der Angst bekam. »Was ist?« fragte sie laut, ohne sich darum zu scheren, wie fürchterlich ihre Stimme klingen mußte.

Der verzweifelte Ausdruck blieb. Nach einer Minute wandte Chelsea sich der Tastatur zu und begann zu tippen. Als sie aufhörte, hatte sie den Bildschirm dreimal zur Gänze vollgeschrieben.

Donna schaute auf Chelseas Leib. Sie konnte sich nicht vorstellen, daß darin ein Baby heranwuchs, denn Chelsea war so schlank. Allerdings trug sie immer lose herabfallende Kleider oder weite Oberteile über Leggings oder Shorts, so daß Feinheiten ihrer Figur verborgen blieben.

Dann war da die zweite Neuigkeit, die Donna noch mehr verblüffte als die erste. »Sie wurden hier geboren?« Auch das konnte sie sich nicht vorstellen, denn Chelsea wirkte viel zu kultiviert.

»Vor achtunddreißig Jahren«, sagte Chelsea, die jetzt hilflos und ängstlich wirkte, »aber die Unterlagen sind alle vernichtet worden. Ich weiß nicht, wo ich meine Nachforschungen beginnen soll. Norwich Notch ist eine kleine Stadt, es können nicht viele Babys weggegeben worden sein, aber es ist ein heikles Thema.« Sie hielt inne und fragte dann noch mutloser: »Sie erinnern sich an nichts, was mir weiterhelfen könnte, nicht wahr?«

Donna schüttelte den Kopf und tippte: »Ich war noch zu jung, als Sie geboren wurden. Sie müßten mit jemand älterem sprechen.« Dann zog sie eine lange Linie aus Gedankenstrichen, um das Geschriebene von dem nächsten zu trennen. »War Judd wirklich wütend?«

Sie schaute auf und las von Chelseas Lippen: »Er war außer sich, und er ist es noch. Er hat den Eindruck, daß ich ihn hintergangen habe, daß ich die ganze Stadt hintergehe. Er ist tief gekränkt. Er ist überzeugt, daß ich ehrgeizzerfressen und machtbesessen

bin. Ich gebe zu, daß meine Entscheidungen nicht optimal waren, aber die letzten Monate hatten es wirklich in sich. Zuerst fiel in Baltimore alles auseinander, dann traf ich Judd, und die Arbeit für das Architekturbüro und für Plum Granite, die Renovierung von Boulderbrook und die Telefonanrufe ...« Sie hob die Hand und schaute weg. »Zu viel.«
Donna legte eine Hand auf Chelseas Arm, um sie auf sich aufmerksam zu machen, und tippte: »Was für Telefonanrufe?«
»Sie kommen immer spät nachts, zwei oder drei hintereinander. Zuerst ist alles still, dann hört man Kinderstimmen, die klingen, als habe sie jemand während des Mittagessens auf dem Flur vor der Schulkantine aufgenommen.«
»Wie oft?« fragte Donna laut.
»Mehrmals in der Woche. Irgend jemand versucht, mir angst zu machen, und dieser Jemand ist äußerst hartnäckig. Und diese Hartnäckigkeit bereitet mir Unbehagen.«
Das konnte Donna ihr nachfühlen. »Weiß Nolan davon?«
Chelsea schnitt eine Grimasse. »Es sind doch nur Anrufe, ich möchte keine große Sache daraus machen. Nicht zuletzt, weil ich glaube, daß der Anrufer es genau darauf anlegt.«
»Sie sollten es Nolan erzählen.«
»Sie sind ja nicht gefährlich, nur lästig.«
Doch Donna beharrte auf ihrer Meinung. Sie wandte sich wieder dem Computer zu und tippte: »Nolan ist ein guter Mann, tüchtig und diskret. Er schaut oft hier vorbei. Darf ich es ihm sagen?«
»Aber was kann er tun?«
»Er kann Boulderbrook im Auge behalten. Er kann die Ohren offenhalten. Vielleicht erfährt er von jemandem, der etwas dagegen hat, daß Sie hier sind.«
Chelsea warf einen traurigen Blick zur Zimmerdecke. »Halb Norwich Notch hat etwas dagegen, daß ich hier bin.«
Donna legte den Arm um sie. »Das ist nicht wahr!« widersprach sie entschieden. »Sie sind neidisch auf Sie.« Sie schaute wieder

auf Chelseas Leib. »Und ich bin es auch. Ich fand es herrlich, schwanger zu sein.«
Diese Äußerung hellte Chelseas Miene auf. »Hatten Sie eine problemlose Schwangerschaft?«
Donna nickte und tippte: »Joshie war von der ersten Minute an wundervoll. Wenn die Dinge anders lägen, hätte ich noch mehr Kinder bekommen.«
»Meinen Sie Ihre Taubheit?«
»Nein, meinen Mann.« Sie löschte die letzten Worte sofort wieder und schrieb: »Wollen Sie das Baby hier zur Welt bringen?«
»Ja. Zu Hause. Mit Hilfe einer Hebamme.« Chelsea schien ebenso verblüfft über diese Antwort zu sein, wie Donna es war. Dann lachte sie plötzlich. »Ich hatte noch gar nicht darüber nachgedacht, aber es ist genau das, was ich will.«
»Sie haben keine Angst?«
»Panische, aber denken Sie doch nur mal, wie aufregend es sein wird!«
Donna wurde es immer etwas unheimlich, wenn Chelsea solche Dinge sagte. Sie hatte einen Hang zum Abenteuer, neigte zu Waghalsigkeit, was Produkt ihres Selbstvertrauens war und auch daraus resultierte, daß ihr die Wurzeln fehlten. Nicht zu wissen, wer man war, machte einen auch frei.
Donna wußte genau, wer sie war. Sie war eine Farr und davor eine Plum, und sie wurde es allmählich müde, sich immer wieder zu sagen, wie wundervoll das war. Sie wünschte sich ein wenig von Chelseas Freiheit. Nicht, daß sie Norwich Notch je verlassen würde, denn hier war Joshie, und er war ihr ein und alles, aber sie wäre gerne ab und zu zum Essen gegangen oder nach Boston hinuntergefahren oder hinüber nach Portland. Sie hätte gerne gelegentlich ihre Freundinnen nach Hause eingeladen, ohne deswegen beschimpft zu werden. Sie hätte sich gerne die Haare gefärbt, damit man die grauen Strähnen nicht mehr sah, ohne gesagt zu bekommen, daß sie stolz auf ihr Alter sein solle. Sie wäre gerne mit Chelsea joggen gegangen.

Am meisten wünschte sie sich, abends ins Bett gehen zu können und nicht die »Zärtlichkeiten« ihres Mannes über sich ergehen lassen zu müssen.
Wenn sie doch nur halb so mutig wäre wie Chelsea! Andererseits wäre das vielleicht gar nicht gut. Wenn ihr plötzlich Mut gegeben wäre und dazu noch eine Portion Tollkühnheit, täte sie am Ende möglicherweise etwas, das Norwich Notch weit mehr schockieren würde als Chelsea Kanes Baby.
Der Gedanke beschäftigte sie noch lange, nachdem Chelsea gegangen war. Donna war nicht darauf aus, jemanden zu schockieren, aber es wurde ihr bewußt, daß sie jetzt eine großartige Gelegenheit dazu hatte. Chelsea war ihre Freundin, und ihre Freundin brauchte Hilfe. Wenn das bedeutete, daß sie, Donna, eng mit der Polizei zusammenarbeiten mußte oder mit Chelsea joggen, damit sie auf den Straßen nicht allein und schutzlos wäre, dann würde sie das tun.
Mut war keine Ganz-oder-gar-nicht-Eigenschaft, und sie hatte ein bißchen. Dieses Bißchen zusammennehmend und die fünfzehn Minuten nutzend, die Matthew ihr als Mittagspause zugestand, machte sie sich, als die Glocken im Turm der Kirche läuteten, zu Fuß auf den Weg zu Nolan.

Eine Woche später standen Oliver Plum und Emery Farr an Zee's Fenster. Der Kaffee in den Bechern, die sie in der Hand hielten, war lau geworden, doch sie merkten es nicht. Ihre Augen waren auf die beiden Frauen gerichtet, die sich schräg gegenüber auf der Veranda vor Farr's General Store unterhielten.
»Es gefällt mir nicht, wie Donna sich entwickelt«, sagte Emery mit leiser Stimme vorwurfsvoll zu Oliver. »Und meinem Jungen auch nicht. Der Umgang mit dieser Frau hat sie verändert. Matt sagt, sie joggt jetzt morgens mit ihr. Du mußt es ihr verbieten.«
»Ich verbiete ihr überhaupt nichts«, erwiderte Oliver.
»Aber du bist ihr Vater.«

»Und er ist ihr Mann, soll er es ihr verbieten. Ich für meinen Teil habe nichts dagegen, daß sie joggt.«
»Sie ist auch nicht deine Frau.«
»Du sagst es.«
»Es ist doch völlig egal, wessen Frau sie ist«, kam eine laute Stimme aus dem Friseursessel. »Tatsache ist, daß sie zu viel Zeit mit Chelsea Kane verbringt, und ich sage euch, da kommt nichts Gutes dabei heraus. Die Frau korrumpiert diese Stadt.«
Oliver warf einen spöttischen Blick auf die zurückgelehnte Gestalt, die von Zee bedient wurde. »Ich habe noch nicht gehört, daß du dich über ihr Geld beschwert hättest, George.«
»Sicher nicht, ihr Geld ist ein Segen. Aber das ist auch schon alles.«
»Nein, das ist nicht alles«, widersprach Oliver. »Sie bringt uns auch Aufträge. Wir mußten bereits zusätzliche Männer einstellen. Ist es nicht so, Judd?«
Judd lehnte, ebenfalls mit einem lauwarmen Kaffee in der Hand, an der Wand. »Ja«, bestätigte er.
»Mehr Angestellte bedeuten, daß mehr Geld auf deiner Bank deponiert wird«, rief Oliver nach hinten zu George, »und daß mehr Geld in deinem Laden ausgegeben wird«, hielt er Emery vor Augen. »Ihr solltet also lieber den Mund halten.«
Emery schnaubte. »Das haben wir getan, und sieh dir an, wohin es uns gebracht hat. Sie hat unsere Frauen dazu animiert, sich Dauerwellen machen zu lassen und Sommerkleider statt Hosen zu tragen und hautenge Gymnastikanzüge, die so grellbunt sind, daß man blind davon wird, ganz zu schweigen davon, was sie mit dem Labour Day vorhat. Wißt ihr das schon?«
»Sie versaut uns den Feiertag«, rief George von hinten.
Emery rückte seine Brille zurecht und murmelte: »Ein Wochenende der offenen Tür? Wozu soll das gut sein. Hast du ihr die Erlaubnis dazu gegeben, Ollie?«
»Die braucht sie nicht, es ist ihre Veranstaltung.«
»Wir brauchen einen Zusatz zu den Vorschriften bezüglich gesellschaftlicher Ereignisse«, erklärte Emery. »Niemand öffnet

hier irgendwelche Türen, ohne es vorher mit dem Gemeinderat zu besprechen. Wißt ihr, daß sie die Stirn hatte, Bibi für ein Hühnchen-Barbecue mit ›Apple Brown Betty‹ zum Nachtisch anzuheuern, so daß Bibi keine ›Apple Brown Betty‹ für das Labour-Day-Büffet machen kann? Wir hatten am Labour Day immer ›Apple Brown Betty‹ auf dem Büffet!«
»Ihr ›Indian Pudding‹ schmeckt besser«, warf Judd ein. Wenn Chelsea ihn gefragt hätte, hätte er ihr das gleiche gesagt – aber sie hatte ihn nicht gefragt. Sie hatte keine Chance dazu gehabt. Seit jenem Montag morgen ging er ihr aus dem Weg. Wenn ihre Wege sich im Büro kreuzten, dann kreuzten sie sich eben, aber er legte es nicht darauf an, sie zu sehen, und es fiel ihm nicht im Traum ein, sie nachts zu besuchen. Er war noch immer zu wütend, um Verlangen nach ihr zu verspüren.
»Erzähl ihm vom Gasthaus«, rief George gedämpft unter Zees feuchtheißem Handtuch hervor.
»Sie hat sämtliche Zimmer des Gasthauses reservieren lassen«, berichtete Emery, »und noch einen ganzen Haufen in Stotterville. Ich habe keine Ahnung, was wir machen sollen, wenn einer von uns an dem Wochenende Besuch bekommt, es ist nichts mehr frei. Ich sage dir Ollie, die Stadt wird regelrecht überschwemmt werden.«
Judd berichtigte, was er gerade gedacht hatte: Er verspürte sehr wohl Verlangen nach ihr. Er brauchte nur an sie zu denken, und das Verlangen erwachte, und das machte ihn noch wütender. Er hatte gewußt, daß es Probleme mit ihr geben würde, er hätte auf sich hören sollen.
»Erzähle ihm vom Spritzenhaus«, forderte George Emery auf.
»Sie erklärte Hunter, daß ihr Grundstück vor dem fraglichen Wochenende in Ordnung gebracht werden müsse, und er stellte dafür die Jungs ein, die eigentlich unser Spritzenhaus hätten streichen sollen«, sagte Emery. »Sie hat uns die Leute einfach«, er schnippte mit den Fingern, »weggeschnappt. Es ist, als führe sie Regie in einem Film, nur haben wir keine Rollen darin . . .«

Nein, sie hatte ihn nicht hintergangen, dachte Judd, nur nicht einbezogen, es nicht als nötig erachtet, ihn in ihr Geheimnis einzuweihen, ihr Baby für sich behalten. Er fühlte sich ausgeschlossen – vielleicht zu Unrecht, aber so war es nun einmal.

»... und das gefällt mir nicht, Ollie«, hörte er Emery den Satz beenden. »Du mußt sie loswerden.«

»Ich tue mein Bestes. Wir werden die Wette gewinnen, und dann verschwindet sie im Juni.«

»Juni ist zu spät, du mußt sie gleich loswerden.«

Olivers Stimme hob sich eine halbe Oktave. »Und wie soll ich das bitte anstellen?«

George stand begleitet vom Knarzen alten Leders, von dem Friseursessel auf und antwortete: »Mach den Mund auf, und sag es ihr.«

»Was soll ich ihr sagen?«

Sich das Gesicht abwischend, gesellte er sich zu den beiden am Fenster. »Daß sie verschwinden soll.«

»Das kann ich nicht, sie ist meine Partnerin.«

Er zog die Augenbrauen zusammen, wodurch seine Stirn höher wurde und seine Stoppelhaare noch stoppeliger wirkten. »Du magst sie.«

»Ich mag sie überhaupt nicht«, protestierte Oliver energisch, »aber sie erfüllt ihren Teil der Vereinbarung – sie bringt Aufträge.«

»Das kann sie von Baltimore aus genausogut. Sie paßt einfach nicht hierher. Sieh sie dir doch an.« Er starrte zu Farr's hinüber – ein wenig lüstern, fand Judd. »Ständig trägt sie Kleider, die nicht mal bis zu den Knien reichen. Wißt ihr, was sie an der Bar im Gasthaus sagen? Daß sie es darauf anlegt, die Männer aufzugeilen, und ich glaube das. Eine Frau, die sich so zur Schau stellt, tut das nicht ohne Hintergedanken.«

»Das Kleid ist doch überhaupt nicht eng«, gab Judd zu bedenken, denn er war der Meinung, daß man alte Schmuddelmänner nicht unwidersprochen gewähren lassen durfte. »Sie hat nie enge Kleider an. Was stellt sie denn zur Schau?«

»Ihre Beine«, sagte George. »Sie sind nackt.«
Oliver stieß einen Grunzlaut aus. »Das sind zu dieser Jahreszeit viele Beine in der Stadt.«
»Aber um die streicht Buck nicht herum«, gab George zurück. »Der Hund hat Geschmack.« Noch immer über die Grünfläche schauend, legte er den Kopf ein wenig schief. »Wenn er ein bißchen zur Seite ginge, könnte ich natürlich mehr sehen.«
»Um Himmels willen, George, du wirst ja jeden Tag schlimmer!« Emery zog ein gebügeltes Taschentuch heraus und schüttelte es aus. »Wenn man dich reden hört, könnte man denken, du hättest seit Wochen keine Frau gehabt, aber ich weiß zufällig, daß deine neue Sekretärin . . .«
»Ich bin Witwer!« fiel George ihm ins Wort. »Ich kann tun, was ich will.«
»Das ist mir klar.« Emery nahm seine Brille ab und begann die Gläser zu polieren. »Nicht klar ist mir, was sie an einem alten Knacker wie dir findet.« Er deutete mit einer Kopfbewegung in Chelseas Richtung. »Die da drüben läuft dir nicht nach. Vielleicht ist es das, was dich so an ihr stört.«
Judd fragte sich, ob es wohl so war, doch anstatt zu antworten, wandte George sich angriffslustig ihm zu. »Ich habe erzählt, was sie an der Bar im Gasthaus sagen. Wissen Sie, was sie bei Crocker's sagen?«
Judd trank seinen Kaffee aus, knüllte den Pappbecher zusammen, zielte kurz und warf ihn in den Papierkorb in der Ecke. Dann verschränkte er die Arme vor der Brust. »Was sagen sie denn bei Crocker's?« Als ob er das nicht wüßte, er war ja jeden Tag mindestens einmal dort. Es sprach ihn zwar keiner direkt darauf an, aber er war nicht dumm, er wußte, was die Leute redeten.
»Sie sagen, daß Sie sie bumsen. Stimmt das?«
»Nein«, antwortete Judd.
»Natürlich stimmt es!« tönte Emery.
Oliver schob die Unterlippe vor und schaute weiter unverwandt zu Farr's hinüber, während Emery seine Aussage ergänzte.

»Die ganze Stadt weiß, wo Sie hinfahren, wenn Millie Malone über Nacht zu Leo kommt.«
George schob die Hände unter seine Hosenträger, musterte Judd abschätzend und sagte aus dem Mundwinkel zu Emery: »Ich kann verstehen, daß er ihr gefällt, er ist ein attraktiver Bursche. Das habe ich schon damals gedacht, als wir ihm auftrugen, ein Auge auf sie zu haben. Offensichtlich hat er mehr als das getan.« Und zu Judd sagte er: »Sie spielen mit dem Feuer. Ihr Vater hat sich an einer Großstadtfrau die Finger verbrannt, wollen Sie es ihm nachmachen?«
»Mir passiert das nicht«, erklärte Judd.
»Das glaubte Leo von sich auch. Er hat es nie verwunden, daß Ihre Mutter ihn verlassen hat, und ich bin überzeugt, daß seine Krankheit darauf zurückzuführen ist.«
Judd löste sich von der Wand und richtete sich zu seiner vollen Größe auf. »Leo und ich sind gut zurechtgekommen.«
»Mag sein«, sagte George, »aber wenn Sie klug sind, lassen Sie die Finger von Chelsea Kane und beschränken die Beziehung zu ihr auf die Arbeit. Wenn sie der Firma Aufträge bringen will, ist das okay. Wenn sie die Stadt auf den Kopf stellen will, ist das nicht okay. Und wenn Sie es nicht über sich bringen, ihr das zu sagen, gibt es genügend andere, die da keine Hemmungen haben. Merken Sie sich das, Judd.«
Die Cymbelspieler beiderseits der Uhr kamen mit einem Klikken aus ihren Häusern, schlugen ihre Becken fünfmal gegeneinander und zogen sich mit einem Klicken wieder zurück.
Judd schaute Oliver an. »Es ist halb elf, ich muß in den Steinbruch. Wenn ich Sie fahren soll, müssen Sie jetzt mitkommen.«
»Haben Sie zugehört, Judd?« fragte George.
O ja, Judd hatte zugehört. Aber er hatte auch an das Frühstück vor zwei Tagen gedacht, als Nolan McCoy sich bei Crocker's zu ihm in die Nische gesetzt und ihm etwas erzählt hatte. Irgend jemand terrorisierte Chelsea mit seltsamen Anrufen. Auch das hatte sie ihm verschwiegen! Er fragte sich, ob George etwas

darüber wußte, denn was er gerade gesagt hatte, klang verdächtig nach einer Drohung. Judd hatte nichts mehr mit Chelsea zu tun, aber wenn die Anrufe fortgesetzt würden oder irgend jemand ihr in der Absicht, sie zu vergraulen, etwas antäte, bekäme er es mit ihm zu tun, denn er wollte sich nicht die mögliche Verletzung eines hilflosen, ungeborenen Kindes auf sein Gewissen laden.

Der Labour Day in Norwich Notch war eine etwas abgewandelte Version des Festes anläßlich des Vierten Juli. Die Gesichter waren gebräunter, die Beine träger. Es gab keinen Umzug, aber ein Fahrradrennen durch die Stadt zugunsten des Kampfes gegen den Muskelschwund, einen Bauernmarkt, auf dem der größte Zucchino prämiert wurde, ein Froschrennen, ein Karussell auf der Stadtwiese, die Entscheidungsspiele der Sommersaison und am Abend für alle ein Gratisbüfett mit Kuchen, Pudding und süßen Torten.

Chelsea war stolz auf sich. Sie stand den Tag durch, ohne in eine Depression zu verfallen, was allerdings nicht bedeutete, daß sie ausgelassen fröhlich war, nur, daß sie ihn überstand. Und das, obwohl sie sich entsetzlich einsam fühlte. Es war qualvoll, mit anzusehen, wie Familien Spaß miteinander hatten, und obwohl sie sicher war, in Wahrheit zu irgendeiner von ihnen zu gehören, fühlte sie sich als Außenseiterin und wurde auch so behandelt. Das schlimmste war, Judd Basketball spielen und gewinnen zu sehen und ihn nach dem Sieg nicht umarmen zu dürfen, doch sie stand auch das durch. Sie lief Männern grundsätzlich nicht nach. Ihre Beziehung zu ihm war unerwartet und kurzlebig gewesen. Sie würde darüber hinwegkommen.

Das Wochenende der offenen Tür jedoch war ein Erfolg auf der ganzen Linie. Während dieser Tage kamen nicht weniger als zweihundert Freunde, Kollegen und potentielle Käufer nach Norwich Notch, einige nur für einen Tag, andere hängten noch einen dran, um sich die Pracht anzusehen, die der Herbst den Neuenglandhügeln verlieh. Die schönsten Laubfarben würden sich zwar erst in einem knappen Monat einstellen, doch die ersten Ahornbäume waren bereits rot und die ersten Birken gelb geworden. Ob herbstlaubbegeistert oder nicht – wenn es Rückschlüsse zuließ, wieviel Geld bei Farr's ausgegeben, wieviel in der Bar des Gasthauses gelacht, und welche Mengen Grillhähnchen und »Apple Brown Betty« in Boulderbrook verspeist wurde, dann amüsierten sich alle, die Chelseas Lockruf gefolgt waren, ganz ausgezeichnet. Die Krönung des Wochenendes bildete ein Dutzend großer Granitbestellungen.

Oliver studierte die Aufträge mit Befriedigung.

Judd stellte fünf weitere Männer ein.

An einem strahlenden Septembertag machte Chelsea mit Donna in aller Herrgottsfrüh einen Morgenlauf. Es war noch so frisch, daß die Luft beim Ausatmen wie weiße Wölkchen davonstob. Die tagsüber zirkusbunte Landschaft war reifüberzogen. Sie trugen Sweatshirts, die sie sich, sobald es wärmer würde, um die Taille knoten würden, und Lycrastrumpfhosen, und die schöne, klare Luft inspirierte sie zu einem regelrecht beschwingten Laufstil.

Es war ein Morgen, der Optimismus verbreitete, der Chelsea das Gefühl gab, daß die Dinge in Norwich Notch sich endlich zum Guten für sie wandten. Boulderbrook war fertig renoviert und wunderhübsch geworden, behaglich mit Brücken und Quilts, Häkelkissen und Drucken ausgestattet. In Baltimore wäre es ihr nicht im Traum eingefallen, sich auf diese Weise einzurichten, aber hier paßte es her. Die intensiven telefonischen und brieflichen Bemühungen im Juni und Juli zahlten sich durch fieberhafte Aktivität in den Steinbrüchen und dem Bearbeitungsschuppen aus. Zugegeben, Kevin weigerte sich, sie zu besuchen, aber sie rief ihn weiterhin an – sie würde nicht aufgeben. Früher oder später mußte er begreifen, daß sie ihn noch genauso liebte wie früher.

Sie war jetzt im vierten Monat schwanger und fühlte sich kräftig, was aber nicht bedeutete, daß ihr Tempo noch so spritzig war wie früher. Sie hatte acht Pfund zugenommen, die sie durch lockere Kleidung allerdings noch bequem verbergen konnte, und sie spürte jedes davon deutlich, weshalb sie ein wenig langsamer lief und nicht mehr ganz so weit. Darum war Donna die ideale Joggingpartnerin für sie. Cydra, die das Wochenende der offenen Tür bei Chelsea in Boulderbrook verbrachte, hatte sie gnadenlos verspottet, wenn sie zurückfiel. Donna war zwar sportlich, mit dem gemäßigten Tempo jedoch sehr einverstanden. Sie und Chelsea hatten etwa die gleiche Figur, aber sie war im Unterschied zu ihr keine geübte Läuferin und hatte darum nicht ihre Ausdauer.

An diesem Morgen liefen sie nebeneinander her, beinahe vollkommene Abbilder voneinander, in Fahrtrichtung des Verkehrs, der sich jetzt, kurz nach Sonnenaufgang, allerdings noch sehr in Grenzen hielt. Als die Hörende lief Chelsea links von Donna und drängte sie näher an den Straßenrand, wenn sich hinter ihnen ein Fahrzeug näherte.

So auch diesmal. Aufgrund des Motorengeräusches nahm sie an, daß es sich – wie um diese Stunde meistens – um einen Lastwagen handelte. Das Brummen kam näher und näher, so nah, daß Chelsea beunruhigt einen Blick über ihre Schulter warf. Erschrocken darüber, wie dicht am Straßenrand der Laster fuhr, bedeutete sie ihm durch eine Geste, ihnen mehr Platz zu geben, denn er hatte die Fahrbahn ganz für sich allein.

Anstatt ihrer Aufforderung Folge zu leisten, steuerte er gezielt auf den Straßenrand zu.

Als er nur noch ein paar Meter entfernt war, packte Chelsea Donna und warf sich mit ihr in das Gebüsch neben der Straße. Keuchend und zitternd kamen sie auf die Knie hoch und starrten dem davonfahrenden Truck nach, bis er verschwunden war. Dann schauten sie einander an. Die Zeichensprache erübrigte sich in diesem Fall – Donnas entsetzte Miene machte deutlich, daß sie gesehen hatte, was Chelsea gesehen hatte: Die weiße Schrift auf der hinteren Wagenklappe war trotz der Staubschicht, mit der der graue Lastwagen überzogen war, eindeutig zu entziffern gewesen.

Sechzehntes Kapitel

Sind Sie sicher, daß es einer von uns war?« fragte Judd.

»Es war ein Laster von Plum Granite«, beharrte Chelsea auf ihrer Aussage.

Nolan saß hinter seinem Schreibtisch und machte sich Notizen. Sein Büro war mit Metallmöbeln eingerichtet und hätte kalt gewirkt, wenn Nolan nicht gewesen wäre. Er war ein großer, kräftiger Mann in blauer Uniform, mit ergrauendem Haar, einem Stiernacken und einer warmherzigen Art, die Chelsea jedesmal wieder überraschte, wenn sie ihn sah. »Können Sie irgendwelche Angaben zu dem Fahrer machen?« fragte er sie.

»Ich konnte ihn nicht sehen. Die Sonne ging gerade hinter dem Truck auf, und darum war das Führerhaus dunkel. Außerdem erwartete ich natürlich, daß er uns überholen würde wie die anderen auch, und als ich mich schließlich umdrehte und sah, wie nah er bereits war, hatte ich nur noch Zeit dazu, uns aus dem Weg zu schaffen. Als mir einfiel, daß ich hätte versuchen sollen, den Fahrer zu erkennen, war er längst weg.«

»Geht es Ihnen wirklich gut?« Judds Blick in ihre Augen verriet ihr den Grund seiner Besorgnis, und wenn sie allein gewesen wären, hätte er sicherlich auf ihren Bauch geschaut, dachte sie, aber trotz seiner Wut war er diskret.

»Ich bin okay«, erwiderte sie ruhig und schaute Donna an. »Sind Sie auch okay?«

Donna nickte.

»Keine blauen Flecken?« fragte Nolan. Auch er schaute Donna an. In seinen Augen stand die Zärtlichkeit, die Judd vermissen ließen, und für einen Moment empfand Chelsea glühenden

Neid. Doch gleich darauf wurde ihr bewußt, wie töricht das war, sie würde niemals mit Donna tauschen wollen. Donna war es nicht nur durch eine körperliche Behinderung versagt, die Stimme ihres Sohnes zu hören, sie hatte zudem auch noch einen Mann, der sie wie den letzten Dreck behandelte. Sie verdiente dieses bißchen Zärtlichkeit weiß Gott.

Donna beantwortete Nolans besorgte Frage mit einem Kopfschütteln, wandte sich Judd zu und formte mit den Lippen: »Wer?«

»Wir haben vier Lastwagen in dieser Größe«, sagte Judd. »Drei werden jeden Abend in Moss Ridge abgestellt, den vierten fährt Oliver.«

»Das Kennzeichen haben Sie nicht gesehen?« wollte Nolan von Chelsea wissen.

Sie schüttelte den Kopf. »Ich war zu geschockt durch die Beschriftung auf dem Truck, um darauf zu achten.« Nach einem zögernden Blick zu Donna fragte sie Judd: »Kann man davon ausgehen, daß es einer der drei aus Moss Ridge war?«

Judd schaute ihr in die Augen. »Oliver mag schwierig sein, aber er ist nicht bösartig und auch nicht dumm. Das Geschäft läuft wieder, wenn er Ihnen etwas antäte, würde er damit seinen eigenen Wohlstand sabotieren. Und Donna etwas anzutun wäre Selbstmord. Außerdem«, sagte er ruhiger, »benutzt er den Laster nur für die Fahrt zum und vom Büro, und das auch nur bei hellem Tageslicht. Ansonsten hat er Angst, seine Augen sind nicht mehr so gut. Es ist sogar schon vorgekommen, daß er Margaret ans Steuer gesetzt hat. Für gewöhnlich fahre ich ihn.«

»Arthritis«, sagte Donna unnötig laut, doch niemand störte sich daran. Sie war noch immer ganz zittrig.

»Das auch«, nickte Judd. »Nur soll das niemand wissen, er hat ein Image zu wahren.«

Es hätte Chelsea nicht überraschen dürfen, daß Judd Oliver schützte. Er kümmerte sich weit über seine Pflicht hinaus um seinen eigenen Vater, und da war zu erwarten, daß er empfänglich für Olivers Gebrechen war. Er war eben so.

Aber wenn er für so einen üblen Patron wie Oliver Verständnis und Mitgefühl aufbrachte, warum dann nicht auch ihr gegenüber? Wahrscheinlich, weil sie eine Fremde war. Sie hatten keine gemeinsame Vergangenheit, er schuldete ihr keine Loyalität, war ihr nicht verpflichtet. Sie hatten eine kurze Affäre miteinander gehabt, waren nie im Sinne des Wortes Freunde gewesen.

»Beschäftigen wir uns mit den drei anderen Trucks«, sagte Nolan. »Wo sind die Schlüssel?«

»In den Zündschlössern, denke ich«, antwortete Judd.

»Sie sind nachts nicht abgeschlossen?« wunderte sich Chelsea.

»Nein.«

»Warum nicht?«

»Weil wir hier nicht in der Großstadt sind«, erwiderte er und setzte in abfälligem Ton hinzu: »Bei uns braucht man nicht alles zuzuschließen wie bei euch.« Sein Blick warnte sie eindringlich, durch eine Reaktion oder ein Wort zu verraten, was zwischen ihnen gewesen war.

Sie nahm sich die Warnung zu Herzen und ließ die betonte Unterscheidung zwischen »bei uns« und »bei euch« unkommentiert. »Das bedeutet«, sagte sie statt dessen, seinem Blick standhaltend, »daß jeder den Truck gefahren haben kann – auch jemand, der nicht zur Firma gehört.«

»Nein, denn dann hätte er das Tor niederwalzen müssen. Das *ist* nämlich nachts abgeschlossen.«

»Und wer hat die Schlüssel für das Tor?« fragte Nolan.

»Ich habe ein Set, Oliver hat ein Set, die Vorarbeiter jedes Steinbruchs haben je ein Set und der Vorarbeiter des Schuppens ebenfalls. Allerdings sind wir hier nicht in Fort Knox, die Schlösser sind nicht kompliziert. Wahrscheinlich könnte sie jeder knacken, der etwas davon versteht.«

»Dann hatte ich doch recht«, sagte Chelsea. Diesmal schaute sie ihm allerdings nicht in die Augen, denn sie war dieses Spiel müde. Tatsache war, daß entweder ein schlechter Fahrer am

Steuer des Lasters gesessen hatte oder jemand sie hatte überfahren wollen. »Es kann jeder gewesen sein.«
Nolan schaute auf seine Uhr. »Ich möchte mich mal da draußen umsehen. Es ist kurz vor halb acht, sind Ihre Männer schon dort?« Als Judd nickte, griff er nach seinem Hut und stand auf. »Ich fahre Ihnen nach.«
Aber Judd zog Chelsea von ihrem Stuhl hoch. »Ich bringe sie erst nach Hause. Wir treffen uns dann dort.«
Wenn sie sich kräftiger gefühlt hätte, wäre Chelsea zurückgejoggt, aber sie wollte dem Baby keine Gewaltaktion zumuten, und so ließ sie sich, nachdem sie Donna versprochen hatte, auf dem Weg ins Büro bei ihr vorbeizuschauen, von Judd hinausführen. Er sprach kein Wort, bis sie den Marktplatz hinter sich gelassen hatten. Dann fragte er: »Bist du wirklich okay?«
Sein Blick war auf die Straße gerichtet, sie konnte nicht sehen, ob Besorgnis darin lag. Seine Stimme verriet nichts.
»Nur beunruhigt, sonst nichts.«
»Du siehst blaß aus.«
»Ich bin nicht geschminkt.«
»Ich habe dich schon öfter ungeschminkt gesehen.« Das hatte er allerdings. »Du siehst wirklich blaß aus.«
Sie zuckte die Schultern und wandte sich dem Fenster zu. Tatsache war, daß sie zittrig und verängstigt war und nichts lieber getan hätte, als zu ihm hinüberzurutschen und sich in den Arm nehmen zu lassen. Statt dessen schlang sie selbst die Arme um sich.
Er registrierte die Geste und bremste. »Vielleicht sollte Neil Summer dich mal ansehen.«
»Ich bin okay«, insistierte sie und bedeutete ihm, weiterzufahren. Widerwillig, schien ihr, gab er wieder Gas.
»Warst du schon wegen des Babys bei ihm?«
»Noch nicht.«
»Worauf wartest du?«
»Ich habe einen Arzt in Baltimore.«

»Der nützt dir dort unheimlich viel. Meinst du nicht, du solltest dich hier mal untersuchen lassen?«
»Mach ich schon noch.«
»Wann?«
»Bald.«
»Wann wirst du es bekannt geben?«
»Wenn man es sieht.«
»Man sieht es bereits.«
»Nur, wenn man es weiß.«
»Man sieht es.«
Also hatte er sie daraufhin gemustert. Diese Erkenntnis löste eine Regung in ihr aus, die sie entschlossen ignorierte. »Warum ist es dir denn plötzlich so eilig damit?«
Er schwieg. Seine Kiefermuskeln spielten, und er starrte mit gerunzelter Stirn auf die Fahrbahn. Schließlich sagte er: »Irgend jemand will dich so dringend aus der Stadt hinaushaben, daß er dich nachts mit Anrufen belästigt, und als du dich davon nicht verscheuchen läßt, versucht er, dich zu überfahren. Wenn er erfährt, daß du schwanger bist, kommt er vielleicht zur Besinnung, denn es ist ein Unterschied, ob man einem Erwachsenen etwas antut oder ein ungeborenes Kind umbringt.«
»Großer Gott, Judd!« Der Gedanke ließ sie schaudern.
»Soll ich so tun, als bestehe diese Möglichkeit nicht? Bist du denn nicht besorgt um dein Baby?«
»Natürlich bin ich besorgt. Warum, glaubst du, sitze ich in diesem Wagen?«
Sein Profil versteinerte. »Vielleicht, weil du so schneller zu Hause bist und rechtzeitig in die Arbeit kommst. Weißt du, es könnte nicht schaden, wenn du ein bißchen langsamer treten würdest. Wenn das heute nicht passiert wäre, hättest du wahrscheinlich an deinem Morgenlauf festgehalten, bis das Kind fällig gewesen wäre.«
»Nein. Ich werde nur noch einen Monat laufen, und weniger,

wenn ich merke, daß es mühsam wird. So verantwortungslos bin ich nicht, Judd.«

Er warf ihr einen ungläubigen Blick zu. »Du willst nach diesem Vorfall weiterlaufen?«

»Natürlich.« Cydra hätte sie der Mißachtung eines Zeichens bezichtigt, aber was wußte Cydra schon?

»Bist du verrückt?«

»Nein. Laufen lüftet meine Seele.«

»Du bist verrückt.«

»Absolut nicht«, widersprach sie. »Ich bewege mich gerne. Und ich bestimmte gerne selbst, was ich tue und wo ich es tue. Ich bin nicht bereit, mich von einem Irren in einem Lastwagen einschüchtern zu lassen.«

»Sehr gescheit.«

Sein Sarkasmus schmerzte. Sie versuchte, ihn mit einem Achselzucken abzutun. »So bin ich eben. Donna und ich sind bis jetzt immer dieselbe Strecke gelaufen. Das nächste Mal werden wir eine andere nehmen.«

»Clever.«

»Falls sie überhaupt noch mitmachen will. Wenn nicht, laufe ich eben wieder allein.«

»Eine tolle Idee.«

Sie wandte sich ihm zu. »Es könnte doch auch sein, daß der Anschlag ihr gegolten hat. Hast du daran schon mal gedacht?«

»Offengestanden, nein. Du bist diejenige, die uneingeladen in die Stadt gekommen ist und sich hier eingenistet hat. Du bist diejenige, die den Status quo bedroht. Du bist verantwortlich dafür, daß Bibi diesmal keine ›Apple Brown Betty‹ für das Labour-Day-Büffet machen konnte. Es mag dir und mir albern erscheinen, aber es gibt eine ganze Reihe von Leuten, die das äußerst verärgert hat. Gegen Donna hat niemand etwas. Sie ist eine Plum und eine Farr, hat ihr ganzes Leben hier verbracht, und es gibt keinen Menschen in dieser Stadt, der sie nicht kennt und mag.«

Chelsea war sich da nicht so sicher.

Nolan auch nicht. »Ich möchte Sie etwas fragen«, sagte er.

Donna war noch bei ihm im Büro geblieben, nachdem Chelsea und Judd gegangen waren. Sie wußte, daß er nach Moss Ridge hinaus fahren mußte, aber er hatte es ebensowenig eilig wie sie. Es war schon spät, und sie hätte eigentlich schnellstens nach Hause gehen müssen, aber sie konnte nicht widerstehen, sich diese kleine Freude zu gönnen.

Er sank neben ihrem Stuhl in die Hocke und berührte ihre Hand. Seine Berührungen erstaunten sie immer wieder, für einen solchen Baum von Mann waren sie ungeheuer zart.

»Glauben Sie, Matthew könnte etwas mit dieser Sache zu tun haben?« fragte er.

Matthew? Der Gedanke kam überraschend. Sie schüttelte den Kopf.

»Er hätte einen Grund«, fuhr Nolan fort. »Es paßt ihm nicht, daß Sie joggen. Vielleicht glaubte er, Sie würden damit aufhören, wenn er Ihnen beiden einen Schrecken einjagte.«

Wieder schüttelte sie den Kopf, aber nicht, weil sie Matthew keine Gewalttätigkeit zutraute, das wußte sie besser. Aber seine Frau zu schlagen war eine Sache, seine Frau zu überfahren, die eine wichtige Rolle für die Zukunft der Stadt spielte, eine ganz andere.

Bekümmert faßte sie einige dieser Überlegungen in Fingerzeichen. Nolan wartete, bis sie geendet hatte, umschloß dann ihre beiden Hände mit einer der seinen, und fragte sanft und voller Mitgefühl: »Wo war er letzte Nacht?«

Matthew war wie üblich unterwegs gewesen, und wie üblich hatte sie keine Ahnung, wo. Ihre Augen sagten Nolan das.

»Wann ist er heimgekommen?«

»Um eins«, formten ihre Lippen.

»War er betrunken?«

»Ich glaube, ja.« Sie wußte es nicht, aber es war anzunehmen. Wenn er betrunken war, schlief er auf der Liege im Büro, weil er die Treppe nicht schaffte. Da er nicht zu ihr ins Bett gekommen war – wofür sie ein Dankgebet gen Himmel geschickt hatte –, nahm sie an, daß er dort war.

»Haben Sie ihn gesehen, bevor Sie mit Chelsea joggen gingen?«

Sie schüttelte den Kopf.

»Stand sein Wagen in der Einfahrt?«

Sie hatte nicht nachgesehen, aber sie begriff, worauf Nolan hinauswollte.

Er betrachtete ihre Hände, strich mit dem Daumen über ihre Fingerknöchel und hob den Blick dann zu dem Rundhalsausschnitt des Trikots, das sie zum Laufen angezogen hatte. »Es wäre doch möglich, daß er heute früh vor Ihnen das Haus verließ oder gleich nach Ihnen, nach Moss Ridge hinausfuhr, das Schloß am Tor knackte und so weiter.«

»Das werde ich bald wissen«, erklärte Donna laut, denn ihre Gedanken eilten voraus. Wenn Matthew letzte Nacht betrunken nach Hause gekommen und bewußtlos auf die Liege gefallen war, würde er verkatert zum Frühstück erscheinen: Sie würde es ihm auf den ersten Blick ansehen, ob er an diesem Morgen in der Lage gewesen war, in aller Frühe aufzustehen und durch die Gegend zu fahren. Sie drückte Nolans Hand und flüsterte: »Ich gehe jetzt besser, wenn ich zu spät komme, wird er wütend.«

Nolan ließ ihre Hände nicht sofort los. »Wird er Sie schlagen?«

Sie schüttelte den Kopf.

»Aber er hat es schon getan.«

»Nicht!« flehte sie lautlos. Sie konnte nicht darüber sprechen, was Matthew getan hatte. Nolan wußte es ohnehin. Er sah die Verletzungen, die anderen entgingen – besonders die tief in ihrem Innern, die nach Linderung schrien. Aber er konnte nicht viel für sie tun, ohne alles noch schlimmer zu machen.

»Ich wünschte, Sie würden ihn verlassen.«

Sie schüttelte den Kopf.

»Wegen Joshie?« fragte er mit einem so mitfühlenden Blick, daß ihr die Tränen in die Augen schossen. Er wischte sie mit den

Daumen weg und umfaßte ihr Gesicht mit den Händen. »Ich würde mich um Joshie kümmern.«

Wieder flossen die Tränen. Sie umschloß seine Handgelenke mit den Fingern, und versuchte den Kopf zu schütteln, doch er ließ sie nicht los.

»Ich möchte Ihnen helfen, Donna.« Sie sah ihm an, wie aufgewühlt er war. »Lassen Sie mich Ihnen helfen.«

Ehe sie protestieren konnte, beugte er sich vor und berührte ihre Lippen mit den seinen so federleicht und zärtlich, wie sie es noch nie erlebt hatte. Sie hatte noch nicht annähernd genug davon, als er sich zurückzog und mit einem überraschend schüchternen Lächeln sagte: »Das habe ich schon lange tun wollen.«

Sie fuhr mit den Fingerspitzen über seine Lippen, aber als er an einer davon zu saugen begann, riß sie sie entsetzt zurück, ballte die Hand zur Faust und preßte sie auf ihr Herz.

»Zu viel?« fragte er.

Sie zwang sich, von ihrem Stuhl aufzustehen. Je länger sie bliebe, um so größer würde die Gefahr, daß sie nachgäbe. Wenn sie ihr Einverständnis signalisierte, würde Nolan mit ihr schlafen, das wußte sie schon seit langem. Er würde ihr zeigen, was der Ausdruck »Liebe machen« wirklich bedeutete. Das wünschte sie sich schon lange.

Was sie davon abhielt, war die Moral. Sie war mit Matthew verheiratet, sie durfte nicht mit Nolan schlafen.

Aber wo war bei diesem Grundsatz die Gerechtigkeit? Matthew mißhandelte sie – sie hatte jedes Recht, Trost in den Armen eines anderen Mannes zu suchen.

Wenn sie nur den Mut dazu hätte! Mit Chelsea zu joggen war eine kleine Geste des Aufbegehrens, mit Nolan ins Bett zu gehen wäre eine viel, viel größere.

»Waren Sie's?« fragte Oliver Hunter, als er spät am Morgen endlich im Steinbruch auftauchte.

Hunter schlenderte gemächlich zu dem Geländer, an dem

Oliver mit Judd stand, verschränkte die Arme und spähte in den Bauch des Steinbruchs hinunter, wo küchenschabengroße Männer ihrer Arbeit nachgingen. Bohrer fraßen sich in Felsgestein, Kräne ratterten, Stahltrossen strafften sich knirschend, Hammerschläge dröhnten, was hier oben durch die Entfernung und den Wind allerdings nur ganz gedämpft zu hören war.

»Glauben Sie, daß ich's war?« gab Hunter zurück.

»Ich stelle hier die Fragen. Waren Sie's, oder waren Sie's nicht?«

»Ich war es nicht.«

»Ist das die Wahrheit?«

Hunters ausdruckslose Miene machte deutlich, daß er nicht die Absicht hatte zu antworten, was – das hatte Judd schon vor langer Zeit erkannt – seine stärkste Waffe gegen Oliver war. Oh, sie stritten sich schon auch, und Hunter war schlagfertig genug, um Oliver bei einem Wortwechsel nichts schuldig zu bleiben, aber Schweigen war wirkungsvoller. Für einen Mann, der Wert darauf legte, andere zu beherrschen, war es unerträglich, wenn man ihn ignorierte.

Genau das tat Hunter jetzt. Er schaute an dem grollenden Oliver vorbei zu Judd und fragte: »Dann hat Nolan den Fall also noch nicht gelöst?«

»Nein, er hat den Fall noch nicht gelöst«, schnauzte Oliver. Der Spätseptemberwind wehte Strähnen seiner grauen Haare in die Höhe, doch ansonsten war er so starr wie die Felsen um ihn herum.

»Ich habe mit Judd gesprochen«, sagte Hunter zu ihm und dann zu Judd: »Gibt es keine Hinweise?«

Judd gab Oliver Zeit, die Antwort zu übernehmen, und erwiderte, nachdem die Pause ungenutzt verstrichen war: »Noch nicht. Es spricht nichts für einen Einbruch.«

»Es muß jemand von unseren Leuten gewesen sein«, murmelte Oliver.

Hunter erwies ihm die Gnade eines Blickes. »Wo waren Sie denn bei Sonnenaufgang?«

»In meinem eigenen Bett, was man von Ihnen wahrscheinlich nicht sagen kann. Müssen Sie morgens um fünf mit Ihrer Maschine durch die Stadt donnern? Haskell Rhodes hat sich erst vor ein paar Tagen über den Krach beschwert. Es ist eine Zumutung, von einem solchen Lärm aus dem Schlaf gerissen zu werden.«

Hunter lächelte trocken. »Aber er dokumentiert wenigstens mein Kommen und Gehen. Wenn ich bei Sonnenaufgang zum Steinbruch rausgefahren wäre, um mir einen Laster zu holen, dann wüßte es ganz Norwich Notch.« Erneut an Oliver vorbeischauend, fragte er Judd: »Ist sie okay?«

Judd war sofort klar, wen er meinte. Er fragte sich, ob Hunter wohl von dem Baby wußte. »Sie behauptet es jedenfalls.«

»Meine Tochter war auch da draußen«, warf Oliver ein.

Hunter beantwortete das, bevor Judd dazu kam: »Kein Mensch würde Donna etwas antun. Alle mögen sie, außer Matthew, und der hätte nicht die Courage für eine so spektakuläre Aktion.«

Oliver starrte ihn finster an: »Was soll das heißen?«

Hunter schob seine Hände, eine nach der anderen, tiefer in die aufgebauschten Sweatshirtfalten unter seinen Armen. »Raten Sie mal.«

»Haben Sie was gegen Matthew?«

»Ich nicht, aber für Sie wäre es angebracht. Er ist nicht nett zu Ihrer Tochter.«

»Wenn er nicht nett zu ihr ist, dann nur, weil sie Dinge tut, die sie nicht tun sollte.«

»Zum Beispiel?«

»Zum Beispiel mit Chelsea Kane joggen.«

»Was ist denn dagegen zu sagen?«

»Es ziemt sich nicht.«

»Es ziemt sich nicht?« spöttelte Hunter. »Und weil sie etwas tut, das sich nicht ziemt, ist es okay, daß ihr Mann sie schlägt?«

»Er schlägt sie nicht!« erklärte Oliver in einem Tonfall, der deutlich machte, daß er das Thema damit abschloß, doch

Hunter seinerseits war nicht bereit dazu, und dieses eine Mal war Judd seiner Meinung.
»Wo leben Sie denn, alter Mann? Die ganze Stadt weiß, daß er sie verprügelt, wenn ihm danach ist.«
»Er schlägt sie nicht.«
»Wenn Sie sich das lange genug einreden, dann glauben Sie es vielleicht eines Tages. Aber wenn Sie die Augen aufmachen, dann werden Sie die Wahrheit sehen.« Der Wind frischte auf, wehte ihm die Haare aus dem Gesicht und enthüllte den goldenen Ohrring und, dachte Judd, eine untypische Besorgnis.
»Er läßt sie im Laden schuften wie ein Pferd, er kommandiert sie rum, er gesteht ihr lausige fünfzehn Minuten Pause am Tag zu – ist das das Leben, das Ihnen für Ihre Tochter vorschwebt?«
»Sie haben keine Ahnung.«
»Ich weiß, das darf ich mir ja täglich von Ihnen anhören. Ob Sie mein Vater sind, habe ich bis jetzt nicht herausbekommen, aber daß Sie Donnas Vater sind, steht ja wohl fest. Liegt Ihnen denn nichts an ihr?«
»Was fällt Ihnen ein, mir eine solche Frage zu stellen?«
»Jemand muß es mal tun. Wachen Sie auf, alter Mann. Er schlägt sie!«
Olivers hochgewachsene Gestalt war angespannt wie eine Bogensehne. »Matthew ist ein guter Mann. Er ist Emerys Sohn, und Emerys Sohn würde niemals die Hand gegen seine Frau erheben.«
Hunter stieß ein angewidertes Lachen aus. »Emerys Sohn? Der erhebt nicht nur die Hand gegen seine Frau, er hat auch so wenig für sie übrig, daß er jede Nacht hinter der Frau seines eigenen Bruders herhechelt.«
Oliver bedachte ihn mit einem warnenden Blick, der jedoch wirkungslos verpuffte.
»Das Verhältnis besteht schon so lange, daß man sich wundern muß, daß es noch nicht an Altersschwäche eingegangen ist. Warum, glauben Sie, hat Matthew nicht früher geheiratet? Er

war schon in der High-School in Joanie Pickwick verliebt, aber Monti kam ihm zuvor.«

»Halten Sie den Mund!«

»Joanie wurde schwanger, sie heirateten und bekamen noch vier weitere Kinder, und mit der Zeit hatte Montis Charme sich abgenutzt. Und Matthew, der geduldig in den Kulissen gewartet hatte, sah die Chance für seinen Auftritt gekommen. Es dauerte nicht lange, bis er Joanie rumkriegte, und wissen Sie, wie er seine Nächte seitdem verbringt? Wenn er Joanie nicht bumst, dann fährt er durch die Gegend und wünscht sich, er könnte es, und wenn er das nicht tut, dann betrinkt er sich bis zur Bewußtlosigkeit. Es ist ein Wunder, daß wir ihn noch nicht tot auf dem Grund der Schlucht gefunden haben.«

Judd hatte mit den Händen auf dem Sicherheitsgeländer und nach unten in die Grube gerichtetem Blick zugehört, und plötzlich sah er etwas, das ihn entsetzte.

»Jesus!« schrie er, und dann, noch lauter: »Geh da weg, Mason!« Wild gestikulierend winkte er den Mann von dem großen Felsbrocken weg, der in Bewegung gebracht worden war. »Schafft ihn da weg, verdammt noch mal, sonst wird ihm die Hand abgequetscht!« brüllte er und rannte zu der Seilbahn, die ihn nach unten bringen würde. Frankie Mason war einer der neuen Männer, die er kürzlich eingestellt hatte, und er hatte seine Zweifel bei ihm gehabt. Frankie war ein Leichtgewicht, Elektriker von Beruf und im Umgang mit dünnen Drähten sehr geschickt. Mit großen Steinplatten und schweren Maschinen umzugehen war etwas ganz anderes. Dazu brauchte ein Mann ein gutes Auge auch für das, was sich am Rande seines Gesichtsfeldes tat, umfassende Kenntnisse über den Abbauvorgang und einen sechsten Sinn dafür, was wann passieren würde. Frankie besaß nichts von alldem.

Judd rammte sich einen Schutzhelm auf den Kopf, schwang sich in den primitiven Förderkorb, der kaum größer war als eine übergroße Apfelsinenkiste, und drückte auf den Starter. Als der Korb sich in Bewegung setzte, sprang Hunter zu ihm herein.

»'s war ein Fehler, Frankie Mason einzustellen«, meinte er.
Judd sagte sich das gleiche, aber er hatte Gründe dafür gehabt, und diese Gründe bestanden nach wie vor. »Er hat Familie, er braucht den Job.«
»Dann setz ihn im Schuppen ein.« Hunter paßte sich dem Schaukeln des Korbes an. »Nein, laß ihn Meißeln lernen. Einige der neuen Aufträge beinhalten Inschriften. Gaitor und Hal können das allein unmöglich schaffen.«
Die Idee hatte etwas für sich, auch wenn Frankie Mason sich als Arbeitskraft dann nicht gleich auszahlen würde, aber wenn ein Mann geschickt genug war, um dünne Drähte zu spleißen, dann könnte er auch lernen, mit einem Meißel umzugehen, und sie brauchten auch dafür Leute. »Kein übler Einfall.«
Den Blick auf die Männer unten gerichtet, sagte Hunter: »Manchmal habe auch ich einen.«
»Fällt dir vielleicht auch ein, wie wir die Männer zur Konzentration anhalten können? Ich weiß nicht, was neuerdings los ist. Frankies Problem ist mangelnde Erfahrung, aber es hat in letzter Zeit einige Beinaheunfälle gegeben. Die Männer sind einfach nicht bei der Sache, und irgendwann wird es ein Unglück geben. Hey, Murphy!« rief er mit einer Stimme, die das Zischen des Kompressors, der die Preßluftschlagbohrer antrieb, übertönen würde. Der Förderkorb erreichte die Sohle des Steinbruchs und kam schlingernd zum Halten. »Schick Springer her, ich möchte, daß er mit Mason zusammenarbeitet.« Und dann murmelte er: »Okay – machen wir einen letzten Versuch.«

*

Zwei Wochen später murmelte er wieder. Chelsea konnte nicht verstehen, was er sagte, aber sie sah ihm an, daß er sich ärgerte. Sie war zum Kankamaug hinaus gefahren – einem Hügel aus Granit, der zu den neueren Steinbrüchen gehörte –, um sich das Gestein anzusehen, das sich als lavendelfarben und mit Glim-

mer durchsetzt erwies, der im Licht des trüben Tages schimmerte.
Der Oktober hatte dem frühmorgendlichen Gras eine Reifdecke beschert und den Hängen eine flammende Vielfalt von Rot-, Orange- und Gelbtönen. Obwohl es um die Mittagszeit angenehm warm wurde, verließ Chelsea Boulderbrook kaum je ohne einen Pullover oder eine Jacke.
An diesem Tag trug sie Stretchjeans, einen langen Pullover mit V-Ausschnitt und einen lässigen Blazer.
»Was gibt es für ein Problem?« fragte sie Judd.
»Die Trosse ist an einem Karabinerhaken befestigt, der in einem in den Stein gebohrten Loch verankert ist. Sie haben zu viele Haken angebracht, jetzt ist das Gleichgewicht gestört.« Er ging auf eine Leiter zu, über die er den nächstunteren Sims erreichen konnte. Sie war die erste einer ganzen Reihe von Leitern, die von Sims zu Sims führten, wodurch die Wand an die indianischen Höhlenwohnungen im Südwesten erinnerte.
»Ich gehe auch runter«, eröffnete sie Hunter.
»Das wird ihm nicht recht sein«, warnte Hunter.
Aber sie wollte nach unten.
Chelsea nahm ihm den Schutzhelm ab, der an seiner Hand baumelte, setzte ihn auf und steuerte auf die Leiter zu. Judd war bereits über den darunterliegenden Sims verschwunden.
Die Leiter war breit und stabil. Chelsea setzte gerade den Fuß auf die erste Sprosse, als Hunter sie am Handgelenk packte. Überrascht schaute sie auf, nicht so sehr, weil er sie aufhielt, sondern weil er sie dazu berührte.
»Es ist nicht sicher da unten.«
»Ich will sehen, was vorgeht.« In Wahrheit wollte sie in Judds Nähe sein. Das wollte sie in letzter Zeit häufig. Er strahlte ein Selbstvertrauen und eine Tüchtigkeit aus, die ihr guttaten. Nicht, daß es ihr an beidem gemangelt hätte, aber er besaß mehr davon. Seit er wußte, daß sie schwanger war, hatte er sie nicht mehr angefaßt, und sie konnte das akzeptieren. Im Augenblick

hatte der Wunsch nach seiner Nähe nichts mit sexuellem Verlangen zu tun – sie wollte nur erfahren, *was* er machte, und sehen, wie er es machte.
Sprosse für Sprosse kletterte sie die Leiter hinunter. Der Wind wehte den Blazer von ihrem Körper weg und ließ sie frösteln, aber sie hielt nicht an. Auf dem ersten Sims angekommen, ging sie zu der Leiter, die zum nächsten führte. Sie war auf halbem Weg, als der Wind wieder auffrischte, und als sie sich gegen die Kälte wappnete, indem sie instinktiv den Kopf ein- und die Schultern nach vorne zog, hörte sie einen Mann aufschreien und gleich darauf einen Knall, dem ein erderschütterndes Krachen folgte. Die Maschinen verstummten. Für einen Sekundenbruchteil herrschte vollkommene Stille, dann drang ein Durcheinander verschreckter Rufe zu ihr herauf. Als sie sich umdrehte, sah sie, wie alle in der Nähe befindlichen Männer auf einen riesigen Felsbrocken zurannten, der aus den Trossen herausgerutscht war, die ihn hochgehoben hatten.
Ihre Augen suchten Judd, doch sie konnte seinen Schutzhelm nicht von den anderen unterscheiden. Voller Angst kletterte sie hastig die letzten Sprossen hinunter und war auf halbem Weg zur Unglücksstelle, als Hunter sie einholte. Diesmal packte er sie am Ellbogen.
»Sie bleiben hier!« befahl er und rannte weiter.
Sie rannte hinterher, folgte ihm, als er sich den Weg durch die Mauer aus Männern bahnte, und blieb, an Hunter gedrängt, abrupt stehen, als sie zwei Männer auf dem Boden sah. Ihr Herzschlag setzte aus und begann dann zu rasen: einer war Judd. Der andere war der Mann, der die Löcher für die Karabinerhaken gebohrt hatte. Judd bewegte sich. Sie stieß einen Seufzer der Erleichterung aus, der ihr jedoch im Hals stecken blieb, als sie erkannte, daß ein Bein des anderen Mannes unter dem Felsbrocken begraben lag.
Judd brüllte Anweisungen. Er war unter seiner Sonnenbräune blaß geworden. Die anderen Männer waren ähnlich blaß. Einer

nahm den Verletzten in den Arm, ein anderer rannte auf den Kran zu. Hunter hatte Chelsea stehenlassen und kletterte mit einem Bohrer eine Leiter hinauf, während einer der anderen sie festhielt. Zwei weitere Männer standen auf Leitern und verankerten Karabinerhaken in vorher gebohrten Löchern. Immer wieder brummte Hunters Bohrer. Er verlieh ihm zusätzlichen Druck, indem er mit dem Bauch dagegendrückte, und lehnte sich dann zurück, um das Loch zu vergrößern. Dann nahm er einen Haken, schlug ihn mit dem Hammer hinein und rutschte an der Leiter herunter.

Der Kranführer legte den Gang ein, die Trossen knirschten und strafften sich, und der Felsbrocken hob sich gerade weit genug, um es Judd und ein paar anderen Männern zu ermöglichen, den Verletzten darunter hervorzuziehen.

Das Bein war vom Knie abwärts zerschmettert. Sie ließen ihn ganz vorsichtig auf den Boden nieder, doch er stieß einen Schmerzensschrei aus, der Chelsea durch und durch ging. Niemand wagte es, sich an seinem Bein zu schaffen zu machen – es war eine blutige Masse. Sie stand wie versteinert da, konnte den Blick nicht davon wenden, während sich um sie herum eine lebhafte Aktivität entwickelte. Es war allerdings keine hektische Aktivität, sondern eine wohldurchdachte Folge von Handlungen, denn für diese Männer waren solche Unfälle an der Tagesordnung. Die Steinhauerei stand an der Spitze der gefährlichen Berufe im Land – eine Tatsache, über die die Männer in unbeschwerteren Augenblicken witzelten. Jetzt hörte Chelsea keine Witze. Die Stimmen waren leise, angespannt und besorgt.

»Smittie bringt den Truck her ...«

»... brauchen einen Krankenwagen ...«

»... nächsten gibt es erst zwei Städte weiter. Der Truck tut's auch ...«

»... auf das Brett, rückt ihn zurecht, vorsichtig, vorsichtig ...«

»... mein Bein ...«

»Okay, Wendell, alles klar ...«

Drei auf jeder Seite und einer vorn und einer hinten, hoben sie das Brett an und arbeiteten sich langsam den Abhang hinunter. Judd war darunter, und Hunter ebenfalls. Chelsea folgte mit den verbliebenen Steinhauern dichtauf. Wendell stöhnte. Die Männer redeten ihm gut zu und unterhielten sich zwischendurch leise.

»Die verdammten Löcher waren falsch angeordnet ...«

»... das Signal für den Kran zu früh ...«

»... Haken sind rausgerutscht ...«

»Wo, zum Teufel, bleibt Smittie?«

»Was macht sie denn hier?«

Auf die letzte Äußerung hin flog Chelseas Blick zu Judd, der sie erst in diesem Moment bemerkt hatte. Seine Augen schossen wütende Blitze. Er deutete mit einer heftigen Kopfbewegung zur Spitze des Hügels hinauf, doch sie antwortete ihm mit einem stummen Nein. Er wiederholte seine Geste, doch sie gehorchte auch diesmal nicht. »Hunter!« brüllte er, obwohl Hunter direkt neben ihm ging. »Schaff sie hier weg!«

Das leise Gemurmel ging weiter.

»Das letzte, was wir hier brauchen, ist eine Frau ...«

»... weiß nicht, was sich gehört ...«

»... hat sich bumsen lassen ...«

»... schwanger wie Stokeys neueste ...«

Plötzlich stand Hunter vor ihr wie eine Mauer, versperrte ihr den Weg.

»Ich gehe mit«, flüsterte sie.

Aber er schüttelte den Kopf.

Sie machte einen Schritt nach links und dann einen nach rechts, entkam ihm tatsächlich und rannte los, um die anderen einzuholen.

Sie erreichten den Fuß des Hügels gerade, als der Lastwagen heranratterte und wendete. Chelsea trat beiseite und sah zu, wie das breite Brett, auf dem Wendell lag, hochgehoben und auf die Ladefläche geschoben wurde. Sein Bein war blutüberströmt. In dem Bedürfnis, die Bestätigung zu bekommen, daß der Mann wieder gesund würde, suchte ihr Blick ganz instinktiv Judd, doch sein Anblick hatte nichts Beruhigendes. Sein Gesicht war blaß und spitz, seine rechte Seite von der Schulter bis zur Taille mit Blut durchdrängt. Sie nahm an, es sei Wendells – bis er beim Einsteigen in den Lastwagen ins Schwanken geriet.

»O Gott!« keuchte sie und wollte loslaufen, doch Hunter hielt sie zurück.

»Er wird schon wieder. Sie werden beide wieder.«

Sie versuchte ihm ihren Arm zu entreißen. »Ich will im Truck mitfahren.«

»Sie fahren mit mir.«

»Ich will ...«

»Wir werden noch vor ihnen dort sein, Chelsea.« Ihren Arm noch immer fest im Griff, machte er sich mit ihr auf den Weg den Abhang hinauf. Als sie den Motor des Trucks aufröhren hörte und ihre Gegenwehr aufgab, ließ er sie los.

Jetzt lief sie vor ihm her, wollte ihn damit zu größerer Eile animieren. »Was ist mit Judd?«

»Ein Haken hat sich in seine Schulter gebohrt. Doc Summer wird ihn schon zusammenflicken.«

»Er hat so stark geblutet.«

»Solche Wunden gehen tief.«

»Meinen Sie, es ist etwas Lebenswichtiges verletzt worden?«

Hunter schaute zuerst in ihr Gesicht und dann auf ihren Leib. »Nichts, worüber Sie sich Sorgen machen müßten«, antwortete er gedehnt, während sie den Hügel hinaufliefen, und alles, was sie beim Anblick von Judds Blut vergessen hatte, fiel ihr wieder ein.

Sie hatten gesehen, daß sie schwanger war, der Wind hatte es verraten.

»Es ist nicht von Judd«, erklärte sie Hunter, weil ihr das die wichtigste Feststellung schien.

»Nein?«

»Nein.«
»Aber zeitlich kommt es hin, Sie sind seit Juli zusammen.«
»Nicht seit Juli, denn es ist inzwischen aus. Aber das Baby passierte, bevor ich Baltimore verließ.«
»Sie sind ja eine ganz Wilde.«
»Es war ein Mann, und es war ein Mal. Hunter, was wird mit Wendell?«
»Kommt drauf an. Kann sein, daß er sein Bein verliert.«
Jetzt lief Hunter voraus. Sie fühlte sich nicht mehr so kräftig und mußte sich mühen, hinterherzukommen. »Ist er einer der neuen Männer?«
»Nein, schon seit fünfzehn Jahren bei uns.« Sie erreichten die unterste Leiter. »Sie gehen vor«, sagte er und wartete, bis sie losgeklettert war.
Ganz oben angekommen, hielt er die Hand auf. »Geben Sie mir Ihre Schlüssel.«
Sie warf sie ihm zu, während sie zum Pathfinder rannten, und stieg dann auf der Beifahrerseite ein. »Ist das hiesige Krankenhaus für einen solchen Fall das richtige?« fragte sie.
Hunter drehte den Zündschlüssel um. »Wenn nicht, dann wird der Doc es sagen.« Er wendete und fuhr an der Rückseite des Kankamaug hinunter. »Da ist er sehr korrekt.«
»Was ist sein Spezialgebiet?«
»Er hat keines. Wenn man der einzige Arzt in einer Stadt ist, dann macht man alles – vom Platzwundennähen über das Einrichten von Knochen bis zum Entbinden.« Er löste seinen Blick nur gerade lange genug von der Straße, um ihren Bauch noch einmal kurz zu mustern. »Das ist stark.« Er lachte glucksend. »Sie werden außer sich sein!«
»Wer?«
»Alle in der Stadt.« Wieder lachte er. »Wir reden hier von einem Skandal mit einem großen ›S‹.«
»Ach, kommen Sie, Hunter, es ist doch kein Skandal! Wir leben in den Neunzigern!«

»Das spielt keine Rolle, wir leben in Norwich Notch!«
»Auch dort werden Frauen schwanger.«
»Aber keine unverheirateten, zumindest nicht im feinen Teil.« Er warf ihr einen schnellen, zweifelnden Blick zu. »Sie sind doch unverheiratet, oder?«
»Hätte ich mich mit Judd eingelassen, wenn ich es nicht wäre?«
»Sagen Sie's mir.«
»Nein, hätte ich nicht.«
Hunter bog in die Hauptstraße ein und gab Gas. Eine Weile fuhren sie schweigend dahin. Chelsea sah im Geist Judd vor sich, sah das Blut auf seinem Hemd und stellte sich das zerfetzte Fleisch darunter vor. »Wird Doc Summer die Blutung zum Stillstand bringen können?«
»Na klar, so was passiert doch ständig.«
Das war ihr kein großer Trost. Sie hatte Narben an Judds Körper gesehen – er hatte eine kleine am Unterarm und eine größere, gezackte an der Wade –, aber es war ein Unterschied, ob man eine alte, längst verheilte Verletzung sah oder eine frische.
»Und wer ist der Vater des Babys?« kam Hunter auf das Thema zurück, das ihn sehr viel mehr interessierte.
Sie kämpfte gegen ein Elendsgefühl an, das nichts mit Carl zu tun hatte. »Ein Mann in Baltimore.«
»Will er Sie nicht heiraten?«
»Ich will ihn nicht heiraten. Genauer gesagt, ich hätte es nicht getan, selbst, wenn er gewollt hätte. Aber das spielt keine Rolle mehr, er ist jetzt mit einer anderen verheiratet.«
»So schnell?«
Sie wandte sich in dem Moment dem Fenster zu, als Hunter dicht auf einen Kombi auffuhr. Er hupte und überholte, sobald der Wagen nach rechts zog.
»Wie lange noch?« fragte sie.
»Sechs Minuten.«
»Warum gibt es hier keinen Krankenwagen?«
»Die Stadt kann sich keinen leisten.«

Ihre Hände waren eiskalt. Sie ballte sie in den Falten ihres Pullovers zu Fäusten.

»Also werden Sie das Kind allein kriegen?«

»Hm.«

»Und was werden Sie ihm sagen, wenn es nach seinem Vater fragt?«

»Dann werde ich ihm sagen, wer er ist.« Nachdem sie ihr Leben damit zugebracht hatte, sich zu fragen, wer ihre leiblichen Eltern waren, würde sie ihrem Kind eine solche Information niemals vorenthalten, und Carl würde schon lange vorher von dem Kind erfahren. Er und Hailey müßten eben irgendwie damit zurechtkommen.

»Das ist gut«, sagte Hunter. Eine Minute lang dachte sie, er habe das Thema damit abgeschlossen, doch dann sagte er plötzlich: »Meine Mutter war nicht bereit, es mir zu sagen, obwohl ich sie unentwegt damit löcherte. Es ist nicht richtig, einem Kind das zu verschweigen.«

»Da bin ich ganz Ihrer Meinung.«

Wieder ein schneller Blick. »Haben Sie je versucht, es herauszufinden?«

»Ich bin dabei.« Aber sie ging nicht näher darauf ein – eine Enthüllung am Tag genügte, fand sie. »Wie lange noch?«

»Vier Minuten.«

»Können Sie nicht schneller fahren?«

Er trat das Gaspedal weiter durch. »Sie sind der erste Mensch, der mich darum bittet. Wenn ich es mir recht überlege, sind Sie der erste Mensch, der mich je freiwillig ans Steuer seines Wagen läßt.«

»Im Augenblick traue ich Ihnen mehr als mir«, erklärte sie und schaute auf ihre Uhr. »Was glauben Sie, wo sie sind?«

»Hinter der nächsten Biegung«, behauptete Hunter, und tatsächlich sahen sie, als sie die Kurve hinter sich ließen, in einiger Entfernung den Truck vor sich.

Chelsea versuchte, etwas zu sehen, doch die Heckklappe war

geschlossen. Als sie überholten, sah sie Köpfe, aber Judds war nicht dabei. »Vielleicht hat er das Bewußtsein verloren.«

»Wahrscheinlich hat er sich hingelegt. Wir werden im Krankenhaus Bescheid sagen, daß sie kommen.« Und im nächsten Atemzug stellte er eine Frage, die zeigte, daß ihm ein Licht aufging: »Wurde Ihnen darum auf dem Motorrad übel?«

»Hm.«

»Wie weit sind Sie schon?«

»Am Anfang des sechsten Monats.«

»Das hätte ich nicht gedacht, Sie sind noch so schlank.«

In ihren eigenen Augen war Chelsea ganz und gar nicht schlank. Nicht mehr. »Das liegt an meinen Kleidern, sie kaschieren.«

»Die Leute in der Stadt werden denken, daß Sie noch nicht so weit sind. Sie werden denken, daß das Kind von Judd ist, und wenn nicht von Judd, dann von jemand anderem hier. Die Notcher zeigen gerne mit Fingern, darauf können Sie sich schon mal einstellen.«

»Und auf wen zeigten sie, als Ihre Mutter schwanger wurde?«

»Das weiß ich nicht, aber als sie tot war, zeigten sie auf mich, und lange Zeit glaubte ich, sie täten es zu Recht.«

Chelsea suchte in seinem Gesicht nach Anzeichen eines Gefühls hinter seinen Worten, aber entweder war keines vorhanden, oder sie war zu besorgt um Judd, um es zu sehen. »Sie haben es tatsächlich geglaubt?« fragte sie leise.

Er nickte. »Ich dachte, ich hätte sie umgebracht. Ich dachte, ich sei zu allen Untaten fähig, bis Judd mir schließlich erklärte, wie es wirklich passiert war.«

Diesmal sah sie ein Gefühl. Es war Besorgnis – die gleiche, die sie quälte, aber sie war so schnell wieder verschwunden, daß sie sie auch für Einbildung gehalten haben könnte, wenn sie seine Worte nicht gehört hätte: Bis Judd mir schließlich erklärte, wie es wirklich passiert war. Darin schwangen Anerkennung und Wertschätzung mit, und das löste Dutzende von Fragen in Chelsea aus. Doch der Pathfinder hatte die Stadt, von Osten

kommend, in westlicher Richtung durchquert und fuhr jetzt über die gedeckte Brücke auf das große, alte, weiße viktorianische Gebäude zu, in dem das Krankenhaus untergebracht war, und so hob sie sich die Fragen für später auf.
Als der Lastwagen mit den Verletzten eintraf, wurden sie von Neil Summer und seinen vier Krankenschwestern an der Tür empfangen. Nach einem Blick auf Wendells Bein war Doc Summer klar, daß hier ein Wiederherstellungschirurg vonnöten war. Er ließ ihn auf eine Bahre legen und hineinrollen, wo er den Stiefel aufschnitt, die Blutung stoppte und es dem Patienten für die Zeit, bis die Ambulanz aus Adam Falls käme, um ihn nach Concord zu bringen, so bequem wie möglich machte.
Dann wandte er seine Aufmerksamkeit Judd zu.
Chelsea und Hunter waren mit im Zimmer, hatten sich in einiger Entfernung postiert, um nicht im Weg zu sein, sie mit verschränkten Armen, und dem Blick unverwandt auf Judds Brust gerichtet. Judd lag auf dem Untersuchungstisch – das allein beunruhigte sie schon, er war so ein aktiver Mann –, hatte die Augen geschlossen und ein Knie angezogen, und seinen verkrampften Kiefermuskeln sah man an, daß er die Zähne zusammenbiß. Eine der Schwestern hatte sein Hemd aufgeschnitten und ihn so weit gesäubert, wie es nötig war, um die Wunde im Bereich der Schulter genau lokalisieren zu können, doch darunter war seine Haut bis zur Taille blutverkrustet.
Chelsea fühlte sich schwach. Als Judd die Augen öffnete und es ihr ansah, versicherte er ihr: »Ich werd schon wieder«, aber sie war nicht sicher. Wenn irgendwelche Muskeln stark beschädigt wären und nicht sachgemäß wiederhergestellt würden, bliebe er vielleicht auf Dauer behindert.
Neil warf einen Blick auf die Verletzung und stieß einen Pfiff aus.
»Diesmal haben Sie ganze Arbeit geleistet, alter Junge«, sagte er und griff nach einer Ampulle.
»Was haben Sie vor?« fragte Chelsea.

»Ich werde ihn mit Betäubungsmittel vollpumpen und dieses Prachtstück dann zunähen.« Er warf ihr einen belustigten Blick zu. »Sind Sie damit einverstanden?«
»Können Sie den Arm wieder hinkriegen?«
»Er wird wie neu.« Als er ihr ansah, daß sie nicht davon überzeugt war, lächelte er: »Hey, meinen Sie, ich würde die Zukunft des Stars meines Basketballteams gefährden? Ich bin der Manager. Das wußten Sie nicht, stimmt's?«
»Alter Junge«, rief Judd heiser, »hören Sie vielleicht auf, mit der Lady zu flirten, und tun was für meinen gottverdammten Arm? Die Schmerzen sind höllisch.«
»Sie werden gleich noch schlimmer werden«, kündigte Doc Summer vergnügt an und bereitete die Injektion vor.
Es war nur die erste von vielen. Judd zuckte bei jeder zusammen, fluchte bei einigen, und als der Arzt schließlich zu nähen begann, war der Patient schweißgebadet.
Chelsea ertrug es nicht, untätig dabei zu stehen, und so trat sie zu ihm, nahm seine Hand und hielt sie fest. Unglücklicherweise hatte sie von ihrer neuen Position aus einen besseren Blick auf den Wundbereich.
Sie hatte sich nie für zimperlich gehalten, doch jetzt brach ihr selbst der Schweiß aus, und gleichzeitig wurde der Raum um sie her heller. Als Judd sie anschaute und etwas zu ihr sagte, hörte sie seine Stimme wie aus weiter Ferne.
»Sie wird ohnmächtig, Hunter, fang sie auf!«
Sie merkte nicht, ob er es tat, ihr Bewußtsein schaltete ab.

»Es tut mir leid«, sagte sie kurze Zeit später mit schwacher Stimme.
»Ich hab Sie gerade noch erwischt«, sagte Hunter.
Die Schwester legte ihr einen kalten, feuchten Lappen auf die Stirn. »Manche Leute vertragen es nicht, Blut zu sehen.«
»Mir macht das normalerweise nichts aus, aber es war so viel. Ich schwöre, ich habe den Knochen gesehen!« Ihre Stimme versagte.

Sie schluckte. Allein die Erinnerung an das, was sie beobachtet hatte, machte sie erneut schwindlig. Sie drückte den Lappen fest auf ihre Stirn und atmete ein paarmal tief durch.
»Wie geht's ihr?« erkundigte sich Neil, als er um den Vorhang herumschaute, der Chelseas Kabine von Judds trennte.
»Ich bin schon wieder okay«, antwortete Chelsea.
»Sie ist schwanger«, eröffnete Hunter dem Arzt.
»Ich weiß. Tun Sie mir einen Gefallen.« Er schob ihn aus der Kabine. »Sorgen Sie dafür, daß der große Junge da drüben nicht abhaut, ich bin noch nicht fertig mit ihm.«
Chelsea wollte sich aufsetzen, doch Neil drückte sie auf die Liege zurück. »Kümmern Sie sich zuerst um Judd«, bat sie. »Ich bin okay. Wirklich.«
»Schhhh.« Er legte den Finger auf den Puls an ihrem Handgelenk. Je länger er zählte, um so peinlicher wurde Chelsea ihre Ohnmacht.
»Ich bin okay«, wiederholte sie.
»Sie sind schwanger«, erwiderte er mit einem Lächeln. »In welchem Monat?«
»Anfang des sechsten.«
»Ich möchte mal reinhören.«
»Es geht uns beiden gut, Neil, Judd braucht Sie dringender.«
Aber der Arzt hatte bereits das Stethoskop in die Ohren gesteckt, schob ihre Kleider beiseite und lauschte. Chelsea hielt den Atem an.
»Ein kräftiges Kind«, meinte er schließlich.
Sie konnte nicht widerstehen. »Lassen Sie mich auch mal hören«, flüsterte sie. Er gab ihr das Stethoskop. Der Klang des Herzschlages trieb ihr die Tränen in die Augen. Nur sehr widerwillig entfernte sie das Instrument und richtete ihre Kleidung.
Neil half ihr, sich aufzusetzen, und fragte leise: »Werden Sie das Baby hier bekommen oder in Baltimore?«
»Hier in Boulderbrook.«
»Dann werden Sie meine Hebamme kennenlernen wollen. Sie

arbeitet schon in diesem Beruf, seit sie sechzehn war, und das ist fast vierzig Jahre her. Sie ist die Beste.«

Hätte Neil ihr jetzt den Puls gefühlt, hätte sie Schwierigkeiten gehabt, sich in Sekundenbruchteilen eine Erklärung für seine plötzliche Beschleunigung auszudenken. Ja, sie wollte die Hebamme kennenlernen. Dringend. Sie hatte eine Menge Fragen auf dem Herzen, die auch andere Dinge betrafen als die Geburt ihres Kindes.

Doch im Augenblick war es ihr wichtiger, daß der Arzt sich um Judd kümmerte.

Siebzehntes Kapitel

Als Chelsea Judd später an diesem Tag vom Krankenhaus nach Hause brachte, lernte sie Leo Streeter kennen. In Anbetracht von Judds Größe hatte sie einen hochgewachsenen Mann erwartet, und in der Blüte seiner Jahre mochte er das auch gewesen sein, aber jetzt war er knapp einsfünfundsiebzig, und es waren zerbrechliche Einsfünfundsiebzig. Doch sie hatte niemals ein lieberes Gesicht gesehen. Obwohl von Haaren umrahmt, die mehr grau als braun waren, war es das Gesicht eines Kindes, unschuldig und ohne eine Spur von Bösartigkeit.

Er und Judd wohnten in einem Haus, an dem Chelsea schon oft vorbeigefahren war, das sie jedoch noch nie betreten hatte. Das Fachwerkhäuschen lag in einer Straße im bescheidenen Teil der Stadt. Einige der anderen, im gleichen Stil gehaltenen Häuschen wirkten ein wenig verwahrlost, doch das der Streeters sah tadellos gepflegt aus. Die Fensterläden waren offensichtlich vor kurzem gestrichen, die Dachschindeln erneuert und die Fliegengitter ersetzt worden. Das Grundstück war von einer niedrigen Steinmauer umgeben, die Leo vor vielen Jahren selbst kunstvoll errichtet hatte.

Er saß in einer Red-Sox-Aufwärmjacke, mit einer Decke über den Knien und Buck neben sich, auf der Veranda, als sie ankamen. Seine heutige Pflegerin, eine Frau namens Gretchen Swiller, sprang alarmiert auf, als sie sah, wie Judd vorsichtig auf der Beifahrerseite des Pathfinders ausstieg.

Nachdem er ihr versichert hatte, daß es ihm gutgehe, sank er neben seinem Vater in die Hocke und brachte ein Lächeln zustande, das den Eindruck erweckte, daß er nicht einmal einen Kratzer abbekommen hatte. »Wie geht's dir, Dad?«

Leo musterte ihn fragend.
»Ich bin's – Judd«, sagte Judd sanft, während Buck ihn mit der Schnauze in die Seite stupste.
»Judd«, wiederholte Leo. Sein verhangener Blick schien sich ein wenig zu klären, und er legte eine hagere Hand auf Judds Schulter.
Chelsea hielt den Atem an. Es war Judds verletzte Schulter, zwar dick verbunden, aber wenn er trotzdem einen Schmerz verspürte, so ließ er es sich nicht anmerken. »Hattest du einen schönen Tag?«
Leo schaute verwirrt zu Gretchen auf, und dann wanderten seine Augen zu Chelsea. Als sie zu Judd zurückkehrten, wirkte er noch verwirrter. Es war, als habe er auf der Suche nach einer Antwort für Judd die Frage vergessen.
»Hattest du einen schönen Tag?« wiederholte Judd sie im gleichen sanften Ton und plötzlich lächelte Leo.
»Ich war im Wald spazieren.«
»Mit Gretchen? Das ist schön. Du gehst immer gerne mit Gretchen im Wald spazieren«, sagte Judd, doch er hätte es sich sparen können, denn Leo hatte ihn bei der Hälfte des Satzes vergessen. Sein Blick ruhte erwartungsvoll auf Chelsea.
»Emma?«
»Nein, Dad, das ist Chelsea.« Er winkte sie mit einer Kopfbewegung heran, denn sein linker Arm war im Ärmel einer alten Strickjacke von Neil ruhiggestellt, und mit der freien Hand stützte er sich auf der Sessellehne ab.
Chelsea dachte, daß er nicht allzu stabil wirkte, und folgte seiner Aufforderung bereitwillig, beugte sich vor und drückte eine von Leos Händen, die in seinem Schoß lagen. »Ich freue mich, Sie kennenzulernen, Mr. Streeter.«
»Kommt Emma?« fragte Leo, noch immer erwartungsvoll.
»Heute nicht«, antwortete Judd.
Leo sah plötzlich niedergeschlagen aus. »Wer ist das dann?«
»Chelsea ist eine Freundin von mir. Erinnerst du dich, ich habe dir von ihr erzählt. Sie wohnt in Boulderbrook.«

»Boulderbrook?« wiederholte Leo, und dann erhellte sich seine Miene. »Wann kommt Emma?«
Welche Kraft Judd auch aufrecht gehalten hatte – jetzt verließ sie ihn. »Sie kommt ein andermal, Dad.« Er tätschelte mit der freien Hand den Arm seines Vaters. »Ich gehe eine Weile ins Haus.«
Chelsea hätte ihm gerne aufgeholfen, doch sie wußte nicht, ob ihm das recht wäre. Aber sie wußte, daß sie, wenn er sie nicht ausdrücklich bäte zu gehen, noch eine Zeitlang bleiben würde. Neil hatte – die Zeit nicht mitgerechnet, die er auf sie verwendete – eine volle Stunde an die Verletzung hingearbeitet, mehrere Nähte übereinander anlegen müssen, da die Wunde sehr tief war. Judd mußte Schmerzen haben, und sie wollte für ihn da sein, falls er irgend etwas brauchte.
Er ging, dicht gefolgt von Buck, ins Haus, durch ein kleines Wohnzimmer, einen kurzen Flur hinunter und in das zweite von zwei Schlafzimmern. Chelsea folgte ihm schweigend, blieb jedoch in der Tür stehen. Der Raum war spartanisch eingerichtet. An den hellbeigen Wänden hing kein einziges Bild, und das Mobiliar erschöpfte sich in einer hohen Kommode, einem alten Ledersessel und einem Bett, das den Raum zwangsläufig beherrschte: Ein großer Mann brauchte ein großes Bett, und das Zimmer war klein.
Judd streckte sich mit einem Aufstöhnen auf der Patchwork-Tagesdecke aus und legte den gesunden Arm über die Augen. Sie wartete ab, was er als nächstes tun würde. Das tat auch Buck, der zu ihr kam, als ihm klarwurde, daß Judd heute nicht zum Spielen aufgelegt war, und ihr die Hand leckte. Als ein paar Minuten vergangen waren, ohne daß er sich gerührt hatte, ging sie hinüber und legte leicht die Hand auf seinen Arm.
»Judd?« fragte sie leise.
Er zuckte zusammen, hob den Arm und öffnete die Augen. Als er sie erkannte, ließ er den Arm wieder an seinen Platz sinken.
»Soll ich dir irgend etwas bringen?«

»Nein, danke.«
»Vielleicht etwas zu Essen?«
»Später.«
»Eine Schmerztablette?«
»Später.«
Chelsea nahm an, daß die örtliche Betäubung allmählich nachließ. Wenn sie in seiner Lage gewesen wäre, hätte sie versucht, dem Schmerz zuvorzukommen. Aber Judd war nicht sie – Judd war Judd. Und Judd steckte eine solche Verletzung offenbar weg wie nichts.
»Willst du nicht wenigstens die Stiefel ausziehen?«
Er machte Anstalten, sich aufzusetzen, doch sie drückte ihn auf die Decke zurück, öffnete die Schnürsenkel der schweren Arbeitsstiefel und stellte sie einen nach dem anderen neben das Bett. Er hatte keine Jacke angehabt – sie fragte sich immer wieder, ob das etwas geändert hätte –, und da sein Hemd zerfetzt gewesen war, trug er nur Neils Strickjacke, deren Ärmel als provisorische Schlinge diente. Sie stellte sich vor, daß die rauhe Wolle sich auf der bloßen Haut kratzig anfühlen mußte. »Willst du das Ding loswerden?«
»Nicht jetzt. Im Augenblick will ich nur meine Ruhe.«
Sie blieb noch ein paar Minuten an seinem Bett stehen, und als er sich kein einziges Mal bewegte, ging sie schließlich zu dem alten Ledersessel, setzte sich in eine Ecke und zog die Beine hoch. Buck rollte sich zu ihren Füßen zusammen.
Sie hatte angenommen, daß Judd eingeschlafen sei oder, wenn nicht das, vergessen hatte, daß sie da war, doch dann sagte er auf einmal leise: »Hast du nichts Besseres zu tun?«
»Nein.«
»Und wie lange hast du vor, dort sitzen zu bleiben?«
»Bis ich etwas Besseres zu tun habe.«
»Du wirst dich langweilen.«
»Ganz bestimmt nicht, es gibt genügend Dinge, die mich beschäftigen.«

Er schwieg eine Weile und fragte dann: »Zum Beispiel?«
Zum Beispiel, wie Judds Kindheit in diesem Haus verlaufen war. Wie Leo damals gewesen sein mochte. Was aus Emma geworden war. Ob sie, Chelsea, ihr ähnlich sah. Und ob irgend etwas davon mit Judds Abwehrhaltung ihr gegenüber zu tun hatte.
Sie seufzte. »Zum Beispiel, wie es Wendell geht.«
»Du könntest nach Concord fahren und es herausfinden.«
»Hunter ist hingefahren, er wird nachher vorbeikommen und es mich wissen lassen.«
Wieder senkte sich Schweigen über den Raum. Chelsea betrachtete den Flickenteppich, der zwischen ihr und dem Bett auf dem Boden lag. Er war ausgebleicht, und sie fragte sich, wie lange er ihn wohl schon hatte und ob er einen sentimentalen Wert für ihn besaß, wie das bei ihr für einige Dinge galt. Nach ihrer letzten Fahrt nach Baltimore, als sie die Kartons aus dem Haus zur Aufbewahrung in ihre Eigentumswohnung hatte schaffen lassen, war sie mit mehreren kleinen Orientteppichen nach Norwich Notch zurückgekehrt, die sie in ihrer Kinderzeit liebte, und hatte ihnen Ehrenplätze in Boulderbrook gegeben. Einer lag jetzt im Wohnzimmer vor dem Kamin, einer in ihrem Schlafzimmer und einer in dem Raum, den sie sich als Studio eingerichtet hatte. Sie empfand es als tröstlich, altvertraute Dinge um sich zu haben – auch sie ersetzten in gewisser Weise die Wurzeln, die sie ihr ganzes Leben lang vermißt hatte.
»Was beschäftigt dich sonst noch?« fragte Judd.
Ihre Blicke trafen sich. Seine Stimme hatte auch etwas Vertrautes. Sie wußte nicht, warum – oder warum sie sich immer noch nach ihm sehnte, aber es war so. Nacht für Nacht lag sie in ihrem Bett und sagte sich, daß ihr Leben auch ohne Judd ausgefüllt sei, und doch fehlte er ihr. Sein kompakter Körper fehlte ihr, sein Gewicht, seine Wärme, sein Duft.
Ihre Augen irrten ab. »Der Unfall«, antwortete sie. »Es war schrecklich, euch beide da so auf dem Boden liegen zu sehen.«
»Du hättest mir nicht nachkommen sollen.«

»Ich wollte sehen, wie ihr arbeitet, ich fühle mich so ausgeschlossen. Judd«, fragte sie, bevor sie der Mut verließe, »bin ich in irgendeiner Weise an dem Unglück schuld?«
»Die Löcher für die Karabinerhaken waren falsch positioniert.«
»Habe ich irgend jemanden abgelenkt? Hat einer der Männer, als ich die Leiter herunterkam, mich angeschaut, anstatt sich auf seine Arbeit zu konzentrieren?« Der Gedanke verfolgte sie.
»Die Löcher lagen zu nah beieinander. Wenn das nicht gewesen wäre, hätten die Haken gehalten.«
»Dann bin also nicht ich schuld?«
»Unfälle passieren nun mal – Steinhauer ist ein gefährlicher Beruf.«
»Wie geht's ihm?« kam eine Stimme von der Tür her.
Chelsea setzte sich hastig ordentlich hin. Der Besitzer der Stimme war Murphy, der die Leitung von Moss Ridge hatte, wenn weder Judd noch Hunter da waren.
»Ich werd's überleben«, antwortete Judd.
»Hat der Doc dich gut zusammengeflickt?«
»Kann man sagen. Gibt's was Neues von Wendell?«
»Noch nicht. Wann wirst du wieder spielen können?«
Chelsea, die gedacht hätte, daß Murphys erste Sorge der Arbeit gelten würde, lachte ungläubig auf.
Judd drehte den Kopf auf dem Kissen in ihre Richtung und schaute sie an. »Es ist wichtig.«
»Ich weiß. Ich weiß.«
Judd wandte sich wieder Murphy zu. »In ein, zwei Monaten, denke ich.«
»Ich werd's den Jungs sagen.« Murphy hob die Hand zu einem nachlässigen Salut und war ebenso plötzlich verschwunden, wie er aufgetaucht war.
Judd drehte den Kopf wieder zu Chelsea hin und ließ diesmal den Arm auf der Stirn liegen, als er sie ansah. »Er wird den Jungs auch sagen, daß er dich hier gesehen hat. Morgen früh wird die ganze Stadt denken, daß das Kind von mir ist.«

Sie konnte nicht beurteilen, ob er wütend war, seine Stimme war ebenso ausdruckslos wie seine Miene. Um sich gegen diese Kühle zu schützen und gegen etwaige Wut, die vielleicht darunter lag, suchte sie Zuflucht im Trotz.

»Nicht die ganze Stadt. Donna weiß, daß es nicht von dir ist, und Hunter ebenfalls – und ich werde es auch allen anderen sagen, mit denen ich spreche. Dein Ruf wird nicht lange leiden müssen.«

Er fixierte sie, und sie hielt seinem Blick stand, denn sie meinte, was sie sagte. Sie hatte nicht die Absicht, das Kind Judd anzuhängen.

»Eigentlich ist es schmeichelhaft«, meinte er.

Das aus dem Munde eines Mannes, der sie im Zorn gefragt hatte, ob sie ihm überhaupt hatte sagen wollen, daß es nicht sein Baby war? »Wie bitte?«

»Für so maskulin gehalten zu werden, daß ich es schon ein paar Tage nach deiner Ankunft hier geschafft habe, dich ins Bett zu kriegen und zu schwängern, meine ich.«

Was seine Männlichkeit betraf, konnte sie nicht widersprechen – sie war selbst jetzt sehr augenfällig, sprang ihr aus den Stoppeln an seinem Kinn entgegen, aus den dunklen Haaren, die der V-Ausschnitt der Strickjacke frei ließ, aus dem festen Fleisch zwischen der hochgerutschten Jacke und der tiefsitzenden Jeans und aus der Ausbuchtung dieser Jeans in der Region des Reißverschlusses. Ihr erster Eindruck von ihm hatte nach wie vor Gültigkeit: Er war noch immer der attraktivste Mann, den sie je gesehen hatte.

Auch ihre Reaktion auf ihn hatte sich nicht geändert. Oh, sie bemühte sich verzweifelt, sie zu ignorieren, da ihre Sehnsucht keine Erfüllung zu erwarten hatte, doch die Atemnot war noch genauso vorhanden wie das Kribbeln im Bauch und die Hitze zwischen ihren Beinen – und inzwischen wußte sie, daß das nicht anormal war: Von ihrem Gynäkologen in Baltimore und aus den Büchern, die sie gelesen hatte. Einige Frauen erlebten in der Schwangerschaft eine Steigerung ihres sexuellen Empfindens. Und sie hatte das Pech, eine von ihnen zu sein.

Sie bildete sich ein, Eitelkeit in Judds Blick zu erkennen, und sagte: »Du hast mich nicht geschwängert.«
»Aber ich habe dich ins Bett gekriegt.«
Ihre Wangen wurden warm. »Zugegeben.«
Er schenkte ihr einen spöttischen Blick, schloß die Augen und überließ sie ihren Erinnerungen daran, wie er mit ihr geschlafen hatte – vom ersten bis zum letzten Mal –, und wie erregend es gewesen war und wie schön. Als ihr Verlangen groß wurde, zog sie wieder die Beine hoch und stützte den Kopf auf die Knie. Ihr schlimmster Feind war sie selbst. Sie mußte sich in den Griff bekommen.
»Wie fühlst du dich?« fragte Judd.
»Großartig«, gab sie mit scharfer, wenn auch gedämpfter Stimme zurück.
»Warum bist du ohnmächtig geworden?«
»Es war so viel Blut.«
»Warum hast du hingeschaut?«
»Ich konnte nicht anders.«
»Du mußtest doch nicht da stehen und zuschauen.«
»Ich konnte nicht anders.«
»Du brauchtest auch nicht meine Hand zu halten, ich bin ein großer Junge.«
»Ich habe es für mich getan«, sagte sie und hob den Kopf. »Es war keine dramatische Sache. Ich bin okay.«
»Und wie geht's dir ansonsten?«
Sie wußte, daß er damit ihre Schwangerschaft meinte, und ihr Trotz schmolz dahin. »Bestens.«
»Fühlst du dich schlapp?«
»Überhaupt nicht.«
Er richtete seinen Blick auf ihren Leib, und es verging eine ganze Weile, ehe er sagte: »Laß mal sehen.«
Das Kribbeln meldete sich wieder, doch sie ignorierte es. So unbefangen wie möglich stand sie auf und strich den Pullover über ihrem Bauch glatt. »Es gibt nicht viel zu sehen.«

»Sind das spezielle Hosen?«
»Nein, die brauche ich noch nicht. Aber bald.«
Nach einer weiteren Pause, in der er den Blick nicht von ihrem Leib wandte, fragte er: »Bewegt es sich?«
»Nicht heftig.« Es war mehr ein Flattern, aber sie spürte es mit beruhigender Häufigkeit. Chelsea stellte sich vor, daß das Baby sie kitzelte, um sich bemerkbar zu machen. Der Gedanke ließ sie lächeln, und sie lächelte noch immer, als ihre Blicke sich trafen.
»Am unglaublichsten ist es, den Herzschlag zu hören«, sagt sie, weil sie sich so sehr wünschte, dieses aufregende Erlebnis mit ihm zu teilen. »Ich meine – vom Kopf her weiß man, daß man schwanger ist, und man erkennt es an gewissen äußerlichen Veränderungen und an der ständigen Übelkeit, doch dann vergeht die Übelkeit, und man gewöhnt sich an die allmählichen Veränderungen und realisiert kaum, was da drin passiert. Und dann ...«, ihre Stimme versagte einen Augenblick lang vor Rührung, »... dann hört man ein schnelles Pochen, ba-bumm, ba-bumm, ba-bum, und plötzlich begreift man, daß sich da ein richtiger kleiner Mensch in einem entwickelt.«
Judds Augen wurden dunkler. »Du klingst, als seist du gerne schwanger.«
»Sehr gerne – das habe ich dir schon im August gesagt. Ich werde zum ersten Mal einen Menschen von meinem Fleisch und Blut haben. Ich kann es gar nicht erwarten, daß das Baby geboren wird.«
»Weiß dein Vater es inzwischen?«
Chelsea spürte das vertraute Kitzeln im Bauch. Sie fragte sich, ob das Kind ihre Nervenanspannung mitbekam, und strich beruhigend darüber. »Noch nicht.«
»Wann wirst du es ihm sagen?«
Ihre Stimme wurde kleiner, und so fühlte sie sich auch, wenn sie an Kevin dachte. »Ich weiß es nicht.« Sie war eine erwachsene Frau. Sie würde bald Mutter werden. Sie war eine starke, unabhängige Persönlichkeit. »Ich habe Schwierigkeiten, mit meinem Vater umzugehen, was ich allerdings nicht verstehe,

denn mit anderen Menschen habe ich dieses Problem überhaupt nicht.«

Nach einer kurzen Pause sagte Judd: »Er ist dein Vater – da gelten andere Regeln.«

Er hatte es gut zusammengefaßt, dachte sie. »Ich denke viel an ihn. Er wohnt jetzt in seiner neuen Wohnung. Ich rufe jede Woche ein paarmal an. Für gewöhnlich ist er nicht zu Hause, und dann hinterlasse ich eine Nachricht auf dem Anrufbeantworter. Ich frage mich manchmal, was wäre, wenn mir etwas passierte. Ich glaube, er hat mich abgeschrieben.«

»Wenn er das getan hätte, wäre er nicht so aufgebracht über dein Hiersein.«

Sie lächelte traurig. »Das habe ich mir auch ständig gesagt, und es hatte etwas Beruhigendes. Aber mittlerweile ist so viel Zeit ohne eine Aussprache vergangen, daß ich diese Theorie nur noch mit großer Mühe aufrechterhalten kann. Wie lange dauert es, bis die Empörung sich legt? Wann wird wieder eine Kommunikation möglich? Was ist nötig, um das Eis zu brechen? Etwas Tragisches?«

Judd atmete tief ein und zuckte zusammen. »Vielleicht.« Er legte wieder den Arm über die Augen. »Dad war sehr dafür, daß ich aufs College ging, er wollte, daß ich es im Leben weiter brächte als er. Meine Stärke war Basketball, und so ging er jeden Samstagmorgen mit mir in die Schulturnhalle und trainierte mich. Ich bekam mein Stipendium und ging aufs College, und als ich mit dem Studium fertig war, wollte er mich plötzlich wieder zu Hause haben. Ich begriff das nicht. Da hatte ich mir einen akademischen Grad erarbeitet und damit die Chance, es im Leben tatsächlich weiter zu bringen, und plötzlich sollte ich heimkommen. Wir stritten uns darüber, und wir stritten uns über Janine. Er haßte Janine, und sie haßte ihn.«

Irgendwo zwischen der Schulturnhalle und dem College hatte Chelsea den Ledersessel verlassen und sich zu Judd auf die Bettkante gesetzt.

»Wie konnte sie ihn hassen? Er macht einen so lieben Eindruck. Oder liegt das an seiner Krankheit?«
»Nein, er war immer lieb. Aber er hatte früher einen sechsten Sinn, und dieser sechste Sinn veranlaßte ihn, Janine zu hassen. Er redete, als sei sie das personifizierte Böse.«
»Warst du damals mit ihr verheiratet?«
»Verlobt. Dad sagte, ich solle nichts übereilen. ›Gutes widerfährt nur den Menschen, die warten können‹, war sein Lieblingsausspruch.« Der Mund unterhalb seines Armes nahm einen resignierten Zug an. »Dad sah meine Mutter in Janine.«
»Sahen Sie sich denn ähnlich?«
»Nicht besonders.«
»Sehe ich deiner Mutter ähnlich?«
Er schob seinen Arm hoch und seine Stimme klang schleppend, als er antwortete: »Nicht besonders. Aber du bist schön, und du hast Stil, und das traf auch auf meine Mutter zu. Und auf Janine. Außerdem wußte mein Vater natürlich, daß sie ein Großstadtmädchen war, und das war meine Mutter auch, und damit war der Ärger da. Plötzlich stiegen Gefühle in ihm auf, die er viele Jahre unterdrückt hatte. Er hatte mich großgezogen, ohne jemals ein unfreundliches Wort über meine Mutter zu sagen, aber jetzt sprudelten sie regelrecht aus ihm heraus, und ich wußte, woher das rührte. Die Notcher tratschen gerne, und ich hatte erfahren, daß sie Dad verlassen hatte.« Das sagte er voller Traurigkeit. »Ich habe darunter gelitten, ohne sie aufwachsen zu müssen, aber ich sah nicht ein, daß ich jetzt, mit zweiundzwanzig und in Höchstform, in anderer Weise darunter leiden sollte, was sie meinem Vater angetan hatte. Wie ich die Sache sah, war ich drauf und dran, genau das zu tun, was mein Vater immer gewollt hatte, und wenn er seine Meinung plötzlich geändert hatte, dann war das sein Problem.« Seine Stimme wurde noch trauriger. »Erst später wurde mir klar, daß er das Alleinsein nicht ertrug.«
»Bist du darum zurückgekommen?«

»Nein. Ich kam zurück, weil er krank wurde und es niemanden gab, der sich um ihn gekümmert hätte. Und weil meine Ehe die Hölle war. Und weil mein Job mich frustrierte. Und weil ich es vermißte, mit Jungs Basketball zu spielen, die sogar lachen konnten, wenn sie verloren.«
»War Leo froh, als du wieder zu Hause warst?«
»Ja. Zwischenzeitlich hatte er unsere Auseinandersetzungen vergessen. Er wußte, daß ich weggewesen war, aber da ich Janine nicht mitgebracht hatte, war es, als habe sie nie existiert.«
Da sie nicht wußte, wann er wieder so gesprächig sein würde, nutzte Chelsea die Gunst des Augenblicks. »Was ist in deiner Ehe schiefgegangen?«
»Sie hat sich totgelaufen. Dad hatte recht, was Janine betraf. Sie war genausowenig für eine langjährige Beziehung geeignet wie meine Mutter.«
»Hast du sie geliebt?«
»Leidenschaftlich, aber kurz.«
Was ihre Beziehung beschrieb, erkannte Chelsea. Sie fragte sich, ob das bei Judd wohl so sein mußte. Er hatte eine fürsorgliche Art, das sah man daran, wie er mit seinem Vater umging, und auch an seinem Verhalten gegenüber den Männern im Steinbruch, aber mit Frauen hatte er bisher kein Glück gehabt.
Er hob den Arm. »Jetzt könnte ich Aspirin brauchen.« Sie fand welche im Bad, brachte sie ihm mit einem Glas Wasser und sagte, nachdem er sie geschluckt hatte: »Ich werde mich mal ums Abendessen kümmern.«
»Gretchen wird etwas machen.«
»Ich kann doch auch was machen.«
»Ich bezahle Gretchen dafür, daß sie kocht.«
»Du bezahlst sie dafür, daß sie sich um Leo kümmert. Laß mich kochen.«
»Ich habe deine diesbezüglichen Künste schon kennengelernt.«
»Das war Frühstück. Frühstück ist nicht meine beste Mahlzeit. Mein Dinner kennst du noch nicht. Bis später.«

Sie fühlte sich motivierter als seit Monaten – unglaublich, wenn man bedachte, was sie in dieser Zeit alles geleistet hatte.

Sie ließ ein Vermögen bei Farr's und anschließend auch noch in der Bäckerei. Sie übertrieb es ein wenig, das wußte sie, aber sie war von einem solchen Wohlwollen erfüllt, daß sie sich nicht darum scherte. Ein Gutteil der Dinge, die sie kaufte, war für Wendells Familie gedacht.

Cutters Corner lag weit draußen hinter dem Krankenhaus, fünfzehn Minuten und Welten vom Zentrum der Stadt entfernt. Hier waren die Straßen voller Schlaglöcher, die Häuser kaum mehr als baufällige Hütten, denen nicht nur ein frischer Anstrich fehlte. Die meisten hatten Veranden, doch auch hier bestand ein himmelweiter Unterschied zu denen in der Stadt. Auf einigen standen abgenutzte Liegestühle, andere waren, um zusätzlichen Wohnraum zu schaffen, primitiv verglast worden, wieder andere windschief vom Alter. Statt Zierbüsche wuchs hier Gestrüpp, das widerstandsfähig genug war, um in Vorgärten überleben zu können, die Schrottautos, abgefahrene Reifen, verrostete Fahrräder und herumliegendes Spielzeug zierten. Wo sich im Frühling Gras durchgesetzt hatte, war es in der Sommerhitze vertrocknet, und neues war nicht nachgewachsen.

Dennoch vermittelte der Ort den Eindruck, daß hier gelebt wurde und die Bewohner ihn liebten. Während Chelsea drüben durch die vornehmen Straßen an Häusern vorbeifahren konnte, auf deren Veranden frischgestrichene Schaukelstühle und in deren Einfahrten neue Mountainbikes standen und in deren Gärten sich peinlich genau parallel ausgerichtete Wäscheleinen spannten und das Kaminholz geometrisch exakt aufeinander gestapelt war, sah man dort oft keine Menschenseele. Hier waren überall Leute. Kleine Kinder spielten zwischen dem Müll in den Gärten, während ihre Mütter Wäsche von Leinen abnahmen, die von einem Haken am Haus zu einem Baum führten. Manche dieser Mütter sahen zu jung aus,

um Kinder zu haben, andere zu alt. Und wieder andere waren schwanger.
Ob darum, weil sie selbst schwanger war oder weil die Wahrscheinlichkeit groß war, daß zumindest einer ihrer leiblichen Elternteile aus Corner stammte, wußte Chelsea nicht genau – jedenfalls fühlte sie sich mit diesem Ort verbunden. Sie konnte George Jamieson oder Emery Farr oder Oliver Plum gegenübertreten, ohne auch nur mit der Wimper zu zucken, aber als sie vor Wendells Haus anhielt, waren ihre Handflächen feucht.
Chelsea schätzte das Mädchen, das auf ihr Klopfen hin die Tür öffnete, auf höchstens zehn. Die Kleine war hübsch, einfach, aber sauber gekleidet. Hinter jedem ihrer Beine lugten zwei kleinere Kinder mit dunklen, zerzausten Lockenköpfchen hervor, die einander unglaublich ähnlich sahen.
»Hi. Ich bin Chelsea Kane. Ist eure Mom da?«
Das Mädchen schüttelte den Kopf. Ihre großen Augen waren ebenso dunkel wie ihre Haare. Sie wirkte verängstigt. »Sie ist im Krankenhaus – mein Daddy ist verletzt worden.«
»Ich weiß«, sagte Chelsea sanft. Sie hatte nicht erwartet, die Kinder allein vorzufinden. »Darum bin ich hier.«
Die Augen des Mädchens wurden noch größer. »Wird er sterben?«
»O nein, er wird wieder gesund. Aber ich hatte mir gedacht, daß eure Mutter sicher nicht zum Einkaufen kommen würde, und darum habe ich etwas zu Essen mitgebracht.« Sie schaute auf die Klinke der Fliegentür. »Darf ich reinkommen?«
»Was ist in den Tüten?« fragte eine der Kleinen.
»Gute Sachen«, antwortete Chelsea. »Zum Beispiel Brathähnchen und Lasagne und Obst.«
»Das sind keine guten Sachen«, erklärte der zweite Zwerg.
»Und Napfkuchen«, fuhr Chelsea fort, »und Halbmonde und Lebkuchenjungen und Kekse mit Kürbisgesichtern.«
»Kürbisse?« fragte das erste kleine Mädchen interessiert.
»Kürbiskekse«, warf das ältere Mädchen ein.
Diese Verlockung veranlaßte die zweite Kleine, sich hinter dem

Bein ihrer Schwester hervorzuwagen und die Fliegentür aufzustoßen. Chelsea hielt sie mit dem Ellbogen fest und schlüpfte ins Haus, wo sie ohne Schwierigkeiten die Küche fand, doch auf dem Tisch lagen die Reste des Mittagessens, und so stellte sie die Tüten auf einen Stuhl, griff in eine hinein und holte drei Kürbiskekse heraus. Die beiden kleinen Mädchen rissen sie ihr fast aus der Hand, die ältere schüttelte jedoch den Kopf.

Chelsea schaute sich um. Sie konnte verstehen, warum der Tisch nicht abgeräumt war: Das Spülbecken war bereits voll.

Sie legte dem größeren Mädchen sanft die Hand auf die Schulter und sagte: »Eure Mom wird müde sein, wenn sie nach Hause kommt. Was hältst du davon, wenn du und ich hier ein bißchen saubermachen, damit sie das nachher nicht mehr tun muß?« Sie legte ihren Blazer über eine Stuhllehne, schob ihre Ärmel hoch und ging zum Spülbecken.

Das Mädchen blieb auf Abstand. Erst als das Abtropfgestell voll war, nahm sie ein Geschirrtuch und begann abzutrocknen.

»Wie alt sind deine Schwestern?« fragte Chelsea.

»Vier.«

»Sind sie Zwillinge?«

»Ja.«

»Es muß schön sein, immer jemanden zum Spielen zu haben.«

»Hmm.«

Sie machte keinen begeisterten Eindruck, und sie fühlte sich sichtlich unbehaglich. Chelsea wußte nicht, was sie sagen könnte, um ihre Anspannung ein wenig zu lockern. »Wie heißt du?«

»Caroline.«

»Und wie heißen deine Schwestern?«

»Charlotte und Claire.«

»Charlotte. Das ist aber ein erwachsener Name für so ein kleines Mädchen.«

»Charlie.«

Chelsea lächelte. Charlie war besser. Sie schaute zu den Zwillingen hinüber. Sie standen neben dem Stuhl mit den Lebensmit-

teltüten und hatten Schokoladenränder um die Münder: Sie hatten die Napfkuchen entdeckt. »Hey, ihr zwei, das genügt für den Moment.«
»Ich will 'n Mond«, sagte die eine.
»Ich will noch 'n Kürbis«, sagte ihr Zwilling.
»Ihr müßt mir erst beim Aufräumen helfen«, sagte Chelsea. »Ich möchte, daß ihr mir das Geschirr vom Tisch bringt, damit ich es abwaschen kann. Könnt ihr das? Vorsichtig? Ein Stück nach dem anderen?« Das würde sie eine Weile beschäftigen.
Als sie mit dem Abwasch fertig war, wischte sie die Arbeitsflächen ab und öffnete dann in Erwartung eines weiteren Chaos den Kühlschrank, doch es war nicht so schlimm, weil nicht viel darin war.
Sie nahm die wenigen Sachen heraus, wischte ihn aus und stellte alles ordentlich hinein. Dann säuberte sie den Tisch und breitete ihre Einkäufe darauf aus, und die ganze Zeit wichen die Zwillinge ihr nicht von der Seite und plapperten ununterbrochen. Caroline war wieder auf Abstand gegangen.
»Wassis dies?«
»Wassis das?«
»Wo wohnst du 'n?«
»Ich mag keinen Schinken.«
»Claire hat deine Jacke vollgeschmiert.«
»Ich gehe an Halloween als Maus.«
»Mommy hat auch so 'ne Hose.«
»Krieg ich noch 'n Keks?«
Mangels eines besseren Zugangs zu Caroline, sprach sie sie als die Erwachsene im Haus an. »Da ist Orangensaft und Fruchtcocktail«, erklärte sie ihr leise. »Das Hähnchen ist bereits gebraten – ihr könnt es entweder kalt essen oder aufwärmen. Ich habe Pittabrot und Weißbrot gebracht, es ist also genug für Sandwiches da. Komm, laß uns das Obst waschen, das könnt ihr essen, wenn ihr später Hunger bekommt. Magst du Erdbeeren?«
Das Mädchen nickte ernst.

»Fein. Bring mir doch bitte eine Schüssel, ich werde sie putzen.« Caroline stellte sich auf die Zehenspitzen, holte eine angeschlagene Schüssel aus einem Hängeschrank, brachte sie Chelsea und ging wieder auf Abstand.

»Ich mag keine Erdbeeren«, nörgelte einer der Zwillinge.

»Was is' 'n das?« fragte der andere und hielt zwei Miniaturkäselaibe in die Höhe, die er in der Tüte entdeckt hatte.

»Schau in die Tüte, Caroline«, sagte Chelsea. »Da sind mehrere Schachteln Cracker. Zur Not, wenn eure Mom noch nicht zurückgekommen ist und ihr am Verhungern seid, könnt ihr den Käse auf die Cracker legen ...«

»Sie werden nicht verhungern«, ertönte eine Stimme von der Tür her.

Chelsea drehte sich um und sah sich einer großen Frau gegenüber, auf die die Zwillinge sofort zustürzten.

»Sie hat Napfkuchen mitgebracht ...«

»Und Kürbisse ...«

»Und Halbmonde ...«

»Und Schinken ...«

»Ich hasse Schinken.«

Chelsea wischte sich die Hände ab und streckte der Frau die rechte hin. »Ich bin Chelsea Kane.«

»Ich weiß.« Die Frau trug Jeans und eine Jacke und hatte ihre dünnen Haare zu einem hochangesetzten Pferdeschwanz zusammengebunden. Indem sie sich über die Zwillinge beugte, konnte sie Chelseas Hand übersehen.

»Das ist Gladys Beamis«, erklärte Caroline mit leiser Stimme vom anderen Ende der Küche her.

Chelsea warf ihr einen dankbaren Blick zu und wandte sich dann wieder Gladys zu. »Wohnen Sie in der Nähe?«

Die Frau richtete sich auf. »Nebenan.«

»Ah, das ist gut. Ich wollte nur dafür sorgen, daß genügend Essen im Haus ist.«

»Dafür hätten wir schon gesorgt.«

»Davon bin ich überzeugt. Ich denke, ich wollte nur irgendwie helfen.«

Gladys musterte Chelseas Bauch. »Ist das von Judd?«

Die Schwangerschaft war Chelsea nicht deutlicher anzusehen als an diesem Morgen, und hier im Haus wehte kein Wind, was bedeutete, daß die Männer es schon erzählt hatten. Sie seufzte. »Nein. Ich war bereits schwanger, als ich nach Norwich Notch kam. Das Baby ist Ende Januar fällig.« In Wahrheit war es zwar erst Anfang Februar fällig, aber auf diese Weise war Judd noch eindeutiger aus dem Schneider.

»Januar ist ein schlechter Monat für eine Geburt hier oben, nichts als Schnee und Eis.«

Chelsea lachte leise. »Die Warnung kommt ein bißchen spät.«

Die Zwillinge, beide je eine von Gladys' Händen umklammernd, meldeten sich wieder zu Wort.

»Ich mag Schnee.«

»Zum Engel bauen.«

»Für Schneebälle.«

»Wann bin ich geboren worden, Gladys?«

»Mein Ohr tut weh.«

»Wann gibt's Abendessen?«

»Wann kommt Mommy wieder?«

»Hat sie sich schon gemeldet?« fragte Chelsea.

»Er ist im Operationssaal. Sie versuchen sein Bein zu retten.«

»Ah, das ist gut.« Also war es noch dran.

»Mary-Jo wußte nicht, wann sie heimkommen würde. Ich nehme die Mädchen zum Abendessen und über Nacht mit zu mir.«

Den Zwillingen gefiel die Idee.

»Ich brauch meine Decke«, erklärte der eine und rannte davon. Der andere folgte auf dem Fuße und kreischte: »Grover!«

»Willst du auch irgendwas mitnehmen, Caro?« fragte Gladys, und Chelsea stellte fest, daß das Mädchen nähergekommen war.

»Kann ich nicht noch ein bißchen hier bleiben?« fragte sie

ängstlich. »Es ist einfacher für Mommy, wenn hier alles sauber ist.«

Chelsea griff das Angebot augenblicklich auf und sagte zu Gladys: »Wir hatten angefangen, aufzuräumen. Es wird nur noch ein paar Minuten dauern. Ich bring sie dann zu Ihnen, wenn wir fertig sind.«

Gladys war offensichtlich nicht überzeugt von diesem Vorschlag.

»Es dauert wirklich nicht mehr lange«, sagte Caroline noch immer schüchtern, aber beharrlich auf ihrem Wunsch bestehend.

Nach einer Minute Bedenkzeit zuckte Gladys die Schultern. »Na ja, ich denke, dagegen läßt sich nichts sagen. Aber mach nicht zu lange – es gibt Pizza.« Sie rief die Zwillinge, drehte sich um und ging.

Während Caroline die restlichen Lebensmittel wegräumte, schnippelte Chelsea die Erdbeeren. Schließlich nahm sich Caroline einen Kürbiskeks und biß ein kleines Stück ab. Mit fast ebenso kleiner Stimme fragte sie: »Bekommen Sie wirklich ein Baby?«

»Hmm.«

»Im Januar?«

»So in etwa.«

Caroline knabberte erneut an ihrem Keks, hob dann den Kopf und sagte erstaunlich energisch: »Hören Sie nicht auf Gladys. Das mit dem Januar stimmt nicht, ich wurde im Januar geboren, und es ist überhaupt kein schlechter Monat.«

Chelsea quittierte die Freundlichkeit des Mädchens mit einem Lächeln, strich ihr zart über die langen, dunklen Haare und nahm sie dann in den Arm. Hätte sie nicht immer noch vorgehabt, Abendessen zu kochen, hätte sie Caroline mit zu sich genommen.

Aber Judd wartete. Er wußte es nicht, aber es war so.

Chelsea hatte sich für Hühnchengeschnetzeltes mit Reis entschieden, da das am schnellsten ging. Sie kochte für vier – für Judd, Leo, Sarah, die Gretchen abgelöst hatte, und sich.

Judd hatte offensichtlich Schmerzen – sein Gesicht war fahl, und seine Bewegungen waren steif. Er hatte kaum die Hälfte der Portion auf seinem Teller gegessen, als er murmelte: »... muß mich hinlegen«, aufstand und das Zimmer verließ.

Chelsea wollte ihm nachlaufen, doch Sarah hielt sie zurück. »Lassen Sie ihn ein Weilchen in Ruhe. Es ist ihm peinlich, in Gegenwart von Fremden Schwäche zu zeigen.« Eine Tür schloß sich mit leisem Klicken. »Er ist im Bad. Machen Sie sich keine Gedanken.«

Chelsea konnte die Sache nicht so gelassen sehen, aber sie setzte sich wieder an den Tisch. Wie Gretchen stand auch Sarah Leo altersmäßig näher als Judd, was bedeutete, daß sie Judd wahrscheinlich schon fast sein ganzes Leben lang kannte. Und sie hatte recht damit, daß es starken Männern Schwierigkeiten bereitete, Schwäche einzugestehen. Auf Judd traf das mit Sicherheit zu.

»Er ist ein guter Mann«, sagte Sarah.

»Ich weiß.«

»Ist das Baby von ihm?«

Chelsea schaute Leo an, doch der spielte mit Bucks Ohren. »Nein, ist es nicht.«

»Wünschten Sie, es wäre so?« fragte Sarah.

In Chelseas Kehle bildete sich ein Kloß. Sie zwängte einen Atemzug daran vorbei und warf einen hilflosen Blick zur Decke. Wünschte sie es? O ja! Der Gedanke war neu, aber absolut nicht unangenehm. Sie sollte eigentlich keinen Grund für diesen Wunsch haben, aber die Vorstellung, o ja, die Vorstellung hatte ihren Reiz.

»Es wäre vielleicht schön«, flüsterte sie und senkte den Kopf.

»Lieben Sie ihn?«

Ob sie ihn liebte? Sie kannte ihn ja kaum. Aber andererseits sehnte sie sich ständig nach seiner Nähe, fühlte sich aufgehoben bei ihm, verzehrte sich nach ihm. Ob sie ihn liebte? »Ich weiß es nicht.«

»Er braucht eine ganz besondere Frau, unser Judd«, erklärte Sarah auf eine sanfte Weise, die keinerlei Angriff enthielt, und Chelsea fiel auf, daß sie die gleiche Art hatte wie Gretchen. Sie hätte wissen müssen, daß Judd nur die freundlichsten Menschen mit Leos Betreuung betrauen würde. »Er braucht eine Frau, die ihm viel, viel Liebe gibt. Es spielt keine Rolle, wo – hier oder an einem anderen Ort –, aber er braucht jemanden, der nur für ihn da ist.«

»Meine Emma ist etwas Besonderes«, sagte Leo und blickte mit einem hoffnungsvollen Lächeln auf. »Kommt sie bald?«

»Bald, Lieber«, nickte Sarah. »Schau mal, hier ist noch Hühnchen. So köstliches Hühnchen.« Sie spießte ein Stück auf Leos Gabel, gab sie ihm in die Hand und beobachtete ihn, um sicherzugehen, daß er nicht vergaß, sie in den Mund zu schieben, zu kauen und zu schlucken.

Chelsea stellte sich Kevin in diesem Zustand vor. Es würde sie todunglücklich machen, ihn so hilflos zu sehen. Sie konnte nachfühlen, wie Judd litt.

Vom Flur drang ein Rauschen herein, und sie schaute Sarah fragend an.

»Die Dusche«, sagte Sarah, doch nun hatte offenbar auch sie Bedenken, denn als Chelsea diesmal aufsprang, hielt sie sie nicht zurück.

»Judd?« rief Chelsea vor dem Badezimmer. Sie klopfte an die Tür. »Judd!« Sie drückte auf die Klinke, doch es war abgeschlossen. Sie klopfte erneut, doch entweder hörte er sie nicht, oder er wollte sie nicht hören. Sie rüttelte an der Klinke. »Judd!«

Schließlich blieb ihr nichts anderes übrig, als zu warten. Sie lehnte sich an die Wand und fragte sich, ob er noch lebendig und auf den Beinen war oder bewußtlos zu Boden gesunken und ertrunken. Und dann verstummte das Wasser plötzlich. Sie rüttelte wieder an der Klinke. »Mach auf, Judd!«

Er öffnete die Tür einen Spalt und fragte: »Was ist los?« Sein Gesicht war genauso farblos wie seine Stimme.

Sie schlüpfte hinein. »Du solltest deine Schulter doch nicht naß machen.«
»Habe ich ja nicht.«
Sie überprüfte den Verband, und er war tatsächlich trocken. Judd mußte ihn mit irgend etwas abgedeckt haben. Sein restlicher Körper war tropfnaß.
»In der zweiten Kommodenschublade sind saubere Jogginghosen. Holst du sie mir?«
Sie hätte ihm gerne beim Abtrocknen geholfen, doch eingedenk Sarahs Bemerkung über männliche Schwäche, entschied sie sich dafür, die Hose zu holen. Sie brauchte nur eine Minute. Als sie zurückkam, hatte Judd sich notdürftig selbst abgetrocknet. Er lehnte am Waschbecken und hatte das Handtuch um seine Taille geschlungen.
Sie kniete sich hin und hielt ihm das erste Hosenbein zum Hineinschlüpfen hin.
»Das kann ich allein«, sagte er.
»Laß dir doch helfen.«
»Chelsea!«
»Komm schon, Judd, ich habe ihn schon öfter gesehen. Du vergeudest nur Zeit.«
Er wehrte sich noch kurz, doch dann ließ offenbar seine Kraft nach. In Null Komma nichts hatte sie ihm die Hose über Beine und Hüften gezogen, doch anstatt ins Bett zurückzustolpern, wie sie es erwartet hatte, blieb er ans Waschbecken gelehnt stehen.
»Zeig mir deinen Bauch«, bat er leise.
Ihr Puls begann zu holpern. »Das habe ich doch schon getan.«
Er schüttelte den Kopf.
Sie schluckte. »Du solltest dich wieder hinlegen.«
»Zeig ihn mir.«
Die Tür war direkt hinter ihr – sie hätte sich umdrehen und gehen können. Aber sie tat es nicht. Statt dessen strich sie den Pullover über ihrem Bauch glatt.
»Heb ihn hoch«, sagte er.

Sie zog ihn bis unter ihre Brüste hinauf.
»Ich will Haut sehen.«
Ihr Puls setzte aus und raste dann weiter. Innerlich zitternd zog sie die Stretchjeans so weit hinunter, daß ihr sanft gerundeter Bauch sichtbar wurde.
Er starrte ihn lange schweigend an, ohne sich zu rühren, und dann legte er, bevor Chelsea ihn daran hindern konnte, die Hand darauf und strich zart über den Hügel.
Sie versuchte, die Hitze, die sich in ihrem Innern aufbaute, durch schnelleres Atmen abzukühlen.
Er drehte seine Hand um und Strich mit dem Rücken über ihre Haut. »Jesus«, flüsterte er andächtig und legte wieder die Handfläche darauf.
Sie wollte mehr, soviel mehr, und ihr Verlangen wuchs von Sekunde zu Sekunde. Sie wollte seine beiden Hände auf ihrem Körper spüren, wollte sich an ihn drängen, wollte, daß er sie in die Arme nahm und an sich preßte. Sie hatte sich die ganze Zeit danach gesehnt, aber erst jetzt wurde ihr klar, wie sehr.
Doch sie wußte, daß das unmöglich war, und so packte sie seine Hand und hielt sie fest. »Tu das nicht.«
»Was soll ich nicht tun?« Seine Stimme war heiser.
»Mich reizen.«
»Du bist diejenige, die hier reizt«, sagte er, entriß ihr seine Hand und ging an ihr vorbei aus dem Bad.
Es dauerte einen Moment, bis sie sich wieder genügend in der Gewalt hatte, um ihre Kleider zu ordnen und ihm zu folgen – doch als sie ihn ausgestreckt auf dem Bett liegen sah, war es mit ihrer Fassung schon wieder vorbei. Seine Haare waren feucht und zerzaust, seine Brust war nackt und ebenfalls feucht, seine Hüften waren schmal, die Beine schlank, und sein Geschlecht nicht zu übersehen. Sie mußte ihre ganze Beherrschung aufbieten, um ihn nicht zu berühren.
»Inwiefern habe ich dich gereizt?« fragte sie und verschränkte sicherheitshalber die Arme. »Du wolltest doch das Baby sehen.«

Er schwieg.
»Sag's mir, Judd.«
Aber er war nicht bereit dazu. Nach einer Weile zog sie sich in den Sessel zurück, und allmählich ließ seine Erektion nach.
»Fahr nach Hause«, murmelte er mit erschöpfter Stimme.
»Später.«
»Du brauchst Schlaf.«
»Später.«
Daraufhin kam keine Erwiderung mehr von ihm. Er fiel in einen leichten Schlaf, der zusehends tiefer wurde. Als sie ihn schließlich zudeckte, indem sie den Bettüberwurf von beiden Seiten über ihn zog, war er verloren für die Welt.
Sarah hatte inzwischen die Küche aufgeräumt, sich darum gekümmert, daß Leo sich wusch und seinen Pyjama anzog, und saß nun mit ihm im Wohnzimmer vor dem Fernseher. Chelsea verabschiedete sich kurz und leise bei den beiden und bei Buck, stieg in den Pathfinder und fuhr nach Hause.

In dem Augenblick, als sie in die Boulderbrook Road einbog, erkannte sie, daß etwas nicht stimmte. Selbst bei geschlossenen Fenstern konnte sie den Rauch riechen, und es war nicht der Geruch, der jetzt im Herbst immer häufiger aus den Schornsteinen aufstieg. Es war der unheilverkündende Geruch eines Großfeuers.
Mit klopfendem Herzen fuhr sie weiter. Boulderbrook war zwar hauptsächlich aus Stein gebaut, aber es gab genügend Brennbares. Da war das Dach und die Innenausstattung, auf die sie solche Mühe verwendet hatte.
Die Bäume lichteten sich und gaben die Sicht auf das Bauernhaus frei, das von Rauchschwaden umgeben war – doch der Flammenschein leuchtete in sicherer Entfernung dahinter, wo der alte, unbenutzte Stall sich vor ihren Augen in sein Schicksal ergab und mit einem lauten Aufstöhnen in sich zusammensank.

Achtzehntes Kapitel

Judds Schulter fühlte sich an, als sei sie von einem Lastwagen überrollt worden, aber das hielt ihn nicht davon ab, Oliver am nächsten Morgen zum Friseur zu fahren, und auch nicht davon, sich zu äußern, als die drei Gemeinderäte sich gänzlich ungerührt über die Zerstörung von Chelseas Stall unterhielten. Er war wütend und kühn genug, sie das auch wissen zu lassen.

Er wartete, bis der erste von ihnen auf Zees Stuhl Platz genommen hatte, bis die beiden anderen sich Kaffee eingegossen und ihre angestammten Plätze an dem auf den Marktplatz hinausgehenden Fenster eingenommen hatten, bis die Cymbelspieler mit einem Klicken aus ihren Häusern beiderseits der Uhr gekommen waren, ihre Cymbeln dreimal aneinander geschlagen und sich mit einem Klicken wieder zurückgezogen hatten – und dann sprach er.

»Etwas stimmt nicht in dieser Stadt, und ich möchte wissen, was es ist.«

Die beiden am Fenster – Oliver und George – schauten ihn überrascht an und dann einander.

»Was macht er denn hier?« fragte George.

»Er hat mich hergebracht«, erklärte Oliver, »aber ich habe ihm nicht erlaubt, etwas zu sagen.«

»Es ist höchste Zeit, daß das mal jemand tut«, meinte Judd. »Chelsea Kane kam in gutem Glauben hierher. Sie hat einen legalen Vertrag mit Plum Granite abgeschlossen, und sie erfüllt ihren Teil der Vereinbarung. Aber irgend jemand versucht, ihr etwas anzutun oder sie zu vergraulen. Ich will wissen, wer.«

»Er spricht von dem Brand«, sagte George.

Oliver schnaubte. »Ich weiß nichts über den Brand.«
»Und wie steht es mit dem Truck, der sie um ein Haar überfahren hätte?« wandte Judd sich an George und Emery, denn mit Oliver hatte er dieses Thema bereits erörtert. »Oder mit den mysteriösen Anrufen, die sie bekommt? Weiß vielleicht einer von Ihnen etwas darüber?«
»Wie, zum Teufel, sollten wir?« bellte Emery aus dem Stuhl.
»Beschuldigen Sie uns etwa?« entrüstete sich George.
Judd nahm die Herausforderung an. »Wenn der Schuh paßt . . .«
George schnaubte wütend und sagte aus dem Mundwinkel zu Oliver: »Er ist in sie verknallt, hab ich's nicht gesagt?« Und dann fragte er Judd: »Ist das Kind, das sie erwartet, von Ihnen?«
»Nein, aber ich möchte trotzdem nicht, daß ihm etwas zustößt.«
»Woher wissen Sie, daß es nicht von Ihnen ist?« rief Emery herüber.
»Sie war schon schwanger, als sie herkam.«
»Und woher wissen Sie das?«
»Sie ist im sechsten Monat.«
»Woher wissen Sie das?«
»Sie hat es mir gesagt.«
»Und Sie glauben ihr?«
»Ja, verdammt, das tue ich«, erwiderte Judd. »Bisher hat sie sich nicht als unglaubwürdig erwiesen. Sie hält sich an das, was sie verspricht.« Sie sagte vielleicht nicht immer die ganze Wahrheit – das wußte Judd besser als jeder andere –, aber sie log nicht. Nein, sie log nicht.
»Er ist verknallt in sie, sage ich euch«, wiederholte George. »und wahrscheinlich ist er sauer, daß das Kind nicht von ihm ist.«
Judd massierte seine schmerzenden Nackenmuskeln, die sich bei dem Unfall verkrampft hatten – und die Stimmung an diesem Morgen trug nicht gerade zur Entspannung bei. Wahrscheinlich ist er sauer, daß das Kind nicht von ihm ist. Verdammt richtig, das war er – und das war am Abend zuvor sein letzter Gedanke

gewesen und heute früh beim Aufwachen der erste, aber er würde sich hüten, George das einzugestehen.

»Schauen Sie«, sagte er müde. »Sie drei sind stolz darauf, wie Sie diese Stadt verwalten – aber ich sage Ihnen, Sie sind klägliche Versager, wenn Sie nicht herausfinden können, wer ihr etwas anzutun versucht, und es abstellen.«

»Das ist Nolans Aufgabe«, rief Emery.

Das stimmte natürlich, aber nur bis zu einem gewissen Grad. »Sie sind die Gemeinderäte. Sie machen die Regeln. Sie können anordnen, daß ihr niemand etwas tun darf.«

Oliver starrte grübelnd auf die Wiese hinaus. »Ich habe sie davor gewarnt, das Haus zu kaufen. Ich habe ihr gesagt, daß es dort spukt.«

»Sie haben auch gesagt, daß es niedergebrannt werden sollte«, erinnerte Judd ihn.

»Wollen Sie behaupten, daß ich den Brand gelegt habe?«

»Nein – aber Sie wissen vielleicht, wer es getan hat.«

»Fragen Sie Hunter Love«, empfahl George ihm. »Er ist der Brandexperte.«

Judd war nicht dumm, und er hatte Hunter gleich am Morgen überprüft, nachdem Gretchen mit der Neuigkeit gekommen war. »Hunter war in Concord im Krankenhaus, bis Wendell abends aus dem Operationssaal kam.«

»Sagt wer?«

»Hunter.«

»Und Sie glauben ihm? Tatsache ist, daß er Ärger macht, seit er auf der Straße zur Stadt im Wald aufgegriffen wurde. Sie hätten ihn über Norwich Notch hinauswandern und andere terrorisieren lassen sollen, und das hätten sie auch getan, wenn es nicht um Oliver und Katie Love gegangen wäre.«

»Halt den Mund, George.«

»Ach, was soll das, Ollie«, beschwerte sich George. »Es wissen doch alle Bescheid.«

»Halt den Mund.«

»Das alles bringt uns doch jetzt nicht weiter«, polterte Emery aus dem Friseurstuhl. »Das Problem sind nicht Katie Love und ihr Sohn – das Problem ist Chelsea Kane. Sie hätte nicht hierherkommen sollen. Das haben wir von Anfang an gesagt. Sie hätte nicht hierherkommen sollen.«

Judd war mit seiner Geduld am Ende. »Aber sie rettet diese gottverdammte Stadt!«

»Sie rettet die Stadt nicht«, widersprach George. »Die Stadt steht wie ein Fels in der Brandung. So war es immer, und so wird es immer sein.«

»Glauben Sie das weiter, und Sie gehen mit Mann und Maus unter, wenn Chelsea Kane etwas zustößt.« Judd steuerte auf die Tür zu. »Und das ist ein Versprechen.«

»Jetzt reicht's«, erklärte Matthew Farr seiner Frau im selben Augenblick, als die letzte Kundin den Laden verlassen hatte. Er schob mit einem wütenden Schwung die Kassenschublade zu. »Ich wünsche nicht, daß du sie wiedersiehst.«

Donna schaute stirnrunzelnd auf die Tür, durch die gerade Mary Jo hinausgegangen war. Matthew packte sie am Kinn und drehte grob ihr Gesicht zu sich herum. »Nicht Mary Jo! Chelsea Kane! Es war heute keiner hier, der nicht über sie gesprochen hätte. Ihr Stall ist abgebrannt? Wen kümmert das? Wußtest du, daß sie schwanger ist?«

Donna erwog zu lügen, doch ihr Gewissen ließ es nicht zu. Chelsea war von Anfang an nett zu ihr gewesen, und inzwischen waren sie gut befreundet – sie hatte es nicht verdient, daß Donna ihr nur um des lieben Friedens willen in den Rücken fiel.

»Du wußtest es«, zischte Matthew. »Miststück.« Ebenso grob stieß er ihr Gesicht weg.

Sie rieb sich das Kinn und behielt ihn im Auge.

»Warum hast du es mir nicht erzählt?« fragte er und tippte sich mit dem Daumen an die Brust. »Ich hatte ein Recht darauf, es zu erfahren. Sie drückt sich ständig in meinem Laden herum und verbringt

Zeit mit meiner Frau, und niemand sagt mir, daß sie schwanger ist? Es heißt, daß das Kind nicht einmal von Judd ist.« Er spuckte auf den Boden. »Schlampe. Ich wußte auf den ersten Blick, was das für eine ist. Ich roch es förmlich. Mich konnte sie nicht beeindrucken. Ich fiel nicht auf diese unschuldigen Augen rein. Ich nicht. Aber du! Du warst ja gleich ganz hingerissen von ihr, und sie hat einen Blick für Einfaltspinsel. Sie hat dich dazu gebracht, sie in deinem Aerobic-Kurs einzuführen, und dann dazu, mit ihr zu joggen, und du wurdest beinahe getötet. Halt dich weiter an sie, und es wird wieder passieren. Diese Frau ist eine Bedrohung. Ich wünsche nicht, daß du dich noch einmal mit ihr triffst.«

Donna hatte sehr wohl die Absicht, sich weiterhin mit Chelsea zu treffen, und sie wartete im Augenblick sehnsüchtig auf ihre Mittagspause, damit sie hinüberlaufen und sich vergewissern könnte, daß Chelsea sich von ihrem Schrecken erholt hatte. Das Feuer mußte sie nach dem Unglück am Kankamaug ihre letzten Nerven gekostet haben. Donna hatte gehofft, Chelsea würde die Nacht bei Judd verbringen – das hätte ihr gutgetan.

»Hast du mich verstanden, Donna?« Matthew formte die Worte so übertrieben, daß es einer Beleidigung gleichkam. »Ich wünsche nicht, daß du dich noch einmal mit ihr triffst.«

»Sie ist meine Freundin.«

»Sprich, damit ich dich verstehen kann!«

»Sie ... ist ... meine ... Freundin.«

»Sie ist eine Heimsuchung. Nichts ist mehr so wie vor ihrer Ankunft. Und jetzt das! Schwanger! Sie ist nicht einmal verheiratet, um Gottes willen.«

»Na und?« schrie Donna und wirbelte unter der Wucht seiner Ohrfeige um die eigene Achse. Sie bekam die Kante des Ladentisches zu fassen, gewann ihr Gleichgewicht zurück und wappnete sich, ihm die Stirn zu bieten, doch er schaute zur Tür, und auf seinem Gesicht lag plötzlich ein charmantes Lächeln.

»Guten Morgen, Ruth. Sie sehen heute besonders gut aus.« Er stieß Donna beiseite und eilte der Kundin entgegen.

Donna preßte die Hände flach an ihren Rock, straffte sich und atmete tief durch, doch äußerliche Gefaßtheit konnte nichts gegen den Tumult in ihrem Innern ausrichten. Sie wußte nicht, warum er sie schlagen mußte, er war auch so verletzend genug. Sie wußte nicht, warum sie ihn nicht anzeigen konnte. Sie wußte nicht, warum sie sich nicht von ihm scheiden lassen konnte. Joshie wußte, daß es in ihrer Ehe nicht stimmte. Die halbe Stadt wußte es. Was machte es, wenn die Leute redeten? Was machte es, wenn ihre Eltern vor Scham in den Erdboden versanken? Was machte es, wenn Matthew gemeine Geschichten verbreitete?

In dem verzweifelten Bedürfnis, ihm wenigstens für ein, zwei Minuten zu entkommen, lief sie durch die Gänge nach hinten und ins Büro, wo sie sich dabei beobachtete, wie sie die untere Schreibtischschublade öffnete, einen kleinen Revolver herausnahm und ihn an ihre Brust drückte.

Sie könnte sagen, daß es ein Unfall gewesen sei. Daß Matthew ihr gezeigt habe, wie die Waffe funktioniere und sich ein Schuß gelöst habe, der ihn tötete. Sie könnte sagen, sie habe ihn für einen Einbrecher gehalten. Sie könnte sogar sagen, sie habe in Notwehr geschossen, da sowohl Nolan als auch Neil Summer frühere Verletzungen bezeugen würden. Es wäre eine interessante Gerichtsverhandlung. Farr gegen Plum. Das gäbe den Einwohnern von Norwich Notch sicherlich mehr Gesprächsstoff als Chelsea Kanes Schwangerschaft.

Sie spürte Schritte näherkommen und schaute alarmiert auf, doch es war Nolan, der durch die Hintertür hereinkam. Ihr Gesicht mußte verraten, welche Seelenqualen sie litt, denn er trat schnell zu ihr ins Büro und schloß die Tür hinter sich.

Er berührte zart ihre Wange. »Er hat dich geschlagen, ja?«

Sie fragte sich, wie es kam, daß einige Männer sensibel und freundlich waren und andere bösartig. Sie fragte sich, warum einige ehrlich waren, während andere jedes Wort zu ihren Gunsten verdrehten. Sie fragte sich, warum Nolan nicht ein paar

Jahre früher in die Stadt gekommen war – bevor sie Matthew geheiratet hatte. Sie fragte sich, wie es wohl wäre, beim Aufwachen von einem freundlichen Gesicht und einem Kuß begrüßt zu werden.

»Donna«, sagte er mit einem flehenden Blick. Er nahm ihr Gesicht in die Hände und hielt es vorsichtig fest. »Warum läßt du zu, daß er dir das antut? Das hast du nicht verdient.« Federleicht küßte er sie auf die Stirn und auf die Nasenspitze. Als er sich zurückzog, stand noch immer der flehende Ausdruck in seinen Augen. »Du brauchst dir das nicht gefallen zu lassen. Das habe ich dir schon mehrmals gesagt, und ich bitte dich jetzt, etwas zu unternehmen. Wir könnten ihn wegen Mißhandlung und Vergewaltigung drankriegen, aber soweit müßte es ja gar nicht kommen. Wenn du die Scheidung einreichtest, würde vielleicht die bloße Drohung, an die Öffentlichkeit zu gehen, ihn fernhalten.«

Sie bedeutete ihm mit einem Kopfschütteln, daß das nicht funktionieren würde.

»Wir könnten eine einstweilige Verfügung erwirken«, sagte Nolan. »Dann bliebe ihm nichts anderes übrig, er müßte sich von dir und Joshie fernhalten.« Er schaute auf ihre Hände hinunter und sah, was sie umklammert hielten. »Wo hast du denn den her?«

Sie warf einen Blick zu der Schreibtischschublade.

»Großer Gott, du wolltest ihn doch nicht etwas benutzen?!« Er nahm ihr den Revolver weg und wollte ihn gerade in die Tasche stecken, als sie seinen Arm umklammerte. »Er gehört Matthew? Das ist mir egal. In diesem Haus wird keine Schußwaffe benötigt.«

»Er wird wütend werden, wenn er merkt, daß sie weg ist«, beschwor sie ihn und hoffte inständig, daß sie so leise gesprochen hatte, daß Matthew sie nicht hörte. Sie warf einen nervösen Blick zur Tür.

Nolan legte den Revolver in den Schreibtisch zurück und

machte die Schublade zu. Dann ergriff er Donnas Hände, zog sie zu sich heran und sagte, während er sie zwischen ihren Brüsten fest hielt – genau dort, wo sie vorher die Waffe an sich gedrückt hatte: »Versprich mir, daß du das Ding niemals benutzen wirst, es sei denn, er geht auf dich los. Sollte sonst irgend etwas sein, dann komm zu mir. Versprochen?«

Donna wollte ihm nichts dergleichen versprechen. Es gab Augenblicke, da war sie so voller Haß, daß der Revolver ihr die einzige Antwort auf Matthews Gemeinheiten schien. Dann wieder gab es Momente abgrundtiefer Verzweiflung, in denen sie fast versucht war, die Waffe gegen sich selbst zu richten. Aber dann dachte sie an Joshie. Und an Nolan. Und sogar an Chelsea. Chelsea würde sich niemals aus Verzweiflung das Leben nehmen. Sie würde kämpfen.

Donna arbeitete daran. Hart.

Nolan küßte sie und strich mit den Fingerknöcheln seitlich über ihre Brüste. Es war die intimste Berührung, die sie bisher von ihm erfahren hatte.

»Ich liebe dich«, sagte er.

Sie atmete langsam aus, ohne sich darum zu scheren, ob sie dabei ein Geräusch machte. Es war wunderschön, sich an Nolan zu schmiegen, und ebenso, sich von ihm berühren zu lassen. Er gab ihr das Gefühl, etwas wert zu sein und durch und durch weiblich. Sie liebte ihn auch.

Er legte den Finger unter ihr Kinn und hob es behutsam an. Als ihr Blick auf seinen Mund gerichtet war, sagte er: »Eines Tages wirst du mir gehören. Es ist mir egal, wie lange ich warten muß. Irgendwann wirst du mir gehören, das verspreche ich dir, Donna. Du wirst sehen.«

Sie wollte ihm glauben, wollte ihm so gerne glauben.

»Du kannst dich darauf verlassen«, versicherte er ihr, und seine Worte gaben ihr die Kraft, sich aufzuraffen und nach vorne in den Laden zu gehen.

Hunter Love wohnte im Westen der Stadt, hinter dem Krankenhaus in einem Viertel kurz vor Cutters Corner.

Chelsea mußte vier Abende hintereinander bei ihm vorbeifahren, bis sie endlich Lebenszeichen dort entdeckte. Sie parkte in der ungepflasterten Einfahrt neben seiner Kawasaki und ging zur Tür. Es dauerte eine ganze Weile, ehe er aufmachte, und dann begrüßte er sie mit einem mißtrauischen Blick.

»Hi«, sagte sie. »Wie geht's denn so?«

Er schaute zu dem Pathfinder hinüber und überflog dann die Straße, als erwarte er, daß sie sich Begleitschutz mitgebracht habe. »Was wollen Sie hier?«

»Reden.«

»Worüber?«

»Zunächst einmal über den Job. Sie haben ausgezeichnete Arbeit im Steinbruch geleistet, seit Judd ausgefallen ist, und ich möchte Ihnen dafür danken.«

»Weiß er, daß Sie hier sind?«

»Judd? Nein.«

»Ich dachte, Sie hingen die ganze Zeit bei ihm rum.«

Sie schüttelte den Kopf. »Dafür gibt es keinen Grund, er meint, daß es ihm schon wieder ganz ordentlich geht.« In Wahrheit hatte sie seit dem Unfall jeden Tag bei ihm vorbeigeschaut. Manchmal sah sie ihn, manchmal nicht. »Tatsache ist, daß er nicht voll einsetzbar ist. Seine Schulter ist noch nicht vollständig beweglich, und es wird auch noch eine Weile dauern, bis es soweit ist – was er natürlich niemals eingestehen würde.« Sie hatte ein gerüttelt Maß an Zeit am Schutzgeländer gestanden und von oben zugeschaut, während er seinen Männern Anweisungen gab. »Wenn er sieht, daß etwas getan werden muß, dann versucht er es, aber er hat nicht viel gesehen – Sie waren ihm immer einen Schritt voraus. Ich weiß das zu schätzen.«

Hunter wirkte nicht beeindruckt. Er saugte einen Mundwinkel ein und legte die Hand um die Tür. Chelsea kam der Gedanke, daß er vielleicht nicht allein war.

Sie versuchte, an ihm vorbeizuschauen, doch seine – wie immer schwarz gekleidete – Gestalt versperrte ihr die Sicht.
»Ist jemand bei Ihnen?«
»Nein.«
»Darf ich reinkommen?«
»Das wäre unklug.«
»Warum?«
»Die Leute werden Ihren Wagen hier stehen sehen, und Ihr Ruf ist auch ohne mich schon geschädigt genug.«
Chelsea scherte sich keinen Pfifferling um ihren Ruf, und das sagte ihr Blick ihm deutlich, bevor sie an ihm vorbei in sein Haus trat. »Machen Sie die Tür zu, es ist kalt draußen.«
Sie hörte die Tür hinter sich zufallen, doch ihre Aufmerksamkeit wurde von dem Anblick gefesselt, der sich ihr bot. »Wow!« staunte sie. »Was für eine Überraschung.« Von außen sah sein Haus wie alle anderen in der Straße aus, und obwohl sie deren Innenausstattung nicht kannte, bezweifelte sie, daß sie dieser glichen. Was sie sich als eine Anhäufung briefmarkengroßer Kämmerchen vorgestellt hatte, erwies sich als ein großer Raum, dessen Decke der unverkleidete Dachstuhl bildete, und in dessen Mitte ein gemauerten Kamin wohlige Wärme verbreitete. »Haben Sie das alles gemacht?« Sie spürte seine Handschrift in der Art des Wandputzes, den Stützpfeilern und den diagonal verlegten Fußbodendielen.
»Ich bin der einzige, der verrückt genug dazu war.«
»Es ist nicht verrückt, es ist phantastisch.«
»Ich habe es nicht gemacht, weil ich es phantastisch fand, sondern weil ich in winzigen Zimmern aufgewachsen bin. Ich kann es nicht ertragen, eingeengt zu sein.«
Ihr Blick kehrte zu ihm zurück. Wie schon einmal war sie ebenso verblüfft über das, was er gesagt hatte, wie über die Tatsache, daß er es gesagt hatte. Er öffnete sich ihr. Sie wußte nicht, warum, genausowenig wie sie wußte, warum sie sich mit ihm identifizierte. Aber es war so. Wahrscheinlich war sie deshalb hergekommen.

»Ich kann es auch nicht ertragen, angefaßt zu werden«, warnte er sie. »Wenn Sie also hier sind, weil Judd Sie nicht mehr haben will und Sie jemanden brauchen, dann vergessen Sie das ganz schnell. Ich bin nicht interessiert.«
Empörung kochte in ihr hoch. »Das können Sie sich sparen, Hunter, Sie wissen genau, daß ich nicht deswegen gekommen bin. Wenn eine sexuelle Anziehungskraft zwischen uns bestünde, hätten wir schon längst etwas Entsprechendes unternommen, aber da ist nichts. Von keiner Seite.«
Er widersprach nicht.
Sie legte ihren Mantel auf einen Stuhl und widmete sich wieder der Betrachtung des Raumes. Die Einrichtung war auf das nötige Minimum beschränkt und modern, witzigerweise ähnlich im Stil wie viele der Dinge, die sie in Baltimore gelassen hatte, nur war hier alles aus farblos lackiertem Kiefernholz. In der Ecke hinten links befand sich die Küche, in der rechten, hinteren ein großes Futonbett. Den Rest des Raumes beherrschten ein breites Sofa – quadratische Kissen in einem nüchternen Kiefernholzrahmen – und eine aufwendige Stereoanlage. Die über die Sofakante herunterhängenden Kopfhörer ließen vage eine Melodie erkennen, was erklärte, warum er ihr Klopfen nicht gleich gehört hatte. Die Stereoanlage war hochmodern, und die umfangreiche CD-Sammlung setzte sich als Kontrapunkt hauptsächlich aus klassischen Werken zusammen. Sie hätte gerne einmal einen Tag damit zugebracht. Die Aufmerksamkeit wieder auf den Raum lenkend, sagte sie: »Sie haben die Möbel selbst gemacht, nicht wahr?«
Er hatte die Arme verschränkt. »Es war eine Beschäftigung.«
»Sie sind wunderschön. Sie könnten das zu Ihrem Beruf machen, Sie sind sehr talentiert, und Ihre Sachen würden sich bestimmt gut verkaufen.« Sie beugte sich über das Sofa und berührte eines der Kissen. »Und wer hat die gemacht?«
»Eine Frau.«
»Jemand aus Notch?«

Nach einer Pause antwortete er: »Nein, sie wohnt etwa vierzig Meilen weiter. Ich hatte sie in einer Bar aufgegabelt und mit ihr geschlafen – und bei der Gelegenheit sah ich ihre Arbeiten. Sie näht besser, als sie bumst.«
»Vielleicht sagt Sie über Sie etwas Ähnliches.« Chelsea setzte sich, schlug die Beine übereinander, faltete die Hände im Schoß und schaute mit einem freundlichen Lächeln in seine Richtung.
Er starrte sie einen Moment lang an, schaute sich dann neugierig um und wandte sich ihr wieder zu. »Hatten wir eine Verabredung?«
»Brauchen wir so was? Sie haben gesehen, wie ich mich übergab, Sie haben gesehen, wie ich in Ohnmacht fiel ... Keine Sorge, ich werde mein Baby nicht auf Ihrem Sofa bekommen. Ich will nur reden.«
»Über Ihren Stall?«
»Das ist der erste Punkt.«
»Was meinen Sie damit? Was gibt es denn sonst noch?«
»Wir finden doch immer irgendwas, Sie und ich.«
»Jaaa – und am Ende ist immer einer von uns sauer.«
»Sie. Darum bin ich hier, aus Ihrem eigenen Haus können Sie nicht weglaufen.«
»Wollen Sie's drauf ankommen lassen?«
»Ach, kommen Sie, Hunter, ich bin einsam. Ich möchte reden. Setzen Sie sich bitte?«
Er warf einen Blick auf die Kopfhörer, die noch immer über die Sofakante herunterhingen. Nach einer Weile ging er zur Stereoanlage, schaltete sie ab, ging weiter zur Kochnische und öffnete den Kühlschrank. »Wollen Sie 'n Bier?«
»In vier Monaten. Haben Sie Tee da?«
»Nur Bier und Orangensaft.«
»Dann geben Sie mir bitte Orangensaft.«
Er brachte ihn ihr in einem hohen Glas, packte dann seine Bierflasche am Hals und ging vor dem Kamin in die Hocke, um mit dem Feuerhaken die Glut anzufachen. »Ich habe Ihren Stall

nicht abgefackelt«, erklärte er. »Ich finde immer noch, daß er das ideale Studio gewesen wäre.«
Sie hatten sich während der Renovierung von Boulderbrook darüber gestritten, denn Chelsea wollte eines der Schlafzimmer dazu machen, und sie hatte sich durchgesetzt, denn sie wollte die Möglichkeit haben, mitten in der Nacht zu arbeiten, wenn es ihr einfiel, ohne ins Freie hinaus zu müssen. Hunter seinerseits hatte weiträumigere Vorstellungen gehabt, was sie nach seiner Bemerkung über die Enge, in der er aufgewachsen war, jetzt verstand.
»Was glauben Sie, wer es getan hat?«
»Keine Ahnung.« Er stocherte in der Glut herum.
»Kann es eine Selbstentzündung gewesen sein?«
»Das gibt es nur, wenn es so heiß und trocken ist wie in der Sahara, und beides war es in dieser Gegend nicht, und selbst wenn, bräuchte man wahrscheinlich einen Blitz als Auslöser.«
Das deckte sich so ziemlich mit dem, was Judd gesagt hatte. Chelsea seufzte. »Nolan hat alles durchgekämmt, aber er konnte keine belastenden Hinweise finden.«
Nachdem Hunter das schwelende Feuer wieder in Gang gebracht hatte, nahm er einen Kloben aus einem neben dem Kamin stehenden Korb und plazierte ihn geschickt auf den anderen. »Alles, was man brauchte, war Benzin und ein Streichholz. Der Stall war Zunder.« Rauch kräuselte sich um das Holzscheit, das er obenauf gelegt hatte.
»Die Leute in der Stadt glauben, daß Sie es getan haben.«
»Das paßt.«
»Wegen der anderen Brände?«
Er neigte den Kopf. Sie konnte nicht sehen, was er tat. Dann stand er auf, trank einen Schluck Bier, stützte eine Hand auf die Hüfte und schaute in die tanzenden Flammen, die er der Glut entlockt hatte. Leise, und ohne sich umzudrehen, antwortete er: »Nein, nicht deswegen. Ich hatte auch mit denen nichts zu tun. Aber ein Feuer habe ich wirklich gelegt. Vor langer Zeit.« Er starrte weiter auf die brennenden Kloben hinunter, bis einer laut

knackte und Funken sprühten. Dann ließ er sich in den Sessel am anderen Ende des Sofas sinken, trank noch einen Schluck und schaute Chelsea an.

»Ich war damals neun und hatte ständig Alpträume, und ich dachte, wenn ich sie niederbrannte, würden sie aufhören.«

Sie schluckte. »Wenn Sie was niederbrannten?«

»Die Hütte, in der ich geboren wurde.« Seine Augen blickten zwar noch in ihre Richtung, doch sie wirkten entrückt. »Ich verbrachte die ersten fünf Jahre meines Lebens dort. Wenn sie wegging, sperrte sie mich in die Schrankkammer. Sie sagte, daß mich die Monster nicht finden würden, wenn ich mich still verhielte, und daß ich, wenn ich einen Laut von mir gäbe, bevor sie die Tür wieder aufschlösse, bei lebendigem Leibe aufgefressen würde.«

»Mein Gott!« stöhnte Chelsea. Sie erinnerte sich, daß sie panische Angst gehabt hatte, von dem Riesen aus dem Märchen »Jack und die Stangenbohne« gefressen zu werden, aber sie hatte Abby gehabt, die dann immer beruhigend auf sie einsprach, bis sie wieder einschlief. »Warum hat sie das getan?«

»Sie wollte sicher sein, daß ich, falls jemand käme, keinen Ton von mir gäbe. Ich war ein Geheimnis. Niemand wußte, daß ich existierte, und sie wollte, daß es so bliebe.«

»Aber warum?«

»Damit ich ihr nicht weggenommen würde. Ich war alles, was sie hatte. Sie liebe mich, sagte sie. Ich sei ihr ein und alles. Außerdem war sie stolz darauf, die Stadt an der Nase herumzuführen. Dort dachten alle, daß sie mich nach der Geburt weggegeben habe.«

Also hielt sie ihn unter Verschluß. Chelsea konnte sich nicht vorstellen, wie man etwas so Krankes tun konnte. Ihr Gesicht mußte ihr Entsetzen widerspiegeln, denn Hunter fügte hastig hinzu: »Verstehen Sie mich nicht falsch – ich haßte sie nicht. Sie hat mich nie geschlagen. Sie hat mich nie angeschrien. Innerhalb dieser sehr begrenzten Welt tat sie für mich, was sie konnte. Sie kochte für mich und schneiderte für mich. Sie holte Bücher aus der Bibliothek und brachte mir das Lesen bei. Sie kaufte in der Bäckerei Kekse und Kuchen für mich. Sie kaufte flauschigen Stoff und nähte mir eine Jacke. Sie ließ mich nur nie irgendwo hingehen damit.«

»Hätten Sie das denn gerne getan?« fragte Chelsea, denn es war ja möglich, daß er nicht vermißt hatte, was er nicht kannte.

»Die ganze Zeit. Die Bücher handelten von Kindern, die mit anderen Kindern zusammen waren, und ich wollte sein wie sie. Ich wollte Freunde haben. Ich wollte wissen, wie ein Mann aussah. Ich wollte sogar in die Schule gehen, lag ihr ständig damit in den Ohren, flehte. Sie reagierte, indem sie versuchte, all das für mich zu sein – Spielkamerad, Vater und Lehrer.« Er preßte die Lippen aufeinander und atmete tief ein, und in seinen Augen stand die Erinnerung an die Seelenqualen, die er ausgestanden hatte. Und dann wurde der Druck offenbar zu groß, denn die Worte sprudelten regelrecht aus ihm heraus. »Sie drückte mich unentwegt an sich und sagte, daß alles gut werden würde, daß ich glücklich werden würde, daß sie mich nie verlassen würde, und mir war, als müsse ich aus der Haut fahren.« Wieder atmete er tief ein, als könne er sich damit von der Vergangenheit lösen, doch er schaffte es nicht. »Manchmal entkam ich ihr.«

»Und wo sind Sie hingegangen?« fragte Chelsea leise.

Er schaute seine Hände an, dann die Bierflasche und dann sie. »Nach Boulderbrook.«

»Zu dem Bauernhaus?« fragte sie überrascht.

»Es stand leer. Ich spielte gerne dort.«

»Haben Sie damals angefangen, die Stimmen zu hören?«

»Sie waren meine Freunde.«

Chelsea stockte der Atem. Seine Freunde. Seine Phantasie-Freunde. Ihr war zum Weinen zumute.

Hunter starrte grübelnd ins Feuer. »Wenn sie mich fand, war sie jedesmal unheimlich wütend und sperrte mich stundenlang in die Schrankkammer. Ich fürchtete mich zu Tode.«

»O Hunter!« Sie mußte alle Beherrschung aufbieten, um nicht zu ihm zu gehen und ihn in den Arm zu nehmen.
Er wandte sich ihr zu. »Ich bin nicht auf Ihr Mitleid aus, darum erzählte ich Ihnen das nicht. Ich will Ihnen nur erklären, weshalb ich die Hütte niedergebrannt habe. Sie verkörperte alles, was meine Mutter mir angetan hatte, und ich dachte, wenn sie nicht mehr existierte, würde auch meine Vergangenheit nicht mehr existieren, und ich wäre endlich wie alle anderen.«
Chelsea fiel in diesem Moment auf, daß es – abgesehen von der Einrichtung – nichts Persönliches hier gab, keine Fotos, keine Erinnerungsstücke. Sie fragte sich, ob sie wohl mit verbrannt waren oder ob es keine gegeben hatte.
»War das Ihr größter Wunsch, wie alle anderen zu sein?«
»Eine Zeitlang, ja, weil ich das Gefühl hatte, so anders zu sein. Als ich ins Teenageralter kam, spielte das keine Rolle mehr, da wollte ich dann eine eigenständige Persönlichkeit sein und stand dazu, wie ich war.« Fast nahtlos setzte er hinzu: »P. S.: Die Hütte stand auf Boulderbrook-Grund.«
»Auf Boulderbrook-Grund? Aber ich dachte, Katie Love wohnte in Cutters Corner.«
»So lange sie mit ihrem Mann zusammenlebte, ja, aber er verließ irgendwann die Stadt, um sich ein leichteres Leben zu suchen.«
»Warum ging sie denn nicht mit ihm?«
»Weil sie ihn nicht mochte.«
»Hat sie Ihnen das gesagt?« Wie sollte ein kleines Kind Herzensdinge begreifen, geschweige denn körperliche?
»Sie hat es nicht mir gesagt. Sie lief oft in der Hütte auf und ab und tobte und schimpfte vor sich hin. Erst Jahre später ergab einiges von dem, was sie sagte, einen Sinn für mich.«
Er verfiel in Schweigen, stellte sein Bier weg, ging zum Kamin und stocherte im Feuer herum. Als er fertig war, setzte er sich mit dem Rücken zu ihr auf den Boden. »Sie hatte schon eine ganze Weile aus Corner weggewollt. Sie war anders als die Frauen dort. Sie war Quiltnäherin.«

»Das hat Margaret mir erzählt.«

Er ließ eine Schulter kreisen, und danach wirkte sein Rücken steifer. »Hat Margaret Ihnen auch erzählt, was sie ihr angetan haben?«

»Nur andeutungsweise.«

»Dann werde ich es Ihnen genauer erzählen.« Er drehte sich nur so weit zu Chelsea herum, daß er ihr in die Augen schauen konnte. »Meine Mutter war ein Künstlerin. Sie hatte wirklich Talent. Anfangs verdiente sie damit etwas dazu, daß sie Reklameschilder für die örtlichen Geschäftsinhaber anfertigte, aber etwas anderes konnte sie noch besser. Sie hatte ein untrüglicheres Gefühl für Farben und Muster als alle anderen Frauen in der Stadt. Das Quiltnähen brachte sie sich selbst bei, indem sie Quilts kaufte und sie auftrennte. Sie ging in den Stoffladen in der Stadt, kaufte für ein paar Cents Reste und machte wunderschöne Dinge daraus. Irgendwann kamen die Damen vom Handarbeitsverein auf die Idee, daß sie ihnen von Nutzen sein könnte, und nahmen sie auf. Einige der besten Quilts, die sie nähten, entstanden nach Entwürfen meiner Mutter. Sie war natürlich nicht wirklich eine von ihnen, aber sie vermittelten ihr diesen Eindruck, und als ihr Mann fortging, zog sie aus Corner weg. Sie hatte nicht viel Geld, aber die Hütte war billig, und sie stand auf Boulderbrook-Grund. Wie sie es sah, war dort zu wohnen fast so gut wie in dem Bauernhaus selbst.«

Er kam auf die Füße, ging zum Fenster, schaute kurz hinaus und kehrte zum Kamin zurück, wo er mit dem Gesicht zum Feuer stehend weitererzählte. »Als sie schwanger wurde, drehten die Ladys durch. Sie beschuldigten ihre Männer. Sie beschuldigten ihre Brüder. Sie verdächtigten durchreisende Handelsvertreter. Aber Katie Love verriet nicht, wer der Vater war, und so konzentrierte sich die Empörung schließlich auf sie.« Er ging wieder zum Fenster und starrte in die Dunkelheit. »Sie ächteten sie, sie wurde von der Teilnehmerliste für die Teepartys und Bibliotheks-Essensgesellschaften gestrichen und aus der Quilters

Guild ausgeschlossen. Auf Kirchenbasaren wurde ihr nichts mehr verkauft, und niemand sprach mehr ein Wort mit ihr. Zu Corner hatte sie die Brücken abgebrochen, und in der Stadt wurde sie wie eine Leprakranke behandelt, und so verbrachte sie ihre Zeit allein. Und verlor den Verstand. Das haben sie ihr angetan.«

Chelsea konnte sich nicht mehr zurückhalten. Sie stand vom Sofa auf und ging zu ihm, berührte ihn nicht, stellte sich nur dicht neben ihn. »Das war unrecht.«

»Unrecht oder nicht, das spielt in dieser Stadt keine Rolle«, sagte er mit der Bitterkeit in der Stimme, die sie schon sooft bei ihm gehört hatte. »Sie machen, was sie wollen, und darum sollten Sie es sich noch einmal überlegen, Ihr Kind hier zu bekommen. Sie werden Ihnen das Leben zur Hölle machen.«

»Das werde ich nicht zulassen.«

»Ich sage Ihnen – sie werden.«

»Ich werde mich wehren.«

Er schaute ihr in die Augen. »Warum, zum Teufel, wollen Sie sich dem aussetzen? Sie können doch in Ihr altes Leben zurückkehren – und zu Ihrer Familie.«

»Aber es gefällt mir hier. Ich will mein Baby hier bekommen.«

»Sie sind genauso verrückt, wie sie es war«, urteilte er sie ab und ließ sie stehen, hob seine Bierflasche vom Boden auf, setzte sie an die Lippen, und schluckte ein, zwei, drei Mal.

»Glauben Sie, es ist Oliver?«

Er gab nicht vor, nicht zu verstehen, was sie meinte. »Ja, ich glaube, es ist Oliver, und ich glaube, das denken die meisten in der Stadt. Es mußte jemand sein, der Macht besaß, warum hätten sie sonst ein solches Theater machen sollen?« Er wandte sich ihr zu. Jetzt wirkte er frustriert. »Er hat mir dieses Haus gekauft. Schenkte es mir, als ich den Abschluß des Colleges in der Tasche hatte, auf das er mich geschickt hatte. Hätte er das getan, wenn er nicht mein Vater wäre?«

Chelsea fiel ein, wie Margaret ihren Mann als wohltätig be-

schrieben hatte, doch ihr Eindruck von ihm war ein anderer. Wahrscheinlich glaubte Margaret tief im Innern auch nicht daran. Warum hätte sie Hunter sonst so verabscheuen sollen?
Hunter bog den Kopf in den Nacken und betrachtete nachdenklich die Dachbalken, bevor er sich wieder Chelsea zuwandte. »Ich will, daß er zugibt, mein Vater zu sein. Ist das zuviel verlangt? Aber er weigert sich. Hat Angst um seine Position in der Stadt. Und vor seiner Familie. Die würden ihn ans Kreuz nageln. Alle, außer Donna. Ich glaube, sie weiß es.«
»Mir gegenüber hat sie nie ein Wort darüber verloren.«
»Wegen Margaret. Sie ist so zerbrechlich, daß alle sie schonen.«
»Zerbrechlich? Margaret?«
»Sie hatte einen Nervenzusammenbruch, als Donna ihr Gehör verlor, und seitdem hütet Oliver sich, etwas zu tun, das ihr mißfallen könnte. Öffentlich zu erklären, daß er mein Vater ist, würde ihr mißfallen.«
»Wer zwingt ihn denn, es öffentlich zu erklären? Es würde doch völlig genügen, wenn er es Ihnen gegenüber eingestünde. Warum tut er das nicht?«
»Gehen Sie zu ihm, und fragen Sie ihn, und wenn Sie schon dabei sind, fragen Sie ihn gleich auch noch, warum er meiner Mutter das angetan hat, was er ihr angetan hat. Er schuldete ihr mehr, als sie bekam. Ich bleibe nur als Stachel in seinem Fleisch in dieser Stadt, um ihn daran zu erinnern.«
»Aber wie können Sie mit diesem Zorn leben?«
»Ich lebe schon so lange damit, daß die Frage inzwischen lauten muß, ob ich ohne ihn leben kann.«
»Das ist traurig, Hunter.«
»Ich komme schon klar. Mein Leben war ja nicht nur tragisch. Es gab in meiner Kindheit auch ein paar Lichtblicke.«
»Zum Beispiel?«
Er ließ die Bierflasche auf seiner Hand auf und nieder hüpfen. Nach einer Minute ging er nach hinten in die Kochnische und stellte die Flasche ins Spülbecken, und die ganze Zeit über beob-

achtete Chelsea ihn mit wachsender Ungeduld, weil sie seine Antwort hören wollte. Er ging zu der Truhe hinüber, die am Fußende des Bettes stand – auch sie war aus farblos lackiertem Kiefernholz und klar und schnörkellos in der Linienführung –, hob den Deckel an, kramte herum und förderte schließlich ein kleines Päckchen zutage, das er Chelsea brachte.

»Wie ich schon sagte, war sie sehr talentiert. Wir spielten oft ein Spiel, für das sie uns eine eigene Welt erschuf. Dazu zeichnete sie eine Stadt: zuerst eine Kirche, dann ein Postamt, danach eine Bibliothek und schließlich einen General Store, und dann dachten wir uns Leute aus – für gewöhnlich Kinder – und ließen sie kleine Abenteuer erleben.«

Er hielt Chelsea das Päckchen hin. Es war mit einem blauen Band zusammengebunden, das aussah, als stamme es von einem von Katie Loves Quilts. Chelsea nahm es und schaute zu Hunter auf.

»Wollen Sie wirklich, daß ich sie mir ansehe?« Die Zeichnungen waren etwas Persönliches, und außerdem Erinnerungsstücke. Vielleicht die einzigen, die er besaß.

»Sie war gut – ich möchte, daß Sie sie sehen«, sagte er, aber Chelsea sah in diesem Augenblick etwas anderes: Hunter liebte seine Mutter. Trotz allem, was sie ihm angetan hatte, und trotz allem, was die Stadt ihm ihretwegen angetan hatte, war er stolz auf die Leistungen seiner Mutter.

Sie nahm das Päckchen mit zum Sofa, setzte sich wieder, legte es auf ihren Schoß und entknotete vorsichtig das Band, fest entschlossen, überschwenglich zu loben, was immer sie vorfinden würde. Sie wollte Hunter etwas geben, und da er ihr keine Umarmung gestattete, müßte es eben genügen, Bewunderung für die Arbeit seiner Mutter zu äußern.

Was sie vorfand, überstieg jede Erwartung. Sie war nicht auf zarte Zeichnungen vorbereitet gewesen, die – in verschiedenen Tintenfarben ausgeführt – auf Chelsea wirkten, als sei ein Federkiel dazu benutzt worden. Sie war auch nicht darauf vorbereitet gewesen, Norwich Notch darin zu erkennen, doch genau das hatte Katie Love mit bemerkenswerter Genauigkeit festgehalten. Den Untergrund für die Zeichnungen bildete weißes Papier in Grußkartenformat, und auf jedem Blatt war nur ein Gebäude dargestellt, in nur einer Farbe. Am erstaunlichsten waren die Detailarbeiten, die – winzig klein – sowohl die sechzehn Glasscheiben jedes einzelnen Fensters der Bibliothek wiedergaben als auch die in das Holz über der Empore für die Musikkapelle auf der Stadtwiese geschnitzten Schnörkel und die Inschriften auf den Grabsteinen in der ersten Reihe des Friedhofs neben der Kirche. Doch am bemerkenswertesten war die Botschaft, die Chelsea in alldem erkannte: Trotz allem, was Norwich Notch Katie Love angetan hatte, betrachtete sie die Stadt als ihre Heimat.

Chelsea schaute die Zeichnungen langsam durch, genoß jede ausführlich, ehe sie sich der nächsten zuwandte. Dann fing sie noch einmal von vorne an, für den Fall, daß ihr beim ersten Mal etwas entgangen war – und plötzlich rührte sie irgend etwas. Sie wußte nicht, was – ob es die Schönheit der Zeichnungen war oder die Geschichte, die dahinterstand, oder einfach die Tatsache, daß Hunter sie ihr gezeigt hatte –, aber als sie sie schließlich wieder sorgsam aufeinander legte, war ihr zum Weinen zumute. Mit dem Stapel auf dem Schoß schaute sie zu Hunter auf. »Sie sind wunderschön«, sagte sie. »Was für eine Kostbarkeit.«

Er streckte auffordernd die Hand aus. Chelsea band das Päckchen mit großer Sorgfalt wieder zu, gab es ihm jedoch nicht sofort zurück, strich sanft mit dem Finger darüber, und als sie sich schließlich davon trennte, reichte sie es ihm mit dem Gefühl hinüber, einen schmerzlichen Verlust zu erleiden.

Seltsamerweise hielten sich ihre Tränen hartnäckig. Sie tupfte sie von den Unterlidern, doch es kamen sofort neue nach.

Nachdem er die Zeichnungen in die Truhe zurückgelegt hatte, kam er zurück und blieb am anderen Ende des Sofas stehen.

»Ich habe sie Ihnen nicht gezeigt, um Sie traurig zu machen.«

»Ich weiß.« Chelsea ging zu dem Sessel, auf den sie ihren Mantel gelegt hatte, und – zog ein Taschentuch heraus. »Sie haben sich nichts vorzuwerfen, es wird schon wieder.« Sie tupfte sich die Augen ab. »Ich glaube, ich gehe jetzt besser.« Sie schlüpfte in ihren Mantel, und dann erinnerte sie sich plötzlich an den Orangensaft, den sie kaum angerührt hatte. Sie nahm das Glas und steuerte auf die Kochnische zu. Er fing sie auf halbem Weg ab und nahm es ihr aus der Hand. Seinen Blick meidend, wandte sie sich zum Gehen.

Ihre Hand lag bereits auf dem Knauf, als er ihr mit einer Spur Gereiztheit in der Stimme nachrief: »Was, zum Teufel, wollen Sie?«

Sie drehte sich nicht um. »Was meinen Sie damit?«

»Mit mir. Von mir. Was wollen Sie?«

Nach einer kurzen Pause antwortete sie: »Freundschaft.«

»Aber warum wollen Sie sich ausgerechnet mit mir anfreunden?«

Jetzt drehte sie sich doch um. »Weil ich Sie mag. Sie sind genau so einsam und verloren, wie ich mich oft fühle.«

»Sie? Einsam und verloren?«

»Ich wurde hier geboren, Hunter. Im letzten März war es achtunddreißig Jahre her. Mehr weiß ich nicht. Ich weiß nicht, wer meine leiblichen Eltern sind oder ob ich Geschwister habe. Ich weiß nur, daß irgend jemand mich hier nicht haben will.« Sie atmete zittrig ein. »Und darum gibt es viele Momente in meinem Leben, in denen ich mich einsam und verloren fühle. Heute abend war es zum Beispiel so, bevor ich herkam.«

Er starrte sie fassungslos an.

Diesmal wischte sie sich die Tränen mit dem Mantelärmel ab. Mit einem abschließenden Schniefen sagte sie: »Wie dem auch sei, ich hatte schon immer eine Vorliebe für die Benachteiligten, und Sie gehören eindeutig dazu. Ich mag Sie wirklich, Hunter, und wenn Sie nicht wären, wie Sie sind, würde ich Sie jetzt in den Arm nehmen und Ihnen einen Abschiedskuß geben. Auf die Wange. Rein platonisch.« Sie hielt kurz inne und fragte dann in hoffnungsvollem Ton: »Vielleicht ein andermal?«

Als er nicht antwortete, sie nur immer noch wie betäubt anstarrte, winkte sie ihm traurig zu und verließ das Haus.

Am nächsten Tag machte Chelsea sich auf die Suche nach ihm, weil sie sich vergewissern wollte, daß er ihr ihren Überfall nicht übelgenommen hatte, doch sie fand ihn weder in Moss Ridge noch in Kankamaug und auch nicht in Haskins Peak. Keiner der Männer hatte ihn gesehen, aber keiner wirkte deswegen beunruhigt. Hunter hatte offenbar die Angewohnheit, von Zeit zu Zeit zu verschwinden. Was Chelsea Sorgen machte, war die Befürchtung, daß aufgrund irgendeiner Äußerung sie diesmal dafür verantwortlich war.
Drei Abende fuhr sie vergeblich an seinem Haus vorbei, bevor sie seine Kawasaki in der Einfahrt stehen sah. Sie hielt vor seinem Haus, sah ihn – offenbar gesund – im Zimmer herumgehen und erwog, auszusteigen und zu klopfen, doch dann siegte ihre Rücksicht und sie schaltete die Automatik auf »Drive« und fuhr nach Hause.

Neunzehntes Kapitel

Zufällig fand die erste der mittwöchlichen Nachmittagsteepartys der Saison eine Woche nach dem Bekanntwerden von Chelseas Schwangerschaft statt, und es wäre ihr nicht im Traum eingefallen, diesem gesellschaftlichen Ereignis fernzubleiben. Sie hatte gemeint, was sie zu Hunter gesagt hatte: Sie würde sich nicht ächten lassen wie Katie Love – wenn es jemand versuchen sollte, würde sie sich wehren.

Sie trug ihr erstes Umstandsoutfit: Hosen mit verstellbarem Bund und einen langen Pullover, und fand, daß sie, abgesehen von der leichten Wölbung ihres Bauches, aussah wie immer, doch die Damen unterbrachen ihre Unterhaltung bei ihrem Eintreten abrupt und starrten sie an, als habe sie ein Brandmal auf der Stirn.

»Hi«, begrüßte sie sie mit einem strahlenden Lächeln. Sie kannte fast jedes der zweiundzwanzig Gesichter im Raum, was zeigte, wie weit sie schon gekommen war. Die Tatsache, daß keine der Anwesenden auf sie zutrat, um sie willkommen zu heißen, zeigte, wie weit der Weg war, den sie noch würde gehen müssen.

»Ich habe seit letztem Juni immer wieder von diesen Teegesellschaften reden hören«, sagte sie leutselig, »und ich konnte es kaum erwarten, selbst daran teilzunehmen. Das ist ja wunderhübsch«, lobte sie, an den Tisch tretend, auf dem das umfangreiche, silberne Teeservice arrangiert war. »Wie geht es Ihnen, Maida?« fragte sie, noch immer lächelnd. Maida Ball war das Oberhaupt der Bankangestelltensippe Ball, und hier schenkte sie gemeinsam mit Stella Whip, der Frau des Immmobilienmaklers und Mutter des Rechtsanwalts, den Tee aus.

»Gut«, nickte Maida ernst.
»Wie ich höre, hat Ihr Enkel gerade in Princeton angefangen, Stella. Ich habe dort Architektur studiert – die Stadt wird ihm gefallen.«
»Sein Vater war auch schon dort«, erklärte Stella abweisend.
»Ah. Nun, ich wünsche ihm viel Glück.« Chelsea ging weiter zu den silbernen Tabletts mit den Sandwiches. »Ihre Bluse gefällt mir, Nancy«, sagte sie zu der Bibliothekarin, die hier postiert war. »Haben Sie sie in Boston entdeckt?« Als Chelsea einige Wochen zuvor in die Bücherei gegangen war, um sich Fachliteratur über Vögel und Futterhäuschen auszuleihen, hatte die Frau ihr wortreich von einer bevorstehenden Bibliothekarstagung in dieser Stadt erzählt.
Jetzt antwortete sie nur knapp: »Bei L. L. Bean.«
»Oh, interessant. Rosa ist die ideale Farbe für Sie.« Als deutlich wurde, daß Nancy nicht die Absicht hatte, noch etwas zu sagen, wandte Chelsea sich an die danebenstehende Besitzerin des Gasthauses. »Ich freue mich, Sie zu sehen, Mrs. Willis. Ich höre immer noch Komplimente von Leuten, die letzten Monat zum Wochenende der offenen Tür hier waren, es hat ihnen ausgezeichnet bei Ihnen gefallen. Ich nehme an, es ist alles in Ordnung drüben?«
»Ja, ist es«, bestätigte Mrs. Willis.
»Läßt das Geschäft nach?«
»Ganz und gar nicht.«
»Ach nein? Wie kommt das?«
»Gucker.«
»Ahhh.« Das hatte Chelsea vergessen: Die Färbung des Herbstlaubs näherte sich dem Höhepunkt ihrer Pracht, und das hatte Busladungen von Touristen zur Folge. »Dann haben Sie natürlich gut zu tun.« Sie hielt inne, lächelte dann: »Bis später«, und steuerte auf das am nächsten stehende Frauengrüppchen zu, das sich aus Margaret Plum, Lucy Farr und Lucys Schwiegertochter Joanie zusammensetzte. »Wie geht es Oliver, Margaret?« fragte

sie. Er war nicht in der Firma gewesen, und es hieß, er habe Grippe.

»Er fühlt sich schon wieder besser«, erwiderte Margaret mit neutraler Stimme und ebensolcher Miene, »und er will morgen wieder ins Büro gehen. Wissen Sie, Chelsea, Sie hätten nicht kommen sollen.«

Chelsea hatte nicht erwartet, daß ihr der Kampf so direkt angesagt würde, und so schnell. »Ich dachte, die Teepartys seien allen zugänglich.«

»Das sind sie auch, aber angesichts Ihres Zustandes wäre ein wenig Zurückhaltung angebracht.« Sie klickte mit der Zunge. »Wie ich höre, ist Judd nicht der Vater. Wissen Sie, wer es ist?«

»Selbstverständlich, ein Mann aus Baltimore.«

»Haben Sie die Absicht, ihn zu heiraten?« fragte Lucy.

»Er ist bereits verheiratet.« Chelsea hatte es kaum ausgesprochen, als ihr klarwurde, welchen falschen Eindruck sie mit dieser Äußerung vermittelte, und öffnete den Mund, um die Situation zu erläutern, doch dann stimmte eine kleine boshafte Stimme in ihrem Innern sie um, und sie schloß ihn wieder.

Lucy wirkte bestürzt. Joanie wirkte gelangweilt. Nicht mehr ganz so neutral sagte Margaret: »Wir schätzen derlei Dinge nicht sehr.«

»Meine Schwangerschaft«, veranlaßte die boshafte kleine Stimme sie, das Wort auszusprechen, »sollte wirklich nicht Ihre Sache sein.«

»Aber das ist sie. Wenn Ihr Name in einem Atemzug mit Norwich Notch genannt wird, dann betrifft, was Sie tun, jeden einzelnen von uns.« Sie hob die Hand, um jemandem zuzuwinken, und stieß dabei Chelseas Tasse um, deren Inhalt sich auf den Boden ergoß, bevor Chelsea sie wieder aufstellen konnte.

Margaret klickte bedauernd mit der Zunge. »Meine Güte, das wollte ich nicht. Lucy, bring bitte ein paar Servietten. Joan, bleib hier und unterhalte dich mit Chelsea, während ich frischen Tee hole.« Ehe Chelsea wußte, wie ihr geschah, hatte sie ihr Tasse und Untertasse aus der Hand genommen.

»Nein, nein, ich ...«
»Ich bin gleich zurück«, erklärte Margaret und eilte davon.
Mit Chelsea allein, kam Joanie sofort zum Thema. »Sie sind das Stadtgespräch.«
Chelsea zuckte die Schultern. Sie wußte nicht recht, was sie von Joanie Farr halten sollte. Dunkelhaarig und – für hiesige Verhältnisse – modisch gekleidet, hatte sie etwas Aufreizendes, das sie zu einem Männertyp machte, wogegen Chelsea nichts hatte. Was sie jedoch störte, war Joanies Undurchschaubarkeit. Nur Gott wußte, was sich hinter dieser attraktiven Fassade verbarg.
»Haben Sie die Schwangerschaft geplant?« fragte sie in einem ironischen Ton, der keinen Zweifel an ihrer Mißbilligung ließ.
Chelsea seufzte. »Das ist doch unwichtig.« Und ging Joanie nichts an, dachte sie. »Ich freue mich jedenfalls sehr auf das Baby.«
»Sie werden nicht viel Unterstützung bekommen.«
»Ich brauche gar keine.«
»Sagen Sie das nicht, die Winter hier sind lang, wenn man in Isolation lebt. Sie wären in Baltimore besser dran.«
Lucy wählte diesen Augenblick, um mit einer Handvoll Papierhandtüchern zurückzukommen. »Lassen Sie mich das machen«, sagte Chelsea, doch die ältere hatte die Pfütze schnell beseitigt.
»Schon erledigt.« Damit verschwand sie wieder.
Joanie knüpfte an, wo sie unterbrochen worden war. »Donna wäre auch besser dran, wenn Sie nach Baltimore zurückgingen. Sie verursachen Ärger zwischen Matthew und ihr.«
»Ich?«
»Sie widerspricht ihm, das hat sie früher nie getan.«
»Vielleicht hat sie Grund dazu.«
»Nicht bei Matthew, Matthew ist ein wundervoller Mensch.«
Chelsea fragte sich, ob sie von demselben Mann sprachen.
»Halten Sie sich von ihr fern«, riet Joanie ihr in warnendem Ton. »Er hat auch so schon genügend Schwierigkeiten mit ihr.«
Chelsea wollte gerade fragen, welche Schwierigkeiten man mit

der harmlosen, gutmütigen Donna haben konnte, als Margaret mit einer frischen Tasse Tee zurückkehrte. Sie gab sie Chelsea und nahm Joanie am Arm. »Wir sollen zu Rachel kommen.«

Chelsea ließ den Blick durch den Raum wandern. Die Frauen standen, sich deutlich ihrer Gegenwart bewußt, sie jedoch ignorierend in Gruppen beieinander. Sie nippte an ihrem Tee, fragte sich, wann Donna wohl kommen würde, und konzentrierte sich darauf, den Eindruck heiterer Gelassenheit zu vermitteln.

Sie überlegte eben, welche Gruppe sie als nächste in Angriff nehmen sollte, als eine Frau etwa ihren Alters auf sie zutrat. Sie trug die Norwich-Notch-Uniform – einen schlichten Wollrock und eine Bluse – und die gleiche neutrale Miene zur Schau wie vorher Margaret. Chelsea wappnete sich für eine neuerliche Attacke.

»Ich bin Sandra Morgan«, stellte die Frau sich mit einer Stimme vor, die ihre Befürchtung augenblicklich zerstreute. Sie war leise, fast schüchtern. »Mein Mann ist der Leiter der Kreditabteilung bei unserer Bank. Meine Schwester ist die Frau von Wendell Hovey. Ich möchte mich bedanken, daß Sie sich so nett gekümmert haben.«

Chelseas Lächeln hatte sich entspannt. »Sie brauchen mir nicht zu danken. Der Unfall tut mir schrecklich leid. Ich bin nur froh, daß Wendell das Bein nicht verloren hat.«

»Caroline ist Ihr größter Fan.«

Das hatte Chelsea bei nachfolgenden Besuchen gespürt. »Sie ist ein liebes Mädchen. Anfangs war sie so ängstlich. Ich hätte sie gerne mit zu mir genommen, aber das hätte sie noch mehr geängstigt.«

Sandra senkte den Blick und murmelte: »Die Frauen hier sind sehr selbstgerecht.«

Chelsea lachte leise. »Was Sie nicht sagen.«

Noch immer den Fußboden fixierend, fuhr Sandra fort: »Ich bin normalerweise keine Tratsche, aber es ist nicht fair, was sie tun. Stella Whimp hat einen solchen Sauberkeitswahn, daß ihre Familie zu Hause mit Plastiktüten über den Schuhen herumlaufen muß. Joanie Farr schläft, wann immer sie es einrichten kann, mit Matthew. Und Margaret – Margaret ist schuld an Donnas Taubheit.«

»Was?« flüsterte Chelsea entgeistert.

Sandra hob den Blick. »Sie haben ein Recht darauf, Ihr Baby zu bekommen. Sollten Sie irgendwelche Hilfe brauchen, wenden Sie sich an mich oder an meinen Mann – er freut sich immer, wenn neue Leute in die Stadt kommen. Viele andere empfinden genauso, sie sagen es nur nicht.«

»Ich danke Ihnen«, brachte Chelsea mühsam hervor. »Joanie und Matthew?«

Auf Sandras Gesicht malte sich Schuldbewußtsein. »Ich hätte das nicht erzählen dürfen, es geht mich nichts an.« Ihr Blick wurde abgelenkt. »Da ist Donna. Bitte erwähnen Sie es ihr gegenüber nicht.« Sie lächelte. »Hi, Donna.«

Judd überwachte Chelsea nicht, das war nicht seine Aufgabe. Sie war eine tüchtige, unabhängige, selbstgenügsame Frau, sie brauchte ihn nicht, und er war kein Mensch, der seine Zeit sinnlos vergeudete. Dazu gab es zu viele wichtige Dinge, die seine Aufmerksamkeit beanspruchten. Und so reagierte er verärgert, als Fern ihn in Moss Ridge anrief, um ihn zu fragen, ob er sie gesehen habe. »Warum sollte ich?« schnauzte er.

»Es ist merkwürdig«, erklärte Fern ihm. »Sie sollte um halb elf zu einer Konferenz hier sein, und sie ist normalerweise überpünktlich. Aber jetzt ist es schon halb zwölf, und seit gestern nachmittag hat sie niemand gesehen.«

Doch – Judd. Sie war am frühen Abend mit einem an den Rändern etwas zu dunkel gebackenen Apfelkuchen bei ihm vorbeigekommen. Leo hatte er gottlob geschmeckt, er wußte nicht mehr, daß der Rand eigentlich nicht verbrannt sein durfte. Aber seitdem hatte auch Judd sie nicht mehr gesehen. »Haben Sie es schon bei ihr zu Hause versucht?«

»Natürlich.«

»Rufen Sie Donna an, und bringen Sie in Erfahrung, ob sie beim Aerobic war.« Er konnte es nicht fassen, daß Chelsea sich dieser Anstrengung noch immer aussetzte, doch sie beharrte darauf, daß die Bewegung sowohl ihrem Herzen als auch dem Baby guttue.

»Sie war nicht dort«, sagte Fern, die auch schon auf diese Idee gekommen war. »Donna meinte, daß sie sich vielleicht spontan dazu entschlossen habe, ihren Vater zu besuchen, aber dann hätte sie doch bestimmt im Büro Bescheid gesagt.«

Judd stimmte ihr zu – Chelsea war ein ausgesprochen zuverlässiger Mensch. Er fuhr sich mit einer heftigen Handbewegung durch die Haare. »Ich werde auf dem Rückweg in die Stadt in Boulderbrook vorbeischauen.«

Entschlossen, nichts zu übereilen – schließlich war er wirklich nicht ihr Hüter, verdammt noch mal –, erledigte er, was er in Moss Ridge zu tun hatte, machte kurz in Pequod Peak halt (einem der neueren Steinbrüche, aus dem sie den schönsten grünen Granit gewannen, den sie seit Jahren gesehen hatten) und fuhr erst dann zu Chelseas Bauernhaus hinüber. Überrascht stellte er fest, daß der Pathfinder davor stand. Warum sie nicht ans Telefon ging, war ihm ein Rätsel.

Er klopfte an die Tür. Als keine Reaktion erfolgte, sperrte er mit dem Schlüssel auf, den er nie zurückgegeben hatte. »Chelsea?« Er ging durchs Wohnzimmer in die Küche, wo er ihre offene Handtasche auf dem Tisch fand, in der ihre Brieftasche und alles andere zu sehen war, das sie bestimmt mitgenommen hätte, wenn sie ausgegangen wäre. Mit einem Anflug von Besorgnis stieg er die Treppe hinauf. Als er ins Schlafzimmer trat, sah er einen Deckenberg auf dem Bett liegen – nicht nur den zur Wäsche passenden Patchworkquilt, sondern noch einen zweiten und ein Sammelsurium anderer Decken. Zugegeben, die Oktobernächte waren kühl, aber nicht so kühl. »Chelsea?«

Der Berg bewegte sich. Es folgte ein leiser, undefinierbarer Laut und dann wieder eine Bewegung. Er ging zum Bett und begann die Schichten zurückzuschlagen. Als er Chelseas Kopf schließlich fand, wandte sie ihn ihm mit einem halbgeöffneten Auge zu.

»Judd«, sagte sie mit einer heiseren Stimme, die keine Ähnlichkeit mit ihrer gewohnten hatte. »Was machst du hier?«

»Weißt du, wie spät es ist?« fragte er in barschem Ton, denn er wollte seine Besorgnis nicht zeigen.

Sie zuckte zusammen, machte das Auge zu und zog sich die Decken wieder bis zu den Ohren hoch.

»Es ist gleich halb eins. Fern hat dich zu erreichen versucht.«

»Nein, hat sie nicht«, murmelte sie.

»Warum bist du nicht ans Telefon gegangen?«

»Es hat doch gar nicht geklingelt.«

»Was ist los mit dir?« fragte er verärgert. Sie hielt sich nicht an die Spielregeln. Die Spielregeln schrieben vor, daß sie ihre Arbeit ihrer Zusage gemäß erledigte, im Büro erschien, wenn sie erwartet wurde, und ihr Baby bekommen würde, ohne irgend jemanden zu behelligen.

»Halb eins?« Sie stöhnte.

»Bist du krank?«

»Ich habe die ganze Nacht kein Auge zugetan. Erst bei Tagesanbruch war endlich Ruhe, und ich konnte einschlafen.«

Er zog die Decken von ihrem Gesicht und schaute es sich genauer an. Sie sah völlig erschöpft aus und leuchtend blaß. So hatte er sie zuletzt gesehen, als sie noch die morgendliche Übelkeit geplagt hatte, wobei er damals nicht wußte, daß sie unter morgendlicher Übelkeit litt oder daß sie schwanger war – nur, daß sie manchmal aussah, als habe sie eine schlechte Nacht gehabt. So wie jetzt.

In sanfterem Ton fragte er: »Was war denn?«

Ihre Augen waren noch immer geschlossen, und sie lag noch immer zusammengerollt auf der Seite. »Ich weiß es nicht. Bis neun oder zehn war alles in Ordnung, und dann spielte plötzlich mein Magen verrückt. Es war grauenvoll. Mir ist noch nie so schlecht gewesen.«

Er legte prüfend die Hand an ihre Wange. Sie war kühl und weich – butterweich. »Hattest du Fieber?«
»Ich glaube schon.«
Auch ihre Haare waren weich. Er strich ihr eine Strähne hinters Ohr. Sie hatte hübsche Ohren – zarte Ohren. In dem, das er sehen konnte, glänzten zwei winzige Kreolen. Auch sie waren zart. Und obwohl es aus Flanell war, wirkte auch ihr hochgeschlossenes Nachthemd mit dem Streublümchenmuster zart – und überraschend unelegant.
»Ich hatte auch Schüttelfrost«, erklärte sie ihren Verdacht.
Ohne zu überlegen, schob er die Hand unter den Quilt und ließ sie an ihrem Arm entlang, der normal warm wirkte, zu ihrem Leib gleiten.
»Ist das Baby okay?«
»Es tritt wie noch nie. Wahrscheinlich hat es sich auch den Magen verdorben.«
Er zog seine Hand zurück, doch er spürte auch danach noch, was er gerade gespürt hatte. Ihr Bauch war hart gewesen – klein aber fest. Er wußte natürlich, daß darin ein Kind heranwuchs, aber es zu fühlen, war etwas ganz anderes. Beim ersten Mal war das Erlebnis durch seine Schmerzen beeinträchtigt gewesen – der Schmerz, den er jetzt empfand, war ein anderer.
»Was hast du denn gegessen?« fragte er, wiederum barsch, weil er sich über das Ziehen in seinen Lenden ärgerte.
»Nichts besonderes«, sagte sie mit immer noch heiserer Stimme. »Äpfel. Eine Menge Äpfel. Vielleicht war in einem ein Wurm.«
»Woher hattest du sie?« Manche der örtlichen Farmer verwendeten Insektizide. Er war von Chelseas Apfelkuchen nicht krank geworden – und er hatte mehr davon gegessen, als er jemals eingestehen würde –, und Leo auch nicht. Aber die Äpfel waren geschält und gekocht worden, vielleicht riefen sie ja nur im rohen Zustand eine Reaktion hervor.
»Von Farmer Galante«, antwortete sie, seine Gedanken lesend. »Er spritzt sein Obst nicht, und außerdem habe ich es vorher

gewaschen.« Sie verkroch sich wieder tiefer unter die Decken. »Ich muß noch ein bißchen schlafen.«
»Du hast deine Konferenzschaltung versäumt.« Wenn irgend etwas sie zum Aufstehen bewegen konnte, dann das. Dachte er.
Sie rührte sich nicht. »Die läuft mir nicht weg.«
Wider Willen besorgt, blieb er noch ein paar Minuten an ihrem Bett stehen, und als sie kein Lebenszeichen von sich gab, ging er in die Küche hinunter und nahm den Telefonhörer ab.
Kein Freizeichen. Er drückte mehrmals schnell hintereinander auf die Gabel. Noch immer kein Freizeichen. Er lief wieder in ihr Schlafzimmer hinauf und nahm dort den Hörer ab. Die Leitung war tot.
»Deine Telefone funktionieren nicht.«
Chelsea reagierte nicht.
Er schaute über den Deckenberg hinweg. Ihre Augen waren geschlossen, und der Hügel hob und senkte sich – leicht, aber regelmäßig – im Rhythmus ihrer Atemzüge. Vom Schimmer ihrer Haut fasziniert, blieb er eine Minute lang in ihre Betrachtung versunken stehen. Dann riß er sich, ärgerlich über sein pubertäres Verhalten, von ihrem Anblick los und verließ mit großen Schritten das Zimmer und das Haus.
Das Krankenhaus lag zehn Fahrminuten entfernt. Er erklärte Neil, was Chelsea geschehen war, sagte über die Klinikleitung der Telefongesellschaft und Fern Bescheid und fuhr zurück nach Boulderbrook.
Chelsea lag noch genauso da wie bei seinem Weggang. Wieder hörte er auf ihren Atem. Er war ebenso regelmäßig wie zuvor. Judd setzte sich – seinen Arm stützend, denn seine Schulter hatte zu schmerzen begonnen – vornübergebeugt auf den neben dem Bett stehenden Stuhl und ließ Chelsea nicht aus den Augen, bis es an der Haustür klopfte.
»Sie haben ja eine Ewigkeit gebraucht«, grollte er, als er den Arzt hereinließ.

Neil streifte seinen Mantel ab. »Zwanzig Minuten. Nur keine Panik, Judd.«
»Ich möchte nicht zwei Menschen auf dem Gewissen haben.«
»Sie werden nicht sterben.« Er streckte die Hand aus. »Gehen Sie vor.«
Soviel Judd sehen konnte, hatte Chelsea sich noch immer nicht gerührt. Neil zog die Decken bis zu ihren Hüften herunter und fühlte ihr am Handgelenk den Puls. »Tiefschlaf«, lautete seine erste Diagnose.
»Sie ist krank.«
»Bei unserer ersten Begegnung sah sie wohler aus«, gab Neil zu. Er holte das Stethoskop aus seiner Tasche und horchte sie ab. »Klingt gut.« Er legte die Hand auf ihren Leib, wartete einen Moment, bewegte sie ein Stück weiter, wartete wieder einen Moment, bewegte sie noch ein Stück weiter.
»Was spüren Sie?«
»Entweder einen Berg Äpfel oder ein Baby.«
Chelsea rührte sich, streckte ihre Beine, legte die Hand auf Neils – und schrak hoch.
»Neil!« keuchte sie, atemlos vor Schreck. »Was machen Sie hier?« Ihr Blick flog zu Judd. »Hast du ihn geholt? Aber ich bin wieder völlig in Ordnung.«
»Du hast ein Baby da drin, und wenn ihm etwas passiert, dann möchte ich mir das nicht auf *mein* Gewissen laden müssen.«
Neil verdrehte die Augen und bat Chelsea: »Erzählen Sie mir, was Sie Judd vorhin erzählt haben.«
»Es geht mir gut.«
»Erzähl's ihm!« befahl Judd.
Als er hörte, daß sie gehorchte, ging er hinunter auf die Veranda. Die kühle Luft tat ihm gut. Während er seine Lungen damit füllte, kam der Wagen der Telefongesellschaft an.
»In der Zentrale konnte ich keinen Defekt feststellen«, erklärte der Monteur. »Jetzt werd ich mich mal hier umsehen.«
Judd zeigte ihm den Weg und kehrte auf die Veranda zurück,

wo Neil sich, im Gehen seinen Mantel anziehend, kurze Zeit später zu ihm gesellte.

»Sie ist okay, das Baby auch. Ganz schön hart im Nehmen, das kleine Ding. Was immer es auch war, es ist ausgestanden. Und jetzt erzählen Sie mir nicht, daß Sie das beruhigt, weil Sie sich nichts auf Ihr Gewissen laden wollten, denn das ist kompletter Blödsinn. Sehen Sie der Tatsache ins Gesicht: Sie waren besorgt, weil Sie sie mögen.«

Judd sah keinen Sinn darin, es abzustreiten – Neil hatte sich seine Meinung bereits gebildet. »Sie ist ein verdammter Dickschädel. Wissen Sie, daß sie immer noch Aerobic macht?«

»Aber nur in entschärfter Form. Eine Schwangerschaft ist keine Krankheit, Judd, der weibliche Körper ist dafür vorgesehen.«

Judd setzte gerade zu einer Erwiderung an, als der Mann von der Telefongesellschaft mit triumphierender Miene um die Hausecke bog, und so sagte er statt dessen: »Das ging aber schnell.«

»Es dauert ja auch nicht lange, durchgeschnittene Leitungen zu orten.«

»Durchgeschnittene Leitungen?« Judd fröstelte plötzlich.

»Richtig. Kurzerhand abgeknipst.« Der Mann steuerte auf seinen Wagen zu. »Aber das ist kein Problem«, rief er über die Schulter. »In ein paar Minuten funktionieren die Telefone wieder.«

Judd schaute Neil an, der nun zum ersten Mal ebenfalls besorgt aussah. »Da steckt eindeutig eine Absicht dahinter.«

»Genau wie hinter den mysteriösen Anrufen, und vielleicht auch hinter dem abgebrannten Stall. Hier geht etwas Merkwürdiges vor, Judd. Ich werde auf dem Rückweg ins Krankenhaus bei Nolan reinsehen und ihn hier rausschicken.«

»Danke«, sagte Judd, doch als Neil sich von ihm verabschiedete, war er mit seinen Gedanken schon ganz woanders. Die Vorstellung, daß jemand Chelsea etwas Böses wollte, behagte ihm ganz und gar nicht, und daß sie allein in Boulderbrook wohnte, behagte ihm ebensowenig. Er wünschte, sie würde nach Baltimore fahren und für die Dauer von Nolans Nachforschungen dort bleiben, aber er bezweifelte, daß er sie dazu überreden könnte: Ihr Vater wußte noch immer nichts von ihrer Schwangerschaft.

Plötzlich erschien ihm das völlig verrückt. Er ging in die Küche, und holte ohne Gewissensbisse ihre Handtasche, nahm ihr Adreßbuch heraus und schlug es auf, hob den Hörer ab, erkannte, daß die Leitung noch immer tot war, und knallte ihn auf die Gabel. Sich schwörend, daß er den Anruf später nachholen würde, kehrte er in ihr Schlafzimmer zurück.

Das Deckenchaos war geordnet, und Chelsea lag mit dem Gesicht zur Tür auf der Seite und schaute ihm entgegen.

»Neil sagt, du seist wieder okay.«

»Das habe ich doch schon vorhin gesagt.«

»Hat er dir irgendwelche Essensvorschriften gemacht?«

»Ich darf essen, was ich will.«

»Und was willst du?«

»Nichts.«

Er wollte sie darauf hinweisen, daß das Baby aber vielleicht Hunger hätte, ließ es dann jedoch. Wahrscheinlich war ihr Magen noch ziemlich wund. Statt dessen eröffnete er ihr: »Die Telefonleitungen sind durchgeschnitten worden.«

Ihre Augen weiteten sich.

»Neil schickt Nolan her, vielleicht findet er Fußspuren.«

»Durchgeschnitten?« fragte sie bestürzt.

»Irgend jemand will dir Angst einjagen, Chelsea, und allmählich ist es nicht mehr komisch. Ich finde, du solltest für eine Weile wegfahren.«

»Kommt nicht in Frage!«

»Dann wenigstens übers Wochenende. Besuch deinen Vater. Das ist längst überfällig.«

Traurigkeit schlich sich in ihre Augen. »Das kann ich nicht«, flüsterte sie. »Noch nicht.«

»Wenn nicht jetzt, wann dann? Zu Thanksgiving? Weihnachten? Nach der Geburt des Babys?«

Sie drehte sich auf die andere Seite, wandte ihm den Rücken zu.
»Hallo? Jemand zu Hause?« rief eine Stimme von unten. »Die Telefone sind wieder okay!«
Als Chelsea nicht reagierte, ging Judd in die Küche hinunter, um den Anruf zu erledigen. Der Monteur war weg, aber Hunter war da! Er lehnte neben dem Telefon an der Arbeitsplatte und hatte Chelseas Brieftasche in der Hand.
»Was machst du da?« Judd war immer noch verärgert über Hunters Verschwinden. Oliver hatte ihm ständig deswegen in den Ohren gelegen, und dann war da auch noch seine Schulter – er hätte Hilfe brauchen können.
Hunter hielt ihren Führerschein hoch. »Ich habe mir das Foto angeschaut. Es ist scheußlich.« Provozierend langsam steckte er die Fahrerlaubnis zurück, und in Judds Kopf machte es klick.
»Hast du die Telefonleitungen gekappt?«
Hunter antwortete ihm mit einem vernichtenden Blick.
»Warum bist du dann hier?«
»Ich hatte gehört, daß sie krank ist.«
»Es geht ihr schon wieder besser.«
»Wie schade.« Hunter schlug den Kragen seiner Lederjacke hoch, nahm seine Handschuhe von der Arbeitsplatte und steuerte auf die Tür zu. »Wir sind ihr nicht weit voraus, es wäre wirklich an der Zeit, daß sie ein bißchen Pech hätte.« Er verschwand in die Halle hinaus.
Judd lief ihm nach. »Was, zum Teufel, soll das heißen?«
Hunter verließ das Haus.
»Hast du die Leitungen gekappt?«
Hunter blieb stehen, schaute zu Boden und dann über seine Schulter Judd an. »Nein, jemand anderer ist mir zuvorgekommen.« Damit ging er weiter.
Diesmal folgte Judd ihm nicht – er kannte ihn lange genug, um Bosheit von Angeberei unterscheiden zu können. Hunter mochte Chelsea, er würde ihr nie irgendwelchen Schaden zufügen. Allerdings nagte etwas an ihm, und Judd war entschlossen,

herauszufinden, was es war, aber nicht jetzt. Im Augenblick hatte er Dringenderes zu tun.
Er kehrte in die Küche zurück und tippte Kevins Nummer ein. Er konnte dem Mann nicht sagen, daß seine Tochter schwanger war – das war Chelseas Aufgabe –, aber er konnte ihm sagen, daß sie in Gefahr schwebte. Er war ihr Vater, und sie vergötterte ihn. Wenn irgend jemand die Chance hatte, sie zur Vernunft zu bringen, dann war er es.
Nachdem er es zwanzig Mal hatte läuten lassen, ging er wieder hinauf ins Schlafzimmer, wo Chelsea mit gesenktem Kopf und sich rechts und links mit den Händen abstützend, auf der Bettkante saß. Er fühlte sich mehr denn je zu ihr hingezogen, doch er zwang sich, Abstand zu halten. »Bist du okay?«
Sie nickte. »Wer kann meine Telefonleitungen durchgeschnitten haben?«
»Da kommen eine ganze Reihe Leute in Frage.«
Mit kleiner Stimme sagte sie: »Hunter war hier, nicht wahr?«
»Kurz.«
»Er war wütend auf mich. Ich weiß nicht, warum, aber ich bin sicher, daß das der Grund für sein Verschwinden war. Er hat das doch nicht getan, oder?«
»Er könnte es getan haben – die nötigen Kenntnisse hat er –, aber ich glaube nicht, daß er es war.«
Sie stieß laut den Atem aus und stemmte sich mühsam hoch. Ihr Nachthemd war zerknittert, doch es umspielte ihre Gestalt anmutig, als sie zur Schrankkammer ging. Sie verschwand für einen Moment darin, kam mit einer kleinen Reisetasche wieder zum Vorschein, stellte sie aufs Bett, strich sich die Haare aus dem Gesicht und schaute Judd an.
»Ich werde nach Newport fahren. Dad ist so spät im Jahr nie dort, und so werde ich das Haus ganz für mich haben. Ich bleibe nur übers Wochenende, dann komme ich zurück.«
Judd hätte sie für ihre Vernunft mit einer Umarmung belohnt, wenn er nicht befürchtet hätte, sie dann nicht mehr loszulassen.

Er wußte, was ihn an ihr so anzog – sie war, schwanger oder nicht, ausgesprochen sexy –, aber das machte es ihm nicht einfacher, sich zu beherrschen. Zum hundertsten Mal wünschte er, sie wäre ebenso kalt und glatt und ehrgeizzerfressen wie Janine, dann könnte er seine Abwehrhaltung vielleicht aufrechterhalten, aber wie sie da mit ihrem blassen, von einer wirren Lockenflut eingerahmten Gesicht und ihrem in einem langen Großmutternachthemd steckenden biegsamen Körper vor ihm stand, hatte sie nicht die entfernteste Ähnlichkeit mit Janine. Sie wirkte zart und verletzlich.

Warum also kämpfte er gegen seine Gefühle an? fragte er sich und begann im Geist eine Liste aufzustellen. Erstens war sie von einem anderen Mann schwanger. Zweitens hatte sie ihm diese Tatsache verschwiegen. Drittens war sie unter Vorspiegelung falscher Tatsachen nach Norwich Notch gekommen, denn weit mehr als ihre Partnerschaft mit Plum Granite lag ihr am Herzen, herauszufinden, wer ihre leiblichen Eltern waren und warum sie zur Adoption freigegeben worden war. Viertens – und wichtigstens – war sie einfach nicht die Richtige für ihn. Er wünschte sich eine liebe, sanfte Frau, die ihm völlig ergeben war, die ihn als ihre Lebensaufgabe ansah und nicht das Entwerfen von Gebäuden oder das Aushandeln optimaler Scheidungsbedingungen. Im Augenblick saß er Leos wegen in der Stadt fest, aber Leo würde nicht ewig leben, und wenn er irgendwann einmal nicht mehr wäre, wollte Judd eine Frau an seiner Seite haben, die mitzog, wenn er über sein weiteres Leben entschied.

Altmodisch? Ja, das war er – und stolz darauf –, und dazu gehörte auch ein Edelmut, der gelegentlich bis zur Selbstaufopferung ging. Zumindest sagte er sich das, als er eine Stunde später mit Chelsea in den Highway einbog. Mit ihr zusammenzusein war eine Qual für ihn, aber er brachte es nicht über sich, sie allein loszuschicken.

»Das ist wirklich unnötig«, sagte sie zum x-ten Mal seit seiner Eröffnung, daß er sie begleiten wolle, je öfter sie es gesagt hatte,

um so entschlossener wurde er. »Ich hätte ohne weiteres allein fahren können.«
Er stieß einen Protestlaut aus. »Du siehst aus, als könnte ein Windhauch dich umblasen.« Und mit ihren Jeans, dem Pullover, dem übergroßen Parka, dem ungeschminkten Gesicht und dem Pferdeschwanz sah sie außerdem aus wie sechzehn. Es erschien ihm unglaublich, daß sie achtunddreißig war und bald Mutter würde.
»Es wäre sinnvoller gewesen, wenn du dich um Leo gekümmert hättest.«
»Leo ist in guten Händen, und du brauchst einen Chauffeur.«
»Dein Arm tut doch immer noch weh.«
»Beim Fahren nicht.«
»Aber als du die Tasche in den Kofferraum stelltest, war es so, das habe ich an deinem Gesicht gesehen.«
»Die Fäden sind gerade erst gezogen worden, und er ist steif, das ist alles.«
»Er ist völlig unbeweglich, du kriegst ihn ja nicht mal hoch.«
Du kriegst ihn ja nicht mal hoch. Wenn es nur so wäre! Er warf ihr einen gespielt entrüsteten Blick zu und sah mit diebischem Vergnügen, daß ihre Wangen sich röteten.
»Du weißt genau, was ich meine«, murmelte sie und verkroch sich so tief in ihren Parka, daß er ihr Gesicht nicht mehr sehen konnte, doch er erkannte an der Entspannung ihrer Glieder, wann sie einschlief. Sie wachte genau rechtzeitig auf, um ihn zu dem Haus zu dirigieren, wo sie in ihr Schlafzimmer verschwand, eine dicke Wolldecke aus dem Schrank holte, sich damit auf dem Bett zusammenrollte und augenblicklich einschlief.
Judd ging auf Entdeckungsreise. Das Haus war groß, alt und überraschend schmucklos. Die beiden bemerkenswertesten Dinge daran waren die umlaufende Veranda und der Bootssteg, der weit über das Wasser hinausführte. Er setzte sich für eine Weile ans äußerste Ende der stabilen Holzkonstruktion, atmete die

Meeresluft ein und dachte, daß die Küste kein schlechter Platz wäre, um sich irgendwann einmal niederzulassen. Er war immer im Landesinneren eingesperrt gewesen, und hier empfand er ein Gefühl der Befreiung.

Von diesem Gefühl getragen, stieg er ins Auto und fuhr eine Zeitlang durch die Gegend. Er war vor Jahren schon einmal in Newport gewesen, und seitdem hatte sich – einschließlich des Supermarkts – nichts verändert. Da er nicht zu Mittag gegessen hatte, es allmählich dunkel wurde und der Kühlschrank des Kane-Hauses leer war, hielt er an, um Lebensmittel einzukaufen.

Als er zurückkam, saß Chelsea, in ihre Decke gewickelt, auf der Veranda in einem Schaukelstuhl und starrte auf das dunkler werdende Meer hinaus. Er hockte sich, mit dem Rücken an den Pfosten gelehnt, auf das dicke Holzgeländer.

»Wie geht's dir?«

»Besser.«

Soviel er erkennen konnte, sah sie auch wieder wohler aus – und hellwach.

»Ich bin immer sehr gerne hier gewesen«, sagte sie mit einem verträumten Unterton in der Stimme. »Das Leben war nicht so förmlich wie in der Stadt. Wir hatten mehr Spaß. Viele Familien verbrachten wie wir jeden Sommer hier, und wir Kinder steckten immer zusammen.«

»Was habt ihr denn den ganzen Tag gemacht?« fragte Judd. Er konnte sich nicht vorstellen, wochenlang untätig zu sein. Er hatte diesen Luxus nie erlebt, wüßte wahrscheinlich gar nicht, was er mit soviel Freizeit anfangen sollte, wenn er sie plötzlich zur Verfügung hätte.

»Wir gingen Segeln – natürlich«, fügte sie mit einem einfältigen Lächeln hinzu. »Wir lagen unbekümmert in der Sonne, ohne uns Gedanken über Hautkrebs zu machen. Wir schwammen und spielten im Club Tennis. Als wir alt genug waren, machten wir die Straßen unsicher. Es war eine unbeschwerte Zeit.«

»Carls Familie war auch hier?«
»Hm.« Sie wickelte sich fester in die Wolldecke. Der vom Wasser hereinwehende Wind frischte auf, und gleichzeitig wurde die Luft kühler. Judd fragte sich, ob Chelsea wohl warm genug eingepackt war.
»Denkst du viel an ihn?«
»An Carl?« Sie zuckte die Schultern. »Ich versuche es zu vermeiden.«
»Vermißt du ihn?«
»Nur als Freund. Aber die Situation ist total verfahren. Ich meine, es ist sein Baby, und er ist mit Hailey verheiratet ... Eigentlich hat sich alles logisch entwickelt, aber wenn ich, wie jetzt, nur an die Fakten denke, fühle ich mich billig.«
»Wenn sich einer billig fühlen sollte, dann er, immerhin ist er zweigleisig gefahren.«
Ihre Antwort erschöpfte sich in einem Zucken der Augenbrauen. Dann suchte sie seinen Blick.
»Judd, hat Matthew Farr wirklich ein Verhältnis mit seiner Schwägerin?«
»Wo hast du das gehört?«
»Bei der Teeparty gestern nachmittag. Stimmt es?«
»Gut möglich. Matthew ist nicht gerade ein Ausbund an Anstand, und er liebt Joanie schon seit vielen Jahren.«
Chelsea runzelte die Stirn. »Warum hat er dann Donna geheiratet?«
»Weil Joanie ihm vor der Nase weggeschnappt wurde und weil seine Eltern ihn drängten, endlich zu heiraten. Er war mit Mitte Dreißig noch immer Single, und die Leute hielten ihn schon für schwul.«
»Du bist auch Single, aber dich halten sie nicht für schwul.«
»Nein«, bestätigte er mit einem kleinen selbstgefälligen Lächeln. »Das tun sie nicht.« Doch das klang ihm selbst zu eitel, und so fügte er hinzu: »Ich war ja verheiratet, und außerdem gelten für einen Farr andere Maßstäbe als für einen Streeter. Ich tue, was

ich will.« Ein Beispiel dafür war dieses Wochenende: Es würde Gerede geben, wenn er morgen früh nicht im Steinbruch erschiene, doch das scherte ihn keinen Deut.

»Was ist mit Donnas Gehör?« fragte Chelsea. »Wie hat sie es verloren?«

»Ich weiß es nicht genau«, antwortete Judd ehrlich.

»Margaret sagte, es sei eine Krankheit daran schuld, aber die Frau, mit der ich bei der Teegesellschaft sprach, sagte, Margaret sei schuld daran.«

Er hatte Gerüchte gehört, die darauf hindeuteten. Angesichts von Margarets darauffolgendem Nervenzusammenbruch und der Art, wie sie seitdem über Donna wachte, erschien es ihm einleuchtend. Schuldgefühle hatten die Eigenschaft, Menschen überfürsorglich zu machen.

»Es gibt keine Beweise dafür.«

»Was könnte Margaret getan haben?«

»Weiß ich nicht, ich war damals noch ein Kind.«

»War Donna im Krankenhaus?«

»Ja, eine Weile. Dann ging sie irgendwo auf eine Spezialschule, und als sie zurückkam, stellten wir ihr keine Fragen.«

»Sie tut mir so leid.« Chelsea sah tief betrübt aus. »Matthew geht schrecklich mit ihr um. Wie kann Oliver sich das ansehen, ohne einzugreifen?«

»Oliver sieht nur, was er sehen will, und was ihm mißfallen könnte, sieht er vorsichtshalber nicht.«

»Ist Hunter sein Sohn?«

»Wahrscheinlich.«

»Wird er ihn je anerkennen?«

»Nicht, solange Margaret lebt – sie würde sich verletzt und gedemütigt fühlen.«

»So fühlt sich Hunter seit vielen Jahren«, sagte Chelsea.

»Ich sage ja nicht, daß das richtig ist, aber so ist es nun mal.«

»Warum kämpft Hunter nicht um seine Anerkennung? Er könnte Oliver doch die Pistole auf die Brust setzen. Mich an seiner Stelle würde es verrückt machen, nicht zu wissen, ob der Mann mein Vater ist.«

»Es macht Hunter verrückt.«

»Warum unternimmt er dann nichts?«

»Warum tust du es nicht?« Die Frage beschäftigte ihn schon seit längerem.

»Was meinst du damit?« fragte sie leise.

»Du bist jetzt seit vier Monaten in Notch, und daß du dort geboren wurdest, weißt du schon viel länger. Warum hast du nicht mehr unternommen, um herauszufinden, wer deine leiblichen Eltern sind?«

Sie runzelte die Stirn. Ihr Blick wanderte aufs Meer hinaus und blieb dort. Schließlich sagte sie: »Es ist schwierig. Ein Teil von mir möchte die ganze Wahrheit erfahren, der andere ist damit zufrieden, einfach nur in Notch zu sein.«

»Was ist mit dem Schlüssel?« Sie hatte ihn erwähnt, als sie sich im August gestritten hatten, und er war ihm seitdem immer wieder eingefallen. »Wozu paßt er?«

»Ich weiß es nicht.«

Er konnte nicht fassen, daß sie nicht alles daran gesetzt hatte, eine Antwort auf diese Frage zu bekommen. »Vielleicht zu einem Bankschließfach?«

»O nein, es ist kein solcher Schlüssel. Er muß zu einer Spieldose gehören.«

Diese Äußerung ließ ein Bild vor Judds geistigem Auge erstehen, und er starrte Chelsea eine Minute lang durchdringend an. Dann schüttelte er den Kopf.

»Was ist?« wollte sie wissen.

»Im Friseursalon hängt eine Uhr an der Wand. Wenn kleine Kinder kommen, die sich vor dem Haareschneiden fürchten, dann besticht Zee sie mit dem Versprechen, die Uhr für sie aufzuziehen.« Chelsea war in ihrem Stuhl hochgefahren, und so setzte er hastig hinzu: »Aber Zees Tochter kannst du nicht sein, er wurde im Zweiten Weltkrieg als italienischer Widerstands-

kämpfer gegen das Dritte Reich verletzt und ist seitdem zeugungsunfähig.«
Doch sie war noch nicht überzeugt. »Bist du sicher?«
»Er hat es meinem Vater mehr als einmal erzählt. Als Dad so fertig war, weil er keine Frau mehr hatte, sagte Zee zu ihm, er habe großes Glück, wenigstens ein Kind zu haben, was ihm nicht vergönnt sei.«
Chelsea entspannte sich und lehnte sich wieder in ihrem Schaukelstuhl zurück.
»Also, was willst du wegen des Schlüssels unternehmen?« So wie Judd es sah, würde sie mit dem Rätsel um den Schlüssel auch das Rätsel um ihre leiblichen Eltern lösen, und wenn ihr das gelänge, könnte sie Norwich Notch verlassen. Sie behauptete, die Stadt zu mögen, und es wäre interessant zu sehen, wie lange sie noch bleiben würde, wenn sie keinen Grund mehr dazu hätte.
»Ich weiß es nicht«, sagte sie leise.
»Soll ich es in die Hand nehmen?« Man konnte es Hilfe nennen oder einen Anstoß, der Erfolg wäre der gleiche. »Es würde mir nichts ausmachen.«
Im ersten Augenblick war sie überrascht, dann wurde sie nachdenklich.
»Ich müßte ja nicht verraten, daß er dir gehört«, machte er ihr seinen Vorschlag schmackhaft.
»Du würdest dich unauffällig erkundigen?«
»Selbstverständlich.«
Wieder dachte sie nach.
»Was hast du zu verlieren?« fragte er.
»Es ist meine Aufgabe.«
»Aber du hast sie bis jetzt nicht in Angriff genommen.«
Er sprang vom Geländer. »So wie ich die Sache sehe, könnte, wer immer deiner Mutter den Schlüssel geschickt hat, diesen Monat noch leben und im nächsten schon tot sein. Willst du das riskieren?«
»Nein.«

Auf dem Weg zur Hintertür sagte er: »Bei meinem Vater habe ich Mist gebaut, ich kam erst zurück, als kein sinnvolles Gespräch mehr möglich war. Begeh nicht den gleichen Fehler, Chelsea.« Er öffnete die Tür. »Ich mach was zu essen, wenn du Hunger hast, komme rein.«

An diesem Tag dachte Chelsea nicht mehr viel nach – die strapaziöse Nacht, die der verdorbene Magen ihr bescherte, hatte sie so entkräftet, daß sie zu keinen Überlegungen fähig war. Doch als sie am nächsten Morgen aufwachte, fiel ihr ein, was Judd gesagt hatte, und sie kam zu dem Schluß, daß er recht hatte. Sie durfte nicht länger zögern. Die Wege des Schicksals waren verwinkelt genug, und wenn sie noch länger wartete, würden sie vielleicht zum Labyrinth.

Erst später am Nachmittag sah sie Judds Ermahnung in einem anderen Licht. Nachdem sie einige Stunden am Ende des Stegs gesessen und die Boote beobachtet hatten, die vor dem Wind aus der Bucht hereinsegelten, machten sie sich gerade in der Küche heiße Schokolade, als die Tür aufging und Kevin hereinkam.

Auf Chelseas Gesicht erschien ein überraschtes Lächeln, und Kevin reagierte ebenso, und für einen Moment hatte sie die wilde Hoffnung, daß alles in Ordnung kommen würde. Dann sah er ihren Bauch. Sein Blick wandelte sich von Ausdruckslosigkeit zu Verwirrung. Langsam weiteten sich seine Augen, sein Lächeln erlosch, seine Miene verfinsterte sich.

Es war ein Unwetter im Anzug. Das Schicksal hatte wieder einen Haken geschlagen, und diesmal gab es kein Entrinnen. Resigniert, ja, sogar erleichtert, hob Chelsea ihr Kinn und begegnete mutig Kevins starrem Blick.

Zwanzigstes Kapitel

Es kommt im Februar«, sagte Chelsea und wartete auf eine Reaktion. Sie wollte, daß Kevin lächelte. Sie wollte, daß er genauso aufgeregt wäre wie sie. Er war ihr Vater, und sie erwartete seinen Enkel und wollte, daß Harmonie zwischen ihnen herrschte.

Doch er stand da wie versteinert. Sie wußte, was in ihm vorging: Er war ein nüchterner Denker und ein disziplinierter Mann, und so versuchte er sich auszurechnen, wann sie schwanger geworden war, versuchte sich zu erinnern, mit wem sie damals zusammengewesen war, und versuchte, den Schock zu überwinden.

Sie überlegte gerade, wo sie mit ihrer Erklärung beginnen sollte, als Judd von hinten herantrat. Er berührte sie nicht, stand ihr nur bei, indem er neben sie trat. »Es ging sehr schnell«, sagte er.

»Das tut es immer«, spöttelte Kevin. »Im Februar. Jetzt haben wir Oktober. Du hast also mehr als die Hälfte hinter dir. Warum habe ich es nicht früher erfahren?«

Die Frage kam ihr wie ein Echo vor – sie schien sie schon sooft gehört zu haben –, aber sie hatte ihr Bestes getan. »Ich wollte es dir ja erzählen. Ich hätte es am Vierten Juli getan, aber da hast du mich hier nicht treffen wollen. Ich hätte es am Labour Day getan, aber da hattest du andere Pläne, und du warst auch nicht bereit, zu meinem Wochenende der offenen Tür nach Norwich Notch zu kommen. Ich wollte es dir persönlich sagen und nicht am Telefon.«

»Woher wußtest du, daß ich dieses Wochenende hier sein würde?«

»Wir wußten es nicht«, kam Judd ihr zuvor. »Es war nur eine

begründete Vermutung. Sie gingen in Baltimore nicht ans Telefon, und Chelsea wußte nichts von anderweitigen Plänen.«
Sie warf ihm einen neugierigen Blick zu, und auch Kevin wandte sich ihm zu. »War diese Schwangerschaft beabsichtigt?« fragte er.
»Ursprünglich nicht«, erwiderte Judd.
Kevins Miene verfinsterte sich erwartungsgemäß, denn für ihn gab es nur schwarz und weiß. »Entweder war sie es, oder sie war es nicht.«
»Sie war es nicht, aber das Baby ist willkommen.«
»Du sagtest doch, du wolltest keine Kinder, bis du über deine Herkunft Bescheid wußtest«, richtete Kevin das Wort wieder an Chelsea. »Hast du es so schnell herausgefunden?«
»Nein.«
»Und du bist trotzdem schwanger geworden?« Er schaute mißbilligend auf ihre Hände hinunter. »Ich sehe keinen Ring.« Er fixierte Judd. »Wird das Kind etwa unehelich geboren?«
»Nur, wenn Chelsea darauf besteht.«
Der Blick wurde noch neugieriger. Judd wußte doch, daß sie Carl nicht heiraten konnte.
»Sie weiß nicht immer, was das Beste für sie ist«, sagte Kevin.
»Doch, das tue ich!« protestierte sie.
Zornig wandte er sich ihr zu. »Es hätte mich nicht überrascht, wenn es damals passiert wäre, als du siebzehn warst und dich mit dieser Hippie-Bande herumtriebst, aber jetzt solltest du eigentlich erwachsen sein, ein verantwortungsbewußter, reifer Mensch. Ist es verantwortungsbewußt, ein uneheliches Kind zu bekommen? Ist das deine Art, die Erinnerung an deine Mutter zu ehren?«
Chelsea zuckte zusammen, als hätte er sie ins Gesicht geschlagen, doch er achtete gar nicht darauf.
»Abby wünschte sich ebenso sehnlich Enkel wie ich, und du hattest reichlich Gelegenheit, unserem Wunsch auf legitime Weise zu entsprechen. Statt dessen wartetest du und wartetest.

Hat dich plötzlich die Torschlußpanik gepackt, oder hast du nur den Blick dafür verloren, was richtig und was falsch ist? Haben wir dir überhaupt nichts beibringen können? Himmels willen, Chelsea, was geht in deinem Kopf vor?«
Sie zitterte innerlich wie Espenlaub. Sicher, er war ein konventioneller Mensch, das wußte sie schon ihr Leben lang, aber hier ging es doch auch um das Baby. »Freust du dich denn gar nicht?«
»Wie könnte ich mich freuen? Du bist gegen meinen ausdrücklichen Wunsch in diese Stadt gezogen, und jetzt bist du schwanger, und ich habe dich verloren.«
»Nein, das hast du nicht. Ich werde weiter hin und her pendeln, und im nächsten Juni bin ich vielleicht endgültig wieder in Baltimore.«
»Würden Sie das zulassen?« fragte Kevin Judd.
»Wenn das ihr Wunsch wäre, würden wir schon eine Regelung finden.«
»Wovon redest du?« fragte Chelsea Judd entgeistert.
Auch Kevin wandte sich an ihn. »Weigert sie sich, Sie zu heiraten?«
Plötzlich ging Chelsea ein Licht auf.
»Boah!« sagte sie und wich ein paar Schritte zurück. »Boah!« wiederholte sie noch einmal nachdrücklicher und starrte Judd empört an. »Was bildest du dir eigentlich ein?«
Er streckte die Hand nach ihr aus. »Chelsea . . .«
Sie wich noch einen Schritt zurück und hob abwehrend die Hände. »Nein.«
»Es wäre das Beste.«
»Nein.« Sie schaute ihren Vater an. »Ich muß ein Mißverständnis aufklären, das aufgrund einer vorschnellen Schlußfolgerung deinerseits entstanden und durch Judds spontanen Versuch, darauf einzugehen, unterstützt worden ist. Das Baby ist nicht von ihm – es ist von Carl.«
»Von Carl!«

Das Zittern in ihrem Innern hatte sich gelegt, sie fühlte sich plötzlich stark. »Carl und ich waren nur ein einziges Mal zusammen. Es war ganz am Ende – die letzte Bemühung, eine Beziehung aufzubauen. Als ich feststellte, daß ich schwanger war, waren Carl und Hailey nicht nur bereits ein Paar, sie war noch dazu ebenfalls schwanger. Darum diese überstürzte Heirat. Und darum ging ich nicht zu ihrer Hochzeit.«
Kevin stand da wie vom Donner gerührt. »Von Carl?«
»Ich bedauere nicht, daß er Hailey geheiratet hat, sie paßt viel besser zu ihm, als ich es getan hätte.« Sie warf Judd einen ärgerlichen Blick zu: »Das letzte, was ich möchte, wäre, nur wegen eines Kindes zu heiraten.« Und zu Kevin sagte sie: »Ich habe Carl noch nichts von dem Baby erzählt, weil es nicht dringend ist. Irgendwann wird er es erfahren – wenn es nicht mehr so riskant ist. Ich habe Carl immer als Freund geliebt. Jetzt hat er mir etwas sehr Schönes gegeben. Zumindest ist es für mich schön. Für ihn wäre es das nicht, denn es würde Hailey tief treffen und ihr Zusammenleben mit ihm schwer belasten, wenn ich ihn einweihte, und das möchte ich nicht.« Ihre Kraft begann zu schwinden. »Das war einer der Gründe für meinen Umzug nach Norwich Notch: Ich wollte nicht, daß Carl mir meinen Zustand anmerkte, und das wäre zwangsläufig passiert, wenn wir weiterhin täglich zusammengearbeitet hätten.«
»Er hätte sich scheiden lassen«, behauptete Kevin. »Tom und Sissy hätten darauf bestanden! Er hätte dich geheiratet.«
»Aber das wollte ich doch gar nicht!« rief sie frustriert. »Hör mir zu, Dad: Carl und ich lieben uns nicht auf diese Weise! Das habe ich dir monatelang klarzumachen versucht, aber ich stieß auf taube Ohren. Unser sexuelles Zusammensein war armselig, weil wir nicht ineinander verliebt waren. Wenn wir geheiratet hätten, wäre es nur eine Frage der Zeit gewesen, bis sogar unsere Freundschaft geendet und unsere ablehnende Haltung sich auch auf das Baby übertragen hätte. Es ist viel besser so, und ich bin viel glücklicher.«

Kevin stand, noch immer im Mantel, mit hängenden Schultern und einem verständnislosen Gesichtsausdruck vor ihr.
»Ich bin wirklich glücklicher so«, wiederholte sie und brachte ein schwaches Lächeln zustande. »Und ich freue mich auf das Baby. Noch mehr würde ich mich allerdings darauf freuen, wenn ich wüßte, daß du es ebenfalls tätest.« Sie hatte alles gesagt, was sie für wichtig hielt, und da sie spürte, daß sie gleich in Tränen ausbrechen würde, flüsterte sie: »Ich bin müde«, und floh aus der Küche.
Als sie sich wieder hinuntertraute, war es dunkel geworden. Es waren keine Stimmen zu hören, die ihr den Weg gewiesen hätten, aber in dem aufs Meer hinausgehenden Panoramafenster spiegelte sich eine Lampe, was sie veranlaßte, ins Wohnzimmer zu gehen. Judd lehnte in einer Ecke des Sofas und wandte ihr das Gesicht zu, als ihr Spiegelbild in der Glasscheibe erschien.
»Wo ist er?« fragte sie leise.
»Weg.«
Das hatte sie befürchtet, aber so sehr sie sich auch den Kopf zermartert hatte, als sie im Dunkeln auf ihrem Bett lag – es war ihr keine Möglichkeit eingefallen, ihn zum Bleiben zu bewegen. Sie ging zum Fenster und lehnte leicht die Stirn an die Scheibe. Sie hatte das Gefühl, sich mit ihrem Baby winzigklein in einem riesigen leeren Raum zu befinden.
Als Judd die Arme um sie schlang, wehrte sie sich nicht, sie sehnte sich so sehr nach Trost, daß es sie nicht kümmerte, was er von ihr dachte. Sie drehte sich in seinen Armen um, vergrub das Gesicht an seiner Schulter und fing an zu weinen. Sie wollte es eigentlich gar nicht, aber die Tränen ließen sich nicht zurückhalten. Chelsea krallte sich in Judds Pullover und klammerte sich an den einzigen greifbaren Trost, den es in diesem Augenblick in ihrer Welt gab.
Er sagte nichts, drückte sie nur an sich und ließ sie weinen.
Irgendwann flossen die Tränen langsamer, wurde der Atem ruhiger, verebbte das Schluchzen. Du kannst ihn jetzt loslassen,

sagte sie sich, doch sie tat es nicht. Seine Umarmung war eine Wohltat, auf die sie noch nicht zu verzichten bereit war.
»Tut mir leid«, flüsterte sie und legte die Wangen an seine Brust. »Er tut mir so weh.«
»Das habe ich ihm gesagt, und noch andere Dinge, die ich vielleicht nicht hätte sagen sollen. Es kann sein, daß ich ihn damit vergrault habe.«
»Bestimmt nicht, er ist meinetwegen gegangen.« Ein dicker Kloß bildete sich in ihrer Kehle, und es dauerte eine Weile, bis sie wieder sprechen konnte. »Seine Abwehrhaltung begann kurz nach Abbys Tod, und ich glaube, er wäre froh, wenn ich an ihrer Stelle gestorben wäre.«
»Nein.« Judd strich ihr eine Haarsträhne aus dem Gesicht.
»Ich glaube nicht, daß er mich noch liebt. Vielleicht hat er es nie getan. Die Adoption war Abbys Idee, er war gar nicht begeistert davon, ein fremdes Kind ins Haus zu holen. Wahrscheinlich wäre er völlig zufrieden damit gewesen, mit Abby allein zu leben.«
»Er liebte dich, Chelsea.«
»Nicht genug.«
»Genug, um deine Teenagerjahre durchzustehen.«
»Damals war Mom da, sie wirkte als Puffer zwischen uns. Mit ihr scheinen auch seine Gefühle für mich gestorben zu sein.«
»Nein, es liegt an Norwich Notch. Und an dem Baby. Er braucht Zeit, sich darauf einzustellen.«
Chelsea wünschte sich, daß es so wäre. Sie wünschte sich sehnlich, daß Kevin auf einen versöhnlichen Kurs umschwenken würde. »Ich möchte, daß er am ersten Geburtstag des Kindes dabei ist, und am zweiten und am dritten, aber ich fürchte, daß er nicht einmal nach der Geburt kommen wird.«
»Er braucht Zeit.«
»Aber ich habe keine!« rief sie. »Ich bin schwanger, verdammt noch mal, und das Baby wird nicht in meinem Bauch warten, bis Dad zur Vernunft kommt. Was ist los mit ihm?«

»Schhhh.« Judd strich mit einer Hand ihre Haare nach hinten, mit der anderen hielt er sie fest.
Sie atmete tief ein, sie liebte seinen Duft – er war frisch, leicht zitronig und männlich, und sie hatte ihn vermißt.
»Was soll ich also tun? Soll ich ihm weiter nachlaufen? Soll ich ihn zu Thanksgiving einladen? Oder soll ich mich aus seinem Leben verabschieden und ihn vergessen lassen, daß er jemals eine Tochter adoptiert hat?«
»Auf keinen Fall!« lehnte Judd ihre letzte Alternative entschieden ab.
»Aber vielleicht will er das.«
»Das würdest du nicht sagen, wenn du vorhin dabei gewesen wärst. Er war außer sich. Wenn du ihm gleichgültig wärst, hätte er sich nicht so aufgeregt. Seit deine Mutter tot ist, braucht er dich mehr denn je, aber er will, daß du dich seinen Regeln entsprechend verhältst.«
»Das konnte ich noch nie gut. Was also wird aus mir? Ich wünsche mir eine Familie. Feiertage sind Familientage, und in der nächsten Zeit häufen sie sich. Ich will sie nicht allein verbringen.«
»Das mußt du auch nicht. Wenn du nichts mit Kevin unternimmst, kannst du Thanksgiving mit Leo und mir verbringen.«
Chelsea hob den Kopf. Sie hatte nicht vergessen, was er zu Kevin gesagt hatte, daß er bereit gewesen war, sich als Vater ihres Babys auszugeben, angedeutet hatte, daß er sie heiraten würde, wenn sie das wollte. Sie glaubte nicht, daß er wirklich soweit gehen würde – das anzunehmen, wäre reichlich dumm –, aber die Geste hatte sie gerührt. Vorsichtig fragte sie: »Dann sind wir also Freunde?«
Judd lächelte nicht oft, und darum war das leichte Zucken seiner Mundwinkel besonders kostbar. »Wir sind Freunde.«
»Bist du immer noch böse auf mich, weil ich schwanger bin?«
»Ja, aber wir können trotzdem Freunde sein. Wenn sich bis dahin nichts anderes für dich ergibt, feierst du Thanksgiving mit

uns. Dad hat dein Apfelkuchen trotz des Randes hervorragend geschmeckt, und wenn du diesmal einen mit Kürbis bäckst, wird er dich, auch wenn er sich an sonst nichts in seinem Leben erinnert, auf ewig lieben.«

Abgesehen von der unschönen Szene mit Kevin, war das Wochenende in Newport genau das, was Chelsea brauchte. Sie schlief stundenlang, aß, nachdem sie einmal angefangen hatte, mit großem Appetit und hatte in Judd einen angenehmen Gesellschafter. Sie war nicht so naiv, zu glauben, daß ihre jetzige Beziehung sich nicht wieder ändern würde, wenn sie nach Norwich Notch und zu ihren Verpflichtungen zurückkehrten, doch sie genoß diesen Urlaub in vollen Zügen. Es war der erste seit Monaten.

Es war gut, daß sie Kräfte getankt hatte, denn sie war noch keine fünf Minuten in Boulderbrook, als sie merkte, daß etwas nicht stimmte: Schon von der Tür aus fiel ihr auf, daß die Dinge im Schlafzimmer nicht mehr genau an ihrem Platz standen. »Es ist jemand hier gewesen«, konstatierte sie und rief nach Judd, der Nolan anrief, der kurz darauf eintraf.

Sie führte die beiden Männer ins Schlafzimmer. »Es ist jemand hiergewesen, während ich verreist war. Sehen Sie die Fotos auf der Kommode? Ich habe sie in einer ganz bestimmten Weise arrangiert, darum weiß ich, daß jemand sie in der Hand hatte, denn sie stehen jetzt eine Spur anders. Und was die Bücher auf dem Nachttisch betrifft – ich lege das, das ich gerade lese, immer obenauf, und da ist es nicht mehr. Und mein Aktenkoffer? Ich stelle ihn immer so hin, daß man das Monogramm sehen kann, aber jetzt steht er anders herum.«

»War die Haustür zugeschlossen, als Sie heimkamen?« fragte Nolan.

»Fest verschlossen«, nickte Judd. »Und nichts deutet auf ein gewaltsames Eindringen hin.«

»Aber es war jemand hier!« beharrte Chelsea auf ihrer Aussage. Sie spürte es, roch es. Es war erschreckend.

»Fehlt etwas?« fragte Nolan, während er herumwanderte, in Augenschein nahm, was da war, die Fensterriegel prüfte und den Boden nach Spuren absuchte.
»Mein einziger Besitz von nennenswertem materiellem Wert wurde nicht angerührt«, antwortete Chelsea ihm, womit sie den Rubinring meinte, den sie in einem kleinen, verschließbaren Kästchen in der Pulloverschublade aufbewahrte. Sie hatte sofort nach ihrem Eintreten danach geschaut, und als sie ihn fand, nichts weiter überprüft. Sie beschloß, das jetzt nachzuholen, und überließ Nolan Judd, der sich bei ihm erkundigte, ob es schon einen Hinweis darauf gebe, wer die Telefonleitung durchgeschnitten hatte.
Chelsea öffnete das Kästchen auf der Kommode, in dem sie ihren Alltagsschmuck aufhob. Es schien alles da zu sein.
»Wir haben einen Abdruck gefunden«, berichtete Nolan. »Von einem Arbeitsstiefel – eine schmale Zwölf. Es gibt hundert Männer in der Stadt, die Arbeitsstiefel dieser Größe tragen. Ich bin zu Fuß durch Corner gegangen und habe mich umgehört, aber alles, was mir das einbrachte, war Anteilnahme. Chelsea hat die Leute dort beeindruckt, es hat ihnen gefallen, was sie für die Hoveys getan hat, und sie sehen die Retterin der Granitfirma in ihr.«
Chelsea öffnete das kleine Rollpult, das sie auf einem privaten Flohmarkt erstanden hatte, und prüfte den Inhalt der Schubladen. Ihr Reisepaß, die goldene Kundenkarte eines großen Kaufhauses, diverse Papiere – es fehlte nichts.
»Ich habe die Leute überprüft, die bei uns für eine solche Aktion in Frage kommen«, sagte Nolan, als sie sich den Nachttisch vornahm. »Sie haben allesamt Alibis.« Er kratzte sich am Hinterkopf. »Dieser Fall ist wirklich mysteriös. Rätselhafte, nächtliche Telefonanrufe, ein Mordversuch per Lastwagen, durchgeschnittene Telefonleitungen, ein abgefackelter Stall und jetzt ein Einbruch, bei dem nichts gestohlen wurde . . .«
»Doch, es wurde etwas gestohlen«, widersprach Chelsea, die mit

wild klopfendem Herzen vergeblich die Schublade durchsucht hatte. Tief bestürzt schaute sie Judd an. »Mein Schlüssel ist weg.«

Judd wollte Chelsea mit zu sich nehmen, doch sie weigerte sich. Sie liebte Boulderbrook und wollte dort bleiben. Sie war nicht bereit, sich aus ihrem eigenen Haus vertreiben zu lassen. Außerdem mußte Judd sich auf Leo konzentrieren.

Dem Vorschlag, sich für eine Weile von Buck bewachen zu lassen, stimmte sie jedoch zu, denn der Retriever würde sofort anschlagen, wenn jemand ums Haus schlich. Sie fertigte für Nolan eine Zeichnung von dem Schlüssel an.

Dieser Verlust traf sie tief – und ebenso Kevins hartnäckiges Schweigen. In den ersten Tagen nach ihrer Auseinandersetzung in Newport hoffte sie, daß er sich beruhigen und seine Worte noch einmal überdenken würde, aber er rief nicht an. Auch der Übermittler der Kinderstimmen meldete sich nicht, was ärgerlich war, da die Telefongesellschaft den Anschluß abhörte. Der Anrufer war entweder gerissen oder des alten Scherzes müde und dachte sich nun einen neuen aus. Sie fragte sich, wie der nächste aussehen würde.

Judd tat das auch, und das war das einzig Positive an ihrem Dilemma. Er hatte ein Auge auf sie, und obwohl es Momente gab, in denen Chelsea mehr wollte, Momente, in denen das Baby in ihrem Bauch sie nicht von dem Knoten ablenken konnte, der sich bei seinem Anblick in der vertrauten Weise bildete, war die Frustration, die damit einherging, ein geringer Preis für seine Freundschaft.

Donna hatte Pläne für Thanksgiving. Sie hatte sie eigentlich schon seit dem Labour Day, doch nach Chelseas Begegnung mit Kevin in Newport waren sie ihr ein echtes Anliegen geworden. Sie wußte, daß ihr eine harte Auseinandersetzung bevorstand – bei den Farrs Veränderungen einzuführen war Schwerstarbeit –, aber sie schuldeten ihr einen Gefallen. Angesichts dessen, was sie sich von Matthew gefallen ließ, schuldeten sie ihr Dutzende von Gefallen. Sie verlangte ja nicht die Scheidung, sondern eine kleine Vergünstigung, und es kümmerte sie nicht, daß Feiertage den Farrs heilig waren. Sie hatte mit ihrem Blut für das Recht bezahlt, vier zusätzliche Leute zu dem Dinner einzuladen.

Die Ansprechperson in diesem Fall war Lucy Farr, eine harte Frau ohne Humor, die ihre besten Jahre, wie Donna es tat, damit zugebracht hatte, ihrem Mann im Geschäft zu helfen. Sie besaß keine Führungsqualitäten, doch die Fähigkeit, fast jeder Aufgabe, die ihr übertragen wurde, in zufriedenstellender Weise gerecht zu werden, was sie zum Beispiel jeden November bewies, wenn ihr wie immer die Planung, Vorbereitung und Präsentation des Thanksgiving-Dinners oblag.

Die Beziehung zwischen ihr und Donna war seltsam. Sie waren nicht in dem Sinn Freundinnen, daß sie die Gesellschaft des anderen genossen, doch sie respektierten einander. Donna glaubte, daß Lucy sie, da sie sie selbst so lange getan hatte, wegen ihrer harten Arbeit bedauerte. Donna glaubte auch, daß sie sie ebenso wegen der seelischen und körperlichen Grausamkeiten bedauerte, die sie durch Matthew auszustehen hatte, worüber die ältere Frau jedoch nie ein Wort verlor – und Donna verstand, warum. Lucy war Matthews Mutter, und so mußte sie sich ihm gegenüber, so sehr ihr das auch gegen den Strich gegen mochte, loyal zeigen.

Wie Donna es sah, bereiteten Lucy zwei Dinge in ihrem Leben Freude: ihre Enkelkinder und das Einkaufen für den Laden bei Handwerksbetrieben in der Umgebung. Aus diesem Grund entschied sich Donna, mit ihrem Wunsch an sie heranzutreten, als sie mit einem Armvoll handgewebter, wollener Tücher hereinkam, die sie in Petersborough erstanden hatte. Die Tücher waren wunderschön, und Lucy freute sich.

»Sie müssen unbedingt ins Schaufenster«, erklärte sie Donna. »Kümmerst du dich darum?«

Donna gefielen die Tücher, und sie sah im Geist schon vor sich, wie sie sie dekorieren würde. »Morgen früh«, antwortete sie in der Mischung aus Zeichen- und gesprochener Sprache, die sie und Lucy stets zu ihrer Verständigung anwandten. Diese Methode trug einerseits Lucys Widerwillen gegen die erstere und andererseits Donnas Widerwillen gegen die letztere Rechnung, und sie funktionierte. »Sie eignen sich gut als Weihnachtsgeschenke. Lucy? Hast du schon mit den Vorbereitungen für Thanksgiving begonnen?«

Lucy schüttelte den Kopf. »Noch nicht. Es ist ja erst in einem Monat.«

»Wie viele kommen denn?« Donnas Berechnung nach müßten es dreißig sein.

Lucy bestätigte es. »Warum fragst du?«

»Ich hatte überlegt, ob ich ein paar Freunde einladen dürfte.«

Lucy runzelte die Stirn. »Freunde?« Es war nicht üblich, daß angeheiratete Farrs darum baten, Freunde zu Farr-Festen mitbringen zu dürfen.

Donna erläuterte ihr Anliegen. »Chelsea Kane ist allein. Sie spielt eine wichtige Rolle in Norwich Notch. Wir sollten sie einladen.«

»Chelsea Kane ist schwanger«, wandte Lucy mit abweisender Miene ein.

»Ein Grund mehr, sie einzuladen. Sie ist schwanger und hat keine Familie hier.« Donna befürchtete, den Mut zu verlieren, und fuhr so hastig fort, daß ihre Finger und ihre Stimme sich beinahe überschlugen. »Ich möchte auch Judd und Leo einladen. Und Nolan.«

Lucys mißbilligender Blick sprach Bände. »Sonst noch jemanden?«

Donnas Finger antworteten mit einem »Nein«.

»Du weißt, daß es nicht geht«, sagte Lucy.

»Warum geht es nicht?«

»Weil es nicht unsere Gewohnheit ist, die halbe Stadt einzuladen.«

»Vier Leute«, formten Donnas Finger und dann ihre Lippen: »Und alle sind etwas Besonderes.«
»Was ist an Judd Streeter denn besonders?« fragte Lucy.
»Er leitet die Granitfirma für Vater.«
»Und was ist mit Nolan McCoy?«
»Er kümmert sich um Chelsea. Es hat in letzter Zeit einige beunruhigende Vorfälle gegeben.«
»Wenn sie geblieben wäre, wo sie hingehört, wäre nichts davon passiert.«
Donna lag eine Antwort auf der Zunge, doch sie hatte sich im Laufe der Jahre angewöhnt, nur dann ihre verhaßte Stimme einzusetzen, wenn es ihr sinnvoll erschien. Also kam sie direkt auf den Punkt. »Chelsea einzuladen wäre ein kluger Schachzug«, versuchte sie, Lucy in Zeichensprache ihr Anliegen schmackhaft zu machen.
Lucy schaute sie fragend an. »Inwiefern?«
»Sie hat Geld. Sie spielt eine große Rolle hier. Bald wird jeder sie einladen wollen. Wir sollten die ersten sein.« Sie sah, daß Lucy aufhorchte.
»Die Leute in Corner mögen sie, wenn wir sie einladen, gewinnen wir deren Sympathie, und dann kaufen sie bei uns ein.«
Dieser Gedanke reizte Lucy, das erkannte Donna an ihrem Gesichtsausdruck, doch dann schüttelte sie plötzlich den Kopf und runzelte die Stirn. »Emery wäre nie und nimmer damit einverstanden, und George und Oliver würden es nicht billigen.«
Donna machte mit ihrem Mittelfinger ein Zeichen, das bei den Hörenden gang und gäbe war. »Veranlasse Emery, die beiden zu beschämen«, ließ sie dann ihre Stimme zu Wort kommen. »Er kann die Farrs zum Vorbild machen. Chelsea hätte schon längst einmal eingeladen werden müssen.«
Lucy war hin und her gerissen. »Aber sie ist schwanger, und sie hat keinen Ehemann.«
»Ein guter Grund, Judd dazu zu bitten, er ist quasi ihr Ehemann.«

»Sie behauptet, er sei nicht der Vater.«
»Spielt das eine Rolle?«
»In Notch schon.«
»Früher mal. Die Zeiten ändern sich, und die Farrs müssen sich ebenfalls ändern, sonst verpassen sie den Anschluß. Möchtest du hinter den anderen herhinken?«
Lucy sah so verwirrt aus, daß sie Donna tatsächlich leid tat, aber ihr Mitgefühl war nicht so groß, daß es ihre Freude darüber gedämpft hätte, bereits einen gewissen Erfolg errungen zu haben, von dem beflügelt sie in Zeichensprache fragte: »Darf ich sie einladen?«
»Nein. Nein. Noch nicht. Nicht, bevor ich mit Emery gesprochen habe.«
Donna nahm das oberste Tuch von dem Stapel. Es war gröber als die anderen und aus tiefroter, lavendelfarbener und limonengrüner Wolle gewebt, und sie erwog, es für sich selbst zu kaufen. Sie legte Lucy dankbar die Hand auf den Arm und sagte: »Du wirst Emery bestimmt überzeugen können, und er wird am Ende sogar stolz auf dich sein, weil du es vorgeschlagen hast.«

Im Idealfall würde Lucy das Thema noch an diesem Abend zur Sprache bringen, Emery die Argumente aufzählen, die Donna angeführt hatte, und Emerys Zustimmung erhalten. Da Donna schon vor langer Zeit aufgehört hatte, zu erwarten, daß Idealfälle eintraten, überraschte es sie nicht, daß Lucy sich weder am nächsten noch am übernächsten Tag äußerte. Als sie schließlich den Mut aufbrachte zu fragen, antwortete Lucy, daß Emery »darüber nachdenke«, was bedeutete, daß er sich mit George und Oliver beriet, und somit himmelweit von Donnas Idealfall entfernt war.
Donna erwog, sich mit ihrer Bitte an ihren Vater zu wenden, verwarf die Idee jedoch wieder. Oliver hatte nie einen Hehl aus seiner Abneigung gegen Chelsea gemacht. Es war ihm zutiefst zuwider, daß sie seine Firma rettete, und außerdem würde er Donna gar nicht zuhören. Sie existierte gar nicht für ihn.

Also wartete sie ab und hoffte auf ein Wunder.
Und dann gab es vier Tage nach Donnas erstem Gespräch mit Lucy beim Abendessen eine fürchterliche Szene mit Matthew. Donna hatte den Laden früher verlassen, um mit Joshie zum Zahnarzt zu gehen, womit sie, als sie es ihm ankündigte, wieder einmal harte Worte von Matthew erntete, der ihr vorhielt, daß der Junge kein Kleinkind mehr sei und sehr gut allein hingehen könne. Als Wiedergutmachung hatte sie beschlossen, ihm zum Dinner etwas ganz Besonderes vorzusetzen, doch als er das Eßzimmer betrat und eine Grimasse schnitt, wußte sie, daß es Ärger geben würde.
»Was ist das für ein Geruch?«
Sie wußte nicht, welcher Geruch ihm mißfiel – sie hatte sich für Shrimps entschieden, da er die immer bestellte, wenn sie im Lokal aßen –, und vermittelte ihm das mit einem fragenden Blick.
»Stinkt es nach Parmesan?«
Sie schüttelte den Kopf, stellte den Wasserkrug auf den Tisch und eilte, inständig hoffend, daß der Anblick des Gerichtes ihn den störenden Geruch vergessen lassen würde, in die Küche zurück. Sie kam gerade in dem Augenblick mit der Platte herein, als Joshie das Speisezimmer betrat.
Engel, der er war, riß er begeistert die Augen auf. »Das sieht ja toll aus!«
Matthew rümpfte sie Nase. »Es sieht ekelhaft aus. Was ist das?«
»Shrimp-Curry mit Auberginen, Zucchini und Reis.« Sie stellte die Platte auf den Tisch und lief wieder hinaus, um den Salat zu holen.
Von dem war er ebensowenig angetan. Er schnippte mit dem Finger, als erwarte er, daß die Blätter sich daraufhin zu seiner Begutachtung umdrehten. Als sie es nicht taten, schaute er fragend zu Donna auf.
»Es ist Endiviensalat«, erklärte sie.
»Das weiß ich, ich verkaufe Endivien. Was ich wissen will, ist,

was er auf diesem Tisch zu suchen hat. Und was soll ich mit dieser Pampe aus Shrimps, Gemüse und Reis? Warum bekomme ich kein altmodisches Steak mit Kartoffeln und Erbsen?«

»Du beschwerst dich ständig, daß ich immer das gleiche auf den Tisch bringe, und du liebst Shrimps, also dachte ich, ich versuche mal etwas Neues.«

»Es schmeckt bestimmt, Dad«, sagte Joshie.

Matthew starrte Donna an. »Und Eisbergsalat? Ich glaube, davon hatten wir reichlich im Laden. Tomaten und Gurken ebenfalls. Was spricht plötzlich gegen einen altmodischen gemischten Salat?«

Donna hatte sich so viel Mühe mit dem Essen gegeben, sorgfältig die Shrimps geschält und gesäubert, das Gemüse fachgerecht vorbereitet und kleingeschnitten, den Reis gedämpft und ein Himbeerdressing für den Salat angerührt ... Sie wußte nicht, was sie zuerst sein sollte – gekränkt oder wütend. Ohne den Blick zu heben, denn sie wollte nicht sehen, was Matthew noch zu sagen hatte, setzte sie sich auf ihren Platz und begann die Teller zu füllen. Als sie Joshies vor ihn hinstellte, las sie bei einem zufälligen Blick auf seinen Mund das Ende seines Satzes. »... ihre Moms kochen nicht so gut wie meine.«

Ihre Augen flogen zu Matthew. »Wenn du sie herholst und ihnen das da vorsetzt, werden sie es genauso wenig essen wie ich, da bin ich ganz sicher.« Er wandte ihr das Gesicht zu, hob den Salatteller hoch und drehte ihn um. Grüne Blätter und rotes Dressing ergossen sich auf das weiße Leinentischtuch.

»Matthew!« rief sie.

»Hast du gedacht, ich würde diesen Mist auch nur anrühren?« Sein Blick kehrte zu Joshie zurück, Donnas folgte.

»Mich schimpfst zu immer, wenn ich kleckere!« machte Joshie seiner Empörung Luft. »Wie konntest du das tun? Du hast den Salat nicht einmal probiert?«

»Verdammt richtig, und ich werde auch dieses Zeug nicht probieren.« Mit einer Handbewegung fegte er seinen Teller vom Tisch.

Donna stand zitternd auf. »Warum hast du das getan?« Joshie war ebenfalls aufgestanden, und sie hoffte inständig, daß er nicht alles noch schlimmer machen würde.
Matthew lehnte sich auf seinem Stuhl zurück, faltete die Hände über dem Bauch und lächelte. »Der Fraß hat es nicht besser verdient. Wisch ihn auf und scher dich in die Küche – ich habe Hunger.«
Donna starrte auf die Bescherung hinunter und dachte an die Mühe, die sie auf dieses Essen verwendet hatte. Wieder einmal hatte sie in der besten Absicht gehandelt, und wieder einmal wurde es von Matthew nicht honoriert. Er verletzte sie mit seiner Zunge ebenso wie mit seinem Handrücken.
»Wisch auf!« schrie er so laut, daß sie die Schwingungen seiner Stimme spürte. »Ich habe Hunger! Und putz das gleich auch noch mit weg!« Damit schüttete er den auf der Platte verbliebenen Rest auf die Eichendielen.
Joshie wollte sich auf ihn stürzen, doch Donna hielt ihn zurück.
»Das kann er doch nicht tun!« empörte ihr Sohn sich in Zeichensprache.
»Er hat schlechte Laune«, antwortete sie auf die gleiche Weise hastig.
Seine Finger flogen regelrecht. »Du hast viel Zeit auf das Essen verwendet. Wenn es ihm nicht paßte, hätte er gehen können. Er geht später sowieso weg. Warum läßt du dir das von ihm gefallen, Mom? Wie kannst du es aushalten, mit ihm im selben Haus zu wohnen?«
Die Zinken einer Gabel erwischten Donna am Schlüsselbein, bohrten sich durch ihren Pullover ins Fleisch. Als sie herumwirbelte, fiel die Gabel auf den Boden.
Wieder wollte Joshie sich auf Matthew stürzen. Donna schlang die Arme um seine Taille und schrie: »Nein, Joshie! Tu das nicht! Nicht für mich! Hol deine Schulsachen und geh zu Pete! Sofort!« Joshie wehrte sich einen Moment gegen ihre Umklammerung, gab dann jedoch nach. Sie stellte sich mit dem Gesicht

zu ihm zwischen Sohn und Vater und sagte weniger heftig: »Gehst du bitte, Joshie?«

»Ich lasse dich nicht allein.«

»Mir passiert schon nichts.«

Joshie starrte seinen Vater an und sagte nach einer Weile: »Ich weiß, daß du sie schlägst, ich habe es gesehen und gehört.«

»Geh, Joshie«, flehte Donna. Er wurde von Tag zu Tag größer, war in der Pubertät und körperlich fast schon ein Mann – aber er war trotzdem erst dreizehn. Sie wußte nicht, wie ein Dreizehnjähriger mit grundloser Grausamkeit umgehen sollte. Sie hatte sich als Kind mit Verdrängung geholfen, und das tat sie teilweise heute noch, aber das wünschte sie Joshie nicht. Ihr größter Wunsch war es gewesen, ihm das liebevolle, friedliche Heim geben zu können, das sie selbst nicht gehabt hatte.

»Gehst du?« bat sie ihn noch einmal und drang offenbar endlich zu ihm durch, denn er wandte sich nach einem letzten vernichtenden Blick an seinen Vater ab, griff sich an der Eingangstür seine Jacke und die Bücher, die er beim Heimkommen aus der Schule dort fallen gelassen hatte, und verließ das Haus.

Donna nahm die Platte, kniete sich damit auf den Boden und schaufelte, ohne sich um die Schmerzen in ihrem Schlüsselbein zu kümmern, so viel von dem Essen, wie sie greifen konnte, in die flache Schüssel zurück. Tränen traten in ihre Augen, ließen sie das Chaos nur noch verschwommen erkennen, doch das machte es auch nicht besser. Das Essen war ruiniert.

Sie hielt inne, als ein dünnes Rinnsal auf den Fußboden zu plätschern begann, und als sie aufschaute, sah sie, daß Matthew langsam und genüßlich den Wasserkrug entleerte. In ihrem Kopf überschlugen sich die Gedanken. Sie wußte nicht, was ihn ritt, wußte nicht, was er als nächstes tun würde. In ihrem Innern kämpften Furcht, Zorn und das Gefühl der Demütigung um den ersten Platz.

Sie stand auf, trat einen Schritt zurück, wischte sich die Hände

an ihrem Rock ab, und während dieser Zeit wurde die Pfütze stetig größer. »Warum tust du das?« fragte sie.
»Ich tue das«, erwiderte Matthew, wobei er sie mit übertriebenen Mundbewegungen verhöhnte, »weil du es nicht besser verdienst. Du bist gerade mal gut genug dazu, den Boden zu wischen.« Plötzlich veränderte sich sein Gesichtsausdruck, und eine Eisschicht überzog die blaßblauen Augen. »Wie kommst du dazu, meine Mutter zu bitten, Chelsea Kane zum Thanksgiving-Dinner einzuladen?«
Das war es also. Sie hätte es wissen müssen. Sie hätte es wissen müssen. Lucy hatte es Emery erzählt, der es Oliver und George erzählt hatte, und einer der drei mußte es Matthew erzählt haben, und nun bekam sie die Quittung für ihre Kühnheit. Aber sie würde sich nicht entschuldigen, verdammt noch mal. »Ich dachte, es sei eine nette Geste«, antwortete sie so gelassen wie möglich.
Matthews Blick wurde noch feindseliger.
»Ich hasse diese Frau, und das weißt du. Ich hasse Judd Streeter und seinen Schwachkopf von Vater – und ganz besonders hasse ich Nolan McCoy.« Er zeigte mit dem Finger auf sie. »Es ist eine Frechheit, wie dieser Kerl dich ansieht! Du bist meine Frau! Er hat seine Finger von dir zu lassen, und du deine von ihm! Vergiß das lieber nicht, sonst hast du erheblich mehr Ärger am Hals als wegen deinem beschissenen Essen.« Er hatte kaum zu Ende gesprochen, als er in einem Wutanfall zuerst Donnas und dann Joshies Teller vom Tisch fegte. Porzellan zerschellte, dicht gefolgt von Glas, als die Wassergläser und der Krug an ihr vorbeisausten und an die Wand knallten.
Sie hatte schützend die Hände um ihren Kopf gelegt. Er riß ihre Arme herunter.
»Räum das weg!« brüllte er. »Und wenn du damit fertig bist, gehst du in den Laden zurück und putzt das Büro, und wenn der Junge das nächste Mal einen Arzttermin hat, wird er gefälligst allein hingehen! Ich sorge für deinen Lebensunterhalt, und den

mußt du dir verdienen. Man kriegt nichts umsonst, und schon gar nicht, wenn man eine geistesschwache Frau ist, die nicht richtig sprechen und kein einziges Wort, das ich sage, hören kann.« Angewidert den Mund verziehend, schob er sie mit der Schulter grob beiseite und verließ das Zimmer. Gleich darauf spürte sie die Haustür zuknallen.

In dem Bewußtsein, wenigstens vorübergehend von ihrem Untier von Ehemann befreit zu sein, und mit den jetzt wirklich ekelhaft aussehenden Resten ihrer kunstvollen Dinner-Komposition vor Augen, begann sie unkontrolliert zu zittern. Sie lehnte sich an die Wand und preßte die Ellbogen in die Seiten. In ihrem Kopf herrschte Chaos, ein wildes Durcheinander von Gedankenfetzen, das aus Haß und Verwirrung, Abscheu und Furcht bestand. Sie war wie gelähmt, unfähig zu Boden zu gleiten, obwohl ihre Knie sich wie Gummi anfühlten, unfähig, sich von der Wand zu lösen, obwohl sie auf Glasscherben stand, unfähig, zu schreien, obwohl niemand da war, der es hätte hören können. Die Collage aus Essen, Porzellan und Glas auf dem Fußboden geriet zu einem surrealistischen Kunstwerk der beängstigenden Sorte, und es wurde ihr so unheimlich, daß sie ganz fest die Augen zumachte.

Als werde durch das Schließen einer Tür eine andere geöffnet, begannen tief aus ihrem Innern langsame Schluchzer emporzusteigen, die ihrem Körper ihren Rhythmus aufzwangen. Sie stützte den Kopf und die Hände an die Wand und ergab sich in eine grenzenlose Seelenqual.

Sie verlor jedes Zeitgefühl.

Nach einem Zeitraum, der ebenso gut zwei Minuten umfaßt haben konnte wie zehn, fühlte sie ihr Bewußtsein zurückkehren. Das krampfhafte Keuchen verebbte, und ebenso das Zittern. Und plötzlich war sie ganz ruhig, doch es war eine Ruhe, die aus völliger Erschöpfung erwuchs.

Sie wischte sich ihre Nase ab, trat mit einem großen Schritt über den Müllhaufen und ging in die Küche, wo sie sich vollständig auszog und sich erst die Hände und dann das Gesicht wusch. Sie fuhr sich mit den nassen Fingern durch die Haare, löste den Knoten und kämmte sie weiter, während sie die Treppe hinaufstieg.

Kurz darauf verließ sie in Jeans, Pullover und einer ausgebleichten Winterjacke das Haus, ging die Straße hinunter zum Marktplatz, wandte der Kirche den Rücken zu und starrte lange unverwandt die drei stattlichen Klinkerhäuser an. Ihre Schönheit war trügerisch – ebenso wie das Ansehen, das mit den drei Familiennamen verbunden war. Sie verfluchte den Tag, an dem sie als eine Plum geboren wurde, verfluchte den Tag, an dem sie einen Farr geheiratet hatte. Sie verfluchte die Bande, die sie an Norwich Notch fesselten, weil sie wußte, daß es kein Entrinnen gab.

Mit trockenen Augen und die Hände tief in den Taschen vergraben, setzte sie sich in Bewegung, ging auf der Ladenseite an der Stadtwiese entlang hinunter und auf der Gasthausseite hinauf, eine Seitenstraße hinunter und eine andere hinauf. Licht fiel aus den Fenstern und von einigen Fensterbrettern grinsten ihr von innen beleuchtete Kürbisgesichter entgegen. Donna schaute nicht in die Fenster – sie wollte nicht sehen, wie andere ihren Feierabend verbrachten. Sie spürte die Kälte nicht, registrierte die Dunkelheit nicht – ihr Körper war ebenso betäubt wie ihr Verstand.

Sie ging am Spritzenhaus vorbei zur Schule, an der Wiese entlang, kehrte dann um und bog in die Straße ein, die aus der Stadt hinausführte. Sie träumte davon, immer weiter und weiter zu gehen, ohne sich ein einziges Mal umzusehen, und an einem Ort ein neues Leben anzufangen, der ehrlicher und mitfühlender war als Norwich Notch. Es war ein schöner Traum, und er zauberte ein sehnsüchtiges Lächeln auf ihr Gesicht – bis ihr Joshie einfiel. Sie ging weiter.

Irgendwann kehrte sie um, doch ihre Füße gingen an ihrer Straße vorbei und trugen sie wieder in die Stadtmitte. Sie überquerte die Grünfläche und bog in die schmale Gasse ein, die sich zwischen dem Friseur und der Bäckerei dahinschlängelte und an deren Ende das Polizeirevier von Norwich Notch lag, hinter dem das kleine Fachwerkhaus stand, das dem Polizeichef gehörte.

Mit ruhigen, sicheren Schritten ging sie zur Tür und klopfte. Nolan machte auf. Bei ihrem Anblick erstarrte er. Er wußte sofort, daß etwas passiert war, denn er konnte in ihr lesen wie in einem Buch. Voller Besorgnis ließ er den Blick forschend über ihr Gesicht wandern, und dann streckte er die Hand aus und zog Donna hinein.

Es lag ihm etwas an ihr und von allen Dingen, die sie an diesem Mann liebte, liebte sie das am meisten an ihm. Darum blieb sie nicht hinter der Tür stehen, sondern stürzte sich in seine Arme. Darum hob sie ihm das Gesicht zu einem Kuß entgegen und erwiderte ihn. Darum ließ sie sich die ausgebleichte Winterjacke ausziehen und ging mit ihm durch den kleinen Wohnraum in das Schlafzimmer. Nolan behandelte sie, als sei sie ein wertvoller Mensch – und eine sehr, sehr feminine Frau. Darum ließ sie sich von ihm ausziehen, darum schaute sie zu, wie er sich seiner Kleider entledigte, darum hieß sie das Gewicht seines nackten Körpers willkommen, spreizte die Beine und nahm ihn in sich auf. Es lag ihm etwas an ihr, und dafür liebte sie ihn.

Einundzwanzigstes Kapitel

Sie sind mir aus dem Weg gegangen«, sagte Chelsea statt einer Begrüßung, als Hunter ihr an einem kalten Novemberabend die Tür öffnete. Sie schob die Hände in die Mantelärmel und hob die Stimme, um Tschaikowskys vehemente Neunte zu übertönen. »Sie sind nie im Steinbruch, wenn ich dort bin, Sie sind nie im Büro, wenn ich dort bin, und Sie sind nie in der Kirche, wenn ich dort bin.«

»Ich bin überhaupt nie in der Kirche.« Er schaute auf ihren Bauch, der sich zwischen den beiden Mantelhälften wölbte. »Es überrascht mich, daß sie Sie reinlassen.«

Chelsea grinste. »Sie können nicht anders, ich habe eine neue Orgel gestiftet. Der Pastor besteht darauf, daß ich in der ersten Reihe sitze, und so sitze ich dort – mit meinem Baby und ohne Ehemann.« Als habe es auf die Erlaubnis gewartet, die die Umstandskleider ihm gaben, war das Kind im letzten Monat scheinbar um das Doppelte gewachsen. Wenn Chelsea jetzt den Mittelgang der Kirche hinaufging, konnte niemand mehr übersehen, daß sie schwanger war.

»Ich wette, die Damen der Gesellschaft sind begeistert.«

Ihr Grinsen wurde breiter. »Das können Sie laut sagen.«

Hunter schnaubte und schaute weg, doch vorher sah sie noch ein widerwilliges Lächeln um seine Mundwinkel zucken.

»Darf ich reinkommen?« fragte sie, die Schultern hochziehend. »Es ist eiskalt hier draußen.«

»Ist das wieder ein Ich-bin-einsam-Hunter-und-will-reden-Besuch?«

»Nein. Ich bin nicht einsam, Buck ist ein großartiger Gesell-

schafter.« Er stromerte draußen herum. »Aber ich mache mir Sorgen.«
»Weswegen?«
»Ihretwegen.«
In der richtigen Annahme, daß er ihrer Berührung ausweichen würde, legte sie leicht die Hände auf seine Brust und trat genau in dem Augenblick ins Haus, als die Musik sich zu einem Crescendo steigerte. Als sie sich umschaute, sah sie, daß er an der geschlossenen Tür stehen geblieben war.
»Machen Sie das ein bißchen leiser?« rief sie ihm zu.
»Mir gefällt es so laut«, rief er zurück.
»Aber ich kann mich nicht einmal denken hören.«
»Wenn Sie denken wollen, fahren Sie nach Hause.«
Sie warf ihm einen ärgerlichen Blick zu, ging zur Stereoanlage, drosselte die Lautstärke und stieß einen erleichterten Seufzer aus. »Die Nachbarn müssen begeistert sein.«
»Darum mache ich es ja.«
Die Nachbarn zu provozieren mochte ein Nebeneffekt sein, doch sie war überzeugt, daß es ihm in der Hauptsache um die Musik ging. Angesichts seiner CD-Sammlung konnte man davon ausgehen, daß er ein echter Musikkenner war. »Sie haben mir noch gar nicht erzählt, was Ihre Vorliebe für diese Richtung geweckt hat.«
»Nein.«
Sie wartete.
Nach einer Weile sagte er ausdruckslos: »Ich ging als Kind jeden Samstagabend ins Symphoniekonzert.«
»Hunter!«
»Warum ist das wichtig?«
»Ich bin neugierig.«
»Meine Mutter mochte klassische Musik. Zufrieden?«
Damit hatte Chelsea ein weiteres interessantes Detail seines Vergangenheitspuzzles erfahren, eine weitere Erklärung dafür, daß er war, wie er war, und eine weitere Gemeinsamkeit. »Sehr. Warum wollten Sie es mir nicht sagen?«

»Weil es Sie nichts angeht.«
»Das trifft mich jetzt aber.« Sie steckte die Hände in die Manteltaschen und schaute Hunter quer durch den Raum an. »Ich dachte, wir seien auf dem Weg, Freunde zu werden.«
Er verschränkte seine Arme und schwieg.
»Habe ich etwas falsch gemacht?«
Er zuckte wegwerfend die Schultern.
»Hat irgend jemand in der Stadt etwas über mich gesagt, das Sie verärgert hat?« Sicherlich wurde allerhand über ihr Baby getratscht oder darüber, woher sie gekommen war oder was sie nach Ablauf des Vertragsjahres mit Norwich Notch vorhatte.
Er schüttelte den Kopf.
Sie zog die Zeichnung heraus, die sie von dem Schlüssel angefertigt hatte, und brachte sie ihm. »Haben Sie schon davon gehört?«
Er streifte die Zeichnung mit einem flüchtigen Blick. »Nolan hat ihn mir gezeigt. Wo haben Sie ihn her?«
Sie erzählte ihm die Geschichte und bat ihn dann: »Ich möchte, daß Sie mir dabei helfen, herauszufinden, woher er kam und wo er jetzt ist.«
»Ich? Warum ausgerechnet ich?«
»Weil ich Sie mag.«
Sein Blick drückte Mißtrauen aus. »Ich bin kein liebenswerter Mensch.«
»Wer hat Ihnen das gesagt?«
»Es ist das, was mir mein Leben lang von meiner Umwelt vermittelt wird.«
»Das bilden Sie sich ein. Judd mag Sie, Ihre Arbeitskollegen mögen Sie . . . Ich glaube, Sie reden sich ein, daß man Sie nicht mag, damit Sie einen Grund haben, sich abzuschotten. Sie wollen sich auf niemanden einlassen.«
»Danke, Dr. Freud.«
Chelsea lachte leise. »Ich wünschte, Cydra wäre hier.« Sie vermißte ihre Freundin. Sie telefonierten zwar häufig, aber das

war nicht dasselbe, wie gemeinsam beim Laufen zu schwitzen. Sowohl das körperliche Training als auch die Gespräche hatten einen therapeutischen Wert für sie gehabt. »Erinnern Sie sich an Cydra? Sie war am Wochenende der offenen Tür hier.«

»Ja, ich erinnere mich.«

»Sie fand Sie ausgesprochen attraktiv.«

»Das tun die meisten Frauen.«

»Wenn ich sie für eine Woche einladen würde, würden Sie sie ausführen?«

»Ich führe Frauen nicht aus«, antwortete er. »Ich mache mein Ding und gehe.«

Mein Ding. Chelsea warf ihm einen amüsierten Blick zu und lockte dann: »Cydra ist ein tolles Mädchen.«

Er war ganz offensichtlich nicht interessiert.

»Okay. Wenn Sie das nicht wollen, helfen Sie mir dann, den Schlüssel zu finden?«

Er stützte die Hände in die Hüften, und sein abweisender Ausdruck machte die Ähnlichkeit mit Oliver wieder einmal augenfällig. »Was, zum Teufel, könnte ich dazu tun?«

»Herumfragen.«

»Das hat Nolan schon getan.«

»Aber Sie sind ein Insider«, gab sie zu bedenken. Es war an der Zeit, sich ernsthaft auf die Suche zu machen, aber sie brauchte dabei Hilfe. »Sie kennen Corner viel besser als Nolan. Die Leute erzählen Ihnen eher etwas als ihm oder mir. Irgend jemand muß wissen, wo der Schlüssel ist.«

»Wozu gehört er denn überhaupt?« Er zog sich in seine alte Trotzhaltung zurück. Es klang, als teste er sie, und das erschien ihr nur fair: Sie bat ihn, aus seinem Schneckenhaus zu kommen, und er hatte ein Recht darauf, zu erfahren, wofür.

»Offenbar zu einer Spieluhr, hat mir ein Fachmann gesagt.«

»Aber die haben Sie nicht – warum sind Sie dann so scharf auf den Schlüssel?«

»Weil er mir gehört«, erwiderte sie, ihrerseits trotzig. »Er ist das einzige, was ich von meinen leiblichen Eltern besitze, und ich will ihn wiederhaben. Und wenn das nicht möglich ist, will ich wenigstens wissen, wer ihn dem Anwalt gegeben hat, der ihn dann an meine Mutter schickte.«

»Wer war der Anwalt?«

»Das weiß ich nicht. Seitens meiner Eltern wurde die Adoption von einem ihrer Freunde bearbeitet, aber er ist schon vor langer Zeit gestorben und hat keine Unterlagen darüber hinterlassen. Es war eine Hausgeburt, und so gibt es auch keine Krankenhausnachweise. Ich habe mit Neil auf den Verdacht hin, daß meine Mutter während der Schwangerschaft ein körperliches Problem hatte und darum in die Klinik gekommen war, die alte Kartei durchforstet, aber der einzige Besuch dieser Art war der Ihrer Mutter. Ich hatte gehofft, vielleicht bei der Hebamme fündig zu werden.«

»Haben Sie mit ihr gesprochen?«

»O ja.« Chelsea erinnerte sich lebhaft an diese Begegnung. »Sie sagte, sie sei damals noch zu jung gewesen, um bei Geburten zu assistieren, und daß ich mich an ihre Mutter hätte wenden müssen, aber ihre Mutter ist tot.« Chelsea hatte gespürt, daß die Frau ihr etwas verschwieg. Sie hatte gebettelt. Sie hatte ihr Geld angeboten. Sie hatte ihr in ihrer Verzweiflung sogar gedroht, vor Gericht zu gehen, obwohl das verschwendete Zeit und Mühe gewesen wäre: Wenn die Frau nicht reden wollte, dann würde sie es auch dort nicht tun.

Eines wußte Chelsea genau: Ihr Baby würde nicht von dieser Person entbunden werden. Sie hatte sich ursprünglich für eine Hausgeburt entschieden, weil sie ihr Kind sowohl ihm als auch sich selbst zuliebe in der Geborgenheit und Ungestörtheit ihres Heims zur Welt bringen wollte, aber vor die Wahl zwischen einer nüchternen Klinikentbindung und einer Hausgeburt gestellt, bei der sie von einer Hebamme betreut würde, die kein Verständnis für ein ebenso legitimes wie emotionales Anliegen aufbrachte, gab Chelsea dem Krankenhaus den Vorzug.

»Da sie mir keine Hilfe war, ist der Schlüssel meine einzige

Möglichkeit, zu erfahren, was ich wissen will. Werden Sie mir helfen?«

Er ließ sich Zeit mit der Antwort, und dann erschöpfte sie sich in einem unfreundlichen: »Mal sehen.«

»›Mal sehen‹ genügt mir nicht. Entweder Sie tun es, oder Sie tun es nicht.« Es kümmerte sie nicht, daß sie in diesem Augenblick wie Kevin klang – die Sache war ihr zu wichtig.

»Sie wollen nur, daß ich rumfrage?«

»Ich setze eine Belohnung aus: Tausend Dollar für Hinweise, die zum Wiedererhalt des Schlüssels führen.«

»Mehr bringen Sie nicht auf?« fragte er spöttisch.

»Für den Anfang genügt das, vielleicht erhöhe ich die Summe später. Nun?«

Wieder verging eine Ewigkeit, während der er sie unverwandt anstarrte, bevor er die Zeichnung nahm, zusammenfaltete und in die Tasche seiner Jeans schob.

»Ich danke Ihnen«, sagte sie mit einem übertriebenen Seufzer der Erleichterung und hakte diesen Punkt auf ihrer geistigen Liste ab. »Noch etwas.«

Seine Miene verfinsterte sich. »Was denn jetzt noch?«

»Es betrifft Thanksgiving. Ich esse mit Judd und Leo. Haben Sie Lust, dazu zu kommen?«

»Ich dachte, Sie gingen zu den Farrs.«

Auch nach fünf Monaten in Notch war Chelsea immer noch gelegentlich über das perfekte Nachrichtennetz erstaunt. »Was wissen Sie darüber?«

»Ich weiß, daß Donna deswegen knietief in der Scheiße steht. Matthew hat in der Bar des Gasthauses regelrecht getobt. Also haben sie sich entschlossen, Sie nicht einzuladen?«

»O doch, sie haben mich eingeladen.« Allerdings wünschte sie, Donna hätte Lucy niemals darum gebeten, der Preis, den sie dafür hatte zahlen müssen, war entschieden zu hoch. »Aber sie wollten weder Judd noch Leo dabeihaben und auch Nolan nicht.«

»Sie sollten hingehen – in einem hautengen Kleid.«
»Schämen Sie sich, Hunter.«
»Wenn Sie schon auf der Eliteliste stehen, sollten Sie auch hingehen.«
»Lassen Sie mich Ihnen etwas erklären«, sagte sie im Konversationston. »Ich habe den größten Teil meines Lebens auf der Eliteliste gestanden, aber es hat mich nie beeindruckt. Die Leute auf dieser Liste sind für gewöhnlich so damit beschäftigt, sich auf der Liste zu halten, daß ihnen nicht viel Zeit für andere Dinge bleibt, was sie sterbenslangweilig macht. Ein Platz auf der B- oder C-Liste verspricht bedeutend mehr Unterhaltung. Also werden Sie an Thanksgiving mit uns essen?«
Er verschränkte erneut die Arme. »Ich weiß es nicht.«
»Ja oder nein?«
»Vielleicht bin ich nicht hier.«
»Wo wollen Sie denn hin?«
»Für gewöhnlich verlasse ich die Stadt über die Feiertage.«
»Weil sie Sie deprimieren«, vermutete sie. »Nun, ich gebe Ihnen die Chance, dazubleiben, ohne deprimiert zu sein. Kommen Sie?«
»Mal sehen.«
»Ich will eine Zulage.«
»Warum?« fragte er unwirsch. »Warum bedrängen Sie mich so? Sagen Sie jetzt nicht, weil Sie mich mögen, denn das ist Blödsinn, und sagen Sie nicht, daß Sie mich haben wollen, denn wir wissen beide, daß Sie Judd haben wollen. Worauf sind Sie aus?«
Sie wünschte, sie wüßte es. Vom ersten Augenblick an hatte sie sich in Notch zu zwei Männern hingezogen gefühlt – Hunter und Judd. Was sie für Judd einnahm, war klar, bei Hunter war es anders. Sie empfand eine rätselhafte Verbundenheit mit ihm, ohne zu wissen, warum und wohin sie führen sollte – sie war einfach da. Sie wollte sein Freund sein, aber das hatte sie ihm schon früher erklärt. Also antwortete sie seufzend: »Ich möchte mich mit einem Menschen austauschen können, dessen Schicksal dem meinen ähnlich ist.«

»Ähnlich?« echote Hunter höhnisch, »da bestehen Unterschiede wie zwischen Tag und Nacht.«
Sie schüttelte den Kopf. »Wir wurden im selben Jahr in derselben Stadt geboren, von Frauen, deren Schwangerschaft gesellschaftlich nicht geduldet wurde. Wir haben beide keine Blutsverwandten, die uns anerkennen. Wir lieben beide klassische Musik, wenn wir auch beide nicht musikalisch begabt sind, wir mögen beide Motorräder, und wir tragen beide Ohrringe. Es ist gut möglich«, fuhr sie hastig fort, »daß Oliver auch mein Vater ist, wobei meine Mutter mich jedoch, anstatt mich zu verstecken, zur Adoption freigab. Wie klingt das? Glauben Sie, wir könnten Halbgeschwister sein?«
»Nein, das glaube ich nicht!« schrie Hunter.
»Okay, okay, beruhigen Sie sich. Ich kann verstehen, warum Sie nicht gerne mit mir verwandt wären. Ich habe eine scharfe Zunge, bin ekelhaft reich und schwanger.« Ihre Stimme wandelte sich zu einem bittenden Ton. »Aber ich würde an Thanksgiving wirklich gerne mit Ihnen zusammensein. Denken Sie darüber nach?«

Hunter gab ihr niemals eine Antwort darauf – er war nicht bereit, sich festnageln zu lassen –, doch am Thanksgiving-Tag stand er kurz vor vier Uhr von Schneeflocken umwirbelt auf Judds Schwelle. Nolan war da und Millie Malone, die keine Angehörigen in der Stadt hatte, und der unverbrüchlich treue Buck.
Dieses Thanksgiving unterschied sich himmelweit von den großangelegten Festen mit gemieteten Tischen und Stühlen, eigens engagiertem Bedienungspersonal und Dutzenden von Gästen, die Chelsea aus Baltimore kannte. Den Pomp vermißte sie nicht, aber Kevin und Abby. Aus diesem Grund war sie dankbar für die Arbeit, die mit der Vorbereitung des Essens verbunden war. Judd war ebensoviel in der Küche wie sie, was die Arbeit zum Vergnügen machte. Später, bei Tisch, war Hunter, wenn er zum Reden gebracht werden konnte, nicht

aggressiv, ja sogar unterhaltsam. Leo starrte, nachdem »Emmas« Ankunft ihn kurzzeitig aus seiner Lethargie gerissen hatte, mit leerem Blick vor sich hin, und Millie trank, wobei sie nie vergaß, sich um Leo zu kümmern, reichlich von dem Wein, den Judd entkorkte, und wurde von Glas zu Glas fröhlicher. Nur Nolan wirkte bedrückt.

Chelsea erwischte ihn erst nach dem Essen allein. Sie machte in der Küche Kaffee und richtete das Dessert her, während im Wohnzimmer das Footballspiel über den Bildschirm tobte. Nolan hatte sich erboten zu helfen, was darauf hindeutete, daß auch er reden wollte.

»Sie machen sich Sorgen um Donna?« vermutete sie. Sie wußte um die kürzliche Intensivierung ihrer Beziehung und um den Auslöser: Donna hatte alles herausgesprudelt, als Thanksgiving zur Sprache gekommen war.

Nolan lehnte sich tief bekümmert an die Arbeitsplatte. »Matthew ist ein schwieriger Mensch.«

»Heute tut er ihr bestimmt nichts«, meinte Chelsea, aber auch ihr war unbehaglich bei dem Gedanken daran, wie der Tag wohl für Donna verlaufen würde. Einen Moment lang wünschte sie, sie wäre doch hingegangen, und wenn nur als Beschützerin. Aber ihre Anwesenheit hätte Matthew nur noch mehr gereizt, und darum hatte sie beschlossen, nicht hinzugehen, und so versuchte sie, Nolan und sich mit sachlichen Argumenten zu beruhigen: »Das Haus wird brechend voll sein, und unter vielen Leuten ist sie sicher.«

»In diesem Fall leider nicht. Wenn sie mit der Familie zusammen sind, ist er doppelt gemein zu ihr, weil er dann noch frustrierter ist als sonst, denn er hat seine Schwägerin vor der Nase und darf sie nicht anfassen.«

»Weiß Donna von Joanie?« Chelsea hatte bisher keinen Hinweis darauf erhalten und war nicht brutal genug, um geradeheraus zu fragen.

»Sie weiß, daß es eine Frau gibt, aber sie ist zu anständig, um darauf zu kommen, wer es ist.« Er schaute auf seine Hände hinunter. »Ich sage ihr immer wieder, daß sie sich scheiden lassen soll – sie braucht ihn nicht, ich würde für sie sorgen –, aber sie tut es nicht.«

Auch das hatte Donna Chelsea erzählt. »Sie hat Angst um Joshie und um den guten Namen der Familie, ich finde, das ist sehr ehrenwert.«

»Es ist dumm!«

»Das auch«, gab Chelsea ihm recht, weil Donna so litt.

Nolan fuhr sich mit der Hand durch die Haare, die an den gesprenkelten, grauen Granit von Moss Ridge erinnerten. Er war alles andere als gutaussehend, aber Chelsea konnte verstehen, warum Donna ihn liebte: Ein angenehmerer Mann würde schwer zu finden sein.

»Was mir Sorgen macht, ist, daß etwas wirklich Schlimmes wird passieren müssen, um sie dazu zu bewegen, ihn zu verlassen. Er ohrfeigt sie, daß sie in die Ecke fliegt, er wirft Sachen nach ihr ...« Der Kummer in seinen Augen malte ein lebhaftes Bild, aber er nahm trotzdem noch Worte zu Hilfe. »Das letzte Mal war es eine Gabel. Er muß sie wie ein Messer geschleudert haben, denn sie blieb im Fleisch stecken, und die Stichwunden brauchten lange zum Heilen. Damit ist der Tatbestand des Angriffs mit einer tödlichen Waffe erfüllt, und sie könnte ihn dafür vor Gericht bringen. Aber sie will es nicht.« Seine Nasenlöcher blähten sich. »Ich bin ein gottverdammter Gesetzesvertreter und muß tatenlos zusehen, wie der Kerl seine Frau mißhandelt. Es ist gut möglich, daß er sie beim nächsten Mal ernsthaft verletzt, und ich kann es nicht verhindern.«

»Reden Sie mit ihm, Nolan. Sagen Sie ihm, was Sie wissen und was Sie unternehmen können.«

»Wissen Sie, was er dann macht? Er läßt es an ihr aus! Vielleicht schlägt er sie dann nicht mehr, aber es gibt auch noch andere Methoden, sie zu quälen. Er könnte beispielsweise das Kleingeld aus der Registrierkasse nehmen, es im ganzen Laden verstreuen und Donna dann zwingen, es auf Händen und Knien rutschend einzusammeln, bis die Summe wieder bis auf den letzten Cent stimmte. Wie könnte ich ihr das antun?« Er fluchte. »Ich fühle mich wie gefesselt und geknebelt. Es gibt Augenblicke, da bin ich drauf und dran, mein Abzeichen in die Schublade zu legen und mit meiner Flinte loszuziehen.«

»Aber das werden Sie nicht tun«, beschwor Chelsea ihn.

»Nein, denn es würde nichts bringen, abgesehen davon, daß der Mistkerl von der Erdoberfläche verschwände. Ich würde eingesperrt und hätte Donna nicht mehr, und sie hätte niemanden, der für sie sorgte. Außerdem braucht man nur abzuwarten, bis er uns selbst von sich befreit. Wissen Sie, was er drei oder vier Abende in der Woche macht? Er hockt in der Bar des Gasthauses, bis er sturzbetrunken ist, und dann fährt er durch die Gegend, bis er müde genug ist, um schlafen zu können. Der Kerl hat eine selbstzerstörerische Ader, daran besteht kein Zweifel.«

»Können Sie ihn denn nicht wegen Trunkenheit am Steuer drankriegen?«

»Das habe ich schon getan. Mehrfach. Aber jedesmal bekomme ich Besuch von Emery, der mich daran erinnert, daß mein Vertrag vom Wohlwollen des Gemeinderats abhängt. Ich kann meinen Job behalten, indem ich Matthew mitten in der Nacht stockbetrunken die Straßen unsicher machen lasse, oder ich kann ihn belangen und werde gekündigt. Wenn ich meinen Job verliere, muß ich die Stadt verlassen, weil ich nichts anderes gelernt habe, und wenn ich die Stadt verlasse, sehe ich Donna nie wieder. Was ich auch mache, es ist falsch. Manchmal ist das Leben wirklich zum Kotzen.«

Als er Chelsea ansah, stand Resignation in seinen Augen. »Vielleicht sollte ich meinen Beruf an den Nagel hängen. Ich habe Ihnen nicht helfen können, keine Hinweise darauf gefunden, wer Sie mit Anrufen terrorisiert hat, keine Hinweise darauf, wer Sie überfahren wollte, keine Hinweise darauf, wer Ihren Stall angezündet und wer Ihre Telefonleitung gekappt hat und wer in

Ihr Haus eingedrungen ist. Wozu bin ich nutze, verdammt noch mal?«
Chelsea legte den Kaffeemeßlöffel weg und umfaßte fest seinen Arm. »Sie sind ein Gottesgeschenk – ohne Sie hätte Donna nicht die geringste Hoffnung auf Glück. Und was die Anschläge auf mich betrifft, so habe ich den Eindruck gewonnen, daß, wer immer dahintersteckt, mir nicht ans Leben will, sondern mir nur angst machen möchte. Niemand hat mich auf Dauer bedroht. Seit der Schlüssel gestohlen wurde, ist nichts mehr vorgefallen – vielleicht hat der Unbekannte jetzt, worauf er von Anfang an aus war.«
Nolan griff diese Vermutung auf. »Mag sein, aber daraus folgt die Frage nach dem Warum – und die einzige Antwort ist, daß, wer immer den Schlüssel gestohlen hat, genau weiß, wer Sie sind, was bedeutet, daß ich, wenn ich den Dieb fände, wahrscheinlich auch die Antworten auf all Ihre Fragen fände, was wiederum bedeutet, daß ich Sie enttäusche.«
Sie schüttelte leicht seinen Arm. »Ich hatte den Schlüssel monatelang in meinem Besitz, ohne etwas in Erfahrung bringen zu können. Manche Menschen verstehen sich meisterhaft darauf, Spuren zu verwischen. Mein Vater tat es, was meine Herkunft betraf. Wer immer den Schlüssel gestohlen hat, tat es auch. Wer immer die Telefonleitung kappte, tat es. Wenn man Dutzende von Verdächtigen hat – Dutzende von Männern, die die gleiche Stiefelgröße tragen oder Firmenlastwagen fahren können oder handwerklich geschickt sind und ohne Schwierigkeiten Telefonleitungen durchschneiden oder Feuer legen oder sich Eintritt in ein Haus verschaffen können, ohne Fenster oder Türen zu beschädigen –, kann es unmöglich sein, den richtigen herauszufinden. Ich mache Ihnen keinen Vorwurf, denn wir haben es mit einem äußerst schlauen Täter zu tun.«
Er warf ihr einen sarkastischen Blick zu. »Diese Erkenntnis schränkt den Kreis erheblich ein, es gibt nicht viele schlaue Leute in Notch.«

Sie schnalzte in gespielter Entrüstung mit der Zunge. »Schämen Sie sich.«
»Das tue ich – aus vielen Gründen.«
Das Telefon klingelte. In dem Wissen, daß Judd das Gespräch im Wohnzimmer annehmen würde, ließ sie den Hörer des Küchenapparats auf der Gabel liegen, rieb seufzend Nolans Arm und wandte sich wieder dem Kaffee zu. »Kopf hoch, irgendwann löst sich alles in Wohlgefallen auf.«
»Aber bis dahin wird Donna mißhandelt, und Sie werden terrorisiert.«
»Nicht terrorisiert, das lasse ich nicht zu. Ich habe jetzt eine Alarmanlage im Haus«, darauf hatte Judd bestanden, »und außerdem ist Buck bei mir. Um Donna mache ich mir natürlich auch Sorgen, aber wir können nicht viel tun, außer engen Kontakt zu ihr zu halten. Wir können Sie nicht zwingen, Matthew zu verlassen, diese Entscheidung muß sie selbst treffen. Sie wird an einen Punkt kommen, wo ihr gar nichts anderes mehr übrigbleibt.«
Nolan war nicht überzeugt. »Viele geschlagene Frauen bleiben aus Gründen, die ihnen einleuchtend erscheinen, bei ihren Männern.«
»Das ist richtig, aber diese Frauen wissen nicht, wohin sie sonst gehen sollen. Donna kann vielleicht nicht zu ihrer Familie gehen, aber sie kann zu Ihnen gehen oder zu mir. Matthew wird irgendwann einen Fehler machen, und dann rächt sich alles, was er Böses getan hat.«
Unglaublicherweise erschien genau in dieser Sekunde Judd mit einer Neuigkeit zu eben diesem Thema in der Küche.
»Es gibt ein Problem, Nolan. Montis älteste Tochter hat angerufen. Wenn ich sie richtig verstanden habe, dann hat Monti Matthew mit Joanie erwischt und ihm ein Messer reingerammt. Matthew wird's überleben, aber Monti ist geflüchtet. Sie stellen einen Suchtrupp zusammen und brauchen Sie als Anführer.«

Judd wohnte nicht weit vom Marktplatz entfernt, doch die Fahrt zu den Farrs war nichtsdestoweniger nervenaufreibend. Die Straße war spiegelglatt, die Sicht gleich null. Kaum hatten die Scheibenwischer den Schnee zur Seite geschoben, lag schon wieder eine neue Schicht auf der Windschutzscheibe, wodurch die blitzende Lichtleiste des direkt vor dem Blazer fahrenden Streifenwagens zu einem verschwommen-psychedelischen Farbspektrum geriet. Außerhalb dieser Lichtblitze und Judds Scheinwerfern herrschte tiefschwarze Dunkelheit.
In Anbetracht des Wetters und der Aufregung hätte Judd es vorgezogen, daß Chelsea zu Hause geblieben wäre – ein Schneesturm und der Schauplatz einer Messerstecherei waren nicht gerade ideale Bedingungen für eine Schwangere –, aber sie hatte darauf bestanden, mitzukommen, und da Leo in Millie eine gewissenhafte Betreuerin hatte, war Judd um das einzige Argument gebracht worden, das eine Aussicht auf Erfolg gehabt hätte.
Judd hoffte, daß ihr warm genug war. Er hatte sie zwar in einen Parka von sich gepackt, in dem sie fast ertrank, aber sie fror ständig. Bei der Arbeit wickelte sie sich in Decken – und er wünschte sich, sie zu wärmen. Dumm. Unangebracht. Qualvoll. Aber wahr.
»Es ist richtig unheimlich«, sagte sie. »Nolan und ich sprachen gerade darüber, daß Matthew irgendwann einen Fehler machen würde, als du in die Küche kamst. Ich hätte nicht gedacht, daß es sich so schnell bewahrheiten würde.«
Judd war verärgert über sich, weil er Chelsea so sehr begehrte, und dementsprechend gereizt. »Es wird sich nicht viel ändern. Matthew wird ebensowenig von Joanie ferngehalten werden können, wie Monti wegen tätlichen Angriffs vor Gericht gestellt wird.«
»Aber jetzt wird die ganze Stadt die Wahrheit erfahren.«
»Die kannte die Stadt bereits – außer Donna. Und die weiß nun auch Bescheid. Die Farrs wollen bloß, daß wir ihnen helfen,

Monti zu finden. Er muß schrecklich erschrocken darüber gewesen sein, was er getan hat, daß er bei einem solchen Wetter davongelaufen ist. Wenn wir ihn haben, überlassen wir den Rest den Farrs – alles weitere geht uns nichts an.« Er wagte für einen Sekundenbruchteil, die Straße aus den Augen zu lassen, um zu Chelsea hinüberzuschauen, aber es genügte, um ihren frustrierten Gesichtsausdruck zu sehen. »Du wünschst dir, daß sich die Dinge durch diesen Vorfall für Donna zum Guten wenden, und das tue ich auch, aber schraube deine Hoffnungen nicht zu hoch. Wenn die Notcher Leute wären, die es sich zur Aufgabe gemacht haben, gegen Unrecht einzuschreiten, hätten sie Matthew schon vor langer Zeit das Handwerk gelegt. Donna ist nicht die erste Frau, die er mißhandelt. Er wollte Joanie seit der High-School haben und hat seine Wut darüber, daß Monti ihm zuvorkam, schon an vielen anderen Frauen vor ihr ausgelassen. Nachdem er Donna geheiratet hatte, konzentrierte er sich auf sie, das ist alles.«

Der Blazer geriet ins Rutschen, doch Judd fing ihn sofort ab. »Leg dich, Buck«, sagte er in den Rückspiegel. »Du wirst vielleicht die Schlüsselfigur in dieser Aktion sein.« Monti war zu Fuß geflohen, was bedeutete, daß er eine Spur hinterlassen haben mußte, es sei denn, der Wind hätte sie verweht oder Monti liefe in Reifenspuren auf der Fahrbahn. Buck würde auf jeden Fall eine Hilfe sein – er war zwar kein Spürhund, aber er besaß eine scharfe Nase.

Die drei Häuser an der Grundlinie der dreieckigen Stadtwiese waren hell erleuchtet. Wagen parkten kreuz und quer davor, die Leute dort abgestellt hatten, die ihr Festessen abgebrochen hatten, um sich an der Suche zu beteiligen.

Nach einem Blick auf die Situation im Farr-Haus war Judd nun doch froh, daß Chelsea mitgekommen war. Donna saß, abseits des allgemeinen Aufruhrs, mit ihrer Mutter, ihrer Schwester Janet und Joshie verstört in der hintersten Ecke des Wohnzimmers.

Lucy war mit Matthew ins Krankenhaus gefahren, Emery erteilte Nolan Vorgehensmaßregeln, und Joanie weinte, umringt von einem großen Teil der Creme von Norwich Notch, in ein Papiertaschentuch.

Nachdem Judd Chelsea sicher bei Donna untergebracht hatte, gesellte er sich zu Nolan, Emery und den anderen Männern, die sich für die Suche versammelt hatten. Oliver befand sich darunter, ebenso George und verschiedene Verwandte und Freunde.

Nolan teilte die Männer auf und wies jeder Gruppe ein bestimmtes Gebiet zu. Sein Deputy würde auf dem Revier die Stellung halten und Nachrichten entgegennehmen und übermitteln. Drei Fanfarenstöße der großen Sirene auf dem Spritzenhaus riefen alle auf die Grünfläche hinaus.

Montis Spur begann hinter dem Farr-Haus, führte durch schneeschweres Buschwerk und Calvin Balls Garten auf die Straße hinaus, wo ein Fahrzeug des Winterdienstes sie mit dem Schnee beiseite geschoben hatte. Also schwärmte der Suchtrupp in Radspeichenform aus.

Mit einer großen Stablampe und einem auf die Frequenz des Polizeireviers eingestellten Funkgerät ausgerüstet, folgten Judd, Nolan und drei andere Buck in ein Waldgebiet, das eine halbe Meile vom Stadtkern entfernt lag. Zwar führten keine Spuren dorthin, doch es bot sich für einen Flüchtigen als Ziel geradezu an. Es waren dort verlassene Hütten und Baumhäuser, ideal dazu geeignet, zu verschnaufen und die Gedanken zu ordnen. Monti war nicht dumm – weltfremd, vielleicht, aber nicht dumm –, und keiner, der ihn kannte, hielt ihn für selbstmordgefährdet. Außerdem war er nicht besonders mutig, sonst hätte er seine Frau schon vor Jahren zur Rede gestellt, hätte seinen Bruder schon vor Jahren zur Rede gestellt. Jetzt war er in Panik geraten und geflohen, aber es war nicht zu erwarten, daß er sich weit entfernt hatte.

Sie trotteten dahin, riefen seinen Namen, durchsuchten jedes

Versteck. Es schneite unaufhörlich, und der Wald wirkte so romantisch, daß Judd unter anderen Umständen freiwillig hierher gekommen wäre. Im Grunde war die Nacht hier still und friedlich. Unglücklicherweise machten die Umstände sie bedrohlich.

Stunden vergingen. Nachdem sie den Wald ohne Erfolg durchgekämmt hatten, durchforsteten die Männer den südlichen Stadtrand. Die Neuigkeit war bereits bis hierher gedrungen, und auf den Veranden brannte Licht. Die nicht an der Suche Beteiligten standen vor ihren Haustüren, erkundigten sich nach den Fortschritten und boten warmes Essen und heiße Getränke an.

Als es um drei Uhr früh zu schneien aufhörte, war die weiße Decke auf dem Boden dreißig Zentimeter dick. Der Deputy berichtete, daß Matthew zusammengeflickt worden und in guter Verfassung sei, was Nolan mit einem angewiderten Kopfschütteln quittierte.

Die Suche ging weiter.

Judd spürte die Kälte in seiner Schulter mehr als in den Händen und Füßen. Die Temperatur sank, was im Augenblick für den Suchtrupp schlecht, auf lange Sicht jedoch gut war, denn je kälter es würde, um so schneller träte Monti den Heimweg an.

Der Morgen dämmerte herauf und verwandelte die Welt in eine bläulich glitzernde Märchenlandschaft, als, begleitet von Störgeräuschen, die Stimme des Deputys aus Nolans Funkgerät drang.

»Ist Judd bei Ihnen, Boss?«

»Er steht neben mir.«

»Ich muß ihn sprechen.«

»Was ist los, Donny?« fragte Judd, doch noch ehe er die Worte des Deputys hörte, breitete sich in seinem Innern eine Kälte aus, die nichts mit der Außentemperatur zu tun hatte. Er hatte kaum Zeit, über das Phänomen des sechsten Sinnes nachzudenken, bevor die Nachricht durchkam.

»Millie Malone hat eben völlig hysterisch angerufen. Sie schimpfte in den höchsten Tönen über das üppige Essen und den Wein, sagte, beides hätte sie so müde gemacht, daß sie eingeschlafen sei. Als sie vor einer Weile aufwachte, stellte sie fest, daß Leo weg war.«

Chelsea wartete noch immer mit Donna bei den Farrs auf Neuigkeiten über Monti, als sie es erfuhr. Als sie Judd die Straße herunterrennen sah, stürzte sie aus dem Haus und kletterte Sekunden nach Buck in den Blazer.

Judds Hut, Jacke, Handschuhe und Stiefel waren mit einer dicken Schneeschicht bedeckt, seine Züge aschfahl, seine Lippen blau. Er warf im Einsteigen Hut und Handschuhe auf den Sitz, drehte den Zündschlüssel um und knetete dann seine steifgefrorenen Finger. Chelsea reichte ihm einen Becher Kaffee hinüber. Er umschloß das heiße Gefäß mit beiden Händen, trank einen großen Schluck, gab Chelsea den Becher zurück und legte den Gang ein.

»Was hast du erfahren können?« fragte sie.

Er wendete, geriet ins Rutschen, fing den Wagen ab und fuhr los. »Nicht viel. Sie weiß nicht, wann er das Haus verlassen hat. Es muß irgendwann zwischen acht Uhr gestern abend und zwei Uhr heute früh gewesen sein – in der Zeit hat sie geschlafen.«

»Wie ist er angezogen?«

»Soviel sie weiß, wie zum Zeitpunkt unserer Abfahrt.«

»Hat er einen Mantel an?«

»Seine Baseballjacke.«

Chelsea zog scharf die Luft ein. Die Red-Sox-Jacke war das richtige für eine kühle Sommernacht, aber bei diesem Wetter ... Die Angst auf Judds Gesicht zeigte ihr, daß auch er sich mit dieser Vorstellung herumschlug.

Sie gab ihm noch einmal den Kaffee und nahm ihn wieder an sich, nachdem Judd einen zweiten, großen Schluck getrunken hatte. »Wo geht er denn normalerweise hin, wenn er einen Spaziergang macht?«

»In den Wald.« Judd fluchte. »Es ist gut möglich, daß er in der Dunkelheit für einen der Sucher gehalten wurde, aber es kann auch sein, daß er ihnen gar nicht über den Weg gelaufen ist. Nach seinen Fußspuren brauchen wir jedenfalls nicht zu suchen, die können wir unter all den anderen nicht herausfinden.« Er fluchte wieder.

»Wir werden ihn finden, Judd«, sagte sie.

»Du nicht!« erklärte er kategorisch. »Du bleibst im Haus. Ich will mich nicht auch noch um dich sorgen.«

Chelsea widersprach nicht. Sie wollte nichts als helfen, und das würde sie nicht tun, indem sie ihn aufregte. Er war erschöpft und durchgefroren – nicht gerade ideale Voraussetzungen für den Beginn einer zweiten Suchaktion in dem verschneiten Wald. Er mußte aus den nassen Sachen heraus und brauchte etwas Warmes in den Magen und dann Schlaf, aber sie wußte nicht, ob er sich auch nur für eines davon Zeit nehmen würde. Außerdem war sie gar nicht in der Verfassung für einen Marsch durch den Wald. Sie könnte sich sehr viel nützlicher machen, wenn sie im Haus bliebe und, wer immer käme, von einer Kanne Kaffee und einem behaglichen Feuer im Kamin empfangen würde.

Judd hatte kaum angehalten, als er auch schon aus dem Wagen sprang. Er nahm sich gerade mal Zeit, trockene Sachen anzuziehen und brach dann mit Nolan, Hunter und dem, wie es angesichts der Menge schien, die sich versammelt hatte, größten Teil der Plum-Granite-Belegschaft wieder in Richtung Wald auf. Chelsea empfand es als poetische Gerechtigkeit, daß sich doppelt so viele Menschen eingefunden hatten, um Leo Streeter zu suchen, wie für die Jagd auf Monti Farr. Diese Männer hier waren gekommen, weil sie Judd mochten und respektierten. Es war eine Genugtuung.

Der Vormittag schleppte sich dahin. Chelsea, die eine schlaflose Nacht hinter sich hatte, schlief im Wohnzimmer im Sessel ein und wachte erst auf, als Donna kam, die sich weigerte, über

Matthew zu sprechen. Kurz darauf rief Nolans Deputy an, um zu berichten, daß Monti völlig verängstigt, aber ansonsten wohlauf in einer Garage am Stadtrand gefunden worden sei. Chelsea hoffte inständig, daß Leo sein Abenteuer ebensogut überstehen würde.

Im Laufe des Nachmittags brachten Frauen – hauptsächlich aus Corner, aber einige, wie Ginny Bidden und Sandra Morgan, auch aus der Innenstadt – Essen vorbei, was sich als äußerst vorteilhaft erwies, da sich, halberfroren und ausgehungert, immer wieder Helfer einfanden. Keiner von ihnen hatte etwas Positives zu berichten. Die allgemeine Befürchtung ging dahin, daß Leo sich irgendwann erschöpft hingelegt hatte und erfroren war, in welchem Fall es Tage, ja vielleicht sogar Wochen dauern könnte, bis man ihn fände – das hinge davon ab, wann der Schnee schmelzen würde.

Je mehr Stunden ergebnislos verstrichen, um so größer wurde Chelseas Angst, daß sich diese Version bewahrheiten würde. Die Quecksilbersäule des Thermometers auf der Veranda sank tiefer, die Schönheit der verschneiten Landschaft geriet zum Hohn.

Chelsea hatte am Fenster Posten bezogen und hielt Ausschau nach Judd. Sie wußte, wenn er zurückkäme, hätte er entweder Leo gefunden oder wäre seinerseits entkräftet zusammengebrochen. Sie wünschte, sie könnte mehr tun, doch es blieb ihr nichts anderes übrig, als zu warten und sich mit den Überlegungen herumzuquälen, was gewesen wäre, wenn sie im Haus geblieben wäre oder Millie nicht soviel getrunken hätte oder Zeit für einen Kaffee gewesen wäre oder Leo in einem Pflegeheim untergebracht wäre. Sie wußte, daß all das auch Judd irgendwann durch den Kopf gehen würde, und konnte nur beten, daß Leo lebend gefunden würde.

Die Dämmerung setzte, wie Ende November üblich, schon sehr früh ein. In der Hoffnung, daß Leo den Schneesturm irgendwie überstanden hatte, von dem Suchtrupp übersehen worden war und sich von einem vertrauten Anblick angezogen fühlen würde, machte Chelsea alle Lampen im Haus an. Sie wärmte das Stew auf, das eine Frau in einem riesigen Topf gebracht hatte, und die Suppe einer anderen, backte das Brot auf, kochte frischen Kaffee und sorgte dafür, daß das Feuer im Kamin nicht ausging. Donna war nach Hause zu Joshie gegangen, der natürlich völlig verstört über den Verlauf des Thanksgiving war. Andere waren heimgefahren, um sich um ihre Familien zu kümmern, und Männer kamen und gingen, während die Suche in Schichten fortgesetzt wurde.

Dann, kurz nach acht an diesem Abend, entstand draußen auf der Straße plötzlich ein Tumult. Chelsea öffnete die Haustür und sah Männer aus dem Wald strömen. Sie glaubte, Judd auszumachen, glaubte Nolan auszumachen, glaubte ein großes Bündel zwischen ihnen auszumachen, doch der Pulk bewegte sich zu schnell, und die Nacht war zu dunkel. Motoren sprangen an, Scheinwerfer leuchteten auf. Sie fragte sich gerade, wen sie aufhalten sollte, um etwas zu erfahren, als wie aus dem Nichts Judd vor ihr stand. Er sah noch schlechter aus als am Morgen.

»Ich weiß nicht, ob er es schaffen wird«, sagte er mit brüchiger Stimme, während Buck sich den Schnee vom Rücken schüttelte und ins Haus lief. »Wir bringen ihn ins Krankenhaus.«

»Ich komme mit!« Chelsea hatte genug davon, untätig herumzusitzen. Sicherlich würde sie auch in der Klinik nichts anderes tun können, doch dort wäre sie wenigstens mit Judd zusammen.

Sie griff sich ihren Mantel, ließ das Haus in der Obhut derer, die sich noch am Feuer aufwärmten, und fuhr mit Hunter im Blazer, während Judd, Nolan und zwei andere Männer Leo im Streifenwagen mitnahmen.

Im Krankenhaus ging das Warten weiter. Judd wanderte ruhelos zwischen dem kleinen Untersuchungsraum und dem Wartezimmer auf und ab. Er sagte nicht viel, aber sein Gesichtsausdruck sprach Bände. Die Schwestern hatten Chelsea erlaubt, die Küche zu benützen, doch er weigerte sich zu essen. Aber er trank Kaffee. Chelsea war sicher, daß allein das Koffein ihn aufrechthielt.

Irgendwann schlief sie gegen ihren Willen, in dem Parka in sich zusammengesunken, auf ihrem Stuhl ein. Als sie aufwachte, war es kurz vor zwei, Hunter und einige andere standen etwas abseits beieinander, und Judd war vor ihr in die Hocke gegangen.
»Es ist vorbei«, sagte er heiser. »Laß uns gehen.«
Bevor er aufstehen konnte, schlang sie die Arme um ihn und drückte ihn fest an sich. »Es tut mir leid«, flüsterte sie. »Es tut mir so leid, Judd.«
Er sagte nichts, legte kaum merklich die Hände auf ihre Seiten. Als sie ihn losließ, stand er auf, berührte kurz den Reißverschluß ihres Parkas, um sie daran zu erinnern, ihn hochzuziehen, hielt ihr die Tür auf und wartete, bis sie sich im Blazer zurechtgesetzt hatte, bevor er zur Fahrerseite hinüberging. Er wirkte wie betäubt – was völlig normal war, sagte sie sich. Er hatte zwei Tage ohne Schlaf hinter sich, die ihm körperlich und seelisch an die Substanz gegangen waren, und jetzt kam zu seiner Erschöpfung auch noch der Kummer.
Er fuhr ganz selbstverständlich mit ihr zu seinem Haus, und sie hätte es auch nicht anders gewollt. Sie hatte nicht die Absicht, ihn sich selbst zu überlassen, bis er geschlafen und gegessen hätte und sie sähe, daß sie nicht um ihn besorgt sein müßte. Ihre Sorge um ihn ging tief. Noch nie in ihrem Leben hatte sie so eindeutig das Gefühl gehabt, am richtigen Ort zu sein und zur richtigen Zeit das Richtige zu tun.
Judd warf seine Winterjacke auf einen Stuhl, kickte die Stiefel von seinen Füßen und ging, noch immer ohne ein Wort, den Flur hinunter zum Bad, wo Sekunden später die Dusche zu rauschen begann. Chelsea kehrte in die Küche zurück, in der sie das Chaos des vergangenen Tages vorzufinden glaubte, doch wie sich zeigte, hatten Heinzelmännchen es bereits beseitigt. Die Küche war, ebenso wie der Rest des Hauses, blitzblank geputzt und aufgeräumt.
Die Scheite im Kamin glühten noch. Sie legte einen Kloben obenauf, der gleich darauf Feuer fing, und dann noch einen

zweiten und einen dritten, denn es erschien ihr passend, den Mann, der diesen Kamin so gewissenhaft Stein für Stein gemauert hatte, in der Nacht seines Todes symbolisch mit einem lodernden Feuer zu ehren. Diese Feuerstelle, die niedrige Steinmauer, die das Haus einfriedete, die vielen, vielen anderen Mauern, die er errichtet hatte, Judd selbst – all das war Leos Werk, lebte nach ihm weiter.

Buck kam aus dem hinteren Teil des Hauses angeschlendert und stupste sie mit der Nase. Er wirkte bedrückt. Sie nahm ihn in den Arm, hielt ihn einen Moment lang fest und ließ ihn dann zu dem alten Flickenteppich in Judds Zimmer zurückkehren.

Das Wasser im Bad rauschte noch immer. Sie sah Judd vor sich, wie er mit gesenktem Kopf verzweifelt unter dem Sprühregen stand und vergeblich darauf hoffte, daß das heiße Wasser die Kälte aus seinem Innern spülte. So war es bei ihr gewesen, als Abby gestorben war. Die Kälte hatte sich wochenlang gehalten. Sie wollte Judd das sagen, wollte ihm sagen, daß es wieder besser würde, doch dann erinnerte sie sich daran, daß sie das damals auch nicht wollte. Sie litt unter Abbys Tod, aber sie hatte leiden wollen, als sei das die Strafe dafür, daß sie noch lebte. Worte konnten Abby nicht zum Leben erwecken, und sie würden es auch bei Leo nicht können – und Judd hatte auch noch die Qual der Beerdigung vor sich.

Das Rauschen verstummte. Sie machte heiße Schokolade und kehrte ins Wohnzimmer zurück. Das Feuer brannte noch immer lichterloh, doch das Knistern hatte plötzlich etwas Unheimliches. Ohne Leo wirkte das Haus leer – sogar Chelsea, die noch neu in seinen Mauern war, spürte, daß etwas fehlte. Als Judd wieder auftauchte, trug er einen Jogginganzug. Seine Haare fielen ihm in feuchten Strähnen in die Stirn. Eine Hand auf den wunderschön gearbeiteten Sims gestützt, stand er am Kamin und starrte in die Flammen.

Als Chelsea ihn von ihrem Platz am Feuer aus betrachtete und seinen Kummer spürte, wurde sie von Liebe – ja, von Liebe –

und dem Bedürfnis überwältigt, ihn zu trösten. Sie stand von ihrem Stuhl auf, trat zu ihm, schlang unter dem Sweatshirt die Arme um ihn, vergrub das Gesicht in der Mulde unter seinem Ohr und übermittelte ihm, ohne Worte zu Hilfe zu nehmen, das Mitgefühl, von dem ihr Herz überquoll. Es war das Selbstverständlichste und Einfachste von der Welt für sie.

Zuerst stand er regungslos da. Dann, als habe die Wärme ihres Körpers etwas in ihm zum Schmelzen gebracht, stieß er ein aus den Tiefen seiner Seele aufsteigendes, qualvolles Stöhnen aus, legte die Arme um sie, und jetzt war seine Umarmung nicht nur angedeutet, sondern kraftvoll, von verzweifelter Entschlossenheit. Als er diesmal stöhnte, erkannte sie ihren Namen darin. Er klammerte sich regelrecht an sie.

»Ich bin da«, flüsterte sie, »ich bin ja da.«

Seine Arme begannen zu zittern, und er strich mit den Händen an ihrem Körper auf und ab. Dann schob er sie von sich, um ihre Brüste und ihren Bauch streicheln zu können. »Ich brauche Leben«, sagte er mit gequälter Stimme, während seine Hände die Teile ihres Körpers liebkosten, die eben das augenfällig symbolisierten. Er umfaßte ihr Kinn und senkte seinen Mund auf den ihren.

Chelsea hatte mit keinem Gedanken an Sex gedacht, doch die Erregung, die jetzt von ihr Besitz ergriff, war ebenso natürlich, wie ihn zu halten, mit ihm zu trauern und ihn zu lieben. Als sie seinen Kuß erwiderte, war sie mit dem ganzen Herzen dabei, und als spüre er das, intensivierte er seinen Kuß.

Er sank mit ihr vor dem Feuer auf dem Teppich auf die Knie und zog ihr in der Bewegung den Pullover über den Kopf, und dann küßte er sie wieder, während er die Knöpfe ihrer Bluse öffnete. Diesmal lag Begehren darin – und Verzweiflung und Kummer und Entdeckerfreude und Verlangen –, und Chelsea wurde von einem tiefen Glücksgefühl erfaßt.

Was dann geschah, hatte sie nicht vorhergeahnt und würde sie nie in ihrem Leben vergessen. Er betrachtete ihre Brüste, bis er plötzlich auf ihren Bauch aufmerksam wurde. Er zog den dehnbaren Einsatz herunter und legte beide Hände auf die Wölbung – und in diesem Augenblick bewegte sich das Baby. Es war nicht festzustellen, ob es sich um eine Hand, einen Fuß, einen Arm oder ein Bein handelte – aber da war Leben in ihr, und genau das wollte Judd sehen und fühlen.

Und plötzlich, wie durch ein Wunder, wich der Kummer auf seinem Gesicht einer tiefen Ehrfurcht. Das Baby bewegte sich erneut. Judd stieß einen leisen Laut aus und ließ seine Hände liegen, bis es wieder Ruhe gab. Dann hob er den Blick. Leidenschaft flammte in seinen Augen auf, und mit einem erstickten Atemzug zog er Chelsea zu sich heran, preßte sie an sich, als wolle er mit ihr verschmelzen. Er hatte einen schmerzlichen Verlust erlitten und versuchte die dadurch in ihm entstandene Lücke zu füllen, und sie ließ sich dazu benutzen, weil sie ihn liebte und weil es ihr guttat.

Trotz allem, was er in dieser Nacht durchgemacht hatte, verlor er sich nie so sehr in seiner Leidenschaft, daß er ihr weh tat, was aber nicht hieß, daß er sanft mit ihr umging. Er nahm sie voller Begierde und nahm sie gleich danach noch einmal, aber beide Male achtete er auf ihren Bauch und darauf, daß auch sie Erfüllung fand.

Dann fiel er in Tiefschlaf, und sie dachte zuerst, sie könnte ihn ewig betrachten, so sehr hatte sie ihn vermißt und soviel gab es zu sehen, doch nach einer Weile wurden ihre Lider schwer, und bei ihm die Wärme findend, die ihr sonst nur lagenweise Decken und Quilts spendeten, küßte sie ihn auf die Schulter, flüsterte »Ich liebe dich« und überließ sich dem Rest der Nacht.

Zweiundzwanzigstes Kapitel

Donna suchte Oliver nicht häufig auf. Sie hielt ihn weder für einen freundlichen Menschen noch für einen verständnisvollen Vater, doch jetzt brauchte sie seine Hilfe.

Ihn allein anzutreffen war der einfache Teil ihres Unterfangens, denn Margaret hatte fast jeden Nachmittag irgend etwas vor, und Donna brauchte lediglich aus dem Ladenfenster zu schauen, bis sie den Plum-Granite-Lastwagen vor dem großen Klinkerbau am Fuß der Stadtwiese halten sah.

Matthew stand an der Kasse. Zwei Wochen nach der Messerstecherei war seine Wunde – ein neun Zentimeter langer Schnitt in dem fleischigen Gewebe an seiner Seite – bereits verheilt. Die emotionalen Folgen der Vorfalls wirkten sich – zumindest bei Donna – nachhaltiger aus. Während die übrige Familie zur Tagesordnung übergegangen war, hatte sich in Donna eine einschneidende Veränderung vollzogen.

»Ich gehe meinen Vater besuchen«, erklärte sie ihrem Mann und verließ das Geschäft, ehe er Gelegenheit hatte, sie aufzuhalten. Er behandelte sie nicht etwa besser – er war ebenso gemein und gewalttätig wie immer –, doch es machte ihr nicht mehr soviel aus. Irgend etwas war an Thanksgiving in ihr gestorben, und etwas anderes zum Leben erwacht. So weit es sie betraf, war ihre Ehe zu Ende.

Oliver saß in der Bibliothek, seinem Lieblingsraum, einer imposanten Illusion, alt und dunkel und nach Büchern riechend, die seit Jahren nicht aufgeschlagen worden waren. Oliver besaß nur die Mittlere Reife und hatte kaum je etwas anderes als Fachliteratur gelesen, doch er hatte sich eine Bibliothek eingebildet, und so war, als Margaret und er nach dem Tod seines Vaters in das Haus zogen, der alte Salon umgestaltet worden. Er hatte deckenhohe Regale einbauen lassen und eine Sammlung von Büchern gekauft, die man bei einem gebildeten Mann erwartete, einen vornehmeren Schreibtisch, als er sich je ins Büro gestellt hätte, vornehme Sitzmöbel und einen edlen Teppich. Die Bibliothek war der vornehmste Raum im Haus, und er fand großen Gefallen daran.

Als Donna eintrat, saß er, die überkreuzten Füße auf den Schreibtisch gelegt, mit einem Glas Whisky in der Hand zurückgelehnt auf seinem Stuhl. Seine einzige Begrüßung bestand aus einem Runzeln seiner Augenbrauen.

»Warum bist du nicht im Laden?« fragte er.

Sie ging zu seinem Schreibtisch und stützte die Finger auf die Platte – unerschrocken, denn der Teil, der in ihr gestorben war, hatte auch mit Oliver zu tun. Sie fürchtete sich nicht mehr vor ihm wie früher. Nichts, was er sagte, könnte sie so verletzen, wie Matthew es getan hatte. Sie war härter geworden und damit stärker.

Ihr Besuch bei ihm beinhaltete zwei Zugeständnisse: Erstens erkannte sie ihn, indem sie ihn in ihre Pläne einbezog, als Familienoberhaupt an, und zweitens sprach sie, was er, wie sie wußte, obwohl er die Zeichensprache verstand, vorzog.

»Ich möchte mich von Matthew scheiden lassen«, erklärte sie, »und ich bitte dich um deine Unterstützung.«

Mit so wenig Interesse, wie er gezeigt hätte, wenn sie ihm mitgeteilt hätte, daß sie zum Abendessen Koteletts servieren würde, antwortete er: »Die wirst du nicht bekommen.« Er trank einen Schluck. »Du hast die Gelöbnisse abgelegt, und Plums nehmen die Gelöbnisse ernst.«

»Farrs nicht. Matthew hat sich nicht daran gehalten.«

Oliver wischte ihre Aussage mit einer Bewegung seiner knochigen Hand vom Tisch. »Männer sind nun mal nicht treu, das ist ohne Bedeutung.«

»Für mich nicht. Wußtest du über Joanie und ihn Bescheid?«
»Das ist doch alles nur Gerede.«
Ganz automatisch traten ihre Finger in Aktion. »Es ist nicht nur Gerede«, protestierten sie, und dann sagte sie: »Monti hat die beiden gesehen, darum hat er zum Messer gegriffen.«
Oliver schloß die Finger um das Glas, das er auf seinen Schoß gestellt hatte, und studierte, die Lippen schürzend, die bernsteinfarbene Flüssigkeit darin. »Monti läßt sich nicht von Joan scheiden.«
»Das kann er halten, wie er will – er hat nicht durchgemacht, was ich hinter mir habe.«
Oliver hob den Kopf und schaute sie angriffslustig an. »Woher weißt du das? Woher weißt du, wie er sich fühlt? Du weißt es nicht, Missy. Du weißt überhaupt nichts.«
»Ich weiß mehr, als du denkst«, antwortete sie ihm in Zeichensprache, denn der gab sie den Vorzug. »Ich weiß, warum ich taub bin. Es hatte nichts mit einer Krankheit zu tun. Ich bin taub, weil meine Mutter mich wieder und wieder ohrfeigte, weil ich etwas gehört hatte, das ich nicht hätte hören dürfen.«
Oliver nahm die Füße vom Schreibtisch. In seinen Augen blitzte eine Regung auf, die sie nicht deuten konnte, doch sie bildete sich ein, daß er jetzt etwas kleinlauter wirkte. »Du hast gar nichts gehört.«
»Ich habe eine Menge gehört«, erwiderten ihre Finger, »und ich wurde dafür bestraft. Ich bin seitdem ununterbrochen dafür bestraft worden.«
Oliver stellte sein Glas auf den Schreibtisch. »Du hast nichts gehört.«
Sie hatte nicht vorgehabt, alles zu sagen. Selbst in diesem Augenblick summte es in ihrem Kopf, wie es darin gesummt hatte, nachdem Margaret sie geschlagen hatte, wie es jedesmal darin summte, wenn sie sich an das erinnerte, was sie nicht hätte hören dürfen. Das Summen war immer ein Alarmsignal gewesen, das sie vor gewissen Gedanken warnte, doch jetzt ignorierte

sie es. Sie wollte sich nicht mehr warnen lassen. Wissen verlieh Macht, und die würde sie jetzt nutzen.
»Ich weiß alles über Katie Love«, teilten ihre Finger Oliver mit. »Und ich weiß über Hunter Bescheid. Er ist dein Sohn, dein Fleisch und Blut. Der männliche Erbe, den deine Frau dir nicht schenken konnte.«
»Unfug«, protestierte Oliver, doch sie sah wieder das seltsame Flackern in seinen Augen. Sie hätte schwören können, daß es Furcht war.
»Es stimmt. Die ganze Stadt weiß es.«
»Nicht meine Stadt.«
»Sie wissen es, sie wagen nur nicht, es auszusprechen.«
»Dann nimm dir ein Beispiel daran.« Er stand auf und deutete mit einem zitternden Finger auf sie. »Wage es nicht, deine Mutter mit diesem unsinnigen Geschwätz zu belästigen.«
»Es ist kein Geschwätz«, sagte Donna. »Es ist die Wahrheit.«
»Wahrheit oder nicht, es würde sie umbringen.« Seine Augen verengten sich. »Oder willst du das vielleicht? Du hast sie schon einmal fast umgebracht, als du taub wurdest.«
Donna starrte ihn fassungslos an. »Sie hat mich taub gemacht!«
»Wenn du nicht gelauscht hättest, wärst du nicht geschlagen worden und nicht taub geworden. Es war deine eigene Schuld. Und das gleiche gilt für deine Ehe. Wenn du Matthew eine bessere Frau gewesen wärst, hätte er sich vielleicht nicht anderweitig engagiert.«
»Er hatte doch schon ein Verhältnis mit ihr, bevor er mich überhaupt kennenlernte«, schrie sie empört. Seit der Messerstecherei hatten ihr Freundinnen einiges erzählt, und diese Information gehörte dazu.
»Nun, es steht jedenfalls fest, daß du sein Interesse nicht lange fesseln konntest.« Er streckte die Hand in die Luft. »Mach mit deinem Mann, was du willst«, er deutete wieder mit dem Finger auf sie, »aber wage es nicht, deine Mutter aufzuregen. Sie hat eine zarte Konstitution, und die Entwicklungen in der Firma

haben ihre Nerven schon genug strapaziert. Du läßt sie in Ruhe!«

Donna hatte gar nicht vorgehabt, mit ihrem Wissen zu Margaret zu gehen, und auch nicht zu Hunter. Sie hatte nichts weiter gewollt als die Zustimmung ihres Vaters zu der Beendigung einer Ehe, die eine Katastrophe war.

Wie es aussah, würde sie sie nicht bekommen. Wie es aussah, würde er sich auf Matthews Seite schlagen, doch das kränkte sie nicht mehr so sehr, wie es früher der Fall gewesen wäre. Den Wandel hatte Nolan herbeigeführt, der sie liebte, und Chelsea, die sie schätzte, und Joshie, der etwas Besseres verdiente, als er bekam – und ihre Überzeugung, daß Oliver unrecht hatte.

In einem Punkt jedoch hatte er unglücklicherweise recht. Margarets Konstitution war tatsächlich zart. Sie mochte herrschsüchtig, manipulativ, ja sogar fanatisch sein, aber sie war körperlich und nervlich nicht belastbar. Die veränderten Bedingungen in der Firma beunruhigten sie ernstlich, sie war nicht mehr dieselbe, seit Chelsea aufgetaucht war, und es würde sie hart treffen, wenn Donna Matthew verließe.

Mit Olivers Unterstützung hätte Donna es vielleicht geschafft, doch ohne seine Rückendeckung war sie dessen nicht sicher. Margaret trug zwar die Schuld an ihrer Taubheit, doch sie hatte auch einen hohen Preis dafür bezahlt. Donna wollte sie ebensowenig noch einmal zusammenbrechen sehen wie Oliver.

Es war eine ausweglose Situation.

»Hi, Dad«, sagte Chelsea so fröhlich sie konnte, als endlich einmal Kevin selbst den Hörer abnahm und sie sich nicht mit seiner Tonbandstimme konfrontiert sah. Dann wartete sie, litt in jeder Sekunde, die verging, tausend Qualen. Sie hatte seit ihrer Zufallsbegegnung in Newport nicht mit ihm gesprochen und fürchtete schon, er würde wortlos auflegen, als er zögernd, aber besorgt fragte: »Chelsea? Geht es dir gut?«

Sie hätte in ihrer Erleichterung beinahe gelacht. »Ja, ausgezeichnet. Und dir?«
»Nicht schlecht«, antwortete er, jetzt jedoch sehr zurückhaltend, als habe er eine Weile gebraucht, um sich zu erinnern, was diesem Anruf alles vorangegangen war.
»Ich vermisse dich«, wagte sie einen Vorstoß. Es war die Wahrheit, war immer so gewesen und neuerdings besonders stark. Leos Tod hatte ihr das deutlich bewußt gemacht. »Wir haben schon zu lange nichts voneinander gehört.«
Anstatt das zu bestätigen erkundigte sich Kevin: »Hattest du ein schönes Thanksgiving?«
»Ja ... nein ... um die Wahrheit zu sagen, das ist einer der Gründe für meinen Anruf.«
»Ist etwas mit dem Baby?« Wieder Besorgnis.
Sie war Balsam für ihre Seele, doch Chelsea war nicht so egoistisch, sie länger auszukosten. Sie versicherte ihm, daß es dem Kind prächtig gehe, und erzählte ihm dann von Leo. »Vielleicht war es am besten so – sein Zustand hätte sich ja höchstens noch verschlimmert –, aber für Judd ist es schwierig.«
Mit Kevin über Leo zu sprechen, der für ihn nur ein gesichtsloses Alzheimer-Opfer war, war etwas anderes, als mit ihm über Judd zu sprechen. Judd hatte ein Gesicht für ihn. Und er hatte auch einen Mund, der bei dem letzten Zusammentreffen der beiden Männer Dinge gesagt hatte, die er – Judds eigenem Eingeständnis nach – nicht hätte sagen sollen. Chelsea wußte nicht, um welche Dinge es sich dabei gehandelt hatte. Sie nahm an, daß sie sie von Kevin erfahren würde, wenn er wütend genug wäre.
»Judd ist ein ungewöhnlicher Mann«, sagte er, was ihr nichts verriet.
»Ungewöhnlich?«
»Direkt. Er hat kein Blatt vor den Mund genommen, als er mir seine Meinung erläuterte.«
»Er bedauert das – er befürchtet, daß er unserer Beziehung damit mehr geschadet als genützt hat.«

»Tja ... hmm ...«
»Ist es so?« fragte Chelsea, denn sie konnte immer noch nicht beurteilen, was er dachte oder empfand.
Anstatt darauf zu antworten, sagte Kevin: »Ich glaube, er mag dich.«
»Das beruht auf Gegenseitigkeit.«
»Hast du ihn geheiratet?«
Sie hörte eine vorsichtige Hoffnung in seiner Stimme – er war so schrecklich konventionell. »Würde das die Dinge für dich vereinfachen?«
»Würdest du es tun, wenn ich das bejahte?«
»Nein«, antwortete sie leise.
»Das dachte ich mir.« Er verfiel in Schweigen, und sie wollte gerade etwas über falsche Heiratsgründe sagen, als er fragte: »Wie lange noch?«
Sie legte die freie Hand auf ihren Bauch. »Knapp zwei Monate.«
»Bist du dick?«
»Wie eine Wassermelone.«
»Ist das Baby lebhaft?«
»Sehr.« Bei dem Gedanken daran mußte sie lächeln. Judd verbrachte Stunden damit, ihren Bauch zu beobachten. Manchmal erkannte sie, daß er dabei an Leo dachte, daran, daß ein Leben geendet hatte und ein neues begann. Zu anderen Zeiten war er völlig auf das Kind konzentriert. Er sagte nie viel, schaute nur. Wenn er eine Bewegung entdeckte, legte er seine große schwielige Hand auf ihre straff gespannte Haut, verfolgte damit die Bewegungen des Babys, einen winzigen Ellbogen oder Fuß, massierte ihre Muskeln, wenn sie sich zu harten Strängen zusammenzogen, und während alldem drückten seine Augen eine gespannte Aufmerksamkeit aus.
»Wo wirst du das Kind zur Welt bringen?« wollte Kevin wissen.
»Im hiesigen Krankenhaus. Es liegt nur zehn Minuten von meinem Haus entfernt, und der Arzt ist gut.«
»Ist das der aus dem John Hopkins?«

Sie lächelte – Kevin legte so großen Wert auf illustre Qualifikationen. »Ja, der aus dem John Hopkins.«
»Dann bin ich beruhigt.« Nach einer kleinen Pause fragte er mit leiserer Stimme: »Hast du es Carl gesagt?«
»Nein. Du?«
Er räusperte sich. »Nein. Du hattest recht, es würde seine Ehe unnötig belasten. Ich bin zwar nicht damit einverstanden, daß er sie geheiratet hat, aber es ist nun mal so. Allerdings ist mir ein Rätsel, wie du deinen Zustand vor ihm geheimhalten konntest.«
»Ich bin nicht mehr in Baltimore gewesen, seit man mir die Schwangerschaft ansieht, ich erledige alles per Fax und Telefon. Melissa weiß Bescheid. Sie ist mir eine große Hilfe.«
»Machst du viele Entwürfe?«
»Stell dir vor, ich habe gerade den Zuschlag für das Hunt-Omni bekommen.« Sie war ungeheuer aufgeregt und sehr, sehr stolz darauf. »Melissa wird die Abwicklung vor Ort übernehmen, und ich werde ihr die Pläne faxen.«
»Wird dir das nicht zu viel?«
»O nein. Ich habe mir in meinem Bauernhaus ein Studio eingerichtet, und ich bin glücklich über diese kreative Herausforderung. Mein Körper mag schwerfällig geworden sein, aber meine Hände und mein Verstand sind beweglich wie immer.«
»Wird dieses Projekt deine ganze Zeit in Anspruch nehmen?«
»Die ganze nicht.« Er hatte ihre Neugier geweckt. »Warum fragst du?«
»Ich habe vor ein paar Wochen einen Anruf von Marvin Blecker bekommen. Er plant ein neues Projekt.«
Chelsea horchte auf. Marvin Blecker war ein Bauunternehmer mit Zweigstellen in allen Teilen des Landes. »Was für ein Projekt?«
»Eine Reihe von Großkliniken, in denen zwei oder mehr kleinere Krankenhäuser zusammengefaßt werden sollen, um ein breites Behandlungsspektrum zu gewährleisten. Jede dieser Großkliniken wird ein neues Zentralgebäude brauchen, und Marv zielt auf

einen charakteristischen Baustil ab, der allen gemeinsam sein soll – quasi als Markenzeichen. Ich sagte ihm, daß du möglicherweise interessiert seist.«

»Das bin ich allerdings!« Ein solches Projekt wäre eine Langzeitaufgabe. Wenn sie Granit in ihre Entwürfe einbeziehen dürfte, wäre Plum Granite auf Jahre hinaus beschäftigt. »Du hättest mich gleich anrufen sollen!«

Nach einer Minute Schweigen sagte er: »Das ... war nicht einfach.«

»Da kann ich ja froh sein, daß ich dich angerufen habe«, meinte sie, jedoch ohne Groll. Sie wollte keine Zeit mit Groll verschwenden – Leos Tod hatte ihr klargemacht, daß man keine Zeit vergeuden durfte. Das Leben war zu kurz und zu unberechenbar für unnötige Entfremdungen. »Ich vermisse dich wirklich, Dad. Willst du mich nicht besuchen?«

»Ich bin noch nicht so weit weg«, erwiderte er leise.

»Ich habe gehört, daß Weihnachten hier sehr schön sein soll. Auf der Stadtwiese werden im Rahmen einer Zeremonie Kerzen angezündet, und im Gasthaus gibt es Grog ...«

»Ich werde bis nach Neujahr in Palm Beach sein.«

»Wirst du kommen, wenn das Baby geboren ist?«

Wieder entstand eine Pause. »Ich weiß es nicht, Chelsea«, antwortete er schließlich. »Ich kann dir nichts versprechen. Es widerstrebt mir zutiefst, meinen Fuß in diese Stadt zu setzen.«

»Aber du würdest doch zu mir kommen, und zu deinem Enkelkind.«

»Ich weiß. Ich weiß.«

»Mom würde wollen, daß du kommst.«

»Das ist unfair«, sagte er mit brüchiger Stimme. »Sie ist tot, und du verlangst von mir, daß ich an einen Ort kommen soll, den ich seit fast vierzig Jahren zu vergessen versuche.«

Chelsea mußte ihm Punkte für Ehrlichkeit geben, er machte Fortschritte. »Alles in allem ist dies der beste Platz, um mein Baby zu bekommen, und ich liebe mein Bauernhaus. Das einzige, was mich daran stört, ist, daß du es noch nicht gesehen hast. Du bist mein Vater, du bist alles, was ich noch habe.«

»Du hast keinen Vater dort?«

»Nur dich. Ich möchte, daß du mein Haus siehst und die Steinbrüche; ich möchte, daß du meine Freunde kennenlernst, und ich möchte, daß sie dich kennenlernen. Und – vor allem – möchte ich dir mein Baby in den Arm legen.«

Mit einer Schroffheit, die ihr neue Hoffnung gab, sagte er: »Kriege es erst mal! Wie ich dich kenne, wirst du dir dazu einen Blizzard aussuchen. Du hast noch nie den einfachen Weg gewählt, Chelsea Kane.«

*

Damit hatte er wohl recht, dachte Chelsea. Während andere Frauen in ihrem Stadium der Schwangerschaft ihre Tage wahrscheinlich mit einer Decke über den Knien, einem Glas Milch in der Hand und einem Entbindungsratgeber auf dem Schoß in einem Schaukelstuhl verbrachten, telefonierte sie im Büro mit Marvin Blecker, studierte die Bauplatzfotos, die Melissa geschickt hatte, und zerknüllte ein gelbes Zeichenblatt nach dem anderen, bis ihr endlich eine Skizze gefiel.

Allerdings fuhr sie nicht mehr selbst zur Arbeit. Judd setzte sie jeden Morgen ab, womit sie dort festsaß – was er ihrer Meinung nach bezweckte –, bis er mittags vorbeischaute. Er wollte nicht, daß sie morgens und abends auf möglicherweise vereisten Straßen unterwegs war, wollte sich, wie er sagte, keinen Unfall auf sein Gewissen laden, und sie protestierte nicht. Sie protestierte auch nicht, als er sie nötigte, literweise Milch zu trinken. Doch als er sie zwingen wollte, den Entbindungsratgeber zu studieren, wehrte sie sich – es würde sie nur nervös machen.

»Das ist keine Entschuldigung«, sagte er.

»Doch, das ist es. Ich will nicht wissen, was alles schiefgehen kann. Warum soll ich mich verrückt machen? Neil wird mir schon sagen, was ich tun muß, und ich bin bei ihm bestimmt in den besten Händen.«

»Du hättest einen Kurs machen sollen.«

»Dazu hätte ich zweimal in der Woche bis nach Concord fahren müssen. Und außerdem – meinst du, die Frauen der Kolonisten haben solche Kurse gemacht? Meinst du, sie haben auf dem Weg durch das wilde Land in ihren Planwagen Entbindungsratgeber gelesen? Mit Sicherheit nicht! Und ihre Babys wurden trotzdem geboren. Manchmal ist Unbekümmertheit ein Segen.«

Und sie glaubte daran. Ihr Körper hatte bisher einwandfrei funktioniert, und sie hatte Vertrauen in ihn. Und sie glaubte auch an den Segen der Unbekümmertheit, weshalb sie Judds Vorschlag, über Weihnachten zu verreisen, mit Begeisterung aufnahm. Sie fuhren nicht weit, nur in eine kleine Frühstückspension im Süden von Vermont, doch die Tage waren ein Erlebnis.

Ihr Zimmer war mit einem riesigen Himmelbett, einer Badewanne mit Löwenfüßen und einem großen Klinkerkamin ausgestattet, und sie verließen es nur zum Essen, zu einem gelegentlichen Spaziergang durch den Ort und um die Christmette zu besuchen.

»Das ist wirklich dekadent«, flüsterte Chelsea, als sie an einem Spätnachmittag in der Badewanne lagen, die sie mit so heißem Wasser hatten vollaufen lassen, daß der aufsteigende Dampf Chelseas Haare kräuselte und auf Judds Nase Schweißperlen glänzten – wobei letztere vielleicht auch eine andere Ursache hatten. Chelsea saß rittlings auf seinen Hüften, hatte die Arme locker um seinen Hals geschlungen und hielt mit ihren Augen die seinen fest. Ein leichter Druck seiner Hände, und sie beugte sich seinem Kuß entgegen.

»Dekadent, aber schön«, murmelte er an ihrem Mund.

Sie flocht ihre Finger in die feuchten Haare an seinem Nackenansatz.

»Meinst du, die Leute in Notch reden?«

»Ja.«
»Stört es dich?«
»Nein. Zum Teufel, was kann ein Mann mit einer Frau machen, die wie ein Wal gebaut ist?« Er strich mit dem Arm über ihren Bauch und löste damit heftigen Seegang aus.
Sie lachte und tauchte die Hand ins Wasser.
Chelsea genoß es, wenn er ihren Bauch streichelte, und seine Reaktion zeigte ihr, daß er es auch tat. »Gut, daß wir uns keine Gedanken wegen eines Kondoms machen müssen – du würdest nie eines in der Größe finden.«
Er prustete los, hob sie hoch und setzte sie auf sich, und dann saßen sie lange Zeit da, ohne eine einzige Welle zu verursachen, und küßten sich ausgiebig und träge.
Sie hatte festgestellt, daß Judd auf diesem Gebiet ein Meister war. Ebenso wie er sparsam mit Worten sein konnte, konnte er auch sparsam mit Bewegungen sein. »Gutes widerfährt nur den Menschen, die warten können«, erinnerte er sie mit einem liebevoll-spöttischen Grinsen, und sie wußte, daß er recht hatte. Bei der langsamen Annäherung erlebte sie selbst seine winzigsten Bewegungen mit atemberaubender Intensität. Er konnte endlos voll erigiert in ihr sein und nur gelegentlich federleicht über ihren Rücken oder eine Brustwarze streichen oder die hochempfindliche Klitoris liebkosen. Auf ebenso subtile Art verstand er es, mit der Zunge das Innere ihres Mundes in Besitz zu nehmen. Und nach alldem konnte er sie mit einem kaum merklichen Zucken seiner Hüften zum Höhepunkt bringen, und sie hatte sich schon längst von der Meinung verabschiedet, daß ihre Hormone verrückt spielten. Ja, manche Frauen erlebten in der Schwangerschaft eine Steigerung ihrer sexuellen Aktivitäten, aber Chelsea spürte, daß sie tot sein müßte, um nicht auf Judd zu reagieren.

Sie liebte ihn. Wahrscheinlich schon viel länger, als ihr klar war, aber erkannt hatte sie es in der Nacht, als Leo starb. Sie hatte es

Judd noch nicht gesagt – nur das eine Mal, als er im Tiefschlaf gewesen war –, aber allmählich drängten die Worte so energisch an die Oberfläche, daß sie das Gefühl hatte, daran zu ersticken, wenn sie sie nicht bald ausspräche.
Und so setzte sie sich am Neujahrstag in aller Herrgottsfrühe im Bett auf, überkreuzte die Beine unter dem Baby, zog sich die rostbraunen Laken und die rostbraun-grün-purpur gemusterte Daunendecke um die nackten Schultern und schaute auf Judd hinunter, der noch schlief. Sie hatten den Abend auf dem alljährlichen Silvesterball in der Kirche verbracht, doch schon lange vor Mitternacht war sie zu Hause in ihrem Bett an ihn gekuschelt eingeschlafen. Er mußte noch eine Weile gelesen haben, denn eines der Bücher auf dem Nachttisch lag aufgeschlagen obenauf.
Judd lag mit ihr zugewandtem Gesicht auf dem Rücken. Seine dunklen Haare waren zerzaust, die Wimpern malten kohlschwarze Sicheln unter seine Augen, seine Lippen waren in der Entspannung weich geschwungen. Obwohl die Sommerbräune längst verblaßt war, hatte er immer noch eine gesunde Farbe.
Sie zeichnete behutsam die Narbe seiner Schulterverletzung nach, ließ die Finger federleicht über die Haare auf seiner Brust gleiten und berührte zart sein Kinn.
Er öffnete langsam die Augen, und ein Lächeln stahl sich auf sein Gesicht – ein Anblick, den sie besonders genoß, da er ihr nur so selten vergönnt war.
»Ein glückliches neues Jahr!« wünschte sie ihm leise und beugte sich zu einem Kuß über ihn, hielt jedoch kurz über seinem Mund an und flüsterte: »Ich liebe dich.«
Er schloß die Augen wieder. »Hmmmm.«
»Hast du gehört, was ich gesagt habe?«
»Es war nicht zu überhören, du schreist ja laut genug.«
»Ich schreie überhaupt nicht. Ich habe ganz leise ›ich liebe dich‹ gesagt.«
Der Laut, den er ausstieß, war halb Gähnen, halb Seufzer.

»Was heißt das?« fragte sie.
»Es heißt, daß ich mir eine einfachere Art vorstellen kann, das neue Jahr zu beginnen.«
Sie war entschlossen, sich nicht die Petersilie von ihm verhageln zu lassen. »Ich nicht. Ich wollte dir das schon seit Wochen sagen, und es hat mir so gutgetan, daß ich es gleich noch mal sage. Ich liebe dich.«
Sein Mund verlor den Aufwärtsschwung. Er schaute sie an, und seine Augen vermittelten ihr das Gefühl, das seine Stimme vermissen ließ. »Ich liebe dich auch, Chelsea, aber das ist auch alles, was ich weiß. Ich weiß nicht, was ich damit machen oder wohin es führen soll.«
»Du sollst es genießen«, lächelte sie, denn die Worte aus seinem Mund zu hören, löste ein unendliches Glücksgefühl in ihr aus. »Das ist alles.«
Er wirkte nicht überzeugt. »Es sind schwerwiegende Worte.«
»Für mich nicht. Sie drücken nur aus, was wir hier und jetzt empfinden. Wenn du fürchtest, daß ich dich in irgendeiner Form an mich binden will, dann kann ich dich beruhigen. Ich habe bis Juni so viel zu tun, daß mir gar keine Zeit für eine intensive Beziehung bliebe.«
»Das ist eines der Probleme: Wo wirst du danach sein?«
»Das weiß ich nicht.«
»Ich auch nicht.«
»Dann sind wir ja quitt«, konstatierte sie heiter.
»Wie kannst du das so locker sehen?« fragte er befremdet. »Es ist ja gut und schön, zu sagen, daß du keine enge Beziehung suchst, aber Liebe ist etwas, das man nicht auf die leichte Schulter nehmen kann, wenn sie wirklich echt ist. Dann ist sie ungeheuer hartnäckig.«
Sie begriff. »Du denkst daran, wie Leo Emma verfiel und sie ihn verließ.«
»Er ist nie darüber hinweggekommen.«
»Sie ist gegangen, weil sie es in Notch nicht aushielt. Damals

lebte man entweder hier, oder man tat es nicht. Heutzutage gibt es auch die Möglichkeit des Pendelns.«

Er schob einen Arm unter den Kopf. »Wenn das Baby da ist, wirst du das nicht mehr sagen. Dann bist du nicht mehr so beweglich, und wenn das Kind in die Schule kommt, ist es ganz aus – dann mußt du dich für einen Ort entscheiden. Aber was ist, wenn ich einen Job in Denver annehme? Oder in San Francisco? Oder in Honolulu? Ich bin hierher zurückgekommen, weil Leo krank war. Jetzt ist er nicht mehr da, und an die Firma bin ich nur noch bis Ende Juni gebunden. Was ich danach mache, weiß ich einfach noch nicht.«

Sie hatte die Computeranlage bei ihm zu Hause gesehen, hatte erlebt, wie er völlig in dieser Arbeit aufging, hatte die Aufträge und sogar die Schecks gesehen, die mit der Post kamen, und sie wußte, daß eine erfolgreiche Karriere auf ihn wartete, wenn er sich dazu entschlösse, diesen Weg einzuschlagen.

Das wäre sein gutes Recht – er war in keiner Weise an sie gebunden. Ihre unmittelbare Zukunft würde von dem Baby beherrscht werden, und das liefe ihm vielleicht völlig zuwider. Auch das wäre sein gutes Recht, denn er schuldete ihr nicht das geringste.

Als sie so neben ihm saß und ihre Finger von seinem Ellbogen zu dem dunklen Haarbüschel unter seinem Arm wandern ließ, fühlte sie das vertraute Kribbeln und spürte, daß, wenn einer von ihnen am Ende mit gebrochenem Herzen zurückbliebe, es nicht Judd sein würde.

Judd starrte, das Lenkrad umklammernd, mit zusammengekniffenen Augen auf die Fahrbahn und trat das Gaspedal so weit durch, wie er es angesichts des grauenhaften Wetters wagen konnte. Der Januar war zwei Wochen alt, und es schneite so heftig, wie New Hampshire es seit Thanksgiving nicht erlebt hatte – nur war es diesmal schlimmer, denn die Quecksilbersäule war unter die Nullmarkierung gesunken, was den Sturm zu einem regelrechten Blizzard machte.

»Paß auf!« warnte Hunter, doch Judd lenkte den Blazer bereits um die Rücklichter eines schleudernden Wagens herum.

»Was rast du denn so?«

»Ich rase nicht«, sagte Judd.

»Hast du eine Verabredung?«

»Klar.«

»Es wäre viel vernünftiger gewesen, in Boston zu übernachten.«

Sie waren dort gewesen, um bei einer Firma, mit der sie noch nie zu tun gehabt hatten, drei neue Tieflader zu bestellen. Der Schneesturm war erst für den nächsten Tag angekündigt worden, doch irgend etwas in der Atmosphäre hatte die Dinge beschleunigt. Judd hatte schon bei den ersten Flocken ein ungutes Gefühl gehabt, und dieses Gefühl war mit jeder Meile stärker geworden, aber er weigerte sich, in eine Seitenstraße abzubiegen und zu warten, bis der Sturm sich ausgetobt hätte.

»Wir schaffen es«, sagte er, und eine Weile fuhren sie schweigend weiter und lauschten dem leisen Prasseln, mit dem die Flocken auf der Windschutzscheibe auftrafen, dem Klacken der Scheibenwischer, dem Heulen des Windes und James Taylor.

Judd trat das Gaspedal noch eine Spur weiter durch.

»Sie ist okay«, sagte Hunter.

Judd war da nicht so sicher.

»Das Kind ist doch erst in zwei Wochen fällig, Judd.«

»Das bestimmt doch nicht der Arzt«, wandte Judd ein. »Das Kind entscheidet, wann es kommt.«

»Sie hat dich nicht gebeten, dazubleiben.«

»Natürlich nicht. Sie wollte, daß wir uns die Lastwagen vor Ort ansehen. Wenn es die Arbeit betrifft, geht sie keine Risiken ein.«

Hunter lehnte an der Tür. Nach ein paar Minuten sagte er: »Darüber darf ich mich nicht beschweren, sie erleichtert es uns, die Firma zurückzugewinnen. Ist ihr das bewußt?«

»Ich glaube, daß sie das gar nicht interessiert«, murmelte Judd.

»Sie will die Firma nicht?«

»Nicht unbedingt.«

»Das kann ich kaum glauben.«
Judd scherte hinter einem Lastwagen nach links aus, sah ein Auto entgegenkommen und lenkte wieder nach rechts, doch sobald der Wagen vorbei war, scherte er erneut aus.
»Ein cooles Manöver«, bemerkte Hunter sarkastisch.
»Willst du aussteigen und zu Fuße gehen?«
»Auf keinen Fall, ich habe meine guten Lederstiefel an.«
»Dann halt die Klappe«, sagte Judd. Er brauchte Hunters Kommentare nicht, weder zu seinem Fahrstil noch zu Chelsea und auch nicht zu Plum Granite. Seine Nerven waren strapaziert genug durch das Wetter, das die schnelle Rückkehr nach Boulderbrook vereitelte, die er sich eigentlich vorgestellt hatte.
Hunter starrte in den Schneesturm hinaus, und James Taylor ging in seinem Lied eine Landstraße entlang. Judd dachte an das, was noch vor ihnen lag: drei weitere Stunden auf einer ganzen Reihe von Landstraßen.
Er hupte einen Wagen an, der im Schneckentempo dahinkroch, scherte aus, schaltete herunter und überholte.
»Was ist los mit dir?« fragte Hunter.
»Ich will irgendwann mal ankommen.«
»Sie ist okay.«
»Sie ist allein. Ich hätte nicht wegfahren sollen. Wenn ich Pech habe, schleicht irgendein Irrer zum Haus und kappt die Stromzufuhr.« Seit Newport war zwar auf diesem Gebiet nichts mehr vorgefallen, doch Judd nahm nicht an, daß die Sache damit erledigt war. Seiner Meinung nach hielt der geheimnisvolle Unbekannte es nur für klug, eine Pause einzulegen.
»Wenn du Pech hast?« spöttelte Hunter. »Seit wann ist denn ihr Schicksal auch deines?«
»Seit sie Oliver die Hälfte der Firma abgekauft hat«, erwiderte Judd schroff. »Meine Güte, deine Menschenverachtung ist wirklich zum Kotzen. Fällt es dir so schwer, zuzugeben, daß sie uns allen etwas Gutes tut? Oder die Möglichkeit einzuräumen, daß sie nicht ausschließlich aus Egoismus handelt, daß sie vielleicht –

nur vielleicht – ein anständiger Mensch ist? Ich kenne dich, Hunter. Ich habe dich mit ihr erlebt: Du würdest ihr niemals etwas antun, und du würdest auch nicht wollen, daß es jemand anderer tut, sie sicherlich sogar beschützen, wenn nötig, aber du kannst sie auf den Tod nicht ausstehen. Warum nicht? Sie nimmt dir doch nichts weg. Wann wirst du das begreifen?«

Hunter durchbohrte ihn mit den Augen. »Mann, du bist ja total weg.«

»Es ist die Wahrheit.«

»Weg von ihr«, sagte Hunter. »Du hängst echt an der Angel.«

»Das geht dich überhaupt nichts an. Tust du mir einen Gefallen und hältst eine Weile die Klappe? Sonst gehst du zu Fuß – trotz deiner Stiefel.«

Entweder wollte Hunter seine Stiefel nicht gefährden oder die Freundschaft mit Judd oder sein Leben – jedenfalls sagte er kein einziges Wort mehr.

Judd behielt die Straße im Auge, das Lenkrad fest in den Händen und den Fuß auf dem Gas. Er sagte sich, daß er nicht an der Angel hänge, daß er nur so schnell nach Hause wollte, um aus diesem verdammten Schneesturm herauszukommen, aber als James Taylor »Something in the way she moves« sang, drückte er die »Eject«-Taste und nahm die Kassette aus dem Recorder.

Die Wehen kamen im Abstand von fünf Minuten, schätzte Chelsea. Sie hatte keinen Strom, und das Telefon war tot – das hatte der Sturm schon zwei Stunden zuvor angerichtet. Kurz darauf war die Fruchtblase geplatzt, und kurz danach hatten die Krämpfe begonnen.

Beim ersten Kind dauerten die Wehen ewig – das sagten alle. Sie verstand nicht, warum sie schon so schnell aufeinander folgten.

Anfänglich hatte sie sich beschäftigt, Kerzen angezündet, das Bett frisch bezogen, persönliche Dinge in die Tasche gepackt, die sie im Flurschrank bereitgestellt hatte. Zu guter Letzt hatte sie das Kinderzimmer aufgeräumt, obwohl es dort eigentlich nichts aufzuräumen gab. Es war ein fröhlicher, in Gelb und Weiß gehaltener Raum, der sogar im Kerzenlicht sonnig wirkte, und er heiterte sie so weit auf, wie es angesichts der Tatsache möglich war, daß sie in dem von einem Schneesturm umtobten Haus allein war und sich mit der Möglichkeit befassen mußte, ihr Kind ohne Hilfe zu bekommen.

Nein, sie war nicht allein. Buck war bei ihr, folgte ihr von Zimmer zu Zimmer, doch obwohl er ein treuer Freund war, als Geburtshelfer war er nicht zu gebrauchen.

Als es absolut nichts mehr für sie zu tun gab, hatte sie sich im Wohnzimmer ans Feuer gesetzt. Jetzt stemmte sie sich aus dem Sessel hoch und begann auf und ab zu gehen. Als ihr Bauch sich verkrampfte, lehnte sie sich an die Rückseite des Sofas, bis die Kontraktion sich wieder löste, und ging dann zum Fenster, aber alles, was sie im rötlichen Schein des Feuers sehen konnte, waren die Schneeflocken, die der Sturm gegen die Scheiben trieb. Ohne die Lampe auf der Veranda war die Nacht dahinter pechschwarz.

Sie sehnte sich danach, Scheinwerfer zu sehen. Sie sehnte sich danach, Judd zu sehen. Natürlich konnte sie sich denken, daß er sich wegen des Wetters verspäten würde, doch das machte es nicht besser. Sie würde bald Hilfe brauchen, und selbst konnte sie keine holen. Der Gedanke, das Kind allein zur Welt zu bringen, war nicht besonders reizvoll.

Judd hatte recht, sie hätte den Entbindungsratgeber lesen sollen. In dem Gedanken, daß alles besser wäre, als nichts zu tun, nahm sie eine Kerze und holte das Buch aus dem Schlafzimmer. Sie schlug es auf, wußte nicht, wo sie anfangen sollte, blätterte es durch, bis die nächste Wehe kam, woraufhin sie es weglegte und sich dem Schmerz widmete.

Zu schnell, dachte sie, zu schnell. Beim ersten Kind dauerten die Wehen ewig. Die Abstände würden wieder größer werden.

Aber das wurden sie nicht. Nur knapp fünf Minuten vergingen, bis die nächste Kontraktion begann. Als sie abebbte, nahm Chelsea ihren Rundgang wieder auf. Einem Wunschgedanken folgend, nahm sie den Telefonhörer ab. Sie legte im Kamin Holz nach. Sie schlug den Entbindungsratgeber erneut aufs Geratewohl auf und sah sich mit dem Kapitel über Sturzgeburten konfrontiert, klappte das Buch zu und schob es weg. Sie versuchte sich zu beruhigen, sich auf die nächste Wehe einzustellen, aber es wurde von Mal zu Mal schwieriger. Das Baby hatte es eilig, herauszukommen. Damit hatte sie nicht gerechnet.

Kevin hatte den Nagel auf den Kopf getroffen, wurde ihr in einem Anflug hysterischer Heiterkeit bewußt. Wie ich dich kenne, wirst du dir einen Blizzard dazu aussuchen. Du hast noch nie den einfachen Weg gewählt, Chelsea Kane. Sie wünschte, er wäre bei ihr. Sie wünschte, Judd wäre bei ihr. Sie wünschte, irgend jemand wäre bei ihr.

Der Wind feuerte in einer ununterbrochenen Salve Schneeflockengeschosse auf das Fenster ab. Vor Kälte, Aufregung und Angst zitternd, wickelte sie sich in einen Quilt und atmete sich durch die nächste Wehe, die diesmal kein Ende zu nehmen schien, was kein gutes Zeichen war. Sie konnte Judd nicht erreichen, sie konnte Neil nicht erreichen, sie konnte nicht einmal die Hebamme erreichen, die sie so kategorisch abgelehnt hatte, deren Hilfe ihr jetzt jedoch willkommen gewesen wäre. Sie spürte etwas Nasses zwischen ihren Beinen, weigerte sich jedoch, nachzusehen, was es war. Eine neue Kontraktion kündigte sich an, baute sich auf, erreichte den Höhepunkt, verebbte und ließ Chelsea verängstigter denn je zurück. Sie strich sich die Haare aus der feuchten Stirn und rieb sich den schmerzenden Rücken.

Sie hatte die Kontrolle über ihren Körper verloren. Er tat Dinge, die sie nicht verhindern konnte, und ihrer großspurigen Erklärung gegenüber Judd zum Trotz, daß eine Geburt schließlich kein Drama sei, war ihr jetzt ausgesprochen dramatisch zumute.

»Sie hebt nicht ab«, sagte Judd, als er wieder ins Auto stieg. Er nahm sich nicht einmal die Zeit, den Schnee von seiner Jacke zu wischen, bevor er den Gang einlegte und wieder losfuhr. »Ich hätte gar nicht anhalten sollen, um anzurufen«, murmelte er. »Reine Zeitverschwendung.«

»Warum hat sie denn nicht abgehoben?«

»Woher, zum Teufel, soll ich das wissen?« Es waren immer noch zwanzig Meilen bis Norwich Notch, was eine weitere Stunde Fahrt bedeutete, natürlich nur, falls sie nicht von der Straße abkämen . . .

»Nur ein Schwachkopf würde sich ohne Not in dieses Sauwetter rauswagen«, konstatierte Hunter.

Chelsea war kein Schwachkopf. Dickköpfig, ja, aber kein Schwachkopf. »Irgendwas stimmt nicht mit dem Telefon. Der Anrufbeantworter hat sich nicht eingeschaltet. Wenn sie weggefahren wäre, hätte sie eine Nachricht hinterlassen.«

Zehn Minuten später hielt er bei einem Imbiß an, kämpfte sich mit vorgeschobenen Schultern durch den Sturm und den Schnee und rief Nolan an. »Irgendwas stimmt nicht in Boulderbrook«, sagte er. »Das spüre ich.«

»Ich werde nachschauen«, versprach Nolan. »Aber wahrscheinlich werde ich eine Weile brauchen.«

»Das macht nichts. Hauptsache, Sie fahren gleich los.«

Er lief zum Wagen zurück, wo Hunter dabei war, den Schnee von der Motorhaube und den Scheinwerfern zu wischen, was zumindest eine kleine Verbesserung der Sicht bewirkte. Darüber hinaus ließ es tief blicken: Normalerweise lebte Hunter gerne gefährlich, doch jetzt wirkte er nervös. Judd fragte sich, ob er sich wohl auch um Chelsea sorgte.

Sie fuhren weiter und weiter, manchmal, wenn die Fahrbahn nicht mehr zu erkennen war, in Schrittempo. Es kamen ihnen nur sehr vereinzelt Fahrzeuge entgegen, was von Vorteil war, denn Judd fuhr in der Mitte der Straße und so schnell, wie der Schnee es gestattete.

Judd war nur unwesentlich erleichtert, als sie Norwich Notch erreichten, und fuhr weiter, ohne daran zu denken, Hunter abzusetzen.
Als sie zu der Abzweigung nach Boulderbrook kamen, begegneten sie Nolan. Judd hielt neben dem Streifenwagen an und kurbelte sein Fenster herunter.
»Ich komme nicht hin«, rief Nolan durch den windgepeitschten Schnee herüber. »Es liegt ein Baum über der Straße. Hat die meisten ihrer Leitungen mitgerissen. Ich habe versucht, ihn wegzuziehen, keine Chance! Wir brauchen einen Truck.«
»Können Sie einen beschaffen?« rief Judd zurück.
»Die Telefonverbindungen sind alle unterbrochen, sonst würde ich mein Funkgerät benutzen. Der nächste Truck steht bei Willem Dunleavy. Ich komme zurück, so schnell ich kann.«
Judd kurbelte sein Fenster wieder hoch und gab Gas. Er mußte nicht weit fahren, um auf den umgestürzten Baum zu stoßen. »Ich gehe zu Fuß«, erklärte er Hunter, holte eine Taschenlampe aus dem Handschuhfach, schlug seinen Kragen hoch und machte sich auf den Weg. Der Wind trieb den Schnee davon, so daß nur zehn Zentimeter auf der Straße liegenblieben, allerdings hatte der Wind Sturmgewalt. Judd lief, wenn er konnte, ging im Schrittempo, wenn er mußte, und lehnte sich bei den stärksten Böen in den Wind, ohne einen einzigen Meter vorwärtszukommen.
Er hatte noch nicht mehr als hundert Meter zurückgelegt, als wie aus dem Nichts Hunter neben ihm auftauchte. »Nimm den Wagen, und fahr nach Hause«, schrie Judd ihm durch den Sturm zu.
»Ein verlockender Vorschlag«, schrie Hunter zurück. »Aber nicht klug. Solange der Baum da liegt, ist der Blazer deine einzige Möglichkeit, in die Stadt zurückzukommen.«
Daran hatte Judd nicht gedacht. Sich schwörend, Hunter neue Stiefel zu kaufen, wenn diese ruiniert wären, stapfte er so schnell weiter, wie der Sturm und der Schnee es erlaubten. Nach einer

Ewigkeit tauchte wie ein riesiges, plumpes Tier das Farmhaus im Strahl seiner Taschenlampe auf. Als er näher kam, entdeckte er einen schwachen Lichtschein in einem der Parterrefenster. Der Anblick verlieh ihm die Kraft, sein Tempo zu beschleunigen. Mit gesenktem Kopf dem Wind trotzend, kämpfte er sich im Laufschritt die Zufahrt hinauf, nahm alle Verandastufen auf einmal und stürmte ins Haus, wo er die sich in Krämpfen windende Chelsea auf dem Wohnzimmersofa vorfand.

»O Gott!« rief sie, den angehaltenen Atem ausstoßend, als die Kontraktion endlich nachließ, und streckte ihm eine zitternde Hand entgegen. »Das Baby kommt!«

Auf dem Weg zu ihr riß er sich die schneebedeckte Jacke herunter, die auf Buck landete, der aufgeregt um ihn herumsprang. »Ich wußte es. Ich wußte es. Ich hatte es im Gefühl.« Er ging neben ihr in die Hocke und nahm ihre Hand. »Wann hat es angefangen?«

»Vor drei Stunden.« Sie sprach stoßweise, noch immer atemlos von der letzten Wehe. »Es ist viel zu früh, und es geht viel zu schnell. Die Wehen kommen alle zwei Minuten.« Sie drückte seine Hand an ihre Kehle und weinte und lachte durcheinander. »Ich habe nicht geglaubt, daß du es schaffen würdest, Judd. Ich war sicher, daß ich es allein durchstehen müßte.«

Er schob einen Arm unter sie und zog sie an seine Brust. »Jetzt bin ich ja da.« Er strich ihr eine feuchte Haarsträhne, die an ihrer Wange klebte, aus dem Gesicht. »Jesus! Ich wußte es! Bei der ersten Schneeflocke wußte ich es!«

»Du hattest recht mit dem Ratgeber, ich hätte ihn lesen sollen. Ich habe es vorhin versucht, aber ich konnte es nicht.« Sie zog scharf die Luft ein, denn ihr Leib verkrampfte sich erneut. »Oh, verdammt, die nächste!«

Judd ließ sie aufs Sofa zurücksinken und legte die Hand auf ihren Bauch. »Was kann ich tun?«

»Sei gelassen.«

»Ich bin gelassen.«

»Sei zuversichtlich.«
»Ich bin zuversichtlich.«
»Das wußte ich, du hast das Buch ja gelesen.« Sie brach ab und ging mit der Schmerzwelle mit, die höher und höher und höher wurde und sich schließlich brach und auslief und Chelsea, nach Luft ringend und schweißüberströmt, zurückließ.
Wie durch einen Schleier sah sie plötzlich Hunter über sich. »Ich hole Neil«, sagte er zu Judd.
Sie packte ihn am Arm und schaute mit großen, flehenden Augen zu ihm auf. »Nein! Bleiben Sie hier! Ich will euch beide hier haben!«
Unglaublicherweise strich er ihr über die Haare. »Sie brauchen Neil.«
»Der käme ohnehin nicht mehr rechtzeitig! Bleiben Sie hier, Hunter! Bitte!«
Hunter wandte sich an Judd. »Sie braucht Neil.«
Judd nickte. »Nimm den Blazer, und fahr zu Dunleavy, sag Nolan, daß er Neil mitbringen soll, und komm zurück.«
»Gehen Sie nicht weg!« rief Chelsea, aber er war bereits unterwegs. »Er wird nicht rechtzeitig zurücksein, Judd!«
»Er kommt ja bald wieder.«
»Ich will, daß er die Geburt miterlebt. Ich will, daß du das Baby holst und daß er dabei zusieht.« Jetzt, da die Angst, das Kind allein zur Welt bringen zu müssen, vorbei war, hatte sie Raum für andere Empfindungen. Überleben war kein Thema mehr – Judd hatte den Leitfaden gelesen. Freudige Erregung stieg in ihr auf, und zum ersten Mal seit dem Beginn der Wehen wurde ihr bewußt, was für ein Wunder hier geschah.
Die nächste Kontraktion dauerte länger und war stärker, doch Judd half ihr, indem er ihren Blick festhielt, leise auf sie einsprach und ihren straff gespannten Bauch massierte. »Wunderbar. Es ist alles in bester Ordnung.«
Sie war da nicht so sicher. Die Wehe wollte nicht enden. Sie ebbte ab, gewann jedoch gleich wieder an Intensität, und als sie

Chelsea schließlich eine Erholungspause gönnte, war sie am Ende ihrer Kräfte.
»Ich gehe bloß mal schnell nach nebenan und hole ein paar Sachen, okay?« sagte er sanft.
Sie wollte ihn zwar eigentlich keine Sekunde fortlassen, doch sie sah ein, daß er die Gelegenheit nutzen wollte, weil er fürchtete, nach der nächsten Kontraktion nicht mehr dazu zu kommen.
»Okay«, flüsterte sie und legte einen Moment lang die Hand an seine Wange. »Gott sei Dank, daß du hier bist. Gott sei Dank, daß du hier bist. Dieses Baby ist mehr deines als Carls, das weißt du, nicht wahr?«
»Ja, das weiß ich«, flüsterte er zurück. »Ich liebe dich.«
»Ich dich auch ...« Sie verzog das Gesicht. »Verdammt! Verdammt!« Sie versuchte, gleichmäßig zu atmen, doch die Wehe war heimtückisch. Sie grub ihre Klauen in Chelseas Bauch und zerrte gleichzeitig an allen anderen Teilen ihres Körpers, und drückte das Baby weiter und weiter nach unten. »Ich muß pressen!«
»Nein!« schrie Judd, senkte seine Stimme jedoch sofort wieder. »Noch nicht. Nicht, bevor ich gesehen habe, was da los ist. Aber dazu muß ich was auf den Boden legen. Ich brauche ein paar Leintücher.« Er massierte ihren unteren Bauchmuskel und atmete gemeinsam mit ihr, bis ihr Körper sich wieder entspannte. »Bist du jetzt okay?«
»Geh! Schnell!«
Er verließ den Raum im Laufschritt. Buck folgte ihm auf dem Fuß. Sie fühlte gerade die nächste Wehe verebben, als die Haustür geöffnet wurde. »Hunter?«
Er ließ Jacke und Handschuhe fallen und kickte seine Stiefel von den Füßen. »Nolan war schon hinten bei dem Baum. Willem und sein Sohn ziehen ihn weg, während er Neil holen fährt. Wo ist der Große?«
»Holt Sachen von nebenan.« Sie griff nach seiner Hand.
Er überließ sie ihr. »Die nächste?«

»Die gleiche, die nächste, sie gehen allmählich ineinander über.«
Sie kniff die Augen zu und sagte durch den Schmerz hindurch, der von ihrer Mitte ausstrahlte: »Mir die Ohrläppchen durchstechen zu lassen war nichts gegen das hier.«
Er stieß einen Laut aus, der ein Lachen sein konnte.
Judd kam zurück. »Ist es noch drin?« fragte er.
Sie atmete in flachen Stößen. »Es ist noch drin«, murmelte er und schaute, die Arme voller Laken, auf den Teppich hinunter. »Da drauf geht es nicht.«
»Warum nicht?« rief Chelsea.
»Es ist ein echter Perser.«
Chelsea lachte erstickt. Sie wurde von unglaublichen Schmerzen gepeinigt, aber trotzdem war sie von einer freudigen Erregung erfüllt wie nie zuvor. Ihr Baby stand kurz vor der Geburt – ihr eigen Fleisch und Blut. Sie spürte es kommen. Bald, sehr bald würde sie es sehen, es im Arm halten. »Auf dem Perser!« kommandierte sie. »Er war Moms Lieblingsstück, sie hätte es nicht anders gewollt.« Unvermittelt begann sie zu weinen. »Für mein Baby kann nichts zu kostbar sein.«
Ihre Finger umklammerten Hunters Hand, und sie stieß einen gequältes Stöhnen aus. Die Wehe saß tief, war intensiv und dauerte eine Ewigkeit.
Als der Krampf sich endlich löste, hob Judd sie hoch und legte sie vor dem Kamin auf die Laken, die er über Abbys Perserteppich gebreitet hatte, schob ihr ein Kissen unter den Kopf und ihr Nachthemd hoch.
»O mein Gott! Es ist schon da! Wo zur Hölle bleibt Neil?«
Chelsea mußte lachen. »Ich presse.«
»Tu das nicht!«
»Siehst du den Kopf?«
»Es hat Haare.«
»Ich presse jetzt.« Und das tat sie bei der nächsten Kontraktion. Sie spürte, wie das Baby sich abwärts bewegte.
Judd mußte es gesehen und akzeptiert haben, daß Neil nicht

rechtzeitig kommen würde, denn er übernahm plötzlich das Kommando. »Knie dich hinter sie, Hunter. Heb sie an, ja, genau so. Stütze ihren Rücken, die Schwerkraft wird helfen.«

Sie keuchte, als die Wehe verebbte, und dann packte sie Hunters Hände, die auf ihren Schultern lagen, drückte sie fest dagegen und preßte, als sich eine neue Wehe ankündigte, so fest sie konnte.

»So ist's gut, Schatz«, lobte Judd. »So ist's gut, noch ein bißchen, es kommt.«

Die Wehe endete. Chelsea rang nach Luft, wischte sich mit Hunters Handrücken den Schweiß von der Stirn, nahm alle Kräfte zusammen und begann wieder zu pressen.

»Wunderbar«, sagte Judd. »Noch ein kleines bißchen, Schatz, Jesus, da ist es!«

Chelsea empfand den Augenblick, als der Kopf des Babys den Geburtskanal wie ein Korken eine Flasche verließ, als eine Erlösung. Sie fühlte etwas in sich nach unten gleiten, dann ertönte ein atemloser, kleiner Schrei und gleich darauf ein lauteres, heiseres Schreien, und Judd eröffnete ihr voller Stolz: »Du hast ein kleines Mädchen. Sie ist winzig, aber vollkommen.«

Tränen liefen über Chelseas Wangen. Sie streckte die Arme aus und schloß sie über dem winzigen Bündel, das Judd ihr auf den Bauch legte. Eine Tochter. Ihre Tochter. Sie lachte und weinte und streichelte ihr kleines Mädchen, womit sie Judd behinderte, der es mit einem Handtuch zu säubern versuchte. Das kleine Ding war wirklich winzig. Trotz der Schmiere waren die dunklen Haare und die rosige Haut zu erkennen, und Chelsea wußte, daß sie noch nie in ihrem Leben etwas so Schönes gesehen hatte.

Dreiundzwanzigstes Kapitel

Neil kam gerade rechtzeitig für die fachgerechte Erstversorgung des Babys und erklärte es für vollkommen, was Chelsea bereits wußte. Irgendwann in der Nacht hörte es auf zu schneien, und am Morgen räumte der Schneepflug die Boulderbrook-Road frei. Die Stromversorgung würde zwar erst am nächsten Tag wieder funktionieren, doch das störte Chelsea nicht. Sie hatte fast alles, was sie sich wünschte: eine kleine Tochter, die eines Tages den Rubinring ihrer Mutter tragen würde, Judd, und sogar einen stetigen Strom von Gratulanten aus Norwich Notch, die Essen und Trinken brachten und das Kind bewunderten.

Hunter bewegte sich mit der Selbstverständlichkeit eines Familienmitgliedes im Haus, was Chelsea genoß, und Donna kam häufig heraus – oft mit Nolan – und trug entweder das Baby herum oder machte sich in der Küche zu schaffen. Zu Chelseas Überraschung kam auch Oliver mit Margaret vorbei, die das Kind unverwandt anstarrte, bis Oliver sie mit sanftem Nachdruck hinausführte.

Judd war der Vater schlechthin. Von Anfang an badete er die Kleine, wickelte sie und sprang nachts bei ihrem ersten Schrei aus dem Bett, um sie Chelsea zu bringen, und dann setzte er sich hin und schaute beim Stillen zu. Manchmal stellte er Fragen, aber meistens schwieg er, und oft machte er dabei ein so ernstes Gesicht, daß Chelsea lachen mußte.

»Du siehst aus, als hättest du deinen besten Freund verloren«, sagte sie einmal.

»Das siehst du falsch. Es ist nur so schön. Die Verbundenheit, meine ich.«

Sie beugte sich vor und küßte ihn über den warmen Kopf des Babys hinweg. Soweit es sie betraf, war er in diese Schönheit und Verbundenheit miteingeschlossen. So sehr sie ihre Tochter auch vergötterte – ohne Judd hätte sie nicht dieses Gefühl tiefen Friedens empfunden, das sie erfüllte.
So lange es dauerte, wäre er ihre Familie, denn Kevin wollte noch immer nicht kommen. Sie hatte ihn angerufen, sobald das Telefon wieder funktionierte, doch obwohl sie spürte, daß er sich freute – und gerührt über den Namen war, den sie ausgesucht hatte –, weigerte er sich, eine Reise in den Norden zu unternehmen. Wieder litt sie jämmerlich, bis Judd ihr den Fortschritt vor Augen führte, den sie zu verzeichnen hatte. Kevin sprach wieder mit ihr, er hatte ihr die Möglichkeit eines Großauftrags eröffnet, und er hatte einen späteren Besuch nicht ausgeschlossen. Er bat sie nur um etwas mehr Zeit.

Nach einem Monat kehrte Chelsea in ihr Büro zurück. Judd stellte eine Wiege hinein, so daß das Baby dort schlafen konnte, während sie arbeitete.
Cydra, die zu Besuch gekommen war, als die Kleine zwei Wochen alt war, hatte Abbys Geburt als gutes Omen gedeutet, und Chelsea glaubte mit der Zeit daran. Es fing damit an, daß der Widerstand der Notcher gegen sie sich in Wohlgefallen aufgelöst zu haben schien. Mit dem Baby als Gesprächsstoff hatten Leute, die ansonsten vielleicht nicht gewußt hätten, was sie mit ihr reden sollten, plötzlich eine Menge zu sagen.
Es ging damit weiter, daß ihr das Krankenhausprojekt übertragen wurde, was Chelsea besonders begeisterte, da sie in lukrativem Umfang Granit in ihren Entwurf einbeziehen durfte.
Und dann gab Neil, nachdem er Chelsea sechs Wochen nach der Geburt der obligatorischen Untersuchung unterzogen hatte, grünes Licht für die Liebe. Sie hatte sehnlich darauf gewartet, doch erst als sie an diesem Abend einander gegenüber nackt auf dem Perserteppich, auf dem sie ihr Kind geboren

hatte, vor dem Feuer knieten, wurde ihr die tiefe Bedeutung dessen bewußt.
Sie schlang die Arme um Judds Hals und hob ihm ihr Gesicht entgegen. »Das ist heute unser erstes Mal.«
Er umfaßte ihre Taille und zog sie zu sich heran, bis ihre Brüste seine Brust berührten. Ihr Bauch war bereits wieder so flach wie früher, aber sie waren noch immer üppig. Er schob eine Hand zwischen ihre beiden Körper und ließ sie über Chelseas flachen Leib zu den krausen Haaren zwischen ihren Beinen gleiten. Seine Atemzüge waren langsam und tief, aber in einer Weise zittrig, die ihr seine Erregung verraten hätte, auch wenn sie seine Erektion nicht gespürt hätte.
»Wir haben uns doch geliebt«, sagte er mit der rauhen Stimme, die so männlich, so voller Verlangen war.
»Aber da war immer das Baby dabei.«
»Seit der Geburt, meine ich.«
»Aber nicht richtig.« Sie hatten es mit ihren Händen getan und mit ihren Lippen, aber das heute würde die Vollendung sein. »Du wirst das erste Mal allein in mir sein. Zum ersten Mal bin ich nicht schwanger, wenn wir miteinander schlafen. Heute sind nur wir beide zusammen. Zum allerersten Mal.«
Judd hätte nicht sanfter sein können. Er küßte sie, er liebkoste sie, und als sie heiß und naß war, drang er vorsichtig in sie ein. Sie stieß im selben Moment einen tiefzufriedenen Seufzer aus wie er ein Stöhnen und streckte sich, um seine Kraft in sich zu spüren. Sie hatte das Gefühl, überzuquellen, und gab sich ganz dem Augenblick hin. Das Leben war nie schöner gewesen.

Die Gemeindeversammlung war eine feste Einrichtung in Norwich Notch, die alljährlich am Abend des zweiten März dienstags begann und so lange dauerte, bis auch das letzte die Stadt betreffende Anliegen angesprochen worden war, vorzugsweise vor dem Beginn der Schlammzeit. Soweit Chelsea es beurteilen konnte, standen in diesem Jahr keine gewichtigen Entscheidun-

gen an. Die Gemeindeversammlung war – mehr als alles andere – ein gesellschaftliches Ereignis, das das Ende der winterlichen Isolation einläutete.
Sie würde das erste Mal daran teilnehmen, was gewissermaßen einer Aufnahme in die Gemeinschaft gleichkam, und sie freute sich mehr darauf, als sie sich auf den Vierten Juli oder den Labour Day gefreut hatte, denn jetzt hatte sie Freunde – und die Veranstaltung wurde tatsächlich zu einem Genuß für sie. Chelsea hatte Abby auf dem Arm, die fest schlief. Rechts von ihr nähte Donna an einem Quilt. Neben Donna löste deren Schwester Janet das Kreuzworträtsel der Sonntags-»Times«. Links von Chelsea saß Ginny Bidden mit ihrem acht Monate alten Sprößling, der ebenfalls schlief. Weiter unten in der Reihe und vor und hinter ihnen saßen andere Mütter mit ihren Kindern, nähten an Quilts, stickten oder strickten – Frauen aus der Stadt, Frauen aus Cutters Corner, Frauen aus dem Gebiet dazwischen.
Die Männer saßen, geschlechtlich streng getrennt, auf der gegenüberliegenden Seite, was Chelsea früher geärgert hätte, jetzt jedoch nicht störte. Sie fühlte sich wohl unter den Frauen. Wenn sie sich zu einem Punkt der Tagesordnung äußern wollte, könnte sie das auf dieser Seite des Raumes genausogut tun wie auf der anderen. Ja, diese Regelung hatte etwas Archaisches, entbehrte jedoch auch nicht eines erheiternden Aspekts. Während die Männer ihre uneingeschränkte Aufmerksamkeit Emery widmeten, der so bedeutende Abstimmungen leitete wie die über seine Wiederwahl als Diskussionsleiter, über die Investition von dreihundert Dollar für neue Schaufeln für das Norwich Notch Sanitation Department und die Einführung eines Bußgeldes für die Hundebesitzer, die es ihren Lieblingen gestatteten, die Stadtwiese vor einer Tanzveranstaltung zu verunreinigen, waren die Interessen der Frauen sehr viel breiter gestreut. Sie unterhielten sich leise, beschäftigten sich mit Handarbeiten und rückten die Bedeutung dieser Veranstaltung ganz generell ins richtige Licht.

Darüber hinaus hatte der Platz bei den Frauen den Vorteil, daß Chelsea unbekümmert reagieren konnte, als Abby aufwachte und gestillt werden wollte. Allerdings bedeutete das nicht, daß sie ungeniert ihre Brust herausholte, nur, daß sie ein bißchen mit dem Baby spielen konnte – wobei sie von den Umsitzenden tatkräftig unterstützt wurde –, bis das Weinen eine störende Intensität erreichte, woraufhin sie sich in die Abgeschiedenheit des Büros des Stadtsyndikus zurückzog.

Behaglich warm im Arm ihrer Mutter liegend, nuckelte Abby zufrieden vor sich hin, als plötzlich die Tür aufging und Hunter hereinkam. Seit der Geburt des Babys hatte seine Zurückhaltung merklich nachgelassen, was Chelsea darauf zurückführte, daß er sie miterlebt hatte. Er war zwar zu seiner Rühr-mich-nicht-an-Haltung zurückgekehrt und hob abwehrend die Hände, wenn sie ihm das Kind geben wollte, aber er betrachtete sie häufig mit fast kindlicher Neugier.

Jetzt stützte er die Hände auf den Schreibtisch und musterte sie prüfend.

»Sie wird größer.«

Chelsea lächelte und zeichnete mit der Fingerspitze eine der vollkommen modellierten Ohrmuscheln nach. Abby war noch immer winzig, doch sie wurde von Tag zu Tag hübscher. Sie hatte große, weit auseinanderliegende Augen in Carls Haselnußbraun, eine zierliche Stupsnase, und anstatt der Haare, mit denen sie geboren worden war, bedeckte ein dichter, kastanienbrauner Flaum ihren Kopf. Chelsea hatte es geschafft, ein kleines Büschel mit einem zarten rosa Bändchen zu einem aufrechtstehenden Pinsel zusammenzufassen, und damit und mit ihrem rüschenverzierten Spielanzug sah sie einfach anbetungswürdig aus.

»Mögen Sie sie?« fragte Hunter.

»Ich liebe sie. Sie ist das Beste, was mir in meinem Leben widerfahren ist.« Außer Judd, dachte Chelsea.

»Weil sie Familie für Sie bedeutet.«

»Ja.«
Er richtete sich auf, kramte in seiner Tasche, zog ein kleines Kuvert heraus und warf es auf den Schreibtisch. »Das ist für Sie. Alles Gute zum Geburtstag.«
Chelsea blinzelte verdutzt. »Für mich?« Mit einem schüchternen Lächeln schaute sie zuerst den Umschlag an und dann Hunter. »Woher wußten Sie, daß ich heute Geburtstag habe?«
»Aus Ihrem Führerschein. Das Datum war leicht zu merken.«
»Weil Sie auch im März Geburtstag haben?«
Statt einer Antwort deutete er mit seinem Kinn auf das Kuvert. »Schauen Sie doch mal rein.«
Sie war versucht, ihm zu sagen, daß er das Baby halten müsse, während sie das täte, doch dann hatte sie Mitleid mit ihm, denn sie wußte, daß ihm schon allein die Vorstellung Unbehagen bereitete. Außerdem trank Abby noch immer hungrig, wobei sie rhythmisch die Wangen einzog und ihre Finger in typischer Art an Chelsea Brust lagen, und Chelsea hatte nicht die Absicht, sie zu unterbrechen.
Also nahm sie das Kuvert mit der freien Hand, öffnete die Klappe und ließ den Inhalt herausgleiten. Beim Anblick des zusammengelegten Papiertaschentuchs blieb ihr Herz stehen, und es übersprang noch ein paar weitere Schläge, als sie es auseinanderfaltete und, leicht angelaufen, aber intakt, ihren silbernen Schlüssel darin liegen sah.
Ihr Blick flog zu Hunter. »Wo haben Sie ihn her?«
Er zuckte die Schultern. »Ich habe ihn gefunden.«
»Wo? Wer hatte ihn gestohlen?«
»Das weiß ich nicht.«
»Wie ist das möglich?«
»Es sprach sich herum, daß ich auf der Suche nach dem Schlüssel war, wahrscheinlich ging er durch Dutzende von Händen, bevor ich ihn zurückbekam.«
»Wer hat ihn Ihnen gegeben?« Sie könnte sich über die Dutzende von Händen bis zu dem Dieb arbeiten.

»Er lag eines Tages einfach in meinem Briefkasten«, erklärte er, womit sie keinen Ansatzpunkt hatte.

Die altbekannte Frustration stieg in ihr auf, wieder war ein Hoffnungsschimmer erloschen.

Abby ließ die Brustwarze los, und sie legte sich die Kleine an die Schulter und rieb sanft ihren Rücken. »Er lag einfach in Ihrem Briefkasten«, murmelte sie entmutigt und stieß einen enttäuschten Laut aus, der das Baby erschreckte, woraufhin es zu weinen anfing. »Entschuldige«, gurrte sie beruhigend, küßte ihre Tochter auf das duftende Köpfchen und wiegte sie hin und her. »Es tut mir leid.«

Abby verzieh ihr mit einem vornehm-leisen Bäuerchen, das Chelsea ein Lächeln entlockte. Ein Schlüssel war nur ein Gegenstand – wichtig waren die Menschen. Und Abby war am wichtigsten.

»Wie auch immer«, sagte Hunter, »ich wollte ihn Ihnen auf jeden Fall geben.«

»Ich danke Ihnen«, erwiderte Chelsea, und sie meinte es so. »Ich bin froh, daß er wieder da ist. Und es war nett von Ihnen, sich meinen Geburtstag du merken.«

Erneutes Schulterzucken. »Haben Sie gefeiert?«

»Das ging wegen der Gemeindeversammlung nicht.«

»Dann können wir ja nächste Woche vielleicht gemeinsam feiern.«

»Sie meinen, an Ihrem Geburtstag?«

»Nein.« In gleichgültigem Ton setzte er hinzu: »Meiner ist auch heute.«

Bevor sie ihrer Verblüffung Ausdruck verleihen konnte, war er aus der Tür.

Chelsea stieg mit entschlossenen Schritten die Treppe zu Zee's Friseursalon hinauf, trat ein, schloß die Tür hinter sich und präsentierte sich vier Augenpaaren, die sich ihr überrascht zuwandten, ohne jede Furcht.

George und Emery standen an dem auf die Stadtwiese hinausgehenden Fenster, und Oliver lag in dem rissigen Ledersessel, wo er seine morgendlichen Bartstoppeln Zee's scharfem Messer überantwortete.
George schaute Emery an. »Hast du sie eingeladen?«
»Ich nicht, muß Ollie gewesen sein.«
Beide richteten ihre Blicke durchdringend auf Oliver.
»Ich war's auch nicht«, brummte er und bedeutete Zee, mit seiner Arbeit fortzufahren.
Chelsea nahm sich eine Minute Zeit für einen Rundblick. Der Friseurladen war sauber und hell, und es roch nach Rasiercreme und Kaffee, einer nicht unangenehmen Mischung. »Es gefällt mir hier«, erklärte sie schließlich. »Ich kann verstehen, daß Sie sich jeden Morgen hier treffen.«
»Tatsache ist«, sagte George, »daß wir die Ungestörtheit hier genießen, denn der restliche Tag hat davon nicht viel zu bieten. Wir sind sehr beschäftigt.«
Fragte sich nur, womit. Chelsea lächelte. »Dann werde ich mich kurz fassen. Es gibt etwas, das ich wissen möchte, und da ich es allein nicht herausfinden kann, dachte ich, daß Sie drei mir vielleicht dabei helfen können. Sie sind die Stadtväter – wenn irgend jemand die Antwort kennt, dann Sie.«
»Die Antwort?« fragte Emery abweisend. »Auf welche Frage?«
»Wer meine leiblichen Eltern sind. Ich bin letzten Dienstag neununddreißig Jahre alt geworden – und ich wurde hier geboren.«
George musterte sie von oben bis unten. »Hätte nicht gedacht, daß Sie schon so alt sind.«
»Um Himmels willen«, murmelte Emery und wandte sich dann an Chelsea: »Und?«
»Es hat also vor neununddreißig Jahren eine Frau in dieser Stadt ein Kind bekommen und gab es zur Adoption frei. Die Stadt ist nicht so groß, daß sich so etwas nicht herumsprechen würde, aber niemand ist bereit, mir zu helfen. Wenn Leute nicht zu

reden wagen, dann bedeutet das meiner Meinung nach, daß eine wichtige Persönlichkeit in diese Angelegenheit verwickelt ist.«
Emery schüttelte sein Taschentuch aus und nahm die Brille ab.
George schob die Hände unter seine Hosenträger.
Chelsea schaute von einem Gesicht zum nächsten. Sie konnte sich nicht vorstellen, daß Emery ihr Vater war. Diskussionsleiter bei der Gemeindeversammlung, Postmeister, Besitzer des General Store – er war ein aufgeblasener, oberflächlicher Mann. Und er war außerdem der Vater von Matthew und Monti, zwei weitere Minuspunkte für ihn.
Sie konnte sich auch nicht vorstellen, daß George ihr Vater war. Zugegeben, er war Geschäftsmann, und kein erfolgloser, aber er hatte etwas Gemeines. Und er war ein Lüstling.
Von den dreien war Oliver das kleinste Übel, was allerdings nicht viel hieß. Er war übellaunig und stur, er hatte eine Ader für Granit, aber nicht fürs Geschäft, er war ein Chauvinist, was Frauen im allgemeinen betraf, und völlig gefühllos, was Donna im besonderen betraf, und was er Hunter angetan hatte, war durch nichts zu rechtfertigen. Andererseits hatte er ihn aufs College geschickt. Er hatte ihm ein Haus gekauft. Er hatte ihm eine Stellung in seiner Firma gegeben und zahlte ihm ein ordentliches Gehalt. Und was das Thema Halbgeschwister anging, so würde Chelsea Donna und Hunter absolut den Vorzug geben.
»Okay«, sagte sie zu den dreien. »Versuchen wir's anders. Hunter wurde am selben Tag geboren wie ich, in derselben Stadt und im selben Jahr. So viel ich mitbekommen habe, hat die Schwangerschaft seiner Mutter einen beträchtlichen Aufruhr verursacht. War das bei meiner Mutter nicht so?«
Emery putzte seine Brille.
George tätschelte im Rhythmus einer imaginären Melodie seinen Bauch.
Zee schabte die Stoppeln von Olivers Kinn.
»Hätten die Leute es nicht bemerkt, wenn auch noch eine

andere Frau schwanger gewesen wäre?« bohrte Chelsea. »Norwich Notch hatte damals achthundert Einwohner, und da soll es niemandem aufgefallen sein, daß zwei Frauen gleichzeitig uneheliche Kinder erwarteten?« Sie hatte sich inzwischen für diese Version entschieden, denn wenn ihre Eltern regulär verheiratet gewesen wären, würde kein solches Geheimnis aus den Umständen ihrer Geburt gemacht.

Emery setzte seine Brille wieder auf.

George wippte vor und zurück.

Oliver schwieg.

»Zwei seltsame Fälle«, machte sie einen letzten Versuch. »Ein Baby wird nur wenige Stunden nach seiner Geburt weggeholt, an die sich niemand erinnern kann, das andere fünf Jahre versteckt gehalten, bevor seine Existenz offenkundig wird. Die Leute glaubten, Katie Love habe ihr Kind zur Adoption freigegeben, doch sie hat alle ausgetrickst. Hat es da vielleicht ein Gemauschel gegeben? Warum ist niemand bereit, darüber zu sprechen?«

Schweigen.

Eigentlich hatte sie auch nichts anderes erwartet. Emery, Oliver und George waren eine eingeschworene Dreierbande, die einander durch dick und dünn zur Seite standen. Sie war nicht so naiv gewesen, zu glauben, daß ein Frontalangriff wirklich von Erfolg gekrönt wäre, sie hatte das heilige Morgenritual einzig und allein gestört, um etwas zu klären.

Langsam knöpfte sie ihren weiten Parka auf.

»Grundgütiger, sie hat das Kind dabei!« rief Emery.

»Moderne Frauen«, brummte Oliver auf seinem Stuhl.

Abby, die sicher festgezurrt an ihrem Tragetuch an Chelseas Brust ruhte, schlief tief und fest. Chelsea machte sich daran, ihre Bluse aufzuknöpfen.

Georges Augen weiteten sich.

»Was hat sie vor?« fragte Emery.

»Das weiß ich nicht«, erwiderte George, »aber es scheint interessanter zu werden als ihr Vortrag von eben.«

Chelsea zog den silbernen Schlüssel, der an einer Kette hing, die ebenso zart war, wie das ausgefranste, rote Band es gewesen war, aus dem Ausschnitt und ging, ihn vor sich haltend, auf die Männer zu.

»Hat den einer von Ihnen schon mal gesehen?«

»Ich nicht«, sagte Emery.

»Ich auch nicht«, sagte George.

Sie ging nach hinten zu dem Friseursessel. »Oliver?«

Er öffnete ein Auge. »Was ist denn jetzt wieder?« fragte er gereizt.

»Haben Sie diesen Schlüssel schon mal gesehen?«

»Natürlich, Nolan zeigt ja seit Wochen Bilder davon in der Stadt herum.«

»Ich meine den Schlüssel *selbst*, haben Sie den schon mal gesehen?«

»Nein.« Er machte das Auge wieder zu.

»Zee?« sprach sie den Friseur an.

Zee, der gerade Olivers Kehle mit seiner scharfen Klinge bearbeitete, schüttelte den Kopf.

Sie steckte den Schlüssel in ihre Bluse zurück, knöpfte sie wieder zu und wollte gerade ihren Parka schließen, als die Wanduhr klickte, und vor ihren staunenden Augen zwei Cymbelspieler aus den winzigen Häusern beiderseits des Zifferblattes traten, ihre Becken viermal aneinanderschlugen und sich wieder in ihre Häuschen zurückzogen.

»Das ist ja entzückend«, sagte sie zu Zee.

»Die Kinder sind ganz verrückt danach«, erwiderte er lächelnd.

Sie trat zu der Uhr, die in Augenhöhe an der Wand hing, und hielt Ausschau nach dem Schlüssel. Sie spürte Emerys und Georges Blicke und war überzeugt, daß auch Oliver sie beobachtete. Als sie keinen Schlüssel entdecken konnte, fuhr sie mit der Hand erst am oberen und dann am unteren Rand der Uhr entlang – und als sie mit den Fingern die Rückseite eines der Häuser abtastete, wurde sie fündig.

Sie nahm den Schlüssel von seinem Haken und legte ihn auf ihre Handfläche. Der Kopf war zwei zusammengeschlagenen Cymbeln nachempfunden und der Bart ebenso unverkratzt wie der ihres eigenen. Ihrer war aus Silber und dieser aus Messing, aber es gab keinen Zweifel, daß beide, wenn nicht von demselben Künstler, so doch eindeutig im selben Stil angefertigt worden waren.

Zee hatte den Schlüssel schon gesehen. Ob das auch für die anderen Männer zutraf oder nicht – er folgte ihrem Beispiel. Eine weitere Befragung wäre zu diesem Zeitpunkt sinnlos. Es genügte, daß er wußte, daß sie es wußte.

Voller Ehrfurcht, als sei es ihr eigener Schlüssel, steckte sie den glatten Bart in das Loch auf der einen Seite der Uhr. Sie mußte ihn hin und her drehen, um ihn bis zum Anschlag hineinschieben zu können, doch schließlich rastete er ein. Sie drehte ihn einmal, zweimal und ein drittes Mal herum, zog ihn heraus, bewunderte noch einmal die Schönheit seiner Ausarbeitung und hängte ihn dann wieder vorsichtig an den Haken hinter dem Häuschen des Cymbelspielers, ging zur Tür und sagte, die Hand schon auf dem Knauf, mit einem Blick zurück: »Das nächste Mal bringe ich Doghnuts mit. Bis dann.«

Judd und Chelsea diskutierten die Möglichkeiten durch, doch es war schwer, sich in einer Zeit, die mit Arbeit, dem Baby und Ihrer Liebe zueinander eigentlich ausgefüllt war, lange auf die Frage zu konzentrieren, wer Chelseas leibliche Eltern sein mochten.

Judd wurde bewußt, daß er noch nie in seinem Leben so glücklich gewesen war. Der Kummer über Leos Tod begann zu verblassen und machte Platz für Erinnerungen an Leo in seinen besten Jahren, und der Raum, den er so viele Jahre in Judds Leben eingenommen hatte, wurde jetzt von Chelsea und dem Baby ausgefüllt.

Judd betete die Kleine an. Er hatte sich zwar gewünscht, eines

Tages Kinder zu bekommen, doch er hatte sich nie vorstellen können, welche Freude damit verbunden war. Zuerst schrieb er sie dem Umstand zu, daß er dabei geholfen hatte, Abby zur Welt zu bringen, doch im Laufe der Wochen änderte er diese Meinung. Ein Baby zu versorgen war harte Arbeit, und wenn seine Hingabe nur auf einer abenteuerlichen Nacht basiert hätte, wäre sie längst versiegt, doch das Gegenteil war der Fall. Je größer Abby wurde, um so mehr freute er sich an ihr. Sie war ein ausgesprochen hübsches Kind mit feingezeichneten Zügen und einem kastanienbraunen Flaum, der sich sehr schnell zu seidig glänzenden Haaren wandelte. Sie hatte von Anfang an die im Idealfall zu erwartende Stundenzahl geschlafen, und sie war von Anfang an lieb gewesen. Jetzt erkannte sie ihn schon, lächelte, wenn er an ihr Bettchen trat. Er wußte, wie er sie beruhigen konnte, wenn sie über irgend etwas erschrocken war, wußte, wie er sie zum Lachen bringen konnte. Sie hielt den Kopf jetzt schon selbständig aufrecht, ihr Blick war zielgerichtet, und sie zeigte damit deutlich, daß er – selbst wenn noch andere Menschen im Zimmer waren – an zweiter Stelle nach ihrer Mutter rangierte, was er genoß, denn es gab ihm das Gefühl, dazuzugehören.

Auch Chelsea gab ihm dieses Gefühl. Sie liebte ihn – das offenbarte sich in allem, was sie tat –, und er erwiderte ihre Liebe mit einer Innigkeit, die er noch bei keiner Frau empfunden hatte. Sie hatte ihre Beziehung als eine Hier-und-jetzt-Liebe bezeichnet, doch im Laufe der Zeit wurde sein Wunsch nach mehr immer größer, und das brachte ihn in ein Dilemma. Am Ende des Vertragsjahres stünden Veränderungen an, und er wußte nicht, wohin diese Veränderungen führen würden, ob er und Chelsea zusammenblieben oder nicht und ob ihre Liebe Bestand hätte.

Die Ironie war, daß ihm jetzt, da er die Möglichkeit hatte, fortzugehen, die Arbeit bei Plum Granite mehr Spaß denn je machte. Die Aufträge, die Chelsea brachte, bedeuteten ständig neue Herausforderungen, es waren detaillierte Verträge auszuarbeiten, mehr Arbeitsmaterialien zu bestellen, mehr Angestellte anzuleiten und einzuteilen, Auslieferungszeitpläne zu erstellen und Öffentlichkeitsarbeit zu erledigen. Er verbrachte immer mehr Zeit im Büro, was ihm sehr recht war, da Chelsea und Abby dort nur eine Wendeltreppe weit von ihm entfernt waren. Jetzt machte Hunter die Runde durch die Steinbrüche und sah nach dem Rechten.

Und jetzt war es auch Hunter, der Oliver tagsüber herumkutschierte.

»Du machst Witze!« war Hunters erste Reaktion, als Judd ihm den Vorschlag gemacht hatte.

»Keineswegs. Es ist das vernünftigste. Schließlich bist du mit Oliver zusammen – es wäre doch verrückt, wenn ich extra den ganzen Weg zum Steinbruch rausfahren müßte, um ihn zu holen, wenn du praktisch neben ihm stehst.«

»Er wird es nicht wollen.«

»Es wird ihm nichts anderes übrigbleiben.«

Die neue Konstellation war nicht unproblematisch. Judd wurden Geschichten über Auseinandersetzungen zwischen den beiden Männern hinterbracht, die teilweise so alberne Anlässe hatten, daß man nur darüber lachen konnte. Judd nahm an, daß sie, einfach um sich davon abzuhalten, einander umzubringen, irgendwann einen Waffenstillstand schließen würden.

Worauf er hoffte, war die Entwicklung einer gewissen gegenseitigen Achtung. Oliver kannte seinen Granit, und Hunter kannte seine Männer. Jeder hatte dem anderen etwas zu bieten – es war nur ein wenig Entgegenkommen von beiden Seiten nötig. Unglücklicherweise fiel es beiden schwer, sich zu diesem Entgegenkommen durchzuringen, wobei Hunters ablehnende Haltung durchaus verständlich war. Er war überzeugt, daß Oliver sein Vater war, und es kränkte ihn, daß der Mann das partout nicht zugeben wollte. Wenn die Stories stimmten, die Judd aus dem »Crocker's« zugetragen wurden, dann regte er sich in letzter Zeit noch mehr darüber auf als früher.

Hätte Judd noch sein altes Leben geführt, hätte er selbst im »Crocker's« gesessen und Hunters mit alkoholschwerer Zunge ausgestoßene Drohungen und Anklagen mit eigenen Ohren gehört, doch seit er mit Chelsea zusammen war, schaute er nur noch ein, zwei Mal die Woche dort vorbei, und das auch nur, um den Kontakt zu seinen Freunden und die Kontrolle über seine Mannschaft nicht zu verlieren.

Aber Crocker wußte, wo er ihn im Notfall erreichen konnte, und ein solcher Notfall trat Mitte April ein. Judd hatte Chelsea das Baby gerade zur letzten Nachtmahlzeit gebracht – der stillsten und innigsten, die ihm am liebsten war –, als das Klingeln des Telefons die Stille und Innigkeit störte. Zwanzig Minuten später glitt er Hunter gegenüber in eine Nische.

»Ich höre, es hat eine kleine Unstimmigkeit gegeben.« Nach der Menge der Glassplitter zu urteilen, die Crocker noch immer zusammenfegte, war das die Untertreibung des Jahres.

Hunter, der in den zwischen seinen Händen stehenden Bierkrug starrte, hob den Blick. Er war glasig. »Nich' meine Schuld«, sagte er und senkte den Blick wieder.

Judd bestellte mit einer Geste ein Bier. »Wessen dann?«

»Flicketts.«

Laut Crockers Bericht war Flickett mit einem gebrochenen Nasenbein abgezogen, Jasper Campbell mit einer angeknacksten Rippe und Johnny Jones mit einer dicken Lippe. Hunter hatte lediglich einen Bluterguß auf dem Wangenknochen.

»Mistkerl«, murmelte Hunter. »Sagte, ich würde dem Alten in den Arsch kriechen.« Er schnaubte. »Arschloch!«

Judd lehnte sich zurück. Ned Flickett mußte ganz schön getankt haben, um das zu sagen, denn nüchtern hätte er sich das niemals getraut.

»Als ob ich 'n Arschkriecher wäre«, setzte Hunter das Gemurmel fort. Sobald der unterschwellige Zorn sich in einer Schlägerei oder herumgeschleuderten Möbelstücken entladen hatte, war er ein völlig harmloser Betrunkener. »Ich brauch ihm gahnich in 'n Arsch zu kriechen, der Job steht mir von Geburts wegen zu.«

Judd bedankte sich mit einem Nicken, als Crocker sein Bier brachte, und trank einen Schluck.

»Nich, dassa das je sagen würde. Der Bastard läßt mich nich' aus 'n Augen, wartet nur drauf, daß ich 'n Fehler mache. Ich muß besser sein als alle anderen in allen Steinbrüchen zusammen.« Er grübelte eine Weile darüber nach und fuhr dann fort: »Ich werd sie in die Luft spreng'. Ich werd sie alle in die Luft spreng'.«

Das hörte Judd nicht zum erstenmal – es war eine von Hunters Lieblingsdrohungen.

»Ich könnt's«, murmelte Hunter. »Hab alles dafür. Weiß, wo ich die Ladungen anbringen muß. Was würde der Alte dazu sagen, hä?« Seine Augen fielen zu, öffneten sich jedoch gleich wieder. »Wahscheinlich dasselbe, wassa imma sagt.« Seine Stimme hob sich zu einer karikierenden Rezitation des immer wiederkehrenden Satzes, den selbst Judd seit langem auswendig konnte. »›Sie taugen nichts, Hunter Love. Sie haben keinen Grips. Ich weiß nich', wa'um ich Sie überhaupt behalte.‹« Er senkte seine Stimme zu einem verschwörerischen Flüstern und beugte sich zu Judd herüber. »Er behält mich wegen meiner Mom. Hat sie in einer Hütte einquartiert, ihr Musik gegeben und sie verlassen.«

Judd wußte von Hunters Liebe zur Musik, und er wußte, woher sie kam – Hunter erzählte die Geschichte nicht zum ersten Mal –, doch dann bemerkte er etwas, das Unbehagen in ihm weckte: In Hunters Augen standen Tränen. Judd hatte schon viele betrunkene Männer weinen sehen, aber noch niemals Hunter.

»Sie hat's verlor'n. Hat ihr 's Herz gebrochen, dassi sie verlor'n hat.«

Judd runzelte die Stirn. »Wen hat sie verloren?«

Hunter lehnte sich zurück. »Nachts weinte sie deswegen, und wenn ich ungezogen war. Wollte uns austauschen, aber es war zu spät.«

Judd fiel Chelseas Theorie ein, derzufolge Katie mit einer

anderen Frau vereinbart hatte, deren Kind zur Adoption freizugeben, damit sie, Katie, ihres behalten könnte. Seinerzeit hatte Judd sie für abwegig gehalten, jetzt war er nicht mehr so sicher.

»Wen wollte sie austauschen?« fragte er, doch Hunter war nicht ansprechbar, er war in seinen Erinnerungen gefangen.

»Wenn ich Geburtstag hatte, war's am schlimmsten – dann vermißte sie sie besonders. Zwei. Zwei. Immer zwei Kerzen. Und ich mußte sie ausblasen. Ich wollte nich', ich haßte sie – aber ich tat's, weil ich nich' ins Loch wollte.«

Er hob den Blick zu Judd. »Hab ich dir je von dem Loch erzählt?«

Judd fror plötzlich. »Hast du.«

»Nich' von dem Loch.«

»Doch.«

»Schlimmer als 'n Schrank. Dunkel und lang und nichts als Erde. Müssen sich Hunderte von Flüchtlingen da unten versteckt haben. Ich dachte immer, es würden Knochen rumliegen, aber ich fand nie welche.« Er stieß sprudelnd die Luft aus. »Konnte keine finden, weil ich nichts sehen konnte. War stockfinster, das Loch. Und lang. Sehr, seeeehr lang.«

Er starrte wieder in sein Bier. Judd wußte, daß er höchstens noch ein, zwei Schlucke brauchte, bis er einnicken würde, und dann wäre es seine, Judds, Aufgabe, ihn nach Hause zu schaffen.

Hunter schaute ihn an. »Hastu je 'ne Schwester haben wollen?«

Judd zuckte die Schultern. »Ich habe noch nie darüber nachgedacht.«

»Sie wär' 'ne tolle Schwester.«

»Wer?«

»Chelsea.«

Judd lachte leise – das letzte, was er wollte, war Chelsea als Schwester.

Hunter wackelte drohend mit dem Zeigefinger. »Schmutzige Gedanken. Schäm dich.«

»Na ja, das liegt an der späten Stunde.«

»Das Baby sieht aus wie sie.«

Judd konnte Ähnlichkeiten sehen – in der Haarfarbe, der hellen Haut, den weit auseinanderliegenden Augen – doch mehr und mehr sah er Abby in Abby und niemand anderen. Mit inzwischen drei Monaten entwickelte sie bereits eine eigenständige Persönlichkeit. Sogar Chelsea, die großen Wert auf Ähnlichkeiten legte, weil sie ohne sie aufgewachsen war, stimmte ihm zu.

Hunter deutete auf sein Kinn, doch sein Finger irrte erst zu seiner Wange ab und dann zu seinem Kiefer, ehe er sein Ziel traf. »Hier. Hier sieht sie genauso aus wie sie.«

»Am Kinn?« Das wäre das letzte, worauf Judd gekommen wäre.

Hunter nickte. Seine Augen fielen erneut zu und öffneten sich auch diesmal gleich wieder, aber nur einen Spalt. Mit erschöpfter Stimme sagte er: »Ich hab Fotos.«

Judd trank einen letzten Schluck und stellte sein Bier beiseite, stemmte sich hoch, verließ die Nische und packte Hunter am Arm. »Das glaub ich dir«, sagte er und zog gerade so fest an, daß er Hunter in Bewegung brachte, und hielt ihn dann so fest, um ihn auf den Beinen zu halten.

»Du denkst, daß ich ein'n sitz'n hab«, nuschelte Hunter.

»Der Gedanke ist mir gekommen.«

»Ich zeig dir die Fotos«, versprach er, aber es war ein Versprechen, das dazu bestimmt war, gebrochen zu werden, denn als sie bei seinem Haus ankamen, schlief er, und als er morgens aufwachte, lag ein dichter Bierschleier über dem vorangegangenen Abend.

Der Mai kam, und es lag nicht nur der Duft der Blumen in der Luft. Da fast jeder in der Stadt in irgendeiner Weise mit Plum Granite zu tun hatte, wußte fast jeder in der Stadt, daß sich in einem Monat das Schicksal der Firma entscheiden würde. Fast jeder wußte über die Aufträge Bescheid, die hereingekommen waren. Fast jeder wußte, daß noch einmal ein Dutzend Männer eingestellt worden war. Der Bearbeitungsschuppen war rund um die Uhr in Betrieb, und in den Steinbrüchen wurde so fieberhaft gearbeitet, daß der Granitstaub sich nie ganz zu setzen schien.

Das Verhältnis zwischen Chelsea und den Einheimischen hatte sich aufgrund der verwischten Fronten zu einer freundlichen Rivalität gewandelt. Judd war ein Einheimischer, doch er lebte mit Chelsea zusammen. Hunter war ein Einheimischer, doch er war ein häufiger Gast in Boulderbrook. Wendell Hovey war, ebenso wie alle seine engsten Freunde, ein Fan von Chelsea, und wenn sie sich zur Wahl gestellt hätte, hätte der weibliche Teil von Cutters Corner, obwohl die Ehemänner ihre Tage damit zubrachten, dafür zu schuften, daß die Produktion nicht hinter den Aufträgen herhinkte, sie einhellig zur Gemeinderätin gewählt.

Chelsea strebte zwar kein politisches Amt an, doch sie genoß es von Herzen, endlich von den Notchern akzeptiert worden zu sein. Wenn sie durch die Straßen fuhr, winkten ihr Leute zu. Wenn sie zu Fuß an Häusern vorbeiging, öffneten sich Türen. Freundliche Grußworte wurden gewechselt. Sie kam in den Genuß des Charmes der Stadt und konnte sich – völlig unabhängig von ihren Gefühlen für Judd – nicht vorstellen, sie zu verlassen und nie mehr wiederzukommen. Sie mochte die Landschaft, die Luft, die Leute – sie mochte sogar die Spießigkeit, die sich hauptsächlich auf Gewohnheit zu gründen schien. Die Bürger von Norwich Notch waren im großen und ganzen erstaunlich modern, und sie fühlte sich wohl in ihrer Mitte.

Und dann kam ein Tag, der so strahlend sonnig war, daß er Chelsea zu einer Vormittagspause auf die Stadtwiese hinauslockte. Abby ruderte in ihrem Wagen mit Ärmchen und Beinchen und betrachtete mit großen Augen die vorbeiziehende Szenerie. Es hatten sich auch andere Frauen auf der Grünfläche eingefunden, und sie machten Chelsea auf einer Bank in der Sonne Platz. Hätte Cydra Chelsea gesehen, wie sie sich mit einem zufriedenen Lächeln im Wohlwollen der anderen sonnte, hätte sie es als

Zeichen dafür gedeutet, daß Chelsea ihre Heimat gefunden hatte. Chelsea ging nicht ganz so weit, aber sie hatte genügend Vertrauen zu den Notcher Frauen gefaßt, um keinerlei Bedenken zu haben, das Angebot einer der anderen Mütter anzunehmen, auf Abby aufzupassen, als Margaret auf sie zugeeilt kam. Margaret vertrat derzeit Fern, die eine Woche bei ihrer Schwester in West Virginia verbrachte. Offenbar hatte Hunter angerufen und wollte sich mit Chelsea bei Huckins Ravine treffen, einem Stück Land, das Plum Granite zu erwerben erwog.

Liz Willis, die Frau, die sich erboten hatte, auf Abby aufzupassen, war die Schwiegertochter der Besitzerin des Gasthauses. Chelsea hatte sie kennengelernt, als sie zum ersten Mal nach Notch gekommen und dort abgestiegen war, doch angefreundet hatten sie sich erst nach Abbys Geburt. Liz' Sprößling war schon größer und spielte zu ihren Füßen im Gras, und sie sagte, es würde ein besonderer Genuß für sie sein, sich wieder einmal um ein Baby kümmern zu können. Da Abby gerade erst gestillt worden war und bald einschlafen würde, rechnete Chelsea sich aus, daß die Zwanzigminutenfahrt zu und von der Schlucht ihr noch reichlich Zeit für eine Unterhaltung mit Hunter lassen würde.

Sie fuhr mit offenen Fenstern und hatte das Radio auf Soft rock eingestellt. Judd liebte Soft rock und Abby ebenfalls. Jedenfalls nahm Chelsea das an, weil die Kleine immer lachte und in ihre Händchen klatschte. Es spielte keine Rolle, daß das Klatschen nicht zur Musik paßte oder daß Chelsea, wenn sie mitsang, falsch sang, soweit Chelsea es beurteilen konnte, war Abby genauso unmusikalisch wie sie, doch das tat ihrem Vergnügen keinerlei Abbruch.

Chelsea sang auch jetzt – der Tag war wie zum Singen gemacht. Sie war rundherum glücklich.

Als sie am Ende der schmalen, steil aufwärts führenden, gewundenen Straße ankam, lag der Platz oberhalb der Schlucht, an dem sie sich schon früher getroffen hatten, verlassen da. Sie fuhr

wieder hinunter und folgte auf den Verdacht hin, daß Hunter vielleicht an einer anderen Stelle auf sie wartete, der unten entlangführenden Straße, konnte jedoch weder seine Kawasaki noch einen grau-weißen Plum-Granite-Laster entdecken.
In der Annahme, Margaret mißverstanden zu haben, fuhr sie zum Pequod, dem der Schlucht am nächsten gelegenen Steinbruch, und rief vom dortigen Büro aus in der Stadt an.
»Sie sind mit der Firma Plum Granite verbunden«, sagte Ferns Stimme. »Leider rufen Sie außerhalb der Geschäftszeiten an ...«
Seltsam, dachte sie und stand einen Moment lang mit den Händen in die Hüften gestützt und gerunzelter Stirn da. Dann verließ sie die Wellblechbude und machte sich auf die Suche nach dem Vorarbeiter. Er hatte Hunter seit dem frühen Morgen nicht gesehen. Mit einem Blick auf ihre Uhr stieg sie wieder in den Pathfinder und fuhr nach Moss Ridge – dort war Judd, und wenn irgend jemand wußte, was hier vorging, dann er.
Sie berichtete ihm, was Margaret ihr gesagt hatte.
Er fuhr sich mit dem Unterarm über die Stirn und hinterließ eine Staubspur in der Schweißschicht, die er hatte wegwischen wollen.
»Er war vor kurzem noch hier, aber dann bekam er einen Anruf und fuhr weg. Hat kein Wort davon gesagt, daß er zur Schlucht rüberfahren würde.«
»Seltsam«, wunderte sie sich. »Ich bin sicher, daß Margaret das gesagt hat. Vielleicht hatte sie ihn falsch verstanden.«
Mit der Bitte an Judd, nach Hunter Ausschau zu halten, solange er noch in Moss Ridge sei, fuhr sie in die Stadt zurück, parkte hinter dem Büro und machte sich auf den Weg zum Marktplatz, um Abby abzuholen. Liz saß noch immer dort, doch Abbys Wagen war nirgends zu entdecken.
Liz war überrascht, sie zu sehen. »Hunter war gerade hier. Er sagte, er solle Abby in Ihrem Auftrag nach Boulderbrook bringen.«
Chelsea verspürte einen Anflug von Unbehagen. »Ich habe gar nicht mit Hunter gesprochen, denn ich konnte ihn nicht finden.«

Liz runzelte die Stirn und suchte die Bestätigung ihrer Aussage bei den beiden anderen Frauen, die heftig nickten. »Er kam mit Judds Wagen an, setzte die Kleine in den Autositz, klappte den Kinderwagen zusammen und fuhr davon.« Jetzt wurde ihr selbst unbehaglich. »Ich hatte keinen Grund, an seiner Behauptung zu zweifeln, Sie und er sind doch so gut befreundet.«

Chelsea zwang sich zu einem Lächeln. »Kein Problem, Liz, ich bin sicher, es gibt eine Erklärung dafür. Ich werde nach Hause fahren und feststellen, was dahintersteckt.«

Der Heimweg erschien ihr endlos. Wenn es um Abby ging, verstand sie keinen Spaß – auch nicht bei Hunter. Wenn er das komisch fand, dann war eine Standpauke fällig.

Kein Blazer in Boulderbrook. Sie lief ins Haus, schaute in jeden Raum, lief wieder hinaus und um das Haus herum. Kein Hunter. Keine Abby.

Sie lief wieder hinein, rief Judd in Moss Ridge an und erklärte ihm, bemüht, langsam und ruhig zu sprechen, war passiert war. Doch dann brach ihre Aufregung sich Bahn. »Ich will wissen, wo meine Tochter ist!« rief sie mit unnatürlich hoher Stimme.

Judd fluchte, behielt aber ansonsten die Nerven. »Mach dir keine Sorgen. Es geht Abby bestimmt gut, Hunter würde niemals etwas tun, das ihr schaden könnte.«

»Aber wo hat er sie hingebracht?« fragte Chelsea. Sie fühlte sich, als sei ihr ein Stück ihres Herzens herausgerissen worden, und es half nicht das geringste, daß sie sich sagte, daß das zur Mutterschaft gehöre, daß es ihr noch öfter bevorstehe, nicht zu wissen, wo Abby steckte, und daß sie ihre Ängstlichkeit in ihrem eigenen Interesse in den Griff bekommen müsse. Abby war ein Baby und völlig hilflos. Sie würde bald wieder Hunger bekommen. Chelsea spürte schon, wie sich die Milch in ihren Brüsten sammelte.

»Du bleibst zu Hause«, ordnete Judd an. »Murphy wird die Steinbrüche überprüfen, und ich fahre zu Hunter . . .«

»Nein, da fahre ich hin«, unterbrach Chelsea ihn. »Ich lasse ihm eine Nachricht hier, für den Fall, daß er herkommt, aber ich kann unmöglich untätig hier rumsitzen.«

»Ich werde ein paar Telefonate führen. Wenn du Hunter nicht antriffst, fahre nach Boulderbrook zurück. Ich bin in einer halben Stunde da.«

Chelsea stürzte aus dem Haus, raste zu Hunters Haus, und als sie ihn dort nicht vorfand, wieder heim. Doch in Boulderbrook war alles still. Um den Milchfluß zu stauen und um sich Halt zu geben, steckte sie die Hände unter die Achseln und begann, auf der vorderen Veranda auf und ab zu gehen; sie nahm weder den Sonnenschein wahr noch den Duft des Frühlings in der Luft und auch das fröhliche Zwitschern der Vögel nicht.

Sie wollte ihre Tochter wiederhaben.

Vierundzwanzigstes Kapitel

Zu der Zeit, da Abby eigentlich zufrieden an der Brust ihrer Mutter hätte nuckeln sollen, ging Chelsea, von panischer Angst getrieben, ruhelos in Boulderbrook auf und ab. Judd war wie versprochen gekommen und suchte Hunter telefonisch, während Nolan und sein Deputy ihr Glück auf den Straßen versuchten.

Kurz nach eins kam Donna. »Sie werden sie finden«, versicherte sie Chelsea in Zeichensprache. »Hunter würde niemals zulassen, daß ihr etwas geschieht, er liebt sie doch.«

»Das habe ich auch angenommen«, entgegnete Chelsea mit zittriger Stimme, »aber jetzt bin ich mir nicht mehr sicher. Er weiß, daß ich sie stille, sie muß inzwischen halb verhungert sein. Und klitschnaß. Sie schreit bestimmt wie am Spieß. Warum hat er sie nicht zurückgebracht? Warum hat er sie überhaupt weggeholt? Und warum mit dem Blazer? Es hätte ihm ähnlich gesehen, sie auf seiner Maschine mitzunehmen, aber die steht in Moss Ridge, und er weiß nicht, wie man sich Abby auf den Rücken schnallt, und er haßt es, sie im Arm zu halten. Was also macht er mit ihr?« Sich kaum Zeit zum Atmen nehmend, fuhr sie fort: »Und wenn sie einen Unfall hatten?« Diese Möglichkeit überprüfte die Highway-Patrol.

»Sie tauchen schon wieder auf.« Diesmal lag Nachdruck in Donnas Fingerzeichen.

In diesem Augenblick bemerkte Chelsea eine neue Stärke an ihr. Wahrscheinlich hatte sie sich so allmählich entwickelt, daß es bisher nicht aufgefallen war, aber jetzt war die Veränderung offensichtlich. Die Frau, die noch vor gar nicht langer Zeit völlig verschüchtert nach Matthews Pfeife getanzt hatte, hielt sich gerade, kleidete sich modisch, trug ihr Haar offen und in schmeichelnde Wellen gelegt, und trotz der noch verbliebenen Spur Angst in ihren Augen, war sie Chelsea ein Trost.

»Wie haben Sie es denn geschafft, aus dem Laden wegzukommen?« fragte sie etwas ruhiger.

Donna grinste, und ihre Finger hatten einen trotzigen Schwung, als sie antwortete: »Ich habe Matthew mitgeteilt, daß ich gehen würde.«

»Hat er keinen Ärger gemacht?«

»Ich bin trotzdem gegangen.«

»Er wird wütend sein.«

»Das ist mir egal, ich will hier bei Ihnen sein.«

Chelsea war ihr dankbar dafür, und ihre Dankbarkeit wuchs mit jeder Minute, die ohne ein Lebenszeichen von Hunter oder Abby verging. Bis zum Nachmittag war die halbe Stadt auf der Suche, Steinhauer machten früher Feierabend, um zu helfen, und gingen in eine Richtung, während ihre Frauen in eine andere gingen. Chelsea blieb, für den Fall, daß Hunter sich meldete, in der Nähe des Telefons.

Niemand sprach von einer Entführung – niemand wollte glauben, daß Hunter zu einer solchen Tat fähig wäre.

Doch je später es wurde, um so mehr Verdächtigungen wurden laut, die Nolan, der nach Boulderbrook zurückkehrte, um sich mit Chelsea und Judd zu beraten, nicht ignorieren konnte.

»Die meisten dieser Dinge wären ihm zuzutrauen«, meinte er. Sie waren in der Küche, hatten sich von den wohlmeinenden Freunden im Wohnzimmer abgesetzt. »Verstehen Sie mich nicht falsch. Ich mag Hunter sehr, aber Tatsache ist, daß er verschwunden ist und Ihr Baby auch.«

»Das heißt nicht, daß eine böse Absicht dahintersteckt«, gab Chelsea zu bedenken. Ihre Finger waren mit Judds verflochten, die ihr Ruhe und Stärke vermittelten. »Das Ganze muß ein harmloses Mißverständnis sein.«

Nolan zählte die Punkte auf, die gegen Harmlosigkeit sprachen: »Sie wurden um ein Haar von einem Lastwagen der Firma überfahren – er fährt ständig mit Lastwagen der Firma. Ihre Telefonleitungen wurden gekappt – er versteht sich auf Kabel, und er trägt Stiefelgröße zwölf. Ihr silberner Schlüssel wurde gestohlen, ohne daß es Hinweise auf ein gewaltsames Eindringen gab – er hat einen Schlüssel für Ihr Haus. Ihr Stall ging in Flammen auf – er ist ein Experte für Brände.«

»Nein. Er hat nur einen gelegt.« Sie wandte sich mit einem flehenden Blick an Judd. »Ich sehe kein Motiv. Welchen Grund soll er gehabt haben, Margaret anzurufen und mich sinnlos durch die Gegend zu jagen? Welchen Grund soll er gehabt haben, Abby zu entführen? Irgend etwas stimmt da nicht.« Sie fragte Nolan: »Was sagt denn Margaret?«

»Noch gar nichts – sie ist nach Petersborough gefahren, um eine Freundin zu besuchen. Oliver meint, sie wird frühestens in einer Stunde zurück sein.«

Chelsea stieß einen gequälten Laut aus. »Es ist etwas passiert – ich weiß es. Es gibt keine logische Erklärung für Hunters Verhalten.«

Nolan hatte eine. »Seine Mutter war geistesgestört.«

Donna winkte im gleichen Moment energisch ab, in dem Chelsea rief: »Hunter ist nicht geistesgestört!«

»Er hat Kinderstimmen in diesem Haus gehört!«

»Er hat sie sich ausgedacht – sie waren seine Spielkameraden. Es waren die Erwachsenen in der Stadt, die die Phantasien eines Fünfjährigen zur Realität machten, er hat nur nicht widersprochen.«

Den Tränen nahe, wandte sie sich wieder an Judd. »Wo sind sie?«

Er nahm behutsam ihr Gesicht in die Hände und sagte: »Es geht ihr bestimmt gut.«

»Ich will sie wiederhaben.«

»Ich weiß.«

»Wenn ihr etwas zugestoßen ist, sterbe ich!«
»Sie kommt bestimmt gesund zurück.«
»Ich würde sterben, Judd, sie bedeutet mir so viel.«
In seinen dunklen Augen stand Besorgnis, und obwohl sie sich einerseits wünschte, er würde ihr zuliebe ein zuversichtliches Gesicht machen, sprach andererseits die Tatsache, daß er das nicht konnte, für seine Liebe zu Abby. Er war genauso verzweifelt wie sie.
»Warum ruft er nicht an? Er muß doch wissen, daß ich in Panik bin!« Sie legte einen Arm über ihre Brüste, die schmerzhaft prall waren, fuhr sich mit der Hand durch die Haare und zermarterte sich zum x-ten Mal den Kopf, versuchte sich zu erinnern, ob Hunter, als sie ihn früh an diesem Morgen gesehen hatte, irgend etwas gesagt hatte, das auf diese rätselhafte Aktion hindeutete, ob sie etwas gesagt hatte, das ihn dazu veranlaßt hatte. Sie glaubte nicht, daß sie ihn beleidigt hatte. Sie erinnerte sich nicht, daß er zornig gewesen wäre. Sie hatten sich ganz normal unterhalten. Es fiel ihr kein einziger logischer Grund ein, warum er Margaret angelogen und dann Liz angelogen haben und dann mit Abby verschwunden sein sollte.
»Der Junge taugt nichts«, ertönte Olivers Stimme von der Tür her.
Chelsea starrte ihn feindselig an. »Hören Sie auf damit!«
»Ich habe wirklich mein Bestes getan, Gott ist mein Zeuge. Gab ihm alles, was ein Mann in meiner Position ihm geben konnte.«
Ihre strapazierten Nerven wirkten sich auch auf ihre Geduld aus. »Vielleicht hätte er Zuneigung gebraucht. Oder Ermutigung«, schleuderte sie ihm entgegen. »Oder eine Bestätigung dafür, wer sein Vater ist.« Sie wandte sich zum Gehen. Judd wollte sie aufhalten, doch sie hätte Olivers selbstgerechte Erwiderung nicht ertragen. »Ich muß rumlaufen«, erklärte sie.
Sie ging durchs Wohnzimmer, die Treppe hinauf und dort von Zimmer zu Zimmer – immer wieder in der irrationalen Hoffnung, bei Öffnen der nächsten Tür Hunter und Abby vorzufin-

den, die vergnügt miteinander spielten. Doch das Kinderzimmer war leer, und auch die anderen Zimmer waren es. Sie überprüfte sogar den Geheimgang, der von der Schrankkammer nach unten zum Wohnzimmerkamin führte, doch auch er war still und leer, was auch nicht anders zu erwarten war: Wenn Abby irgendwo im Haus wäre, hätte sie sich längst bemerkbar gemacht.
Aber Chelsea mußte etwas tun, sie konnte nicht tatenlos herumsitzen, während ihr Baby hungrig, naß und müde war und vielleicht verletzt oder in Gefahr. In dem Wissen, daß es töricht war, sie aber nicht wußte, was sie sonst tun sollte, nahm sie sich das zweite Versteck vor, das Hunter entdeckt hatte – den Vorratsraum hinter der Anrichte. Nachdem er sich als ebenso leer erwiesen hatte wie zuvor der Geheimgang hinter dem Wohnzimmerkamin, stieg sie, unterwegs die Lampen anknipsend, in den Keller hinunter und öffnete die Falltür, unter der der unterirdische Tunnel begann. So weit sie sehen konnte, war auch er leer – leer, dunkel und bedrückend.
Mit einem hilflosen Aufschrei setzte sie sich auf den Rand und schlug die Hände vors Gesicht. »Wo bist du, Baby?« schluchzte sie. »Wo bist du?«
Ihre Stimme hallte durch den Tunnel, wurde leiser und leiser, doch als sie eigentlich längst hätte verstummt sein müssen, war sie immer noch zu hören. Chelsea hob den Kopf und spähte wieder in die dunkle Röhre. Da waren Stimmen. Sie hörte sie. Sie war ganz sicher.
Mit hämmerndem Herzen sprang sie auf. Stimmen! Nicht ihr eigenes Echo! Andere Stimmen. Sie bückte sich und kroch auf allen vieren in den Tunnel. Es waren zwei Stimmen – eine hohe, eine tiefe, eine weibliche, eine männliche. Sie waren nur gedämpft zu hören, doch selbst auf die Entfernung war die Feindseligkeit zwischen den Gesprächspartnern zu erkennen. Chelsea hielt den Atem an und lauschte.
»Was, zum Teufel, haben Sie erwartet ...«
»... damit hatte ich nicht gerechnet ...«

»... Tunnel, um Himmels willen – darum war er all die Jahre geschlossen ...«
»... sollte draußen sein ...«
»... verrückte alte ...«
»... nicht meine Schuld ...«
»... von Anfang an Sie gewesen ...«
Chelsea kauerte zitternd da, unfähig, sich vorwärts zu bewegen, unfähig, sich rückwärts zu bewegen, gelähmt durch die Stimmen – bis sie etwas anderes hörte. Weinen. Das Weinen eines Babys. Es war Abby! Sie würde Abbys Weinen überall erkennen.
Plötzlich zu neuem Leben erwacht, kroch sie, so schnell sie konnte, rückwärts, aus dem Tunnel, rappelte sich auf, rannte, Judds Namen schreiend, auf die Treppe zu und hetzte die Stufen hinauf. Sie hatte die oberste fast erreicht, als er ihr entgegenkam. Sie packte seine Hände und zog ihn hinunter.
»Da sind Stimmen, Judd! Ich habe Stimmen gehört!«
Er kam nur weit genug herunter, um sie aufzuhalten, indem er den Arm um sie legte. »Es sind keine Stimmen da, Chels. Hunter hatte sie sich nur ausgedacht.«
Sie befreite sich, ergriff erneut seine Hand und zog daran. »Ich habe sie gehört, und du wirst sie auch hören! Du mußt mitkommen!« Sie zerrte so heftig an seiner Hand, daß er ihr folgen mußte, weil er sonst die Treppe hinuntergefallen wäre. »Sie sind nicht im Tunnel, sondern irgendwo anders. Aber sie sind da!« Erbarmungslos zog sie ihn weiter. »Ich habe Abby weinen hören. Sie war es, ich weiß es.« Sie hörte erst zu ziehen auf, als sie die Falltür erreichten. »Kriech rein!« flüsterte sie drängend.
»Chelsea ...«
Sie kroch in die dunkle Röhre hinein, bis sie sich außerhalb seiner Reichweite befand, dann setzte sie sich hin, schlang die Arme um die Knie und lauschte.
»Komm da raus, Schatz«, bat Judd, doch er folgte ihr wie von ihr vorausgesehen.
»Setz dich«, flüsterte sie und preßte seine Hand auf ihr Herz.

»Horch!« Das Weinen des Babys klang von weit her, von sehr weit her. Die Laute schnitten ihr ins Herz. Sie biß sich auf die Lippe, um nicht mit zu weinen.
»Gehen Sie von ihr weg!« schrie eine weit entfernte, männliche Stimme. »Fassen Sie sie ja nicht an!«
Abbys Weinen übertönend jammerte eine schrille Frauenstimme: »So war es nicht geplant.«
»Ich kümmere mich um sie. Sie stellen sich da drüben hin, wo ich Sie sehen kann. Halten Sie sich fern von uns!«
Das Baby hörte auf zu weinen. Chelsea stockte der Atem.
»So war es nicht geplant.«
»Ja, ich weiß, es hätten nur sie und ich in diesem Loch festsitzen sollen.«
»Es hätte euch an nichts gefehlt, ich habe alles eingepackt, was ihr zum Überleben brauchtet.«
»Aber Sie wollten uns einsperren! Sie sind verrückt! Wer in der Stadt würde glauben, daß ich das Baby entführt habe und uns beide gegen die Welt abgeschottet? Wie hätte ich das technisch machen sollen? Wie könnte ich eine Lösegeldforderung stellen, wenn ich hier drin festsäße?«
»So war es nicht geplant.«
Judd wandte sich an Chelsea. Sie spürte, daß er vor Aufregung zitterte. »Hunter und Margaret?«
»Wo sind sie?«
Er hob ihre Hände an seinen Mund und preßte sie schmerzhaft fest darauf, während die ferne Diskussion weiterging.
»Wie sollen sie uns finden?« fragte Margaret, plötzlich kleinlauter.
»Verdammt gute Frage, nachdem Sie Ihre Spuren verwischt haben«, gab Hunter sarkastisch zurück. »Aber das muß ich Ihnen wirklich lassen – mit der Nachricht für sie und der Nachricht für mich haben Sie uns perfekt manipuliert, weil niemand Ihnen zutraute, daß Sie zu einer solchen Teufelei fähig wären. Woher haben Sie denn von diesem Tunnel erfahren?«

»Aus alten Zeitungen.«
»Und woher, zum Teufel, haben Sie die Waffe?«
»Ich hatte nichts Böses vor.«
»Nichts Böses? Was haben Sie denn für Vorstellungen, Lady? Kidnapping ist etwas Böses. Sie haben zwei Menschen entführt, deren Leben jetzt gefährdet ist, weil der verdammte Tunnel eingestürzt ist.«
Eingestürzt. Der Tunnel war eingestürzt. Sie waren am Leben, aber sie saßen in der Falle. Chelsea versuchte, sich darüber klarzuwerden, um welchen Tunnel es sich handelte. Es gab drei Geheimgänge. Nur drei. Sie begann zu wimmern. Judd umklammerte ihre Hände noch fester. Der Schmerz tat ihr gut.
»Ich habe alles Nötige eingepackt«, verteidigte Margaret sich.
Hunters Stimme troff von Hohn. »Babynahrung und Pampers werden ohne Sauerstoff nicht viel nutzen, und der wird bald knapp werden.«
»Jesus!« sagte Judd, und noch einmal lauter: »Jesus!«
Chelsea schaute in heller Panik die Tunneldecke und die Seitenwände an. »Wo sind sie?«
Judd begann rückwärts zu kriechen und zog sie mit sich. »Erinnerst du dich, wie ich ihn im ›Crocker's‹ abholen mußte, als er betrunken war? Da erzählte er von Katie Love – wie sie ihn in ein Loch sperrte, wenn sie sich über ihn geärgert hatte.«
»Nicht in ein Loch, es war ein Schrank.«
»Er sprach von einem Loch. Er sagte, es sei lang und dunkel gewesen und aus Erde. Es gibt noch einen zweiten Tunnel. Wenn Katie Love ihn da reinsperrte, dann muß sich der Eingang in der alten Hütte befinden.«
»Aber die Hütte ist weg!« rief Chelsea.
»Der Fußboden nicht«, sagte Judd und steuerte auf die Treppe zu. Doch dann blieb er plötzlich stehen, drehte sich um und packte Chelsea an den Schultern. »Bleib du hier. Ich werde mit ein paar Männern rübergehen, während Nolan die nötige Ausrüstung beschafft. Das wichtigste ist im Moment, Sauerstoff da

rein zu kriegen. Dann werden wir den Tunnel abstützen und anfangen, uns durchzugraben.«

»Aus welcher Richtung?«

»Das weiß ich erst, wenn wir uns angesehen haben, wie das andere Ende aussieht. Du bleibst hier, okay? Ich will dich in Sicherheit wissen.«

»Ich will Abby in Sicherheit wissen!« rief Chelsea, denn sie sah das süßeste Baby der Welt plötzlich unter Erdklumpen begraben.

»Es wird ihr nichts passieren«, versicherte Judd ihr. »Wir wissen, daß sie nicht hungern muß. Wir wissen, daß Hunter bei ihr ist. Wir holen sie da raus.« Er küßte sie auf den Mund und umarmte sie so fest, daß ihre Rippen schmerzten, bevor er, immer zwei Stufen auf einmal nehmend, die Treppe hinaufhastete. Er war kaum aus der Tür, als Chelsea zu dem Tunnel zurückkehrte. Sie kroch wieder hinein, setzte sich hin, schlang die Arme um ihre Knie und wiegte sich vor und zurück, während sie dem Gespräch weiter folgte.

»Ich weiß, warum Sie etwas gegen mich haben«, sagte Hunter gerade. »Sie wollten immer einen Sohn und bekamen einfach keinen.«

»Ich habe die Söhne alle durch Fehlgeburten verloren. Sie waren nicht lebensfähig.«

»Und dann bekam Katie mich, und ich war lebensfähig, und das machte Sie verrückt.«

»Er sagte, er habe alles arrangiert. Er sagte, sie würde das Baby weggeben, aber er wußte nicht, daß ihr zu zweit wart! Sie hat das Mädchen weggegeben und den Jungen behalten!«

Chelseas Herz blieb stehen. Sie preßte die Hand darauf. Es begann wieder zu schlagen, doppelt so schnell wie vorher.

Es folgte ein unverständliches Gemurmel und dann Stille. Sie legte die Hände auf die Ohren, hatte einen Moment lang den aberwitzigen Verdacht, plötzlich taub geworden zu sein. Als sie wieder etwas hörte, war es keine ferne Stimme, sondern eine Bewegung dicht neben sich.

Sie zuckte zusammen. Vom Kellerlicht nachgezeichnet waren Olivers hagere Gestalt und sein fast kahler Schädel deutlich zu erkennen. Er kam in den Tunnel gekrochen und lehnte sich mit einem Grunzen keine dreißig Zentimeter von ihr entfernt an die Wand.

»Haben Sie gehört, was sie gesagt hat?« fragte Chelsea mit hoher, zitternder Stimme.

»Habe ich«, sagte er.

»Ist es wahr?«

»Muß wohl.«

Sie preßte die Hand noch fester auf ihr Herz, um es zu beruhigen. Es schlug unregelmäßig, sprang so wild herum wie ihre Gedanken. Sie versuchte zu begreifen, was sie gehört hatte. »Katie Love hat zwei Kinder bekommen?«

»Niemand wußte es. Die Hebamme ging mit dem ersten weg, das zweite brachte sie ganz allein zur Welt. Fünf Jahre später wurde Hunter auf der Straße zur Stadt aufgegriffen, Katie tot in der Hütte gefunden und ihr Tagebuch und die Fotos, die sie gemacht hatte, und wir wußten Bescheid.«

»Wer wußte Bescheid?«

»Ich. Mein Anwalt. Die Hebamme. Wir wußten, daß sie eine Tochter geboren und weggegeben hatte, weil wir sie gesehen hatten. Dann sahen wir Hunter und wußten, daß es Zwillinge gewesen waren.«

Zwillinge. Sie und Hunter. Chelsea fing an zu weinen.

»Margaret brach zusammen«, fuhr Oliver fort. »Katie Loves Schwangerschaft war schlimm für sie gewesen, aber sie dachte, daß die Geschichte mit der Geburt ausgestanden wäre. Dann tauchte Hunter auf, und ich konnte ihn nicht ignorieren, er war mein Sohn, doch ich konnte mich nicht öffentlich zu ihm bekennen, denn das hätte sie umgebracht. Ich habe alles versucht, um es wiedergutzumachen, doch irgendwie schaffte ich es nicht. Aber ich schwöre, ich hätte sie niemals einer solchen Tat für fähig gehalten.«

Chelsea weinte leise und wiegte sich, die Arme fest um die Beine geschlungen, unaufhörlich vor und zurück.

»Als Sie anriefen, um einen Besuchstermin mit mir zu vereinbaren, wußte ich sofort, wer Sie waren«, sagte Oliver. »Ich wußte, daß Sie von einem Ehepaar namens Kane adoptiert worden waren und daß sie Ihnen den Namen Chelsea gegeben hatten. Es gibt nicht viele Frauen mit diesem Namen, und daß Sie ausgerechnet nach Norwich Notch kommen wollten, gab mir zusätzlich zu denken. Und als ich Sie dann sah, war ich mir ganz sicher. Sie sehen ihr ungeheuer ähnlich. Die Nase und das Kinn sind etwas anders, aber der Mund und die Augen stimmen hundertprozentig.«

Chelsea fiel ein, wie sie sich bei ihrem ersten Aufenthalt in der Stadt gefragt hatte, ob sie jemand auf der Straße erkennen würde.

»Warum ist das sonst niemandem aufgefallen?«

»Weil sie Sie nicht so angesehen haben, wie ich es tat.« Er stieß einen mißbilligenden Laut aus. »Es ist mir ein Rätsel, warum Katie diesen Tölpel Henry Lout jemals geheiratet hat. Er hat die ganzen Jahre nichts für sie getan. Sie war ohne ihn besser dran.«

»Besser dran?« echote Chelsea mit brüchiger Stimme. »Sie haben Sie geschwängert und dann im Stich gelassen. Sie ließen zu, daß die Stadt sie ächtete.«

»Ich hatte keine Wahl. Überhaupt keine. Ich liebte Katie, aber Margaret war meine Frau. Ich mußte an sie denken und an meine Töchter.«

»Und an Ihre Position in der Stadt.«

»An die auch, und machen Sie sich nicht lustig darüber, Missy, denn solche Dinge sind wichtig.«

»Aber wenn Sie wußten, wer ich war, warum ließen Sie zu, daß ich herkam? Warum ließen Sie zu, daß ich mich an Ihrer Firma beteiligte?«

»Ich hatte auch in dem Fall keine Wahl. Die Firma war auf dem Weg in die Pleite, und es war niemand anderer da, der mir anbot, ihr wieder auf die Beine zu helfen.«

»O Gott!« keuchte Chelsea. Sie preßte die Fäuste an die Schläfen. Zu vieles stürmte zu schnell auf sie ein. Sie hörte ein Jammern durch die Wand, einen herzzerreißenden Laut, und schrie gequält auf. Fast im gleichen Augenblick entstand vorn im Keller Unruhe. Nolan und seine Männer waren gekommen.
»Verschwinden Sie hier, Oliver«, befahl Nolan barsch und streckte Chelsea die Hand hin. »Kommen Sie, wir müssen Luftlöcher bohren. Judd ist am anderen Ende, sie arbeiten sich von dort mit Schaufeln voran.«
Chelsea nahm seine Hand und stieg aus dem dunklen Tunnel in den hell erleuchteten Keller hinauf. Sie wischte sich mit dem Ärmel die Tränen von den Wangen. Das einzige, was ihr im Augenblick wichtig war, war die Rettung ihres Babys. Und Hunters. Sie hatte einen Zwillingsbruder. Wieder kamen ihr die Tränen. Besorgt fragte sie: »Ein Ende des Tunnels ist schon eingebrochen – was ist, wenn das ganze Ding einkracht?«
»Das wird nicht passieren. Wenn das Belüftungsrohr durchgeschoben ist, werden Hunter und das Baby an diesem Ende bleiben, während der zweite Trupp sich von der anderen Seite vorarbeitet, und sie werden den Tunnel Stück für Stück abstützen. Sie können den Männern vertrauen, Chelsea, sie wissen, was sie tun.«
Judd wußte ganz sicher, was er tat.
Er würde niemals zulassen, daß dem Baby etwas passierte. Wahrscheinlich würde er eher sich selbst opfern, wobei dieser Gedanke nicht dazu angetan war, Chelsea zu beruhigen. Wenn ihm etwas zustieße, würde sie genauso sterben, wie wenn Abby etwas zustieße, so sehr liebte sie ihn.
Ja, das tat sie. Sie war nicht auf der Suche nach der großen Liebe nach Notch gekommen, doch sie hatte sie in Judd gefunden. Früher einmal hatte sie ihre Gefühle auf die bis dahin nie gekannte, sexuelle Harmonie zurückgeführt, doch inzwischen war soviel mehr daraus geworden. Es gefiel ihr, wie er mit den Steinhauern umging, es gefiel ihr, wie er mit den Kunden

umging, es gefiel ihr, wie er sich Abby in die Ellbogenbeuge legte und ihr Apfelmus in den Mund löffelte, wie er nachts im Bett den Arm um sie legte, ihre Haare sich sanft in seinem Atem bewegten und er ihr aufmerksam zuhörte. Nein, er war kein hirnloser, grober Klotz, er war tüchtig und intelligent, sensibel und freundlich. Er war alles, was sie sich immer von einem Mann erträumt hatte. Alles.

Ein Arm legte sich um sie. Es war Donna, die sie beruhigen wollte, Donna, mit der sie sich vom ersten Augenblick an verstanden hatte, Donna, die Schwester, die sie sich immer gewünscht, von der sie aber nichts gewußt hatte, Donna, die, wie Judd, ein kostbarer Fund war.

Sie starrten unverwandt in den Tunnel. Als Nolan sich zu ihnen gesellte, fragte Chelsea ihn: »Wissen sie, daß wir hier sind?«

»Hunter weiß es. Margaret plappert wirres Zeug, und er versucht vergeblich, sie zum Schweigen zu bringen.« Er legte die Hand auf Donnas Nacken und sagte mit einem bedauernden Blick: »Ich glaube, sie hat den Verstand verloren.«

Donna umfaßte seine Hand und erwiderte mit von Kummer verzerrter Stimme: »Sie braucht Hilfe. Die hätte sie schon längst gebraucht.«

Für Chelsea ergaben plötzlich viele Dinge einen Sinn. Es war gut möglich, daß sie Margaret die nächtlichen Telefonate verdankte. Und es war durchaus denkbar, daß sie den Stall angezündet hatte. Sie konnte die Firmenlastwagen fahren und brauchte sich keinen aus Moss Ridge zu holen, da sie einen vor der Tür stehen hatte. Ebenso leichten Zugang hatte sie zu Olivers Zwölfer-Stiefeln und Werkzeugen, mit denen man eine Telefonleitung kappen konnte – und Chelsea vermutete, daß sie auch die nötigen Kenntnisse besaß.

Wenn es um Haß ging, war Margaret ein gefährlicher Gegner. Und dann fiel ihr plötzlich auch die Antwort auf die letzte Frage ein. »Der Tee! Sie hatte ihn verschüttet und brachte mir eine neue Tasse – und in die muß sie etwas hineingetan haben!

Darum war ich so krank.« Noch etwas fiel ihr ein. »Zu dem Zeitpunkt war ich schwanger – das Baby hätte Schaden nehmen können. Wie konnte sie!?«

Sie konnte. Sie wurde von Dämonen getrieben, die sie wahrscheinlich schon seit Jahren im Griff hatten, was Chelsea in Anbetracht der momentanen Gefahrensituation nicht gerade beruhigte.

»Warum dauert das denn so lange?« fragte sie Nolan.

»Sie gehen behutsam vor, und das braucht seine Zeit. Die Tunneldecke hat zwar viele Jahre gehalten, aber angesichts dessen, was am anderen Ende passiert ist, wollen sie kein Risiko eingehen.«

»Wie dick ist die Wand, durch die sie mit dem Rohr durch müssen?«

»Einsfünfzig, vielleicht auch einsachtzig.«

»Besteht die Möglichkeit, daß die beiden Tunnel nicht miteinander verbunden sind?«

»Das ist nicht wahrscheinlich. Die entlaufenen Sklaven, die sich hier versteckten, wollten das Haus verständlicherweise unbemerkt verlassen, und so kann man davon ausgehen, daß sie auf unterirdischem Weg zur Hütte hinüberwechselten und dann im Wald verschwanden.«

Wenige Minuten später erscholl ein Ruf aus dem Tunnel: Das Rohr hatte die andere Seite der Erdmauer erreicht. Die Gewißheit, daß Hunter und Abby nicht ersticken würden, war natürlich eine gewisse Erleichterung für Chelsea, aber sie wollte unbedingt wissen, was in dem Verlies vor sich ging. Zitternd stieg sie in den Tunnel hinunter, kroch, sich an Armen, Schultern und Händen der Leute entlanghangelnd, an denen sie vorbeikam, bis zum Ende, das jetzt von einem tragbaren Halogenscheinwerfer angestrahlt wurde, und schrie durch das Rohr: »Hunter?«

»Ich höre Sie«, rief Hunter zurück. »Sie ist okay, Chelsea. Sie ist okay. Zuerst hat sie die Fertignahrung verweigert, aber als sie dann richtig hungrig war, hat sie sie doch getrunken. Jetzt schläft sie an meiner Schulter.«

Chelsea wußte nicht, ob sie lachen oder weinen sollte. Sie legte den Handrücken an die Stirn und tat ein bißchen von beidem.

Nolan kam angekrochen. »Was macht Margaret?« rief er Hunter zu.

Hunters Stimme wurde hart. »Sie lebt noch. Mann o Mann – sie wollte mir eine Entführung in die Schuhe schieben, sie wollte mich unbedingt aus dem Weg räumen. Es war ein halbgarer Plan, aber sie nahm an, daß die Stadt mir jede Schlechtigkeit zutraute und die Geschichte kaufen würde. Sie malte sich aus, daß ich ins Gefängnis käme und Chelsea so geschockt wäre, daß sie auf Nimmerwiedersehen nach Baltimore verschwände.«

Chelsea beugte sich wieder zu dem Rohr hin. »Warum hast du es mir nicht gesagt, Hunter? Du wußtest schon eine ganze Weile über mich Bescheid – über uns, nicht wahr?«

Daß er ihr Katies Zeichnungen gezeigt hatte, daß er sich so häufig bei ihr aufhielt, vor allem seit Abbys Geburt, auch das ergab plötzlich einen Sinn. Der Schlüssel fiel ihr ein, und sie fragte sich, was er wohl darüber wußte und ihr nicht sagte.

Sie wollte ihn gerade danach fragen, als er rief: »Ich höre Hacken am anderen Ende.«

»Bleiben Sie, wo Sie sind«, schärfte Nolan ihm ein. »Warten Sie, bis die Decke abgestützt ist.«

Chelsea hatte nicht die Absicht zu warten, zumindest nicht hier. Sie sehnte sich danach, Abby in die Arme zu nehmen, und sie wollte es in dem Moment tun, in dem das Baby Licht sah.

Es war schon dämmrig, als Donna und sie über die Wiese hinter dem Bauernhaus rannten. Sie liefen an der Stelle vorbei, wo der alte Stall gestanden hatte, durch das Kiefernwäldchen und über das Feld auf den Fahrzeugpark und die dort versammelten Männer zu. Die noch verbliebenen Fußbodendielen der Hütte waren herausgerissen worden, und darunter war ein großes Erdloch zum Vorschein gekommen, das sich an einem Ende zu einem Tunnel verjüngte, dessen Eingang mit Halogenscheinwerfern angestrahlt war, doch Chelsea sah trotzdem nichts. Sie glitt in die Grube hinunter, aber als sie in den Tunnel wollte, hielt Murphy sie auf. »Ich kann das nicht auf meine Kappe nehmen, es wäre ihm nicht recht.«

»Ich will sie sehen!« flehte sie.

»Er holt sie um so schneller raus, wenn er nicht abgelenkt wird.«

Also wartete sie, kaute auf ihrer Lippe herum und dann auf ihrem Daumennagel, beugte sich vor, um in den Tunnel zu schauen, sah jedoch noch immer nichts, verschränkte die Arme über den Brüsten, um den Milchfluß zu stoppen, lehnte sich an Donna, die sie bereitwillig stützte.

Sie war kurz davor, einen frustrierten Schrei auszustoßen, als sie Buck bellen und Rufe aus dem Tunnel hörte. Sie stürzte los – so weit Murphy es ihr gestattete, und schlug die Hand vor den Mund, als sie Abby wieder weinen hörte, doch das Weinen kam näher und näher, und dann erschien Judd mit ihr auf dem Arm. Mit einem triumphierenden Lächeln, das seine Zähne in dem staubverschmierten Gesicht reklameweiß leuchten ließ, übergab er sie Chelsea, die sie an sich drückte und küßte und wieder an sich drückte. Ihre Haare standen in alle Richtungen, und ihr Spielanzug war falsch zugeknöpft, sie war sehr schmutzig, aber warm und am Leben. Chelsea hatte das Gefühl, als sei sie noch einmal geboren worden.

»Sie wachte auf und fürchtete sich vor all dem Trubel«, erklärte Judd, doch sie hatte bereits aufgehört zu weinen. Dafür weinte Chelsea und umarmte Judd, weinte und umarmte einen dieses eine Mal gefügigen Hunter, weinte und umarmte Donna, und dazwischen drückte sie jedesmal weinend Abby an sich, die die Vorgänge jetzt, da sie wieder bei ihrer Mutter war, mit großäugiger Neugier verfolgte.

Irgendwo zwischen dem Weinen und Umarmen sah Chelsea, wie Margaret aus dem Loch geführt wurde. Oliver stützte sie. Donna gesellte sich zu ihnen. Die Frau über Abbys schmutziges

Köpfchen hinweg betrachtend, versuchte Chelsea Haß zu empfinden, doch es gelang ihr nicht. Margaret war eine alte, gescheiterte Frau. Sie brauchte Hilfe.

Hunter fuhr nach Hause, um zu duschen, aber nicht, ohne Chelsea vorher zu versprechen, gleich wiederzukommen, und obwohl Judd es vorgezogen hätte, mit seinen beiden Frauen allein zu sein, konnte er Chelsea verstehen. Sie hatte gerade erfahren, daß sie einen Bruder hatte – einen Zwillingsbruder –, und natürlich konnte sie es nicht erwarten, ihn wiederzusehen. Sogar Judd war aufgeregt.

Sie brachten Abby ins Haus, wo sie von Applaus und einem Dutzend ungeduldiger Arme empfangen wurde. Es wurden erleichterte Hochrufe laut, triumphierende Lächeln strahlten, und jeder bedankte sich bei jedem, und dann leerte sich das Haus schließlich und köstliche Stille trat ein.

Sie gingen hinauf ins Bad, ließen Wasser in die riesige Wanne laufen, die Hunter unter Protest, aber trotzdem rechtzeitig eingebaut hatte, warfen die schmutzigen Kleider auf einen Haufen, und stiegen alle drei gemeinsam hinein. Es war nicht das erste Mal, daß sie das taten, aber das erste Mal, seit Abby geboren war, und nachdem sie den ganzen Schmutz in den Abfluß gespült hatten, entspannten sie sich in einer Wanne mit sauberem, warmem Wasser, und Judd lehnte Chelsea bequem an sich, während sie sich das Baby an die Brust legte.

Sie stieß einen langen, zufriedenen Seufzer aus.

Judd empfand die gleiche Zufriedenheit wie sie, so intensiv wie nie zuvor. Es war beinahe, als sei auf dem Höhepunkt ihrer Angst um Abby eine Membrane in ihm zerrissen und ließ Gefühle herein, die Stellen berührten, die nie vorher berührt worden waren. Und in diesem Moment hatte er erkannt, daß er alles hatte, was er sich für sein Leben wünschte. Er würde nicht glücklicher sein, wenn er in Denver wäre oder in San Francisco, und er würde – könnte – mit keiner anderen Frau glücklicher sein. Er spürte, daß Chelsea das wußte. Was noch wichtiger war, er spürte, daß sie ebenso empfand, was bedeutete, daß sie ihn nicht verlassen würde, wie Emma Leo verlassen hatte – und was Vergleiche mit Janine anging, so gab es keinen einzigen Ansatzpunkt dafür.

Er zupfte mit den Fingern vorsichtig nasse Haarsträhnen von ihren Wangen und ihrem Hals und strich dann über ihre Brust. Abbys Augen waren halb geschlossen, ihre Fingerchen öffneten und schlossen sich unaufhörlich. Bei der leisesten Berührung packten sie Judds Finger.

»Ist sie nicht wunderschön?« flüsterte Chelsea.

Judd küßte sie auf die Schläfe.

Sie legte den Kopf in den Nacken und schaute ihm in die Augen. »Sie ist schön, du bist schön, das hier ist schön. Ich wünschte, es würde nicht enden. Nie. Ich möchte dich nie verlieren, Judd, genausowenig, wie ich sie verlieren möchte. Ich gehe nicht weg, Judd. Ungeachtet dessen, was im nächsten Monat passiert, ich gehe nicht weg. Hörst du mich?«

Er grinste. »Wie könnte ich dich nicht hören, du schreist.«

»Gehst du weg?«

»Ich kann nicht. Es ist zu viel zu tun hier.«

»Die Arbeit langweilt dich nicht?«

»Die Arbeit macht mir Spaß.«

»Du willst nicht irgendwo anders leben?«

Er tat, als denke er darüber nach, und zuckte dann die Schultern. »Es wäre vielleicht nett, hier und da etwas Zeit in Baltimore zu verbringen – und vielleicht auch in Newport. Aber ich weiß nicht, ob ich es aushielte, wenn ich nicht hierher zurückkommen könnte.«

Da küßte sie ihn, und als der Kuß zu Ende war und sie aneinander gekuschelt über erwachsene und kindliche Kurven und Mulden, Grübchen, Sommersprossen und Haare, die einen vom anderen unterschieden, hinunterschauten, wurde Judd klar, daß er erst wirklich und wahrhaftig zufrieden sein würde, wenn seine Frau-

en seinen Namen trügen. Chelsea Kane Streeter. Abigail Kane Streeter. Oh, er würde Chelsea Bedenkzeit geben, aber sie würde ›ja‹ sagen, und sollte sie wider Erwarten bocken, dann würde er die Truppen zu Hilfe rufen. Donna würde ihr zureden. Hunter würde ihr zureden. Jeder Mann auf der Lohnliste von Plum Granite, der seinen Job behalten wollte, würde ihr zureden. Sogar Kevin, wagte Judd zu wetten, würde ihr zureden.
Okay. Das war beschlossen. Ein beruhigendes Gefühl.

Es war nach elf Uhr, als Hunter wiederkam. Er brachte Donna mit, und die beiden störten sich ebensowenig an der späten Stunde wie Judd und Chelsea.
Donna weigerte sich allerdings, sich zu setzen, denn sie würde nicht lange bleiben.
»Ich ziehe in das große Haus«, erklärte sie in Zeichensprache. »Dad bringt Mutter in ein Sanatorium, und er ist einverstanden, daß Joshie und ich dort wohnen, bis sie zurückkommen.«
»Mit Matthew?« fragte Chelsea.
»Ohne.«
Chelsea dachte an Nolan und stieß einen erleichterten Seufzer aus. »Endlich.«
Donna nickte. Sie nahm Chelsea in die Arme, und etwas an dieser Umarmung zeigte ihr, daß sie erfahren hatte, daß sie blutsverwandt waren. Es gab soviel zu sagen, aber dazu war ein andermal auch noch Zeit.
»Kommst du morgen zum Frühstück?« fragte Chelsea in Zeichensprache.
Donna nickte wieder. Dann wandte sie sich an Hunter und sagte: »Ich habe genauso Unrecht getan wie meine Mutter. Ich wußte, wer du warst, ich hätte etwas sagen sollen.«
Aber Hunter schüttelte den Kopf und sagte verzeihend: »Das konntest du nicht, du mußtest ja mit ihnen leben.«
Sie legte die Hand auf seinen Arm und dankte ihm mit einem Lächeln.

Hunter sah ihr nach, als sie hinausging, und während er das tat, betrachtete Chelsea ihn. Er faszinierte sie. Die Art, wie er sich anzog – immer schwarz zu seinen kastanienbraunen Haaren und seinem goldenen Ohrring –, faszinierte sie. Das Wissen, daß er ihr Bruder war, faszinierte sie. Sie hatte ihn von Anfang an gemocht, hatte seine rebellische Art und seine Kühnheit gemocht. Sie dachte an die neun Monate, die sie miteinander verbracht hatten, dachte an die Zeiten, da sie während ihres Heranwachsens das Gefühl hatte, daß ihr etwas fehlte, und fragte sich, ob das eine wohl mit dem anderen zu tun hatte.
Als er sie dabei ertappte, daß sie ihn studierte, lächelte sie. »Zwillinge. Nicht einmal in meinen wildesten Träumen wäre ich darauf gekommen. Es ist so schwer zu glauben.«
»So schwer nun auch wieder nicht«, widersprach Judd und ließ sich auf einem Küchenstuhl nieder. »Ihr seid euch in vielerlei Hinsicht ähnlich.«
»Aber warum habe ich es nicht gesehen?«
»Weil du nach etwas anderem Ausschau gehalten hast.«
Sie ging zu ihm und umfaßte auf der Suche nach der Wärme seiner Haut den Kragen seines Sweatshirts, doch es war Hunter, an den sie das Wort richtete. »Hat Katie dir tatsächlich erzählt, daß du ein Zwilling warst?«
»Nein. Sie hatte Geheimnisse. Ich war eines davon, aber es gab noch andere. Ich dachte, es gebe eine ältere Schwester. Erst durch die Puzzleteilchen von dir – daß du hier geboren wurdest, am gleichen Tag im gleichen Jahr wie ich, und dann adoptiert – konnte ich mir den wahren Sachverhalt zusammenreimen. Und dann war da noch der Schlüssel.«
Chelsea zog ihn aus ihrem T-Shirt und betastete die silbernen Schnörkel. »Hat er dir gehört?«
»Er gehörte zu einer Spieluhr, die Katie von Oliver bekommen hatte, der sie von Zee bekommen hatte, der sie aus Italien mitgebracht hatte.«
»Wie die Uhr bei ihm an der Wand.«

»Genau.« Er schaute zu Boden, zog sich in eine Welt der Erinnerung zurück. »Ich liebte diese Spieluhr. Ich brachte Stunden damit zu, die Figuren zu beobachten, der Musik zuzuhören, und sie immer wieder aufzuziehen, wenn sie stehenblieb. Das durfte ich allerdings nicht immer, es war eine besondere Vergünstigung. Aber ich liebte sie, o Mann, ich liebte sie wirklich. Sie stand für«, er suchte nach dem richtigen Wort, »Freiheit, denke ich. Für eine Welt jenseits der meinen. Ich piesackte regelrecht, um damit spielen zu dürfen, ich meine, so *richtig*, indem ich Wutanfälle bekam.« Er atmete tief ein und traurig aus. »Und so passierte es.«

»Was?« fragte Chelsea.

Er schaute ihr in die Augen. »Einer meiner Wutanfälle machte sie so wütend, daß sie selbst einen Wutanfall bekam und mit dem Schlüssel in die Stadt lief. Ich habe ihn nie wiedergesehen, bis du hierherkamst.«

»Aber warum hat sie das getan?« rätselte Chelsea. Es würde eine gewisse Zeit dauern, bis sie verinnerlicht hätte, daß Katie auch ihre Mutter gewesen war. Sie empfand sie noch immer als Fremde und jetzt, aus Solidarität zu Hunter, sogar als Feindin.

»Sie sagte, ich verdiente es nicht, mit der Spieluhr zu spielen. Sie sagte, sie wolle, daß ›sie‹ auch etwas hätte und daß es nur fair sei, daß ›sie‹, wenn ich die Spieluhr hätte, den Schlüssel bekäme. Von dem Tag an gehörte mir die Spieluhr.«

»Aber ohne den Schlüssel hattest du doch gar nichts davon.«

»Richtig.« Er lehnte sich an die Arbeitsplatte, überkreuzte die Füße und steckte die Hände unter die Arme. »Danach wurde ich wirklich wild. Ich bekam einen Wutanfall, der Tage dauerte. Ich weigerte mich zu essen, ich weigerte mich zu sprechen, ich weigerte mich zu lesen oder zu schreiben oder sonst etwas zu tun, das sie mich gelehrt hatte.« Er schaute weg. »Und dann bekam sie die Depression. Ich meine – sie war schon immer etwas merkwürdig gewesen, führte manchmal Selbstgespräche, und ich hielt das für normal. Aber als sie die Depression bekam, sprach sie ununterbrochen mit sich selbst, schaukelte in ihrem Schaukelstuhl und starrte mich an. Sie dachte, daß ich gestört sei und daß sie die Schuld dafür trage.«

Chelsea rückte näher an Judd heran und ergriff seine Hand, als er den Arm um ihre Taille legte. »Willst du sagen, daß sie Selbstmord begangen hat?«

»Nein.« Seine Miene drückte Resignation aus. »Ich sage, daß sie den Kampf aufgab. Sie verfiel in eine Art Trance, murmelte ständig vor sich hin. Eines Tages stand sie aus dem Stuhl auf, und eines ihrer Beine gab nach, und sie stürzte und schlug mit dem Kopf auf der Tischkante auf, und das war's.«

»O Hunter!« hauchte Chelsea. Was er durchgemacht hatte, berührte sie viel mehr als Katies Schicksal. Er war ein Kind gewesen, ein kleines Kind, das völlig unvorbereitet mit der wirklichen Welt konfrontiert worden war.

Sie stand auf, ging zu ihm und umfaßte seine Arme, die er vor der Brust verschränkt hatte. »Es tut mir so leid, daß du das alles allein durchstehen mußtest.«

Er zuckte die Schultern. »Ich hab's überlebt, und ich habe dir schon einmal gesagt, daß nicht mein ganzes Leben mit ihr tragisch war. Sie liebte mich.« Nach einer kleinen Pause fuhr er fort: »Sie machte unentwegt Zeichnungen von mir. Einige der frühen sehen genau wie Abby aus. Ich werde sie dir irgendwann mal zeigen. Und ihre Quilts. Die liegen in der Truhe bei ihren Zeichnungen – den Zeichnungen, die dich zum Weinen brachten.«

Chelsea war schon wieder zum Weinen zumute, als er mit herzzerreißender Stimme sagte: »Ich hätte niemals zugelassen, daß Abby etwas passierte. Sie ist auch mein Fleisch und Blut.«

Chelsea nickte lächelnd. Ihre Kehle war wie zugeschnürt.

Er räusperte sich. »Und, was wirst du tun, nachdem du jetzt weißt, daß er auch dein Vater ist?«

Darüber hatte sie bei dem ganzen Gefühlstumult des Abends noch gar nicht nachgedacht. »Ich weiß es nicht«, antwortete sie,

im Geist die Möglichkeiten überfliegend. »Nicht viel, denke ich. Vielleicht meinen richtigen Vater besuchen.«
Die Idee gefiel ihr – ja, jetzt, da sie wußte, wer ihr leiblicher Vater war, gefiel ihr die Idee ganz außerordentlich. Sie würde Abby Kevin vorstellen, und vielleicht sogar Carl, wenn sich die Situation ergäbe. Sie wollte, daß Kevin Judd besser kennenlernte, und ihn mit Hunter bekanntmachen. Da Hunter die Verkörperung von Chelseas ungebärdiger Seite war, würden die beiden sich wahrscheinlich hassen, aber sie wollte trotzdem, daß sie sich kennenlernten. Und dann kam ihr eine Gedanke, der ihr erneut die Tränen in die Augen trieb.
»Was ist los?« fragte Hunter.
»Ich habe mich nur gerade gefragt, wie es gewesen wäre, wenn Mom und Dad uns *beide* adoptiert hätten, wenn wir gemeinsam aufgewachsen wären. Du hättest eine sehr viel einfachere Kindheit gehabt.«
»Aber ich hätte Katie nicht gehabt, und das hätte mir gefehlt. Ich hätte ihre Zeichnungen nicht gehabt und ihre Quilts und nicht die Erinnerung daran, wie sie mir Geschichten vorlas.« Er grinste schelmisch. »Und ich wäre nicht so wild gewesen, sondern wahrscheinlich sterbenslangweilig.«
Chelsea lachte.
In sachlichem Ton fügte er hinzu: »Und ich hätte die Spieluhr nicht gehabt.«
»Wo ist sie denn jetzt?« flüsterte sie.
»Bei mir zu Hause«, flüsterte er zurück.
»Darf ich sie mir ansehen?«
»Jetzt?«
Chelsea nickte. Sie hatte so lange gewartet. »Ich habe den Schlüssel – willst du ihn nach all diesen Jahren nicht endlich wieder mal benutzen?« Die Frage war kaum heraus, als ihr der Gedanke kam, daß er ihn benutzt hatte. Sie zog scharf die Luft ein und stieß sie in einem anklagenden »Du!« wieder aus.
Er zuckte auf seine typisch gleichgültige Art mit einem Mund-

winkel. Es war eine *nette* Art, wenn sie es recht bedachte. »Du und der Große fuhren übers Wochenende nach Newport, und ich dachte, es wäre nur fair, wenn ich auch ein bißchen Spaß hätte.«

»Und darum stahlst du den Schlüssel.«

»Ich borgte ihn mir.«

»Warum hast du ihn nicht behalten? Ich hätte es doch nie erfahren.«

»Sie wollte, daß du ihn bekämst. Er gehörte dir. Außerdem hatte das Erlebnis nicht mehr den Zauber von damals. Ich meine, es ist eine hübsche kleine Spieluhr, aber die Musik, die ich über meine Stereoanlage hören kann, gefällt mir besser. Und ich fühle mich heute freier. Ich habe etwas von der Welt gesehen. Versteh mich nicht falsch, ich liebe die Spieluhr noch immer, aber nicht wegen der Musik. Sie war ein Geschenk meines Vaters an meine Mutter.«

Chelsea hatte Hunter nicht für sentimental gehalten, aber sie war auch nicht auf die Idee gekommen, daß er ihr Bruder war, was zeigte, wie intuitiv sie war.

»Holst du mir die Spieluhr?« drängte sie.

Hunter warf Judd einen Blick zu, den zu deuten Chelsea keine Schwierigkeiten bereitete.

»Mach dir keine Sorgen«, lächelte sie. »Ihm widme ich mich später. Jetzt sind erst einmal wir dran. Fährst du bitte?«

Judd mußte zugeben, daß er zum zweiten Mal an diesem Abend ein ganz klein wenig verärgert war. Nach einem höllischen Tag, der zu bedeutsamen Erkenntnissen und entscheidenden Beschlüssen geführt, und nachdem er in der Badewanne Chelseas Körper an seinem gespürt hatte, während sie das Baby stillte – was der erotisierendste Anblick gewesen war, den er sich vorstellen konnte –, hatte er sich doch erhofft, daß sie sich ihm bald »widmen« würde, wie sie es so taktvoll umschrieben hatte.

Aber Hunter brauchte mit seinem Feuerstuhl nur fünf Minuten

für eine Strecke, und dann wachte Abby auf und wollte spielen, und nach der traumatischen Erfahrung, die sie hatte machen müssen, brachte keiner – ob sie sich nun daran erinnerte oder nicht – es übers Herz, sie allein in ihrem Bettchen strampeln zu lassen, bis sie wieder einschliefe. Am allerwenigsten Judd.

Und dann war es plötzlich ganz unwichtig, denn was geschah, war eines der Dinge im Leben, die das Gedächtnis sich einrahmte und für die Nachwelt aufbewahrte. Vor Chelseas gespannten und Abbys grundsätzlich neugierigen Augen holte Hunter die Spieluhr hinter seinem Rücken hervor. Sie war aus Silber, wie der Schlüssel, und wie eine Mondsichel geformt. Der Deckel bildete, wenn man ihn aufstellte, ein Kuppeldach über einem Miniaturorchestergraben, der einen Dirigenten, einen Geiger, einen Cellisten, einen Posaunisten und eine Harfinistin beherbergte.

Chelsea hob die Kette mit dem Schüssel über ihren Kopf und gab ihn Hunter, der die Spieluhr aufzog. Die Figuren begannen sich ihren Rollen entsprechend zu bewegen, während das zarte Klimpern eines symphonisches Werkes emporstieg. Chelsea stockte der Atem. Judd spürte ihre Freude. Abby, die auf ihrem Schoß saß, winkte mit einem Händchen, das Hunter prompt einfing und so vorsichtig hielt, daß Judd gerührt war.

Fühlte er sich ausgeschlossen? In keiner Weise. Er hatte den besten Platz im Haus für die Betrachtung eines Familienporträts. Es war auch für ihn ein Platz darauf, aber erst später. Er konnte warten. Auf gute Dinge immer.